LES PRISONNIERS
DE LA LIBERTÉ

DU MÊME AUTEUR
CHEZ POCKET

LE GANG DES RÊVES
LES ENFANTS DE VENISE
LE SOLEIL DES REBELLES
LES PRISONNIERS DE LA LIBERTÉ

LUCA DI FULVIO

LES PRISONNIERS DE LA LIBERTÉ

Traduit de l'italien
par Elsa Damien

Slatkine & Cie

Titre original allemand :
ALS DAS LEBEN UNSERE TRAÜME FAND

Titre italien :
LA FIGLIA DELLA LIBERTÀ

MIXTE
Papier issu de sources responsables
FSC® C003309

L'éditeur de cet ouvrage s'engage dans une démarche de certification FSC® qui contribue à la préservation des forêts pour les générations futures.

Pour en savoir plus :
www.editis.com/engagement-rse/

ISBN : 978-2-266-29120-0
Dépôt légal : avril 2021

Ce livre est une œuvre de fiction. Toute ressemblance avec des événements ou des personnes existant ou ayant existé serait purement fortuite, à l'exception de la Sociedad Israelita de Socorros Mutuos Varsovia, connue après 1929 sous le nom de Zwi Migdal. Cette organisation est une réalité historique et a longtemps opéré au vu et au su de tous.

À Elisa, ma femme.

À tous ceux qui ne détournent pas les yeux.

Qu'est-ce qu'un fleuve sans sa source ?
Qu'est-ce qu'un peuple sans son passé ?

Victor HUGO

Descendemos de los barcos.

Dicton argentin

Une nouvelle chance commence toujours
par la destruction totale du passé.

Jean-Christophe GRANGÉ

Première partie

Trois voyages

1912

1

Alcamo, Sicile

« *Bottana !* »

Rosetta Tricarico continuait d'avancer sur les sentiers poussiéreux d'Alcamo sans se retourner, la tête haute.

« Espèce de sale *bottana* ! » reprit une autre vieille, vêtue de noir de la tête aux pieds, le visage parcheminé par le soleil féroce de Sicile.

Mais Rosetta poursuivit son chemin, droit devant. Elle marchait pieds nus en faisant virevolter les pans de sa robe rouge feu.

Un groupe d'hommes, installés autour d'une petite table, sous l'auvent en roseaux de l'auberge, avec la *coppola* calée sur le front, une chemise blanche au col crasseux, le gilet noir aux poches élimées et la barbe drue, fixaient Rosetta comme une proie. L'un d'eux cracha une sécrétion noire et visqueuse, pleine de tabac.

« Mais où tu cours comme ça ? » lança alors l'aubergiste en s'essuyant les mains sur son tablier.

Les clients éclatèrent de rire. Rosetta les dépassa.

« Y paraît que cette nuit, les loups sont descendus de la montagne… » commença l'un des hommes, en sirotant un petit verre de vin doux. Les autres se remirent à ricaner. L'homme continua :

« Heureusement, ils n'ont pas touché à mon troupeau…

— Les loups, c'est les *bottane* qu'ils cherchent, pas les braves gens ! » commenta l'aubergiste.

Toute la compagnie acquiesça. Rosetta s'arrêta net, dos tourné, poings serrés.

« T'as quelque chose à nous dire ? » grogna un des hommes, d'un ton provocateur. La jeune femme resta immobile, frémissant de rage. Puis elle reprit son chemin jusqu'à l'église San Francesco d'Assisi.

Elle entra dans le presbytère comme une furie et se planta devant le père Cecè.

« Comment pouvez-vous permettre ça ? » cria-t-elle. Elle était écarlate, la fureur l'étouffait. Elle avait vingt ans et déjà la force d'une femme accomplie. Ses cheveux, dénoués sur ses épaules, étaient sombres et brillants comme les plumes d'une corneille, ses yeux lançaient des éclairs noirs sous ses sourcils broussailleux.

« Comment un homme de Dieu peut-il faire comme si de rien n'était ?

— De quoi parles-tu ? demanda le père Cecè, mal à l'aise.

— Vous le savez très bien !

— Calme-toi, mon petit…

— Cette nuit, ils ont tué dix de mes brebis !

— Ah oui, ça, bredouilla le prêtre, il paraît qu'il y a eu des loups…

— Les loups n'égorgent pas les moutons avec des couteaux !

— Mon petit, comment peux-tu dire…

— Les loups, ils les mangent, les brebis ! continua Rosetta avec un regard de colère et de désespoir. Oui, ils les mangent, ils ne les laissent pas comme ça, dans le pré ! »

Elle serra les poings jusqu'à ce que ses doigts deviennent blancs.

« Mais… vous le savez très bien… » En prononçant ces derniers mots, sa voix avait pris un ton tragique. Elle secoua la tête. « Comment pouvez-vous ? Comment est-ce possible ? »

Le père Cecè soupira, toujours plus mal à l'aise. Il se retourna, incapable de soutenir le regard de Rosetta, et il aperçut sa bonne en train d'écouter à la porte. « Va-t'en ! » s'énerva-t-il. Il alla fermer la porte, puis se rendit à l'autre bout de la pièce et prit deux chaises qu'il posa face à face. Il en indiqua une à Rosetta. Elle s'approcha et dévisagea longuement le prêtre avant de s'asseoir.

« Comment pouvez-vous permettre ça ? répéta-t-elle.

— Cela fait longtemps que je ne t'ai pas vue à l'église », fit-il remarquer.

Rosetta eut un sourire sarcastique.

« Et alors ? Si je viens à l'église, vous m'aiderez ?

— Notre-Seigneur t'aidera.

— Et comment ?

— En parlant à ton cœur et en te suggérant la bonne décision. »

Rosetta se leva d'un bond.

« Alors comme ça, vous aussi, vous êtes un valet du baron ! » cria-t-elle avec mépris.

Le curé poussa à nouveau un gros soupir, puis il se pencha vers elle et lui prit la main. Elle la retira aussitôt, agacée. « Assieds-toi », lui dit-il sans aucune agressivité. Rosetta s'exécuta.

« Ma fille, voilà plus d'un an, depuis que ton père est mort, que tu te bats, commença-t-il d'un ton las. Il est temps que tu te résignes…

— Jamais !

— Regarde ce qui t'arrive, poursuivit-il. Plus personne n'achète tes fruits. Ils restent là, à pourrir. Il y a deux mois, un incendie a brûlé la moitié de ta récolte… »

Rosetta tourna les yeux vers son avant-bras droit, qui portait la marque d'une grave brûlure.

« Plus ce combat entre le baron et toi s'éternise, ajouta le prêtre, plus tu deviens têtue et bizarre. Regarde un peu la robe que tu portes…

— Qu'est-ce qu'elle a de bizarre ? interrogea Rosetta avec orgueil. Je ne suis pas veuve, je n'ai pas à m'habiller en noir ! Cette robe m'arrive aux chevilles et ne montre pas du tout mes nichons.

— Mais comment tu parles… soupira-t-il.

— Comme une *bottana*, railla Rosetta avant de fixer le prêtre droit dans les yeux. Mais moi, je ne suis pas une *bottana*, et vous le savez très bien.

— Oui oui, je sais…

— Je suis une *bottana* simplement parce que je ne courbe pas l'échine.

— Tu ne comprends pas…

— Oh si, je comprends très bien, au contraire ! éclata Rosetta en brandissant un poing dans les airs. Le baron possède déjà des centaines d'hectares, et il s'obstine à vouloir aussi mes quatre hectares, parce que la rivière y coule, comme ça, toute l'eau sera à lui. Mais cette terre, elle est à moi ! Ma famille s'y casse les reins depuis trois générations, et moi je veux simplement faire comme eux. Les gens du village devraient m'aider, mais ils ont peur. Ce n'est qu'une bande de lâches !

— Tu vois que tu ne comprends pas ! s'exclama le père Cecè. Bien sûr que les gens craignent le baron ! Mais tu crois vraiment que c'est pour ça qu'ils s'acharnent contre toi ? Tu te trompes, tu n'as rien compris. Pour eux, tu es encore plus dangereuse que le baron… et d'une certaine manière, je ne peux pas leur donner tort. Tu es une femme, Rosetta.

— Et alors ?

— Que se passerait-il si d'autres femmes se comportaient comme toi ? s'enfiévra le père Cecè. C'est contre nature ! Même Dieu le condamne !

— Moi, je vaux autant qu'un homme.

— Mais c'est justement ça, que Dieu condamne ! s'écria-t-il en la saisissant par les épaules. Une femme doit…

— Je connais la chanson », interrompit Rosetta. Elle s'emportait et s'écarta de lui. « Une femme doit se marier, faire des enfants, et encaisser les coups de son mari sans se rebeller, comme une brave boniche.

— Mais comment peux-tu réduire à ça le mariage sanctifié par Dieu ?

— Mon grand-père battait sa femme jusqu'au sang, lâcha Rosetta, sombre, les narines dilatées par la rage. Et mon père battait ma mère. Toute sa vie, il lui a reproché de ne lui avoir donné qu'un seul enfant, une fille. Quand il était ivre, il la frappait à coups de ceinture et me battait moi aussi. Il disait que je ne serais jamais bonne qu'à baiser ! »

À ce souvenir, elle serra les poings, ses yeux s'embuèrent de colère et de douleur.

« C'est donc ça, votre mariage sanctifié par Dieu ? Eh bien, écoutez-moi : je ne laisserai plus jamais personne me frapper comme si j'étais un animal !

— Alors, vends !

— Non.

— Je me fais du souci pour toi…

— Faites-vous plutôt du souci pour votre âme, quand vous donnerez l'absolution aux villageois qui ont égorgé mes brebis ! »

Là, elle se leva et fixa le prêtre : « Vous avez absous mon père aussi, pas vrai ? Il vous a dit qu'il me battait jusqu'au sang avec sa ceinture ? Qu'il m'écrasait sous ses poings ? Vous n'avez jamais remarqué les bleus sur mon visage ? Sur celui de ma mère ? Nos lèvres étaient tellement fendues que nous ne pouvions pas réciter le *Je vous salue Marie* sans saigner. La peur, la douleur et la tristesse ont tué ma mère. » Elle le regarda avec colère et elle conclut, dans un murmure :

« Et vous, vous avez donné l'absolution à mon père. Vous pouvez vous le garder votre Dieu, si c'est ça ses suggestions !

— Ne blasphème pas, Rosetta ! C'est aussi ton Dieu !

— Certainement pas ! Mon Dieu veut la justice ! »

Elle se jeta sur la porte, l'ouvrit d'un geste brusque et surprit la bonne du curé penchée en avant, à espionner par le trou de la serrure. Elle la bouscula et se précipita hors du presbytère. La domestique se signa à trois reprises, comme si elle venait de voir le démon en personne, et murmura : « *Bottana !* »

Dehors, un soleil aveuglant faucha Rosetta. Une petite troupe de curieux s'était rassemblée devant l'église. Ils observaient la jeune femme en silence et formaient une sorte de haie qui l'empêchait de passer.

Rosetta aurait voulu fuir, mais il n'y avait aucune échappatoire possible. Le cœur battant à tout rompre, elle avança vers le groupe compact. Elle avait du mal à respirer et la fureur lui martelait les tempes. Quand elle fut à moins d'un pas du premier villageois, elle s'arrêta et le dévisagea, lèvres serrées. Un léger souffle de vent balayait ses longs cheveux noirs dénoués.

Après un moment, l'homme fit un pas de côté. Alors Rosetta reprit lentement sa marche. Les gens s'écartaient doucement, paresseusement, et l'obligeaient à frôler leurs corps menaçants. Quand elle les eut dépassés, elle sentit que ses jambes ne la portaient plus. Mais elle s'efforça de ne pas accélérer le pas, et de se tenir le plus droit possible. Quand elle s'engagea dans le sentier qui menait à son terrain, elle perdit tout contrôle de ses jambes, et se retrouva soudain à courir comme si elle était pourchassée par mille monstres. Elle traversa le champ, où ses brebis égorgées gisaient sur le dos, elle essaya de ne pas les regarder. Et elle finit par se jeter dans la ferme blanchie à la chaux où elle était née. Elle tira le verrou, resta dos contre la porte, haletante, jusqu'à ce que la nausée la plie en deux. Elle tomba à genoux, les mains sur le sol de briques cuites au soleil.

Tous les villageois s'imaginaient qu'elle n'avait peur de rien mais son âme était tourmentée depuis l'enfance. Tous les jours, sans exception, les mêmes cauchemars la harcelaient. Elle éclata en sanglots, elle cherchait à résister aux pleurs qui la secouaient, elle répétait, comme lorsqu'elle était enfant et que son père la battait jusqu'au sang : « Même pas mal… ça ne fait même pas mal… »

2

Sorochyintsi, Gouvernement de Poltava,
Empire russe

À treize ans, nul ne devrait savoir ce qu'est vraiment la vie ni combien elle peut être cruelle, même lorsqu'on a grandi aux alentours de Sorochyintsi, dans un *shtetl* tellement misérable et oublié de Dieu qu'il n'a même pas droit à un nom, même si on est habitué aux pogroms de la police et des paysans qui voient dans les juifs le mal incarné, même quand on parvient à résister à des températures de moins vingt en ne portant qu'une paire de sabots en bois et une petite robe de tissu toute trouée, même quand on est capable de survivre trois jours avec rien d'autre dans le ventre qu'un ignoble navet pourri. Mais la vie avait décidé de ne pas faire de cadeaux à Raechel Bücherbaum.

Tout commença par un matin tellement sombre qu'on aurait dit une nuit laiteuse, sous les nuages épais, impénétrables, d'un ciel bas et oppressant. Raechel, comme tous les jours de Shabbat, accompagna son père jusqu'à l'étable désormais privée d'animaux que sa communauté avait transformée en *shul*, c'est-à-dire en synagogue. Elle s'arrêta devant la porte d'entrée qu'on avait dégagée de la première neige de l'année et dit au revoir à son père. Elle s'apprêtait à monter l'escalier extérieur menant à une galerie ménagée sous le toit, d'où les femmes participaient aux prières, séparées des hommes, lorsqu'elle aperçut une feuille de papier jauni accrochée à l'intérieur, dans la zone réservée aux hommes. Avec sa curiosité habituelle, elle tendit le cou pour tenter d'y jeter un œil, et finit par poser un pied à l'intérieur de la pièce.

« Arrête, Raechel ! la prévint son père, habitué à ses transgressions.

— Qu'est-ce qu'il y a d'écrit ? demanda-t-elle en montrant le papier.

— Va-t'en de là ! gronda-t-il, agitant une main en l'air comme lorsqu'il chassait les poules.

— Je veux savoir ce qui est écrit, insista-t-elle.

— Si ça concerne la communauté, le rabbin nous le lira après le *siddour* », répondit patiemment son père.

Il sourit avec bienveillance et lui fit un signe de la tête ; sa longue barbe, à la pointe très soignée, s'agita dans le vent froid. Puis il leva un doigt, comme un avertissement, et reprit : « Allez, monte ! Et s'il te plaît, ne chante pas plus fort que les autres, comme tu le fais toujours ! »

Alors que son père disparaissait à l'intérieur de la *shul*, Raechel poussa un soupir. Elle allait monter l'escalier conduisant à la zone réservée aux femmes lorsqu'elle vit arriver Elias, un gamin de son âge, maigre et boutonneux. Elle s'arrêta pour l'attendre.

« Bonjour, Elias ! lui lança-t-elle avec un sourire forcé.

— Bonjour, Raechel, bougonna l'autre en continuant son chemin.

— Attends ! Il faut que tu me rendes un service.

— Quoi ? demanda-t-il, méfiant.

— Tu vois la feuille accrochée là-bas ? dit Raechel, sans cesser de sourire. Je veux savoir ce qu'il y a d'écrit dessus. »

Elias se tourna vers la feuille. Puis il regarda Raechel et haussa les épaules.

« Je ne sais pas lire, dit-il.

— Mais ce que tu peux faire, c'est aller la prendre et me la donner, comme ça je te la lirai à toi aussi. »

Le garçon resta immobile, sans savoir quoi faire, triturant de l'ongle un bouton sur sa joue.

À cet instant-là surgit Tamar, la plus jolie fille du village, qui décocha un sourire méprisant à Raechel et l'apostropha d'un « Salut, porc-épic ! » avant de gravir l'escalier. Une expression malicieuse brilla dans le regard d'Elias.

« Si elle me promettait un truc, elle, je lui apporterais le papier tout de suite, ricana-t-il bêtement.

— Et tu aurais bien tort, répliqua aussitôt Raechel, parce que Tamar ne te laisserait jamais toucher ses nichons, alors que tu en meurs d'envie ! »

Elias piqua un fard.

« Et puis, elle ne sait pas lire non plus. Allez, fais-le pour moi ! »

Elias examina la poitrine de Raechel, plate comme une planche à pain. La jeune fille avait un long nez en trompette, et des cheveux ridicules : au lieu de se faire des tresses bien régulières, comme les autres filles, elle les laissait pousser, libres et rebelles, de sorte qu'on aurait dit un gros buisson épineux – ou un porc-épic, comme disait Tamar. Mais bon, c'était quand même une fille.

« Si je le fais, je gagne quoi ? demanda-t-il avec un gloussement.

— Tu y gagnes que je ne te colle pas mon poing dans la figure, petit cochon boutonneux ! » répliqua Raechel.

Elias perdit aussitôt son petit sourire idiot.

« Allez, dépêche-toi ! » le pressa Raechel.

Le garçon, indécis, se balança un moment d'un pied sur l'autre. Puis, lentement, il se dirigea vers la feuille et fit un geste pour la détacher.

« Mais qu'est-ce que tu fabriques, Elias ? interrogea un homme, l'apercevant.

— C'est sa faute ! rétorqua aussitôt Elias, indiquant Raechel.

— Espèce de lâche ! dit celle-ci, pleine de mépris.

— Qu'est-ce qui se passe ? demanda le père de Raechel, apparaissant lui aussi près de l'entrée.

— Ta fille voulait qu'Elias lui donne ce papier et lui, il obéissait ! expliqua l'homme avant de donner une chiquenaude au garçon. Imbécile ! Ce sont les hommes qui disent aux femmes ce qu'elles doivent faire, pas l'inverse !

— Raechel, tu es vraiment têtue comme une mule, dit son père en secouant la tête, avant de lui sourire gentiment. Allez, monte !

— Dépêche-toi ! Tu devrais avoir honte ! » s'exclama la seconde épouse de son père, une femme maigre et sèche, qui venait d'arriver.

Elle saisit Raechel par le bras, mais celle-ci tenta de se libérer de la prise.

« Elle n'a rien fait de mal », protesta son père. Il adorait sa fille unique, qu'il avait dû élever seul après la mort de sa première épouse, avant de se remarier.

« Je n'ai rien fait de mal, répéta Raechel, avec une moue impertinente.

— Non, c'est vrai, mais seulement parce qu'on t'en a empêchée ! rétorqua la belle-mère avec aigreur, en continuant à la tirer par le bras.

— Qu'est-ce qu'il y a d'écrit ? insista Raechel.

— Mais allez, monte ! » rit son père.

Raechel se laissa entraîner dans la galerie par sa belle-mère, en faisant bruyamment résonner ses sabots sur les marches. « Tu marches comme un garçon », pensa la jeune fille avant de compter jusqu'à trois. « Tu marches comme un garçon ! » ronchonna comme d'habitude la belle-mère – et Raechel ne put retenir un sourire de satisfaction. Pas un jour ne s'écoulait sans que la seconde épouse de son père lui répète qu'elle était moche et ordinaire, sans aucune féminité ni grâce, et qu'elle ressemblait à un garçon. Et Raechel, loin de s'amender, en remettait une couche, rien que pour l'énerver. Elle s'obstinait aussi dans son refus d'attacher avec des rubans ses longs cheveux, épais et en broussaille.

Arrivée dans la galerie, elle se fraya un chemin jusqu'au premier rang et se pencha pour regarder son père, qui était le *khazn*, le chanteur de leur communauté. Il entonnait de sa voix de ténor les mélodies du *siddour*, guidant avec brio les voix des fidèles analphabètes afin qu'ils chantent correctement les prières. Raechel se disait avec fierté qu'elle n'avait jamais entendu meilleur chanteur que lui. D'ailleurs, elle aussi chantait bien, malheureusement les femmes n'avaient pas le droit de devenir *khazn*. Décidément, les femmes ne pouvaient pas faire toutes ces choses amusantes que faisaient les hommes. Mais la véritable passion de Raechel, c'était la lecture et l'écriture. Elle savait écrire de droite à gauche avec les douces lettres de sa langue. Elle savait aussi écrire de gauche à droite, en utilisant soit les caractères cyrilliques un peu obscurs de la Russie, soit ceux du monde occidental. Elle avait lu tout ce qu'elle avait trouvé à lire – même si, en tant que fille, elle n'aurait pas dû le faire. Il s'agissait uniquement de textes sacrés. Son rêve, c'était lire un roman, mais ça, c'était le summum de l'interdit, et dans son *shtetl*, personne n'avait jamais vu de roman. En lire un aurait été une *shanda*, une honte. Raechel pensait que ce n'était pas juste et qu'il y avait vraiment trop de règles injustes qui empêchaient la femme de vivre comme un homme, librement. Raechel s'unit au chœur : *Baruch atah Adonaï Eloheim, melekh haolam…* « Chante moins fort ! » la réprimanda sa belle-mère, agacée. D'ordinaire, Raechel aurait chanté encore plus fort, mais ce matin-là, son esprit était occupé par cette feuille accrochée à l'entrée. Elle avait dû être placée là par quelqu'un d'extérieur à la communauté, les questions internes étaient toujours réglées en assemblée, oralement, parce que seuls le rabbin, son fils, le père de Raechel et Raechel elle-même savaient lire. Les autres savaient à peine écrire leur nom. Pendant tout le *siddour*, elle ne pensa à rien d'autre qu'à ce mystérieux papier.

Quand le rabbin le prit enfin en main et s'éclaircit la gorge, en caressant sa longue barbe blanche, on aurait pu entendre une mouche voler dans la *shul*. Tout le monde retenait son souffle. Le rabbin commença à lire avec une lenteur exaspérante, de son ton pompeux habituel, comme s'il citait les mots sacrés de la Torah, mettant à dure épreuve l'impatiente Raechel. Mais à la fin de la lecture, la jeune fille se mit à faire des bonds dans la galerie, incapable de maîtriser son effervescence. Sur l'ensemble de leur petite communauté, seules cinq personnes correspondaient à la description contenue dans ce message, et elle en faisait partie.

Sur le chemin du retour, Raechel s'accrocha à son père, elle l'observait en silence en attendant qu'il dise quelque chose. Mais le seul son qu'on entendait était celui de ses pas crissant sur la neige gelée. Soucieux, il réfléchissait à ce qu'il avait entendu.

« Non, tu es trop jeune, finit-il par dire, une fois rentrés chez eux.

— Mais, père ! protesta Raechel.

— Va ramasser les œufs, ordonna-t-il.

— Pourquoi je ne peux pas partir ? demanda-t-elle, troublée.

— Parce que tu es trop petite. »

La belle-mère la prit par le bras et l'entraîna vers le poulailler.

« Va chercher les œufs, imbécile ! lança-t-elle avec son habituel air odieux.

— Mais laisse-moi ! » cria Raechel en lui échappant.

Sur ce, elle s'enfuit pour ne revenir qu'au coucher du soleil. Sa belle-mère l'accueillit avec un regard de défi.

« Tu devrais avoir honte. Va te coucher sans dîner !

— Non, intervint le père. Avec le peu que nous mangeons, aucun d'entre nous ne peut se permettre de sauter un repas. » Il fixa sa seconde épouse d'un œil sévère.

« Et je serais prêt à m'ôter le pain de la bouche pour le donner à ma fille.

— Elle m'a offensée, protesta la femme.

— En effet, et elle te demandera pardon, répliqua-t-il en faisant signe à sa fille.

— Excuse-moi… murmura Raechel sans regarder sa belle-mère.

— Tu crois que tu vas t'en tirer comme ça ? rétorqua celle-ci.

— Ça suffit ! » Le père frappa la vieille table du plat de la main avec autorité. Son épouse se tut, dépitée, lèvres pincées.

Alors le père fit signe à Raechel de s'approcher et l'invita à s'asseoir près de lui. Il coupa deux tranches de pain rassis entre lesquelles il mit la moitié d'un navet rouge. Puis il plongea le pain dans une tasse de bouillon fait avec la carcasse d'une vieille poule qu'ils avaient fini de manger plus d'une semaine auparavant.

« Mange, on parlera après.

— Tu n'as pas à te justifier auprès d'une gamine capricieuse, intervint la belle-mère. Elle doit obéir sans discuter. C'est toi qui commandes, dans cette maison ! »

Le père se tourna vers elle et lui adressa un regard empreint d'une grande sévérité.

« Tu as raison, c'est moi qui commande, et cela vaut pour toi aussi, dit-il d'un ton glacial. Je t'ai dit d'arrêter. »

Il la fixa en silence jusqu'à ce qu'elle baisse les yeux, avant de reprendre, avec la même froideur autoritaire : « Maintenant, laisse-nous ! Ma fille et moi, nous devons parler. »

Quand ils furent seuls, il répéta à Raechel : « Mange ! » Elle dévora le pain avec le navet, anxieuse d'entendre ce que son père avait à lui dire.

« Connaît-on les personnes qui ont laissé ce message ? demanda-t-il alors.

— Mais…

— Oui ou non ?

— Non.

— Eh bien, commençons par là, reprit le père. Le premier devoir d'un bon parent, c'est d'être prudent. »

Raechel se mordit la langue pour s'empêcher de parler. Cette feuille s'était emparée de son imagination, ouvrant la perspective d'un monde d'aventures qui l'avait emportée loin du sordide *shtetl* dans lequel elle étouffait.

« Et le deuxième devoir d'un bon père, et ce n'est pas le moins important, c'est de faire le bonheur de sa fille… » Un instant, ses yeux se voilèrent de mélancolie. « Même s'il faut se séparer d'elle… »

Raechel eut un frisson d'exaltation. Que signifiaient ces derniers mots ? Que son père avait changé d'idée et était disposé à la laisser partir ?

« Si tu n'avais que trois, voire deux ans de plus, j'aurais considéré la chose, poursuivit son père. Mais tu es encore une fillette…

— Mais j'ai treize ans ! protesta Raechel. Le message disait : "Toutes les filles de treize à dix-sept ans !" »

Son père la regarda avec amour : « Toute la journée, je me suis demandé si c'était seulement par égoïsme que j'étais opposé à l'idée de me séparer de toi, ma plus grande joie ! »

Raechel baissa les yeux en rougissant. La perspective d'être séparée de son père ne lui avait pas paru un problème, elle n'y avait simplement pas pensé. Elle se sentit soudain coupable. Son père la connaissait trop pour ne pas deviner ses pensées : « Il n'y a rien de mal à ça, dit-il d'un ton affectueux, je sais que tu m'aimes. » Il sourit et caressa ses longs cheveux noirs ébouriffés et emmêlés qui suscitaient risées et désapprobation dans le village – alors que lui, il n'en avait rien à faire.

« Quand on est jeune, on ne peut pas penser à tout en même temps. Une des prérogatives des adultes, c'est de faire le tour de la montagne avant de décider de quel côté la gravir. » Il poussa un long soupir et se pencha en avant pour être tout près de sa fille.

« Tu sais bien que, dans notre langue, ton nom signifie "agneau innocent".

— Oui, répondit Raechel en soupirant.

— Or, le berger doit veiller sur son troupeau, et en particulier sur ses agneaux, quitte à les laisser enfermés dans l'enclos pour que leur fougue ne risque pas de les jeter dans une crevasse. »

Raechel flanqua un coup de pied impatient dans le pied de la table. Mais son père l'attira à lui avec délicatesse et la prit dans ses bras. Elle posa la tête sur son épaule. C'était la seule personne auprès de laquelle elle se sentait aimée et bien au chaud.

« Est-ce que maman était gentille ? demanda-t-elle peu après.

— Tu veux savoir si, elle, elle t'aurait laissée partir ?

— Non… c'est juste que je ne me souviens pas d'elle. J'étais trop petite, quand elle est morte.

— Oui, elle était gentille, répondit-il, une profonde mélancolie dans la voix.

— Et elle aussi, elle savait lire ?

— Non. Elle était comme les autres femmes du village, dit-il avant qu'un sourire de fierté n'éclaire son visage. Mais moi, je lui ai appris à lire en cachette !

— Pourquoi ?

— Parce que toutes les règles ne sont pas justes. »

Raechel le dévisagea. Cet homme était vraiment un être à part, personne n'était comme lui dans la communauté.

« Et… elle ? interrogea-t-elle alors, faisant allusion à sa belle-mère. Pourquoi tu l'as épousée ? »

Il soupira, tête baissée.

« Parce que tu devenais une femme, et j'imaginais qu'il y avait des sujets que je n'aurais pas su aborder. Et puis, peut-être que je me sentais seul… en tant qu'homme, je veux dire.

— Elle me déteste, lâcha Raechel avec dureté.

— C'est simplement qu'elle est jalouse.

— Elle me déteste, répéta-t-elle.

— Je n'ai jamais été capable de lui donner le centième de ce que je te donne, à toi. Alors, elle tente de me punir à travers toi, expliqua-t-il en regardant son enfant avec amour. Elle ne supporte pas qu'une seconde épouse ne soit pas aussi importante qu'une fille. Mais ne t'en fais pas, je serai toujours là, et il ne t'arrivera rien. »

Il sourit, lui caressa la joue et poursuivit sur un ton apaisé : « Écoute-moi ! Ce papier dit qu'une association, la Sociedad Israelita de Socorros Mutuos Varsovia, recrute des filles pour les arracher à leur misérable condition et leur permettre de faire des mariages respectables et de trouver des emplois sérieux comme domestiques chez de riches juifs à Buenos Aires, en Argentine… » Il regarda sa fille, les yeux à nouveau voilés de mélancolie, et acheva :

« C'est-à-dire… à l'autre bout du monde.

— Mais je t'écrirai ! Et je t'enverrai tout l'argent que je gagnerai, comme ça tu pourras me rejoindre ! » s'exclama Raechel.

Il secoua la tête. « Je ne serai pas là pour te protéger, dit-il en se levant. Et tu es encore trop jeune pour prendre soin de toi. » À nouveau, il lui caressa les cheveux avec tendresse : « Fin de la conversation. Maintenant, va te coucher ! »

Le lendemain, Raechel surprit les quatre autres filles du village entre treize et dix-sept ans en train de discuter entre elles avec animation. À la fièvre qu'elle lisait dans leur regard, elle comprit qu'elles seraient du voyage.

« Et toi, tu ne viens pas, porc-épic ? se moqua Tamar, la plus belle fille du village, qui partait donc.

— Non, ça ne me dit rien », répondit Raechel en s'éloignant à la hâte, avant que les quatre filles ne puissent voir ses yeux en amande, noirs comme du charbon, se remplir de larmes de frustration.

Leurs éclats de rire l'accompagnèrent encore un moment le long de la petite route boueuse du *shtetl*. Elle se cacha derrière une baraque et se mit à bourrer de coups de pied une souche de bois jusqu'à ce qu'un de ses sabots se fende. Puis elle brandit le poing en direction d'un gosse qui l'observait, intrigué, et qui déguerpit aussitôt. Elle se rendit alors à l'orée de la forêt, où elle se mit à casser du bois jusqu'à épuisement. Elle finit par s'asseoir sur une souche d'arbre en se disant que, le lendemain, Tamar et les autres allaient partir pour ce Buenos Aires – peu importe où ça se trouvait – et vivre une fantastique aventure, qui leur était tombée du ciel comme la manne dans le désert, comme un véritable miracle, « … et pendant ce temps-là, moi je serai toujours là, à bouffer des navets et des oignons, et à débarrasser les œufs des fientes de poules », bougonna-t-elle, dévorée par l'envie.

Sur ce, elle se mit debout, leva les yeux au ciel et déclara avec le plus grand sérieux : « *Adonaï*, je ne sais pas si c'est toi qui as écrit cette règle, ou bien les prêtres. Mais comme l'a dit mon père, toutes les règles ne sont pas justes. Et même si c'est un péché, je jure de lutter pour avoir la même liberté que les hommes ! » Malgré son jeune âge, elle pointa un doigt vers le ciel et l'agita d'une façon presque menaçante. « Et je ne dis pas ça pour plaisanter, ajouta-t-elle, c'est une promesse solennelle ! »

À ce moment-là, des bruits et des clameurs lui parvinrent. Se tournant vers le *shtetl*, elle aperçut une cinquantaine d'hommes, mélange de soldats du Tzar et de paysans, en train d'attaquer sa communauté. Sans réfléchir, elle se précipita vers la mêlée, le cœur troublé par un sombre pressentiment. Dans sa course, le sabot qu'elle avait fendu à force de coups de pied finit par se briser. Mais elle continua à courir, sans ralentir, son pied nu s'enfonçant dans la neige. Arrivée au village, elle entendit les paysans et les soldats brailler leurs accusations habituelles : les juifs empoisonnent l'eau, leur sorcellerie fait dépérir les récoltes, et ils attirent la colère de Dieu sur la Mère Russie, coupable d'accueillir les assassins du Christ. Rien d'étonnant pour Raechel. Lorsqu'une horreur se répète avec une régularité aussi implacable, on continue à la craindre, mais on cesse d'en éprouver de la surprise.

À l'issue de l'attaque, de nombreux hommes et femmes du village étaient à terre, le visage tuméfié et ensanglanté, les os cassés et le visage couvert de balafres qui les défigureraient à vie. Raechel reconnut d'abord le rabbin. Il était à genoux, mains tendues vers le ciel. Elle se dit tout de suite qu'il y avait quelque chose qui n'allait pas, mais il lui fallut un peu de temps pour comprendre quoi. Et puis, elle réalisa : le rabbin n'avait plus sa longue barbe blanche. On la lui avait coupée, ainsi qu'un bout de menton qui saignait abondamment. Et le vieil homme, mains levées vers le ciel, demandait au Seigneur du peuple de David de lui pardonner, car il se montrait nu en sa présence.

C'est alors seulement que Raechel découvrit son père étendu à terre, immobile, à quelques pas du rabbin. Elle poussa un cri et se jeta vers lui. Il avait du mal à respirer et présentait un enfoncement anormal au milieu de la poitrine. Raechel savait ce que cela signifiait. C'était un accident fréquent dans les campagnes, où il n'était pas rare de recevoir un coup de sabot d'un cheval ou d'un taureau, ou bien d'être piétinés par eux. C'est ce qui était arrivé à son père. Et Raechel savait aussi qu'on ne se remettait pas de ce genre de blessures. Le sang ne sortait pas du corps mais restait tout à l'intérieur; certaines personnes résistaient une semaine, d'autres avaient la chance de mourir en quelques instants.

« Père ! » se mit à sangloter Raechel, voyant que les yeux d'ordinaire si vifs de son père commençaient déjà à se voiler. Il remua légèrement les lèvres, essayant de parler, mais seul en sortit un petit caillot de sang. La jeune fille lui essuya la lèvre inférieure et c'est alors que l'homme rassembla le peu de forces qui lui restaient pour lui saisir la main. À nouveau, il tenta de parler, mais il ne put émettre qu'un gargouillement incompréhensible. « Ne te fatigue pas, père ! » murmura Raechel. Mais il ne se résigna pas. Il savait qu'il disposait de peu de temps, et ce qu'il avait à dire était trop important. Il lui fit signe de se baisser encore un peu. Raechel mit l'oreille tout près de la bouche de son père. « P… pars… » balbutia-t-il, dans un effort titanesque. Elle se redressa brusquement, une expression confuse et hébétée sur le visage. Il esquissa un oui de la tête, pour lui confirmer qu'elle avait bien compris. Puis il répéta, avec une voix qui n'avait plus rien de celle, si limpide, du chanteur de la communauté : « P… pars… ma… f…fille. » Et il resta ainsi, bouche entrouverte, tandis que la mort lui ravissait son dernier souffle.

3

Mondello – Palerme, Sicile

« Rocco, Rocco… » articula lentement don Mimì Zappacosta, assis dans un fauteuil en osier sous le porche de sa résidence estivale de Mondello, au bord de la mer, tout en sirotant une limonade fraîche. Il fit la moue et secoua la tête, consterné : « Rocco, reprit-il d'une voix calme et apparemment bienveillante, mais c'est vrai, ce qu'on me raconte sur toi ? »

Rocco Bonfiglio, jeune homme de vingt ans aux cheveux blonds hérités de Dieu sait quel ancêtre normand débarqué un jour en Sicile, se tenait debout devant don Mimì et il soutenait son regard. Les deux hommes qui l'avaient amené là étaient postés quelques pas en arrière, leur fusil à canon scié en bandoulière.

« Qu'est-ce qu'on vous a raconté ? » demanda Rocco.

Don Mimì poussa un soupir.

« Rocco, je te connais depuis combien de temps ? »

Il but une gorgée de limonade avant de poser son verre sur la table en osier, près de son fauteuil. Il épingla une broche en or très simple au revers de sa veste en lin blanc, puis se leva. « Je te connais depuis ta naissance », sourit-il en s'approchant de lui. Il lui prit le bras : « Allons nous promener sur la plage, mon docteur dit que la marche me fait du bien. » Il s'appuyait sur Rocco en serrant son avant-bras de sa main maigre, pour lui faire sentir qu'il avait encore de la poigne.

Ils descendirent en silence les cinq marches du porche et traversèrent le jardin rempli de figuiers de barbarie et de grands bougainvilliers aux fleurs violettes qui semblaient de papier. L'un des hommes armés se hâta d'ouvrir la petite barrière donnant directement sur la plage. Le soleil était déjà haut dans le ciel, un léger vent de *maestrale* ridait légèrement la mer et l'écume des petites vagues s'étalait paresseusement sur la plage.

Rocco était tendu. Être convoqué chez don Mimì Zappacosta, *capo mandamento*[1] des deux quartiers palermitains de Brancaccio et Boccadifalco, n'était jamais une bonne nouvelle. Et Rocco savait bien pourquoi on lui avait imposé cette visite. L'année précédente, avant de mourir, sa mère lui avait recommandé de toujours dire oui aux requêtes de don Mimì, comme tout le monde le faisait, et comme son père lui-même l'avait fait. Or, lui, il avait décidé de dire non. Il voulait que sa vie soit différente, il ne voulait pas de celle à laquelle il était destiné.

Arrivés à l'estran, don Mimì s'arrêta. Il contempla la plage déserte, immaculée, et la mer. « C'est le paradis, ici, non ? » dit-il, sans cesser de serrer l'avant-bras de Rocco. Il glissa la main dans la poche de sa veste et en sortit des morceaux de pain, qu'il lança à quelques pas de lui. Deux mouettes se jetèrent aussitôt sur la nourriture, luttant entre elles. Don Mimì eut un rire : « Chacun doit conquérir son propre paradis, observa-t-il en lançant deux autres bouts de pain. Et, miette

1. *Capo mandamento* : chef d'un district mafieux à Palerme.

après miette, chacun d'entre nous peut conquérir le paradis qu'il mérite, continua-t-il en indiquant les mouettes. Regarde-les bien, Rocco : d'après toi, il les dégoûte, mon pain ? » Rocco demeura silencieux.

« On t'a coupé la langue ? plaisanta don Mimì sans la moindre gaieté dans la voix.

— Non.

— Tu réponds à quelle question, là ?

— Aux deux.

— On ne t'a pas coupé la langue et mon pain ne dégoûte pas les mouettes, c'est ça ?

— Oui.

— Oui, répéta don Mimì, pensif, avant de recommencer à marcher. Alors, Rocco, c'est vrai, ce qu'on raconte sur toi ?

— Qu'est-ce qu'on vous a raconté ? » répéta Rocco, bien qu'il sache parfaitement à quoi il faisait allusion.

Don Mimì soupira :

« Ah là là, tu les briserais menues même à un saint, toi ! »

Il s'arrêta, lâcha le bras de Rocco et le regarda droit dans les yeux. Puis il lui donna une pichenette sur la joue : « On m'a raconté que, contrairement à ces mouettes, mon pain te dégoûte. »

Rocco jeta un œil derrière lui. Les deux gardes du corps le suivaient de près.

« Mon pain te dégoûte, Rocco ? »

La voix de don Mimì n'avait à présent plus rien de bienveillant.

« Que me reprochez-vous, don Mimì ? finit par demander Rocco.

— Nardu Impellizzeri, mon *caporegime*[1] de Boccadifalco, m'a dit que tu as refusé de devenir un homme d'honneur, répondit l'autre d'un ton dur.

— Don Mimì… » commença Rocco, prenant son courage à deux mains. La tension se lisait sur son visage. Son regard tomba sur l'épingle en or accrochée au revers de la veste de don Mimì.

« Moi…

— Quoi, toi ?

— Moi, je ne veux pas faire partie de Cosa Nostra – sans vous offenser, hein ! lâcha-t-il dans un souffle.

— Sans m'offenser ? »

Cette fois, don Mimì éleva la voix. Et gifla Rocco. Celui-ci se figea et serra les poings. Les deux hommes de main firent un pas en avant, prêts à intervenir. Don Mimì les arrêta d'un geste sec :

« Tu fais déjà partie de la *famiglia*, exactement comme ton père.

— Mon père a été tué quand j'avais treize ans ! » s'exclama Rocco.

Certaines nuits, il le voyait encore dans ses rêves. Il le voyait sur le parvis de l'église San Giovanni dei Lebbrosi, yeux révulsés et poitrine déchirée par une décharge de plomb destinée à don Mimì.

« Il est mort avec les honneurs, en me sauvant la vie, déclara don Mimì. Et depuis ce jour, la *famiglia* a pris soin de toi. C'est pas vrai ? As-tu déjà manqué de quoi que ce soit ?

— Je me suis cassé les reins dans votre vignoble, rétorqua Rocco, je vous ai remboursé avec ma sueur.

— Tu as mangé mon pain, insista l'autre en frappant un doigt contre la poitrine du jeune homme. J'aurais pu

1. *Caporegime* : grade de la mafia qui est celui d'un chef influent ayant une troupe de soldats sous ses ordres.

te mettre à la rue ! Mais, par respect pour ton père, je t'ai gardé près de moi.

— Vos *caporegime* m'ont obligé à tabasser de pauvres paysans qui ne voulaient pas quitter leurs terres, s'emporta Rocco, les veines du cou gonflées par l'indignation. Et l'hiver dernier, un de leurs gosses a fini par crever de faim ! C'est vous qui les avez ruinés !

— Ils se sont ruinés tout seuls ! répondit-il durement. Je leur avais fait une proposition généreuse, j'étais prêt à acheter leur terre. Mais eux, rien… Ces bouseux stupides et ignorants se sont tournés vers ces connards des Faisceaux socialistes : c'est eux qui l'ont tué, le *picciriddu*[1] !

— Non, c'est moi qui l'ai tué, s'écria Rocco, j'ai sa mort sur la conscience !

— Ne dis pas d'âneries, coupa don Mimì, irrité. Si tu n'avais pas été là, quelqu'un d'autre s'en serait chargé.

— Mais j'étais là, reprit-il sombrement, et c'est pour ça que je ne ferai jamais partie ni de votre *famiglia*, ni d'aucune autre. » Il défia le *capo mandamento* du regard avant d'achever :

« Moi, je ne suis pas comme mon père.

— Non, en effet », reprit l'autre avec amertume.

Après avoir fixé le jeune homme en silence pendant un instant, il fit volte-face et sortit d'autres morceaux de pain qu'il lança aux oiseaux. Il les observa tandis qu'ils mangeaient.

« Rocco, la vie est un truc compliqué, soupira-t-il sans se retourner. Beaucoup plus compliqué que ce que peut en saisir un jeune comme toi. » Il s'éloigna de quelques pas, pensif, avant de revenir près de lui.

« Et qu'est-ce que tu voudrais faire, alors ?

1. *Picciriddu* : « petit » en sicilien.

— Je voudrais être mécanicien, à Palerme.

— Tu te débrouilles bien avec les voitures, c'est vrai. Firmino m'avait dit qu'il t'avait appris tout ce qu'il savait.

— Et lui aussi, il a été tué, ajouta Rocco tout bas.

— Tôt ou tard, tout le monde meurt, et en Sicile, le plomb est une maladie comme une autre, commenta don Mimì d'un ton paisible, comme s'il ne s'agissait là que d'une broutille. Les soldats le savent bien : parfois on tue, parfois on est tué. La vie, c'est la guerre.

— Mais ce n'est pas ma guerre !

— Les soldats font la guerre de leur général, ce n'est pas eux qui décident.

— Eh bien, moi, je veux décider. »

Rocco regretta aussitôt ce qu'il venait de dire, mais c'était trop tard. Don Mimì le désigna à ses deux gardes du corps :

« Vous entendez les conneries qu'il sort, celui-là ? »

Il le gifla du revers de la main.

« Ne faites plus jamais ça, don Mimì ! » gronda Rocco, hors de lui.

Ses yeux d'un noir profond lançaient des flammes. Don Mimì le frappa à nouveau. Rocco serra les poings mais ne réagit pas.

« Et tu crois que tu peux aller à Palerme et trouver un travail comme ça, en toute impunité ? demanda-t-il d'une voix incroyablement calme. Et moi, j'aurai l'air de quoi, hein ? Tu peux me le dire ? » En s'approchant de lui, il murmura : « Aussi vrai que Dieu existe, personne ne te donnera de travail. »

Rocco soutint son regard, les joues rougies par les claques et par la colère.

« J'aurais l'air de quoi, si tu ne deviens pas un homme d'honneur de ma *famiglia* ? Des gens vont se dire que je suis faible. Et certains finiront par penser que l'on peut dire non à don Mimì Zappacosta sans que cela tire à conséquence. Tu crois que je peux me le permettre ? » Il lui posa une main sur l'épaule, comme un bon père. « Tu me fais de la peine, Rocco, beaucoup de peine, après tout ce que j'ai fait pour toi et pour ta mère – paix à son âme. » Il prit le visage du jeune entre ses mains. « Pour moi, *picciottu*, tu es comme un fils ! Et qu'est-ce que je suis censé faire, à présent ? À ta place, un autre serait déjà mort : ça, tu le sais, hein ? Si tu es encore vivant, tu le dois uniquement à ton père. »

Pour la première fois depuis le début de cette entrevue, Rocco sentit sa confiance en lui fléchir. La peur lui nouait l'estomac. Il connaissait les méthodes de Cosa Nostra, il avait grandi en contact étroit avec ces gens-là, et peu à peu il s'était habitué à leur fonctionnement, comme les personnes qui, habitant près d'une décharge, ne remarquent plus l'odeur de pourriture dans l'air. Il n'avait jamais tué personne, ni participé à des extorsions, ni mis le feu aux magasins des commerçants tentant de s'opposer au *pizzo*[1]. Il était toujours resté à la marge.

Pourtant, l'année précédente, il était devenu *avvicinato*[2], comme on disait dans la région. Il ne l'avait pas choisi, cela avait été décidé ainsi, un point c'est tout. Une nuit, des types l'avaient fait boire, et ils l'avaient emmené avec eux pour tabasser cette famille de paysans. C'était son initiation, le premier pas vers l'affiliation. Rocco se souvenait confusément de tout. Deux semaines plus tard, il avait croisé cette famille de miséreux dans les rues du village de Boccadifalco et ces gens, en le reconnaissant, s'étaient fait tout petits et l'avaient salué d'un air craintif.

1. *Pizzo* : somme d'argent donnée à la Mafia en contrepartie d'une protection, qui permet aux mafieux de taxer les commerçants.
2. *Avvicinato* : aspirant mafieux qui n'est pas encore affilié à une famille.

Rocco s'était senti sale et lâche. Et puis, au cours de l'hiver, un des soldats de don Mimì avait raconté en riant que le benjamin de la famille était mort de faim. De ce jour, Rocco n'avait plus jamais été le même, et il s'était juré de ne plus faire de mal à personne.

« Qu'est-ce que je vais faire de toi, Rocco ? poursuivit don Mimì, de ce ton tranquille plus inquiétant qu'un cri. Il faut que je t'adresse un dernier adieu, que je demande pardon à feu ton père et que je te confie à ces deux-là avant de retourner à ma limonade ? C'est ça ? » Les deux sbires avaient porté la main à leur cran d'arrêt. Rocco sentit les battements de son cœur s'accélérer. Tout le courage qu'il avait eu la veille, devant Nardu Impellizzeri, le *caporegime* de Boccadifalco, semblait s'être évaporé.

« Aide-moi, Rocco, reprit don Mimì avec un sourire triste sur son visage dur, ne me mets pas dos au mur. Un homme qui se retrouve dos au mur n'a plus le choix. Ne m'oblige pas à prendre cette terrible décision.

— Que voulez-vous de moi ? demanda Rocco en cherchant à maîtriser sa voix.

— Je veux juste que tu trouves un poste de mécanicien à Palerme, dit-il en lui faisant une pichenette sur la joue. Qu'est-ce qu'il y a de mal à ça, hein ? Dis-moi ! »

Rocco le fixa. Il se sentait de plus en plus faible. Se rendre ou mourir : c'étaient les règles de la mafia.

« Entre dans la *famiglia* et remplis-moi de fierté. Allez, prête serment ! dit don Mimì d'un ton encourageant. Ne meurs pas en héros. »

Rocco baissa les yeux pour la première fois, vaincu. Il était trop jeune pour mourir.

« Ah, c'est comme ça que je t'aime, *picciottu* ! » rit don Mimì. Il lui posa une main sur l'épaule et le poussa vers le sol. « Mets-toi à genoux ! »

Les genoux de Rocco s'enfoncèrent dans le sable. Don Mimì dégrafa l'épingle en or qu'il avait accrochée au revers de sa veste et prit la main droite de Rocco. Il saisit fermement l'index du jeune, qu'il piqua sans aucune hésitation, profondément. Il attendit que la goutte de sang grossisse avant de poser une petite image pieuse dessus. « Prends-la entre tes mains ! » dit-il alors à Rocco, qui ne put reconnaître le saint dont il s'agissait, son sang ayant souillé le visage sur l'image. Don Mimì approcha un briquet et y mit le feu.

« Répète : je jure d'être fidèle à Cosa Nostra…

— Je jure… d'être fidèle… à Cosa Nostra… répéta-t-il péniblement, tandis que l'image commençait à brûler en se froissant.

— Si je devais trahir…

— Si je devais trahir…

— … ma chair devra brûler comme brûle cette image.

— … ma chair devra brûler comme brûle cette image, répéta-t-il alors que le feu lui léchait les doigts.

— Bravo, *picciottu* ! Désormais, tu es un homme d'honneur. »

Rocco ouvrit les doigts et un souffle de vent fit voleter l'image à moitié brûlée, comme un papillon noir. Le ton de don Mimì se fit soudain cinglant : « À partir d'aujourd'hui, tu n'es plus le bienvenu chez moi. Tu obéiras à un *caporegime* à qui tu verseras le dixième de tes gains de mécano. Maintenant, ta vie appartient à la *famiglia*, ne l'oublie pas. » Puis, sans ajouter mot, il s'en retourna vers la villa, escorté de ses deux gardes.

Rocco demeura immobile, tête basse, à fixer les grains de sable. Puis, lentement, il tourna les yeux vers la mer. « Je suis vivant », se dit-il, sans en éprouver aucun soulagement. Il avait l'impression d'être mort à l'intérieur.

4

Alcamo, Sicile

Quand Rosetta quitta son lit, elle avait un poids sur le cœur, mais elle ne pouvait pas attendre plus longtemps. Elle sortit et se rendit à son hangar. Elle prit une bêche et se dirigea vers le champ où elle avait laissé ses brebis égorgées. L'odeur de décomposition et de sang stagnait dans l'air étouffant, et des nuées de mouches s'acharnaient sur les toisons teintées de rouge. Les pupilles opaques des pauvres bêtes reflétaient la lumière impitoyable du soleil, comme des miroirs. Rosetta noua sa robe autour de la taille, découvrant ses jambes, et en défit les trois premiers boutons, jusqu'au décolleté. Puis elle leva la bêche et frappa la terre dure et sèche.

Il lui fallut presque une heure pour creuser le premier trou. Puis, alors que la sueur plaquait ses cheveux sur son front et lui brûlait les yeux, elle saisit une brebis par les pattes arrière et la traîna jusqu'au trou. Elle l'y jeta, essayant de regarder le moins possible. Ensuite, elle traîna une deuxième brebis, mais son corps rigide tomba les pattes vers le haut. Elle fut obligée de descendre dans le trou pour retourner l'animal.

Elle se rendit compte que les corbeaux lui avaient piqué les yeux, vidant ses orbites et y laissant des gouttes sombres, semblables à des larmes de cire. Avec la chaleur, l'odeur était pestilentielle. Elle sortit du trou, qu'elle remplit de terre. Puis elle commença à en creuser un autre, quelques mètres plus loin. Elle le fit plus large et profond que le premier, et y traîna trois brebis. Quand elle eut rempli cette fosse aussi, elle s'arrêta, haletante. Le soleil était déjà haut dans le ciel, les nuées de mouches continuaient à bourdonner autour d'elle. Sa robe, mouillée de sueur, était devenue rouge sombre, ses mains et ses épaules la faisaient souffrir. Elle se laissa tomber à terre, épuisée.

« Les gonzesses, c'est pas aussi fort que nous, les hommes ! » lança une voix. Rosetta tourna brusquement la tête, stupéfaite. Cinq jeunes du village étaient en train de la reluquer, assis sur la clôture de l'enclos. Rosetta se releva aussitôt, et elle se sentit envahie par cette peur des hommes qui ne la quittait jamais.

« Allez-vous-en ! Vous êtes chez moi ! » cria-t-elle.

Les types la regardèrent sans broncher, sourire moqueur aux lèvres.

« Sinon, elle nous fait quoi ? dit l'un.

— Partez ou j'appelle la police !

— De quels policiers tu parles, lança l'un des hommes, de mon père ?

— Ou de mon cousin ? » ajouta un autre, un rouquin.

Ils fixèrent la jeune femme.

« Tu sais que tu as de belles cuisses ? » lâcha finalement l'un d'eux.

Ce n'est qu'à ce moment-là qu'elle réalisa qu'elle était à moitié nue. Elle se sentit mourir de honte. Elle remit sa robe en place et en reboutonna vivement le haut. Les jeunes ricanèrent. Furibonde, elle pointa un doigt vers celui qui avait les cheveux roux et s'exclama, les narines dilatées :

« Tu te sens fort quand tu es avec eux, pas vrai, Saro ? Tu te rappelles quand tu étais là à me faire du gringue en pleurnichant ? Hein ? Tu l'as pas raconté à tes petits copains, ça ? »

Saro rougit violemment puis cracha en direction de la femme :

« Une *bottana* comme toi, je la voudrais même pas servie sur un plateau !

— Dégagez !

— Va te faire foutre ! » lança Saro en croisant les bras sur sa poitrine.

Ses compagnons l'imitèrent.

« Ce qu'on aime, c'est te mater », conclut un autre.

Rosetta frémit, impuissante. Elle avait du mal à retenir ses larmes. Tous les villageois croyaient qu'elle n'avait peur de rien, mais c'était faux. Elle avait eu peur de son père et parfois, depuis qu'il était mort, elle avait peur de rester seule à la ferme, parce que n'importe qui aurait pu défoncer la porte d'un coup de pied. Mais les villageois avaient raison sur un point : au fond d'elle-même, elle était très forte, et têtue comme une mule. Elle tourna le dos aux garçons et se mit à creuser un autre trou. Elle se défoula en passant sa rage sur la terre, bêchant sans plus sentir ni la chaleur ni la fatigue. « Tu es plus dure qu'une pierre ! » se répétait-elle à voix basse.

Quand elle eut enterré les cinq dernières brebis, elle n'avait plus de souffle, ses mains étaient meurtries par la bêche et sa robe dégoulinait de sueur ; son cœur battait à tout rompre dans sa poitrine et ses jambes flageolaient. Alors, pour la première fois depuis qu'elle s'était remise à la tâche, elle se retourna vers la barrière, avec un regard de défi. Mais les garçons n'étaient plus là. Elle ne les avait pas entendus partir. Au lieu d'en être soulagée, elle eut un pressentiment et tendit l'oreille : rien. On n'entendait que le bourdonnement des mouches et le chant des cigales qui se chauffaient au soleil.

« Je me fais du souci pour toi », avait dit le père Cecè.

Rosetta décida de ne pas aller se laver à la rivière, car elle ne voulait pas se déshabiller. Elle retourna vers la ferme, sans cesser de fouiller les environs du regard. Elle tira le verrou derrière elle. Et alors, une fois encore, elle se sentit vulnérable.

Elle mangea des restes de *pane cunzato* et but un demi-verre de vin rouge. Puis elle s'approcha de la fenêtre et observa les champs : personne. Exténuée, elle se jeta sur son lit et sombra dans un sommeil agité. Quand elle se réveilla deux heures plus tard, elle avait la bouche pâteuse, pleine du goût des tomates sèches et des câpres du *pane cunzato*, et elle avait soif.

Elle fit coulisser le verrou et sortit. Le soleil couchant touchait presque le sommet du mont Bonifato et s'apprêtait à accorder une trêve à la nature. Elle se rendit au puits, fit remonter le seau et but une longue louchée d'eau fraîche. Elle y plongea les mains et se rinça le visage. Puis elle passa ses mains mouillées sur sa nuque, les yeux clos. Elle se sentit mieux. Et tout en déboutonnant un peu sa robe pour se rafraîchir la poitrine, elle se dit qu'elle ne se laisserait pas faire : sa bataille était juste. Cette pensée lui rendit confiance.

Au même instant, quelqu'un, surgissant derrière elle, lui enfonça un capuchon sur la tête. Aussitôt après, des mains lui saisirent les bras et l'immobilisèrent. Elle poussa un cri. En se débattant, elle entendit le seau retomber dans le puits.

« Tu peux gueuler, *bottana*, ici y a pas un chien qui t'entendra », murmura une voix camouflée pour ne pas être reconnue.

Elle sentit la panique la submerger. Chaque fois qu'elle respirait, l'étoffe du capuchon pénétrait dans sa bouche et son nez.

« Qui êtes-vous ? parvint-elle à lancer.

— On n'est personne », coupa la voix.

Puis Rosetta se sentit jetée à terre. Une main s'abattit sur sa robe, à l'endroit où elle avait commencé à la déboutonner, et l'arracha, dénudant sa poitrine. Rosetta hurla à nouveau et tenta de se défendre. Elle tendit une main devant elle, essayant de repousser l'agresseur. Elle sentit sous ses doigts le cou de l'homme, et y planta ses ongles de toutes ses forces. L'homme cria et lui flanqua un coup de poing. Puis d'autres mains lui tinrent les bras écartés comme ceux d'un Christ en croix. Quelqu'un releva sa jupe. « Non ! » cria Rosetta. Elle chercha à donner des coups de pied. Un corps lourd se jeta sur elle et lui écarta les jambes. Elle entendit quelqu'un cracher. Puis une main humide de salive la mouilla entre les jambes. « Non ! » hurla-t-elle encore, désespérée, car maintenant elle savait ce qui allait se passer. « Non ! »

Un instant plus tard, elle sentit quelque chose entre ses jambes, ensuite il y eut une poussée féroce, un déchirement, une soudaine douleur et une chaleur qui lui coupa le souffle et lui remplit les yeux de larmes. Le corps au-dessus d'elle se mit à bouger frénétiquement. Elle avait les yeux exorbités dans l'obscurité du capuchon et la bouche grand ouverte. Ses oreilles étaient pleines de la respiration bestiale de ce corps qui l'écrasait et la possédait. Puis le corps eut une contraction et poussa une dernière fois en elle. Elle entendit une espèce de grognement et sentit un liquide tiède et visqueux l'envahir. Le corps se retira. « La *bottana* était vierge ! » ricana une voix.

Rosetta crut que c'était fini. Mais un autre corps s'allongea sur elle. « Même pas mal… ça fait même pas mal… » commença à murmurer Rosetta. « Bien sûr, que ça fait pas mal ! rit quelqu'un. T'aimes ça, hein, *bottana* ! » Peu après, le deuxième homme grogna aussi, s'arrêta et la remplit de liquide visqueux.

Et puis ce fut au tour du troisième.

Enfin, la première voix qui lui avait parlé menaça : « Garde le capuchon, sinon j'te crève ! »

Rosetta ne broncha pas en les entendant s'éloigner au pas de course. Elle demeura là, pétrifiée, incapable de bouger, de penser ou d'évaluer la terrible douleur dans laquelle ils l'avaient jetée, incapable de percevoir l'enfer qui se déchaînait en elle et de prendre la mesure de son humiliation. Elle resta immobile jusqu'à ce qu'elle soit secouée de violents frissons – c'était un froid qui venait de l'intérieur, de là où ils l'avaient violée.

Alors seulement, les mains tremblantes, elle ôta le capuchon. Quand elle parvint enfin à se mettre debout, la lumière du couchant rendait encore plus rouge le sang qui coulait entre ses cuisses. Ses yeux étaient écarquillés et sa bouche ouverte n'émettait pas un son. Elle regarda en direction de la ferme, puis vers le champ où elle avait enterré ses brebis, et puis plus loin encore, là où la terre était noire après l'incendie qui avait eu lieu deux mois auparavant, et où se profilaient les silhouettes tordues des oliviers carbonisés. Elle ouvrit la bouche plus grand encore, comme si elle voulait appeler à l'aide, mais pas un souffle n'en sortit. Elle ne sentait ni sa respiration ni son cœur qui cognait dans sa poitrine. Elle était comme morte. Elle n'entendait pas même les cigales.

Elle entendit seulement, dans le lointain, la cloche de l'église San Francesco d'Assisi. Alors, comme un automate, elle se mit à marcher le long du sentier pierreux, presque sans savoir où elle allait, à pas lents et incertains – comme dans un rêve, comme si ce n'était pas vraiment elle. En traversant Alcamo, elle ne sentit pas les yeux des villageois braqués sur elle, et ne se rendit pas compte qu'ils lui emboîtaient le pas. Elle ne suivait que l'écho désormais éteint de cette cloche, la seule chose qu'elle ait perçue. Elle parvint devant l'église San Francesco d'Assisi, monta les deux marches et ouvrit la porte.

« *Gloria Patri et Filio et Spiritui Sancto* », disait le père Cecè pour conclure la prière du soir.

Rosetta fit un pas dans l'église.

« *Sicut erat in principio et nunc et semper et in sæcula sæculorum* », répondirent les femmes en chœur.

Chancelante, Rosetta s'appuya contre un banc, qui émit un grincement. Le père Cecè et son public se retournèrent. Tout le monde se tut.

Le visage de Rosetta avait une expression effrayante, le haut de sa robe lacérée laissait apercevoir sa poitrine, le bas, marqué d'une longue déchirure, révélait le sang souillant ses cuisses, et ses yeux étaient remplis d'une douleur qui illuminait faiblement la pénombre de l'église. Derrière elle, tel un cortège funéraire, on découvrait les villageois qui l'avaient suivie. C'est alors que la jeune femme, débraillée et scandaleuse comme une Marie Madeleine, écarta légèrement les bras, paumes tournées vers le haut, comme si elle se livrait à la communauté. Et dans le silence général, elle lâcha d'une voix rauque :

« Vous avez gagné.

— *Amen* », murmura une fidèle avant de se signer.

5

Sorochyintsi, Gouvernement de Poltava,
Empire russe

Le père de Raechel fut enterré dans le cimetière du *shtetl*. Le vieux rabbin, le menton caché par des compresses qui se teintaient de rouge, tête basse tant il avait honte de cette amputation, entonna le *kaddish* d'une voix si faible qu'il fallait tendre l'oreille pour l'entendre. Raechel avait les yeux gonflés par les pleurs. Sa voix s'unit à celle, atone, du rabbin, qu'elle finit par couvrir : elle était tellement pure, haut perchée et pleine de douleur que nul ne se hasarda à interrompre la jeune fille ou à la réprimander, bien qu'une femme ne soit pas autorisée à conduire la prière des morts. Quand ils eurent achevé leur chant, le rabbin, dans un silence absolu, vibrant d'émotion, conclut : « *Shemà Israèl, Adonaï Elohénu, Adonaï, Echàd.* » Écoute, Israël, le Seigneur est notre Dieu, le Seigneur est Un.

Alors Raechel s'agenouilla près de la fosse et, conformément au rituel, posa avec délicatesse sur la terre fraîchement retournée une pierre, *evèn*, un mot qui dans leur vieille langue contenait les racines des mots « père » et « fils ». Et là, seconde après seconde, elle eut l'impression que ses forces l'abandonnaient, comme elles avaient abandonné son père. Posant sa main sur la terre de la tombe, elle se sentit envahie par le même froid qui enveloppait le corps de son père. Tout à coup, son avenir lui apparut comme une montagne infranchissable. Dans cet état de trouble et de désarroi, elle redevint une gamine de treize ans incapable de faire face à la vie.

Moins d'une heure plus tard, quatre chariots couverts, tirés chacun par quatre chevaux, arrivèrent au *shtetl*. Trois hommes descendirent du premier véhicule. Ils étaient vêtus d'un long caftan noir en laine épaisse avec un col en fourrure. Ils se dirigèrent d'un pas résolu vers le rabbin.

« *Shalom Aleichem*, dirent-ils respectueusement.

— *Aleichem Shalom* », répondit le rabbin, tête baissée.

Raechel regarda ces hommes et leurs voitures avec crainte. Ce qu'elle avait le plus désiré au monde jusqu'à la veille et ce qu'elle avait imaginé comme une chance extraordinaire lui inspirait à présent une peur qu'elle ne parvenait pas à maîtriser. « Pars, ma fille », lui avait dit son père en mourant. Mais Raechel n'en avait plus le courage. Elle n'avait plus ni la force de partir ni celle de rester. Tout ce qu'elle désirait, à ce moment précis, c'était disparaître, c'était ne plus éprouver cette douleur atroce et cette insurmontable impression de vide. Elle avait le souffle de plus en plus court, tandis qu'elle tentait de raisonner et de prendre une décision.

Les trois hommes descendus du chariot remarquèrent immédiatement sur les visages et les corps de tous les membres de la communauté réunis autour d'eux les blessures infligées par le raid de la veille. Ils secouèrent la tête, puis le plus grand des trois, un homme replet et rougeaud, fit un signe. Aussitôt, deux autres hommes apparurent, eux aussi enveloppés dans un long caftan. Ils déposèrent un baril de quatre pieds de haut devant le rabbin.

« C'est de la viande salée, les animaux ont été abattus selon notre rituel, expliqua l'individu rondelet. Accepte-la pour ton village.

— *Barùch Shem Kevòd Malchutò Eolàm Vaèd*, dit le rabbin, accompagné des murmures reconnaissants de la communauté.

— Oui, saint homme : Béni soit le nom de son royaume glorieux de toute éternité, reprit l'autre. Je m'appelle Amos Fein. Avez-vous lu le message que nous vous avions laissé ?

— Oui, nous l'avons lu, répondit le rabbin.

— Bien. Et qu'avez-vous décidé ?

— Prendrez-vous soin de nos filles ? »

Amos se tourna à nouveau vers les deux hommes qui avaient apporté le baril de viande salée et il leur adressa un autre signe. Ils ouvrirent les battants arrière des chariots et firent descendre une vingtaine de jeunes filles, souriantes et joyeuses.

« Regarde-les : maintenant, ce sont nos filles ! dit Amos d'une voix posée. La Sociedad Israelita de Socorros Mutuos Varsovia veut leur offrir la possibilité de ne pas mourir d'épuisement et de persécution. Mais si tu ne me crois pas, demande-leur ! »

Le rabbin examina les jeunes filles descendues des véhicules. Puis, après avoir saisi au vol les signes de consentement des parents concernés, il reprit :

« Quatre de nos filles bien-aimées partiront avec vous.

— Cinq ! » Raechel s'avança, un frémissement dans la voix.

Amos la regarda, l'air déçu. Cette gamine n'avait rien de féminin. Son visage était plutôt laid, avec des pommettes saillantes, un nez pointu en trompette, des lèvres fines et des cheveux ridicules, longs et en broussaille comme ceux d'une sauvageonne. Son corps maigre et sec, avec les os des épaules saillants, sans aucune trace de poitrine, ressemblait à celui d'un garçon.

« Non, rabbin ! » intervint la belle-mère de la jeune fille. Puis, s'adressant à Raechel, elle lança d'un ton aigre et dur :

« Ton père ne voulait pas que tu partes. Honore sa mémoire en respectant ses dernières volontés !

— En mourant, mon père m'a dit de partir, protesta faiblement Raechel. Telles ont été ses dernières paroles…

— Menteuse ! » cracha la belle-mère, débordant de mépris.

L'adolescente la fixa, sans énergie. La veille encore, elle l'aurait contredite avec véhémence, mais à présent, elle n'en avait plus la force.

« Bon, veuillez m'excuser, rabbin, coupa Amos, dont le visage exprimait encore la déception causée par l'apparence de Raechel, je ne voudrais pas créer de tensions entre vous. Si elle doit rester… qu'elle reste.

— Donnez-nous un instant pour éclaircir la situation, décida le rabbin. Suivez-moi ! » commanda-t-il d'un ton autoritaire à Raechel et à sa belle-mère, en se dirigeant vers le *šul*.

Il s'arrêta juste devant l'entrée et les fixa d'un œil sévère :

« Qu'est-ce qui se passe, là ? demanda-t-il enfin à Raechel.

— Je vous l'ai déjà dit, répondit-elle, sentant son cœur battre à tout rompre, comme si elle se trouvait au bord d'un précipice.

— Ce n'est pas vrai, rétorqua aussitôt la belle-mère. Mon mari bien-aimé ne voulait pas qu'elle parte, rabbin. Il lui a expliqué qu'elle était trop jeune et qu'elle n'était pas capable de prendre soin d'elle-même. »

Raechel pensa que son père avait raison : elle avait été présomptueuse et n'avait pas réalisé combien elle était fragile sans lui.

« C'est vrai ? » demanda le rabbin à Raechel.

Raechel, effrayée par ses propres paroles, répondit tout bas :

« Oui mais après, en mourant… il m'a dit de partir. » À ce souvenir, la douleur brisa sa voix et ses yeux s'embuèrent :

« Nous étions juste à côté de vous…

— Mais je n'ai pas entendu, dit le rabbin.

— Il a murmuré… essaya d'expliquer Raechel.

— Et toi, tu l'as entendu ? questionna le rabbin, tourné vers la femme.

— Non », répondit-elle.

Raechel la toisa avec mépris.

« Comment aurais-tu pu l'entendre ? Tu t'étais enfuie ! Tu l'as laissé mourir seul… » La belle-mère piqua un fard et ne dit mot, elle frémissait de rage.

Sourcils froncés, le rabbin dévisagea les deux femmes : « C'est la parole de l'une contre celle de l'autre. Je trancherai en fonction de la Loi. » Dans un geste automatique, il leva la main pour lisser sa longue barbe, mais il interrompit son geste à mi-chemin. Il soupira : « J'ai toujours désapprouvé la manière dont ton père t'élevait, et je ne me suis jamais privé de le lui dire, commença-t-il. Il me répondait que tu avais une intelligence supérieure aux autres, et que l'ignorer aurait été un péché contre l'Éternel. »

Raechel sentit son cœur se serrer en se rappelant combien son père l'avait aimée et défendue. C'est seulement maintenant qu'elle mesurait l'importance des libertés qu'il lui avait concédées ; à l'époque, elles lui avaient paru bien insuffisantes, or elles avaient dû valoir à son père des batailles quotidiennes au village. Sans lui, elle n'était rien, sa force, c'était lui.

« Et regarde le résultat de son éducation, reprit le rabbin d'un ton sévère : de la superbe ! » s'exclama-t-il.

Un sourire satisfait se dessina sur le visage de la belle-mère. Alors le rabbin énonça sa sentence :

« Tu n'es pas encore majeure, et je décrète que la femme de ton père devient ta mère.

— Non… protesta faiblement Raechel. Elle, elle veut juste…

— Et si elle estime qu'il vaut mieux que tu ne partes pas, il en sera ainsi, poursuivit-il, imperturbable. Tu seras le bâton de ses vieux jours. *Amen.*

— Non… répéta la jeune fille. Elle en a rien à faire, de moi ! Elle a juste besoin d'une esclave !

— Femme, dit alors le rabbin en s'adressant à la belle-mère, sans se soucier de ce que disait Raechel, emmène ta fille ! Et enferme-la chez vous s'il le faut. Je n'aurais jamais souhaité la mort de ton père, poursuivit-il d'un ton grave en se tournant vers l'adolescente, mais puisque cela s'est produit, nous tirerons profit de cette catastrophe pour te ramener dans le droit chemin, celui qu'il n'a pas su t'indiquer.

— Comment pouvez-vous parler de mon père comme ça ? s'exclama Raechel, indignée. Il valait mieux que vous tous réunis ! Bande d'hypocrites !

— C'est le démon en personne qui parle par ta bouche ! rétorqua le rabbin. Allez, emmène-la, femme ! »

La belle-mère saisit rudement Raechel par le bras et se mit à la tirer. La jeune fille n'opposa pas de résistance, se contentant de répéter : « Comment pouvez-vous parler de mon père comme ça… » La femme la traîna jusqu'à leur maison, dont elle bloqua la porte avec la barre en bois, Raechel entendit les voix allègres des autres filles et les bénédictions de leurs parents. Elle entendit ensuite les battants des chariots qu'on ouvrait et refermait, les fouets qui claquaient, les chevaux qui hennissaient et les roues qui, en commençant d'avancer, faisaient craquer le voile de gel qui glaçait les rues du *shtetl*. Raechel s'approcha de l'unique petite fenêtre de la maison et regarda les véhicules noirs qui s'éloignaient lentement, au pas.

« Prépare-moi à manger ! » ordonna la belle-mère, derrière son dos. Raechel lui fit face. Un sourire triomphant et malveillant barrait le visage de l'odieuse femme. « Maintenant la musique va changer, il va falloir t'habituer ! » Raechel se tourna à nouveau vers l'étroite fenêtre. Elle aperçut les chariots au loin et sentit brusquement tout le poids de sa vie à venir. Elle se crut perdue, et une nouvelle attaque de panique lui serra la gorge. Elle n'aurait plus rien, pas même ce peu de choses dont elle jouissait auparavant. Mais elle n'en éprouva nulle colère, simplement un sourd désespoir qui virait au noir, comme si elle s'enfonçait dans une obscurité totale et sans retour. Ce qui l'attendait, c'était la prison à vie, une petite mort. « Dépêche-toi ! » lança la belle-mère. Comme un automate, le dos voûté, Raechel s'approcha du feu. « Je suis en train de vous trahir, père », pensa-t-elle. Et puis, écrasée par le poids de sa propre faiblesse, et tandis qu'une larme tombait dans la casserole de bouillon, elle se dit : « Et je me trahis moi-même. »

Peu après, on frappa à la porte.

« Donne-moi tous les livres ! ordonna le rabbin à la belle-mère, dès que celle-ci eut ouvert. Je les conserverai dans le temple. Il n'y aura plus de femmes qui lisent dans cette maison.

— C'est tout ce qui me reste de mon père ! Je vous en prie, non… » protesta Raechel, les yeux rougis.

Ni la belle-mère ni le rabbin ne daignèrent répondre. La femme rassembla les livres en deux hautes piles. La jeune fille regardait la scène sans trouver la force de réagir.

« Aide-moi à les porter, dit le rabbin à la femme, je n'y arriverai pas seul. »

Elle se tourna vers Raechel.

« Mais… et elle ?

— Où veux-tu qu'elle aille ? rétorqua le rabbin. Ferme la porte de l'extérieur. »

Le rabbin et la belle-mère prirent les livres et sortirent. Raechel entendit qu'on verrouillait la porte. À nouveau, avec plus de netteté encore, elle prit toute la mesure de sa future vie de prisonnière. « Où veux-tu qu'elle aille ? » avait dit le rabbin presque avec mépris – parce qu'il la savait vaincue, écrasée. Elle se posta à la fenêtre. On ne voyait plus les chariots, mais elle savait où ils se trouvaient. Ils suivaient la route qui traçait un long demi-cercle autour de la colline dominant le village. Il aurait été plus rapide d'aller tout droit vers l'ouest, mais les voitures, souvent tirées par des bêtes faibles ou âgées, évitaient d'affronter la côte. Raechel se souvint de toutes les fois où, quand elle était plus petite et voulait rejoindre son père qui allait aux champs, elle avait coupé par la colline. Ses jambes vives lui permettaient de rattraper son père avant même qu'il n'achève le demi-cercle dessiné par la route. Elle était jeune et assez fine pour sortir par la fenêtre, qui n'était pourtant guère plus large qu'une meurtrière.

Cette idée lui vint soudain à l'esprit. Elle eut alors l'impression que le sang se remettait à couler dans ses veines, l'arrachant à la brume dont elle s'était sentie enveloppée. Malgré le mode de vie résigné de leur communauté, son père lui avait appris que tout être humain est l'enfant de ses propres choix, et que chacun a le devoir de déterminer son propre destin. Elle fixa l'étroite fenêtre : son cœur lui intimait l'ordre de fuir. Elle finit par rejoindre sa couche, où elle prit le seul livre ayant échappé au rabbin et à la belle-mère. Ce livre à la couverture très usée lui était particulièrement cher, et elle l'avait glissé la veille au soir dans son lit pour sentir son père encore à ses côtés. Elle le serra contre sa poitrine. Puis elle retourna près de la fenêtre qu'elle se mit à observer, effrayée. Ce qu'elle s'apprêtait à faire était une folie, mais elle n'avait pas d'alternative : si elle restait, elle mourrait.

Elle ouvrit l'espèce de meurtrière et lança le livre à l'extérieur, enveloppé dans un torchon de cuisine. Puis elle prit un tabouret sur lequel elle grimpa. Elle passa la tête dans l'ouverture mais comprit que, de cette manière, ses épaules ne pourraient pas suivre. Alors elle recula, tendit les bras en avant et les fit sortir en premier. Puis elle fit passer la tête et les épaules, qui franchirent difficilement le cadre. Elle expulsa tout l'air de ses poumons et se propulsa en avant, cherchant à agripper les troncs de sapin qui formaient le mur extérieur de la maison. Mais elle réalisa alors qu'elle n'aurait pas la force nécessaire pour le bassin. Paniquée, elle était coincée ainsi, moitié dehors moitié dedans, lorsqu'elle vit passer Elias, le boutonneux. Le gosse la remarqua tout de suite et eut une expression étonnée et inquiète, avant de jeter un œil vers le centre du village.

« Si tu me dénonces, je te tue ! » le menaça-t-elle, machinalement.

Elias fit un pas en direction de la rue principale.

« Elias, je t'en prie ! » le supplia alors Raechel, les larmes aux yeux. Le garçon s'arrêta.

« Je t'en prie, ne me trahis pas, répéta-t-elle, et aide-moi… »

Il s'approcha lentement.

« Qu'est-ce que tu essayes de faire ? demanda-t-il, maintenant tout près des bras de la fille. Tu veux t'en aller, toi aussi ?

— Aide-moi !

— Tout le monde s'en va, commenta-t-il tristement.

— Aide-moi !

— Si tu t'en vas toi aussi, je vais me retrouver seul…

— S'il te plaît ! »

Après un moment d'hésitation, Elias lui attrapa les bras et commença à tirer. Il soufflait bruyamment et glissa à plusieurs reprises. Raechel sentit qu'elle s'écorchait les hanches, mais finalement elle parvint à sortir tout entière et tomba dans la boue. Elle se releva et ramassa le livre de prières de son père.

« Merci, tu es un véritable ami, dit-elle à Elias, qui esquissa un sourire timide.

— C'est vrai ?

— Oui, tu m'as sauvé la vie. »

Elle l'embrassa sur les lèvres avant de partir en courant. Elias porta les doigts à sa bouche, comme pour toucher le premier baiser de sa vie.

Mais ça, Raechel ne le vit pas. Elle s'enfuit sans se retourner, elle n'avait pas de temps à perdre. Elle s'élança vers la colline qu'elle gravit le plus rapidement possible, et ne s'arrêta qu'au sommet, à bout de souffle. De là, elle aperçut le cimetière. À cette distance, la tombe de son père n'était qu'un petit tas de terre fraîchement retournée, une insignifiante tache sombre dans l'étendue blanche de la première neige, coutumière dans ces contrées où le mois de septembre marquait le début de l'hiver. Elle regarda dans la direction opposée : les chariots étaient loin, elle avait trop tardé. Elle s'élança à leur poursuite, courant à perdre haleine dans la descente. Quand elle arriva sur la route, elle était déserte.

« Je n'y arriverai jamais », pensa-t-elle. Elle se mit à ralentir, jusqu'à s'arrêter et se laisser aller au découragement. « Je n'y arriverai jamais », répéta-t-elle. Elle s'accroupit, prête à céder aux larmes. Mais c'est alors, dans le silence de cette terre glaciale et désolée, que son cœur se fit entendre :

« Mais si, tu peux y arriver, ma fille adorée ! dit-elle soudain, prenant la voix de son père.

— Oh, tu ne m'as pas abandonnée, murmura-t-elle, émue.

— Je ne t'abandonnerai jamais, ma fille », continua-t-elle, imaginant son père à son côté.

Aveuglée par les larmes et le souffle brisé par les sanglots, elle se leva.

« Arrête de pleurer ! » gronda son père.

Mais rien à faire, elle pleurait toutes les larmes de son corps et semblait être un puits sans fond. « Arrête de pleurer, enfin ! la tança son père, presque en criant. Je ne veux plus te voir pleurer ! » Et puis, quand l'écho de ces paroles se fut perdu dans l'univers glacé qui l'entourait, Raechel entendit son père ajouter : « Vis ta vie, et jusqu'au bout ! »

Raechel essuya ses larmes en hochant la tête, puis elle reprit sa course. Chaque fois qu'elle craignait de ne pouvoir continuer, elle se disait, prenant la voix de son père : « Cours, cours, ma fille ! Tu vas y arriver ! »

Mais plus elle s'éloignait, plus elle se sentait angoissée. Plus elle avançait, moins elle avait de possibilité de faire demi-tour : parfois, cette pensée lui donnait une force nouvelle et lui faisait accélérer le pas, mais à d'autres moments, elle semblait au contraire accrocher du plomb à ses semelles, et ses pieds devenaient terriblement lourds et lents. Entre accélérations et ralentissements, elle résista pourtant à la tentation de changer de direction et poursuivit son chemin sur la route qui l'arrachait définitivement à sa vie passée. Elle avança pendant des heures, effrayée par tout : par ce qu'elle avait quitté, par ce qu'elle cherchait et par ce qu'elle ne trouverait peut-être pas. À deux reprises, elle entendit approcher une charrette de paysans. « Cache-toi ! » lui intima son père. Aussitôt, elle se jeta dans un champ et se tapit dans le fossé, contre la terre humide et glacée. Quand elle vit que le soleil commençait à baisser, elle dit :

« J'ai peur, père !

— Je suis là, je te protège, lui répondit-il, ne renonce pas !

— Il va faire noir…

— J'éclairerai ta route.

— Les loups vont sortir chasser…

— Je te rendrai invisible à tes ennemis.

— Ne m'abandonnez pas, père…

— Je ne t'abandonnerai jamais, ma fille adorée. »

Ainsi, alors que l'obscurité avançait, menaçante, Raechel continua à marcher, tremblant à chaque bruit, au moindre frémissement.

« Dis-le-moi encore ! » murmurait-elle chaque fois qu'elle sentait la peur la submerger.

Et son père, d'une voix chaleureuse et rassurante, lui répétait :

« Je ne t'abandonnerai jamais, ma fille adorée. »

Pourtant, à un moment donné, Raechel céda à la fatigue, plus encore qu'à la détresse. Elle était gelée et affamée, n'avait plus de force dans les jambes, ne sentait plus ses pieds et n'arrivait plus à plier les doigts ; ses oreilles et son nez semblaient de cristal et sa vue se brouillait. Autour d'elle, les silhouettes inquiétantes des arbres frémissaient, éclairées par une lune anémique. Elle s'immobilisa au bord de la bande à peine visible que formait la route.

« Je suis désolée, père, lâcha-t-elle en tombant à terre.

— Lève-toi ! dit son père.

— Rien qu'un instant, rien qu'un instant, chuchota-t-elle en fermant les yeux, s'abandonnant à un sommeil qui était l'antichambre de la mort.

— Ma fille ! appela son père d'une voix lointaine. Ma fille… »

Mais Raechel ne l'entendait plus. Elle ne sentait plus ni le froid ni la fatigue, elle n'avait plus ni peurs ni désirs. Elle eut l'impression qu'une paix réconfortante venait l'envelopper. Puis toute pensée en elle s'éteignit.

6

Boccadifalco – Palerme, Sicile

Pendant deux jours, Rocco travailla comme un bœuf dans la vigne de don Mimì. Tandis qu'il bêchait, il sentait encore sur lui, comme une colle incroyablement poisseuse, cette sensation de mort intérieure qui l'avait saisi sur la plage de Mondello. Sa tête était vide, on aurait dit qu'elle s'était endormie et refusait de formuler la moindre pensée. Son cœur semblait avoir cessé de battre pour ne pas devoir entendre le bruit de la défaite, de la capitulation. Il s'était cru capable de ne pas s'enfoncer dans cette mer fangeuse. Quelle prétention ! Lentement mais sûrement, il avait été aspiré par une destinée que la vie scélérate de son père avait écrite pour lui – toute possibilité d'écrire seul son propre destin lui était refusée. Il était damné. Il n'était pas un homme libre, simplement l'ombre de son père. Il avait échoué et n'avait plus la force de se rebeller, il était devenu le fantôme de lui-même.

Ces deux jours glissèrent comme du sable entre ses doigts, ce fut une succession d'heures floues privées de sens, de relief, d'émotion. Et le troisième jour, Nardu Impellizzeri, le *caporegime* de don Mimì, frappa à la porte de sa ferme. « Alors, on t'a rabattu le caquet, petit coq ? » lui lança Nardu avec un sourire sarcastique. Rocco hocha la tête d'un air las.

« Don Mimì te fait savoir que tu dois te présenter de sa part au Garage Balistreri, poursuivit Nardu. Sasà Balistreri est un ami. Il te prend comme apprenti chez lui.

— Apprenti ?

— Pétard, tu voulais faire quoi, chef mécano ?

— Et il est où, ce garage ?

— À la Cala, dans le *mandamento* de Castellammare.

— Et je dois y aller quand ?

— Quand ? Ben maintenant ! T'attends quoi, qu'on t'envoie un carrosse ? »

Rocco baissa la tête, acquiesça et s'en alla. Il traversa le quartier périphérique de Vuccheifaiccu, comme les habitants l'appelaient, né en bordure de ce qui restait de la Riserva Reale Borbonica. Il longea les vieux abattoirs, les tavernes et les misérables maisons des travailleurs de la réserve. Puis, ayant atteint le centre-ville, il traversa le Borgo Vecchio et déboucha sur le Càssaro, la plus ancienne rue de Palerme, que les gens refusaient d'appeler Corso Vittorio Emanuele. Il continua tout droit, entre les palais, jusqu'à ce qu'il sente l'odeur âcre du poisson. Il tourna alors dans une ruelle sur sa gauche et se retrouva à la Vuccirìa, le marché historique de la ville. Il passa au milieu des étals, sourd aux *abbanniàte*, aux cris des vendeurs. Et en quelques minutes, la ville se termina au bord de la mer. C'était la Cala, le premier port de Palerme. « Où est le garage Balistreri ? » demanda-t-il à un vieux pêcheur occupé à raccommoder un filet. L'homme tendit la main vers sa droite, sans un mot. « Merci », dit Rocco en s'éloignant. Il se dirigea vers ce qui, à première vue, paraissait être un hangar à bateaux, avec trois grandes arches donnant directement sur la mer. Un homme corpulent était assis devant, sur une caisse, il fumait un cigare en contemplant les eaux troubles du port.

« Je cherche Sasà Balistreri, annonça Rocco.

— Et qui le cherche ? demanda l'homme sans lever la tête.

— C'est don Mimì Zappacosta qui m'envoie. »

L'autre braqua ses yeux sur lui :

« Alors comme ça, tu es le fils de Carmelo Bonfiglio, dit-il en le dévisageant. Tu ne lui ressembles pas.

— Non. Je tiens de ma mère.

— Ce qui compte, c'est le sang ! »

Il saisit la main de Rocco et examina son index.

« Tu t'es fait piquer par un moustique ? »

Rocco ne répondit rien. L'autre eut un petit rire.

« Sasà Balistreri, tu l'as devant toi, *picciottu* ! s'exclama-t-il, frappant son ventre proéminent d'une main.

— Qu'est-ce que je dois faire ?

— Pétard, toi t'es pas un bavard, hein ! »

Rocco le regarda en silence.

« Parlons peu, parlons bien, commenta Balistreri en se levant péniblement, c'est ce que je dis toujours à ma grosse ! Mais en plus d'avoir la langue bien pendue, elle est dure d'oreille ! » Il ricana tout seul, avec lassitude, à cette boutade éculée qu'il avait dû faire Dieu sait combien de fois. Puis il pénétra dans l'atelier et se dirigea vers une cabine vitrée en bois. Là, il s'assit derrière un bureau encombré d'outils de mécanos. « Ferme la porte ! dit-il à Rocco avant de pointer vers lui un doigt plein de cambouis. Écoute : j'avais pas besoin de toi, mais quand don Mimì m'appelle, je réponds toujours présent. » Ils disent tous ça, songea Rocco. C'était comme un disque rayé. Les visages changeaient, mais les paroles demeuraient éternellement les mêmes. Et peut-être qu'un jour, il les prononcerait à son tour.

« Don Mimì dit que tu te débrouilles bien avec les moteurs, reprit Balistreri.

— Oui, laissez-moi faire le mécanicien, pas l'apprenti ! répliqua Rocco.

— Oh, ne t'en fais pas, tu feras le mécano, reprit l'autre avec un sourire ambigu, mais la nuit.

— Je ne comprends pas…

— Je vais t'expliquer, poursuivit-il d'un air satisfait. Combien tu crois qu'il y a de voitures et de camions à Palerme ? Cent ? Deux cents, peut-être ? »

Là, il se pencha vers lui.

« Alors un homme honnête comme moi, tu crois qu'il vit comment ? » Sur ce, il sourit. « T'as pigé ?

— Non.

— Les moteurs, faut les bousiller, *picciottu* ! Réfléchis un peu ! s'exclama-t-il en se frappant l'index contre la tempe. La nuit, toi tu bousilles les petits moteurs, et comme ça le jour, nous on les répare.

— Moi, je veux réparer des moteurs, pas les casser. »

Balistreri se pencha vers lui, menaçant : « Toi, tu feras ce que je te dis. Parce que je suis le *caporegime* de Castellammare. » Il le fixa en silence, son doigt crasseux en l'air. « Don Mimì m'a assuré qu'il t'avait mis au parfum. » Puis sa voix se fit agressive : « Et moi, j'ai vraiment pas envie de devoir aller me plaindre auprès d'un grand *capo mandamento* comme lui. *Capisce ?* »

Rocco baissa les yeux, sans mot dire.

« *Capisce ?* » répéta l'autre, plus fort.

Le jeune homme acquiesça. « Très bien, conclut Balistreri en s'appuyant contre le dossier de sa chaise. À ton âge, ton père avait déjà accompli de grandes choses, remarqua-t-il en secouant la tête. Peut-être que c'est pas seulement les cheveux, que t'as hérité de ta mère… »

Rocco ne réagit pas.

« Tu commences ce soir, reprit le patron. Tu sortiras avec Minicuzzu, qui t'apprendra le métier et te protégera les miches. » Il ralluma son cigare éteint, avant de conclure sans plus regarder son nouvel apprenti : « Allez, va me chercher un café bien serré ! »

Rocco sortit de la cabine et balaya l'atelier du regard. Quatre types se trouvaient là. Trois d'entre eux étaient couverts de cambouis et s'affairaient autour d'un moteur de chalutier monté sur un treuil. Le quatrième se tenait à l'écart, avec des vêtements immaculés et des mains bien blanches – petit, nerveux et les cheveux gominés.

« Salut, dit-il à Rocco.

— Salut, répondit Rocco. Où est-ce que je vais chercher le café de M. Balistreri ?

— À la cafét' ! »

Les trois mécanos ricanèrent.

« Et elle est où, la cafét' ? demanda Rocco.

— Là où elle doit être.

— Merci », bougonna Rocco, en faisant volte-face. Et il se dirigea vers la sortie du garage.

Les trois mécaniciens rirent à nouveau :

« Minicuzzu, lança l'un d'eux, amusé, tu sais que t'aurais dû faire comique ?

— *Picciottu !* » appela Minicuzzu.

Rocco s'arrêta.

« T'aimes pas les blagues ? » sourit l'autre.

Rocco le regarda sans lui retourner son sourire.

« Vous savez qui est le père de ce *picciottu* ? demanda Minicuzzu aux mécaniciens. Carmine Bonfiglio !

— *Le* Carmine Bonfiglio ? s'exclama l'un d'eux, les yeux écarquillés.

— Oui, en personne ! » confirma Minicuzzu.

Les trois mécanos s'approchèrent de Rocco. Ils lui tendirent la main après l'avoir essuyée sur leur bleu de travail, et le saluèrent avec respect :

« C'est un honneur, assurèrent-ils, ton père était un grand homme. »

Minicuzzu expliqua alors :

« La Caffetteria degli Aranci est là, sur ta droite, à vingt pas. Inutile de payer, tu n'as qu'à signer. Et pendant que tu y es, prends-moi un café aussi. Mais dépêche-toi, parce que j'aime le café bien chaud ! »

Rocco passa la journée à faire des allers et retours entre le garage et la Caffetteria degli Aranci. Chaque fois qu'il s'approchait du moteur de chalutier, on l'en écartait. On lui permit juste de ranger les outils et de les nettoyer avec de vieux journaux et un solvant plus sale encore que le cambouis. Vers cinq heures de l'après-midi, alors que les autres s'apprêtaient à fermer l'atelier, Minicuzzu le prit à part et lui dit : « Va te reposer, cette nuit tu devras être bien réveillé. Je passe te prendre à onze heures. Le boulot aura lieu près de chez toi. »

Rocco ne put ni dormir ni manger. Il regardait dans le vide. Seul, comme toujours. Seul à l'intérieur. Une solitude pesante qu'aucune des nombreuses filles qu'il avait connues n'avait jamais pu alléger, une solitude qui l'avait toujours empêché d'unir son destin à celui d'une femme – car son destin ne lui appartenait pas.

À onze heures précises, il entendit une carriole s'arrêter devant sa ferme. Il découvrit Minicuzzu accompagné d'un gosse qui ne devait pas avoir douze ans. « On y va à pied », expliqua l'homme en se mettant en route. Rocco remarqua qu'il s'était changé : il portait maintenant un chandail et un pantalon noirs. Le gosse avait des culottes courtes qui laissaient voir des jambes maigrelettes pleines d'égratignures et il marchait pieds nus ; il prit une sacoche en cuir sur le siège arrière de la carriole et la mit sur son épaule, chancelant sous son poids.

« Donne-la-moi ! proposa Rocco.

— Non ! dit le gosse avec orgueil en l'évitant.

— C'est Totò qui porte le sac, intervint Minicuzzu. S'il y arrive pas, alors il ne sert à rien et peut rester à la maison. C'est pas vrai, Totò ?

— J'y arrive ! s'exclama Totò, la voix contractée par l'effort.

— Pourquoi il vient, le petit ? interrogea Rocco.

— Parce que je fais son éducation.

— C'est ton fils ?

— Si ça se trouve, va savoir ! plaisanta Minicuzzu. Dis-lui ce que fait ta mère, Totò !

— La *bottana* », répondit le gamin en rougissant.

Minicuzzu rit à nouveau.

« Mais lui, il deviendra un brave *picciottu*, pas vrai Totò ?

— Vous avez qu'à me dire qui il faut dérouiller, et je le dérouille ! » répondit le mioche en y mettant toute sa conviction.

Il n'avait pas encore mué, n'était guère plus qu'un enfant et se gargarisait déjà d'expressions de gros dur, pensa Rocco. Il ne savait même pas de quoi il parlait, mais à force de répéter ces trucs, il finirait par y croire. Tôt ou tard, Minicuzzu lui mettrait entre les mains un cran d'arrêt ou un fusil à canon scié, et Totò deviendrait un animal, comme tous les hommes d'honneur. On lui ferait ce qu'on lui avait fait, à lui. On le ferait plier, de gré ou de force.

« Silence, on est arrivés ! lança Minicuzzu en baissant la voix.

— On est chez Vicenzu Calò ! s'exclama Rocco.

— Chut !

— Mais on est chez Vicenzu Calò ! » insista-t-il.

Minicuzzu se retourna vers lui en brandissant le poing.

« Non ! Ici, il y a un camion qui doit être réparé, point. À qui il appartient, je n'en ai rien à foutre.

— Le Fiat Tipo 15 de Vicenzu n'est pas en panne, c'est moi qui l'ai réparé. »

Minicuzzu sortit son cran d'arrêt et le pointa vers les côtes de Rocco.

« Eh ben, c'est que t'as pas bien bossé et qu'il a besoin d'un garage spécialisé, grogna-t-il tout près de son visage. Allez, avance, sinon j'te jure que j'te crève », et il pressa la lame du couteau contre lui. Quand ils arrivèrent au camion, Minicuzzu chuchota :

« T'as besoin de quoi ? »

Il fit signe au gosse.

« Totò, apporte le sac !

— Minicuzzu, je vous en prie ! Vicenzu a deux familles entières à nourrir, plaida Rocco. Il a dépensé toutes ses économies pour acheter ce camion militaire aux enchères en 1909 : c'était un vieux machin, pratiquement une épave. Il l'a retapé avec amour et je l'ai aidé pour le moteur.

— Et alors ?

— Ne le ruinez pas…

— Tu veux voir comme je m'en fous ? »

Il poussa Rocco et enfonça la lame du cran d'arrêt dans le pneu arrière du camion. La roue s'affaissa avec un sifflement.

« Voilà, on lui arrangera ça au garage !

— Non, je vous en prie… » murmura Rocco.

Minicuzzu ricana. En un éclair, Rocco revit alors le visage des paysans qu'ils avaient passés à tabac, ce jour où on l'avait fait boire. Et il revit le regard effrayé que ces pauvres gens lui avaient lancé en le croisant ensuite au village, sachant qu'il était un homme d'honneur et pouvait faire ce qu'il voulait de leur vie – en d'autres mots, sachant qu'il était un assassin et aurait encore pu s'acharner sur eux après leur avoir soutiré en toute impunité la terre qui les nourrissait. Il revit le garçonnet mort de faim cet hiver-là, les pleurs de ses parents et les rires de l'homme de main de don Mimì. Et à ce moment-là, il imagina comment la vie de Vicenzu Calò allait être détruite. Mais surtout, il se revit lui-même sur la plage de Mondello, trois jours auparavant, à genoux, vaincu par la peur, avec ce petit saint barbouillé de sang qui se consumait entre ses doigts, tandis qu'il jurait de devenir un homme d'honneur – autrement dit un homme de merde, qui affamait et tuait dans un éclat de rire. La torpeur de ces derniers jours s'évanouit brusquement, comme si quelqu'un lui avait braqué une torche dans les yeux.

« Non ! » cria-t-il.

Quand Minicuzzu, sourire aux lèvres, enfonça son cran d'arrêt dans le pneu avant du camion, quelque chose explosa dans le cerveau de Rocco, quelque chose qu'il ne pouvait maîtriser. Il lui sauta à la gorge et lui fracassa la tête contre la vitre du véhicule, qui vola en morceaux dans la nuit.

« Qui est-ce ? » Une voix venait de l'intérieur de la ferme. Minicuzzu flanqua un coup de couteau à Rocco qui bondit en arrière juste à temps et fut légèrement blessé au bras. Il avait grandi dans la rue et était beaucoup plus costaud que son adversaire. Et il ne voulait plus être un fantôme, quoi que cela puisse lui coûter. Il asséna un grand coup de pied entre les jambes de Minicuzzu, avant de lui balancer un crochet. « Laisse-le, connard ! » hurla Totò en se jetant sur Rocco. « Qui est-ce ? » répéta la voix. La porte de la ferme s'ouvrit et un homme apparut à la lumière d'une lampe à gaz, un fusil de chasse à double canon à la main.

« On se barre ! » lança Minicuzzu en se relevant. Totò, ployant sous le poids du sac, avait déjà commencé à courir comme il pouvait. Le premier tir résonna dans la nuit. Minicuzzu rattrapa Totò, le saisit par les épaules et, dans sa fuite, se servit du gosse comme d'un bouclier. Rocco courait derrière, plié en deux. Le deuxième tir produisit un éclair, puis on entendit un gémissement. Minicuzzu laissa tomber le gamin à terre et poursuivit sa fuite. « Je vais vous descendre ! » cria l'homme de la ferme tout en rechargeant son fusil. Rocco arriva près du garçon. Il gémissait sur le sol. Le cœur battant, Rocco le dépassa d'un bond, ne pensant qu'à se mettre en sécurité, hors de portée du double canon. Mais après quelques pas, il s'arrêta. Totò se lamentait de sa petite voix enfantine. Il ne pouvait pas le laisser là. Il fit demi-tour et le chargea sur son épaule, abandonnant le gros sac à outils. Il disparut dans la nuit avant que le troisième tir ne retentisse.

Quand il regagna sa ferme, Minicuzzu était déjà installé sur le siège de sa carriole et s'apprêtait à fouetter le cheval. Rocco déposa Totò sur le sol et, toujours en proie à cette colère qui l'avait brusquement sorti de sa torpeur, il attrapa Minicuzzu par le col et le jeta dans la poussière. « Lâche ! » cria-t-il en lui flanquant un coup de poing. Il se précipita sur lui et se remit à le tabasser, comme saisi de folie. « Je vais te crever ! » beugla-t-il, les yeux injectés d'une fureur qu'il ne pouvait maîtriser. « Laisse-le, fumier ! » s'écria Totò. Rocco s'interrompit, revenant soudain à la réalité.

Son cœur battait à en éclater et son souffle lui brûlait les poumons. À quelques pas de là, le gamin sanglotait. Rocco le rejoignit et constata que sa cuisse droite avait reçu une volée de plombs.

« J'ai mal, pleurnichait Totò, j'ai mal…

— Espèce de lâche ! répéta Rocco à Minicuzzu qui s'était relevé, le visage en sang. D'abord tu te sers de lui comme d'un bouclier, et après tu l'abandonnes sur place !

— Toi, tu es un mort qui marche, grinça Minicuzzu en se hissant péniblement dans sa carriole. Totò, magne-toi !

— Où tu vas ? lança Rocco au garçonnet qui, sans cesser de pleurer, se traînait vers le véhicule. À cause de lui, tu aurais pu y rester !

— C'est pas vrai ! protesta Totò entre ses larmes.

— Totò… commença Rocco et il prit le petit par le bras, essayant de le retenir.

— Laisse-moi ! glapit l'autre.

— Mais à cause de lui, tu aurais pu y rester ! insista Rocco.

— Naaaan ! Il m'aime ! »

Rocco le lâcha. Il en était bouche bée. Il regarda Totò avancer à grand-peine jusqu'à la carriole, sa jambe rougie par le sang. Minicuzzu saisit le gosse et l'aida à monter. Puis il donna un coup de fouet au cheval.

« Où est le sac ? demanda-t-il au gamin en s'éloignant.

— C'est lui qui me l'a fait lâcher… »

Minicuzzu lui flanqua une gifle : « C'est toi, le responsable du sac ! » Puis il se tourna vers Rocco et, s'enfonçant dans les ruelles de Boccadifalco – où tout le monde, le lendemain, dirait n'avoir rien vu ni entendu –, il cria encore : « Toi, tu es un mort qui marche ! »

Rocco se sentait complètement vidé. La réaction de Totò, c'était l'histoire de leur peuple. On ne pouvait pas gagner, c'était une folie, une malédiction. Une colère douloureuse et féroce lui brûlait la poitrine, à laquelle se mêlait un sentiment trouble, lorsqu'il repensait à la fureur aveugle qui l'avait poussé à se jeter sur Minicuzzu. Si la voix de Totò ne l'avait pas ramené à la réalité, il aurait tué ce type. Il faillit rentrer chez lui, mais changea soudain d'avis. Il se retourna : dans la nuit étoilée, il apercevait le mur délabré du petit cimetière de Boccadifalco.

C'est là qu'il se dirigea, à pas lents, comme si quelqu'un l'y appelait. Arrivé au muret, il l'escalada. Il n'y avait que des petites croix mal en point, à l'exception d'une pierre tombale en marbre blanc. Elle serait passée inaperçue dans un autre cimetière, mais se détachait ici comme un mausolée, c'était la tombe qu'avait payée don Mimì Zappacosta. Rocco s'arrêta devant.

Au centre de la pierre ressortait la photo, désormais délavée par le soleil, d'un homme aux fines moustaches, sous laquelle on lui avait dit qu'était écrit – puisqu'il ne savait pas lire – : « Carmelo Bonfiglio, mort avec les honneurs ». Suivaient les dates de sa brève existence : « 12 avril 1871 – 23 septembre 1905 ». Juste en dessous, une autre photo plus récente représentait une femme aux cheveux clairs rassemblés en chignon, qui elle aussi avait eu une vie trop courte, accompagnée de l'inscription : « Domenica Chinnici épouse Bonfiglio, 3 janvier 1876 – 9 décembre 1912 ». Rocco jeta un œil aux mauvaises herbes qui poussaient autour de la pierre tombale, sans les arracher. Il n'était pas là pour nettoyer ou pour prier.

« J'ai essayé de faire comme vous vouliez, mère, commença-t-il d'un ton amer. J'ai encore une fois dit oui à don Mimì… » Il baissa la tête. « … mais uniquement parce que je suis lâche. » Ses lèvres charnues esquissèrent un sourire triste. Puis il regarda à nouveau la photo de sa mère : « Maintenant bouchez-vous les oreilles, parce que j'ai des choses à dire qui ne vont pas vous plaire », dit-il d'une voix douce laissant transparaître tout l'amour qu'il avait eu pour la femme qui l'avait mis au monde. Ensuite, très lentement, il leva les yeux vers la photo de l'homme : « Père, je sais que vous avez honte de moi », débuta-t-il d'une voix rauque. Il inspira profondément, car ce qu'il s'apprêtait à dire lui pesait comme si une pierre lui écrasait le cœur. Le moment était venu de se libérer de ce poids. « Mais moi aussi, j'ai honte de vous. » Sa voix se brisa. Ses propres paroles résonnaient à ses oreilles avec la violence d'un coup de tonnerre. « On raconte que vous avez égorgé plus d'êtres humains que de chevreaux… » Il déglutit péniblement, il avait la bouche sèche. Colère et douleur se mêlaient en lui. « Et j'ai honte de notre peuple qui… qui me respecte uniquement parce que je suis le fils… », il s'interrompit, serrant les poings : « … le fils… d'un assassin. » Il respira profondément, tentant de contenir son émotion. Il serra les dents jusqu'à ce qu'elles grincent. Et quand il sentit que le poison des larmes allait lui brouiller la vue, il s'écria : « Je vous déteste, père ! Je jure, ici sur votre tombe, que je ne deviendrai pas mafieux ! » Alors il tomba à genoux, écrasé par l'énormité de ce qu'il ne s'était jamais avoué. Il porta une main à la blessure qu'il avait au bras, glissa un doigt dans sa plaie et, rageur, souilla la photo de son père. « Vous vouliez mon sang ? dit-il d'une voix rauque. Le voilà, il est tout à vous ! » Ensuite, il posa les mains sur la terre où gisaient ses parents et resta là, sans un bruit, bouleversé, si longtemps que même l'écho de ses paroles se perdit. Quand le silence en lui fut total, il essuya sa main sur son pantalon. Il se tenait tête baissée et ses larmes coulaient à flots, lui striant les joues. Il toucha à nouveau la photo de son père mais cette fois-ci sans colère, juste avec tristesse, comme dans une espèce de caresse, et en essuya le sang. Il murmura : « Quand j'étais petit, je vous prenais pour un héros… » Il s'interrompit et déglutit à grand-peine, parce qu'il s'apprêtait à énoncer une terrible vérité : « Moi, je vous aimais de tout mon cœur, père », chuchota-t-il, une tristesse immense dans la voix.

De retour chez lui, il se sentit la tête vide. Il se jeta tout habillé sur son lit et y demeura immobile, les yeux grands ouverts dans le noir, en attente. L'aube commençait à pointer. Il n'avait toujours pas bougé quand la cloche de la petite église sonna midi, à l'unisson des cigales, ni fait le moindre mouvement quand les cigales, en fin d'après-midi, cessèrent leur chant. C'est à ce moment qu'il entendit une carriole s'arrêter devant chez lui. « Ils arrivent », se dit-il, presque soulagé de la fin qui approchait. Un grand coup de pied ouvrit la porte et deux hommes firent irruption dans la ferme, braquant leur fusil à canon scié. Ils le rejoignirent au pied de son lit.

Rocco les fixa sans un mot, presque sans émotion. Brusquement, l'un des hommes retourna son fusil et lui asséna un coup de crosse sur la tempe. Rocco entendit un bruit d'os et ressentit une violente brûlure. Et avant que tout ne devienne noir, il eut encore le temps de songer que personne n'avait jamais pris sa photo pour pouvoir la mettre sur la pierre tombale, près de celles de son père et de sa mère.

7

Gouvernement de Poltava, Empire russe, Pologne

Raechel se trouvait dans une petite clairière tapissée d'une herbe verte tachetée de coquelicots rouge vif qui scintillaient au soleil. Elle était envahie d'un sentiment de paix et de douceur, qui ressemblait au bonheur. Le soleil resplendissait dans le ciel limpide, et lui procurait une délicieuse sensation de tiédeur. Malgré ses pieds nus, elle n'avait pas froid, le contact avec l'herbe grasse et tendre lui était agréable. Elle sourit.

Bientôt, elle remarqua que les coquelicots ne poussaient pas partout. Ils formaient en fait une sorte de ligne ondoyante, sinueuse, conduisant à la forêt. Elle eut l'impression que c'était une fausse note dans ce paradis, sans comprendre pourquoi. Elle avança d'un pas vers la coulée de fleurs rouges qui lui indiquait le chemin à suivre. La sensation de paix intérieure éprouvée un instant auparavant commençait à se dissiper et laissait place à une vague inquiétude. Pourtant elle ne s'arrêta pas. Elle s'approcha du premier coquelicot et l'effleura. À peine touchée, sa corolle sembla fondre et tacha les doigts de la jeune fille d'un liquide rouge et visqueux. Elle s'essuya la main sur sa robe, mais le liquide ne partait pas.

En proie à une anxiété croissante, elle poursuivit son chemin. Elle comprit que ce qu'elle avait pris pour des fleurs était en réalité des taches de ce même liquide rouge et visqueux qui lui salissait les doigts. Elle piétinait des traces de sang ! se disait-elle tandis que sa respiration se faisait haletante. Baissant le regard, elle s'aperçut soudain que du sang dégoulinait sur sa robe et sur ses jambes. Mais elle ne trouva pas la force de faire demi-tour pour fuir. Quelque chose l'incitait à suivre ce sillage rouge et l'attirait comme un appel puissant et silencieux. Elle avait un goût de mort dans la bouche et leva les yeux vers la forêt, à l'endroit où le chemin ensanglanté s'achevait.

Là elle découvrit son père agrippé au tronc d'un arbre pour pouvoir tenir debout. « Père ! » s'exclama-t-elle en accélérant le pas. Il avait le visage ensanglanté et ouvrait la bouche sans émettre le moindre son. Raechel se rendit compte qu'il pleurait des larmes de sang. « Père… » murmura-t-elle, la mort dans l'âme. Il se retourna et, chancelant, s'avança vers la forêt. La jeune fille le suivit mais, à chaque pas, elle se sentait de plus en plus faible. Quand elle pénétra dans le sous-bois, toute sensation de tiédeur l'avait abandonnée. Des aiguilles de mélèzes et de sapins lui piquaient douloureusement les pieds. Bientôt elle se mit à frissonner de froid, et s'aperçut qu'elle marchait dans la neige. « Père, attends-moi… » pria-t-elle.

Mais le père ne se retourna pas et continua à marcher, vacillant et laissant derrière lui un sillage de taches rouges qui teignaient la neige comme elles avaient teint le pré. Raechel se traînait derrière lui, s'enfonçait dans la neige, perdant sans cesse l'équilibre, se retenait aux troncs d'arbres et s'écorchait les mains sur les branches sèches. Puis son père sortit du bois et s'arrêta au milieu d'une route. Il lui indiqua quelque chose sur le sol, en bordure du sentier, on aurait dit un tas de chiffons. Raechel s'approcha pour mieux voir. Elle fit alors un brusque bond en arrière, épouvantée : sur le sol, recroquevillée, c'était elle-même. Son visage était contracté dans une grimace de souffrance, sa peau était tellement pâle qu'elle se confondait avec la neige. Ses cheveux et ses sourcils étaient incrustés de glace, ses poings serrés, bleuâtres. De minuscules traces de condensation sortaient de ses narines, de plus en plus ténues tandis qu'elle cessait, peu à peu, de respirer.

Raechel dévisagea son père. Il lui rendit un regard plein de désarroi, sans cesser de pleurer du sang. « Réveille-la, ma fille… lui dit-il en fixant la Raechel à terre, réveille-la ! » La jeune fille eut d'abord la tentation de fuir pour repartir vers la douce clairière, à la recherche de cette paix à laquelle elle avait goûté, mais lentement, elle s'agenouilla près d'elle-même et se mit à caresser son visage gelé. Puis elle s'étendit sur ce corps, tentant de le réchauffer avec sa propre chaleur. C'est alors qu'elle fut brusquement happée par une lame de froid qui s'introduisit en elle avec la soudaineté d'un coup de poignard.

Raechel se réveilla en sursaut et poussa un cri. Ses lèvres gelées se fendirent. Elle ouvrit grand les yeux et entendit le léger crissement de ses cils collés par le froid. Une bouffée d'air glacé lui remplit les poumons. Son corps était secoué de frissons irrépressibles. Elle regarda autour d'elle : elle avait rêvé.

Elle se trouvait toujours sur la route blanche où elle avait fait halte, exténuée. Il faisait nuit et des étoiles glacées brillaient dans le ciel. Elle était seule. Mais elle savait ce qu'elle avait à faire.

Dans un immense effort, sans cesse secouée par des tremblements si forts qu'elle en perdait l'équilibre, elle parvint à se remettre debout. Elle serra le livre de son père contre sa poitrine et fit un pas. Elle ne sentait plus ses pieds. Elle ne s'arrêta pas et fit un deuxième pas, puis un autre et un autre encore, jusqu'à ce qu'elle finisse par marcher. « Tu m'as sauvé la vie, père », dit-elle alors. Et, sentant l'émotion la gagner, elle ajouta : « Non, je ne pleurerai pas ! » Elle avança dans la nuit noire, guidée par le pâle ruban de la route. Elle n'avait plus aucune notion du temps, et marcha, muscles contractés, avec une seule idée en tête, continuer. Après une bonne demi-heure, elle comprit que son corps allait encore céder au froid et à l'épuisement. « Je n'en peux plus », lâcha-t-elle, à bout. Et elle ne trouva pas même la force de faire parler son père. Elle avait les doigts gelés sur son livre. Ses pieds étaient deux morceaux de bois insensibles qui ne lui appartenaient plus.

Un instant avant de renoncer, elle aperçut une lumière qui tremblait dans l'obscurité : « Un feu… » murmura-t-elle. Cette lumière lointaine et incertaine lui donna la force de puiser dans ses dernières ressources. Elle avait l'impression de courir, alors qu'elle progressait lentement et péniblement. Et quand elle parvint à une vingtaine de mètres du feu, ses jambes cédèrent d'un coup. Elle tomba à genoux, tenta de se relever, retomba, essaya de se relever à nouveau. Elle tendit une jambe, puis traîna l'autre derrière.

« Au secours… » appela-t-elle en direction du campement. Sa vue se brouillait, le froid prenait le dessus, à quelques pas du salut. Cherchant à s'accrocher à un arbre, elle tomba et fit craquer une branche morte.

« Qui est là ? lança une voix d'homme.

— C'est… moi… » répondit Raechel, mais personne ne pouvait l'entendre. Elle se dit qu'il serait totalement absurde de mourir si près du but.

« Qui est là ? répéta la voix.

— Au secours… » reprit Raechel avec tout le souffle qui lui restait. Elle entendit des pas dans la neige et vit s'avancer une silhouette floue, qui tenait une lampe. Un instant plus tard, deux mains robustes la soulevèrent.

L'homme ramena au camp Raechel, qui se sentait comme un sac inanimé. Elle n'arrivait pas à se sentir soulagée. Il ne restait plus dans sa tête que des images floues, aucune pensée.

« Qui est-ce ? entendit-elle une voix demander.

— Je ne sais pas », répondit l'homme qui l'avait portée jusque-là.

Raechel fut posée sur le sol, près du feu. Elle manqua s'évanouir sous le coup de la tiédeur.

« C'est le porc-épic ! s'exclama une voix féminine.

— Hein ? dit l'homme.

— Raechel Bücherbaum, la fille de notre village qui voulait venir avec nous, dit une jeune femme.

— Tamar… murmura Raechel, avant d'ajouter : Merci, père… je n'aurais jamais pu y arriver… sans toi…

— Qu'est-ce qu'elle a dit ? demanda un homme.

— Le porc-épic discute avec son père, répondit Tamar de son ton désagréable. Mais son père est mort. »

« Non, il est ici avec moi », pensa Raechel. Et elle s'évanouit.

La nuit ne fut qu'un tourbillon noir et rien d'autre. Quand elle se réveilla à l'intérieur d'un chariot, enveloppée dans deux épaisses couvertures, elle ressentit d'abord de la douleur. Ses mains et ses pieds étaient gonflés et tremblaient violemment. Elle souffrait le martyre.

« Bois ! » lui dit une fille en lui tendant une tasse de bouillon. Raechel s'exécuta. Le breuvage brûla horriblement ses lèvres fendues par le gel mais la réchauffa bien. « Tu as de graves engelures, tu vas peut-être perdre tes doigts, lui dit une autre fille. Il faut que tu te pisses sur les pieds et les mains. » Raechel acquiesça : c'était un vieux remède. La porte du chariot s'ouvrit. Amos, le chef de l'expédition, dévisagea Raechel sans entrer, avec la même expression déçue qu'il avait eue au village.

« Qu'est-ce que tu fais là ?

— Je viens avec vous… répondit faiblement Raechel.

— Tu t'es enfuie !

— Non, monsieur… balbutia Raechel. Ils ont fini… par me donner… la permission… »

Amos la dévisagea encore.

« Je vois pas à quoi tu pourrais me servir », lâcha-t-il d'un ton dur et distant.

Le regard des autres filles du chariot allait de Raechel à Amos, suivant la scène. L'homme sentit tous les yeux braqués sur lui.

« Je ferai tout ce que vous voudrez ! Je travaillerai nuit et jour sans jamais me plaindre ! Je vous en prie, monsieur… » l'implora Raechel.

Amos jeta un coup d'œil aux autres. Le moment de montrer qui il était vraiment n'était pas encore venu. Il ne pouvait pas se débarrasser de ce petit laideron, comme il l'aurait voulu. Il était obligé de la garder pour avoir la paix durant le voyage.

« Bon, d'accord, tu peux rester », dit-il enfin, avec une profonde mauvaise humeur dans la voix. Puis il remarqua le livre qu'elle tenait en main.

« Et ça, ça te sert à quoi ?

— C'était à mon père, sourit Raechel en serrant l'ouvrage encore plus fort contre sa poitrine. C'est sur ce livre qu'il m'a appris à lire.

— Tu sais lire ? s'étonna Amos.

— Oui, monsieur ! »

Amos secoua la tête, encore plus contrarié.

« Je n'aime pas les femmes qui savent lire. C'est un truc pour les hommes, bougonna-t-il en pointant un doigt vers elle avant de conclure, menaçant : Si je m'aperçois que tu apprends à lire à d'autres filles, je t'abandonne sur la route comme un chien ! »

Regarder ce type dans les yeux mettait Raechel mal à l'aise, la sensation de danger, peut-être, mais cela ne dura qu'un instant.

« Oui, monsieur ! » promit-elle.

L'homme la fixa encore. Puis il sortit en disant : « On repart ! »

Quand le battant se referma, Raechel sentit son cœur s'accélérer. La tête remplie de pensées qu'elle ne parvenait pas à mettre en ordre, elle observa les autres chanceuses qui, comme elle, avaient gagné un billet pour la nouvelle Terre Promise. « J'en fais partie moi aussi ! » se dit-elle avec une bouffée d'orgueil, consciente d'avoir fait davantage que toutes ses compagnes – car elle, son avenir, elle l'avait vraiment conquis ! Lorsque le chariot se fut remis en route avec une secousse, Tamar, dédaigneuse, lui dit :

« Je mentirais si je disais que tu m'as manqué, porc-épic ! »

Raechel planta ses yeux dans les siens. À ce moment-là, rien n'aurait pu la blesser : elle avait gagné.

« Et moi, je mentirais si je disais que tes vacheries m'ont beaucoup manqué ! rétorqua-t-elle, puis elle conclut en souriant : Mais maintenant, je suis là moi aussi, il faudra t'y faire ! »

Ce jour-là, lorsqu'ils s'arrêtèrent pour la nuit, Raechel ne put descendre du chariot tant ses pieds la faisaient souffrir, et elle eut du mal à tenir en main la cuillère à soupe qu'une des filles lui avait apportée. Le deuxième soir, cela alla mieux. Le troisième, elle réussit à s'asseoir avec les autres, réunies autour d'un grand feu de camp. L'atmosphère était joyeuse, chacune des filles rêvait son avenir à haute voix. Raechel les observait et se voyait elle-même réfléchie dans leurs yeux. C'était le début d'une nouvelle vie, c'étaient de nouveaux rêves totalement inédits, des rêves qu'elles n'avaient jamais osé faire auparavant et qui n'auraient jamais pu voir le jour dans la brutalité désespérée et misérable de leur existence au *shtetl*. Mais tout avait changé, et cette occasion que le Très-Haut avait voulu leur offrir faisait germer leurs rêves comme dans une serre, comme si des graines avaient été semées des années auparavant dans le cœur de chacune d'elles.

Au cours des jours suivants, Raechel recouvra lentement ses forces, bénéficiant aussi des repas substantiels et réguliers qu'elle faisait pour la première fois de sa vie. Progressivement, les engelures régressèrent, et sa douleur aux doigts, qui l'empêchait de dormir, s'atténua. Une nuit où, plus encore que les jours précédents, elle se sentait gagnée par un extraordinaire sentiment d'optimisme, elle repensa à cet étrange rêve où son père la conduisait auprès de son autre moi qui se laissait mourir. Elle se souvenait de la paix qui l'avait enveloppée lorsqu'elle avait rendu les armes : elle était en train de partir. Mais son père l'avait rattrapée et l'avait fait vivre, il lui avait donné la force de lutter. Qu'est-ce qu'il l'avait aimée ! À cette pensée, l'émotion la submergea. « Je l'ai fait pour toi aussi, père, se dit-elle, serrant le livre de prières contre sa poitrine. Tu m'as consacré ta vie, tu t'es sacrifié pour moi, et maintenant tu pourras être fier de moi ! » Pour la première fois depuis qu'elle avait quitté le *shtetl*, elle pleura des larmes de joie.

Au bout d'une semaine, Amos annonça qu'ils se trouvaient en Pologne. Ce soir-là, sept nouvelles filles s'ajoutèrent au groupe. Raechel lut dans leurs yeux à la fois de l'exaltation et de la peur, mais bientôt l'atmosphère joyeuse qui les entourait leur fit oublier toute crainte. Ce même soir, Amos et ses compagnons de la Sociedad Israelita de Socorros Mutuos Varsovia, assis autour des feux du bivouac, racontèrent aux nouvelles ce que les autres filles savaient par cœur mais qu'elles ne se lassaient jamais d'entendre. Ils évoquèrent un monde fascinant où il ne faisait jamais froid, où la viande était tellement abondante que même les pauvres en mangeaient chaque jour, les maisons étaient aussi grandes que des palais, avec des sols recouverts de tapis si épais qu'on avait l'impression de marcher sur des nuages. Et ils ne manquaient jamais de promettre des mariages fabuleux avec des jeunes gens beaux et riches.

Raechel reconnaissait qu'Amos et ses hommes traitaient les filles avec beaucoup de respect et de politesse. Pourtant, elle n'arrivait pas à les apprécier, en particulier Amos, comme si elle percevait de la fausseté sous ses récits et ses sourires. Mais la plupart du temps, comme toutes ses compagnes, elle rêvait à sa nouvelle vie, et quand elle était certaine que personne ne pouvait l'entendre, elle continuait à voix basse son dialogue imaginaire avec son père, serrant le livre de prières qui maintenait vivant le contact avec lui.

Elle partageait toutes ses idées et tous ses rêves avec lui, un peu à l'écart du reste du groupe.

Un soir, les hommes s'étant retirés dans leur chariot, une des nouvelles filles lui demanda :

« Et toi, qu'est-ce que tu feras, quand on arrivera à Buenos Aires ? »

Raechel y avait réfléchi. Chaque fois qu'elle se rendait dans la ville la plus proche de leur hameau, pour accompagner son père qui y vendait leurs produits, elle ne regardait pas les magasins de tissus, contrairement aux autres filles, mais une petite échoppe poussiéreuse, une librairie, pleine de ces romans qu'on lui avait interdit de lire.

« Dès que j'aurai économisé assez d'argent, j'ouvrirai une librairie ! répondit-elle avec enthousiasme.

— Une… librairie ? répétèrent nombre de filles, ébahies.

— Oui ! sourit Raechel comme une enfant recevant le plus beau cadeau du monde. Et je ne vendrai pas un seul livre sans l'avoir lu avant. Je veux lire tous les romans du monde. »

Elle se mit à rire, heureuse.

« Quel rêve idiot ! » commenta aussitôt Tamar avec aigreur.

Raechel la regarda, avec ses beaux cheveux toujours ornés de rubans. Qu'est-ce qu'elle pouvait être bête, se dit-elle, c'était insupportable ! Au village déjà, cette chipie ne perdait jamais une occasion de lui lancer une méchanceté.

« Ce serait mieux si j'achetais une mercerie remplie de rubans et de dentelles de toutes les couleurs ? » lui demanda Raechel d'un ton doucereux.

Tamar, sans saisir le sarcasme, eut une expression satisfaite.

« Ah oui, ça c'est un beau rêve !

— Oui, un rêve vraiment plein de grandeur ! » railla Raechel.

L'ombre d'un doute apparut sur le visage de Tamar.

« Tu te moques de moi ? Tu n'ouvriras jamais une mercerie, c'est ça ?

— Non, je ne crois pas, répondit-elle en souriant.

— Tu te crois meilleure que moi, hein ? dit-elle, vexée.

— Mais non… soupira Raechel, résistant à la tentation de se disputer.

— Oh, que oui !

— On est simplement… différentes, dit-elle en haussant les épaules.

— C'est-à-dire ? »

Raechel n'aurait pas voulu que leur conversation prenne ce pli-là, mais la bêtise et l'agressivité de Tamar l'énervaient vraiment trop.

« Toi tu es belle et pas moi. Ça te suffit, comme explication ? » lâcha-t-elle d'un air condescendant. Tamar devint rouge de colère.

« Alors ça, y a pas de doute, porc-épic ! répliqua-t-elle, acide. Moi, j'épouserai un homme très riche et j'aurai la belle vie ! Toi, tu nettoieras le sol à quatre pattes, et tes genoux seront tellement gonflés que tu ne pourras plus les plier ! »

Raechel sentit le sang lui monter à la tête et elle cracha, tranchante :

« Mais tu as vraiment besoin d'être aussi conne ? Ça te fait du bien ? »

De nombreuses filles s'esclaffèrent. Personne n'aimait Tamar.

« Qu'est-ce que vous avez à rire, bécasses ? » s'exclama Tamar, vexée. Furieuse, elle se leva et s'éloigna.

Il y eut un instant de silence. Puis une des filles dit à Raechel :

« Tu parles comme un garçon ! »

Une autre se mit à rire :

« Quand même, c'est vrai que Tamar… elle est conne ! » Et on pouvait voir sa joie enfantine à prononcer un gros mot.

Il y eut de nouveaux éclats de rire. Une fille s'exclama alors :

« Moi, je serai couturière, et je créerai des robes magnifiques ! »

Une autre poursuivit :

« Moi, je voudrais avoir plein d'enfants ! »

Tandis que les filles recommençaient à rêver à haute voix, Raechel regarda dans la direction de Tamar, qui montait dans leur chariot et en faisait claquer les battants. Elle bouillait intérieurement : « Quelle conne ! pensa-t-elle avec colère. Je ne confierai plus jamais mes projets à personne, comme ça personne ne pourra se moquer de moi ! »

Pendant ce temps, une des nouvelles venues s'était assise près d'elle. L'inconnue lui toucha le bras et Raechel tourna la tête, encore contrariée. Elle lut sur le visage de cette fille une expression de bonté qui l'énerva encore plus.

« C'est pas vrai que tu es mo… commença la nouvelle d'un ton bienveillant, enfin, que tu n'es pas jolie… »

Raechel l'écarta de la main, sans ménagement.

« Je sais parfaitement comment je suis ! » trancha-t-elle avec dureté, avant de s'éloigner à son tour.

Mais, arrivée devant le chariot, elle s'arrêta. Elle n'avait pas la moindre envie de se retrouver seule avec Tamar. Elle se mit alors à circuler autour des véhicules en attendant que les autres filles décident d'aller se coucher. Alors qu'elle était près du chariot des hommes, elle entendit des rires. Intriguée, elle s'approcha d'une des petites fenêtres laissée ouverte, par laquelle sortait la fumée intense et aromatique des cigares, et elle écouta.

« Encore trois villages et le chargement sera complet, disait Amos.

— Il y en a quelques-unes de très grande valeur, fit remarquer l'un des hommes.

— Oui, dit un autre, ce sera facile de les placer sur le marché.

— Il y en a une, surtout ! renchérit Amos. Vous avez vu la beauté ? »

Les hommes approuvèrent, enthousiastes, en faisant des bruits. Raechel eut l'impression d'entendre des grognements de porcs.

« Je crois que pour me distraire de l'ennui du voyage, je vais lui faire son éducation, à celle-là ! » plaisanta Amos.

Les autres rirent de concert, avec de nouveaux grognements. Raechel ne saisissait pas le sens de ces paroles, mais d'instinct elle ne les aimait pas, et elle eut un frisson.

« En tout cas, il n'y a que de la marchandise de première qualité ! s'exclama quelqu'un.

— À part une ! » gloussa un autre.

Amos et ses hommes s'esclaffèrent encore.

« Celle-là, même à Rosario, tu ne pourras pas la caser ! »

Nouveaux éclats de rire.

« Même pas dans la pampa ! »

Encore des rires.

Raechel ne comprenait toujours rien.

« Amos, tu aurais mieux fait de la laisser mourir de froid, dit une voix.

— Imbécile ! répliqua Amos. Les autres se seraient doutées de quelque chose. »

Raechel eut un sursaut : c'était d'elle, dont ils parlaient !

« On n'aura qu'à la jeter à la mer ! » ricana un autre.

Raechel sentit la panique la gagner.

« On verra, dit Amos, inutile de s'en soucier pour le moment. Et puis, une domestique de plus au *Chorizo*, ça peut toujours être utile. »

Raechel s'aperçut que le chariot tanguait.

« Il faut que j'aille pisser », annonça Amos.

Raechel s'enfuit sur la pointe des pieds, le cœur tenaillé par la peur. Elle rejoignit son chariot et se précipita à l'intérieur. Elle se jeta sur sa couche et se cacha sous les couvertures en tremblant. « On n'a qu'à la jeter à la mer ! » avaient-ils dit. Raechel prit le livre de son père et s'y accrocha comme à une bouée de sauvetage.

« Je ne veux pas mourir, père, murmura-t-elle.

— Qu'est-ce que tu dis ? demanda Tamar d'une voix ensommeillée.

— Rien…

— Alors tais-toi, porc-épic ! »

Raechel enfouit la tête plus profondément sous ses couvertures. Elle resta silencieuse jusqu'à ce qu'elle entende la respiration de Tamar devenir lourde et régulière. Puis elle répéta, plus bas encore : « Je ne veux pas mourir, père. » Quand l'écho de cette terrible phrase se fut éteint dans sa tête et qu'il la laissa seule avec sa frayeur, il lui fallut faire bien des efforts pour obéir à son père et ne pas se mettre à pleurer comme l'aurait fait n'importe quelle petite fille de treize ans.

8

Alcamo, Sicile

Trois jours après son agression, Rosetta traversa encore une fois Alcamo. Elle avait passé ces trois journées terrée chez elle, comme un animal blessé. Elle était effrayée. Elle se sentait sale et fragile. Elle se disait qu'elle avait été vaincue, humiliée et qu'elle avait raison d'avoir toujours eu peur des hommes, elle avait honte.

Le premier matin, elle était allée dans le champ qu'un incendie criminel avait dévasté quelques mois plus tôt et elle avait brûlé sa robe rouge déchirée et souillée de son sang. La cendre avec la cendre. Mais le feu n'effacerait pas ce qu'on lui avait fait. Les flammes ne pouvaient rien contre la souillure, la douleur, la peur et l'humiliation embusquées en elle comme un cancer. Rentrée chez elle, elle avait ouvert les portes d'un grand placard vermoulu et s'était tapie à l'intérieur deux jours durant, comme elle le faisait, enfant, pour échapper à son père lorsqu'il était ivre. Elle le revoyait lorsqu'il la battait avec sa ceinture en braillant : « Toi, tu ne seras bonne qu'à baiser ! » Il avait été le premier à lui voler son âme et à lui ôter ses forces, et il lui avait fallu des années entières pour les recouvrer. Elle y était arrivée toute seule parce qu'elle ne pouvait compter sur personne, à commencer par sa mère, toujours trop soumise et obnubilée par ses propres malheurs. Mais une fois encore, on lui avait ravi son âme et toutes ses forces.

Et maintenant qu'elle parcourait les ruelles d'Alcamo sous un soleil féroce qui brûlait l'air de cette fin septembre avec la même violence qu'en juillet, ses pas avaient perdu de leur assurance. Elle avançait lentement, péniblement. Elle n'allait plus tête haute, avec son air de défi habituel, elle gardait les yeux rivés au sol. Elle portait une robe noire, la seule qu'elle possédait, comme si elle était en deuil. Ses pieds n'étaient plus nus mais prisonniers d'une vieille paire de chaussures aux semelles hors d'usage. Ses jambes étaient dissimulées par sa longue robe et par d'épais bas noirs qui lui arrivaient juste au-dessus des genoux. Ses cheveux serrés dans un chignon strict, comme ceux d'une vieille dame, n'étaient plus comme avant un scandaleux étendard de la liberté, livré aux caresses du vent. Elle tenait à la main un baluchon contenant ses pauvres effets roulés dans un drap, quelques dizaines de lires dans un petit sac de jute et un document prouvant qui elle était – bien qu'au fond d'elle-même, elle ne le sache plus vraiment.

Les villageois la regardaient passer, muets, gênés, comme si, dans un éclair de conscience, ils se sentaient soudain coupables de cette affaire qui était allée trop loin. Les hommes désœuvrés éternellement attablés à l'auberge se levèrent en ôtant la *coppola* de leur tête. Les femmes ravalèrent les insultes qu'elles lui réservaient habituellement. Rosetta, le front couvert de sueur, les épaules brûlées par le soleil, poursuivait sa route, traînant les pieds dans un silence irréel, comme le Christ sur le Chemin de Croix que le bourg mettait en scène chaque année pour le Vendredi Saint. Et tout le monde connaissait la terrible croix que portait Rosetta.

Arrivée devant San Francesco d'Assisi, Rosetta ralentit et leva les yeux. Le père Cecè se tenait sur les marches de l'église. Il avait l'air affligé et pourtant, ce dimanche, dans son sermon, il n'avait pas condamné les auteurs de cette agression. Sur terre, même les ministres de Dieu avaient appris à se taire. « Il t'attend ? » lui demanda-t-il, bien qu'il connaisse déjà la réponse. Rosetta acquiesça à peine. Le père Cecè se tut. Au moment où Rosetta reprenait sa route, il ajouta :

« Cela n'aurait pas dû finir comme ça.

— Non », murmura-t-elle, tête basse.

Elle arriva au palais de pierre jaune du baron Rivalta di Neroli, avec ses balcons sculptés de monstres et d'anges qui se faisaient la guerre, symbole de la lutte éternelle du Bien contre le Mal. Elle s'arrêta au milieu de la petite place, écrasée par la chaleur étouffante. « Dans un instant, tout sera fini », se dit-elle. Elle entendit derrière son dos des bruits de pas et de sabots qui faisaient crisser le sable de la chaussée déformée. Elle se retourna et découvrit Saro, le garçon aux cheveux roux, un des cinq jeunes qui, le matin de son agression, s'étaient assis sur la barrière pour se moquer d'elle tandis qu'elle enterrait ses brebis égorgées. Il tenait par la bride son ânesse noire au museau blanchi par l'âge. Rosetta sentit aussitôt la peur la gagner, persuadée qu'il était l'un des trois hommes qui l'avaient violée. Saro ôta sa *coppola*, l'air gêné. Instinctivement, la jeune femme regarda le cou du garçon, où elle ne vit nulle trace des griffures qu'elle avait infligées à l'un de ses agresseurs, en tentant de se défendre. C'était peut-être l'un des deux autres, qu'elle avait griffé. Elle ne put soutenir son regard et baissa les yeux, honteuse.

Ils ne l'avaient pas seulement violée, ils l'avaient souillée de leur fange. Elle fit volte-face pour entrer dans le palais du baron.

« C'était pas nous, lâcha alors Saro dans un souffle, c'était personne de chez nous ! »

Rosetta le regarda à nouveau. Elle sentit des larmes brûlantes lui monter aux yeux.

« Qu'est-ce que ça change ? dit-elle, plus amère qu'en colère. Tu disais qu'une *bottana* comme moi, tu n'en voudrais même pas sur un plateau ! »

Saro rougit.

« C'était pas vrai », répondit-il doucement.

La jeune femme eut une sorte de sourire, tellement lointain qu'il semblait venir d'un autre monde.

« C'est trop tard, lui dit-elle. Maintenant, je suis une *bottana* pour de bon. »

Saro ouvrit la bouche tout en tripotant sa *coppola*. Il esquissa un vague mouvement de la main et murmura :

« Pas pour moi. »

Elle secoua la tête.

« C'est trop tard », répéta-t-elle, d'une voix pleine de mélancolie. Puis elle tourna le dos et regarda le palais du baron, les yeux plissés, éblouie par le soleil.

Un serviteur, à l'ombre de la grande porte d'entrée, lui fit signe d'approcher. Quand Rosetta se dirigea vers lui, Saro et son ânesse firent quelques pas à son côté mais elle ne se sentit pas moins seule pour autant. Le serviteur l'accueillit avec un sourire entendu, presque moqueur : Tout le monde sait, se dit Rosetta humiliée. Et pour la première fois, elle pénétra dans la luxueuse résidence du seigneur de ces terres. En gravissant un escalier tellement large qu'un carrosse aurait pu y passer, avec des marches en marbre lustrées par des semelles de chaussures depuis trois siècles, elle songea un instant que ce serviteur avait quelque chose d'étrange, avec sa veste boutonnée jusqu'au menton malgré la chaleur. On la fit entrer dans une salle immense et fraîche, maintenue dans la pénombre par d'épais rideaux damassés, avec des tableaux anciens aux murs et un plafond décoré de stucs et de fresques. Mais son cœur était tellement engourdi par la détresse qu'il n'y avait plus de place, ce jour-là, pour l'étonnement.

Le baron Rivalta di Neroli était assis derrière un bureau en marbre. Il grignotait paresseusement du chocolat de Modica, comme le faisaient les nobles, les jours de fête. « Laisse-nous seuls ! » ordonna-t-il à son serviteur. Il avait une voix aiguë, presque celle d'un castrat, et un visage gras et mou au teint aussi clair que l'albâtre, à l'exception d'un réseau de vaisseaux sanguins qui empourpraient ses joues et le bout de son nez épaté. Les quelques cheveux qui lui restaient sur le crâne devaient avoir été blonds, mais ils étaient à présent tellement rares et laineux que le baron faisait penser à un poussin géant et répugnant tout juste sorti de son œuf. Il avait bientôt cinquante ans. Rosetta ne l'avait jamais vu d'aussi près, elle éprouva un dégoût immédiat.

« Ah, tu t'es enfin décidée ! » lui lança-t-il dès que le serviteur eut fermé la porte. Elle ne répondit rien et resta le regard rivé au sol. Il la scruta de ses petits yeux noyés dans la graisse de son visage.

« Je suis au courant pour l'accident, dit-il d'un air malicieux.

— Ce n'était pas un accident », rétorqua Rosetta d'une voix faible.

L'aristocrate eut un demi-sourire, qui découvrit de petites dents et des gencives roses et anémiques.

« Non, ce n'était pas un accident, tu l'as bien cherché ! reprit-il méchamment. C'était dans l'ordre des choses, et cela devait t'arriver tôt ou tard. »

Du bout du doigt, il caressait distraitement un lourd presse-papier qui représentait un sanglier à l'agonie, une flèche fichée dans le cou et les crocs de deux chiens de chasse plantés dans les flancs.

« Tu es une paysanne arrogante qui utilise sa bouche pour parler comme un homme ! » Rosetta ne leva pas les yeux. Non seulement elle avait perdu, mais en plus elle devait reconnaître que ce qui lui était arrivé était juste. Elle ne trouva pas la force de se rebeller. Dans un instant, tout sera fini, se dit-elle encore. Elle allait vendre sa terre, empocher l'argent, et elle tenterait de recommencer une nouvelle vie.

« Bien, reprit le baron après un long silence. Tu as décidé de ce que tu feras, après ?

— Je chercherai un bout de terrain dont personne ne veut et je le cultiverai.

— Mais pas ici !

— Non, pas ici.

— Très bien », acquiesça-t-il.

Il se leva pour aller jusqu'à un coffre-fort noir orné de décorations dorées très raffinées. Il en ouvrit la lourde porte parfaitement huilée et sortit une boîte en ronce de noyer qui portait les armoiries de sa famille incrustées sur le couvercle. Il revint derrière son bureau et ouvrit la boîte. « Le moment est venu de faire les comptes », annonça-t-il. Il prit des billets de banque, les compta et les déposa sur le plateau de marbre, devant Rosetta.

« 1 500 lires. »

La jeune femme redressa la tête, une expression de stupeur dans les yeux.

« Mais ma terre en vaut au moins 3 000 ! protesta-t-elle.

— Tu as trouvé quelqu'un qui t'offre 3 000 lires ? lui demanda-t-il alors, un rictus malveillant aux lèvres. Ah non ? »

Il la dévisagea en silence, content de lui, tout en tripotant les boutons dorés de son gilet de soie orange. « Même pas 2 000 ? » Rosetta ne répondit pas. « Personne ne peut acheter ta terre à part moi ! C'est pour ça que le prix, c'est moi qui le fixe. » Il prit un billet de cent lires dans le tas qu'il avait posé devant elle et le remit dans la boîte. « Maintenant ta terre vaut 1 400 lires, et dépêche-toi d'accepter, parce que bientôt elle va descendre à 1 300 ! »

Rosetta comprit qu'elle était dos au mur et qu'elle n'était plus capable de lutter. Elle tendit la main et prit l'argent. Le baron ricana :

« On ne dit même pas merci ?

— Merci… Votre Excellence… »

Il se leva, fit le tour du bureau et, sans cesser de la fixer, s'approcha d'elle.

« Tu aimerais les récupérer, les 100 lires que je t'ai prises ? proposa-t-il d'un ton mielleux.

— Oui, Votre Excellence… » balbutia-t-elle en reculant d'un pas.

L'homme avait quelque chose d'inquiétant dans la voix et le regard. Il la poussa soudain contre le bureau.

« Alors, il va falloir les gagner ! » sourit-il.

Il tendit la main et commença à défaire le premier bouton de la robe. Elle se sentit mourir, glacée par sa peur de toujours, pétrifiée. Le baron défit le deuxième bouton. « Non… » murmura Rosetta du bout des lèvres, sans réussir à réagir.

« 100 lires, c'est une somme rondelette, dit-il en continuant à déboutonner sa robe. Même les *bottane* de Palerme ne touchent pas autant !

— Non… » répéta-t-elle en appuyant une main contre la poitrine grassouillette du baron, pour essayer de le repousser.

Il glissa une main sous sa robe avec rudesse et remonta le long de ses cuisses. Sa bague érafla la peau de la jeune femme, puis ses doigts bouffis atteignirent l'entrejambe. « Non… » murmura-t-elle, le souffle coupé. « On m'avait dit que tu avais un buisson bien touffu et bien tendre, là-dessous… » gémit-il. Il la poussa plus fort contre le bureau, tout en défaisant son pantalon. Il saisit la main de Rosetta, qu'il plaqua sur son membre mou. Elle tenta de se rebeller mais ses forces semblaient l'avoir abandonnée. « Non… » répéta-t-elle, les joues striées de larmes. Il frotta la main de la jeune femme sur son membre, qui demeurait inerte. « Tu dis non mais en fait tu as envie, hein ? dit-il, haletant. Il paraît que ça t'a plu, l'autre fois… » Il prit la tête de Rosetta entre ses mains et essaya de la faire agenouiller. « Maintenant, je vais t'apprendre à quoi ça sert, la bouche des femmes ! » Elle tenta de libérer sa tête, mais le baron la maintenait fermement. Tandis que les larmes continuaient à rouler sur ses joues, elle eut l'impression d'entendre la voix de son père qui répétait : « Toi, tu ne seras jamais bonne qu'à baiser ! »

Elle se sentit happée dans un tourbillon vaseux pire que la mort. « Non ! » cria-t-elle. Et là, avec l'énergie du désespoir, elle flanqua un coup de genou à l'aristocrate, entre les jambes. Il gémit de douleur, plié en deux, et une expression de fureur se peignit sur son visage. « *Bottana !* » hurla-t-il en se jetant sur elle. Il la gifla violemment d'un revers de la main, et sa bague la blessa à la pommette. « Comment oses-tu ? » lui cracha-t-il à la figure, avec une voix de plus en plus aiguë. Il lui asséna un coup de poing avant de serrer les mains autour de son cou. « *Bottana !* » brailla-t-il encore en l'écrasant contre le bureau.

Rosetta, en proie à la panique, avait l'impression que sa tête allait exploser. Des images incohérentes défilaient devant ses yeux embués : son grand-père qui battait sa grand-mère, les violeurs qui la pénétraient, son père qui levait sa ceinture… Respirant à grand-peine sous la pression furibonde du baron, elle se retint au bord du bureau pour essayer de rester debout. Sa main tomba sur le presse-papier au sanglier agonisant. « *Bottana* ! » beuglait toujours le baron, le visage congestionné par la colère. Rosetta n'entendait pas la voix aiguë du baron mais celle de son père ivre, quand il fouettait son dos jusqu'au sang. Elle serra le poing sur le presse-papier. Tout devint noir. Et dans le noir, elle vit briller la boucle de la ceinture qui s'abattait sur elle. « Non ! » dit-elle, la gorge nouée. Et sa peur ancestrale se transformant en fureur, elle leva le presse-papier à bout de bras et l'abattit sur la tête du baron, de son père, de ses violeurs. Une fois, deux fois, trois fois. Jusqu'à ce que le baron lâche prise et s'effondre par terre avec un bruit sourd.

« Que se passe-t-il ? » s'enquit le serviteur en accourant, alarmé par les hurlements. Une épaisse tache de sang dégoulinait de la tête du baron et se répandait sur le marbre jaune. Il ne bougeait plus. Le serviteur se jeta sur Rosetta. Mais dès qu'il fut à sa portée, elle lui asséna à son tour un coup de presse-papier en plein front. L'homme chancela, avec une expression interloquée. Au moment où il tomba à terre, le col de sa veste s'ouvrit, révélant un bandage taché de sang sous son oreille, à l'endroit même où Rosetta avait griffé l'un de ses agresseurs. Rosetta laissa tomber le presse-papier, les yeux exorbités. Dans l'autre main, elle tenait encore les 1 400 lires. Elle demeura un instant immobile, fixant les billets de banque chiffonnés. Puis elle ramassa son baluchon et s'enfuit en toute hâte.

À peine eut-elle franchi la porte qu'elle croisa un autre serviteur mais, à son regard distrait, elle comprit aussitôt qu'il n'avait pas entendu le remue-ménage de la lutte. Elle eut la présence d'esprit de se retourner vers la salle et de s'incliner en disant : « Je vous baise les mains, monsieur le baron », cherchant à donner le plus de calme possible à sa voix. Puis elle referma la porte et s'engagea dans l'escalier d'un pas maîtrisé, résistant à la tentation de se mettre à courir.

« Je suis une meurtrière ! pensait-elle, horrifiée et angoissée, en descendant les marches. Madonna del Carmine, pardonne-moi !… Je ne peux pas vivre avec ce poids sur le cœur… Pardonne-moi, je t'en prie… » Elle était presque arrivée en bas lorsque des pas lourds et traînants, accompagnés de gémissements, se firent entendre : « Elle a essayé de me tuer ! » cria le baron de sa voix stridente. Rosetta leva les yeux. Le visage couvert de sang, soutenu par son serviteur, le visage ensanglanté lui aussi, il était penché à la balustrade en granit de l'étage supérieur. « Elle a essayé de me tuer ! hurla-t-il encore. Attrapez-la ! Je veux l'égorger de mes mains ! » Une goutte de sang tournoya dans l'air et vint s'écraser sur une marche, aux pieds de Rosetta. La jeune femme descendit d'un seul bond les dernières marches et, tandis que des voix commençaient à résonner dans le palais, elle gagna la sortie.

Saro se tenait encore devant l'entrée avec son ânesse. Sous le regard ébahi des villageois, Rosetta traversa la place en courant, l'air hagard. « Attrapez-la ! »

claironna encore le baron, surgissant au balcon du premier étage, la tête toujours dégoulinante de sang. « 300 lires à qui me la ramène ! » « Je suis perdue », pensa Rosetta terrorisée, les larmes aux yeux, en s'engouffrant dans une ruelle. Elle perçut un tumulte de voix et de sabots derrière elle mais ne se retourna pas. Elle se précipita de toutes ses forces vers Porta Palermo, qu'elle dépassa, et se retrouva hors du village. Elle abandonna la route blanche pour s'enfoncer dans le maquis, où elle continua sa course jusqu'à ce qu'elle tombe à terre, épuisée, la robe déchirée par les ronces et de profondes griffures sur les bras.

Elle resta un moment affaissée sur le sol, reprenant son souffle. Quand elle put respirer à nouveau, elle s'agenouilla. Elle n'avait qu'une pensée en tête. Elle chercha un rayon de soleil entre les branchages et exposa son visage en pleine lumière : « Merci, Madonna del Carmine ! murmura-t-elle d'abord. Merci, ma petite Madone, merci… répétait-elle, le cœur gonflé de soulagement. Je n'ai tué personne ! » finit-elle par s'écrier, et un sourire trouva le chemin de ses lèvres fendues par les coups de poing du baron, montrant ses dents blanches et régulières au soleil. « Je ne suis pas une meurtrière ! » Elle fit un signe de croix, elle pleurait et souriait à la fois.

Elle s'aperçut qu'elle tenait toujours en main les 1 400 lires. Elle ouvrit son baluchon et plaça les billets dans le petit sac de jute, avec ses quelques pièces de monnaie. Le soleil continuait de lui chauffer le visage. Le soulagement de ne pas être une meurtrière lui procurait une extraordinaire sensation de légèreté, qui lui faisait oublier tout le reste. « Tant que tu y étais, tu aurais pu prendre les 1 600 lires, elles te revenaient de droit ! » murmura-t-elle en refermant le petit sac. Et brusquement, elle éclata de rire. « Il n'y a pourtant rien de drôle ! » se raisonna-t-elle. Mais c'était tout à fait incontrôlable : à nouveau, un rire de joie et de peur lui monta à la gorge et la secoua tout entière. Elle se dit qu'elle n'avait pas ri depuis beaucoup trop longtemps. « Toi, tu es vraiment une sacrée andouille ! » pensa-t-elle et elle s'abandonna au fou rire le plus absurde qu'elle ait jamais connu.

9

Boccadifalco – Palerme, Sicile

Un seau d'eau glacé le fit revenir à lui. Rocco toussa et cracha l'eau qui s'était infiltrée dans sa gorge. Au début il ne sentit rien, mais ensuite la tempe qui avait reçu un coup se mit à l'élancer violemment, diffusant la douleur dans toute sa tête. « Tu m'as mis dans une situation vraiment gênante », dit la voix familière de don Mimì Zappacosta derrière son dos. Rocco était assis chez lui, sur une chaise, devant la table où d'ordinaire il prenait ses repas. Des pas calmes et lents résonnaient sur le sol de briques cuites au soleil. Don Mimì apparut dans son champ de vision et alla s'asseoir de l'autre côté de la table. « Tu m'as mis dans une situation vraiment gênante, répéta-t-il. Tu m'as fait perdre la face. » Rocco savait ce que cela voulait dire. C'était une condamnation. « Sasà Balistreri est venu me voir pour se plaindre, poursuivit don Mimì, la voix vibrante de colère. Il paraît que tu as gâché le boulot que tu devais faire et que tu as failli tuer un de ses soldats. » Rocco voyait flou. Sa douleur à la tempe emplissait sa tête d'un bruit semblable à celui d'une grosse caisse et lui bouchait pratiquement les oreilles.

« C'est vrai ? » demanda don Mimì en le dévisageant. Rocco ne répondit pas aussitôt, et un des hommes qui se trouvaient derrière lui le frappa d'un coup de crosse entre les omoplates. Il gémit. « C'est vrai ? » répéta don Mimì. Il acquiesça. Don Mimì soupira et, comme absorbé dans ses pensées, il se mit à épousseter la table comme pour chasser des miettes de pain imaginaires, sans regarder Rocco. « Ils m'ont demandé la permission de te tuer, dit-il enfin en levant les yeux, parce que, eux, ils me respectent. » Il ménagea une pause, secoua la tête. « Mais je leur ai répondu que je m'en occuperais moi-même, personnellement. Je leur ai dit que je te ferais disparaître, et pour toujours. » Il se tut, sans cesser de le fixer.

Rocco se rappelait parfaitement la sensation de souillure qui lui avait collé à la peau quand il avait capitulé, quelques jours plus tôt, sur la plage de Mondello. Il retrouvait cette impression de mort en pleine vie qui lui était restée dans la bouche, comme un poison amer.

« Eh bien, allez-y, alors ! éclata-t-il. Je n'ai pas peur de mourir. »

Don Mimì ricana.

« Ce n'est pas vrai, dit-il en souriant, tout le monde a peur de mourir. » Il se pencha par-dessus la table et lui donna une chiquenaude sur la joue : « Et toi, tu n'es pas différent. »

Combien de personnes don Mimì avait-il pu voir mourir ? se demanda Rocco. En essayant de soutenir le regard moqueur du *capo mandamento*, il comprit que, pour don Mimì, la vie d'un homme ne valait pas plus que celle d'un chien errant. « Faites vite ! » insista-t-il presque dans un cri. Si cette comédie durait trop longtemps, il craignait de finir par éclater en sanglots et par demander pitié. « Faites ce que vous avez à faire ! »

Don Mimì fit signe à l'un de ses hommes de lui allumer une cigarette. Il aspira calmement la fumée avant de la rejeter paresseusement, contemplant ses denses volutes grises.

« On attend Nardu Impellizzeri, expliqua-t-il enfin sans jamais quitter le jeune homme des yeux. » Il continuait à savourer sa cigarette sans filtre et ôtait machinalement des brins de tabac de sa lèvre inférieure.

« Alors c'est lui, mon bourreau ? » demanda Rocco en jouant l'insolence.

Don Mimì éclata de rire.

« Toi tu es vraiment un dur, hein ! plaisanta-t-il et il secoua la tête. Ah, Rocco, Rocco… dans d'autres circonstances, tu me mettrais vraiment de bonne humeur… »

Rocco sentit quelque chose se fissurer lentement en lui. Il serra les mâchoires à en grincer des dents. Don Mimì s'en aperçut et ricana encore. Le visage du jeune homme s'empourpra de colère :

« Et si maintenant, je vous sautais à la gorge ? Vos hommes me tueraient immédiatement, et cela ficherait en l'air votre petit jeu ! »

À une vitesse foudroyante, l'un des sbires le frappa violemment à la nuque avec la crosse de son fusil. Le front de Rocco alla battre contre la table et, pendant une seconde, il crut qu'il allait s'évanouir. Don Mimì lui tapota doucement la tête, comme il l'aurait fait avec un petit enfant :

« Tu vois, tu n'aurais même pas le temps d'en avoir l'idée qu'eux, ils te tueraient déjà ! Mais ils ont l'ordre de ne pas te tuer. Du coup, tout ce que tu gagnerais, c'est quelques bleus en plus. »

Il claqua des doigts. « Amenez un verre d'eau fraîche. » Un des hommes posa un verre rempli d'eau sur la table, devant Rocco.

« Bois ! dit don Mimì, toujours de ce ton paisible qui faisait plus peur que des menaces. Un peu de patience, Nardu ne va pas tarder. D'abord, il a une course à faire pour moi. »

Il ricana à nouveau. Rocco but, les yeux mi-clos. Sa tête faisait un fracas terrible.

« Si vous êtes un homme… dit-il d'une voix sombre et provocante, faites-le donc de vos propres mains !

— Tout ce qui se passe dans mon *mandamento* est fait de mes propres mains, lui répondit don Mimì avec un sourire. Sauf que toi, tu n'as que deux mains, alors que moi… j'en ai des centaines ! »

Un des deux sbires se mit à rire.

Un quart d'heure plus tard, Nardu Impellizzeri entra dans la maison.

« Tu as tout fait ? lui demanda don Mimì.

— Comme vous me l'avez commandé », répondit Nardu en lui tendant une enveloppe blanche.

Rocco regarda Nardu, son bourreau. Comment allait-il le tuer ? Cran d'arrêt, fusil ? Un irrépressible frisson de peur le gagna.

« Très bien, commenta don Mimì avant d'adresser à ses hommes un signe de tête. Attendez-moi dehors !

— Mais… » commença à protester Nardu.

Don Mimì le fit taire d'un geste sec.

« Rocco et moi, on est de vrais amis. Laissez-nous seuls ! »

Après un instant d'hésitation, Nardu et les deux hommes de main sortirent.

« On laisse la porte ouverte ? demanda Nardu.

— Ferme ! »

La porte fut refermée.

Don Mimì joua un moment avec l'enveloppe en dévisageant Rocco qui le regardait sans comprendre ce qui lui arrivait. « Ce gros plein de soupe de Sasà Balistreri m'a raconté que son soldat était mal en point ! dit don Mimì en souriant. Pourtant il était armé, et toi tu t'es battu à mains nues. » Rocco lut une expression de satisfaction sur le visage de don Mimì. Sa confusion augmenta.

« Et à quoi pensais-tu, pendant que tu le massacrais ? Tu te faisais plaisir ? demanda don Mimì. Pourquoi t'es-tu arrêté ?

— À cause du *picciriddu*… murmura Rocco.

— Le *picciriddu*, répéta-t-il. Mais tu voulais le tuer, pas vrai ? »

Il ne répondit pas. Don Mimì eut un petit rire, et il reprit, brusquement sérieux :

« Tu es bien le fils de ton père ! Tu as ça dans le sang, comme lui.

— C'est pas vrai !

— C'est dans ta nature, Rocco, dit-il alors sur un ton plein d'humanité. Tu essaies de résister, tu es volontaire et obstiné, mais quand le sang de ton père te monte à la tête… voilà ce qui se passe. Tu envoies balader toutes les conneries auxquelles tu croyais et tu tombes le masque. »

Il se pencha au-dessus de la table et, du bout de son index, frappa la poitrine du jeune homme à hauteur du cœur.

« Là, à l'intérieur… tu es un assassin.

— Non ! »

Don Mimì se mit à rire.

« Quand on est enfant, on est libre de croire aux contes. Mais quand on devient grand… on sait que le Père Noël n'existe pas, ajouta-t-il avec un regard bienveillant. Le moment est venu de grandir, Rocco ! »

Rocco baissa les yeux. C'est vrai qu'il aurait tué Minicuzzu si le petit Totò ne l'avait pas arrêté.

Se raconter qu'il le faisait pour la bonne cause, pour défendre un pauvre malheureux ou un enfant, ne changeait rien à l'affaire. « Père, vous êtes fier de moi, maintenant ? » pensa-t-il avec amertume. Pendant ce temps, don Mimì avait ouvert l'enveloppe, d'où il avait sorti cinq billets de cent lires et une feuille imprimée jaune.

« Tu sais lire ? demanda-t-il.

— Non. »

Don Mimì déplia le papier sur la table, devant Rocco. Il posa un doigt sur une ligne :

« Là, il y a écrit : Palerme-Buenos Aires, tu vois ?

— Qu'est-ce que ça veut dire ? questionna-t-il, de plus en plus perdu.

— Et là, tu sais ce qu'il y a écrit ? »

Il secoua la tête.

« Répète après moi, ordonna alors don Mimì en montrant du doigt le premier mot : Aller…

— Aller… dit-il en écho, sidéré.

— … simple.

— … simple.

— … sim-ple », répéta don Mimì en détachant bien les syllabes.

Rocco le fixa sans comprendre.

« Allez, répète ! s'exclama don Mimì en frappant la table de la main.

— Aller… simple… articulait-il au moment où la porte s'ouvrit sur Nardu.

— Dégage ! » cria don Mimì.

La porte se referma.

« Un aller-simple Palerme-Buenos Aires, expliqua gravement don Mimì. Et là, ce sont 500 lires. Quand tu arrives à Buenos Aires, tu te présentes sur le quai 7, au port de La Boca, et tu demandes Tony Zappacosta. C'est mon neveu, le fils de ma sœur. Je l'ai aidé à ouvrir une activité d'import-export. Il te fournira du travail. »

Rocco fronça les sourcils, avec une expression de stupeur hébétée.

« Vous ne me tuez pas ?

— Non.

— Et Sasà Balistreri ?

— Je lui ai dit que j'allais te faire disparaître pour toujours, sourit don Mimì avec l'air féroce qui le faisait ressembler à un loup. D'où ton billet : un aller simple.

— Mais… pourquoi ?

— Parce que j'ai une dette de sang envers ton père, et un homme d'honneur comme moi rembourse ses dettes de sang jusqu'au dernier centime.

— Vous ne me tuez pas… répéta-t-il, hagard, comme si ces mots ne voulaient rien dire.

— Une vie contre une vie, Rocco : ton père m'a sauvé la vie et moi, aujourd'hui, je sauve la tienne. Comme ça, ma dette est totalement remboursée. »

Il se pencha vers lui, le scrutant de son regard pénétrant : « Totalement, répéta-t-il avant de se lever. N'oublie pas, Rocco : aller simple ! Parce qu'à l'instant où tu montes sur ce paquebot, tu n'es plus rien pour moi. Tu n'existes plus, tu es mort. » Il lui prit le visage entre les mains : « Et comme les morts, tu ne peux plus revenir dans notre monde. » Il lui posa un baiser sur les lèvres : « Autrement, je te tue pour de vrai. Et de mes mains. »

10

Alcamo – Lac Poma – Monreale – Palerme,
Sicile

« Tu es libre ! » Ce fut la première pensée de Rosetta quand elle se mit en chemin, sans but. Maintenant qu'elle avait tout perdu, elle se sentait incroyablement légère, et sous le coup d'une surprenante sensation d'émerveillement. Tout était plus simple. Elle n'arrivait presque plus à s'expliquer, après coup, pourquoi elle s'était entêtée dans cette bataille. Au cours de l'année écoulée, elle avait perdu quelque chose de beaucoup plus précieux que sa terre : elle avait perdu la liberté, se répétait-elle. Elle avait perdu sa nature joyeuse, qui avait pourtant survécu aux coups de son père, et elle s'était perdue elle-même. Elle s'écouta rire, comme si elle devait entièrement réapprendre à connaître la Rosetta qu'elle avait fait taire pendant tout ce temps. Et quand elle n'eut plus envie de rire, elle se força à le faire encore, comme pour pratiquer une langue qu'elle aurait oubliée. « Je suis libre ! » s'exclama-t-elle, bras grands ouverts, virevoltant sur elle-même comme si elle dansait.

Elle s'enfonça dans le maquis, décidée à rester loin de la route. Mais, un pas après l'autre, tandis qu'elle avançait parmi les ronces sur la terre dure et sèche de cette île ingrate, elle commença à perdre de son enthousiasme. Où pouvait-elle aller ? Et si on la trouvait, qu'est-ce qu'on lui ferait ? On mettrait fin à cette liberté qu'elle goûtait depuis si peu de temps ? Elle s'arrêta. Le soleil, haut dans le ciel, brûlait impitoyablement tout ce qu'il touchait. « Que vas-tu pouvoir faire toute seule, espèce d'idiote ? » se dit-elle. Et à nouveau, toutes les forces qu'elle avait récupérées s'évanouirent, comme si elles s'étaient évaporées avec le soleil. Sans espoir, elle contempla l'horizon autour d'elle. Il n'y avait nulle part où se cacher, pas un endroit où elle aurait pu recommencer sa vie en tirant un trait sur son passé. Elle se laissa tomber à genoux. Et malgré le soleil, elle eut l'impression de s'enfoncer dans une obscurité sans fond.

Elle n'aurait pu dire depuis combien de temps elle se tenait là, immobile, lorsqu'elle entendit un bruit de sabots qui piétinaient le sol, à une faible distance. « Madonna del Carmine… murmura-t-elle, effrayée, en se terrant au milieu de ronciers. Madonna del Carmine… ma petite Madone… aide-moi… », bredouilla-t-elle, mains sur le visage. Les sabots se rapprochèrent. Rosetta retint son souffle. « Je sais que tu es là ! » lança une voix. Rosetta se fit la plus petite possible. « Je sais que tu es cachée là-dedans ! » reprit la voix. Rosetta aurait voulu faire taire son cœur, qui battait à tout rompre. « Rosetta, continua la voix, c'est Saro !… Je ne veux pas te faire de mal, sors de là… » Rosetta ne broncha pas. Dans le lointain, on entendait d'autres chevaux, puis des ordres. « Tu les entends ? C'est les carabiniers et les hommes du baron, dit Saro à voix basse, ils te cherchent. » Aucune réponse. « Si les carabiniers t'attrapent, tu finiras en taule, poursuivit Saro, mais si c'est les hommes du baron qui te trouvent, il va t'étriper ! » Rosetta était immobile, des épines de ronces fichées dans la peau, incapable de se décider, les yeux écarquillés par la peur. Au bout d'un moment, doutant de sa présence, Saro fit claquer ses lèvres et l'ânesse reprit son chemin. « Saro… », murmura Rosetta, au désespoir. Mais il n'entendit pas.

« Saro… répéta-t-elle plus fort.

— Rosetta ! s'exclama-t-il en arrêtant son ânesse. Tu es où ?

— Laisse-moi m'en aller… je t'en prie… » gémit-elle, des larmes dans la voix.

Saro fit faire demi-tour à l'ânesse et s'approcha du buisson d'où provenait la voix de Rosetta. Il descendit de selle, s'agenouilla et fouilla les ronces du regard. Il croisa les yeux terrorisés de Rosetta.

« Je te donne l'argent qu'a promis le baron, proposa-t-elle.

— Je ne veux pas d'argent, répondit-il en secouant la tête.

— Tu veux quoi, alors ? » demanda-t-elle, sans bouger.

Il tendit un bras.

« Je veux t'aider !

— Pourquoi ? »

Il baissa les yeux en rougissant.

« Parce que, finit-il par répondre. Allez, viens ! dit-il en se penchant vers elle.

— Ne me touche pas ! » s'exclama-t-elle en s'enfonçant davantage dans les ronces.

Saro enleva son bras.

« Ne me touche pas… » répéta-t-elle. Puis, alors qu'il reculait, à genoux, elle quitta lentement sa cachette épineuse.

Les deux jeunes se regardèrent en silence, toujours accroupis l'un en face de l'autre. Il n'y avait rien à dire.

« Il faut y aller, décida enfin Saro.

— Où ça ? demanda-t-elle, avec une peur nouvelle dans la voix.

— Partir, répondit-il, même si cela ne voulait rien dire.

— Partir… » répéta-t-elle sans comprendre.

Saro se tourna vers la route d'où provenaient les voix des carabiniers et des hommes du baron. Il se leva et prit l'ânesse par la bride.

« Viens ! » dit-il à Rosetta après être monté en selle. Mais dès qu'il tendit la main pour l'aider, elle fit un bond en arrière, prête à le repousser.

« Ne me touche pas ! » lança-t-elle à nouveau.

Saro garda le bras tendu.

« Monte, dit-il, pas de temps à perdre ! »

Rosetta, après un instant d'indécision, lui prit la main et se hissa sur la croupe de l'animal. « Accroche-toi à moi », recommanda Saro quand ils se mirent en route. Très lentement, en luttant contre sa répulsion, elle passa les bras autour de la taille du jeune homme. Saro fit claquer ses lèvres et l'ânesse accéléra le pas et se faufila profondément dans le maquis.

Au bout d'une vingtaine de minutes, on n'entendit plus les voix ni le bruit des chevaux. Saro et Rosetta n'avaient pas échangé un mot.

« On est où ? finit par demander Rosetta en balayant des yeux le paysage.

— C'est un coin où je viens chasser le lapin. Personne ne viendra te chercher par ici. On arrive bientôt au lac Poma. Ensuite, on passera par la vallée, en dessous de Romitello, et on filera tout droit jusqu'à Monreale. De là, on ira à Palerme.

— Palerme ? Et qu'est-ce que je vais y faire, à Palerme ?

— Tu dois t'en aller loin. Mais vraiment loin. Le baron a le bras trop long pour de pauvres gens comme nous.

— Et Palerme, c'est assez loin? demanda-t-elle, effrayée.

— Non, répondit-il gravement.

— Alors quoi? » Elle se sentait de plus en plus perdue.

« Tu te rappelles Ninuzzo, le gars du village? Tu te rappelles qu'il est parti, quand on était gosses? »

Rosetta eut le souffle coupé.

« Mais, Ninuzzo... dit-elle d'une voix faible remplie de terreur, lui... il est parti pour... et là elle se tut, incapable de poursuivre.

— Pour les Amériques, conclut-il.

— Les Amériques... répéta-t-elle.

— Oui, les Amériques. »

Le silence tomba à nouveau.

Une heure plus tard, ils étaient arrivés au lac Poma. Ils en firent le tour et se glissèrent entre deux petites formations rocheuses, toujours sans parler. Deux heures s'écoulèrent encore avant qu'ils n'aperçoivent les faubourgs de Monreale. Saro arrêta l'ânesse et la fit se désaltérer à un abreuvoir. Puis il offrit de l'eau à Rosetta. Pensive, elle but, assise sur le rebord de l'abreuvoir. Saro sortit deux vieilles carottes rabougries de sa besace et les donna à manger à l'ânesse. Puis il coupa deux gros morceaux de fromage de chèvre bien fait et en tendit un à Rosetta. Elle fit non de la tête. « Il faut manger », dit Saro. Elle le regarda. Il baissa aussitôt les yeux en rougissant. « Mange! » répéta-t-il. Elle prit le morceau de fromage et se mit à grignoter.

« Écoute, lui dit alors Saro à voix basse, mais en secouant la tête d'un air déterminé. Ce qu'ils t'ont fait, c'était lâche.

— Je ne veux pas en parler, coupa-t-elle.

— Mais ce ne sont pas les gens du village qui ont fait ça !

— Je sais, murmura-t-elle sombrement.

— Nous, on ne prend pas leur honneur aux femmes. »

Rosetta leva la tête, furieuse.

« Vous autres, vous vous contentez de brûler les champs et d'égorger les brebis, c'est ça ? » s'écria-t-elle. Et là elle lui flanqua une claque, dans laquelle elle concentra toutes les frustrations accumulées depuis un an.

Saro resta silencieux, la joue rougie.

« C'était pas moi… »

Rosetta se mit à pleurer doucement. Il avança la main vers elle pour essuyer ses larmes.

« Ne me touche pas ! cria-t-elle hystérique, en se levant d'un bond. Vous me dégoûtez ! »

Elle lui tourna le dos et répéta, d'un ton amer et douloureux : « Vous me dégoûtez tous. » Saro demeura silencieux, tête basse. Quand Rosetta se retourna, elle s'aperçut qu'il pleurait aussi. Elle revint s'asseoir sur le bord de l'abreuvoir et plongea une main dans l'eau.

« Et c'est où, ces Amériques ? reprit-elle peu après, la voix altérée par le désarroi.

— Loin, répondit Saro, les yeux toujours rivés au sol, passant la main sur ses yeux pour en sécher les larmes.

— Plus loin que Rome ? »

Il acquiesça.

« Mais loin comment ? insista Rosetta qui sentait sa tête tourner, comme en proie au vertige.

— Très loin.

— Très loin », dit-elle écho, et elle considérait avec effroi cette distance inconnue et gigantesque.

Avant de se remettre en route, quand Saro lui tendit la main pour l'aider à remonter sur le dos de l'ânesse, elle planta son regard dans le sien :

« Pourquoi tu fais ça ? » lui demanda-t-elle.

À nouveau, il rougit violemment. Il détourna la tête et, comme la première fois, lâcha :

« Parce que. »

Deux heures plus tard, ils arrivèrent à Palerme.

Saro guida l'ânesse à travers les rues bondées du Borgo Vecchio, jusqu'au port. Il demanda son chemin et finit par s'arrêter devant l'édifice carré et anonyme des Autorités Portuaires. « C'est là qu'on achète les billets pour le bateau qui va aux Amériques », expliqua-t-il à Rosetta. Ils descendirent de l'ânesse et restèrent immobiles, l'un face l'autre, tous deux les yeux rivés au sol.

« On appelle ça le Nouveau Monde, dit Saro.

— Quoi ?

— Les Amériques. Il paraît qu'on peut y refaire sa vie. »

Elle pensa à Ninuzzo. L'année précédant son départ, il avait perdu sa femme et son fils qui, à l'époque, avait sept ans, le même âge que Rosetta à ce moment-là. Un jour, pour éviter de faire un trajet supplémentaire, il avait trop chargé la charrette qui ramenait les pierres de sa carrière. Sa femme et son fils l'aidaient parce qu'il avait refusé d'augmenter ses deux ouvriers et qu'ils avaient abandonné le travail. La charrette s'était renversée, les pierres avaient tué sur le coup sa femme et son fils, leur broyant la tête. À partir de ce jour, Ninuzzo n'avait plus été le même. Il avait laissé la carrière partir à vau-l'eau, et on le voyait, avec une longue barbe, errer sans but à travers la campagne. Au village, on avait commencé à l'appeler *u fuddu*, le fou. Quand il avait touché le fond, le baron, qui intervenait toujours à point nommé, avait proposé de racheter sa carrière. Alors Ninuzzo la lui avait vendue – pour une bouchée de pain. Avec l'argent du baron, *u fuddu* avait acheté un billet pour les Amériques et il était parti. Pour ne pas mourir de tristesse, avait-on dit au village.

Rosetta regarda Saro : « Ninuzzo est parti pour les Amériques parce qu'il était désespéré », dit-elle. Il opina du chef. « Comme moi… » ajouta-t-elle.

Il baissa à nouveau les yeux. « Peut-être que c'est pas aussi bien que ça, le Nouveau Monde… » et Rosetta secoua la tête. Elle se tourna vers le bâtiment des Autorités Portuaires et sortit de son sac de jute la poignée de billets du baron. « Cache-les ! conseilla Saro. Mets-les quelque part où personne ne les trouvera. »

Puis il rougit à nouveau, tentant de faire le petit discours qu'il avait préparé et répété pendant toute leur fuite : « Au village, on disait que tu te comportais comme un homme, commença-t-il à grand-peine, que tu croyais avoir des couilles et que c'était péché… parce que Dieu a créé les femmes sans couilles… » Il donna un coup de pied à deux cailloux, l'air gêné. « Mais tant que tu n'es pas en sécurité, continua-t-il en levant les yeux vers elle… tu as intérêt à les garder, tes couilles ! » Rosetta le regarda. Pendant une année entière, lui et les autres l'avaient traitée de *bottana* ; pendant un an, ils avaient fait de sa vie un enfer ; et jusqu'à ce matin même, elle les avait haïs. Mais tout avait changé. Désormais, elle était désespérée mais libre, et elle pouvait pardonner. « Merci », lui dit-elle. Les yeux de Saro s'emplirent de larmes. Rosetta esquissa un mouvement pour s'éloigner.

« Comment je saurai que tout s'est bien passé ? » demanda Saro, dans une tentative pour prolonger ce dernier échange.

Elle le fixa en silence. À l'instar de Ninuzzo, elle tentait de mettre un océan entier entre elle et ses souvenirs, et elle espérait ne rien emporter de sa vie passée – rien ni personne.

« Je t'écrirai », dit-elle en haussant les épaules.

Une expression perdue et enfantine passa sur le visage de Saro :

« Mais je ne sais pas lire… »

Rosetta sourit tristement : il n'y avait pas de place pour eux deux dans le Nouveau Monde.

« Et moi, je ne sais pas écrire !

— Rosetta… » murmura Saro, les yeux débordant de larmes, tentant de la retenir.

Elle tendit la main et lui caressa la joue, l'air sérieux, sans un sourire.

« C'est trop tard », lui dit-elle une nouvelle fois, d'un ton de femme adulte. Elle le dévisagea encore, avec un regard intense. Et elle lui tourna le dos et elle s'avança vers son nouveau destin, toute seule, sans plus regarder en arrière.

11

Europe de l'Est – Hambourg – Mer du Nord –
Océan Atlantique

Depuis qu'elle avait entendu la conversation des hommes du convoi, Raechel vivait dans la peur. Ce soir-là, elle avait compris ce que voulait dire son père quand il lui avait refusé la permission de partir. Que pouvait faire une petite de treize ans comme elle ? Comment s'échapper ? « Tu t'es jetée dans la gueule du loup ! » se disait-elle, épouvantée. Chaque fois qu'ils faisaient halte dans un village, elle était tentée de fuir. Mais ils ne s'arrêtaient que le temps strictement nécessaire pour embarquer d'autres filles, et repartaient aussitôt camper loin des endroits habités, au milieu de nulle part. Où aurait-elle pu aller ? Dans ces villages inconnus, elle n'avait aucune chance de s'en sortir. Et même si elle avait réussi à se sauver, comment aurait-elle survécu ensuite ? Étape après étape, elle repoussait sa fugue. Elle tentait de se rendre invisible, espérait se faire oublier. Elle évitait surtout Amos, qu'elle craignait à présent plus que les autres, ayant percé sa véritable nature, cynique et impitoyable.

En même temps, les hommes lui adressaient rarement la parole, à part pour lui demander de laver assiettes et casseroles. Raechel obéissait tête basse, frottant les couverts avec de la cendre jusqu'à s'en écorcher les doigts, sans bruit, presque sans oser respirer. Avant son arrivée, les filles faisaient toutes la vaisselle à tour de rôle. Mais depuis que Raechel avait rejoint le groupe, cette tâche lui était dévolue. « Le porc-épic laveur de vaisselle ! » l'avait rebaptisée Tamar avec sa méchanceté habituelle. Mais Raechel n'avait pas l'intention de se faire remarquer et ne répliquait jamais. Elle ne voulait surtout pas entrer en conflit avec Tamar, qui jouissait plus que toute autre des attentions d'Amos. Était-ce elle, la « beauté » dont il avait parlé, le soir où elle les avait écoutés, ses hommes et lui ? Certainement, se disait Raechel, et ce n'était pas surprenant : Tamar était de loin la plus belle fille de la caravane. Aucune des autres n'avait ses traits réguliers, presque parfaits, ses longs cheveux soyeux, ni son corps souple aux courbes harmonieuses.

Puis, un matin, Tamar confia à ses compagnes qu'Amos avait promis de l'épouser. Elle dévisagea Raechel avec un sourire en coin et lui lança, suscitant l'hilarité générale : « T'en fais pas, porc-épic laveur de vaisselle, toi tu ne risques rien ! » Mais Raechel se rappelait le ton méprisant d'Amos lorsqu'il avait parlé de Tamar. Il avait dit qu'il « ferait son éducation » pour faire passer l'ennui du voyage, il n'avait mentionné aucun mariage, et Raechel se demanda si elle devait avertir Tamar. Les jours suivants, Tamar s'assit de plus en plus près d'Amos. Elle lui servait son dîner, lui effleurait les mains et riait, la tête coquettement rejetée en arrière, découvrant la peau très claire de son cou délicat et séduisant. Une nuit, elle ne rentra pas dormir dans le chariot, avec les autres. Le lendemain, l'orgueil était peint sur son visage. « Je suis sienne », déclara-t-elle. Toutes les filles comprirent ce que ça voulait dire.

À partir de là, Tamar se sentit supérieure aux autres, qu'elle obligea à lui rendre toute sorte de services, comme brosser ses cheveux plusieurs fois par jour ou aller lui chercher à boire – alors qu'elle aurait très bien pu le faire elle-même. Elle menaçait de rapporter à Amos toute résistance. Quant à lui, il ne fit jamais rien pour décourager ce genre de comportements. Tamar devint terriblement impopulaire parmi les filles. Lorsqu'elle s'installa définitivement dans le chariot d'Amos, Raechel se décida à lui rapporter les détails de la conversation qu'elle avait interceptée et lui conseilla de se méfier de cet homme. Tamar la toisa de son air arrogant et secoua la tête : « C'est moche, la jalousie, porc-épic… » répliqua-t-elle, une moue de mépris sur les lèvres. Puis elle frappa d'un doigt la poitrine plate de sa compagne, un éclat menaçant dans les yeux.

« Tu sais que si je répétais à Amos ce que tu viens de me dire, il t'abandonnerait ici, dans la neige ? »

Raechel sentit une bouffée d'angoisse lui serrer la gorge.

« Je t'en prie… implora-t-elle.

— Je ne lui dirai rien, ne t'en fais pas, dit Tamar en haussant les épaules. Tu me fais trop pitié, petit porc-épic envieux ! »

En route vers le port de Hambourg dans une Europe en proie aux morsures du gel, ils s'arrêtèrent dans trois autres *shtetl* et emmenèrent avec eux dix-huit filles. Au total, elles se retrouvèrent au nombre de quarante-trois. Parmi elles, il y avait une gamine de treize ans au visage angélique, avec des yeux verts et des cheveux blonds tombant en tendres boucles sur ses épaules maigrelettes. Elle ouvrait toujours grand les yeux sur le monde qu'ils traversaient et on pouvait lire ses rêves et toute sa naïveté dans son regard. Raechel éprouva une sympathie spontanée pour elle et le désir immédiat de la protéger, bien qu'elles aient le même âge. Elle avait vraiment l'air d'une enfant, se dit Raechel, ou d'une poupée.

Le premier soir, après le dîner, la gamine se mit à chanter. Sa voix était tellement harmonieuse et captivante que toutes les filles l'écoutèrent, ravies et émues. On aurait dit que cette voix céleste apportait joie et beauté.

« Comment t'appelles-tu ? lui demanda Raechel en s'asseyant à côté d'elle.

— Kailah, répondit-elle avec un sourire limpide.

— Tu chantes très bien ! »

Le visage de Kailah s'éclaira encore davantage.

« Ces hommes sont très gentils. Mes parents ne voulaient pas que je parte, mais ils leur ont donné de l'argent et leur ont dit qu'à Buenos Aires, ils me feraient devenir chanteuse. »

Raechel lui sourit mais, en son for intérieur, elle n'arrivait pas à partager cet optimisme. « De la marchandise à placer sur le marché », c'est ainsi que ces types les avaient décrites. Elle, elle était certaine qu'ils n'étaient pas gentils du tout.

« Je vais devenir célèbre ! rit Kailah, enthousiaste.

— Oui… » acquiesça Raechel.

À partir de ce soir-là, lors des repas, pendant les déplacements, Kailah égaya le camp avec ses chansons. Rien ne semblait pouvoir rompre l'enchantement que créait sa voix.

Tout cela dura jusqu'à Hambourg. Mais, au moment de gravir la passerelle qui conduisait au grand navire ancré sur un quai de l'Elbe, au lieu-dit *La Porte du Monde*, Raechel remarqua que le sourire des hommes de la Sociedad Israelita de Socorros Mutuos s'effaçait pour laisser place à une expression froide et détachée – comme s'ils avaient tombé le masque, pensa-t-elle. Elle observa aussi les signes entendus que les marins à bord échangeaient avec les hommes en caftan, et leurs clins d'œil en direction des filles. Elle se sentit gagnée par une profonde sensation de malaise et de danger. Raechel risqua un regard derrière elle et décida de tenter de s'enfuir. Elle fit quelques pas pour s'éloigner du groupe, mais Amos l'attrapa aussitôt par le bras, la serrant avec force, jusqu'à lui faire mal, et il lui dit avec un sourire effrayant : « Tu vas où, petit mec ? Avance, et ne m'énerve pas ! » Raechel, terrorisée, le cœur lourd, emprunta la passerelle qui conduisait au paquebot. Les autres filles n'avaient rien remarqué. Elles souriaient, heureuses et surexcitées. Tamar monta au bras d'Amos, comme une splendide reine.

« Bonne journée, mon capitaine ! salua Amos.

— Je n'y manquerai pas, cher ami ! répondit le capitaine, un homme rubicond aux moustaches jaunies par le tabac. Et ce ne sera que la première d'une série d'excellentes journées ! rit-il avant de s'adresser à Tamar, qu'il reluqua avec insolence. Bonne journée à toi, beauté !

— Bonne journée à vous, capitaine, répondit Tamar d'un ton glacial, haussant un sourcil avec une expression altière.

— Tu peux me tutoyer, beauté, ricana le capitaine. À bord, on ne s'embarrasse pas de formalités ! »

Il tendit le bras et lui palpa le sein. Tamar sursauta et le gifla. Moins d'une seconde après, Amos lui avait déjà flanqué un coup de poing sur la pommette : « Ça, tu ne le fais plus jamais, salope ! lança-t-il d'une voix âpre. Allez, file avec les autres ! » et il la poussa sans ménagement. Un murmure inquiet parcourut le groupe de jeunes filles. Il était trop tard, se dit Raechel, les marins remontaient la passerelle. Elle entendit le capitaine dire en riant à Amos :

« T'inquiète pas, mon ami, moi j'aime bien les dompter !

— Mais tu dois savoir qu'elle n'est plus vierge, précisa Amos.

— Ici à bord, on ne s'embarrasse pas de formalités ! » dit-il en riant.

Les jeunes filles furent conduites comme un troupeau, presque poussées, dans un vaste local aux parois de métal boulonné. Elles éprouvaient un mélange d'incrédulité, de désarroi et de peur. Sur le sol de la pièce étaient amoncelées des couvertures crasseuses qui leur serviraient de misérables couches. Les marins qui s'occupaient d'installer les filles ne lésinèrent pas sur les mains baladeuses et les commentaires obscènes. Raechel remarqua qu'ils tripotaient particulièrement les gros seins d'Abarim et elle pria le Seigneur pour que les siens ne poussent pas.

Quand les matelots refermèrent en ricanant la porte du vaste local où elles étaient entassées, quelques filles éclatèrent en sanglots. La plupart conservaient encore une expression confuse sur le visage, une espèce d'incrédulité hébétée, observa Raechel, tant le changement de comportement de leurs accompagnateurs avait été brutal. Elles étaient tellement surprises qu'aucune ne put parler jusqu'à ce que les parois du navire commencent à vibrer. « On part ! » s'exclama quelqu'un. Alors la panique éclata. Beaucoup coururent vers la porte, cognant des poings contre le métal. D'autres se jetèrent dans les bras de leurs voisines en pleurant.

Seule Tamar restait à l'écart. Les yeux écarquillés, elle effleurait sa pommette qui commençait à gonfler. Aucune des autres ne se souciait d'elle, on aurait dit qu'elle ne faisait pas partie du troupeau. Bien qu'elle l'ait détestée depuis l'enfance, Raechel s'approcha.

« Ça te fait très mal ?

— Je suis sienne, je me suis donnée à lui, déclara Tamar, la voix sans timbre et le regard vague. Tout ça, ce n'est rien. Il viendra me demander pardon et m'épousera. »

Raechel resta à côté d'elle, sans dire un mot, leur prison de métal se remplissait des cris de terreur et des pleurs désespérés de leurs compagnes. Kailah les rejoignit.

« Qu'est-ce qui se passe ? » Sa voix était altérée par la peur.

« Je ne sais pas », répondit Raechel.

Kailah resta silencieuse un moment puis reprit :

« Mais ils me feront devenir chanteuse, hein ? »

Raechel ne disait rien. Elle s'agrippait au livre de son père.

Le soir, la grande porte se rouvrit. Des marins, gourdins en main, repoussèrent les filles vers le fond du local. Amos apparut. Tamar leva les yeux vers lui, pleine d'espoir. Il pointa un doigt vers elle :

« Toi, viens, dépêche-toi ! ordonna-t-il.

— Je te l'avais dit, porc-épic », glissa Tamar à Raechel.

Elle se précipita vers Amos et voulut se jeter à son cou. Il la repoussa, la saisit par le poignet et l'entraîna dehors. Les marins posèrent à manger et à boire sur le sol.

« Mangez ! Et nettoyez le vomi », ajoutèrent-ils en indiquant des serpillières et des seaux. Puis ils sortirent en refermant la porte.

« Chante, Kailah ! dit Raechel dès qu'elles furent seules.

— J'ai peur… murmura la gamine.

— Chante ! » répéta-t-elle avec douceur.

Kailah entonna une chanson, d'une voix tremblante. Elle s'interrompit bientôt et se blottit dans les bras de Raechel. Pour les filles, la nuit fut plus sombre que jamais. Aucune ne trouva le sommeil, beaucoup eurent des nausées, certaines se recroquevillèrent sur leurs couches pour prier – Raechel les entendait.

Le lendemain matin, la porte se rouvrit. Amos, toujours escorté par des marins armés de gourdins, jeta Tamar à l'intérieur. Sa beauté semblait s'être fanée, comme une fleur arrachée. En plus de sa pommette tuméfiée, elle portait des marques rouges aux poignets. Amos fit un pas dans la grande salle : « Si vous ne l'avez pas encore compris, sachez que là où nous allons, vous ne serez pas domestiques ! commença-t-il avec un sourire perfide qui provoqua l'hilarité des matelots. À Buenos Aires, vous gagnerez votre vie autrement. » Il les observa d'un air froid, sans aucune trace d'humanité : « Et comme je n'ai pas envie de gâcher mon fric pour vous, vous allez faire l'expérience de votre nouveau boulot ici, sur le bateau, en payant la traversée avec vos services. » Un des marins plaça son gourdin entre ses jambes et le fit bouger de manière obscène, comme un phallus énorme et menaçant. Les autres ricanèrent et portèrent la main à leur entrejambe. Puis ils sortirent à la suite d'Amos et refermèrent la porte.

Tamar se traîna jusqu'à une couche à l'écart, tournant le dos aux autres qui la regardaient, muettes et horrifiées. « Qu'est-ce qu'on doit faire, comme travail ? » demanda une fille qui ne devait pas avoir quinze ans. Une autre éclata en sanglots. Le silence qui s'ensuivit fut plus effrayant que n'importe quel tumulte. Raechel rejoignit Tamar et s'assit à son côté. Tamar ne broncha pas. Raechel lui posa une main sur l'épaule, avec délicatesse :

« Je suis désolée… » murmura-t-elle.

Sa compagne se retourna brusquement, les yeux pleins de colère.

« Dégage, porc-épic ! » siffla-t-elle.

Raechel se leva et s'éloigna, mais sans la quitter du regard.

« C'est bien fait, elle se croyait meilleure que nous ! lâcha une fille, avec aigreur.

— Tais-toi, imbécile ! » s'écria Raechel.

Tamar resta immobile toute la journée, comme une morte, les yeux grands ouverts. Kailah, elle, vint s'asseoir tout près de Raechel et lui prit la main. Raechel la tint serrée contre elle en caressant ses longs cheveux blonds.

Le soir, Amos revint. En plus des cinq marins habituels, il y en avait dix nouveaux. « Choisissez ! » leur dit-il. Les dix nouveaux circulèrent parmi les filles comme s'ils étaient au marché aux bestiaux. L'un d'eux indiqua Raechel à Amos.

« Et celle-là, elle sert à quoi ? »

Amos haussa les épaules.

« Tu peux la jeter à la mer, si tu veux ! »

Raechel se tapit dans un coin. Les hommes se mirent à rire. Puis, l'une après l'autre, ils choisirent des filles, les attrapant par les poignets et les traînant à leur suite. Amos prit Tamar par le bras et l'obligea à se lever : « Le capitaine n'en a pas fini avec toi », lança-t-il en la poussant dehors. Elle se déplaçait comme un pantin sans vie. « Et toi, dit l'un des matelots à Raechel, comme tu ne sers pas à baiser, nettoie donc le vomi ! C'est dégueu, là-dedans. » La lourde porte se referma.

Chaque nuit, dix filles étaient choisies. Le lendemain, elles revenaient la honte imprimée sur le visage, marquées par les coups des marins qui abusaient d'elles. Belle comme elle l'était, Tamar ne manqua jamais d'être appelée, même lorsque le capitaine se fut lassé d'elle.

« Mais qu'est-ce qu'ils font aux filles ? » demandait Kailah à Raechel, la voix pleine d'effroi en se blottissant dans ses bras. Raechel la regardait avec tendresse, un petit ange sans défense.

« S'ils te choisissent, dit-elle, ne résiste pas. Sinon ils te feront encore plus mal.

— Je ne veux pas être choisie, gémit Kailah.

— Prie le Seigneur pour que cela ne se produise pas. Moi aussi, je prierai pour toi, dit-elle en lui caressant les cheveux. Mais si ça arrive… ne résiste pas. »

Le soir-même, Kailah fut choisie. Le lendemain matin, quand on la ramena, elle ressemblait à une fleur piétinée. Elle se jeta dans les bras de Raechel et pleura longuement. Puis elle dit :

« Je n'ai pas résisté.

— Tu as été très courageuse », murmura Raechel le cœur pris dans un étau.

Elle l'attira contre elle et se mit à la bercer comme une enfant. Mais à compter de ce jour, Kailah ne serait plus jamais une enfant. Elle ne chantait plus. On la choisit deux soirs encore. Chaque fois, elle revenait dans leur prison avec des yeux toujours plus éteints. Le troisième soir, lorsqu'un des marins la désigna à nouveau, lui ordonnant de le suivre, Kailah adressa à Raechel un regard plein de souffrance, mais déterminé. « Le Seigneur m'a dit ce que je devais faire », chuchota-t-elle. Elle sourit et embrassa son amie sur la joue. « Merci ! » lui dit-elle. Puis elle se leva et se dirigea vers la porte en chantant, avec une voix qui semblait redevenue celle d'autrefois, limpide et bouleversante. Raechel sentit un frisson lui parcourir l'échine et, obéissant à son instinct, elle se leva à son tour et fit quelques pas dans sa direction. Arrivée à la porte, d'un bond agile, Kailah échappa au marin et s'enfuit.

« Arrêtez-la ! » cria Raechel, prise d'un mauvais pressentiment.

Un des marins ricana.

« Où tu veux qu'elle aille ? »

Raechel essaya de passer.

« Kailah ! » appela-t-elle.

Le marin comprit soudain la préoccupation de Raechel.

« Oh, merde ! » s'exclama-t-il en se jetant à la poursuite de Kailah.

Raechel, profitant de la confusion, parvint à franchir la porte et se précipita derrière eux. Le vent glacé qui balayait l'océan la frappa en plein visage. « Kailah ! » cria-t-elle encore, courant derrière le matelot. Quand ils atteignirent la poupe du navire, Raechel, le marin et trois autres hommes qui s'étaient joints à eux s'arrêtèrent net. Une seconde plus tard, Amos surgit aussi. Kailah se tenait immobile, agrippée au bastingage de la poupe, les yeux grands ouverts dans la nuit.

« Fais pas de bêtise, petite ! lança un marin en esquissant un pas.

— N'approchez pas ! hurla Kailah.

— Non, Kailah… murmura Raechel.

— Allez, viens, personne ne te fera de mal ! dit Amos.

— C'est pas vrai ! » s'écria-t-elle.

Le vent ébouriffait ses cheveux et soulevait sa jupe, découvrant des jambes maigrelettes de petite fille.

« Kailah, non… » répéta Raechel.

Amos, une expression dure sur le visage, avança vers elle :

« Maintenant, je vais te faire regretter cette ânerie ! »

Alors, Kailah grimpa sur le bastingage. Elle resta un moment en équilibre, puis se jeta dans le vide de la nuit.

« Non ! » hurla Raechel en se précipitant sur le bastingage. Accrochée au garde-corps, les larmes ruisselant déjà sur ses joues, elle aperçut Kailah portée par un vent furieux, sa jupe ouverte autour d'elle comme la corolle d'une fleur, tandis que son écharpe disparaissait au loin, tel un pétale arraché par la violence des éléments. Le vol plané ne dura qu'un instant, puis Raechel aperçut une légère écume blanche qui troubla brièvement le noir de la mer, sans qu'on entende aucun bruit. Ensuite, plus rien. Le navire continuait sa route vers Buenos Aires. Quelqu'un saisit Raechel par le bras et la reconduisit de force à l'intérieur.

« Bon, prends-en une autre, dit Amos au marin qui avait choisi Kailah.

— Non, peut-être demain », répondit-il.

La porte se referma dans un silence spectral. Toutes les filles savaient ce qui s'était passé, nul besoin d'explication. Raechel prit son livre de prières et chanta le *kaddish*. Puis elle se dirigea vers sa couche. « Porc-épic ! » appela alors Tamar. Raechel se retourna. « Viens là ! » dit Tamar. Elle s'approcha. Tamar la prit dans ses bras, comme Raechel l'avait fait avec Kailah, et se mit à caresser en silence sa masse de cheveux emmêlés. Peu après, Raechel sentit les larmes de Tamar lui baigner le visage, et elle se serra plus fort contre elle, comme Kailah l'avait fait. « C'est pas juste », murmura-t-elle. Tamar ne répondit rien mais continua à lui caresser la tête, en se balançant doucement. « Dors, porc-épic », lui dit-elle. Raechel ferma les yeux et, tandis que la fatigue la gagnait, bercée par le mouvement du navire qui traçait sa route sur l'océan avec son terrible chargement de souffrances, elle remercia le Seigneur du Monde de ne pas lui avoir donné la beauté.

12

Palerme – Mer Méditerranée

Le matin suivant le jour où Saro l'avait laissée à Palerme, Rosetta avait fait la queue devant la billetterie des Autorités Portuaires. Quand son tour était arrivé, l'employé lui avait demandé :

« Où veux-tu aller ?

— En Amérique. »

Comme à son habitude, l'employé avait soupiré d'un air suffisant devant l'ignorance de ces émigrés auxquels il avait affaire, comme si le simple fait de vendre des billets faisait de lui un grand voyageur.

« D'accord, mais Nouyork ou Bouenosair ? »

Rosetta avait haussé les épaules :

« C'est quoi, la différence ? »

L'employa grimaça et fit la réponse que l'on attendait de lui :

« Ça coûte à peu près pareil.

— Mais les deux, c'est les Amériques ?

— Oui.

— Quel bateau part en premier ?

— Celui pour Bouenosair. Demain.

— Eh bien, celui-là, alors.

— Tu es pressée de partir ? »

Il l'avait regardée avec curiosité. Rosetta sentit le sang se glacer dans ses veines. Il ne fallait pas qu'elle ait l'air d'une femme en fuite et attire les soupçons. Après un bref instant de panique, elle sourit :

« Si j'attends trop, je risque de changer d'avis et de rester ici !

— Alors tu as fait le bon choix. Et puis, à Nouyork il fait froid, tu auras plus chaud à Bouenosair. »

Rosetta eut l'impression que l'employé mettait des heures à remplir les formulaires pour le départ, recopiant minutieusement les données de son document d'identité dans la liste des passagers. Quand il lui remit enfin son billet, Rosetta regarda ces lettres et ces chiffres qu'elle ne comprenait pas.

« Qu'est-ce qu'il y a écrit ?

— Aller simple Palerme-Buenos Aires. Troisième classe. Embarquement le 2 octobre 1912 à dix-sept heures.

— Et il arrive à quelle heure ? »

L'employé éclata de rire, amusé par la naïveté de la question :

« Quand le Seigneur le voudra ! répondit-il, hilare. Allez, laisse la place aux autres ! » Et il fit signe au passager suivant d'approcher.

Rosetta ne savait où aller, mais elle avait faim. Elle entra dans une *friggitoria*[1] pour prendre deux *arancini*[2] garnis de viande hachée à la sauce tomate et de petits pois. En sortant, elle entendit le propriétaire du magasin raconter à un client qu'un de ses amis, maréchal des carabiniers, lui avait dit que toute la gendarmerie était mobilisée par la recherche d'une femme

1. *Friggitoria* : friterie.

2. *Arancini* : spécialité culinaire sicilienne composée de boulettes de riz panées et frites.

qui avait fracassé la tête du baron Rivalta di Neroli. Rosetta était restée pétrifiée à écouter sur le pas de la porte en faisant mine de grignoter ses *arancini.*

« C'est bien dommage qu'une brave dame qui apprend les bonnes manières à un noble finisse derrière les barreaux ! avait plaisanté le propriétaire.

— C'est vrai, mais ils l'attraperont sûrement, avait répliqué le client. Tu ne peux pas t'en sortir quand tu t'en prends à un noble. L'histoire de David et Goliath, c'est une grosse connerie. Dans la vie, David se fait toujours baiser ! »

Rosetta s'était éloignée, effrayée, les deux hommes riaient.

Cette nuit-là, elle dormit dans un hangar à bateaux, à l'intérieur d'un *gozzo*[1] qui puait le sel et le poisson pourri. Elle se réveilla plusieurs fois en sursaut, craignant que la police ne la retrouve. L'aube venue, elle quitta le hangar avant l'arrivée des pêcheurs, et se mêla à la foule qui affluait au marché de la Vuccirìa. De temps à autre, elle prenait en main son billet pour la traversée transatlantique et le regardait, se répétant, comme un refrain : « Aller simple Palerme-Buenos Aires. Troisième classe. Embarquement le 2 octobre 1912 à dix-sept heures. » Ensuite, elle ajoutait à voix basse : « Ça, vous ne me l'enlèverez pas ! » Elle se cacha jusqu'à ce que les cloches des églises sonnent quatre heures de l'après-midi, puis se dirigea vers le port. Quand elle se retrouva devant le paquebot à quai, elle en eut le souffle coupé. C'était la chose la plus imposante qu'elle ait vue de sa vie. Il était aussi gros que deux immeubles mis l'un derrière l'autre. Sur le quai, devant le navire, une immense foule se pressait,

1. *Gozzo* : bateau de pêche traditionnel italien.

on aurait dit un troupeau. Presque tout le monde était vêtu de noir, comme elle.

Elle se fraya un chemin parmi les gens qui campaient là et s'arrêta uniquement lorsqu'elle se retrouva au cœur d'une masse compacte et sombre. On aurait dit que le groupe, comme dans un enclos à bestiaux, l'empêchait de s'échapper tout en la dissimulant aux yeux de la police. Elle se sentait mal à l'aise : il n'y avait que des hommes, et tous la regardaient. Certains lui souriaient même déjà en clignant de l'œil. « Tous mes compliments, beauté ! » lui lança un homme d'une trentaine d'années. Rosetta s'écarta de quelques pas, sans répondre. Mais il la suivit, accompagné de deux compères.

« Tu as oublié les bonnes manières ? lui demanda-t-il en posant une main sur son épaule. Entre gens bien élevés, on se dit bonjour ! »

Rosetta s'écarta brusquement, perturbée par ce contact.

« Ne me touche pas ! » siffla-t-elle.

Il se ficha devant elle, sourire narquois aux lèvres.

« Et c'est où, exactement, que je ne devrais pas te toucher ? »

Ses deux compagnons s'esclaffèrent, hilares.

« Va te faire foutre ! jeta Rosetta, en essayant de s'éloigner.

— Mazette, quel langage ! » s'amusa-t-il. Il continuait à la suivre.

« Que se passe-t-il ? intervint un garde du port, chargé de circuler dans la foule pour désamorcer toute source de conflit.

— Mademoiselle m'importune ! » répondit aussitôt l'homme avec insolence.

À cette réplique, ses amis se tordirent de rire.

« Tous les trois, arrêtez ça si vous voulez embarquer ! » dit le garde. Puis il prit Rosetta par le bras et la conduisit dans une zone du quai où se trouvaient quelques femmes avec leurs maris respectifs. « Mets-toi là ! recommanda-t-il. Et si tu veux un conseil, reste avec des femmes pendant le voyage. » Rosetta le remercia d'un mouvement de tête. Mais tandis qu'elle attendait, elle remarqua bientôt que les femmes l'observaient d'un air soupçonneux. Elle savait bien ce qu'elles pensaient : une fille qui partait pour l'Amérique toute seule ne pouvait pas être une personne respectable. « *Bot-ta-na* », articula-t-elle doucement. On aurait dit qu'en Sicile, pour décrire une femme qui ne suivait pas les règles, il n'existait qu'un seul et même mot. Elle aperçut aussi, à quelques mètres de là, l'individu qui l'avait importunée. Il la reluquait en échangeant des commentaires avec ses deux compagnons. Et elle remarqua qu'il avait un couteau à cran d'arrêt glissé dans la ceinture. Sa peur des hommes revint lui serrer la gorge. Elle se sentait écrasée par la souillure qu'elle avait subie. Petite, faible, sans défense, incapable de compter sur ses propres forces pour se sauver… « Ça fait même pas mal… » murmura-t-elle. Mais ce n'était pas vrai.

Le moment d'embarquer arriva enfin et Rosetta fit la queue avec les autres passagers. À l'entrée de la passerelle, elle montra son billet et un document d'identité. Pendant que l'employé cherchait son nom dans les listes dressées par les Autorités Portuaires, Rosetta continuait à surveiller les environs du port, craignant que d'un moment à l'autre les carabiniers ne surgissent, et tremblant à l'idée qu'ils puissent lui voler cette occasion de refaire sa vie, loin des souffrances répugnantes qu'elle venait d'endurer. Quand ces longues vérifications furent achevées, elle poussa un soupir de soulagement et gravit la passerelle qui vibrait, se joignant à la file des passagers. « J'ai réussi ! » pensa-t-elle dans un élan d'euphorie. Mais aussitôt après, elle sentit une main lui palper les fesses. Elle se retourna d'un bond, manquant perdre l'équilibre. Le trentenaire de tout à l'heure lui dit à voix basse, avec un sourire lascif : « Le voyage est long, mais toi et moi on va bien s'amuser, pas vrai ? » Puis, remarquant la confusion de Rosetta, il rit : « Tu es encore plus mignonne comme ça ! » Il cligna de l'œil : « On se retrouve à bord, mon amour ! »

Rocco n'arrivait pas à y croire. Ces derniers jours, il avait l'impression d'avoir été sur des montagnes russes. Sa vie était tombée si bas qu'il avait été certain de mourir. Et, maintenant, il s'apprêtait à partir pour un nouveau monde, où il pourrait refaire sa vie, tout reprendre de zéro. Il allait pouvoir réaliser son rêve, devenir mécanicien, s'affranchir de la malédiction de Cosa Nostra, être enfin lui-même et non l'ombre de son père. Et se sentir moins seul. Foulant le pont du navire qui allait l'emmener à Buenos Aires, il n'en revenait toujours pas de sa chance. Il se tourna vers Palerme et embrassa la ville du regard, conscient que c'était la dernière fois, sans parvenir à démêler les sentiments confus que cela suscitait en lui. Il contempla les toits de tuiles rondes, les terrasses luxuriantes couvertes d'orangers et de citronniers en pots, les murs rouges des maisons, les coupoles des églises, et les croix qui s'élançaient au sommet des campaniles.

Il admirait encore la cité, accoudé au bastingage du pont supérieur, quand le transatlantique commença à quitter le port. Les moteurs tournant à plein régime dans la salle des machines produisaient une vibration sourde qui faisait trembler toute la rigide structure de fer. D'arrogants panaches de fumée noire jaillirent des deux cheminées et barbouillèrent le ciel azuréen. Et alors que Palerme et la terre ferme s'éloignaient, que des dizaines de mouettes prenaient bruyamment leur envol, effrayées par l'aboiement assourdissant de la sirène qui emplissait l'air, Rocco, ses cheveux blonds ébouriffés par le vent, fut soudain traversé par une idée surprenante : s'il se trouvait sur ce navire, s'il avait une seconde chance, s'il était encore vivant, il le devait à son père, aussi paradoxal que cela puisse paraître ! Cette deuxième vie, c'était lui qui la lui avait offerte, des années auparavant, en se sacrifiant. « Une vie pour une vie », avait dit don Mimì. Mais en réalité, songea Rocco, c'était une vie pour une mort. « Finalement, je dois vous remercier, père », murmura-t-il alors, s'adressant à un lieu lointain qu'il ne pouvait voir mais qu'il connaissait bien, dans la périphérie de Palerme – le petit cimetière de Boccadifalco.

Quand le transatlantique fendit la mer, escorté par un groupe de dauphins qui faisaient de joyeuses cabrioles, on fit descendre les passagers de troisième classe sur le troisième pont. On les entassa dans quatre grandes salles équipées de simples bancs en bois, qui sentaient le désinfectant. Rocco trouva une place un peu à l'écart et s'assit sur sa valise en carton à moitié vide. Le coup qu'il avait reçu à la tête lui causait encore des élancements dans les tempes, et un gros hématome lui obscurcissait le front, sous sa mèche blonde. Il balaya la pièce du regard. Sur le visage des passagers pressés les uns contre les autres, il pouvait lire l'égarement, la fatigue, la peur, le sentiment d'échec face à ce saut dans l'inconnu – mais aussi l'espoir. Car au bout de ce voyage, se disait-il, chacun d'entre eux trouverait une autre vie. Il sentit son cœur se remplir d'une joie qu'il n'avait plus éprouvée depuis longtemps, et il se mit à rire tout seul.

Après deux heures de navigation, un homme plié en deux courut vers un hublot qu'il tenta d'ouvrir en vain, avant de vomir sur le sol. Un marin apporta une serpillière et un seau d'eau, nettoya et indiqua aux passagers la porte qui donnait sur le pont inférieur : « Vomissez dans la mer, mais contre le vent », conseilla-t-il en partant. En l'espace de quelques minutes, le pont étroit fut rempli de gens en train de vomir. Rocco, en revanche, se sentait toujours très bien.

Dans la grande salle qui s'était pratiquement vidée, Rocco remarqua alors une jeune femme d'une vingtaine d'années, à la beauté sauvage et fière. Elle semblait voyager seule. Comme lui, elle se tenait à l'écart, évitant de se mêler aux autres. Elle était assise par terre, tête baissée, et tenait serrée contre elle un petit baluchon qui semblait être son unique bagage. Il se dit qu'elle devait avoir beaucoup de courage.

Un peu plus tard, un homme d'une trentaine d'années, l'air fourbe, s'approcha d'elle. En voyant le regard de la jeune fille, Rocco comprit qu'elle était effrayée. Le type, accompagné de deux compères restés un peu en arrière à ricaner, s'installa près de la jeune femme. Elle fit aussitôt un mouvement pour se lever, mais il la retint par le poignet et la força à rester assise. Elle tenta de se libérer mais il ne lâcha pas sa prise. À côté d'eux, un voyageur intervint pour protester mais l'homme écarta un pan de sa veste et lui montra quelque chose qui le fit taire. Le voyageur se mit à contempler le sol, et tous les passagers alentour l'imitèrent. Les deux amis de l'importun ricanèrent, tout fiers de leur pouvoir. Puis le type avança une main et toucha la cuisse de la fille. Elle le repoussa en grinçant des dents. Alors l'individu l'attira contre lui et l'embrassa de force, en riant. Elle lui cracha au visage. Il leva une main, s'apprêtant à la gifler. Rocco sentit le sang lui monter à la tête, et en un éclair il se retrouva debout. L'instant d'après, il était planté devant le type et la jeune femme. « Tu cherches les emmerdes ? » lui demanda l'homme, agressif. Rocco le toisa, débordant de mépris, sentant la colère monter en lui. De puissantes émotions livraient bataille dans son cœur. Une rage aveugle le poussait à bourrer ce type de coups de pied, à le tabasser, comme il l'avait fait avec Minicuzzu. « Toi tu es un assassin, comme ton père », avait dit don Mimì. Peu importait qu'une fois encore, au nom de la justice, il fasse le mal. Rocco éprouva une violente bouffée de haine contre cet homme qui le forçait à révéler cette part de lui-même qu'il aurait voulu renier.

« Alors, le jobard, tu cherches les emmerdes ? insistait l'autre.

— Non, répondit Rocco, froid et cassant. Je voulais simplement te remercier.

— De quoi ? demanda l'autre, surpris.

— Si t'étais pas venu lui casser les couilles, je n'aurais pas remarqué ma cousine. »

Le type lui adressa un rictus.

« Casse-toi, le blondinet ! Pour le moment, c'est moi qui bavarde avec ta cousine. Quand j'aurai fini, ce sera ton tour. »

En une fraction de seconde, Rocco perdit la tête. Le sang battait furieusement dans ses tempes, il attrapa le type par les oreilles, le faisant gémir de douleur, et le souleva pratiquement de terre. Puis il le propulsa deux mètres plus loin. Il serra les poings, son cœur cognant dans sa poitrine.

« C'est toi qui vas foutre le camp ! » dit-il d'une voix rauque.

À peine remis de sa surprise, l'autre écarta sa veste et porta la main à son cran d'arrêt.

« Si tu sors ton cran, je te le fourre dans le cul ! siffla aussitôt Rocco, un éclair dément dans les yeux.

— J'ai pas envie de te faire mal », lâcha l'autre, dont l'aplomb commençait à s'émousser.

Rocco le regardait sans un mot, prêt à en découdre. Les passagers autour d'eux se levèrent et s'éloignèrent. Les deux hommes se jaugèrent du regard. « Laisse tomber, c'est qu'un pauvre con ! », lança un des deux compères. Le type resta un instant immobile. Puis il fit un pas vers Rocco et, à voix basse, le menaça :

« Pour l'instant ça s'arrête là, le blondinet ! Mais tu as intérêt à dormir les yeux bien ouverts, parce que dès que tu baisses la garde, je t'égorge ! »

Rocco s'approcha de son adversaire et se planta devant lui, son visage contre le sien. Il saisit la main qui pouvait empoigner le couteau et, la figure contractée par une grimace qui le faisait ressembler à un animal féroce, il lui souffla dans le nez :

« Au contraire, je vais faire de beaux rêves, *quaquaraquà*[1]. Un type comme toi, moi je le bouffe tout cru ! »

À cette seconde, lisant dans les yeux de son rival la mesquinerie des gens coutumiers des coups de couteau dans le dos, il eut la certitude que cette vermine allait le poignarder pendant son sommeil. Alors, surmontant sa répugnance pour ce qu'il allait faire, mais sachant que cela marcherait, il ajouta :

« Et surtout, je dormirai bien parce que si t'abîmes un seul de mes cheveux, Mimì Zappacosta... » Là, il

1. *Quaquaraquà* : onomatopée sicilienne symbole de bavardage, comme « bla-bla » en français. Ici, le terme renvoie à un vantard, un fanfaron.

s'interrompit, voyant dans le regard stupéfait de son adversaire la confirmation que son stratagème avait fait mouche.

« Ah, tu le connais, alors ? » lui demanda-t-il avec un rictus.

À ce nom, l'homme avait perdu toute son assurance.

« Le *capo mandamento*… de Boccadifalco ?

— Oui, c'est ça, et aussi de Brancaccio », acquiesça Rocco, sans lui lâcher la main.

Il le fixa avec un sourire glacial et lui donna une petite tape, comme s'il avait devant lui un moins-que-rien. Il se dégoûtait lui-même d'avoir recours à ce qu'il détestait le plus au monde, ce qu'il fuyait. Il se trouvait abject car il se comportait comme un mafieux. Mais ça marcherait.

« Il tient à moi. Et il t'ouvrira la panse comme à un porcelet. »

Le gars pâlit et courba immédiatement l'échine.

« Je… je pouvais pas savoir que… que vous étiez un homme d'honneur… de don Mimì », balbutia-t-il, la voix brisée par la peur.

Rocco lui lâcha la main et l'attrapa à nouveau par une oreille, qu'il tordit jusqu'à lui faire mal.

« Parle moins fort, chuchota-t-il, tu veux que tout le bateau soit au courant ? Si j'avais envie de publicité, j'aurais voyagé en première classe, pas dans cette poubelle !

— Veuillez m'excuser… » murmura l'autre, vaincu.

Rocco lui lâcha l'oreille et lança, méprisant :

« Maintenant débarrasse le plancher, et pas un mot ! »

Sous le regard de tous les passagers, l'importun quitta la pièce et se dirigea vers le pont, tête basse, battu et humilié, suivi de ses deux compagnons.

Rocco alla prendre sa valise et s'assit près de la jeune femme, sans lui adresser la parole et sans la regarder. Sa colère retombait lentement, mais il était secoué. « Quand le sang de ton père te monte à la tête, tu envoies balader toutes les conneries auxquelles tu croyais et tu tombes le masque », lui avait dit don Mimì. Il respira profondément, cherchant à se calmer.

« Je n'ai besoin de l'aide de personne », déclara soudain la fille.

Rocco se tourna vers elle, étonné. Son regard était plein de fierté. Mais elle avait eu peur, pensa-t-il, et ça se voyait encore dans ses yeux noirs, profonds comme des puits.

« Oui, j'ai vu », sourit-il avant de regarder dans l'autre direction. Elle était seule, songea-t-il, seule comme lui, seule à l'intérieur. Une solitude qu'aucune présence ne pouvait combler.

Peu après, elle murmura :

« D'après moi, il va le dire à tout le monde…

— J'en suis sûr, répondit Rocco toujours sans la regarder, et c'est exactement ce que je veux. Comme ça, on voyagera tranquille. »

Pour la première fois depuis des années, Rosetta se dit qu'un homme ne lui faisait pas peur. Il était différent des autres. Il ne la regardait pas et ne cherchait pas à engager la conversation. Il l'avait défendue, un point c'est tout, sans rien demander en échange. Un instant plus tard, elle se surprit à se dire qu'il était beau, avec ses cheveux de Normand. Cette pensée la mit mal à l'aise et elle détourna les yeux. Mais après un long silence, comme si elle ne pouvait se résoudre à couper le fil qui les reliait, elle demanda :

« C'est vrai que tu es un mafieux ?

— Non. »

Rosetta l'observa à nouveau. Il avait un beau profil, des lèvres charnues et des yeux noir charbon – comme les siens. Des yeux tellement noirs qu'on ne pouvait les scruter jusqu'au fond, des yeux comme seuls les Siciliens en ont. Elle se mit à rire, presque sans motif, peut-être simplement parce qu'elle se sentait soudain légère.

« Alors tu es un sacré moulin à conneries ! » s'exclama-t-elle.

Il se retourna et la fixa avec une certaine sévérité.

« On dirait que c'est pire que d'être mafieux ! et il ajouta, sérieux : Il n'y a rien de pire que les mafieux.

— Si ! rétorqua Rosetta, tout aussi sérieuse, tandis que son regard s'embuait. Les nobles. Les barons, surtout. »

Et ils restèrent là, tout proches, lisant dans les yeux l'un de l'autre une histoire dure, un passé douloureux qu'aucun des deux n'avait l'intention de raconter, mais qu'ils ne pouvaient pas non plus dissimuler.

« Eh bien… merci, hein ! bredouilla laborieusement Rosetta, embarrassée par cet échange de regards qui se prolongeait plus que de raison.

— Il n'y a pas de quoi, répliqua-t-il d'un ton rugueux.

— Je m'appelle Rosetta…

— Rocco… » bougonna-t-il.

Soudain, il se sentit un peu perdu, parce que cette fille avait un regard si intense qu'il ne pouvait le soutenir sans se sentir faiblir.

« Ne va pas te faire d'idées, hein ! ajouta-t-il avec brusquerie. Tu ne m'intéresses pas. Moi, je suis libre et je veux le rester. Je n'ai pas besoin d'un boulet au pied.

— Ne t'en fais pas ! » riposta immédiatement Rosetta avec orgueil. Elle était piquée par cette attaque gratuite, cette vraie gifle. « Moi non plus, je n'ai pas besoin d'un couillon qui me passe la corde au cou ! »

Elle se déplaça d'un mètre et, après ça, elle se tut. Rocco aussi se mura dans le silence. Mais ni l'un ni l'autre ne parvenait à penser à autre chose. Cette rencontre inattendue, simple fruit du hasard, les plongeait dans une même stupeur profonde. Quand ils avaient embarqué, ils s'étaient tous deux promis d'être forts. Ils savaient que la vie qui les attendait serait dure, qu'ils ne pouvaient se permettre aucune faiblesse. Rien ne devait les fragiliser. Or, il s'était produit quelque chose qui avait échappé à leur contrôle. Il y avait eu ce regard qui s'était prolongé plus que de raison et qui fissurait le fragile équilibre qu'ils essayaient de se construire. Ce fléchissement, ce regard trop insistant avait un nom : l'attirance. Mais c'était un mot trop lourd pour deux solitaires comme eux. Ils savaient exactement ce qu'ils fuyaient, mais n'avaient aucune idée de ce vers quoi ils se dirigeaient. Au fil des heures, le silence se fit tellement obstiné et anormal que, dans leur esprit à tous les deux, il était devenu plus bruyant que n'importe quelle conversation.

Et ce mot trop lourd qu'ils ne se seraient jamais avoué à eux-mêmes, ce mot finit, malgré eux, par les souder l'un à l'autre.

13

Mer Méditerranée – Océan Atlantique

« C'est ça, les Amériques ? » demanda Rosetta à un marin.

Elle était sur le pont, pleine d'espoir, à la fin du deuxième jour de navigation, le navire s'approchait d'une paroi rocheuse.

« Dans tes rêves ! plaisanta le matelot. Ça, c'est Gibraltar.

— Et il nous faudra combien de temps, pour arriver ?

— Si la mer n'est pas trop mauvaise, au moins deux semaines. Faut te faire une raison ! »

Quand Rosetta regagna le vaste local, elle s'assit près de Rocco, mais pas trop près quand même. Elle fut tentée de lui adresser la parole et l'observa du coin de l'œil. Elle le surprit qui coulait aussi un regard vers elle. Mais elle se mordit les lèvres et ne prononça pas un mot, il fit de même.

Deux heures plus tard, ils se retrouvèrent à faire la queue l'un derrière l'autre à la cantine des troisième classe. Rosetta sentait sa présence derrière elle. Rocco fixait sa longue chevelure noir de jais, que Rosetta avait dénouée sur ses épaules et qui brillait, soyeuse, éclairée par un rayon de soleil qui filtrait d'un hublot. Ils prirent leur ration et retournèrent avec leur gamelle dans le local. Ils mangèrent lentement, chacun écoutant la cuillère de l'autre tinter contre les parois en aluminium du récipient. Quand ils eurent fini, Rosetta fit un mouvement pour se lever et rapporter sa gamelle à la cuisine.

« Laisse, j'y vais », dit Rocco, et il tendit la main pour prendre son assiette.

Leurs doigts se frôlèrent par accident, le contact fut furtif.

« Non ! » répliqua Rosetta avec emportement. Elle s'accrochait à sa gamelle. « Je m'en charge.

— Ah, c'est vrai, dit Rocco en se levant. Toi, tu n'as besoin de l'aide de personne.

— Et toi, tu ne veux pas d'un boulet au pied ! » répliqua Rosetta.

Après deux journées passées à faire semblant de s'ignorer, ils se retrouvèrent à se regarder les yeux dans les yeux. Et comme deux jours plus tôt, cet échange se prolongea plus longtemps que de raison. Et, de nouveau, ce courant qu'ils ne parvenaient pas à contrôler emplit l'espace qui les séparait.

« Qu'est-ce que tu veux ? demanda Rocco pour rompre cet instant.

— Je veux que tu te lèves et que tu me laisses passer ! » lança Rosetta, la tête haute.

Rocco s'écarta et la suivit pour rendre sa gamelle. Sans rien connaître de son histoire, il avait la certitude qu'elle aussi fuyait quelque chose ou quelqu'un. Si cette femme seule se trouvait sur ce paquebot, c'était sans doute pour lutter contre un destin fatal, un passé qu'elle voulait enterrer, comme lui. Après avoir regagné leur place, ils évitèrent de se parler et de se regarder, mais ils ne cessaient de penser l'un à l'autre.

Au cinquième jour de navigation, un homme entra précipitamment dans le local et alla rejoindre un groupe de passagers, avec qui il se mit à discuter avec animation.

« Qu'est-ce qui se passe ? demanda Rocco.

— Ils font le tour de toute la troisième classe à la recherche d'une femme, expliqua-t-il. Le capitaine est là en personne ! »

Rosetta sentit le sang se glacer dans ses veines. Elle prit son châle et se couvrit la tête. Rocco la regarda : « C'est toi qu'ils cherchent ? » Elle ne répondit pas. « Sors vite, va te cacher ! » la pressa-t-il.

Mais à l'instant même, le capitaine du transatlantique, un homme imposant aux épaisses moustaches recourbées, suivi de deux officiers et de trois matelots, pénétra dans la salle, une feuille de papier à la main. « Silence ! » dit-il, couvrant les murmures qui avaient suivi leur entrée. Il balaya les passagers du regard : « Qui d'entre vous est Rosetta Tricarico ? » Rocco vit le dos de Rosetta se voûter sous son châle. « Nous avons déjà contrôlé les autres secteurs, poursuivit le capitaine. La personne que nous recherchons est forcément ici. Qui d'entre vous est Rosetta Tricarico ? » Rosetta ne broncha pas. Rocco jeta un coup d'œil aux autres passagers : tous fixaient le capitaine à l'exception de Rosetta, qui gardait les yeux anormalement rivés au sol. « Comme ça, ils vont te choper tout de suite », pensa-t-il. Mais il n'eut pas le temps de réagir car, à ce moment même, le capitaine la repéra. « Toi, là-bas ! » dit-il en s'approchant d'elle, suivi des officiers et des matelots. Rocco se leva aussitôt et se plaça entre la jeune femme et les officiers : « Pourquoi cherchez-vous cette femme ? » demanda-t-il. Le capitaine l'évita et regarda Rosetta, qui n'avait pas relevé la tête.

« C'est toi, Rosetta Tricarico ? questionna-t-il, bien qu'il connaisse déjà la réponse.

— Que voulez-vous ? » dit Rosetta en ôtant son châle. Rocco lut la frayeur sur son visage.

« C'est toi, Rosetta Tricarico ? répéta le capitaine.

— Oui.

— Lève-toi ! »

Rosetta se leva. Rocco remarqua qu'elle avait toujours son regard fier malgré la situation. Elle avait peur, forcément, mais elle était capable de garder toute sa dignité, à la grande admiration de Rocco. Elle avait dû apprendre très tôt à se suffire à elle-même, et en cela aussi, ils se ressemblaient.

« Rosetta Tricarico ! reprit le capitaine d'un ton solennel, au milieu du silence tendu qui s'était instauré. Au nom de Sa Majesté Victor Emmanuel III, roi d'Italie, je te déclare en état d'arrestation. » Il y eut un murmure de stupeur parmi les passagers. Rocco se tourna vers Rosetta, aussi ébahi que les autres. La jeune femme sentit ses jambes trembler et chancela. Rocco voulut la prendre par le bras pour la soutenir, mais elle s'écarta brusquement de lui.

« Par l'autorité que le règlement maritime me confère, reprit pompeusement le capitaine, ce navire faisant partie intégrante du territoire national italien selon la loi en vigueur, j'ordonne ta mise en détention dans les cellules du paquebot jusqu'à notre arrivée à Buenos Aires. Là, tu seras remise aux autorités consulaires du Royaume d'Italie, qui lancera les procédures de rapatriement afin que tu puisses être jugée pour tentative d'homicide sur la personne du baron Rivalta di Neroli. » Tout à coup, le monde entier s'écroulait pour Rosetta. À peine commencé, son rêve était déjà fini.

« Non ! » hurla-t-elle et, bien que cela n'ait aucun sens, elle tenta de fuir. « Arrêtez-la ! », ordonna le capitaine. Deux marins l'immobilisèrent immédiatement.

« Ce porc a causé mon déshonneur ! cria-t-elle alors avec rage, en se débattant.

— Quand tu seras rapatriée… commença le capitaine.

— Et il a voulu me déshonorer lui-même ! » poursuivit-elle, saisie de panique. Ses yeux se remplissaient de larmes de frustration. « Je n'ai fait que me défendre, il a volé ma terre, c'est un porc !

— Maintenant, ça suffit ! lui intima le capitaine avant d'ajouter, sévère : Tu es aussi accusée de vol. Le câble des carabiniers indique que tu as volé 1 400 lires.

— C'est faux, le baron ment !

— Ça suffit ! répéta le capitaine. La justice déterminera qui de vous deux dit la vérité.

— La parole d'un baron contre celle d'une paysanne ? intervint Rocco avec véhémence. Vous n'y croyez pas vous-même !

— Et qui tu es, toi ? interrogea le capitaine.

— Un homme qui pense que vous faites un truc dégueulasse, rétorqua Rocco.

— Surveille ton langage, jeune homme, si tu ne veux pas finir aux arrêts toi aussi », dit le capitaine. Puis il s'adressa à Rosetta : « On va procéder à une fouille, et si on trouve l'argent, on le mettra sous séquestres. Où sont tes bagages ? C'est à toi ? » demanda-t-il en voyant le baluchon par terre.

Rocco remarqua aussitôt que Rosetta pâlissait.

« Non, ça c'est à moi », coupa-t-il, se saisissant du bagage. Il défia le capitaine du regard.

« Emmenez-la en cellule ! dit alors le capitaine aux marins.

— Je vous en prie, non… » murmura Rosetta, la voix brisée.

Mais l'homme secoua la tête.

« Les carabiniers de Palerme ont trouvé ton nom sur la liste des passagers. Si je ne t'arrêtais pas, je commettrais un délit.

— Nous sommes au milieu de l'océan, dit-elle désespérée, où pourrais-je me sauver ? »

Le capitaine secoua à nouveau la tête.

« Je suis désolé », lâcha-t-il d'une voix plus humaine.

Il fit signe à ses hommes et se dirigea d'un pas résolu vers la sortie. « On y va ! » ordonna un des matelots.

Rosetta se tourna vers Rocco et indiqua le baluchon des yeux. Il hocha la tête. Puis les marins escortèrent la jeune femme vers les cellules de détention du navire. Rocco la suivit du regard jusqu'à ce qu'elle disparaisse. Elle traînait les pieds, défaite. Quand il recouvra ses esprits, il s'aperçut que tous les passagers le dévisageaient. « Putain, vous regardez quoi, là ? » s'exclama-t-il, menaçant. Puis il rangea les affaires de Rosetta dans sa valise, sur laquelle il s'assit, tête baissée. Il était bouleversé par ce qu'avait crié la jeune femme, en proie au désespoir : on lui avait volé sa terre et on l'avait déshonorée – ce qui, pour une femme, ne pouvait signifier qu'une seule chose. À présent, il comprenait pourquoi elle lui avait dit que les nobles, et en particulier les barons, étaient pires que les mafieux. Mais au fond, quelle différence, entre un mafieux et un noble ? Ils étaient tous de la même race infâme ! pensa-t-il dans un élan de rage. Pour faire tranquillement leurs saloperies, ils étaient prêts à n'importe quelle bassesse contre les pauvres gens, sachant très bien qu'ils ne seraient jamais punis. Et maintenant, il comprenait aussi pourquoi, quand le type l'avait importunée, sur le bateau, Rosetta avait eu cet air épouvanté. Il se disait également qu'ils se ressemblaient beaucoup, elle et lui, et que leurs vicissitudes personnelles n'étaient en réalité qu'une seule et même histoire écrite et modelée par l'injustice de leur terre natale.

Cette nuit-là, il ne put dormir. Il songeait à Rosetta, plus seule que jamais derrière les barreaux froids de sa cellule. Le lendemain matin, il alla trouver l'homme qui avait importuné Rosetta et lui dit :

« Ça, c'est ma valise. Assieds-toi à côté et fais le chien de garde. Si quelque chose disparaît ou si je m'aperçois que tu l'as fouillée, tu finis à l'eau. C'est pigé ?

— Oui, monsieur », répondit aussitôt l'autre.

Rocco tourna les talons et monta en première classe, un billet de 5 lires à la main. Au bout d'une petite demi-heure, et à l'aide d'un autre billet de 5 lires, il avait obtenu la permission de voir Rosetta. Elle était assise, le visage entre les mains, sur une couchette en bois avec une couverture marron pliée en guise de matelas. Entendant Rocco entrer, elle se redressa : il la fixait en silence, deux petites assiettes à la main. Sur chacune trônait un beau morceau de gâteau fait de deux fines tranches de génoise garnies de chantilly et nappées d'un glaçage brillant au chocolat. Rosetta baissa les yeux en rougissant. À présent, tout le monde savait qu'elle était sale à l'intérieur, se disait-elle honteuse, et lui aussi.

« Qu'est-ce que tu veux ? demanda-t-elle d'un ton brusque. Je n'ai pas besoin de ta compassion. »

Rocco s'assit par terre, devant les barreaux. Il fit passer une des assiettes du côté de la jeune femme, attentif à ne pas renverser le gâteau, et la déposa sur le sol en fer de la cellule.

« C'est simplement que je n'ai personne pour faire la fête avec moi.

— Et qu'est-ce que tu fêtes ? demanda Rosetta, tête baissée.

— Aujourd'hui, on est le 5 octobre. C'est mon anniversaire. »

Elle resta silencieuse.

« En ce qui concerne ce que tu sais, ne t'en fais pas, ajouta-t-il. Avec moi, tes affaires sont en sécurité. »

Elle acquiesça.

« Tu veux pas manger le gâteau ? proposa-t-il. Ça vient de la première classe.

— Comment tu l'as eu ?

— Il leur reste un tas de trucs tous les jours. Première ou troisième classe, ça ne fait aucune différence, tout le monde vomit, alors… »

Rosetta ébaucha un sourire.

« On dirait qu'il n'y a que toi et moi qui ne sommes pas malades. »

Le sourire de Rosetta se fit plus net.

« Alors ? Tu en veux ou non ? »

Rosetta leva les yeux. Il lui souriait d'un air gentil, avec sa mèche blonde qui lui tombait sur le front, cachant en partie le gros hématome qu'elle avait tout de suite remarqué.

« Mais tu sais, on est le 6, pas le 5, fit-elle remarquer.

— Ah bon ? »

Elle le regarda.

« Je parie que ce n'est même pas ton anniversaire !

— Qu'est-ce que ça peut faire ?

— C'est ton anniversaire, oui ou non ? »

Il haussa les épaules.

« Ben non.

— Tu vois que t'es un moulin à conneries ! rit Rosetta.

— C’est déjà mieux que d’être un mafieux ou un baron.

— Oui… » murmura-t-elle.

Puis elle vint lentement s’asseoir par terre, près des barreaux, devant l’assiette de pâtisserie. Elle plongea un doigt dans la crème chantilly et la goûta.

« C’est bon ? » demanda-t-il.

Elle hocha la tête et leva timidement ses profonds yeux noirs, rougis par une nuit de pleurs, jusqu’à croiser ceux de Rocco.

« Bon anniversaire ! » lui dit-elle.

Deuxième partie

Le marché aux bestiaux

1912-1913

14

Buenos Aires, Argentine

Quand les moteurs du navire s'arrêtèrent et que les parois de fer de leur local cessèrent de vibrer, Raechel se serra contre Tamar :

« On est arrivées ? lui demanda-t-elle d'une petite voix.

— Oui », confirma Tamar.

Les autres aussi savaient que, ce jour-là, elles allaient atteindre Buenos Aires. Les marins les avaient prévenues la veille au soir, et depuis, elles attendaient, retenant leur souffle. À présent, le silence était total, comme si le temps s'était arrêté. Raechel se blottit encore davantage contre Tamar qui, après la mort de Kailah, avait radicalement changé et s'était occupée d'elle comme l'aurait fait une grande sœur. Sa superbe et son arrogance avaient laissé place à un comportement rugueux mais protecteur.

« Qu'est-ce qui va se passer, maintenant ? demanda Raechel.

— Je ne sais pas », répondit Tamar, sérieuse et inquiète. Elle ébouriffa la masse de cheveux emmêlés de son amie et lâcha : « Porc-épic ! »

Raechel ébaucha à peine un sourire. Elle appréciait désormais ce surnom qui était devenu un signe d'affection. Pendant une demi-heure au moins, aucune des filles n'ouvrit la bouche. Enfin, on entendit grincer le mécanisme de fermeture et la grande porte s'ouvrit.

La première chose que les filles ressentirent fut une bouffée d'air chaud et humide. « Suivez-nous ! leur lança Amos, dès qu'il apparut. Et pas de scènes, hein, sinon ce sera tant pis pour vous ! » Il leur fit un signe de la main : « Allez, allez, en rang ! » On fit mettre les filles en file indienne sur le pont, sous le regard attentif d'Amos, puis on les fit débarquer au plus vite.

« Il fait chaud ! commenta l'une d'elles.

— Un marin m'a raconté que ce monde est à l'envers du nôtre, expliqua une autre. Ici c'est l'été quand chez nous, c'est l'hiver.

— La ferme ! » grogna un des hommes d'Amos.

En descendant de la passerelle, le livre de son père à la main, Raechel contempla le nouveau monde qui se présentait à elle. Le ciel était bleu foncé, noir et violacé, de la même couleur que les marques sur le corps des filles, un ciel tuméfié. Comme si Dieu lui-même avait été tabassé, pensa-t-elle. L'espace d'un instant, elle se sentit perdue et serra fort la main de Tamar. Mais aussitôt après, elle ouvrit grand les yeux, ébahie. Devant elle se dressait un vaste édifice de bois et de briques semblable à un château. Sur la façade, elle lut : *Hotel de Inmigrantes*. Plus loin, elle découvrit un monde immense de béton qui lui donna le vertige. Elle avait grandi dans un village misérable et ne connaissait, pour tout paysage, que les interminables champs brûlés par le gel. Cette extraordinaire forêt d'immeubles somptueux qui semblaient rivaliser entre eux lui fit oublier un instant la peur de ce qu'elle allait devenir.

« Regarde… » murmura-t-elle à Tamar qui, les yeux écarquillés par l'émerveillement, ne put que souffler : « Oui… »

« Allez, allez, on se bouge ! » lança Amos aux filles qui s'attardaient sur la passerelle, sidérées par ce qu'elles voyaient. Raechel remarqua la présence d'un autre bateau, bien plus gros que le leur, d'où descendait une foule de gens. « Par là ! » ordonna Amos de sa voix désagréable et autoritaire. Il indiqua aux jeunes filles un édifice distinct du bâtiment principal, vers lequel les passagers de l'autre bateau, eux, se dirigeaient. « Ceux-là, personne ne les a obligés à venir ici, ils sont libres », bougonna Tamar. Et, en posant le pied sur le quai, elle tira doucement Raechel par la manche :

« Viens, et ne te retourne pas ! chuchota-t-elle.

— On s'enfuit ? demanda Raechel d'un ton exalté.

— Chut, porc-épic ! répliqua-t-elle doucement, en sortant de la file, pour essayer de se mêler aux passagers de l'autre navire.

— Tu crois que tu vas où ? » s'exclama Amos. Il lui saisit un bras, le lui tordit derrière le dos, lui arrachant des gémissements, et il la poussa dans le bâtiment jouxtant l'*Hotel de Inmigrantes.* Quand les filles se retrouvèrent toutes à l'intérieur, un des hommes d'Amos referma la porte et se plaça devant pour bloquer la sortie. Un employé perché en haut d'une échelle, appuyée contre le mur de gauche, mettait à jour un calendrier manuel. « *26 octobre 1912* », lut Raechel à haute voix. La traversée avait duré près de trois semaines. Trois semaines de violences et de terreur, trois semaines d'horreur aussi longues qu'une vie entière.

Son attention fut bientôt attirée par une baie vitrée, sur sa droite, à travers laquelle on pouvait voir l'immense hall vers lequel se dirigeaient les passagers du paquebot voisin. Certains voyageurs, vêtus avec élégance, passaient devant tout le monde. Ils étaient salués avec déférence par les gardes et traités avec amabilité par les fonctionnaires de l'immigration. Les autres – Raechel eut l'impression qu'il n'y avait que des hommes – étaient poussés et mis en rang sans ménagement. Au milieu de ce chaos, elle remarqua une belle femme vêtue d'une modeste robe noire, à l'allure fière malgré ses yeux gonflés de pleurs, escortée par deux marins qui la remirent à deux policiers. Ils la conduisirent dans le grand hall et la firent asseoir en se plantant de chaque côté de sa chaise.

« Allez, la première, on avance ! » lança une voix dans un yiddish étrange. Raechel se retourna. Au fond de la pièce, un fonctionnaire aux petites moustaches gominées recourbées vers le haut reluquait les filles avec une expression sournoise. Il était assis derrière un bureau couvert d'une pile de formulaires et d'un énorme registre épais comme une bible. Amos, posté près de lui, fit signe à la première d'approcher. Il compulsa la série de feuilles couvertes de tampons qu'il tenait en main et en choisit une, qu'il tendit au fonctionnaire. Un médecin avec une blouse blanche au col crasseux s'approcha de la jeune fille qui avait été appelée. Il portait un stéthoscope et un drôle d'appareil sur la tête, une sorte de disque en aluminium avec un trou au milieu, et inspecta rapidement ses gencives et ses yeux. Puis il acquiesça en direction de l'employé et entreprit d'examiner la fille suivante. Cela rappelait à Raechel les éleveurs lors des foires aux bestiaux.

— *Las ninãs estàn en buen estado de salud*, dit Amos.

— *Creo que sì*, répondit le médecin. *Pero déjame mirar, judio*[1].

1. « Les filles sont en bonne santé, dit Amos. J'ai l'impression, répondit le médecin. Mais laisse-moi les examiner, Juif. »

Raechel écouta avec curiosité cette nouvelle langue incompréhensible et mélodieuse, dont les sons étaient tellement différents du rugueux yiddish ou du sombre russe.

« Elles sont toutes *planchadoras* ? demanda le fonctionnaire à Amos dans son étrange yiddish.

— Oui, c'est ça, repasseuses spécialisées », répondit Amos avec un sourire.

L'autre retroussa ses moustaches avec un regard lascif.

« Bon, il faudra que je passe vous voir avant qu'elles aient trop repassé, alors.

— Absolument ! dit Amos en lui donnant une tape sur l'épaule. Pour toi, nos *Tintorerias*[1] sont toujours ouvertes ! »

L'employé prit le registre et inscrivit la première fille. Aussitôt après, il traça un chiffre sur une feuille de papier. Raechel vit Amos hausser les sourcils.

« Eh, vas-y mollo ! À cette cadence, avant qu'elles soient toutes passées, je te devrai déjà 1 500 pesos. »

Le fonctionnaire observa les filles qui faisaient encore la queue.

« C'est un minimum, commenta-t-il, placide.

— Mais c'est du vol ! »

Le fonctionnaire bondit sur ses pieds, le visage en feu.

« Alors va dans le hall d'à côté ! et il saisit les permis visés par les autorités russes et polonaises qu'Amos avait falsifiés. Tu n'as qu'à leur montrer ça ! s'exclama-t-il en les brandissant sous son nez. On verra s'ils les laissent passer, toutes ces mineures, avec cette merde ! *¿Crees que no sé que son falsas?* Tu me prends pour un con ?

1. *Tintorerias* : blanchisseries.

— *Amigo… amigo…* dit aussitôt Amos, essayant de le calmer. Pourquoi tu t'énerves comme ça ? Je ne voulais pas…

— La plus moche de ces filles, tu la vends à l'un de tes copains *rufianes*[1] et tu te fais 1 500 pesos ! poursuivit le fonctionnaire en jetant les permis en l'air. Tu es millionnaire et tu viens me chercher des poux pour quelques kopecks ?

— *Amigo…*

— *Amigo* mon cul ! explosa l'autre, écarlate. Fais pas ton juif avec moi, parce que là tu tombes mal, mais vraiment mal !

— Écoute, disons 2 000 pesos et tu baisses d'un ton », négocia Amos.

L'employé le dévisagea en silence, recouvrant son calme. Il se rassit.

« Ah, vous, les juifs… » maugréa-t-il. Puis, avec mauvaise humeur, il appela : « Allez, la suivante ! »

Quand ce fut au tour de Tamar, il la gratifia d'un regard admiratif.

« Tu vois ? dit-il à Amos. Pour une de luxe comme celle-ci, je devrais te faire payer le double ! Mais je suis honnête et je te fais payer pareil pour toutes. »

Amos montra Raechel, derrière Tamar.

« Alors pour celle-là, tu devrais me faire payer moitié prix ! »

Le fonctionnaire examina le paquet d'os qui se tenait devant lui, une gamine au long nez pointu et retroussé comme celui d'un garçon, avec une poitrine aussi plate qu'une table rabotée. Il se mit à rire et commença à retranscrire les données de Tamar. Raechel rougit, humiliée.

1. *Rufianes* : maquereaux.

« Et ceux-là, c'est qui ? demanda Amos, regardant de l'autre côté de la baie vitrée.

— Des Italiens, répondit l'autre. Une cinquantaine de passagers de première classe pleins aux as, et presque sept cents crève-la-faim de troisième. Et parmi ces sept cents là, il y a peut-être trente femmes. Sinon, que des hommes, comme d'habitude, ajouta-t-il en regardant Amos. Autant de clients pour tes bordels, rapiat de juif ! » s'amusa-t-il.

Amos rit à son tour. Puis il montra quelque chose du doigt.

« Et celle-là ? Il siffla. Une vraie beauté ! »

Raechel se retourna et vit qu'il indiquait la fille aux cheveux noirs, assise à l'écart, entre deux gardes.

« Laisse tomber, répliqua le fonctionnaire, celle-là, elle va être renvoyée en Italie.

— Malade ?

— Non. Meurtrière, ou un truc dans le genre. »

Amos siffla à nouveau :

« Belle comme elle est, elle devrait être graciée !

— Ta gonzesse aussi, belle comme elle est, elle devrait être graciée ! » intervint une voix depuis le seuil de la grande salle.

Amos et le fonctionnaire se retournèrent. Raechel découvrit un homme d'une trentaine d'années, au corps mince et souple et au large sourire, avec un nez un peu épaté et une expression sympathique. Ses cheveux châtains aux pointes blondies par le soleil frisottaient, ce qui leur donnait une certaine douceur. Son visage maigre était presque imberbe, avec juste une ombre sur le menton et au-dessus de la lèvre supérieure. Il avait quelque chose de séduisant et ce n'était certainement pas une brute comme Amos, se dit Raechel, il n'avait pas des yeux méchants comme lui. Il portait un costume trois-pièces mauve, en soie légère et brillante, qui lui allait comme une deuxième peau.

« Casse-toi, El Francés ! lança Amos avec agressivité. Ici, il n'y a rien pour toi. »

Le nouveau venu fit un pas dans le hall. Raechel remarqua qu'il se déplaçait avec grâce et sans affectation, elle le trouvait bel homme.

« Pour cette fille, je suis prêt à te donner 2 500 pesos, dit le jeune homme en montrant Tamar.

— Elle n'est pas à vendre, El Francés, répliqua Amos.

— C'est du gâchis, une fille comme ça, pour toi et tes clients merdeux. Dans deux ans, tu l'auras épuisée, à 5 pesos la passe, et tu vas l'exploiter jusqu'à ce qu'elle en crève, continua El Francés en s'approchant. Regarde, elle est déjà couverte de bleus ! Je connais tes méthodes. Et c'est du gâchis aussi pour toi. Moi, en revanche, je peux lui assurer une longue carrière, je lui prendrai une jolie *casita*[1] et…

— Casse-toi ! » grinça Amos.

El Francés haussa les épaules, effectua une espèce de pirouette sur lui-même, comme un danseur, et se dirigea vers la sortie.

« Penses-y, *Polák* ! Je peux aller jusqu'à 3 500 pesos. Tu sais où me trouver, je suis toujours au *Black Cat*.

— Va te faire foutre, El Francés ! »

Raechel entendit le jeune homme rire en s'éclipsant. Puis elle le vit réapparaître dans l'autre bâtiment de l'immigration et montrer à un employé la belle femme retenue par des gardes. L'employé secoua la tête.

Ayant fini d'enregistrer Tamar, le fonctionnaire fit signe à Raechel d'approcher :

1. *Casita* : chambrette.

« Et celle-là, elle te sert à quoi ?

— Cherche pas ! » dit Amos en haussant les épaules.

L'employé demanda à Raechel :

« Nom ?

— Raechel Bücherbaum.

— Raquel…

— Non, ça ne s'écrit pas comme ça, l'interrompit-elle.

— Casse pas les couilles, la môme, intervint Amos. Maintenant tu es à Buenos Aires et ton nom c'est Raquel, à l'espagnole.

— Bücherbaum… répéta le fonctionnaire en détachant les syllabes, la plume suspendue au-dessus de ses papiers. Ça ne veut pas dire *árbol de los libros*[1], en allemand ?

— Putain, qu'est-ce que j'en sais ? plaisanta Amos. Tu me prends pour qui, pour un traducteur ? »

L'employé fixa Raechel un instant, puis inscrivit sur sa feuille :

« Raquel Baum, on simplifie.

— Non, intervint la jeune fille. Je m'appelle Raechel Bücherbaum. »

Amos lui flanqua une violente gifle du revers de la main.

« Toi, tu t'appelles Raquel Baum et tu fais ce qu'on te dit. C'est clair ? »

Raechel soutint son regard mais elle était morte de peur. Elle avait le goût du sang dans la bouche.

« Alors, comment tu t'appelles ? lui demanda Amos.

— Raquel… Baum…

— Problème résolu », s'amusa le fonctionnaire. Il recommença à retrousser ses moustaches et demanda à Amos : « Celle-là aussi, c'est une repasseuse ?

1. *Árbol de los libros* : arbre des livres.

— Oui, mais cette fois c'est une vraie. Tu veux qu'elle fasse quoi, sinon ?

— D'accord. Raquel Baum. Profession : vraie *planchadora*, dit-il en mettant le visa sur le document d'entrée. Et elle habitera où ?

— À Junín, répondit Amos.

— Au *Chorizo* ?

— Oui.

— Calle Junín, à la blanchisserie *Chorizo*… sur quoi, il leva les yeux vers Raechel. Tu sais ce que ça veut dire, *chorizo* ? »

Elle fit signe que non.

« Saucisse ! s'exclama le fonctionnaire d'un air malicieux. De la viande hachée. »

Raechel eut un frisson.

15

« On dirait les vaches de la pampa qui vont à l'abattoir, commenta l'un des gardes chargés de surveiller la longue file d'émigrés qui attendaient patiemment leur tour.

— Oui mais les vaches ne montrent pas leur passeport ! » lâcha un de ses collègues.

Il y eut des rires autour d'eux.

« Vous parlez italien ? demanda, étonné, Rocco, qui faisait la queue comme les autres.

— Ici, tout le monde parle italien », répondit un policier.

Puis il montra du doigt un vieillard, devant, qui s'approchait du bureau des fonctionnaires de l'immigration.

« Il croit qu'il va aller où, ce couillon ? demanda-t-il à son collègue. On parie ? »

L'autre haussa les épaules.

« Parier, à quoi bon ? Il passera jamais ! »

Rocco regarda le vieil homme qui tendait son passeport aux fonctionnaires. Il portait un pantalon élimé aux genoux et une veste trop épaisse pour le climat de Buenos Aires. Il était sale et son visage était labouré de rides profondes, brûlées par le soleil. Le jeune homme l'avait déjà remarqué pendant le voyage, il avait une expression hargneuse et mâchonnait sans arrêt des feuilles de tabac qu'il recrachait en longs filets noirâtres et gluants. Le fonctionnaire secoua la tête avec détermination, sans même prendre la pièce d'identité que le vieux lui tendait, et fit signe à un policier.

« Il est trop vieux, ils le renvoient. On lui avait déjà dit, à Palerme ! commenta impitoyablement quelqu'un dans la queue.

— Ça nous sert à rien, des gens qui sont en fin de parcours », commenta l'un des gardes. Et là, il s'adressa aux émigrés qui faisaient la queue : « Au cas où vous n'auriez pas compris, ici c'est un monde nouveau, qu'on construit ! »

Quand le vieillard passa près de lui, escorté par le policier, Rocco tourna la tête vers lui. Il pleurait en silence, comme un enfant. Il le suivit du regard jusqu'à ce qu'il croise les yeux noirs et pleins de tristesse de Rosetta, assise entre deux gardes. Ils se dévisagèrent longuement. Depuis le jour où il lui avait apporté du gâteau, on lui avait interdit de la revoir. Il n'avait réussi à lui parler que le matin même, brièvement, en descendant du paquebot. « C'est la deuxième fois qu'ils me mettent à genoux, avait dit Rosetta, l'air sombre. Cette fois, ils ne me laisseront pas me relever. »

Rocco savait bien ce qu'elle voulait dire. On allait la renvoyer en Italie, elle avait perdu tout espoir. Dans le meilleur des cas, elle passerait Dieu sait combien de temps en prison, dans le pire, le baron la ferait assassiner. Sa vie était finie, à vingt ans à peine. Cette fille a quelque chose d'extraordinaire, pensa Rocco en la regardant. Même vaincue, humiliée, elle arrivait à conserver ce regard fier. Il se dit, une nouvelle fois, que jamais il n'avait été aussi attiré par une femme. Et il ne s'était rien passé entre eux. Ces conneries sur l'âme sœur avaient-elles un sens ? Il souleva sa valise et interrogea Rosetta du regard. Il avait son argent, il savait qu'elle ne l'avait pas volé. C'était la somme dérisoire que lui avait laissée le baron quand il s'était emparé de sa terre. Mais lorsqu'il avait porté plainte auprès des carabiniers, ce salaud avait déclaré qu'elle le lui avait volé. « Qu'est-ce que j'en fais ? » articula-t-il muettement. Elle secoua la tête et haussa les épaules. Si elle récupérait l'argent, la police le lui prendrait immédiatement. Rocco eut l'impression qu'elle lui répondait : « Garde-les. » Alors il sentit la colère bouillonner en lui.

« Putain, non ! s'exclama-t-il à haute voix.

— *¿No, qué?* » lui demanda le fonctionnaire devant lequel il était désormais arrivé, entraîné par le flot des voyageurs. Rocco lui tendit sa pièce d'identité.

« *¿Ya tiene un trabajo?* demanda le fonctionnaire.

— Comment ? dit Rocco. Je ne comprends pas…

— Tu as déjà un travail ?

— Je suis mécanicien.

— *Mecánico*, répéta l'autre à haute voix, inscrivant le mot dans un registre. *¿Y dónde?* Où ça ?

— Je ne sais pas… Je dois encore…

— *Ah, entiendo…* dit-il alors, barrant ce qu'il venait d'écrire. Pas mécanicien, *sin empleo*, sans emploi.

— *¿Es ella?* » demanda à ce moment-là une voix sur leur gauche.

Rocco se retourna. Près de lui, un homme vêtu d'un costume trois-pièces gris impeccable, avec une barbe soigneusement taillée en bouc, s'adressait au fonctionnaire en montrant Rosetta. Derrière lui se tenait un gars costaud à l'air plutôt mou, modestement habillé.

« *Yo soy el vicecónsul Maraini*, déclara l'homme en costume trois-pièces.

— *Muy bien*, dit le fonctionnaire, et il lui remit les documents concernant Rosetta. *De ahí la prisionera está confiada a usted*[1]. »

Le vice-consul examina la pièce d'identité : « Rosetta Tricarico », dit-il en détachant bien les syllabes. Il se tourna vers le malabar qui l'accompagnait et lui ordonna en italien : « Tu t'en occupes ! » Voyant que le gorille portait la main à sa ceinture, où étaient accrochées des menottes, il ajouta : « Ce n'est pas la peine, ce n'est qu'une femme. » Il signa le formulaire que lui tendait le fonctionnaire et se dirigea vers Rosetta.

« Où est-ce qu'ils l'emmènent ? demanda Rocco au fonctionnaire.

— À l'Ambassade d'Italie. Après, ils vont la renvoyer. »

Rocco vit le gros type saisir Rosetta par le bras. Le jeune homme prit son visa d'entrée et, sans perdre Rosetta de vue, passa de l'autre côté des guichets. Il joua des coudes jusqu'à la sortie, où les gens continuaient à se presser. Il vit qu'elle aussi le cherchait des yeux. Il savait ce qu'elle se disait : C'est fini.

« Non, dit-il en serrant les poings, non ! » Il balaya la foule du regard et reconnut, à quelques pas de lui, le type d'une trentaine d'années qui avait harcelé Rosetta, en train de discuter avec ses deux compères. Il ressentit soudain la même nausée que la première fois qu'il avait eu affaire à lui, lorsqu'il s'était abaissé à jouer au mafieux. Mais ça avait fonctionné. Et bien que la mafia soit la chose au monde qu'il détestait le plus, il se dit que cela marcherait encore. Il décida de passer à l'action. Il attrapa l'homme par le bras et murmura : « Tu veux la reconnaissance de don Mimì Zappacosta ? » Le type n'en crut pas ses oreilles.

1. « Désormais, la prisonnière est sous votre responsabilité. »

« Pas le temps de réfléchir, le pressa Rocco, c'est oui ou c'est non ?

— Qu'est-ce qu'il faut faire ? »

Rocco se retourna. Le gorille mal habillé tirait Rosetta derrière lui, se frayant avec difficulté un chemin parmi les passagers qui attendaient encore leur visa. Derrière eux, raide comme s'il avait avalé un manche à balai, le dandy en costume trois-pièces avançait, une expression méprisante et antipathique sur le visage. Le trio progressait lentement à travers la foule.

« Quand je te le dis, tu déclenches une bagarre, ordonna alors Rocco au type. Tu cognes au hasard. »

L'autre hésitait encore.

« C'est ton épreuve, ta *chiamata*, lui dit alors Rocco. Si tu y arrives, je te ferai devenir homme d'honneur.

— Je suis prêt », répondit-il alors, exalté par cette perspective.

Quand le vice-consul, le gorille et Rosetta furent à un mètre d'eux, Rocco cria : « Maintenant ! » Rocco asséna alors un coup de poing à un pauvre type qui se trouvait près de lui et le propulsa contre le gros bras. L'aspirant homme d'honneur se lança aussitôt dans la mêlée, imité par ses deux compères. En un éclair, plus de dix personnes se mirent à cogner sur tout ce qui les entourait. Les gardes accoururent pour mettre fin à la rixe. Pendant ce temps, Rocco s'était élancé sur le gorille, déséquilibré par l'individu qui lui était tombé dessus, et il l'étendit d'un violent coup de poing à la mâchoire. Alors que le gros bonhomme se relevait, deux autres types lui tombèrent dessus, dans la confusion de cette bagarre qui se propageait sans que nul en connaisse le motif.

Épouvanté, le vice-consul bondit en arrière, cherchant à s'enfuir. Rocco saisit la main de Rosetta et l'entraîna. « Cours ! » cria-t-il. Rosetta, abasourdie, trébucha. Elle parvint à rester debout et se mit à courir derrière Rocco, qui l'entraînait vers l'extérieur. « Rattrapez-la ! » s'exclama le vice-consul. Mais à cet instant, l'apprenti homme d'honneur, qui avait compris le plan de Rocco, se jeta sur le dandy, le faisant tomber à terre et le réduisant au silence. Rocco gagna rapidement la sortie de l'*Hotel de Inmigrantes* tandis que quelques gardes, remis de leur surprise, se lançaient à leur poursuite. Mais ils n'étaient que trois. Tous les autres étaient en train de mettre fin à la rixe à coups de matraque.

Rocco tourna une fois à droite, une fois à gauche. Rosetta n'arrivait pas à réfléchir. Elle courait, un point c'est tout. Ils s'engouffrèrent dans une ruelle, et Rocco jeta sa valise derrière deux grosses poubelles. Ils entendirent les policiers arriver au coin de la rue. Rocco saisit Rosetta et la poussa, épaules contre le mur. Puis il la prit dans ses bras et l'embrassa. Elle tenta de le repousser. « Bouge pas ! » siffla-t-il d'un ton impérieux mais sans agressivité. Il la tenait fermement et pressait ses lèvres contre les siennes. Elle comprit alors ce qu'il faisait : la police était à la recherche de deux fugitifs, pas d'un petit couple en mal d'effusions. Elle l'entoura de ses bras, et sentit combien il était mince et musclé. Elle fut surprise par la chaleur de ses lèvres. Elle entendit les policiers approcher et ralentir – peut-être les regardaient-ils –, puis continuer leur route. Elle n'avait rien d'autre en tête que l'agréable douceur des lèvres de Rocco sur les siennes. Il la serrait contre lui, caressait ses épaules et son dos, et elle se rendit compte qu'elle s'abandonnait à son baiser, sans opposer de résistance. Ses lèvres s'entrouvrirent presque malgré elle. Son cœur battait toujours plus vite dans sa poitrine, elle se sentit doucement emportée par ce baiser, ce tourbillon où son corps tout entier semblait plonger.

Quant à Rocco, à peine avait-il posé les lèvres sur celles de Rosetta qu'il avait éprouvé un choc violent, une décharge électrique. La surprise fut telle qu'il en eut le souffle coupé. Il s'agrippa au dos de la jeune femme comme pour garder son équilibre, et il découvrit, là où un des boutons s'était défait, sa peau douce et veloutée. Il fit remonter la main sur sa nuque, glissa les doigts dans ses cheveux noirs et soyeux et l'attira plus fortement contre lui, avec passion, son corps s'enflammait. Rosetta s'en rendit compte mais elle n'eut pas peur, n'esquiva pas, tout à l'écoute de ses propres émotions, au plus profond d'elle-même. Emportée par une onde de désir, incapable de se raisonner, elle planta ses ongles dans le dos de Rocco et dégusta sur ses lèvres toutes les saveurs de leur terre, le sel, les câpres, l'origan, la pistache, les tomates séchées au soleil… Et à mesure que leur baiser devenait plus sensuel, elle sentit fondre dans sa bouche la douceur des figues et de la pâte d'amande.

Rocco ne comprenait pas ce qui lui arrivait. Sa tête tournait, il était ailleurs. Comme lui, Rosetta avait l'impression d'être transportée dans un lieu qui n'existait que pour eux seuls. À la fin, moins pour s'assurer que les gardes étaient partis que pour se regarder l'un l'autre et vérifier que tout était bien réel, ils laissèrent lentement leur baiser s'éteindre. Leurs yeux brûlaient du désir de s'embrasser encore, sans avoir besoin d'excuse. Leurs lèvres se joignirent à nouveau, comme attirées par un aimant invisible. Rien n'aurait pu les en empêcher. Ils voulaient simplement retourner là, dans cet univers où leur baiser les avait emportés, ce monde parfait, sensuel et absolu.

« *¡Están aquí!* » Un cri retentit soudain. Rocco et Rosetta se retournèrent. Un policier avait surgi au fond de la ruelle. Il déclencha un puissant coup de sifflet. Rocco récupéra la valise derrière les poubelles et entraîna Rosetta dans la direction opposée. Mais à l'autre bout de la ruelle, deux autres gardes étaient apparus, armés de matraque. Rocco fourra la main dans la valise, en sortit le baluchon de Rosetta et le lui tendit.

« Quand je te le dis, tu te mets à courir, ordonna-t-il sans quitter des yeux les policiers qui approchaient.

— Mais… balbutia Rosetta.

— Pas le temps », l'interrompit Rocco, en se rapprochant des poubelles. Il surveillait les mouvements des deux gardes devant eux et de ceux qui se rapprochaient, derrière.

« Cours le plus vite possible et ne te retourne jamais, sous aucun prétexte !

— Mais je… »

Rocco la regarda.

« Je te retrouverai, dit-il en glissant un doigt sur ses lèvres, comme pour une caresse. Je le jure, je te retrouverai. »

Rosetta fut submergée par une émotion violente, plus violente encore que celle qu'elle avait ressentie pendant leur baiser. La voix de Rocco et sa promesse pénétrèrent profondément en elle, on aurait dit qu'une main brûlante et puissante venait soudain à son secours. Elle aurait voulu l'embrasser encore. « Cours ! » cria-t-il soudain. Il saisit un couvercle de poubelle et se jeta contre les deux gardes qui leur faisaient face. Rosetta bondit et, comme Rocco le lui avait ordonné, elle se mit à courir sans se retourner, malgré les bruits de ferraille et d'os et malgré les gémissements. Au bout de la ruelle, elle s'arrêta devant une grande rue, aussi large qu'un fleuve et parcourue d'un impétueux flot de véhicules. Derrière elle, les bruits de lutte continuaient.

« Cours ! » cria encore la voix de Rocco. Alors Rosetta ferma les yeux et se lança dans la rue, à l'aveugle.

Elle n'avait pas fait deux pas qu'une automobile freina brusquement, lui barrant le chemin. « Monte ! » lui lança un homme d'une trentaine d'années. Rosetta resta un instant immobile, interdite. L'individu ouvrit la portière de la voiture, se pencha vers elle et lui tendit la main : « Allez, viens ! » s'écria-t-il. Rosetta se retourna, les yeux écarquillés, incapable de réfléchir : le temps d'un instant, elle aperçut, au fond de la ruelle, un policier qui surgissait derrière Rocco et le frappait à la tête avec sa matraque. Le couvercle arrondi de la poubelle qui roulait sur le sol et tournoyait comme un jouet d'enfant. Les genoux de Rocco qui ployaient. Rosetta posa une main sur la vitre de la voiture, comme si elle voulait l'aider à se relever, ou lui faire une caresse. « C'est qui, celui-là ? » demanda le type à côté d'elle. Et Rosetta réalisa qu'elle ne savait absolument rien de Rocco – pas même son nom de famille. Ni d'où il venait, ni pourquoi il était parti, ni quels étaient ses rêves. Ni où ils se retrouveraient. Et pourtant, elle était à lui. « Alors, c'est qui ? » répéta l'autre. Dans la ruelle, Rocco était toujours à terre, les policiers s'acharnaient sur lui à coups de matraque. « Je ne sais pas… » murmura Rosetta. L'automobile démarra en faisant crisser les pneus sur l'asphalte.

16

« Je ne m'appellerai jamais Raquel Baum ! avait dit Raechel, boudeuse, en rejoignant Tamar. Moi, je m'appelle…

— Mais qu'est-ce que ça peut faire, un nom ? dit Tamar avec sévérité. Tu veux qu'Amos te fasse sauter toutes les dents ? »

Elle l'avait saisie par le menton pour l'obliger à la regarder dans les yeux.

« Maintenant, tu t'appelles Raquel le porc-épic, tu as compris ?

— Oui… »

C'est à cet instant précis que s'était produit comme un tremblement de terre. Sans que personne sache pourquoi, dans le hall de l'*Hotel de Inmigrantes*, de l'autre côté de la baie vitrée, les émigrés s'étaient mis à se bagarrer. Les policiers faisaient tournoyer leurs matraques en l'air, les fonctionnaires de l'immigration défendaient leurs registres contre la furie de la foule, il y avait un immense vacarme de hurlements, de gémissements, d'ordres, de coups de sifflet et d'imprécations. À un moment donné, un homme avait eu le visage écrasé contre l'épaisse vitre de séparation, et quand un policier l'avait saisi par le col et tiré en arrière, une traînée de sang était restée sur le verre.

Tamar avait emmené Raquel vers la grande vitre : « Si elle se brise, saute de l'autre côté sans te soucier des coupures, et suis-moi ! » lui avait-elle dit. Mais Amos y avait pensé aussi : « Éloignez-vous de là ! » avait-il crié aux filles, les poussant de l'autre côté de la pièce. Il avait donné un coup de pied dans le ventre d'une petite qui s'attardait aussi. Pliée en deux, elle vomissait un liquide verdâtre.

Amos avait ensuite tendu un rouleau de billets de banque au fonctionnaire moustachu : « 3 000 si tu nous fais passer tout de suite. » Le bras du fonctionnaire avait jailli pour s'emparer de l'argent, rapide comme un serpent à sonnettes. Il avait refermé son registre, s'était levé et avait fait signe à deux gardes de faire sortir toutes les filles immédiatement. Amos et ses hommes, comme des chiens de berger, conduisirent le troupeau des filles à l'extérieur. À grand renfort de claques et de bourrades, ils les firent monter dans quatre voitures à cheval.

Elles partirent à vive allure, au risque de renverser les émigrés qui continuaient à se tabasser dans la rue. Pendant que les chariots traversaient la ville, Raquel contempla à nouveau, yeux écarquillés, ce monde incroyable. Il y avait des palais tellement hauts qu'ils semblaient toucher le ciel, et une quantité inimaginable de gens sur les trottoirs et dans les rues.

« Si on arrive à s'enfuir, ils nous retrouveront jamais, au milieu de tous ces gens, glissa-t-elle à Tamar.

— Chut, tais-toi !

— Mais on va s'enfuir, hein ?

— Comme tu dirais, avec ta langue bien pendue : tu peux parier ton cul ! »

Malgré sa peur, Raquel sourit.

Quelques minutes plus tard, les voitures s'arrêtèrent. Raquel se retrouva devant un petit immeuble. Au-dessus de la porte d'entrée, une enseigne indiquait : *Hotel Palestina*. Les filles montèrent au premier étage et furent confiées à trois femmes à l'air éteint et las. À l'exception de Raquel, on les déshabilla toutes et on jeta leurs vieux vêtements. Puis les femmes les aidèrent à se laver et à se coiffer. On leur donna des robes de couleurs criardes qui mettaient leurs formes en valeur, et on les maquilla d'un rouge à lèvres gras et d'un fard à paupières bleu brillant. Ensuite, les femmes à l'air fatigué les aspergèrent d'un parfum bon marché douceâtre et épinglèrent un numéro sur la robe de chacune d'entre elles. « Pas pour ces deux-là, précisa Amos en désignant Raquel et Tamar. Elles, elles viennent au *Chorizo*. » Et il les précéda dans l'escalier. « Allez, descendez ! dit alors une des femmes lasses. Et souriez ! Si vous faites la gueule, Amos vous fouettera jusqu'au sang. »

Elles furent toutes conduites dans une vaste salle au rez-de-chaussée, où étaient dressées une scène et une passerelle. Des chaises étaient disposées devant, certaines déjà occupées par des hommes munis de carnets et de crayons. « Quand j'appelle votre numéro, expliqua Amos aux filles sur la scène, vous avancez sur la passerelle. Souriez et regardez à droite et à gauche. Quand je vous arrêterai, n'essayez pas de vous rebeller si vous tenez à conserver vos dents. Ensuite, vous retournerez à votre place. »

Amos s'engagea sur la passerelle et, bras ouverts, alla saluer les invités : « Bienvenue, les amis ! Aujourd'hui, la marchandise est… brûlante ! » Un rire parcourut la salle. « On commence ! annonça Amos. Numéro un ! »

Raquel vit que le numéro un avait été assigné à une fille à forte poitrine, qui avança sur la passerelle le dos voûté, sans un sourire. Elle était effrayée par Amos. Quand elle arriva à sa hauteur, Amos l'arrêta : « Souris, ou je te crève », lui chuchota-t-il à l'oreille. Raquel vit que la fille se forçait à sourire, les pupilles dilatées par la terreur. Amos lui asséna un coup dans le dos : « Tiens-toi droite ! » cracha-t-il. Puis il passa un bras autour de ses épaules, comme dans une scène de séduction brutale, sans cesser de regarder les hommes dans la salle. Il fit descendre une main sur les cuisses de la fille et, lentement, commença à soulever sa robe. « Levez le rideau ! » cria quelqu'un dans le public. Tous se mirent à rire.

Raquel vit que les yeux de la fille s'emplissaient de larmes. Elle se tourna vers Tamar et lut dans son regard douleur, colère et humiliation. Tamar connaissait l'effet des mains d'Amos, elle avait été la première à les sentir sur son corps. Elle prit la main de Raquel et la serra en lui disant :

« N'aie pas peur.

— Non », répondit Raquel en lui serrant la main plus fort encore mais, à cet instant, c'était Tamar qui avait le plus peur, parce que elle, elle savait.

Amos avait totalement relevé la jupe de la fille. Il la caressait entre les jambes. « Cette année, le poil roux est très tendance, vous savez ? » Le public d'hommes éclata de rire. Amos laissa retomber la jupe et fit remonter sa main jusqu'à la poitrine de la fille. Elle ne retenait plus ses larmes, qui faisaient couler son maquillage, mais elle persistait à sourire, et l'ensemble rendait le spectacle terrifiant. Amos glissa la main dans son ample décolleté et dégagea un sein. Il le soupesa, la main en forme de coupe. Au contact de l'air, le large mamelon sombre se durcit. « Quelqu'un a une balance ?

sourit Amos. Cette gonzesse vaut en or le poids de ses nichons ! » Il y eut un éclat de rire général, puis un des hommes leva la main et annonça : « 1 500 !

— Avec ça, tu ne payes même pas un mamelon ! »

De nombreuses mains se levèrent et le prix monta jusqu'à 3 000. Amos conclut l'affaire et fit signe à la fille de partir. En regagnant sa place, elle tentait de remettre le sein dans sa robe, mais ses mains tremblaient trop. Une des femmes à l'air fatigué l'aida à se rhabiller mais la fille fut prise de nausée et vomit. La femme la gifla.

« Numéro deux ! » annonça joyeusement Amos. L'une après l'autre, les filles défilèrent dans ce marché aux bestiaux qui n'était que le prélude des humiliations qu'elles subiraient. Se disputant les plus belles, dans une bruyante vente aux enchères, les invités manquèrent d'en venir aux mains. Raquel et Tamar étaient assises à l'écart. Quelqu'un tenta de faire une offre pour Tamar, mais Amos répéta qu'elle était à lui. Les filles vendues furent confiées aux ruffians qui les avaient achetées pour leurs maisons closes. Chacun payait en liquide la somme à laquelle elles avaient été adjugées et les emmenait. Celles qui n'avaient pas été choisies dormirent cette nuit-là à l'*Hotel Palestina*, après un dîner à base de viande salée et une tasse de maté.

Le lendemain, on les fit encore monter dans des voitures à cheval. Cette fois, Raquel ne fut pas subjuguée par l'immense ruche de béton qu'elles traversaient, elle avait encore en tête la scène de la veille. Elle se tourna vers Tamar : « Toutes les deux, on restera ensemble, hein ? » Tamar acquiesça faiblement. « Il aurait mieux valu qu'on naisse hommes », murmura Raquel.

Après un bref trajet, les filles furent conduites dans un bar sordide. Au-dessus de l'entrée, un auvent sale qui avait dû être autrefois couleur crème annonçait en lettres roses : *Café Parisien*.

« Vous n'êtes que du deuxième choix », expliqua aux filles l'une des femmes à l'air épuisé. Elle les poussa dans une salle qui puait le mauvais alcool, avec des miroirs encrassés aux murs. « Vous coûterez peu et vous vaudrez encore moins », ajouta-t-elle avec une note d'aigreur, comme si elle revivait un passé douloureux. Elle avait une balafre sur la joue droite.

« Et vous, vous étiez du deuxième choix ? lui demanda Raquel.

— Non, moi j'étais du premier choix, lui répondit la femme avec un frémissement d'orgueil. Mais peu importe… murmura-t-elle ensuite, comme se parlant à elle-même. Ça n'a plus d'importance… »

Elle fixa Raquel, faisant un effort pour la distinguer nettement.

« *Esto es el infierno* », lui dit-elle.

Raquel fronça les sourcils.

« Qu'est-ce que ça veut dire ?

— Tu le découvriras toute seule, répliqua la femme. Ne nous casse pas les couilles !

— Pourquoi êtes-vous tellement agressive avec moi ?

— Pour moi, tu n'existes même pas. Et tout ce que je pourrais te faire ne serait jamais rien par rapport à ce qu'on m'a fait. Pour survivre, il faut devenir dur comme la pierre et tranchant comme un poignard. Tu me donnes quel âge ? » demanda-t-elle d'un air de défi.

Raquel l'examina un instant, puis avança un chiffre.

« Cinquante ?

— Trente-quatre !

— Qu'est-ce qui… qu'est-ce qui vous est arrivé ? » balbutia-t-elle, stupéfaite.

Cela fit presque rire la femme.

« Et je suis une de celles pour qui ça a bien marché, hein ! Je suis vivante, je n'ai pas de vilaines maladies, et je n'ai pas noyé dans une bassine les bâtards que j'ai mis au monde. Ça ne suffit pas ? »

Raquel ne sut que répondre, mais elle frissonna de peur.

« Qu'est-ce que ça veut dire, ce que vous m'avez dit tout à l'heure ? »

La femme passa un doigt sur la cicatrice qui la défigurait, puis répondit :

« Ici, c'est l'enfer. »

17

Après avoir perdu Rocco de vue, Rosetta s'était agrippée de toutes ses forces au tableau de bord, les yeux écarquillés. La voiture accélérait. De toute sa vie, elle n'était jamais montée dans une automobile. « Si tu serres plus fort, tu vas le réduire en miettes ! » avait dit le jeune homme. Rosetta avait brusquement retiré ses mains, rougissante. Il avait ri.

Après avoir vérifié que personne ne les suivait, il avait expliqué : « J'étais là quand tu t'es enfuie, j'ai tout vu. »

Il était beau. Son élégant costume trois-pièces mauve tombait parfaitement, sans un pli. Il portait une chemise d'un blanc immaculé et une fine cravate bleu électrique. Ses cheveux châtains aux pointes blondies par le soleil frisottaient, ce qui leur donnait une sorte de douceur. Il s'était tourné vers elle et avait souri : « Je m'appelle Blas mais tout le monde m'appelle El Francés, le Français. » Rosetta n'avait rien dit. Il avait ajouté :

« Je vais m'occuper de toi.

— Pourquoi ? avait-elle demandé.

— Parce que j'ai une affaire à te proposer. »

Rosetta s'était tue pendant tout le reste du trajet. Elle n'avait en tête que l'image de Rocco, étendu à terre et encerclé par les policiers. La voiture finit par s'arrêter devant un établissement qui faisait le coin d'une rue. L'entrée était surmontée d'un auvent rouge sur lequel était dessiné un chat noir, queue dressée, et d'un écriteau que Rosetta ne parvint pas à lire. « Ça, c'est le *Black Cat*, mon bureau », dit El Francés avec un sourire. Il fit le tour du véhicule et aida Rosetta à descendre. Elle demeura immobile sur le trottoir, incapable de formuler la moindre pensée, comme ivre. « Allez, on y va ! » dit El Francés, l'invitant à entrer. Rosetta le suivit dans le local rempli de fumée.

« *Lepke, necesito una habitación para la chica*, lança El Francés à un homme au teint jaunâtre. *Y un buen baño caliente*[1]. »

Lepke examina rapidement Rosetta et, en connaisseur, commenta avec un hochement de tête :

« *Muchacha muy fina.* »

La jeune femme n'avait aucune idée de ce qu'ils s'étaient dit. Lepke claqua des mains, et une jeune et jolie domestique apparut aussitôt. Elle était vêtue d'une tenue noire avec tablier blanc qu'elle semblait avoir volée à une poupée. Rosetta se dit que sa jupe était bien courte. « Va avec elle, lui glissa El Francés, elle s'occupera de toi, après on dînera ensemble. »

Sans se poser de questions, étourdie par les événements, Rosetta suivit la domestique au premier étage. Elle pénétra dans une pièce décorée d'un papier peint à rayures vert et violet, qui lui parut très luxueuse. La servante lui adressa un sourire et disparut dans la pièce

1. « Lepke, j'ai besoin d'une chambre pour la fille. Et d'un bon bain chaud. »

attenante. Il y eut un bruit d'eau qui coule. Quand elle revint, la jeune fille s'aperçut que Rosetta se tenait encore plantée sur le seuil, ce qui la fit rire : « *Quítate la ropa*, dit-elle, *necesitas un buen baño !* » Rosetta la fixa sans comprendre. Alors la domestique lui dit en français : « Allez ! Enlève tes vêtements, tu as besoin d'un bon bain ! » Toujours aucune réaction. « Tu es italienne ? » finit par demander la servante. Rosetta fit oui de la tête. « Allez, déshabille-toi ! Je te prépare un bain », ordonna-t-elle en italien. Rosetta croisa les bras sur sa poitrine. « Tu n'es pas du métier ? » interrogea l'autre, surprise. Rosetta fronça les sourcils et resta silencieuse. « Tu es nouvelle ? » lui demanda-t-elle encore avec gentillesse. Rosetta acquiesça. La domestique alla fermer le robinet dans la salle de bains. « Viens, c'est prêt ! » lui annonça-t-elle depuis l'autre pièce. Ensuite elle revint. « Tu préfères le faire toute seule ? » Elle sourit. « Bientôt, ça ne te paraîtra plus bizarre, d'être toute nue », rit-elle, avant d'ajouter d'un ton rassurant : « Avec El Francés, tu es bien tombée. Tu verras, lui, il tient à nous. » Puis, elle sortit de la pièce et referma la porte.

Comme dans un rêve, Rosetta s'approcha de la baignoire. Au village, quelqu'un avait raconté en avoir déjà vu une, mais pour elle ce n'était qu'un on-dit, elle n'aurait jamais pu imaginer la blancheur de la céramique, ni ces pieds en cuivre qui brillaient comme de l'or. Elle resta immobile, hypnotisée par la vapeur qui montait de l'eau chaude. Puis elle remarqua le miroir mural, tout embué, son corps s'y réfléchissait comme à travers du brouillard. Elle s'approcha, ôta la buée à la hauteur de son visage et éprouva une sorte de tendresse pour son expression hébétée. Elle prit une serviette et essuya le reste du miroir. Depuis sa naissance, c'était la première fois qu'elle se voyait tout entière. Elle observa la forme de ses épaules, droites et robustes, la plénitude de ses seins, la courbe de ses hanches, ses longues jambes fuselées, et ses cheveux d'un noir brillant, c'était comme si elle se découvrait, elle faisait pour la première fois connaissance avec elle-même, à vingt ans.

Rosetta se dit que c'était ce visage et ces yeux et cette bouche qui avaient connu Rocco. Elle crut retrouver la tiédeur du baiser qu'ils avaient échangé, porta un doigt à ses lèvres, sans cesser de se regarder dans la glace. Son regard avait changé, un sourire se formait sur ses lèvres, comme sur celles de n'importe quelle fille. Comment cela s'était-il produit ? Elle n'en avait pas la moindre idée. Elle croyait qu'elle aurait peur des hommes pour le restant de ses jours. Les marques des violences subies étaient encore fraîches. Mais Rocco l'avait transportée dans un monde pur, sans effroi, par la seule magie d'un seul baiser. « Même pas ! dit-elle à haute voix, toujours en souriant. Par un simple morceau de gâteau ! »

Elle entendit frapper, la servante revenait. Rosetta sortit de la salle de bains, la femme déposait sur le lit une robe verte avec un ample décolleté ourlé de dentelles couleur perle et des bas couleur chair, très fins. Elle posa au pied du lit des souliers noirs à talons décorés d'un nœud de satin. « Je te l'avais dit que tu étais bien tombée, avec El Francés ! Ça, c'est de la qualité, sourit la servante. Mais tu n'es toujours pas déshabillée ? » Elle s'approcha d'elle : « Oh, regarde, tu as perdu un bouton, là derrière. » Rosetta fixa la robe sur le lit. Il n'était pas difficile de deviner quel genre d'affaires El Francés allait lui proposer. « Où vas-tu ? » s'exclama la domestique. Rosetta était déjà partie, son baluchon à la main.

« La robe que j'ai choisie n'était pas de la bonne taille ? » demanda El Francés lorsqu'il la vit apparaître. Il était assis à une des tables en fer et en marbre, dressée pour le dîner.

« J'ai compris ce que tu veux, lança Rosetta.

— Assieds-toi, dit-il avec gentillesse.

— J'ai compris quelle affaire tu veux me proposer. »

Il haussa les épaules avec désinvolture, suggérant que tout cela était aussi simple qu'innocent.

« Ici à Baires, il n'y a rien de mal à faire la putain, expliqua-t-il. Il n'existe peut-être aucun endroit au monde où il y ait une telle concentration d'hommes et aussi peu de femmes. Les immigrés arrivent en quête de fortune, sans leur famille. Tu sais combien on est, ici ? Deux millions. Et la moitié, ce sont des Italiens.

— Et alors ? »

Il haussa à nouveau les épaules et sourit avec une expression enfantine, les yeux mi-clos, comme pour dire que la réponse allait de soi :

« Ce sont des hommes, ils ont des besoins.

— Et toi, tu fournis la matière première », compléta Rosetta.

Il se mit à rire.

« Tu es une fille intelligente et drôle, tu me plais ! » Puis il ajouta : « Oui, disons que je les aide.

— Bref, tu es un maquereau et tu as une écurie de putains.

— Je préfère les appeler des *poules** [1].

— Qu'est-ce que ça veut dire ?

— Cot-cot-cot-codêêêt, des poules !

— Eh bien, moi, je ne ponds pas d'œufs. »

1. En français dans le texte, comme toutes les expressions accompagnées d'un astérisque.

El Francés rit à nouveau. Rosetta le regarda droit dans les yeux, avec un air de défi :

« Si je n'accepte pas, tu me remets à la police ? »

Il secoua la tête :

« Il n'y a que deux choses que je déteste de tout mon cœur : travailler et avoir affaire à la police.

— Donc si je te dis non, on en reste là ?

— Assieds-toi, je te prie », dit-il d'un ton suave.

Il sirota son vin le temps que Rosetta s'asseye et lui demanda :

« Et toi, qu'est-ce que tu voudrais faire ?

— Je suis une paysanne. »

El Francés se pencha au-dessus de la table :

« Si tu vas dans la pampa, là où il y a les vachers et les paysans, ils feront de toi leur putain mais sans te payer. »

Il la fixa en silence, en attendant que ses paroles fassent leur effet :

« Alors je te pose de nouveau ma question : qu'est-ce que tu voudrais faire ?

— Je ne sais pas.

— Tu vois ! dit-il en écartant les bras.

— Mais je sais que je ne veux pas faire la putain. Je trouverai quelque chose. »

Il soupira et secoua la tête :

« À Buenos Aires, quand tu es un homme et que tu as faim, tu deviens docker au port. Si tu es une femme, tu finis par faire le trottoir. »

Rosetta but d'un trait le verre de vin qui était devant elle et, la tête haute, elle décida :

« Alors, je deviendrai docker. »

El Francés se leva.

« Bon, là j'ai des trucs à faire. Dîne et dors, on en reparle demain. La police te recherche, tu as besoin de faux papiers, tu y as pensé ? Je peux aussi me charger de ça. »

Les yeux de Rosetta se remplirent de stupeur, ça ne lui avait jamais traversé l'esprit. « Tu es unique, toi ! » lui lança El Francés d'une voix chaleureuse. Il se pencha et lui posa avec délicatesse un baiser sur le front. « Moi, je peux m'occuper de toi », murmura-t-il avant de s'en aller.

Rosetta demeura assise un moment, plongée dans ses pensées. Et elle se dirigea d'un pas décidé vers la porte d'entrée, son baluchon à la main.

« *¿Oye, chica, donde vas?* lui lança Lepke, le tenancier du *Black Cat*.

— Je ne comprends rien à ce que tu dis.

— Où tu vas ? »

Rosetta le regarda. Mais elle ne le voyait pas. C'était le visage de Rocco qu'elle avait devant les yeux. Elle ignorait s'il allait s'en sortir. Et pourtant, elle l'attendrait.

« Où tu vas ? répéta Lepke.

— Quelque part où je n'aurai pas honte quand il me retrouvera.

— Qui ça ?

— Lui ! »

Elle sourit et s'en alla.

18

Il avait fait l'erreur fatale de se retourner vers le bout de la ruelle, pour vérifier que Rosetta avait bien réussi à s'enfuir. Il l'avait vue là immobile, et de toutes ses forces, il lui avait crié de courir. C'est à cet instant qu'un des policiers l'avait surpris par-derrière. Le coup de matraque que Rocco avait reçu juste au-dessus de l'oreille lui avait coupé les jambes et obscurci la vue.

Quand il avait réussi à rouvrir les yeux, les trois gardes l'encerclaient et le rouaient de coups. Il avait le goût du sang dans la bouche et entendait les types l'insulter dans leur langue incompréhensible, en cognant. Il roula sur le côté le plus rapidement possible, et renversa un des hommes, qui s'affaissa sur lui. Les deux autres arrêtèrent de frapper pour ne pas atteindre leur collègue. Rocco donna alors un coup de tête dans le visage du gars à terre et réussit à lui arracher sa matraque. Il roula encore, puis se releva et se jeta comme une furie sur les deux autres policiers, avant qu'ils aient eu le temps de reprendre leurs esprits. Il asséna au premier un coup de matraque en plein front, il y eut un bruit sec. Puis, d'une frappe latérale, il atteignit l'autre au cou, lui coupant le souffle. Alors il saisit sa valise et se mit à courir, sans se retourner.

Il déboucha sur l'énorme avenue chargée de circulation, devant laquelle il s'arrêta un instant. Il eut l'impression de revoir Rosetta qui s'enfuyait mais un autre souvenir se frayait un chemin dans son esprit, il n'aurait su dire quoi, une image effacée par le coup de matraque qu'il avait reçu à la tête. Et à ce moment précis, sur la chaussée, le long du trottoir, il aperçut un bouton noir, il sut tout de suite qu'il était à Rosetta. Il le ramassait quand il entendit les policiers souffler à pleins poumons dans leurs sifflets et se lancer à sa poursuite.

Rocco se jeta dans l'avenue. Il entendit des imprécations, des hennissements de chevaux, des pneus qui crissaient sur le goudron et des klaxons, mais il courut sans s'arrêter ni savoir où il était, où il allait. Quand son cœur fut sur le point d'exploser, et que ses jambes l'abandonnèrent, il s'effondra brusquement à terre. Son souffle lui brûlait les poumons, ses yeux semblaient sortir de leurs orbites et il avait l'estomac retourné par l'effort. Il rampa jusqu'à un recoin mal éclairé et resta là sur le trottoir, comme un mendiant, la bouche grande ouverte. Épuisé, il posa la tête contre le mur derrière lui. Il eut un douloureux élancement qui le fit gémir et porta la main à ses cheveux, ils étaient mouillés et visqueux. Sa main était rouge de sang. Deux passants qui arrivaient, en riant et en plaisantant, le remarquèrent sur le sol, et traversèrent précipitamment la rue pour l'éviter. Ils s'arrêtèrent pour l'observer depuis le trottoir d'en face.

Rocco se releva. Il ne pouvait rester là. Tôt ou tard, quelqu'un allait avertir la police, et il n'avait plus la force de lutter. Il se remit à marcher, cherchant à ne pas trop attirer l'attention. Il se vit dans une vitrine illuminée et s'arrêta pour s'examiner, il n'était pas beau à voir. Il avait le visage en sang, la lèvre inférieure fendue, l'arcade sourcilière gauche brisée, et son nez était sans doute cassé. Le sang coulait aussi de sous ses cheveux. À l'intérieur de la boutique, de l'autre côté de la vitre, une jeune vendeuse se mit à crier. Rocco s'éloigna tout de suite, en jetant des regards furtifs autour de lui. Le gigantisme des immeubles lui faisait tourner la tête. Les réverbères à gaz qui commençaient à s'allumer répandaient partout alentour leur lumière chaude et ambrée. Les rues n'étaient qu'un tourbillon incessant de chariots et d'automobiles, de passants aux vêtements élégants et aux manières raffinées. On respirait toute la richesse et l'opulence de ce nouveau monde.

Rocco repéra une fontaine en bordure du trottoir. Il s'approcha, posa sa valise à terre, balaya du regard les environs pour s'assurer qu'il n'y avait pas de policiers et s'apprêta à plonger les mains dans l'eau. Il s'aperçut alors qu'il serrait encore dans son poing le bouton – le bouton de Rosetta. Il lui avait dit qu'il la retrouverait : comment avait-il pu être aussi stupide ? Cette ville n'avait rien d'un bourg sicilien, c'était une immense fourmilière. Autant chercher une aiguille dans une botte de foin ! Il serra fort le bouton et ferma les yeux. « Si deux personnes se plaisent, il est impossible qu'elles ne se revoient jamais », disaient les vieilles de son quartier de Boccadifalco aux jeunes gens qui brûlaient d'amour. Et elles en remettaient une couche en ajoutant : « Si deux personnes se cherchent, elles finissent toujours par se trouver. » Il avait toujours pensé que c'était des conneries à l'eau de rose. Pourtant, il se sentit gagné par une vague d'optimisme : « Je trouverai l'aiguille dans la botte de foin ! » dit-il en éclatant de rire. Sa lèvre l'élança.

Rocco rangea soigneusement le bouton et plongea ses mains dans l'eau fraîche. Il se lava le visage et plongea la tête dans la fontaine pour se rincer les cheveux.

L'eau se colora de rouge. Il prit un chandail dans sa valise et s'essuya avec. Le chandail aussi se tacha de rouge. Il tamponna ses blessures et se remit en marche. En se regardant dans une autre vitrine, il constata qu'il était tout de même moins effrayant. Il s'approcha de deux messieurs élégants qui fumaient devant un café d'où provenait une musique envoûtante. « Excusez-moi, messieurs, dit-il. Vous parlez italien ? » Les deux hommes rentrèrent précipitamment à l'intérieur, sans répondre. Arrivé au bloc suivant, Rocco aperçut un vendeur ambulant qui poussait une charrette déglinguée chargée de bretelles, chaussettes et ceintures. Rocco l'accosta.

« Vous parlez italien ?

— Qu'est-ce que tu veux ? lança l'autre, sur la défensive.

— Il faut que j'aille au quai 8, à La Boca. »

Le vendeur pointa une direction du doigt.

« Tu vas par-là, jusqu'aux rails du *ferrocarril*, et tu tournes à gauche. Ensuite tu continues toujours tout droit, et tu arrives au port. »

Rocco mit la main dans sa poche, serra le bouton et partit. Une demi-heure plus tard, il était arrivé dans le *barrio* de La Boca. Il était entouré de bâtisses misérables, moitié en dur, moitié en tôles, et peintes de couleurs criardes. C'étaient des baraques construites les unes sur les autres, comme si elles se soutenaient entre elles. Elles donnaient l'impression de pouvoir s'écrouler comme un château de cartes à la première bourrasque de vent. Ici, pas l'ombre d'une voiture ni de gens bien habillés. Devant lui, le long des quais, étaient alignés de vastes entrepôts et de hautes grues qui s'élevaient contre le ciel comme des squelettes de sauterelles. Les navires marchands oscillaient paresseusement dans l'eau. Les hommes que Rocco croisait étaient tous de grands costauds aux épaules larges et voûtées, ils marchaient à pas lents en traînant les pieds et portaient des vêtements usés jusqu'à la corde. Rocco comprit tout de suite que c'étaient des dockers. Un peu plus loin, il repéra un vieux assis dehors, sur une chaise branlante, devant une misérable maison qui n'était guère qu'une cabane. « Vous savez où est la Zappacosta Oil Import-Export ? » interrogea-t-il. Il remarqua que l'autre fixait avec insistance la ceinture de son pantalon ainsi que sa veste, à hauteur des aisselles.

« Qu'est-ce que vous regardez ? demanda-t-il au vieux.

— Tu n'es pas armé, fit remarquer l'autre en mâchonnant son tabac.

— Pourquoi je devrais être armé ? » demanda-t-il, surpris.

Le vieillard secoua la tête.

« Tu vas chez Tony Zappacosta.

— Et alors ?

— Alors tu es un mafieux. »

Le vieux cracha une petite boulette de tabac noirâtre.

« Non ! » s'exclama Rocco.

L'homme émit un ricanement rauque, plein de glaires, qui découvrit ses dents noircies par le tabac.

« Tu vas chez Tony Zappacosta et t'es pas mafieux ? » Puis il indiqua du pouce un entrepôt bas, en bois, peint couleur vert clair : « C'est là que tu le trouveras, ton *jefe de la mafia*, ton boss.

— C'est pas mon boss ! protesta-t-il.

— Tu es un marrant, petit ! »

Rocco se dirigea vers le bâtiment vert. Sur la façade, il découvrit de grandes lettres jaunes sur fond noir, et supposa qu'elles voulaient dire Zappacosta Oil Import-Export. Il frappa contre la porte en verre et entra.

L'ouverture déclencha une clochette. L'entrepôt sentait l'huile d'olive et la fleur d'oranger, le tabac, les câpres en saumure, l'origan et les tomates séchées. « *¿ Que quieres ?* » lança un homme d'une soixantaine d'années en surgissant d'une pièce à l'arrière. De petites lunettes rondes étaient posées sur son nez couperosé et il portait, sous son tablier sombre, une chemise avec des élastiques noirs qui retenaient ses manches retroussées, comme les comptables.

« Vous parlez italien ? » lui demanda Rocco.

L'homme acquiesça :

« Qu'est-ce que tu veux ? On est sur le point de fermer.

— Je cherche Tony Zappacosta.

— *Señor* Zappacosta, corrigea l'autre.

— Oui…

— Qui es-tu ?

— Je m'appelle Rocco Bonfiglio.

— Mais encore ?

— C'est Mimì Zappacosta qui m'envoie.

— Ah, tu es arrivé ! »

L'homme lui fit signe d'attendre et regagna le bureau, à l'arrière.

« *Señor* Tony, *u picciottu* envoyé par votre oncle est là ! »

Un long silence s'ensuivit. Puis une voix froide, sans timbre et presque métallique ordonna : « Fais-le entrer ! » L'homme en tablier fit signe à Rocco de le suivre à l'arrière. Quand Rocco entra, il eut du mal à dissimuler sa surprise : Tony Zappacosta devait avoir 45 ans et, à strictement parler, on ne pouvait pas dire que c'était un nain – il n'en avait pas les proportions –, mais c'était certainement l'un des hommes les plus petits qu'on puisse rencontrer en dehors d'un cirque. Toutefois, si son handicap était d'avoir la taille d'un enfant, rien ne laissait présager, lorsqu'on croisait son regard, qu'il avait une âme d'enfant. Au contraire, il inspirait la crainte, et ses yeux avaient quelque chose de glacial qui le faisait plus ressembler à une bête à sang froid qu'à un être humain.

« Mon oncle m'a demandé de te prendre pour lui rendre un service », commença Tony en se levant de derrière son bureau d'acajou. Il examina Rocco des pieds à la tête, le dévisageant sans vergogne et même avec défiance, la main mollement posée sur la crosse du pistolet qu'il portait à la ceinture.

« Je vous suis reconnaissant, dit Rocco.

— Mais il m'a aussi dit qu'après ça, tu n'es plus sous sa protection, reprit Tony de sa voix métallique, comme s'il ne l'avait pas entendu. Ce qui veut dire que je peux très bien te jeter dans la rivière. C'est clair ?

— Très clair, répondit Rocco. Mais je sais nager ! plaisanta-t-il.

— Même avec une pierre autour du cou ? » répliqua Tony avec un rictus glacial.

Il fixa Rocco sans que la moindre émotion transparaisse dans son regard.

« Je gère cette entreprise et je suis aussi le patron du *dique siete*, poursuivit-il. Ici, la loi, c'est moi.

— Vous êtes le *capo mandamento* du *dique siete*, j'ai compris. »

Tony s'approcha et lui planta un index dans l'estomac.

« Non, je suis le Père éternel », siffla-t-il.

Puis il fit demi-tour et se rassit derrière son bureau, dans un fauteuil en bois à roulettes garni de deux coussins bien rembourrés. Il passa un doigt autour de son visage, décrivant un cercle.

« Qu'est-ce qui t'est arrivé ? Tu es passé sous un train ?

— Un truc dans le genre…
— Tu sais te servir d'un pistolet ?
— Non, mentit Rocco.
— Bon, alors il faudra apprendre. À partir de maintenant, tu es le gardien de nuit de l'entrepôt numéro 8. Ici au port, il y a plein de bandes de gamins. C'est eux, les voleurs. Si une épingle disparaît, c'est toi le responsable. C'est la règle.
— Monsieur Zappacosta, je suis mécanicien !
— Tu es gardien de nuit, et si une épingle disparaît, tu es responsable », répéta Tony sans ciller, comme s'il avait de la glace à la place du cœur.

Il y avait dans son regard un calme ambigu et indéchiffrable, comme quelque chose qu'on entraperçoit au fond d'un fleuve. Rocco le dévisagea un moment en silence. « Bastiano, montre-lui l'entrepôt, et donne-lui les clefs et le pistolet, commanda Tony. Et reviens vite, je veux finir les comptes. » Bastiano fit signe à Rocco de le suivre. Il prit dans un coffre-fort un trousseau de clefs et choisit un pistolet, ensuite ils sortirent du bâtiment.

Alors qu'ils se dirigeaient vers l'entrepôt, une automobile à deux places s'arrêta devant la Zappacosta Oil Import-Export. Derrière le volant se trouvait une fille de vingt ans tout au plus.

« Toutes mes salutations, Catalina, salua Bastiano.
— C'est un nouveau ? » dit Catalina, indiquant Rocco comme si c'était un objet.

Elle avait la voix rauque de ceux qui fument trop, et elle était d'une beauté vénéneuse.

« Il vient de Palerme, c'est *zio* Mimì qui l'envoie », expliqua Bastiano.

Catalina, à pas lents et mesurés, rejoignit Rocco et se planta devant lui en le fixant d'un air effronté. Elle portait une robe de soie violette dont le bas virevoltait et dévoilait ses jambes jusqu'au mollet. Elle le toisa un moment en silence, comme si elle le jaugeait. Puis se dirigea vers le bureau de son père. « Si tu poses les yeux sur sa fille, *señor* Zappacosta t'arrache les couilles », prévint Bastiano en se bagarrant avec le cadenas qui fermait la porte coulissante de l'entrepôt, sur laquelle était peint un gigantesque 8 bleu. « La femme de *señor* Zappacosta est morte jeune, elle avait des problèmes de cœur, et Catalina est son portrait craché. *Señor* Zappacosta ferait n'importe quoi pour sa fille, ne l'oublie jamais, il n'hésiterait pas une seconde à donner sa vie pour elle. Tu as vu comme il est, plus dur qu'un diamant ! Mais Catalina… elle le fait fondre. Il dit tout le temps "c'est la prunelle de mes yeux" et il la gâte terriblement. Garde tes distances, je te le répète. » Rocco se taisait.

Bastiano fit coulisser la porte et appuya sur un interrupteur. Les plafonniers crépitèrent, hésitants, avant de diffuser leur lumière froide dans l'entrepôt rempli de caisses. On avait aménagé dans un coin un minuscule abri en bois avec, à l'intérieur, une tablette avec un petit réchaud à gaz, deux casseroles, une assiette ébréchée et des couverts, une chaise en bois, un radiateur au kérosène et, par terre, un matelas taché et une couverture. « Dors les yeux ouverts, conseilla Bastiano. Les gosses font des trous dans la tôle et mettent la main sur tout ce qu'ils trouvent. Ça casse sérieusement les couilles de monsieur Zappacosta ! » Il fit un mouvement vers la sortie mais s'arrêta : « Si tu fais pas de conneries, le nouveau monde va te plaire, c'est la chance de ta vie ! » Dès qu'il fut parti, Rocco s'enferma à l'intérieur. Il éteignit les lumières, s'étendit sur le matelas et maugréa : « Putain, tu parles d'un nouveau monde ! » Il avait fui Palerme en espérant pouvoir échapper au destin que son père avait gravé sur sa peau. Et à Buenos Aires, à des milliers de kilomètres de distance, alors qu'un océan entier le séparait de la Sicile, tout avait l'air identique, son destin compris. La mafia, c'est comme la glu : une fois sur toi, tu ne peux plus t'en débarrasser.

Sur le moment, il se sentit en prison, plus seul que jamais. Au fond, il avait toujours été seul. Ensuite, il pensa à Rosetta. Avec elle, tout avait été différent, immédiatement. Rocco murmura : « Je te trouverai. » Il avait un bouton dans la main et un baiser sur les lèvres.

19

Au *Café Parisien*, le scénario avait été le même qu'à l'*Hotel Palestina.* Des hommes attablés devant des miroirs crasseux regardaient les filles défiler et faisaient des offres. En observant la scène, Raquel avait compris ce que signifiait « deuxième choix ». Les tenues des types étaient plus négligées, ils avaient des visages durs, mal rasés et des cheveux sales. Sans qu'Amos ou ses hommes y trouvent rien à redire, certains avaient tripoté les filles et les avaient dénudées devant tout le monde, pour vérifier qu'elles n'avaient pas de rembourrage. Et le prix des filles était beaucoup plus bas : elles valaient deux fois moins.

Pour finir, Amos avait vendu toute sa « marchandise ». Il en avait gardé cinq pour lui, parmi lesquelles Tamar, la plus belle de toutes, et Raquel, que personne n'achèterait jamais. En montrant Raquel à la femme à la joue balafrée, Amos avait dit : « Celle-là, elle va faire le ménage et t'aider. Si elle ne fait pas ce qu'il faut, préviens-moi et je la jette dans le Riachuelo. J'en ai rien à foutre. » On fit monter les cinq jeunes filles dans une carriole à l'auvent déchiré, à travers lequel filtraient les rayons chauds du soleil. Raquel s'était serrée contre Tamar. Près d'elle, il y avait la femme balafrée.

« Comment vous appelez-vous ? lui demanda-t-elle.
— Adelina, répondit-elle d'une voix lasse.
— Où est-ce qu'ils emmènent les autres ?
— Dans les maisons, qu'est-ce que tu crois ?
— Ce sont de beaux endroits ? »

Adelina tourna la tête vers les rues que la carriole parcourait lentement.

« Non, répliqua-t-elle après un long silence.

— Et nous aussi, c'est moche, là où on va ? demanda Raquel, la gorge nouée.

— Oui, imbécile ! Ce sont toujours des endroits moches, dit-elle en parcourant du regard la foule qui se pressait sur les trottoirs. Nous, on est pas comme eux. » Et sans regarder Raquel, elle ajouta : « Mais toi, tu as de la chance, gamine, je t'envie.

— Pourquoi ? » s'était étonnée Raquel d'une voix enfantine.

Adelina n'avait pas répondu.

Peu après, la carriole s'arrêta devant un petit immeuble anonyme couleur jaune moutarde dont les volets étaient clos et qui semblait inhabité. « Ça, c'est le *Chorizo* », dit Adelina en descendant. Elle fit signe aux filles de la suivre. « C'est votre maison », ajouta-t-elle d'un ton lugubre. Elle avait l'air de dire « c'est votre tombe », pensa Raquel qui avait eu le temps d'apercevoir le nom de la rue, Calle Junín, comme l'avait écrit le fonctionnaire de l'*Hotel de Inmigrantes* sur leurs papiers. Devant l'immeuble, Raquel remarqua aussi deux hommes qui portaient de longs couteaux à la ceinture.

Adelina conduisit les filles au deuxième étage, dans une pièce où des lits étaient entassés les uns à côté des autres. Elles se retrouvaient là, toutes les cinq, déboussolées, effrayées, les yeux remplis de questions, et inquiètes déjà des réponses qu'on pourrait leur donner.

« Quand vous ne travaillerez pas, vous dormirez ici », commença Adelina. Ce n'était pas la première fois qu'elle faisait ce discours, se dit Raquel. La femme balafrée examina les nouvelles venues. Elle connaissait ces regards perdus et terrorisés. « C'est mieux de savoir ce qui vous attend, dit-elle d'un ton froid. Baires est une ville où il y a beaucoup d'hommes et peu de femmes. C'est vous, les putains, qui devrez faire tout le travail. Ici, on commence à quatre heures de l'après-midi et on finit à quatre heures du matin. Pendant tout ce temps, vous êtes à la disposition de tous ceux qui paient. »

Elle les fixa. Elle savait que, malgré ce qu'elles avaient subi sur le navire, elles ne pouvaient saisir complètement ce qui les attendait.

« Ne faites pas les difficiles et mangez, vous aurez besoin de forces. Le boulot est dur. Ce qu'ils aimeraient, les *rufianes*, ce serait 600 passes par semaine. Le minimum, c'est 50 par jour. »

Ces chiffres inhumains ne signifiaient encore rien pour leurs corps : ça aussi, Adelina le savait.

« Deux conseils, continua-t-elle. Le premier : apprenez vite l'espagnol. Si vous ne pigez pas ce que les clients veulent, ils vous battront. Mais parlez le moins possible avec eux. Ils passent leur temps à vous raconter leurs malheurs, comme un ivrogne qui vomit dans les chiottes. Le deuxième conseil : dites toujours oui. Faites toujours ce qu'ils veulent, sinon ils vous le feront quand même, mais avec violence. »

Elle les dévisagea une à une. « Maintenant, dormez. Vous commencez à bosser demain. »

Elle désigna Raquel et lui ordonna :

« Suis-moi ! Toi, tu ne dors pas avec les autres. »

Raquel s'accrocha au bras de Tamar.

« Non, dit-elle à voix basse.

— T'as pas entendu Amos, imbécile ? lui lança Adelina d'une voix dure, en lui montrant les autres filles. Celles-là, ce sont des morceaux de viande qui lui font gagner un tas de pesos, et pourtant je t'assure qu'elles ne valent pas cher pour lui. Tu as compris ? Toi, tu ne vaux rien. »

Elle s'approcha d'elle et brandit un doigt devant son visage.

« Tu sais ce que c'est, le Riachuelo ? C'est la rivière la plus merdique du monde. Elle est pleine de cadavres de vaches. Amos, en moins d'une seconde, il t'égorge et te jette là-dedans comme un détritus. »

Elle continuait à agiter son doigt devant Raquel.

« Toi, tu ne vaux rien ! » Elle fit un geste sec. « Allez, avance ! »

Raquel serra plus fort le bras de Tamar.

« Vas-y, porc-épic », lui souffla Tamar. Et comme Raquel lui lâchait le bras, elle glissa : « On va s'enfuir, t'en fais pas ! »

Adelina fit brusquement volte-face et revint sur ses pas.

« Qu'est-ce que tu as dit ? »

Tamar la toisa avec un air de défi.

« On va s'enfuir.

— T'as pas intérêt, répliqua sèchement Adelina, les poings serrés et le visage dur.

— Et pourquoi ? sourit Tamar, dédaigneuse.

— Et tu vivrais de quoi, imbécile ? Toi tu n'as rien, et Amos arrose la police ! Il te retrouvera.

— Alors je m'enfuirai encore.

— On te retrouverait encore plus facilement, insista-t-elle. Celles qui fuient, on les marque. »

Elle porta la main à la cicatrice qui balafrait sa joue.

« Et quand un *rufián* t'a marquée, alors tout le monde te reconnaît. »

Elle lui posa une main sur l'épaule.

« Pense à survivre. »

Tamar la repoussa. Adelina reprit :

« Et fais gaffe à la manière dont tu te comportes avec moi, sale putain ! Je suis les yeux d'Amos, je peux aussi devenir son bras. » D'une voix moins rude, elle ajouta : « Un jour, quand tu ne lui serviras plus, si tu es encore vivante, on te laissera partir. »

Tamar la fixa.

« Alors pourquoi t'es pas partie, toi ? » lui jeta-t-elle, une note de mépris dans la voix.

Adelina soutint son regard et eut un sourire cynique :

« Parce que je ne savais pas où aller. »

Elle tourna les talons et sortit de la chambre.

Raquel la suivit jusqu'à une petite pièce sans fenêtre avec deux lits. Adelina sortit de la chambre et, peu après, revint en traînant derrière elle un matelas. Elle lui tendit une robe marron, mal coupée et sans décolleté, presque un sac : « Mets ça pour travailler », dit-elle. Elle jeta le matelas dans un coin. « Tu dormiras ici avec Esther et moi. Esther est comme moi, elle n'est pas partie. » Raquel la fixa. Elle se dit que cette femme avait dû subir des atrocités inimaginables, mais elle ne parvenait à éprouver ni solidarité ni compassion. Elle la détestait. Adelina lui éclata de rire au visage, comme si elle avait lu dans ses pensées. « Tu laveras les draps et les robes des autres, tu repasseras, tu nettoieras les chambres et tu feras tout le nécessaire pour que ce bordel tourne, y compris déboucher les chiottes, lui expliqua-t-elle froidement. Dis oui tout le temps et apprends l'espagnol toi aussi, parce qu'ici les gens s'énervent très vite. » Elle la regarda un instant en silence.

« Comment tu t'appelles ? demanda-t-elle.

— Raquel, mais mon vrai nom, c'est Raechel.

— Moi non plus, je m'appelle pas Adelina. Mais mon vrai nom hébreu, je l'ai oublié, il est enterré dans une autre vie. On nous donne ces noms parce que les clients ne veulent pas avoir à se dire qu'on nous a arrachées à nos familles pour leur seul plaisir dégueulasse, ajouta-t-elle en haussant les épaules. Ils le savent… mais ils ne veulent pas y penser. »

Adelina la guida à travers le bâtiment et lui montra la cuisine, la buanderie et la terrasse qui servait à faire sécher le linge. En traversant le *Chorizo*, Raquel jeta des coups d'œil furtifs dans les chambres ouvertes. Elle aperçut de nombreuses filles allongées sur les lits. Elles aussi avaient l'air fatigué et le regard éteint. Dans certaines chambres, elle aperçut des hommes qui les déshabillaient et se jetaient sur elles. « Garde les yeux baissés, prévint Adelina, essaie d'être invisible. S'il y a trop d'attente, un client impatient n'hésitera pas à te sauter dessus. Nous sommes du bétail, pas des êtres humains. » Raquel baissa la tête, effrayée, et fila de sa démarche maladroite et masculine.

La nuit n'était pas encore tombée mais, après le dîner, à base de viande et de légumes, Adelina dit à Raquel d'aller se coucher. « Maintenant, tu dors. Demain matin à quatre heures, quand les putains auront fini, je te réveillerai, tu te mettras au travail. » Raquel enfouit sa tête sous la couverture, serra fort le livre de son père et éclata en sanglots. « Ne pleure pas, imbécile ! Aujourd'hui, tu m'as demandé pourquoi je t'ai dit que tu avais de la chance. Eh bien, c'est parce que toi, tu vas échapper au sort des autres. »

Raquel sortit sa tête de sous la couverture. Elle croisa le regard dur d'Adelina.

« Tu n'auras pas la belle vie, ici. Tu seras une esclave. Mais au moins, tu ne feras pas la putain. Peut-être que tu ne pourriras pas de l'intérieur, comme nous toutes. Imbécile ! Voilà pourquoi t'as de la chance, et pourquoi je t'envie.

— Pour avoir de la chance, j'aurais dû naître homme. »

Adelina eut une sorte de sourire en coin, qui fit plisser la cicatrice de sa joue.

« Tu n'es pas passée loin ! dit-elle d'un ton mauvais. Tu as l'air d'un garçon avec ton buisson sur la tête, et tu ne marches vraiment pas comme une dame. »

Raquel la dévisagea. Cette femme était cruelle.

« Moi, dit-elle, je ne crois pas que vous soyez restée ici parce que vous ne saviez pas où aller. Vous prenez plaisir à nous maltraiter ! »

Adelina éclata de rire.

« Ne dis pas de conneries, la môme ! Moi, je m'en bats les couilles, de toi et de toutes les autres ! »

Elle se dirigea vers la porte pour sortir, puis se ravisa et revint sur ses pas. Et d'une voix menaçante, elle lâcha : « Moi, je suis ici parce que j'ai une balafre et que personne, dehors, ne voudrait me donner un boulot acceptable ! Tu n'es qu'une pauvre idiote ! Je suis ici parce que je ne sais pas où aller… et parce que je suis lâche. Ils ont pris mon âme. Voilà ce qu'ils m'ont fait ! Toi, tu ne sais rien. Alors maintenant arrête de pleurnicher, tu me tapes sur les nerfs ! » Et elle partit en claquant la porte.

« Tamar et moi, on s'échappera », murmura Raquel. Mais sa rage était vaine et elle le savait. Elle se déshabilla, enfila la robe marron et s'étendit sur le matelas. Et elle resta là immobile, les yeux grands ouverts dans la pénombre de cette pièce qui allait devenir sa nouvelle maison et sa tombe. Un poids terrible écrasait sa poitrine. Elle pensa à Kailah, qui s'était tuée pour ne pas mourir ici, comme le Seigneur le lui avait peut-être suggéré. Elle ouvrit le livre de son père, à la recherche d'un peu de réconfort. À cet instant, Adelina revint dans la chambre pour récupérer quelque chose qu'elle avait oublié. Elle regarda le livre, un sourire méprisant sur les lèvres : « Pour ce qu'il va te servir, ici ! Tu ferais aussi bien de te torcher le cul avec ! » Raquel serra l'ouvrage contre sa poitrine. « Ici il n'y a pas de Dieu, tu n'as pas encore pigé, imbécile ? » Elle s'approcha de la jeune fille avec un rictus mauvais, se baissa jusqu'à ce que son visage soit à la hauteur de celui de Raquel. Elle la scruta et avec un petit rire, comme si elle gémissait ou souffrait d'une maladie de poitrine, elle cracha : « Ici, ton seul dieu, c'est Amos. C'est lui qu'il faut prier, et c'est lui qu'il faut craindre. »

20

Lorsqu'elle eut quitté le *Black Cat*, Rosetta observa les alentours. Les rues grouillaient, il n'y avait pratiquement que des hommes, comme El Francés l'avait dit. Il devait s'agir d'un quartier chic, les gens étaient bien habillés, avec costumes, cravates et gilets d'où pendaient de lourdes chaînes de montre en or. Tous ceux qui la croisaient la dévisageaient et lâchaient des commentaires dans cette langue incompréhensible. Parfois ils ricanaient. Deux femmes sous une ombrelle de dentelle blanche l'examinèrent. Elles faisaient machinalement glisser la main sur leurs coûteux vêtements de soie, tellement luisants qu'ils reflétaient la lumière des réverbères à gaz, comme si elles voulaient en ôter la poussière et la saleté qu'elles voyaient sur Rosetta. Et elles aussi se mirent à rire.

Une dame âgée, appuyée sur une canne et soutenue par une domestique, s'arrêta près de Rosetta. Elle fouilla dans son sac en velours brodé et en sortit une pièce, qu'elle lui tendit. Un peu ahurie, Rosetta prit l'argent et resta plantée, à regarder la vieille femme s'éloigner d'un pas incertain. Elle portait une jupe élégante, sa servante était habillée avec soin, la robe de Rosetta était déchirée et usée jusqu'à la corde, ses bas noirs épais étaient filés et ses chaussures difformes ; elle tenait à la main un baluchon crasseux, roulé dans un morceau de drap noué. La passante l'avait prise pour une mendiante.

Il valait mieux s'éloigner de ce quartier, se dit Rosetta. La police la recherchait encore. Il fallait atteindre la périphérie, là où on la remarquerait moins, là où elle trouverait un endroit où se cacher.

Au fur et à mesure qu'elle avançait, les immeubles devenaient moins somptueux, moins imposants, moins hauts. Les gens autour d'elle semblaient plus gris, comme s'ils étaient couverts eux aussi d'une couche de poussière, de fatigue, qui collait à leurs vêtements toujours moins élégants. Les réverbères se faisaient plus rares, les cafés étaient moins luxueux, les rues moins entretenues. Rosetta continuait à avancer. Cette ville semblait sans fin. Après une demi-heure, elle s'arrêta. Les rues n'étaient plus pavées, il n'y avait plus de trottoir, les bâtiments semblaient avoir rétréci, un étage, deux tout au plus. Les murs étaient décrépis, les portes déglinguées, les toits en tôle et les auvents des magasins sales et abîmés. Il y avait dans l'air une odeur âcre, nauséabonde, un mélange de sueur, d'oignon, d'ail, de nourriture gâtée, d'alcool et d'excréments. Et dans la lumière incertaine de la nuit tombante, on entendait une cacophonie de hurlements, de chansons, de disputes et de rires.

Rosetta observa les passants. Ici encore, il n'y avait que des hommes. Ils traînaient les pieds, le dos voûté. Des ivrognes titubaient le long des murs. Elle aperçut deux gamins pieds nus. Pas un policier. C'était le royaume des marginaux, comme elle. Nul ne la regardait, elle était leur égale. « Je suis en sécurité ! » se dit-elle.

Au milieu de cette puanteur, elle identifia un fumet délicieux de viande rôtie. Son estomac gargouillait, elle avait faim. L'odeur provenait d'un café sans enseigne, qui avait installé ses tables dans la rue. Un homme jouait d'une espèce d'accordéon avec un méchant chapeau d'une couleur improbable posé devant lui. La musique était mélancolique, bouleversante. Deux hommes dansaient ensemble, quelques clients riaient, les autres applaudissaient. Rosetta jeta dans le chapeau crasseux du musicien la pièce que la vieille dame lui avait donnée en aumône. Sans cesser de jouer, l'homme lui lança un sourire reconnaissant, il n'avait presque plus de dents.

Rosetta entra dans le café. Il était noyé dans un brouillard de fumée. Aux tables, il n'y avait que des hommes, des jeunes, des vieux, bruyants ou silencieux, le regard perdu dans le vide, comme s'ils avaient oublié leur corps. Trois femmes moulées dans des robes étroites roulaient de table en table. Elles buvaient aux verres des clients qui leur palpaient les fesses. Sous leur maquillage criard, elles avaient l'air poussiéreux, fatigué, comme tout le reste.

Les trois femmes lancèrent à Rosetta un regard torve. L'une d'elles alla voir le patron. Il était corpulent, avec des yeux ronds et bovins, debout derrière son comptoir. Elle lui parla brièvement, l'air hostile. L'homme acquiesça avec lassitude et se dirigea vers Rosetta.

« *¿Qué quieres?*

— Vous parlez italien ? demanda-t-elle.

— On n'a pas besoin d'une autre putain, va-t'en.

— Je ne suis pas une putain.

— Eh bien, ça alors ! » Il balançait entre le doute et l'étonnement.

« Je ne suis pas une putain, répéta-t-elle en serrant les poings.

— Le hic, c'est qu'elles ne te croiront jamais, dit-il en montrant les trois filles qui la fixaient sombrement. Si tu restes ici, elles vont t'arracher les yeux. Et moi je ne veux pas de grabuge. Alors, putain ou pas, tu t'en vas. »

Rosetta regarda les trois femmes. Sous leur agressivité, elle devinait le désespoir, la faim et l'humiliation. Elle fit volte-face et sortit.

Elle acheta à un étal un *choripán*, un sandwich avec une saucisse épicée à l'italienne, qu'elle dévora. La nuit était tombée, il fallait trouver où dormir. Elle se présenta dans deux hôtels mais, là aussi, on la prit pour une prostituée. On lui expliqua qu'elle pouvait louer une chambre à l'heure si elle payait 2 pesos pour chaque homme qu'elle faisait monter. Une colère aveugle montait en elle. Lorsqu'elle entendit le son de cloches, elle décida de le suivre.

La petite église était presque déserte. Il n'y avait que deux vieilles qui égrenaient leur rosaire et un sacristain, l'air ensommeillé. Il se leva pour dire quelque chose aux femmes, qui se dirigèrent vers la sortie. À l'évidence, l'église fermait. Rosetta se glissa dans un confessionnal, en espérant que le sacristain ne la découvre pas et resta là, un moment, à retenir son souffle jusqu'au moment où elle entendit le bruit du portail qu'on fermait. Ensuite le sacristain s'éloigna et ferma une autre porte. Quand elle fut certaine d'être seule, elle mit le nez hors du confessionnal. L'église était plongée dans l'obscurité, à l'exception d'une niche dans l'allée de gauche, où de petites bougies tremblotaient au pied d'une statue de la Vierge. Rosetta s'approcha et s'assit sur le banc devant la Madone. La statue avait un regard compréhensif mais Rosetta n'en éprouva aucun réconfort. Elle en voulait à ce monde, dehors, qui ne voyait en elle qu'une prostituée.

Elle explosa soudain, s'adressant à la Vierge. « Mais tu t'en rends compte, quand même ? » Elle resta un moment silencieuse, comme si elle attendait une réponse. Puis poussa un gros soupir en secouant la tête. « Je ne dis pas que tu me doives quelque chose. Ce n'est pas ça… Mais tu t'en rends compte, n'est-ce pas ? Depuis le temps, j'en ai vraiment plein le… enfin, tu vois ce que je veux dire. D'abord tu m'as choisi ce père, et tu sais que j'ai encore les marques de sa ceinture sur le dos… Il meurt enfin, pardonne-moi d'être sincère, mais j'ai eu l'impression d'être libérée… Et là, non ! Tu m'envoies le baron et ces villageois de merde. On me déshonore, on me vole ma terre, je m'enfuis, on m'arrête, j'arrive ici et Rocco, que Dieu le bénisse, me permet de m'échapper… » Rosetta esquissa un sourire avant de poursuivre. « Et il m'embrasse comme ça… » Elle fixa la Madone en faisant non de l'index. « Ce n'est pas un péché ! Non, comme ça, ça ne peut pas être un péché… » Rosetta fixa la statue de la Vierge dans les yeux. « Ça non, ma petite Madone, non ! Tu ne peux pas me faire faire la putain ! Le moment est venu de m'envoyer un peu de chance. »

Elle se leva et posa une main sur le pied de la Vierge qui apparaissait sous le manteau bleu de la statue. « Je t'en prie, dit-elle doucement. Je sais bien qu'on est nombreux, et que tu reçois plein de demandes… mais j'en ai marre d'être toujours la dernière sur la liste. Maintenant c'est mon tour, ma jolie ! »

Elle retourna sur le banc et s'allongea. « Maintenant, c'est mon tour », marmonna-t-elle. Et elle s'endormit, exténuée.

Le lendemain matin, elle se cacha encore dans un confessionnal, se mêla aux premiers fidèles et sortit dans la rue. Le soleil brillait, le ciel était limpide. Elle passa la journée à parcourir les rues en tous sens, en quête d'une chambre à louer et d'un travail. Mais tout le monde secouait la tête. Quand elle disait *travail*, les hommes clignaient de l'œil et lui glissaient qu'elle était belle.

À force de chercher, elle se retrouva près d'une rivière aux eaux troubles, d'où émanait une odeur aigre fort désagréable. On lui expliqua que c'était le Riachuelo, la rivière polluée et fétide qui marquait la limite sud de Buenos Aires, et confluait dans le Rio de la Plata, où se trouvait la Darsena Sud. Au loin, elle aperçut des grues. Le soir venu, son optimisme l'avait abandonnée. Elle mourait de fatigue, elle avait les jambes lourdes, les pieds endoloris. La chaleur humide de ce monde à l'envers lui coupait la respiration. Découragée, elle atteignit un *barrio* qui, lui avait-on dit, s'appelait Barracas et jouxtait le *barrio* de La Boca.

C'était un quartier étrange. Il y avait une alternance de pauvres maisons, en briques dans la partie basse, en tôle au-dessus, et de *conventillos*[1], de grands immeubles, autrefois habités par la *gente bien*, la riche bourgeoisie, mais que les crues à répétition du Riachuelo, la rivière immonde du sud de la ville, avaient chassés vers le nord, où étaient nés les quartiers chics. Avec le temps, ces énormes bâtiments désertés étaient devenus le refuge des pauvres gens, qui s'y étaient entassés comme des sardines dans une boîte.

1. *Conventillo* : nom donné aux logements occupés par les émigrants, qui signifie « petit couvent », sans doute à cause de la forme générale de ces bâtiments, une cour intérieure entourée de chambres rappelant les cellules des religieuses.

Deux ou trois familles vivaient dans une seule pièce, les toilettes étaient communes pour l'étage, les gens faisaient la queue, et de guerre lasse avaient recours à des pots de chambre qu'ils vidaient directement dans le Riachuelo ou dans la puanteur stagnante des égouts.

Dans ces anciennes résidences, autrefois si élégantes, transformées en fourmilières débordantes, on pouvait presque entendre les craquements des murs, des tuyauteries, des plafonds et des planchers. Et il n'était pas rare que des étages, des pièces entières s'écroulent. On déblayait alors les décombres, et d'autres hommes, résignés comme des bêtes de somme, venaient y poser leur misérable matelas, parfois à ciel ouvert.

Rosetta était ébahie par cet univers gigantesque et finalement très récent, mais poussiéreux. Épuisée, elle entra dans un café qui sentait le vin et les brochettes de viande. Elle répéta d'un ton las la question qu'elle posait aux uns et aux autres depuis le matin :

« Vous sauriez s'il y a une chambre à louer par ici ?

— Oui, répondit la patronne, le cordonnier cherche un locataire. » Elle ajouta, en indiquant une petite maison devant la rivière : « C'est là-bas. »

Ce n'était qu'une cabane, avec un rez-de-chaussée en briques nues, sans crépi, et un premier étage minuscule en bois et en tôle. Elle était peinte en bleu, avec des portes et des fenêtres jaunes. La porte d'entrée était ouverte, et des cordes décorées de misérables perles pendaient, du chambranle au sol, pour garder les mouches à distance. Rosetta s'approcha : « Il y a quelqu'un ? » lança-t-elle.

Elle se retrouva dans une petite pièce. Au fond, un rideau à fleurs tiré d'un mur à l'autre, au milieu un établi recouvert de peaux et d'une panoplie d'outils. Une forte odeur de cirage enveloppait le tout. Derrière l'établi se trouvait un petit homme d'une soixantaine d'années, aux doigts uniformément noirs, sec et nerveux, avec de gros sourcils froncés. Il aboya avec un fort accent sicilien :

« Qu'est-ce que tu veux ?

— On m'a dit que vous aviez une chambre à louer. »

Le cordonnier la fixa en silence. Ses petits yeux bleus perçants, acérés comme des têtes d'épingles, semblaient transpercer les apparences pour découvrir qui était vraiment derrière le masque, derrière la cuirasse. Involontairement, Rosetta recula d'un pas, comme pour éviter d'être sondée en profondeur.

Le cordonnier se retourna et appela : « Assunta, viens voir ! » Le rideau s'écarta sur une femme d'une cinquantaine d'années, grassouillette, avec quelques fils blancs dans sa chevelure d'un noir de jais. « Elle cherche une chambre », dit le cordonnier. Assunta adressa un sourire bienveillant à Rosetta : « Entre donc ! proposa-t-elle doucement. Tano, viens toi aussi ! » dit-elle à son mari. Le cordonnier posa le tranchet avec lequel il coupait une semelle et fit un signe bref à Rosetta.

Elle suivit le couple derrière le rideau. Dans le coin à droite, il y avait une vieille cuisinière dont le conduit noircissait le mur jusqu'au plafond. Une table et deux chaises étaient installées devant. À gauche, un escalier étroit et sans rampe menait à l'étage. Au fond de la pièce, un sommier double recouvert d'une couverture brodée, avec une tête de lit en fer et, sur le côté, une porte ouvrait sur un morceau de terrain à l'abandon qui donnait directement sur le Riachuelo. Un petit portrait de la Madone était posé sur la commode, Rosetta se dit que c'était bon signe.

Assunta lui proposa une des deux chaises, et s'installa en face d'elle.

« Et moi, je tiens la chandelle ? ronchonna le cordonnier.

— Prends le tabouret, Tano ! » dit sa femme avec patience.

Tano retourna à l'atelier et réapparut avec son tabouret.

« Alors comme ça, tu cherches une chambre ? demanda Assunta.

— On m'a dit que vous en aviez une à louer. »

Tano bougonna quelque chose d'incompréhensible.

« Au début, personne ne comprend ce qu'il dit. Tano parle toujours comme s'il avait des clous dans la bouche : c'est normal, il est cordonnier ! » Et elle ajouta fièrement : « Cordonnier et guitariste ! »

Tano cracha une phrase aussi rapide qu'une rafale de mitraillette.

« Qu'est-ce qu'il a dit ?

— Que si on n'a plus de guitare, on n'est plus guitariste, traduisit Assunta. La guitare, on a dû… »

Rosetta vit ses yeux s'embuer.

« T'as qu'à lui dire aussi combien de fois tu vas aux chiottes ! s'écria Tano. On ne la connaît pas ! Pourquoi tu lui racontes notre vie ? »

Mais Rosetta remarqua que, derrière sa brusquerie, Tano aussi était troublé.

« Parlons affaire, reprit l'homme. Tu es arrivée quand ? Tu as un passeport ? Tu as l'argent pour payer régulièrement ?

— On n'a jamais loué cette chambre… commença Assunta avec délicatesse. On ne sait pas bien comment faire…

— Moi, je sais très bien, interrompit son mari. Réponds aux questions ! lança-t-il à Rosetta. T'es une *bottana* ?

— Mais non ! éclata-t-elle. Vous ne savez donc dire que ça !

— D'accord, d'accord, coupa-t-il. D'où tu viens ?

— De Sicile.

— Nous aussi, sourit Assunta, de Porto Empedocle. »

Rosetta était sur le point de dire qu'elle venait d'Alcamo mais elle se tut. La police la recherchait, moins elle donnerait d'informations, mieux ce serait.

« Et ensuite ? poursuivit Tano.

— Ensuite, je cherche un travail. Un travail honnête. »

Elle le fixa avec un mélange de fierté et de bravade.

« Mais encore ?

— Je peux payer, continua-t-elle en montrant son argent.

— Et tu t'appelles comment ?

— Rosetta…

— Rosetta… et ensuite ?

— Et… *basta* ! dit-elle, coupant court.

— Et *basta*, répéta Tano. Un nom sicilien typique, le genre de nom qui porte malheur. »

Il se leva :

« Allez, fin de la conversation ! Toutes mes salutations, mademoiselle.

— Écoutez… je peux payer… insista-t-elle.

— Tu as de l'argent pour payer mais tu n'as pas de nom pour te présenter. Fin de la conversation, adieu ! »

Rosetta sentit ses yeux se remplir de larmes mais l'orgueil l'emporta. Elle se tourna vers Tano et lui lança un regard dur

« Toutes mes salutations », dit-elle.

À cet instant, une femme entra dans l'atelier.

« Monsieur Tano, est-ce que mes chaussures sont prêtes ? »

Assunta tendit la main et retint Rosetta.

« Je vois bien que tu caches un secret, moi aussi, je suis une femme ! Assieds-toi et raconte-moi tout, pendant que Tano est occupé. Ensuite, si tu veux, tu partiras. »

Rosetta secoua la tête, tendue.

« Non, votre mari a raison, je n'apporte que des malheurs.

— Raconte-moi tout ! » répéta Assunta avec un sourire rassurant.

Elle n'avait pas la même expression que son mari, se dit Rosetta. Les yeux de Tano la fouillaient comme s'il enquêtait pour la percer à jour. Assunta, c'était le contraire : elle accueillait. Elle était ouverte, comme un abri chaleureux et confortable. En se perdant dans ce regard bienveillant, Rosetta se mit à parler lentement, sans même savoir pourquoi. Elle lui raconta tout, un peu comme si elle vidait des poubelles. Elle évoqua son père qui la battait, sa terre qu'elle avait essayé de défendre, l'incendie de ses oliviers, ses brebis égorgées, les viols, le baron, le voyage, la plainte contre elle, son arrestation et sa fuite de l'*Hotel de Inmigrantes*.

« Vous voyez, votre mari a raison ! »

Le visage d'Assunta était bouleversé. Comme celui de la Madone, se dit Rosetta, qui accueille sans juger et écoute des horreurs sans en être salie.

Le rideau s'ouvrit et Tano réapparut. Rosetta se leva d'un bond : « J'y vais ! » dit-elle. Mais sa voix ne résonnait plus de l'orgueil stupide de tout à l'heure. Elle se sentait faible, exténuée. Quant au cordonnier, il avait le visage contracté, les mâchoires serrées, les narines dilatées, et ses yeux bleus semblaient animés par des flammes.

« J'ai tout entendu, gronda-t-il. Ce qu'on t'a fait, c'est des saloperies ! » Rosetta le regarda avec un faible espoir. Mais Tano secoua la tête. « La police te cherche, dit-il d'un ton lugubre. Si on te trouve ici, on finira en taule nous aussi. »

Brusquement, Rosetta se sentit perdue. D'une voix brisée qui ne semblait plus être la sienne, elle murmura : « Je vous en prie… aidez-moi… » L'homme la dévisagea en silence. On aurait dit qu'il ne la voyait pas. Ses yeux bleus s'embuèrent, comme égarés dans un passé douloureux. « Je vous en prie, aidez-moi… » répéta-t-elle d'une toute petite voix.

En un éclair, le visage de Tano s'empourpra : « Putain de merde ! » hurla-t-il, les veines du cou gonflées. Il attrapa un panier de fruits, posé près de la cuisinière et le frappa violemment contre la table. L'osier éclata, une papaye mûre s'ouvrit en deux, révélant sa pulpe orange foncée, un avocat roula à terre. « Putain de merde ! »

Rosetta, effrayée, prit son baluchon et le serra contre sa poitrine. Elle esquissa un pas vers la sortie. « Attends ! » l'arrêta Assunta en lui posant une main sur le bras. Elle souriait. « Tu n'as pas compris ce qu'il t'a dit. » Rosetta s'arrêta, surprise. « Tano, espèce de vilain bouc, explique-nous ça en parlant normalement ! » Agitant ses mains pleines de cirage, l'homme éclata :

« Elle est idiote, pour ne pas piger ce que je dis ?

— Mais non, Tano ! rétorqua avec patience son épouse. Personne ne comprend ce que tu dis, à part moi. »

Le cordonnier examina sa femme, sourcils froncés, tous les muscles tendus.

« Allez, explique-nous, vilain bouc ! » répéta Assunta avec douceur.

Il brandit le poing en direction de Rosetta, comme s'il voulait la cogner au visage. Il souffla comme un taureau, se retourna, flanqua un coup de pied au mur et, la regardant, il écarta les bras en signe de capitulation.

« C'est si dur que ça à comprendre ? grogna-t-il en frappant un doigt contre sa tempe. Tu peux rester ! »

Rosetta sentit le souffle lui manquer. Son baluchon tomba à terre. Elle fut saisie d'un sanglot rauque, qui vida ses poumons et la secoua de la tête aux pieds. Elle se jeta dans les bras d'Assunta.

« Oh merci… merci, murmura-t-elle, vous… vous êtes tellement gentille…

— Merde alors ! s'écria Tano, ouvrant le rideau pour regagner son atelier. C'est moi qui dis oui, et c'est elle la gentille ! »

Assunta éclata de rire. Rosetta se tourna vers le rideau, derrière lequel on entendait Tano farfouiller fébrilement dans ses outils.

« Vous aussi, vous êtes gentil ! » Et elle fut prise d'un fou rire, comme une enfant, à l'unisson avec Assunta.

De l'autre côté, il y eut un instant de silence, après quoi la voix du cordonnier tonna :

« Merde alors, vous êtes vraiment des marrantes, vous ! Je vais me pisser dessus, tellement je rigole ! »

Assunta rit de plus belle, son gros ventre vibrait comme un flan. Rosetta se tourna vers le petit portrait de la Madone sur la commode. « Alors comme ça, avec toi aussi, il faut élever la voix pour obtenir quelque chose ! »

21

Palerme, Sicile

« Quoi ?! glapit le baron de sa voix stridente.

— Ne vous énervez pas, Votre Excellence ! intervint le médecin, occupé à changer sa compresse au front.

— Poussez-vous de là ! » brailla-t-il en l'écartant avec rudesse.

Il pointa son doigt vers le préfet de Palerme, qui s'était présenté dans son palais pour l'informer que Rosetta Tricarico, arrêtée sur le transatlantique et remise par les autorités portuaires de Buenos Aires au vice-consul Maraini de l'ambassade du Royaume d'Italie en Argentine, avait pris la fuite sans laisser aucune trace.

« Mais comment est-ce possible ? » Il était furieux, le visage en feu.

Le préfet, en homme d'un âge mûr, habile à louvoyer et à se tirer des mauvais pas, haussa les épaules et, en écartant les bras, l'air consterné, donna la seule réponse susceptible de le mettre à l'abri des attaques du baron :

« Incompétence.

— Incompétence ? répéta le baron, décontenancé.

— Je suis navré de devoir parler ainsi des actions d'autrui, poursuivit le préfet avec hypocrisie et sans que son visage ridé se départisse d'une expression contrite, mais je ne puis trouver de terme plus… diplomatique, expliqua-t-il en secouant la tête. En ce qui nous concerne » et il appuya sur le *nous* qui voulait dire *me*, et qui le mettait au-dessus de toute critique, « nous avons accompli notre mission avec compétence, vélocité et efficacité. Il nous a suffi d'un câble, et nous avons remis à la justice la criminelle qui vous a agressé et volé. La suite des opérations était du ressort d'autrui. Or, cet autrui a failli.

— Vous devez réclamer la tête de ce vice-consul !

— Ce n'est pas dans mes compétences, se défila aussitôt le préfet. Mais peut-être auriez-vous des relations permettant d'agir en ce sens ? »

Le baron passa ses nerfs sur le préfet, s'efforçant de le prendre en faute :

« Avez-vous alerté les autorités argentines ?

— J'ai lancé un mandat d'arrêt international que j'ai immédiatement transmis à notre ambassade à Buenos Aires. Par conséquent, le consulat est certainement en pourparlers avec les cellules d'investigation argentines. Vous pouvez être rassuré. »

Le baron sentait le sang bouillir dans ses veines. Il n'avait pas les moyens d'intervenir au-dessus du préfet.

« Je vous remercie d'être venu m'informer en personne », maugréa-t-il entre ses dents.

Là encore, le fonctionnaire s'était montré prudent et astucieux, en choisissant de ne déléguer à personne la mission de lui apprendre la nouvelle. Il s'inclina.

« C'était mon devoir le plus absolu. »

D'un geste agacé, le baron le chassa.

Dès que le préfet eut quitté le luxueux salon aux plafonds couverts de fresques, Rivalta di Neroli se leva d'un bond et saisit une précieuse statuette en porcelaine de Capodimonte de la fin du XVIIIe siècle. Il la lança contre le mur. « *Bottana !* » beugla-t-il, en proie à une colère aveugle. Le médecin, qui s'était tenu à l'écart pendant cette conversation, sursauta :

« Votre Excellence, je vous en prie ! s'exclama-t-il en se précipitant, bras en avant, vers le baron. Ce genre d'excès vous fait monter le sang à la tête, cela compromet votre guérison... »

Le baron se retourna. Il saisit un bibelot en argent et le jeta contre le docteur.

« C'est toi, qui compromets ma guérison ! cria-t-il, cramoisi, trouvant enfin le bouc émissaire qui lui manquait. Espèce d'incapable ! Je vais te faire radier, tu seras mis à l'index !

— Votre Excellence... » balbutia l'autre, qui connaissait la cruauté gratuite et hystérique de l'aristocrate. Il s'agenouilla devant lui, tête inclinée : « Je ferai tout le nécessaire... mais c'est à cause de votre sang, qui... »

Le baron le souffleta.

« Qu'est-ce qu'il a, mon sang ? C'est le plus noble et le plus précieux de toute la Sicile ! Comment oses-tu ? »

Le médecin se rendit compte trop tard de son erreur. Et pourtant, c'était bien à cause de la lignée de ce sang, jamais renouvelé, que la blessure tardait à cicatriser et qu'elle s'était infectée, malgré les soins. Les points de suture avaient produit une quantité anormale de pus, ce qui avait contaminé les lèvres de la plaie.

« Vous allez mieux, Votre Excellence, ayez confiance !

— Va-t'en ! hurla Rivalta di Neroli, et il le repoussa du pied, le faisant tomber. Va-t'en ! » répéta-t-il, les yeux exorbités. Une goutte de sang perla sur sa blessure.

Le médecin se releva, amer, et gagna la porte du salon.

« Bernardo ! héla le baron. Bernardo ! » Il s'assit sur un canapé Louis XIV à triple évolution tapissé de velours rose saumon et posa les pieds sur l'élégante table basse ovale. « *Bottana...* » grogna-t-il avec hargne. Et levant les yeux presque par hasard vers un tableau, il croisa le regard sensuel de sa mère, peinte à vingt-cinq ans par Cesare Tallone, à Milan. « Tu es d'une beauté à vomir », cracha-t-il, hors de lui. Le baron n'avait jamais eu le courage de décrocher la grande peinture à l'huile qui trônait dans le salon. Elle lui rappelait immanquablement le mépris de son père qui, chaque fois qu'il montrait ce portrait, ajoutait : « Tu n'as décidément rien de ta mère ! Ta laideur a même fini par anéantir sa beauté ! »

« Vous me demandez, monsieur le baron ? » s'enquit Bernardo, son domestique, avec une familiarité qu'aurait dû lui interdire l'étiquette. L'aristocrate lui fit signe d'approcher. L'autre le rejoignit et s'inclina, un genou sur le tapis, pour écouter les requêtes de son maître, plus pour mettre son oreille à la hauteur des confidences que par respect. Le baron toucha une cicatrice que Bernardo avait sur la tempe. Elle était rouge, en relief et dentelée, mais parfaitement saine. Et pourtant, il avait été blessé le même jour que lui, par le même presse-papier en bronze et par la même personne.

« Tu as entendu ce qui est arrivé à la *bottana* ? » lança-t-il.

L'autre hocha la tête.

« Elle s'est enfuie.

— C'est ça, elle s'est enfuie ! » s'écria le baron de sa voix haut perchée, presque de castrat, avec une colère renouvelée.

Quelques gouttes de sang suintaient de sa plaie qui n'arrivait pas à cicatriser. Bernardo glissa la main dans sa poche, en tira un mouchoir et tamponna le sang de son maître, avec la délicatesse d'un amant et la désinvolture d'un vétérinaire.

« *Bottana*… s'étrangla le baron, entre grognement et jappement.

— Saleté de *bottana* ! » renchérit l'autre.

Le noble le regarda, un semblant d'affection brilla dans ses petits yeux ronds noyés dans la graisse de son visage. Il tendit à nouveau la main vers lui, déboutonna sa veste fermée jusqu'au menton et écarta son col : il se mit à caresser trois petites cicatrices parallèles que Bernardo avait au cou, juste sous l'oreille, et qui ne faisaient pas plus de cinq centimètres de long.

« Elle a eu ce qu'elle méritait, cette *bottana*… chuchota le maître.

— Vous voulez que je vous raconte encore ? proposa le serviteur avec un sourire lascif.

— Non », répondit-il. Mais il ajouta ensuite, avec une expression cruelle : « Je veux que tu me montres ! » Son visage se contracta dans une grimace haineuse : « Je veux voir ce que tu lui as fait, à cette *bottana* ! »

Bernardo inclina la tête sur le côté. L'aristocrate se mit à rire, mais on aurait plutôt dit qu'il criait ou lançait des jurons. « Amène-moi la fille qui refait mon lit ! » Le domestique comprit ce qu'il voulait, il se leva et sortit du salon. Le baron ouvrit le tiroir d'un bureau, d'où il sortit un objet qu'il cacha derrière son dos, avant de se rasseoir sur son canapé Louis XIV.

Bernardo revint peu après, tenant par la main une jeune fille aux cheveux foncés et au joli visage innocent. Il la poussa vers son maître avec la désinvolture d'un berger conduisant ses moutons dans l'enclos où ils vont être tués. Le noble observa la domestique en silence. Son père, serviteur au palais, était mort l'hiver précédent, sa mère malade avait dû cesser le travail, elle était venue le supplier à genoux d'embaucher son enfant. « Je ne sais pas ce que je lui donnerai à faire », avait prévenu le baron durant cet entretien. La petite était présente et avait entendu la réplique de sa mère.

« Tu te rappelles ce que ta mère m'a répondu, le jour où je t'ai prise à mon service ? » demanda-t-il d'un air ambigu.

Timide, elle acquiesça, tête baissée.

« Tu es muette ? la tança Bernardo, derrière son dos. Parle ! Tu dois le respect à monsieur le baron.

— Elle a dit que… que je ferai tout… ce que vous voudrez, bredouilla-t-elle.

— Parce que si tu ne rapportes rien à la maison… ta mère va mourir, c'est ça ? » dit l'aristocrate, en jubilant.

La gamine opina du chef. Bernardo lui flanqua un coup dans le dos.

« Parle !

— Oui, Votre Excellence », balbutia-t-elle.

Le baron adorait la pauvreté : la pauvreté, c'était la véritable richesse des riches, c'était la clef magique pour obliger les gens à accepter ce qu'ils n'accepteraient jamais autrement.

« C'est bien, Rosetta », dit-il.

Elle leva les yeux vers lui, étonnée.

« Je ne m'appelle pas Rosetta, Votre Excellence, je m'appelle…

— Tu t'appelles Rosetta, l'interrompit-il avec un regard dur. Rosetta Tricarico.

— Oui, Votre Excellence, dit-elle, la tête à nouveau baissée.

— Très bien, reprit-il. Maintenant tourne-toi, Rosetta ! »

Dès qu'elle se fut retournée, il lança à Bernardo l'objet qu'il tenait caché derrière son dos. L'autre attrapa au vol un capuchon noir encore couvert de terre et, en un éclair, il le passa sur la tête de la fille. Il tira sur la ficelle et le capuchon se serra autour du cou. Instinctivement, elle tenta de se rebeller, mais le serviteur la jeta à terre. « Tu peux gueuler, *bottana*, ici il n'y a pas un chien qui t'entendra », dit-il en camouflant sa voix, comme s'il ne devait pas être reconnu. C'est ce qu'il avait fait avec Rosetta. Le baron tenait les bras de la petite. Bernardo déboutonna son pantalon, sortit son membre et le toucha jusqu'à ce qu'il devienne dur. L'aristocrate le fixait avec des yeux brillants de désir. Bernardo souleva la jupe de la servante, lui arracha sa culotte et cracha sur ses propres doigts avant de les lui passer sur le vagin. Elle commença à pleurer. À chaque respiration, l'étoffe du capuchon entrait dans sa gorge et la faisait tousser. « Qui êtes-vous ? » lança le baron d'une voix encore plus aiguë qu'à l'ordinaire, comme celle d'une femme, répétant les paroles qu'avait prononcées Rosetta le jour du viol, ainsi que Bernardo le lui avait raconté plus d'une fois. « Nous, on est personne », répliqua son domestique en modifiant sa voix. L'aristocrate se mit à rire tandis que l'autre pénétrait la gamine avec force. « Non ! » hurla-t-elle, la voix étouffée par le capuchon. L'homme la viola avec hargne, jetant de temps à autre un coup d'œil au baron, pour s'assurer que celui-ci était satisfait de la prestation. « Même pas mal… » commença à murmurer son patron. « Bien sûr, que ça ne fait pas mal ! rit Bernardo. T'aimes ça, hein, *bottana* ! » Et quand il atteignit l'orgasme, il gémit bruyamment, exagérant pour plaire à son maître, avant de se retirer. Il regarda son membre encore dur : il était couvert de sang. Comme ce jour-là, avec Rosetta. « La *bottana* était vierge », ricana-t-il en se relevant, croyant le spectacle terminé.

La petite sanglotait. Le capuchon continuait à se gonfler et se dégonfler en alternance, elle respirait avec difficulté. Le baron lui lâcha les bras. D'un bond, elle se dégagea et tenta de fuir. À ce moment-là, le noble sembla pris de folie : voulant l'arrêter, il se mit à la frapper avec acharnement à travers le capuchon noir. « Rosetta Tricarico, tu es une *bottana* ! N'essaie pas de t'échapper ! s'égosillait-il. *Bottana ! Bottana !* » Il saisit un cendrier en cristal de Bohême sur sa précieuse table basse, et il l'écrasa contre le capuchon. Une fois, deux fois, trois fois. Et puis encore et encore, jusqu'à ce que l'étoffe noire soit trempée. « Baron ! finit par s'exclamer Bernardo. Baron… » Il s'arrêta enfin. « Moi, Rosetta Tricarico, elle ne m'échappe pas… » haleta-t-il, à bout de forces. Le serviteur retira le capuchon. Le visage de la petite était massacré, broyé, son crâne semblait enfoncé sous ses cheveux noirs. Bernardo, livide, grimaça et eut un haut-le-cœur. « Rosetta Tricarico… répéta le baron comme un forcené, moi, on ne m'échappe pas… » L'autre, les mains tremblantes, toucha le cou de la servante. « Votre Excellence… elle est morte… » dit-il doucement. Le maître haletait tellement qu'il avait du mal à respirer. « Et maintenant, qu'est-ce qu'on fait ? » demanda Bernardo, tétanisé. Le baron lui adressa un regard froid, dénué de compassion. « Tu la jettes ! » ordonna-t-il comme s'il parlait d'un détritus.

Le même soir, attablé devant une pintade farcie aux marrons et aux oranges accompagnée d'une bouteille d'Alcamo blanc de son vignoble, Rivalta di Neroli somma Bernardo :

« Prépare les valises !

— Où allons-nous, Votre Excellence ?

— À Buenos Aires. »

Après quoi, il dévora son dîner avec un appétit d'ogre.

22

Buenos Aires, Argentine

Rocco reconnut immédiatement l'ambiance du quai 7 : la vie au port était en tout point identique à celle qui avait cours à Palerme. Mêmes règles, mêmes injustices et mêmes abus de pouvoir, même violence qui engendrait la même peur. D'un côté la même arrogance, de l'autre la même soumission. À Palerme, il s'agissait de boutiques et de champs, à Buenos Aires, de bateaux et d'entrepôts. À Palerme, on parlait de *pizzo*, ici d'*assicurazione*, mais les deux mots signifiaient une seule et même chose, l'extorsion. Pour travailler, vivre, respirer, ne pas être tué, il fallait payer.

Le matin, Tony arrivait dans sa luxueuse Mercedes 28/50 PS, faisait mettre en rang les aspirants dockers et organisait le chargement et le déchargement des navires selon les préceptes du *caporalato*[1] sicilien. Quiconque y trouvait à redire était renvoyé. C'est précisément ce qui arriva à un solide gaillard, Javier, dans une scène dont Rocco fut personnellement témoin.

1. *Caporalato* : phénomène mafieux d'exploitation illégale de la main-d'œuvre.

L'homme fut écarté pour avoir protesté contre le pourcentage trop élevé qui leur était réclamé. Quand il se mit à crier qu'ils étaient tous des « mafieux de merde », Tony lui fourra le canon de son pistolet dans la bouche, en se dressant sur la pointe des pieds. Le colosse s'en alla, humilié, apeuré, il pleurait parce qu'il venait d'avoir une petite fille et que, s'il ne travaillait pas, il ne pourrait pas la nourrir.

Rocco ne se laissa pas abattre. Il se répétait qu'il n'avait rien à perdre. En Sicile, il avait frôlé la mort parce qu'il s'était rebellé contre le système ; ici, il ne laisserait pas ce même système lui faire courber l'échine. Il n'avait pas traversé l'océan pour ça. « J'aurai une vie différente de celle que vous m'avez laissée en héritage, père ! Moi, je hais la mafia et tout ce qui va avec », dit-il tout haut. Le soleil dessinait une bande lumineuse sur les eaux boueuses du Rio de la Plata. « Moi, je suis mécanicien. »

Tony repéra Rocco devant la porte de l'entrepôt et le rejoignit.

« Il y a eu du grabuge à l'*Hotel de Inmigrantes*, il y a quelques jours », dit-il en agitant un journal. Il donna une chiquenaude à sa nouvelle recrue, comme si c'était un gosse, et ajouta : « Il paraît qu'une tête brûlée a permis à une prisonnière italienne de s'échapper. »

Rocco haussa les épaules.

« J'ai rien remarqué », répliqua-t-il.

Tony se mit à rire.

« Ah oui, c'est vrai ! Ta gueule, c'est un train qu'elle a vu de près, pas une matraque !

— Exact, c'était l'express de midi », précisa Rocco.

Tony le dévisagea, amusé.

« Pendant un temps, évite donc les rails, conseilla-t-il. J'ai pas envie d'avoir des emmerdes avec le chef de la… le chef de gare, se corrigea-t-il en lui faisant un clin d'œil. Allez, va donc faire un tour, tu reprends à cinq heures.

— Et le flingue? Bastiano a dit qu'il faut que je le garde sur moi.

— Oui, ne le laisse pas traîner.

— Et si les flics m'arrêtent?

— Tu dis que t'es un de mes hommes.

— Et c'est tout?

— Oui, c'est tout », conclut-il avec son regard glacial avant de tourner les talons.

Rocco plaça le pistolet sous sa veste. S'extraire de ces sables mouvants mafieux n'allait pas être évident. Pour le moment, il n'avait pas le choix, mais dès qu'il le pourrait, il s'échapperait – Tony pourrait aller se faire foutre! En attendant, il devait ronger son frein et s'écraser. Il déboutonna le col de sa chemise, il faisait bien trop chaud pour un mois de novembre. Il ne savait où aller, mais la main dans sa poche serrait le bouton de Rosetta. Il lui avait promis de la retrouver. Il avait l'intention de passer au crible, jour après jour, toute la ville.

Sur son chemin, il remarqua une gargote qui servait des petits déjeuners à bas prix et entra. De nombreux travailleurs du port étaient attablés. Au bar il reconnut Javier, le docker que venait de renvoyer Tony.

« Je suis désolé, mon ami », lui lança Rocco.

Javier se retourna. Il avait les yeux pleins de colère et de désespoir.

« Tony t'a envoyé ici pour te foutre de ma gueule?

— Non, dit Rocco, je ne suis pas un homme de Tony…

— Et pourquoi t'as un pistolet, alors? intervint un autre docker avec un rictus.

— Vous l'avez assez humilié, maintenant fichez-lui la paix! » ajouta un autre.

Tous les clients du bar dévisageaient Rocco en silence avec un mélange de mépris et de crainte.

« Qu'est-ce que tu bois ? demanda le patron.

— Un café. »

On lui versa une grande tasse d'un breuvage amer. L'atmosphère était tendue et hostile.

Rocco vida sa tasse en vitesse et sortit de l'argent.

« Les hommes de Tony ne paient pas, précisa le patron.

— Je ne suis pas un homme de Tony et moi je paie. »

Le tenancier le regarda sans toucher aux pièces qu'il lui tendait. Ce qu'il pensait se lisait sur son visage. Rocco remit l'argent dans sa poche et sortit. Dès qu'il fut dehors, il entendit les conversations reprendre.

Il donna un coup de pied dans un caillou. Il fallait quitter ce marigot au plus vite, trouver un boulot de mécanicien. Après, il chercherait Rosetta. Rocco se rappela avoir remarqué un garage, à côté. Il n'avait qu'à commencer par là.

Il retrouva le garage et entra. Personne ne lui accorda la moindre attention. Il y avait surtout des moteurs de bateaux, mais il remarqua aussi deux camions, capot ouvert. Il s'approcha de l'un d'eux, un quatre cylindres en ligne.

« Putain, t'es qui, toi ? » aboya alors une voix désagréable, derrière son dos.

Rocco sourit.

« Je suis mécano. Vous avez besoin d'aide ? »

Devant lui se dressait un type d'une quarantaine d'années en bleu de travail crasseux, chauve, ventripotent, la peau grasse et luisante et les mains pleines de cambouis. Son visage faisait penser à la gueule d'un chien au museau écrasé.

« Fous le camp !

— Je suis un bon mécanicien, insista Rocco, et je cherche du travail.

— Non, tu cherches les emmerdes, connard ! » répliqua Gueule-de-clébard en le poussant.

Rocco leva les mains pour bien montrer qu'il ne voulait pas que les choses dégénèrent.

« On se calme ! Je t'ai juste demandé si tu avais du boulot…

— Fous l'camp ! répéta l'autre.

— Tu l'as déjà dit, le disque est rayé.

— Eh oh… commença Gueule-de-clébard en pointant son index vers lui.

— Je parie que tu vas ajouter : "connard !" » plaisanta Rocco.

Gueule-de-clébard ouvrit la bouche pour parler.

« *Putain, qu'est-ce que t'as à rigoler ?* dit Rocco en imitant la voix du garagiste. C'est ça que tu allais dire, pas vrai ? Eh eh, je t'ai eu ! »

En riant, il se dirigea vers la sortie. Il entendit l'autre derrière lui.

« Et maintenant, devine ce que je vais dire, le casse-couilles ! »

Rocco se retourna et vit qu'il pointait un pistolet vers lui.

« *Et celui-là, il te fait rigoler aussi ?* dit Rocco en imitant sa voix. C'est ce que tu allais dire, pas vrai ? »

Et soudain il bondit sur le côté, sortit son pistolet et le planta sur la tempe du garagiste.

« Eh ben, c'est moi qui vais le dire : et celui-là, il te fait rigoler, gros plein de soupe ? »

Il entendit un bruit derrière lui.

« Si le coup m'échappe, ton patron n'a plus de tête », dit Rocco.

Un apprenti brandissait une clef anglaise. Rocco comprit tout de suite que le gamin était inoffensif.

Il allongea une bourrade à Gueule-de-clébard après l'avoir désarmé.

« Tu n'as aucun humour, mon gros ! »

Et il sortit après avoir jeté le pistolet du garagiste dans un tonneau rempli d'eau.

À l'heure du déjeuner, Rocco acheta un sandwich sur l'étal coloré d'un vieillard édenté et alla le manger au soleil. Assis sur une bitte d'amarrage, au bord d'un quai désert, il vit surgir une bande de gosses. Ils ne devaient pas avoir plus de treize ans mais ils avaient déjà des traits marqués par la vie, des yeux d'adultes, ils avaient connu la faim. Ils s'arrêtèrent dans un coin, toisant les passants d'un air narquois. Ils exhibaient leurs grands couteaux, défendaient leur coin de rue contre d'autres bandes de passage, importunaient les personnes âgées et dérangeaient les femmes. Rocco avait déjà vu des gamins comme ça, à Palerme. Il s'agissait de nouvelles recrues, ils attendaient qu'un boss les remarque et les enrôle. C'était certainement eux qui perçaient les parois des entrepôts, la nuit, pour voler tout ce qu'ils pouvaient. Se retrouver nez à nez avec dix de ces petites frappes pourrait poser un sérieux problème, songea-t-il.

À cinq heures, il regagna l'entrepôt.

« Vous ne partez pas ? demanda-t-il surpris à Nardo et à son compagnon, qui ne faisaient pas mine de s'en aller. C'est mon tour. »

Nardo désigna un brise-lames de la Darsena Sud.

« On attend une livraison. »

Un bateau très rapide avec cabine se dirigeait vers eux. Ses hélices faisaient tourbillonner l'eau boueuse, il accosta sur le quai, juste devant l'entrepôt. Trois hommes étaient à bord. Rocco remarqua qu'ils déposaient des mitraillettes dans la cale du bateau. Nardo et son compagnon aidèrent les trois types à décharger cinq caisses de petites dimensions, enveloppées chacune dans une bâche. Pendant qu'ils les transportaient vers l'entrepôt, Tony arriva.

« Tout s'est bien passé, dit l'un des hommes. Il y avait beaucoup de *Policía* à Rosario, peut-être qu'il y a eu des fuites. Le voyage sur le Rio de la Plata a été tranquille et rapide. »

Tony se tourna vers Rocco et indiqua les caisses.

« Elles vont rester là deux jours. Ne les perds jamais de vue.

— Qu'est-ce qu'elles contiennent ?

— Les curieux ne font jamais de vieux os, dit Tony, glacial. Tu y arriveras ou tu as besoin d'une nounou ?

— J'y arriverai.

— Putain, qu'est-ce qui t'a pris de braquer un flingue sur un de mes hommes, ce matin ?

— Je ne savais pas que Gueule-de-clébard était un de vos hommes. C'est lui qui m'a braqué en premier. Pour le moment, je suis un de vos hommes, non ?

— Toi, tu es la dernière roue du carrosse.

— Peut-être, mais les balles, c'est emmerdant même pour les roues. »

Tony montra le pistolet.

« Tu m'avais dit que tu ne savais pas t'en servir.

— Et vous m'aviez dit que je devais apprendre. »

Tony esquissa une sorte de grimace, qui tenait du rictus de satisfaction et du loup retroussant ses babines, et alla rejoindre sa fille qui avait assisté à toute la scène depuis l'automobile. Rocco remarqua comme le regard de cet homme changeait quand il se trouvait en présence de Catalina. Bastiano avait raison, elle comptait beaucoup pour lui. Il sourit. Même Tony Zappacosta avait un cœur, se dit-il. Le bateau à moteur ne tarda pas à disparaître le long du canal.

Au coucher du soleil, Rocco ferma l'entrepôt et se prépara une soupe sur le réchaud à gaz. Il dîna sans quitter des yeux les caisses enveloppées dans des bâches. Il ne savait pas ce qu'elles contenaient, mais à l'évidence rien de très recommandable, puisqu'il avait fallu trois hommes armés de mitraillettes pour s'en occuper.

Il faisait nuit quand il entendit le moteur d'une voiture s'arrêter devant l'entrepôt. Il entendit des rires et, un instant plus tard, on frappa à la porte. Il saisit le pistolet.

« Qui est-ce ? demanda-t-il.

— C'est Catalina ! Ouvre ! »

Il glissa le pistolet sous sa ceinture et fit coulisser la porte. Catalina était escortée de deux jeunes gens vêtus avec élégance.

« Que voulez-vous, mademoiselle ?

— Fais-nous entrer, ne sois pas aussi rustre ! »

Elle posa une main sur la poitrine de Rocco, moitié caresse, moitié poussée, et fit entrer ses compagnons. Ils avaient l'air d'avoir bu. Rocco remarqua qu'ils balayaient l'entrepôt du regard, à la recherche de quelque chose.

« Que venez-vous faire ici, mademoiselle ? demanda Rocco, soupçonneux.

— Ça y est, c'est ça ! » s'exclama un des jeunes en montrant les caisses sous les bâches. Il sortit un couteau et trancha la toile d'un coup net.

« Arrête ça ! » cria Rocco en se précipitant sur lui.

Mais Catalina lui barra la route.

« Sois mignon… » susurra-t-elle.

Le deuxième type était passé par-derrière et pointait un couteau contre la gorge de Rocco.

« Et ça, c'est pour moi, péquenaud ! » dit-il en lui prenant son pistolet.

Rocco s'étonna de son propre calme, ce n'était pas bon signe. C'était toujours comme ça avant qu'il n'explose.

« Celui d'avant cassait moins les couilles, lâcha le premier jeune en enfilant la lame de son couteau dans un des paquets scellés. Comment ça se fait qu'il ne travaille plus ici ? »

Catalina haussa les épaules.

« Il est parti.

— Où ça ? À la morgue ? » demanda Rocco.

Le gars derrière lui rigola. L'autre sortit du paquet de la poudre blanche et en inhala un peu, avant de la tendre à Catalina.

Au premier geste qu'elle esquissa, Rocco flanqua un grand coup de coude au type derrière lui, en plein visage. Il s'effondra à terre. Rocco récupéra son pistolet et avant que l'autre ait pu réagir il le frappa à la gorge. Le jeune fit tomber le paquet de poudre blanche. Les yeux exorbités, il laissait échapper des bruits gutturaux. Rocco lui asséna un coup de pied entre les jambes et le désarma. En un éclair, tout était fini.

« Mademoiselle, allez-vous-en si vous voulez éviter la fessée. »

Elle eut un regard hargneux.

« On part ! lança-t-elle à ses acolytes.

— Il m'a cassé le nez, gémit celui qui avait reçu un coup de coude.

— Tu te dépêches, sinon tu rentres à pied ! » s'écria Catalina en sortant.

Le bruit de leur voiture se perdit bientôt dans la nuit.

Le lendemain matin, Rocco prévint Nardo qu'on avait tenté de voler une des caisses pendant la nuit.

Tony débarqua une demi-heure plus tard. Il entra dans l'entrepôt escorté de Bastiano, Nardo et de deux autres hommes armés. Sans accorder un regard à Rocco, il se dirigea tout droit vers ses précieuses caisses, contrôla celle qui avait été ouverte et prit en main le paquet endommagé. C'est alors seulement qu'il leva les yeux vers Rocco.

« Du coup, maintenant tu sais ce qu'il y a dedans.

— Du sucre.

— Bonne réponse. Mais peut-être que t'aurais eu besoin d'une nounou. Qui a fait le coup ? »

Bizarrement, pensa Rocco, Tony ne manifestait aucune surprise.

« Je ne sais pas, répondit-il, des voyous.

— Ah bon, tu ne sais pas qui c'était ?

— Non.

— Mais si, tu le sais très bien ! Et moi aussi, je le sais. »

Tony le dévisagea un instant.

« Ma fille Catalina était certaine que tu allais moucharder. Comme ce n'est pas une imbécile, elle m'a annoncé la nouvelle en avant-première. C'est une fille… qui ne tient pas en place. Mais c'est la prunelle de mes yeux. »

Rocco le regarda sans mot dire.

« Un de ses amis a le nez cassé, l'autre est pratiquement devenu muet, reprit Tony. Ce sont les rejetons de deux familles très riches, des *gente bien*, tu vois ?

— Ça ne m'étonne pas. Ils sont aussi mous que deux sacs pleins de merde. Un gamin de dix ans aurait pu leur faire la peau. »

Le boss éclata de rire.

« Il se pourrait qu'à partir de maintenant, tu ne sois plus la dernière roue du carrosse.

— Ça ne m'intéresse pas, d'être une roue, lâcha Rocco. Moi, je veux être mécano.

— Eh bien, qui sait… dit Tony en souriant. Mon garçon, si tu veux réussir quelque chose dans la vie, l'important, c'est d'être du bon côté.

— Oui, je sais. Votre oncle don Mimì me l'a dit aussi, murmura Rocco. Seulement, ce n'est pas mon genre… »

23

Depuis son arrivée à Buenos Aires, Raquel avait perdu toute notion du temps. On devait être à la mi-novembre, se disait-elle sans aucune certitude. La chaleur augmentait, on allait vers l'été.

Ce soir-là, pelotonnée dans son lit qui n'était qu'une misérable paillasse, elle comprit qu'elle avait besoin de réfléchir sérieusement. Ce qui lui arrivait la dépassait, c'était trop lourd pour ses maigres épaules. « Tu es encore trop jeune pour prendre soin de toi », avait dit son père le jour où il lui avait refusé la permission de partir pour cette terrible aventure. Elle n'arrêtait pas d'y penser mais la vie lui avait ôté toute possibilité de faire machine arrière. Était-elle encore trop jeune pour affronter ce monde cruel et terrifiant ? Dans ce cas, se répondit-elle, il ne lui restait plus qu'à grandir vite. Car son père lui avait aussi enseigné autre chose : tout être humain a le devoir, plus encore que le droit, d'écrire son propre destin. Et si elle se trouvait là, en ce moment, c'était parce qu'elle avait fait des choix, de sa propre initiative. Et désormais, peu importait de savoir si ces choix étaient judicieux ou pas. « Ton père a été tué par les Russes, se dit-elle à haute voix. Si tu étais restée, il te serait peut-être arrivé la même chose.

Ce destin n'est pas forcément pire que celui que tu aurais eu si tu étais restée au *shtetl.* »

Brusquement, les images de tout ce qui l'avait portée jusqu'à ce jour se mirent à défiler devant ses yeux, avec une rapidité à couper le souffle. Ce fut un vertige, un tourbillon. Elle revit même Elias, le boutonneux qui l'avait aidée à s'enfuir par l'étroite fenêtre de la maison où sa belle-mère avait voulu l'enfermer après la mort de son père. Elle revit sa course dans la neige, le gel qui avait failli la tuer, son soulagement de retrouver le groupe, le moment où elle avait compris qui étaient Amos et ses hommes, et aussi les pleurs des filles, leurs hématomes, cet horrible voyage en mer qui avait broyé rires et rêves, la mort de Kailah et la transformation de Tamar, écrasée, soumise, qui avait eu la générosité de s'occuper d'elle comme d'une petite sœur. Elle revit la sale tête du fonctionnaire de l'immigration et aussi, avec un petit emballement du cœur qu'elle n'arriva pas immédiatement à identifier, ce bel homme qui avait exaspéré Amos à l'*Hotel de Inmigrantes.*

Raquel s'assit, tous les sens en éveil. Les autres l'avaient appelé El Francés. Mais pourquoi ce moment insignifiant la frappait-il tellement ? Elle serra contre sa poitrine le livre de son père – tout ce qui restait de sa vie passée. « Aidez-moi à comprendre, père ! » chuchota-t-elle. Qu'avait donc dit El Francés ? Pourquoi cela lui semblait-il si important ? Elle ferma les yeux, s'efforçant de raviver ses souvenirs. Et tout à coup, elle revit la scène dans ses moindres détails. Il voulait acheter Tamar. « Dans deux ans, tu l'auras épuisée, à 5 pesos la passe, avait-il dit à Amos, tu vas l'exploiter jusqu'à ce qu'elle en crève. » Raquel retint son souffle.

Elle se rappela le regard enjoué de cet homme, il n'avait pas les yeux pleins de vice, comme Amos. Elle avait immédiatement éprouvé de la sympathie pour lui. Il avait dit qu'il prendrait une jolie *casita* pour Tamar et qu'il la protégerait, parce que c'était son métier. « Souviens-toi… souviens-toi de tout… » se dit-elle à voix basse, concentrée. Elle le revit qui faisait une pirouette, tel un danseur, et qui lançait à Amos : « Tu sais où me trouver ! Je suis toujours au… » Qu'avait-il dit ? Raquel ferma les yeux, à la recherche de ce nom, dans une langue qui ne signifiait rien pour elle. « *Blacatte !* » s'exclama-t-elle, son cœur battant soudain la chamade. Elle quitta son matelas inconfortable. « Trouve-le ! » se dit-elle, fébrile. Oui, il fallait chercher El Francés. Il prendrait Tamar avec lui, et elle-même pourrait rester avec eux. Voilà quelque chose à quoi s'accrocher, une échappatoire possible. C'était cela, écrire son propre destin. Mais comment trouver l'endroit ? Un instant, elle se sentit idiote : elle ne parlait pas encore vraiment l'espagnol et ne connaissait pas Buenos Aires. Mais elle ne connaissait pas non plus la forêt, et elle avait pourtant réussi à rejoindre la caravane d'Amos. « J'y arriverai ! se promit-elle. Je le trouverai. »

Elle enfila ses chaussures et alla entrouvrir la porte. Elle fut aussitôt happée par les effluves qui enveloppaient le *Chorizo*. Il ne s'agissait pas d'un parfum ou d'une odeur précise, et on ne pouvait pas dire non plus que ça sentait vraiment mauvais. C'était plutôt l'accumulation d'un tas de parfums différents, d'odeurs, de puanteurs qui s'entremêlaient et créaient un tout. Parfums bon marché des prostituées, relents de sueur, chambres étouffantes qui sentaient le renfermé, alcool, maquillage, produits d'entretien, nourriture, fluides sexuels, pets, toilettes bouchées et vomissures mais aussi arôme de lait et de confitures.

Chaque client apportait avec lui la trace odorante de sa profession : farine, viande, huile, excréments de vache ou de cheval, encres typographiques, acides pour le tannage, mortier, ciment ou fer. Et puis les larmes, pensa Raquel – parce que les larmes aussi avaient peut-être une odeur.

Elle passa la tête par la porte et inspecta le couloir : personne. Elle atteignit l'escalier. Avant tout, il s'agissait de sortir du *Chorizo* sans être vue. Quant au reste – trouver le *Blacatte* et en revenir –, elle y penserait plus tard. Elle commença à descendre. De nombreuses voix d'hommes lui parvenaient d'en bas, tout le monde était en train de brailler. Elle entendait aussi cette musique bouleversante qui semblait la signature de Buenos Aires, comme si ces notes étaient les empreintes digitales de la ville.

Arrivée dans le couloir du premier étage, elle croisa un homme. Elle baissa la tête, comme le lui avait conseillé Adelina, espérant qu'il ne s'arrêterait pas. Il poursuivit en effet son chemin sans lui adresser un regard, et s'engagea dans l'escalier qui menait au rez-de-chaussée.

Raquel attendit un peu, immobile. Dans son dos, un grincement la fit sursauter. Une fille sortait d'une chambre en relaçant son corset, elle passa près d'elle comme si elle était invisible. Raquel sentait son cœur battre à tout rompre. Soudain, il y eut des cris. Une porte s'ouvrit violemment et une fille nue apparut. Aussitôt après, un homme jaillit à sa poursuite, pantalon déboutonné. Il tenta d'attraper la prostituée mais trébucha et tomba en jurant. Un deuxième homme survint, enjamba le premier et se précipita sur la fille nue, qu'il attrapa par les cheveux. Il lui flanqua un coup de poing dans la figure, elle se mit à gémir. « *Puta !* » beugla-t-il. Pendant ce temps, l'homme à terre s'était relevé. Il remontait son pantalon. Lui aussi cogna la prostituée en plein visage.

« *¿Que pasa?* intervint un troisième client, surgi d'une autre chambre en brandissant un couteau.

— *Nada, amigo* », dit celui qui tenait son pantalon à la main.

Puis, aidé par le deuxième type, il traîna la fille vers la pièce d'où elle avait tenté de s'échapper, et ils refermèrent la porte. L'homme au couteau regagna sa chambre à son tour.

Raquel se précipita vers l'escalier, qu'elle descendit en courant. Arrivée au rez-de-chaussée, elle se retrouva dans un vaste salon rempli d'hommes. Dans un coin, trois musiciens jouaient. Il y avait un violon, une guitare et une espèce d'accordéon. Quelques clients dansaient entre eux en attendant leur tour. D'autres tripotaient deux filles, sous leurs jupes. Elles ne se rebellaient pas. Elles avaient le regard absent, comme si elles ne sentaient pas ces mains qui les exploraient. Raquel se tourna vers l'entrée, deux hommes armés de couteaux étaient postés devant. Quand un nouveau client se présentait, ces gros bras vérifiaient qu'il avait de quoi payer. Une fille du *Chorizo* s'approcha de la porte. Les cerbères la repoussèrent méchamment. Raquel comprit que ces deux-là l'arrêteraient à son tour si elle tentait de sortir par là. Elle fit volte-face et s'engagea dans le couloir. Peut-être y avait-il une fenêtre d'où elle pourrait s'échapper sans être vue ? Mais en passant devant les différentes pièces, elle s'aperçut que toutes les fenêtres étaient barrées de grilles en fer. Impossible de s'enfuir par là.

Une voix retentit : « *¡Oye, tú!* » Une main s'abattit sur son épaule. Raquel se retourna, le cœur battant. Devant elle, un homme ivre, chemise sortie de son pantalon, se tenait dans un équilibre précaire. « *¡Tráeme una taza de mate*[1]*!* » lança-t-il. Raquel le fixait,

1. « Apporte-moi une tasse de maté. »

terrorisée. Elle n'avait aucune idée de ce qu'il voulait. « *¡Tráeme una taza de mate, puta!* » beugla l'homme chancelant. Il lui soufflait au visage l'alcool qu'il avait ingurgité. « Toujours dire oui », c'était la règle du bordel. Alors, saisie par une peur aveugle, elle opina. Une fois, deux fois, l'air décidé. Après un moment d'hésitation, l'homme finit par lui lâcher l'épaule.

Raquel remonta les marches quatre à quatre, le souffle coupé par la frayeur. Elle entendit soudain des pas et la voix d'Adelina. Si elle la trouvait là, ça allait barder. Au fond du couloir, elle remarqua un rideau à fleurs. Elle se glissa derrière, espérant ne tomber sur personne. Elle se retrouva dans un débarras où étaient entassés toutes sortes d'objets. Au fond, elle aperçut une fenêtre aux vitres crasseuses. Elle se tint immobile, retenant sa respiration. Les pas d'Adelina et d'une autre personne claquèrent sur le parquet du couloir. Adelina s'arrêta et commenta : « Ça pue les égouts ici, il faut aérer. Va ouvrir la fenêtre, derrière le rideau ! » Raquel se jeta derrière un tapis roulé dans un coin, priant pour ne pas être découverte. Un instant après, quelqu'un que Raquel ne connaissait pas pénétra dans le débarras et se dirigea vers la fenêtre pour l'ouvrir, avant d'aller retrouver Adelina. Puis leurs pas s'éloignèrent.

Quand Raquel comprit qu'elles étaient descendues au rez-de-chaussée, elle quitta sa cachette, derrière le tapis poussiéreux et, suivant son intuition, alla regarder par la fenêtre. Elle vit que l'ouverture donnait sur l'arrière du *Chorizo*, une cour apparemment déserte délimitée par un mur d'un mètre et demi de haut. De l'autre côté du mur, il y avait une rue. Si elle parvenait à descendre dans cette cour, elle pourrait facilement s'évader, se dit-elle. Elle regarda en bas : trop haut pour sauter. En plus, elle n'arriverait jamais à remonter. Elle examina ce qui se trouvait autour de la fenêtre.

Il y avait une gouttière. Elle se pencha pour la toucher et la fit vibrer dangereusement. Le tuyau était fait de tubes d'aluminium très léger emboîtés les uns dans les autres. Elle avait beau être maigre, il ne supporterait jamais son poids. Elle se pencha davantage et testa un des colliers attachés au mur : il avait l'air solide. Si elle disposait d'une corde, elle pourrait la nouer là et descendre. Et si personne ne voyait la corde ainsi suspendue, elle pourrait aussi s'en servir pour remonter. « J'y arriverai ! » dit-elle à voix basse. Elle sentait monter en elle une vague d'optimisme.

Raquel sortit du débarras et regagna le deuxième étage sur la pointe des pieds. En passant devant le dortoir de Tamar, elle ne put résister à la tentation de lui faire partager son projet. Elle entra et attendit un peu que ses yeux s'habituent à la pénombre. Puis elle s'approcha de son amie. « Tamar ! » murmura-t-elle. La jeune fille dormait bouche ouverte, un petit filet de bave coulait le long de sa joue. Raquel lui secoua doucement l'épaule.

« Tamar… »

Elle entrouvrit les yeux.

« C'est toi… porc-épic ? articula-t-elle d'une voix pâteuse.

— Qu'est-ce qui se passe ? Ça ne va pas ? s'enquit Raquel, inquiète.

— Adelina, chuchota-t-elle alors que ses yeux se refermaient, Adeli…

— Quoi ? »

Raquel la secoua encore. Tamar tourna la tête vers elle.

« C'est toi… porc-épic ?

— Mais oui, c'est moi ! Qu'est-ce que t'as ? Et qu'est-ce qu'elle a, Adelina ?

— Adelina…

— Ben quoi ?

— Elle est… pas du tout… gentille… tu le sais ? »

Tamar bougeait les lèvres comme si elles étaient couvertes de glu et gardait les yeux ouverts au prix d'immenses efforts :

« Lui fais pas… confiance…

— Qu'est-ce qu'elle t'a fait ? »

Tamar ferma les yeux. Elle respirait sans bruit.

« Tamar, je t'en supplie ! la pressa Raquel, angoissée. Tamar… regarde-moi… parle…

— C'est toi, porc-épic ?

— Mais oui, c'est moi ! » Raquel la secoua plus vivement. « Tamar, je t'en prie !…

— Elle m'a… Adelina m'a… droguée…

— Pourquoi ? la voix de Raquel se brisa.

— C'est pour que… lui fais pas confiance, hein… c'est pour que… que je sois sage… »

Raquel se jeta sur elle et la prit dans ses bras.

« Je veux… dormir… bredouilla Tamar. C'est toi… porc-épic ?

— Oh, Tamar… »

Raquel tenta à nouveau de la secouer. Mais Tamar avait fermé les yeux, et sa respiration était maintenant profonde. Raquel resta là, agenouillée près du lit. Avec un coin de drap, elle essuya la joue humide de son amie, se pencha et lui murmura à l'oreille : « Je sais que tu m'entends… » Elle prit la main de Tamar dans la sienne. « Si tu m'entends, serre-moi la main ! » Sa compagne contracta légèrement les doigts.

« Nous deux, on va s'enfuir ! dit alors Raquel en lui caressant les cheveux. On va s'enfuir d'ici.

— S'enf… balbutia Tamar.

— Oui ! On va s'enfuir », répéta-t-elle, le cœur lourd.

Le moment d'écrire son propre destin était arrivé. « J'ai un plan. »

24

« Qui dormait là, avant ? » avait demandé Rosetta un soir après le dîner, parlant de la chambre qu'ils lui avaient louée. Ni Assunta ni Tano n'avaient répondu. Mais Rosetta avait lu une profonde tristesse dans leur regard. « Bonne nuit ! » avait lancé Tano, expéditif. Une dizaine de minutes plus tard, alors qu'elle était couchée, Rosetta avait entendu les deux époux chuchoter. Bien qu'étouffées, leur voix montait par l'escalier jusqu'à sa chambrette.

« Ça aurait été mieux de prendre un homme, disait Tano.

— Mais cette brave petite est arrivée la première.

— Si la *Policía* la trouve ici, on va finir en taule.

— Il me semble que c'est toi qui lui as donné la permission de rester, ou je me trompe ?

— Un homme, ç'aurait été mieux.

— Et qu'est-ce que tu veux faire ? La chasser ?

— Moi je ne chasse personne, avait-il sombrement rétorqué après un instant de silence. Je l'ai fait une fois et je ne me le pardonnerai jamais. »

Rosetta avait entendu Assunta sangloter doucement. Puis, plus rien.

Le lendemain matin, la jeune femme annonça :

« Je sais où me procurer de faux papiers. Comme ça, si la police débarque, vous ne risquerez rien. »

Tano la fixa, ébahie.

« Nom de Dieu ! Tu viens d'arriver et tu connais déjà un faussaire ?

— Pas un faussaire, précisa Rosetta, un maquereau.

— Nom de Dieu de nom de Dieu…

— Je ne suis pas une *bottana*, hein ! » lança-t-elle.

Assunta sourit.

« Si je croyais que tu étais une *bottana*, tu crois que je t'aurais laissée vivre sous le même toit que mon mari ?

— Il s'appelle El Francés, expliqua Rosetta. On peut le trouver au *Black Cat*… un endroit loin d'ici. Mais je sais où c'est.

— Je vais me renseigner, coupa Tano avant de se tourner vers Assunta. Accompagne-la changer son argent, sinon elle va finir par se faire arnaquer. »

Assunta acquiesça. Elle rassembla les pots de chambre et alla les vider dans le Riachuelo. Après quoi, ayant remarqué que Rosetta l'avait suivie, elle lui montra un bout de terrain inculte : « Ce n'est pas de la bonne terre », regretta-t-elle. Rosetta indiqua le fleuve avec une grimace : « C'est l'eau qui n'est pas bonne, elle est empoisonnée. » Puis, tournant la tête, elle aperçut un petit rosier malingre qu'elle n'avait pas encore remarqué, près du mur de la maison. Elle alla l'examiner. Il avait quelques feuilles, toutes jaunies ; sa tige était noircie et presque sèche ; les rares boutons avaient fané avant même de s'ouvrir et étaient couverts de pucerons. « Lui aussi, il est en train de mourir… » commenta Assunta à voix basse. Rosetta vit que ses yeux étaient embués de larmes. Cette plante représentait quelque chose de particulier, c'était évident. Comme il était évident qu'il s'était produit un drame dans cette maison. « Viens, on va changer ton argent chez le prêteur sur gage », proposa Assunta, la voix toujours voilée de mélancolie.

Elles gagnèrent une échoppe à l'aspect minable, dont l'entrée était protégée par une porte en fer. La vitrine crasseuse était doublée d'une grille métallique aux larges mailles, chargée de défendre les misérables biens qui avaient été mis au clou et qu'on exposait en vrac comme chez un brocanteur.

« *Señor* Vasco ! » appela Assunta.

Un vieux, à l'air aussi moisi que les objets qu'il gardait, ouvrit la porte.

« Vous êtes ici pour la guitare, *señora* Piazza ? » demanda-t-il.

Assunta secoua tristement la tête.

« Non, nous avons des lires à changer, répondit-elle.

— Ah, une nouvelle arrivée ! » sourit monsieur Vasco en regardant Rosetta.

Il se tourna vers l'arrière-boutique et appela : « Miguel, un change ! » Un homme d'une quarantaine d'années apparut. C'était le portrait de son père, dont il semblait avoir hérité la moisissure et la poussière. Il fit signe à Rosetta de le suivre et la conduisit dans une pièce où se trouvait un coffre-fort noir tout rouillé. Pendant qu'il changeait son argent, Rosetta entendit monsieur Vasco dire à Assunta :

« J'espérais que vous étiez là pour la guitare, *señora* Piazza. Le terme arrive à échéance. Ça me fend le cœur ! C'est un instrument magnifique, ce serait dommage de le perdre.

— On est venues changer de l'argent, *señor* », répondit Assunta.

Sur le chemin du retour, Rosetta demanda à Assunta :

« Pourquoi avez-vous mis la guitare au clou ? »

La femme eut un pâle sourire.

« Il est trop tôt pour en parler. »

À la maison, elles retrouvèrent Tano, la bouche pleine de clous et toujours aussi bourru.

« Nom de Dieu, ce Black-machin-de-mon-cul, c'est sacrément loin ! C'est à Recoleta, un quartier de rupins.

— Et comment on fait pour y aller ? interrogea Rosetta.

— Tu veux y aller seule ? s'exclama Tano. Mais celle-là, c'est vraiment une cloche ! Une jeune fille comme il faut, toute seule ! bougonna-t-il en secouant la tête. Allez, laisse-moi bosser. On ira ce soir. »

Rosetta parcourut les rues de Barracas en long et en large. Elle s'arrêtait dans les bars et les restaurants pour demander si on avait besoin d'une serveuse ou de quelqu'un pour la plonge, ou si on avait entendu parler d'un autre travail. Mais toujours sans succès.

Si elle avait dû décrire ce *barrio*, elle aurait simplement dit qu'il était poussiéreux. La poussière était partout, faite de la terre sèche des rues non pavées, qu'on traînait avec soi et que chaque bourrasque de vent venait plaquer sur les maisons, et aussi une poussière plus fine, qui enveloppait ce quartier et ses habitants et les rendait pour ainsi dire flous, comme si leur existence était incertaine. Il y avait de la poussière dans le regard résigné des passants, sur leurs chaussures parce qu'ils traînaient les pieds, et peut-être dans leurs cœurs parce qu'ils n'avaient pas vraiment d'avenir.

Les habitations agglutinées les unes contre les autres essayaient de s'étendre au maximum sur tout l'espace disponible ; c'était un amas de tôles et de briques, avec des clôtures tirées des matériaux les plus disparates, poteaux de bois, vieilles tables ou grosses étoffes sans âge attachées avec du fil de fer rouillé, il y avait même des murets faits d'os et de crânes de vaches, calcinés par le soleil et les ans. Les routes étaient tantôt très étroites, tantôt d'une largeur excessive, au point que trois chariots pouvaient avancer de front. Les bœufs qui les tiraient laissaient derrière eux un sillon de bouse que presque personne ne ramassait jamais. Le soleil séchait ces excréments, les roues des véhicules les écrasaient, et bientôt ils faisaient partie intégrante de la poussière. Enfin, comme pour rappeler que, plus au nord, Baires était aussi peuplée de gens immensément riches, on voyait se dresser d'anciens *palacios* convertis en *conventillos*. Ces bâtiments imposants dominaient les cahutes environnantes comme de vieux géants pleins d'arthrose, sans qu'il reste aucune trace des couleurs dont ils se paraient autrefois, tant ils étaient délavés par la pluie, décrépis par le vent et brûlés par le soleil.

Quand Rosetta regagna son logement, Assunta et Tano se tenaient déjà prêts sur le pas de la porte.

« Allez, dépêche-toi ! dit Tano sur le départ. Il faut prendre le *tranvía*.

— Le *tranvía* ? Mais qu'est-ce que c'est ?

— Le *tranvía*, c'est le *tranvía*, qu'est-ce que tu veux que ce soit ? »

Arrivée dans l'Avenida Martín García, près du Parque Lezama, Rosetta vit ce qu'était le *tranvía*. C'était comme un wagon de train, sur des rails, traîné par six gros chevaux. Un instant, elle eut peur d'y monter. « Nom de Dieu, on va y passer la nuit ? » lui lança Tano. Elle finit par s'installer à côté d'Assunta.

Quand le *tranvía* quitta la périphérie, Buenos Aires révéla toute sa noblesse et son opulence. Rosetta en avait déjà eu un aperçu lorsqu'elle avait débarqué, mais elle n'avait alors pas le cœur à s'émerveiller. Et là, blottie contre Assunta, elle resta bouche bée. La ville dévoilait son véritable visage, avec son architecture sophistiquée et ses différents styles qui rivalisaient de grandeur et d'ostentation, pour mieux montrer la richesse de ses habitants.

Arrivés près de l'auvent rouge du *Black Cat*, Rosetta remarqua que Tano avait perdu son assurance. Il n'y avait partout que des gens distingués, qui leur lançaient des coups d'œil soupçonneux. Elle se souvint de son propre malaise avant de gagner la périphérie et de redevenir l'égale de tous les autres miséreux.

« Ils nous regardent comme s'ils étaient au zoo, grommelait Tano.

— En effet, tu es un vrai bouc, dit Assunta avant de le prendre par le bras et d'ajouter avec fierté : mon bouc à moi ! »

Qu'est-ce qu'elle était forte, cette petite femme grassouillette à l'air inoffensif ! se dit Rosetta en entrant dans l'établissement.

« *Oye, chica*, où étais-tu passée ? » lança Lepke, le tenancier du *Black Cat*, reconnaissant aussitôt Rosetta. Il alla à sa rencontre avec un sourire qui mettait en valeur ses trente-deux dents. En la voyant, la domestique à la tenue de poupée et à la jupe trop courte lui adressa également un salut de la main. « Tu es une célébrité, ici ! » marmonna Tano. Assunta lui flanqua un coup de coude dans les côtes.

« *¡Francés!* Viens voir qui est là ! » s'exclama Lepke. El Francés se retourna et sourit à son tour. Il se leva, esquissa une révérence et invita Rosetta à le rejoindre à sa table. Elle s'approcha en compagnie de Tano et d'Assunta.

« Bravo, tu es revenue !

— Mais pas pour ce que tu crois.

— Ah bon, dommage, sourit-il. Pourquoi, alors ?

— Tu as dit que tu pouvais me procurer des papiers. »

Il regarda Tano, puis Assunta.

« Aborder un tel sujet devant deux étrangers, c'est délicat…

— Laisser une jeune fille comme il faut avec un maquereau, c'est délicat aussi », intervint brusquement Tano.

El Francés le fixa, puis éclata de rire.

« Allez, 500 pesos.

— Tu déconnes ! s'exclama Tano.

— C'est le prix du marché, dit-il calmement.

— Le marché des usuriers, oui ! 200. »

El Francés l'observa un temps.

« Je ne peux pas descendre en-dessous de 300. »

Tano fit oui de la tête. Le proxénète l'imita et, se penchant vers une pile de journaux, il prit un exemplaire de *La Nación*, l'ouvrit à la page des faits divers et sourit à Rosetta.

« Je devrais te faire payer le double, Rosetta Tricarico ! Regarde là-dedans, on ne parle que de toi et de ton évasion.

— C'est une menace ? éclata Tano. Je te préviens, si je vois le moindre flic à Barracas…

— Tiens, vous êtes à Barracas… » sourit El Francés. Il observa les mains de Tano. « Et vous êtes cordonnier, c'est ça ? Je pourrais vous retrouver en un clin d'œil, si je voulais.

— Et l'instant d'après, je te couperai les couilles !

— Comme je l'ai déjà dit à Rosetta, poursuivit paisiblement El Francés, il n'y a rien que je déteste plus que la flicaille. Vous pouvez me faire confiance.

— Et toi, fais-moi confiance, je te couperai les couilles ! » répéta Tano.

El Francés sortit un carnet et un stylo en or de la poche intérieure de sa veste.

« Bien, alors il ne nous reste plus qu'à nous faire mutuellement confiance, et à prendre note… des nouvelles données, dit-il en regardant Rosetta. Alors, née à…

— Alcamo…

— Alcamo, n'importe quoi ! interrompit Tano, perdant patience. Née à Porto Empedocle le 7 août 18… 93, plus ou moins. »

El Francés inscrivit le lieu et la date.

« Et comment veux-tu t'appeler ?

— Lucia, intervint Tano. Et comme nom de famille… Ebbasta. Écris-le bien, hein, avec deux B. Lucia Ebbasta. »

Rosetta se tourna vers Assunta et vit qu'elle souriait.

« Paiement… commença El Francés.

— À la livraison », conclut Tano.

Le proxénète hocha la tête.

« Dans deux jours, ici même. »

Le cordonnier se leva.

« On y va ! » lança-t-il aux deux femmes.

El Francés adressa un sourire à Rosetta.

« Malin, le petit bonhomme ! Tu as de la chance.

— Je sais », répondit-elle.

Assise dans le *tranvía*, Rosetta tenta de demander, à Tano cette fois :

« Pourquoi avez-vous mis la guitare au clou ?

— Parce que les affaires ne vont pas fort. »

Les yeux d'Assunta se voilèrent à nouveau. Rentrés chez eux, Tano leur souhaita bonne nuit et alla se coucher de mauvaise humeur. « Je suis désolée… je parle trop », glissa Rosetta à Assunta avant de monter dans sa chambre. Une dizaine de minutes plus tard, Tano se mit à ronfler, et Rosetta entendit des pas dans l'escalier.

Peu après, Assunta apparut, une robe de chambre en laine sur sa chemise de nuit blanche en coton, qui lui descendait jusqu'aux pieds. Elle s'assit au bord du lit et balaya la chambre du regard, dans la pénombre. « Ça fait longtemps que je ne suis pas montée ici », commença-t-elle, parlant avec difficulté. Elle regarda une petite malle dans un coin puis se tourna vers Rosetta et, souriante, lui fit une caresse. Quelques larmes brillaient sur ses joues rebondies. Rosetta ne souffla mot.

« C'était la chambre de notre fille Ninnina… » reprit Assunta, la voix brisée par l'émotion. Elle eut un sourire plein de détresse. « À un moment donné, on a cru qu'on ne pouvait pas avoir d'enfant, et… elle est arrivée, comme une bénédiction. » Elle s'efforça d'étouffer un sanglot. « On est venus ici pour lui donner une vie meilleure que la nôtre… » Elle fit une autre caresse à Rosetta qui comprenait bien que ce n'était pas elle, qu'elle caressait. « Elle avait dix ans quand on a débarqué, et en grandissant, elle est devenue belle comme… comme une fleur de jacaranda. » Assunta s'illumina à ce souvenir. « Et puis… » Elle s'assombrit. « Et puis, elle s'est perdue… »

Rosetta tendit la main pour prendre celle d'Assunta qui la retira d'un geste brusque.

« Non, dit-elle doucement. Sinon je vais me mettre à pleurer, et ça va finir par réveiller Tano…

— Mais pleurez donc ! »

La femme fit non de la tête, elle respira à fond, refoulant ses larmes. « Elle a rencontré un homme… Ninnina était jeune et naïve, et elle a cru toutes ses promesses… » Elle se mordit les lèvres et agita son poing en l'air. « On a essayé de lui interdire de fréquenter cet homme, mais elle ne voulait rien savoir. Tano l'a même menacée de la chasser de chez nous. Mais il ne l'aurait jamais fait, hein ! Tu as vu comment il est, Tano, il aboie mais il ne mord pas… » Elle sourit, débordant d'amour. « Je ne lui ai jamais fait de reproche, mais pour lui, c'est devenu une idée fixe. Il ne se le pardonnera jamais, le pauvre… c'est une terrible croix qu'il porte. » Elle essuya ses larmes. « Une nuit, Ninnina s'est enfuie. » Elle secoua la tête. « Cet homme l'a exploitée et puis, quand il n'a plus eu besoin d'elle, il l'a abandonnée en pleine rue… Quand elle est revenue, c'est tout juste si on l'a reconnue. Elle était malade : tuberculose. » Son regard se voila. « Tu ne peux pas imaginer combien de taies d'oreiller j'ai pu laver. Chaque fois qu'elle toussait, elle les tachait de sang. » Elle baissa la tête, comme écrasée par le poids de ce souvenir. « Tu m'as questionnée sur la guitare de Tano. On a dépensé toutes nos économies pour essayer de guérir Ninnina. Et quand il ne nous est rien resté, on a fini par mettre au clou tout ce que nous avions. Mais ça n'a servi à rien… » Elle se leva. « Il y a six mois, elle est… elle est partie. » Elle coula un regard vers Rosetta puis elle se retourna et, d'un pas las, se dirigea vers l'escalier.

« C'est elle qui a planté ce rosier ? demanda Rosetta.

— Oui, quand elle a compris qu'elle ne s'en sortirait pas, répondit Assunta sans se retourner. Elle nous a dit : “Comme ça, il vous restera quelque chose de moi quand je ne serai plus là.” »

Sur ce, elle sortit et descendit l'escalier.

Le lendemain matin, Rosetta se rendit au Mercado Central de Frutos del País, de l'autre côté du Riachuelo, à Avellaneda, et y acheta de la bonne terre, de l'engrais, du pesticide pour combattre les pucerons et une binette. Elle rentra à la maison et entreprit de s'occuper des roses de Ninnina. À l'heure du déjeuner, elle n'avait pas encore terminé lorsque Tano apparut sur le pas de la porte pour annoncer que la table était mise. La surprenant agenouillée près du rosier, le cordonnier accusa le coup. Son visage se tordit sous l'effet d'une incontrôlable fureur : « Nom de Dieu, mais qu'est-ce que tu fous ? Tu ne vois pas qu'elle est morte, cette plante de merde ? » Il s'approcha de Rosetta, poings serrés, comme s'il s'apprêtait à la frapper. « Elle est morte, morte ! » cria-t-il plus fort encore, les veines du cou gonflées, cherchant à camoufler sa douleur sous sa colère. Et il regagna la maison comme un ouragan.

Rosetta, tête baissée, traversa la cahute sans mot dire et sortit dans la rue. Il lui restait quelque chose d'important à faire. Quand elle revint, Tano rangeait ses outils sur l'établi, et il ne leva pas les yeux quand elle s'approcha de lui. « Cordonnier et guitariste », dit-elle. Tano, découvrant sa guitare sur l'établi, ouvrit grand la bouche et émit un bruit guttural ridicule. Il secoua la tête de droite à gauche et devint tout rouge. Il empoigna l'instrument qu'il se mit à brandir comme un bâton, et Rosetta craignit un instant qu'il ne la lui fracasse dessus. « Mais qu'est-ce qui te passe par la tête, imbécile ? » rugit-il. « Il y a un problème ? » Assunta accourut, inquiète. Dès qu'elle vit la guitare, ses yeux se voilèrent d'émotion. Elle se précipita vers Rosetta et la serra fort dans ses bras. Puis elle s'adressa à son mari : « Essaie de dire quelque chose de gentil, vieux bouc odieux ! » Tano était écarlate. Il posa la guitare sur l'établi, poussa un gros soupir, secoua à nouveau la tête, serra les poings et se mordit les lèvres. « Allez, vas-y, le pressa Assunta, dis-le ! » Tano baissa les yeux vers la guitare, en soufflant bruyamment. Il caressa le bois de l'instrument et passa ses doigts couverts de cirage sur les cordes tendues. « Merci, grogna-t-il enfin, la voix rauque. Et maintenant, foutez le camp toutes les deux ! » jeta-t-il en se remettant à ranger ses outils.

On ne parla plus de la guitare, pas même au dîner. Quand vint l'heure de se coucher, Rosetta monta dans sa chambre. Peu après, elle entendit le son d'une guitare résonner dans la rue. C'était une musique bouleversante, triste et presque violente, et la voix de Tano s'unit à celle de la guitare. Son chant exprimait souffrance et mélancolie. Rosetta colla son œil entre deux plaques de tôle qui formaient le mur extérieur de sa chambre.

À la lueur du réverbère au coin de la rue, elle vit que de nombreux voisins s'étaient réunis dehors et entouraient Tano. Dans leur regard, elle crut lire de la peine et aussi de l'admiration. L'escalier grinça. Elle découvrit Assunta devant elle. « Ce tango raconte l'histoire d'une jeune fille trompée par un proxénète… et condamnée à une vie de misère », expliqua Assunta. Rosetta épia à nouveau la scène entre deux morceaux de tôle. Un homme avait invité une femme à danser. « *Ma douleur se mêle à mes rires…* chanta Assunta, à l'unisson avec Tano. *Je suis une fleur de fange…* continua-t-elle d'une voix tremblante. *Je vends de la tristesse et de l'amour*[1]*…* » Rosetta vit qu'un autre couple se mettait à danser.

Puis elle entendit un bruit de serrure et elle fit volte-face. Assunta ouvrait la petite malle, d'où elle sortait quelque chose. Quand elle se retourna, elle tenait à la main une robe bleue imprimée de grappes de fleurs violettes.

« Mets-la, dit-elle à Rosetta avec un sourire.

— Non… je ne peux pas.

— Ça me fait plaisir ! insista Assunta, passant une main sur les dessins de la robe. Ce sont des fleurs de

1. Paroles du tango *De mi barrio* de Roberto Goyeneche. https://www.youtube.com/watch?v=WZr5Bhw7Gn0

jacaranda, aussi belles que Ninnina. C'est Tano qui la lui avait achetée pour ses dix-huit ans.

— Mais votre mari… je ne voudrais pas que…

— C'est lui qui m'a demandé de te la donner. »

La jeune femme sentit sa gorge se nouer. Assunta étala la robe sur le lit et, avant de s'en aller, elle répéta : « Mets-la et viens avec nous. »

Quand Rosetta surgit dans la rue, un frémissement parcourut l'assemblée. Tano, la découvrant, s'arrêta de jouer. Ses yeux bleus étaient noyés de larmes. Il hocha lentement la tête à l'adresse de Rosetta, avant de faire vibrer à nouveau les cordes de sa guitare. D'autres couples se mirent à danser. Quand il n'y eut plus de femmes, des couples d'hommes se formèrent. C'était une danse grave et sensuelle, une façon de marcher à deux, embellie par le mouvement des jambes de l'un qui se glissaient comme des lames entre les jambes de l'autre, avant de repartir brusquement vers l'arrière, comme si on avait soudain détendu un ressort. Rosetta eut le sentiment que chacun de ces danseurs se rebellait contre la mort.

« *Ma douleur se mêle à mes rires…* » reprit l'assemblée en chœur. Rosetta comprit que, pour eux, il ne s'agissait pas d'une simple chanson, mais de quelque chose de beaucoup plus important. On aurait dit que, tous ensemble, ils célébraient Ninnina, qui n'était plus là. « *Je suis une fleur de fange… Je vends de la tristesse et je vends de l'amour…* » chantonna-t-elle à son tour, du bout des lèvres. Pour la première fois depuis qu'elle avait débarqué, elle se dit que cette ville avait un cœur. Et elle se dit aussi que jamais jusqu'à ce jour elle ne s'était sentie chez elle.

25

Océan Atlantique

Les verres en cristal de Bohème tintèrent, s'entrechoquant très légèrement sur la table recouverte d'une délicate nappe en lin des Flandres. « La mer est grosse », commenta Rivalta di Neroli. À part une comtesse fripée comme une vieille tranche de morue séchée et lui-même, tous les autres convives du transatlantique *Regina Margherita di Savoia* étaient pâles, visage défait, lèvres exsangues et serrées pour retenir l'abondante salive qu'ils avaient dans la bouche, prélude à un estomac qui se retourne. Le baron se mit à rire : « Si ici en première classe, ça tangue un peu, imaginez donc ces pauvres bougres de troisième, qui se trouvent véritablement dans les bras de Neptune ! » et il accompagna ses propos d'un balancement de droite à gauche. « Arrêtez ça, au nom de Dieu ! » s'exclama un des convives qui, depuis des jours, ne faisait que vomir. Le baron rit de plus belle.

La mer continuant à forcir, tous les voyageurs de première se hâtèrent de regagner leurs chambres luxueuses ou le pont promenade. En un éclair, la salle fut presque vide. Ne restaient que le baron, la vieille comtesse, le maître d'hôtel et les serveurs.

« Tout à l'heure, nous avons été interrompus, reprit le baron à l'adresse de la comtesse. Je vous demandais si vous connaissiez l'amie qui m'accueillera à Buenos Aires, la princesse d'Altamura y Madreselva.

— Bien sûr, répondit-elle. Mon mari et le père de la princesse ont fréquenté le *Circolo degli Scacchi* à Rome jusqu'en 1884, quand il a déménagé au Palazzo Torlonia, sur la Piazza Venezia.

— Le monde est petit, commenta le baron visiblement agacé, en lançant un coup d'œil vers l'entrée, d'où il espérait voir surgir Bernardo, à qui il avait confié une mission infâme.

— C'est *notre* monde qui est petit, nous qui connaissons le nom de nos ancêtres, précisa la comtesse, dont l'air altier était gâté par un résidu de salade coincé entre ses longues dents jaunes. Mais le monde de cette… de cette masse grouillante, là-dessous, poursuivit-elle avec dégoût en indiquant de loin les troisième classe, est vaste et obscur ! C'est un labyrinthe chaotique où il n'y a même pas la certitude du père.

— Eh oui… » bougonna le baron, toujours plus mécontent.

Mais à ce moment-là, Bernardo apparut et traversa la salle à manger en toute hâte. Il fit une révérence à la comtesse, qui daigna lui répondre d'un petit geste de sa main arthritique, couverte d'or et de pierres précieuses. Après quoi, il chuchota à son maître : « Tout est arrangé. » Pour le baron, ce fut comme une décharge électrique. Excité, il avala d'un trait la coupe de champagne posée devant lui. « Comtesse, veuillez m'excuser, une affaire de la plus grande importance requiert mon attention. » Elle dissimula noblement son désappointement et adressa un sourire courtois au baron, exhibant à nouveau le bout de salade coincé entre ses dents. Une fois seule, avant que le maître d'hôtel ne s'approche, elle se libéra de l'air qui lui gonflait le ventre.

« Elle est dans votre chambre, glissa Bernardo à son maître.

— Personne ne l'a vue ?

— Personne.

— Et comment l'as-tu convaincue ?

— Il a suffi de quelques petits fours. »

Le baron ricana :

« Elle est bien comme je pensais ?

— Vous jugerez par vous-même.

— Avec qui voyage-t-elle ?

— Avec son frère, qui s'occupe d'elle depuis la mort de ses parents. Il travaillait dans une *friggitoria* à Palerme, mais il a perdu son travail et va chercher fortune en Argentine. »

Entre-temps, ils étaient arrivés devant la cabine numéro 14/LS – pour « luxe supplémentaire », les plus onéreuses. Tout frémissant, l'aristocrate posa la main sur la poignée de la porte.

« Tu es prêt ? demanda-t-il à Bernardo.

— Oh, moi je suis toujours prêt ! » s'exclama l'autre, fanfaronnant.

Le baron le regarda, ravi, puis tourna la poignée et entra. Assise sur l'un des confortables divans de velours, une fille qui n'avait même pas vingt ans leva les yeux et sourit. Un sourire de démente, vide. Ses yeux avaient quelque chose d'éteint également. « Merveilleuse… » murmura le noble.

La petite continua à sourire, aussi expressive qu'une statue de cire, tandis qu'il s'asseyait à ses côtés. Elle portait une robe noire, digne, mais qui avait dû connaître des jours meilleurs, et son teint était incroyablement clair pour une fille du peuple. « Et qui sait comme tu dois être blanche là-dessous, douce fillette ! » s'exclama-t-il en soulevant un peu le bas de sa robe et en lui découvrant les jambes. Elle prit un air sérieux et ouvrit grand les yeux. Puis, comme une écolière ânonnant une récitation, elle lâcha d'une voix gutturale et disgracieuse : « Il-ne-faut-pas-mon-trer-ses-jam-bes. » À ces sons désagréables, le baron faillit gémir d'un plaisir pervers. Bouche béante, la gamine fixait le grand plateau couvert de chocolats et de pâtisseries nappées de glaçage que Bernardo s'était procuré pour l'attirer dans la cabine. « Même si je te donne un petit gâteau ? » glissa alors le baron. Les yeux vitreux de la fille roulèrent dans leurs orbites tandis qu'elle cherchait une solution à ce dilemme qui la dépassait.

« Et si on disait deux petits gâteaux ?

— À-la-crè-me ? demanda-t-elle.

— Avec la meilleure crème que tu aies jamais goûtée ! »

Elle le laissa remonter sa robe jusqu'à sa culotte tandis qu'elle mangeait deux petits fours. Quand elle les eut finis, elle avait une moustache de crème sur la lèvre supérieure. Avec une infinie délicatesse, le baron prit son mouchoir de soie et lui essuya la bouche. Puis il lui caressa le visage, avant de faire descendre sa main sur le premier bouton de sa robe, qu'il défit. Elle eut un rire.

« Tu aimes ? demanda-t-il.

— Non. »

Il défit le deuxième bouton et elle rit à nouveau.

« Pourquoi ris-tu ? » demanda-t-il. Elle ne répondit rien. « On te l'a déjà fait ? » Elle fronça les sourcils et baissa la tête. Il défit le troisième et le quatrième bouton.

« Je-peux-a-voir-deux-au-tres-pe-tits-gâ-teaux ? dit-elle de cette voix qui faisait penser à un violon désaccordé.

— Si tu dis que tu t'appelles Rosetta Tricarico et si tu me laisses enlever ta robe, tu pourras avoir tout le plateau ! s'exclama-t-il. Alors, comment tu t'appelles ?

— Ro-set-ta-tri-ca-ri-co », récita-t-elle, et elle le laissa ôter sa robe et sa culotte, tandis que Bernardo lui passait le plateau d'argent.

Le baron caressa ses petits seins et pinça ses mamelons rosés. Puis il ébouriffa les poils noirs et doux de son bas-ventre. « Toi aussi, tu as un délicieux petit four, Rosetta Tricarico », rit-il en la tripotant entre les jambes. Il fit signe à Bernardo de se déshabiller. Ensuite, pendant que son domestique possédait la jeune fille, qui tentait de résister et pleurait comme une gosse, l'aristocrate demeura assis dans son fauteuil, observant bien plus son serviteur que la pauvrette. Quand tout fut fini, il quitta le petit salon et s'enferma dans sa chambre après avoir ordonné : « Rhabille-la et chasse-la. » Cette nuit-là, il fit des rêves tellement troublants qu'il crut avoir une érection.

Le lendemain, il s'apprêtait à aller prendre son petit déjeuner lorsqu'un homme fit irruption dans sa cabine, hors de lui. Du coin de l'œil, juste avant que la porte ne se referme, il aperçut la fille.

« Pourriture ! Maudit ! hurla l'inconnu en brandissant un couteau, après avoir verrouillé la porte. Vous allez me le payer !

— Du calme, brave homme ! dit le noble, mains tendues vers la lame. Ne faites pas de bêtises ! Qui êtes-vous ?

— Je suis le frère de cette pauvre enfant que vous… que vous… et là il se mordit les lèvres, incapable de prononcer les mots pour décrire ce qui s'était passé. Vous avez volé son honneur, vous l'avez souillée ! » brailla-t-il en agitant son couteau.

L'aristocrate s'était remis de sa peur initiale. Il se dit que cet individu n'avait rien d'un assassin : il était simplement blessé, et peut-être bien plus encore que sa sœur.

« Écoutez, c'était une terrible erreur… mais vous verrez, nous pourrons trouver un accord avantageux. Je vous donnerai de l'argent…

— Non ! s'écria l'autre, éperdu. Vous devez me rendre l'honneur de ma sœur !

— Vraiment, cela je ne le puis point, brave homme ! Mais je peux vous donner quelque chose de plus important. Réfléchissez un peu : si vous disposiez d'une somme rondelette, votre avenir n'en serait-il pas changé ? »

Le type commença à hésiter, on pouvait le lire dans son regard. On voyait aussi que cette faiblesse et que cette tentation diabolique se mêlaient à une douleur terrible et à un profond mépris envers lui-même pour ce qu'il était sur le point d'accepter. Observant cette lutte intérieure, entendant presque la souffrance qu'elle provoquait, le baron éprouva une bouffée de plaisir pervers.

« Bravo, on se comprend », dit-il, se tournant vers un coffret fermé. Il fit tourner la clef et souleva le couvercle.

« L'or, pour nous les pauvres, c'est… murmura le type vaincu et humilié et, tout en s'accablant de reproches, il abaissa son couteau. L'or, pour nous les pauvres, c'est la vie… »

Il y eut un claquement métallique.

« Eh bien, pour nous les riches, c'est le plomb », ricana le baron.

Il se retourna alors, un revolver à la main. Sans aucune hésitation, il tira dans le genou de son adversaire, qui s'effondra à terre en hurlant. Puis il s'approcha de lui avec un regard glacial, féroce. « Ce serait beau, de te regarder mourir lentement ! Mmmm, oui… ce serait beau, de te regarder souffrir comme un chien, soupira-t-il. Malheureusement, nous n'en avons pas le temps… » Des cris parvenaient de l'extérieur, on frappait, on appelait. « Malheureusement, nous n'en avons pas le temps. » Il pointa le revolver sur le type et tira, lui faisant exploser le visage. Puis il prit le couteau et s'infligea deux blessures superficielles, au bras et à la poitrine. Il trempa la main dans le sang de l'homme et se barbouilla là où il s'était fait des entailles. Enfin, après avoir renversé à terre le coffret qui contenait, en plus du revolver, des bijoux et des espèces, il ouvrit la porte de la cabine, faisant mine d'avoir du mal à tenir debout. « À l'aide ! s'écria-t-il. On a essayé de me voler ! »

Bernardo fut le premier à entrer, et il reconnut aussitôt le frère de la jeune fille. Puis le commandant du navire arriva, accompagné de quatre marins armés et du médecin. Quand la petite vit son frère dans cette mare de sang, le visage réduit en bouillie, elle s'agenouilla à son côté et éclata en sanglots. Même quand elle pleurait, son chagrin sonnait faux. L'aristocrate l'observa, là, près du cadavre, en retenant un sourire. Puis il s'adressa au capitaine du vaisseau et, d'un ton grave, il déclara : « Pauvre enfant, il ne faut pas que les fautes de ce misérable retombent sur elle. Je m'en occuperai et la prendrai à mon service, au nom de la charité chrétienne. » La vieille comtesse, qui se pressait avec les autres passagers de première devant la porte de la cabine, commenta pompeusement : « Voilà ce que c'est, la noblesse ! Prenez-en de la graine ! »

26

Buenos Aires, Argentine

« Tony m'envoie te dire qu'il veut te parler », annonça Nardo à Rocco quand ce fut son tour de garder l'entrepôt. Rocco se rendit à la Zappacosta Oil Import-Export, entra, et Bastiano lui indiqua le bureau du boss. Sans hésiter, il alla frapper à la porte. « Entrez ! » fit la voix de Tony. Rocco poussa la porte et s'avança. Tony était assis derrière son bureau, tout décoiffé. Une fille, de dos, reboutonnait son chemisier. « J'ai aimé la manière dont tu t'es comporté l'autre jour, dans cette histoire avec ma fille, commença Tony. Et tu sais combien je tiens à ma Catalina… » Rocco le fixa en silence. « J'ai une mission pour toi », poursuivit-il. La fille se retourna. Elle avait de longs cheveux blonds, un visage anguleux et des lèvres roses pulpeuses, sensuelles. Ses paupières étaient légèrement tombantes, comme celles d'un chat paresseux, ou comme si elle avait sommeil. Ses hanches étaient bien rondes. Mais ce qui frappa surtout Rocco, c'était qu'elle n'avait pas quinze ans. « Eh, arrête de baver ! » plaisanta Tony. Il se pencha au-dessus de son bureau pour lui tendre quelque chose. Rocco reconnut un des paquets de cocaïne.

« Apporte ça au *Chorizo*, le bordel où travaille Libertad, dit Tony en indiquant la prostituée. Et tant que tu y es, ramène-la aussi.

— *Señor* Zappacosta, réagit Rocco en secouant la tête, je suis mécanicien, pas… et là il s'interrompit, montrant le paquet. Envoyez donc Nardo !

— Nardo ? Je ne lui confierais même pas la dératisation de l'entrepôt ! ricana-t-il en clignant de l'œil. Rends-moi ce service. Tous mes autres gars sont de sortie.

— Et où c'est, le *Chorizo* ? demanda-t-il après un instant d'hésitation.

— Bastiano t'expliquera. Mais maintenant, écoute bien. Primo, tu livres le paquet à un mac qui s'appelle Amos et tu te fais payer. Ce juif fait toujours le malin. Bastiano te dira combien il te doit. Et deuzio, Libertad est sous ta responsabilité, elle doit rentrer au bordel. C'est clair ? »

Rocco prit le paquet et le glissa dans sa chemise.

« Inutile de préciser que si la *Policía* t'attrape avec ça, tu ne bosses pas pour moi. Pigé ? »

Rocco acquiesça.

« T'es un mécano intelligent, rit Tony.

— On y va ! » lança Rocco à Libertad, qui le suivit docilement, sans saluer Tony.

Bastiano lui fournit toutes les indications nécessaires, y compris la somme qu'Amos devait lui remettre, et Rocco se mit en route avec la prostituée. « Et voilà que maintenant, tu es passeur de drogue ! » pensait-il furieux, se sentant de plus en plus empêtré dans un destin dont il ne voulait pas.

Même s'il était plongé dans ses pensées, il regardait les femmes qu'ils croisaient, espérant que parmi elles il y aurait Rosetta, et cela lui rendit sa bonne humeur.

Arrivés au carrefour décrit par Bastiano, il s'apprêta à tourner à gauche.

« Non, prenons tout droit ! » suggéra Libertad.

Rocco se dit qu'elle avait bien une voix de gosse. Il était vraiment incroyable qu'à son âge elle se prostitue déjà.

« Non, il faut tourner.

— C'est pareil, expliqua-t-elle et, fermant les yeux, elle leva un bras devant elle, comme si elle imaginait le chemin. En continuant tout droit, on arrive à Plaza de Mayo : c'est la plus grande place que tu as jamais vue.

— Ça ne m'intéresse pas de faire du tourisme. Il faut que je te ramène. J'en ai rien à foutre, de cette ville de merde. »

Elle inclina la tête sur le côté, comme un petit chien :

« On t'a obligé à venir ici ? demanda-t-elle, un léger frémissement dans la voix.

— Oui. »

Il songea alors que c'était peut-être son cas, à elle aussi. Un certain malaise commença à s'insinuer en lui, comme lorsqu'on fait tout pour ne pas ouvrir une boîte dans laquelle on craint de trouver une mauvaise surprise. Elle le dévisagea de ses yeux paresseux.

« Je t'en prie, dit-elle d'une voix enfantine. Arrivés là, on tourne dans l'Avenida Rivadavia, c'est pareil. Tu sais que c'est la rue la plus longue du monde ? Plus de vingt kilomètres ! Il paraît que personne ne l'a jamais faite à pied en entier. »

Rocco, sans savoir exactement pourquoi, sentit la tristesse le gagner.

« Comment ça se fait que tu connaisses aussi bien Buenos Aires ? »

Elle eut un sourire désarmant.

« Je ne connais pas cette ville, je ne l'ai jamais vue avant aujourd'hui. »

Elle baissa la tête et, un instant, il crut qu'elle allait rougir – puis il réalisa que, malgré son très jeune âge, la vie avait déjà dû lui montrer tellement de pourriture qu'elle avait sans doute oublié qu'on pouvait rougir.

« Je demande toujours aux clients de me raconter comment est la ville, continua-t-elle. Je ferme les yeux et j'imagine ce qu'ils me décrivent. » Et en levant la tête vers Rocco, elle ajouta : « Je t'en prie ! »

À nouveau, il pensa qu'elle n'était guère plus qu'une gamine. Il en eut la nausée.

« N'essaie pas de me rouler, hein ! »

Les lèvres charnues et sensuelles de Libertad s'élargirent en un sourire enthousiaste. Elle sautilla sur place et battit des mains.

« Oh, merci, merci, merci ! » s'exclama-t-elle.

Rocco se dit qu'elle ne savait plus ni rougir ni être vraiment contente : il y avait quelque chose de mort dans sa démonstration de joie.

Pendant qu'ils marchaient, elle reprit son bavardage :

« Je connais le nom de tous les *barrios* de Buenos Aires, je sais un tas de trucs ! Toi, par exemple, tu sais ce que c'est, les *palacios* ?

— Non.

— Ce sont les bâtiments énormes et luxueux où habitent les riches, comme dans la Calle Arsenales, près du Parque San Martino. »

Il se dit qu'elle parlait comme un livre.

« Mais tu sais ce qui est vraiment à couper le souffle ? poursuivit-elle, comme une enfant répétant une leçon fraîchement apprise à l'école. Le *Palacio* de Aguas Corrientes, dans l'Avenida Córdoba. Il y a plus de 170 000 carreaux en céramique et 200 000 carreaux en terre cuite polychrome, importés de Belgique et d'Angleterre. Et le toit est couvert de tuiles en ardoise vert sombre qui viennent de France. »

Elle rit, passa devant Rocco et se mit à marcher à reculons. Elle parlait à toute allure, survoltée.

« Alors, j'ai demandé au client qui m'a raconté ça : "Mais qui habite là-dedans? Le roi?" Et lui, un petit vieux tout maigrichon avec un zizi à moitié endormi, qui se contente de… bref, ça c'est pas important… » Rocco crut qu'il allait vomir à l'idée de ce vieux qui dépensait moins de dix pesos pour souiller une gamine. « Bref, écoute la suite! reprit-elle. Il m'a répondu : "Il n'y a aucun roi, en Argentine." T'y crois, ça? "Et qui habite là, alors?" j'ai demandé. » Avançant toujours à reculons, elle trébucha. Rocco la rattrapa par le bras, elle était frêle et légère. « Personne! continua-t-elle en marchant à côté de lui. Personne n'y habite! Là-dedans, il y a je ne sais combien d'énormes réservoirs, qui contiennent toute l'eau potable de Buenos Aires. » Elle hocha la tête, comme pour renforcer ses dires. « Un palais aussi grand rien que pour cacher de l'eau. Tu trouves pas que c'est du gâchis? » Il acquiesça.

Ils parvinrent Plaza de Mayo. En effet, elle était gigantesque. Mais cela n'intéressait pas Rocco.

« Donc, maintenant on tourne par là? » demanda-t-il.

Le visage de Libertad se fit soudain sérieux.

« Je peux te dire quelque chose? »

Rocco aurait voulu dire non.

« Bien sûr, lâcha-t-il.

— Tu sais ce que je voudrais vraiment voir?

— On doit aller au *Chorizo*, coupa-t-il en secouant la tête.

— Je t'en prie… gémit-elle d'une voix pleurnicharde, exactement comme une gosse. Tu ne veux même pas savoir? »

Il poussa un soupir et fit oui de la tête. Elle se mit à battre des mains :

« C'est la *Costanera*, la promenade le long du Rio de la Plata… c'est là qu'il y a tous les *balnearios*, dit-elle en écarquillant les yeux. C'est là que tous les *Porteños*[1] se baignent !

— Et… c'est où, ça ? »

Il sentait bien qu'il faisait une sottise. Elle sautilla encore sur place, poussa un petit cri et lui saisit la main.

« Par là ! » s'exclama-t-elle. Elle commença à l'entraîner, et il la suivit.

Quand ils parvinrent sur la promenade, ils virent des dizaines de personnes en maillots qui se baignaient dans le Rio de la Plata. D'autres étaient assis sur de grandes terrasses en bois, sous de vastes parasols, ou bien allongés au soleil, sirotant une boisson et écoutant la bouleversante musique de cette terre, jouée par des orchestres de trois ou quatre musiciens. Quelques-uns dansaient avec indolence. Il y avait aussi des barques. Pour Rocco, tout semblait vraiment étrange, à Buenos Aires : on était fin novembre et l'été commençait à peine. Bientôt, ce serait Noël, et tout le monde se baladerait couvert de sueur. Entre-temps, le regard de Libertad s'était porté sur les eaux paresseuses et boueuses du gigantesque fleuve. Tenant encore Rocco par la main, elle le conduisit jusqu'à la rive. Là, elle ôta ses chaussures et commença à déboutonner sa robe.

« Mais qu'est-ce que tu fais ?

— J'ai envie de nager.

— Non non non ! N'y pense même pas ! »

Libertad continua à contempler le Rio de la Plata.

« Il y a deux ans, en Pologne, mes parents m'ont vendue à Amos, dit-elle avec une simplicité qui donna la chair de poule à Rocco. Ça fait deux ans que je

1. *Porteño* : nom des habitants de Buenos Aires.

travaille au *Chorizo*, sans jamais en sortir. Aujourd'hui, quand on m'a emmenée chez ce petit client, c'était la première fois. »

Elle le regarda. Ses yeux étaient à la fois ceux d'une gamine et d'une vieille femme. « Je t'en prie, laisse-moi nager ! Je n'aurai peut-être plus jamais l'occasion... » Rocco ne put soutenir son regard et baissa la tête, en faisant doucement non de la tête. Libertad reprit son déshabillage. Il vit sa robe tomber à terre. Quand il releva la tête, la gamine avait déjà mis les pieds dans l'eau. Elle portait un corset provocant, qui tranchait avec les maillots bien sages des autres baigneurs.

« Comment tu t'appelles ? demanda-t-elle en se retournant.

— Rocco.

— Rocco... » répéta-t-elle avec un sourire doux qui faisait mal.

Il fut tenté de l'arrêter. Mais un instant plus tard, elle était dans le fleuve et nageait déjà. L'eau boueuse camouflait l'indécence de ses sous-vêtements de prostituée. Elle était juste l'une de ces nombreuses jeunes filles qui se baignaient, avec ses longs cheveux blonds qui flottaient sur l'eau comme des algues dorées. Rocco l'observait, ahuri, avec un malaise croissant. « Libertad ! » appela-t-il. Mais la petite ne se retourna pas. D'une nage rapide, elle s'éloignait de plus en plus. Il la vit dépasser les bouées rouge et blanc qui délimitaient la zone de baignade. « Libertad... » dit-il encore, mais doucement, parce qu'à présent elle était trop loin pour pouvoir l'entendre. Elle continuait à avancer avec des mouvements vigoureux, se dirigeant vers le milieu de ce fleuve aussi vaste qu'une mer. Rocco crut un instant qu'elle cherchait à fuir. Mais non, elle ne pourrait jamais atteindre l'autre rive. « Arrête, Libertad, sinon tu n'auras pas la force de faire demi-tour ! » s'écria-t-il. C'est alors seulement qu'il réalisa ce qu'elle faisait. Elle voulait nager jusqu'au moment où elle n'aurait plus la force de revenir en arrière. Ensuite, elle se laisserait aller. « Non ! » hurla-t-il en poussant une barque dans l'eau. « Mon bateau ! » s'exclama un type. Mais Rocco ne l'entendit pas. Ramant de toutes ses forces, il n'avait qu'une idée en tête : rejoindre Libertad avant qu'il soit trop tard. De temps en temps, il se retournait pour voir ce qui se passait. Ses mouvements devenaient lents et poussifs. Ses bras avaient du mal à sortir de l'eau et ils ne soulevaient plus qu'une légère écume blanche. « Tiens bon ! Tiens bon ! » s'époumonait Rocco.

Quand il la rattrapa, Libertad était à bout, et elle n'aurait pas tardé à se laisser couler vers le fond. Un instant avant qu'elle ne disparaisse, il l'attrapa par les cheveux. Malgré la légèreté de la jeune fille, il eut beaucoup de difficultés à la tirer à bord, car elle ne l'aidait pas : elle n'était qu'un poids mort. Quand elle se retrouva allongée au fond de la barque, elle lâcha, avec un profond désespoir : « Pourquoi ? » Après quoi, elle ne prononça plus un mot, ni quand il la rhabilla, une fois sur la rive, ni pendant qu'ils cheminaient vers le *Chorizo*. « Je ne pouvais pas te laisser faire ! Tu comprends ça, non ? » dit Rocco. Mais elle ne fit pas mine d'avoir entendu. Il la regarda. Ce n'était plus la gamine surexcitée qui lui parlait de Baires. Tout cela n'avait été qu'une mise en scène. Depuis le début, elle voulait arriver là, près du fleuve. Et depuis le début, elle savait ce qu'elle voulait faire. « Je ne pouvais pas te laisser faire… » répéta-t-il, plus pour lui-même que pour elle, comme s'il éprouvait le besoin de se justifier, comme s'il pouvait y avoir quelque chose de mal à sauver la vie d'une jeune fille.

Arrivés à la maison close de la Calle Junín, il la remit à une femme balafrée qui ne remarqua même pas que la petite avait les cheveux mouillés. Là, il la vit disparaître dans un escalier et suivre la femme avec la docilité d'un agneau.

On le conduisit ensuite dans une salle qui puait le cigare. Amos était un gaillard rondouillard et rougeaud. Il vérifia le paquet et hocha la tête, satisfait. Rocco éprouva immédiatement une violente aversion à son égard. C'était lui qui avait acheté Libertad à ses parents, en Pologne, lorsqu'elle avait treize ans.

« Il faut que tu me payes », lui lança-t-il, agressif, quand il le vit glisser la cocaïne dans un tiroir.

Amos eut un sourire :

« T'en fais pas, Tony a confiance en moi.

— Et moi, j'ai confiance en Tony, répliqua Rocco. Il m'a dit qu'il m'arracherait les couilles si je ne lui apportais pas son fric. Et moi, je risque pas mes couilles pour un maquereau de merde.

— Tu as passé une sale journée, *amigo* ? » sourit Amos.

Rocco le fixa sans mot dire. L'autre lui jeta une liasse de billets froissés gagnés par ses prostituées. « Je ne veux plus te voir ici. Tu as raté l'occasion de tirer un coup gratis, connard ! » Rocco lui tourna le dos et s'en alla. Arrivé dehors, il jeta encore un œil à ce petit immeuble anonyme jaune moutarde, aux volets clos, qui avait l'air inhabité. On aurait dit une prison ou une tombe.

Il regagna La Boca, comme alourdi par un poids désagréable. Un peu plus tard, dans une des ruelles crasseuses derrière les hangars du port, il aperçut une bande de gosses qui encerclaient un homme à terre. « Eh ! » s'écria-t-il en s'élançant vers le groupe. Les petits voyous s'immobilisèrent un instant. Puis ils se plantèrent devant lui, formant un groupe compact et inquiétant. Rocco reconnut alors sur le sol Javier, le docker licencié par Tony, inconscient et en sang. « Qu'est-ce que vous lui avez fait, bande de salopards ? » Un des garçons, plus grand que les autres, avec un regard dur et une cicatrice au milieu du sourcil gauche, sortit un couteau. Dans son autre main, il serrait une poignée de pesos.

« Qu'est-ce que vous lui avez fait ? répéta Rocco.

— C'est pas nous, c'est vous ! répliqua le gosse.

— Qui ça, vous ? demanda-t-il, déconcerté.

— Ben vous ! insista l'autre. Nous, on lui a juste fait les poches.

— Lâche ce fric !

— Va te faire foutre ! » et il brandit son couteau d'un air menaçant, imité par ses compagnons.

Rocco sortit son pistolet :

« Ça suffit, siffla-t-il d'un ton noir.

— Quoi, ça suffit ? ricana l'autre.

— Ça suffit ! beugla-t-il, écrasé par le poids de sa journée.

— On est trop nombreux pour toi tout seul, ricana le gamin.

— T'as raison ! reconnut-il d'une voix vibrant de colère. Mais cette histoire, c'est tes copains qui la raconteront, pas toi. Parce que toi, tu seras le premier à te retrouver là par terre, la tête explosée par le premier coup que je vais tirer. »

Le gamin le fixa en silence. « Tu choisis », conclut Rocco. Il souleva lentement le chien de son pistolet. Le gosse jeta l'argent à terre et, en un éclair, disparut avec sa bande. Rocco s'agenouilla près de Javier. « Qui t'a fait ça ? » lui demanda-t-il. Javier le regarda de ses yeux tuméfiés. « Vous », lâcha-t-il. Il avait été battu jusqu'au sang. Rocco comprit que c'était sa punition pour avoir offensé Tony. Il aperçut, un peu plus loin, une batte de base-ball. Il ramassa l'argent et le mit dans la poche de l'homme. Puis il l'aida à se relever et, le portant quasiment sur son dos, il l'emmena jusqu'au quai, où il reconnut deux des dockers qu'il avait rencontrés à la taverne. « Aidez-le ! » s'exclama-t-il. Les deux types le regardèrent avec un mélange de haine et de crainte. Rocco serra les poings. Il aurait voulu leur dire que ce n'était pas sa faute et qu'il n'était pas mafieux. Mais à quoi bon ? Ils ne l'auraient jamais cru. « Putain, mais aidez-le ! » s'écria-t-il. Puis, après leur avoir laissé Javier, il tourna les talons et partit.

D'un pas furibond, il se dirigea vers la Zappacosta Oil Import-Export. « C'est quoi, ce monde pourri ? » Un vieux qui passait près de lui s'arrêta et le scruta. Il avait les yeux fatigués et résignés : « La vie, c'est de la merde, dit-il, et à la fin, on meurt. » Il tendit la main, paume tournée vers le haut. « File-moi deux ou trois pesos, s'il te plaît, *señor*… » Rocco lui donna un des billets d'Amos. Le vieillard émit un sifflement de surprise et s'en alla. Rocco entra comme une tornade dans le bureau de Tony, suivi de Bastiano, qui n'avait pas réussi à le retenir. Il jeta l'argent gagné par les gamines prostituées du *Chorizo* sur le bureau. « Je ne travaille plus pour vous ! s'écria-t-il avec un regard qui lançait des éclairs. Demain matin, je m'en vais ! » Il posa le pistolet près de l'argent et sortit, sans attendre la réponse du boss.

Quand il se retrouva dehors, seul sur le quai, il s'arrêta. « Libertad… » murmura-t-il. Il réfléchit au sens de ce nom, le cœur serré. « Liberté… » Il leva les yeux au ciel : il était pur, sans un nuage. Un azur limpide, immaculé, magnifique. Toute cette perfection jurait tellement ! songeait-il. Il sentit ses yeux se remplir de larmes. « Libertad, je suis désolé de ne pas t'avoir laissée nager… » dit-il doucement.

27

« Ça veut dire quoi, en espagnol, *Blacatte* ? demanda Raquel à Adelina pendant qu'elles étendaient des draps fraîchement lavés sur des fils tendus à travers la terrasse.

— Pourquoi tu veux savoir ça ? » questionna Adelina, soupçonneuse.

Raquel haussa les épaules :

« Pour rien, comme ça… J'ai entendu un client en parler.

— Et qu'est-ce qu'il disait ?

— J'ai pas bien compris… répondit-elle vaguement. Il parlait un peu espagnol, un peu yiddish… Il disait…

— Ah, laisse tomber ! interrompit la femme. Je sais ce qu'il disait : qu'on peut y acheter de la cocaïne.

— Oui, exactement, mentit-elle. Alors, qu'est-ce que ça veut dire ? C'est vous qui avez dit que je devais apprendre l'espagnol.

— C'est pas de l'espagnol, imbécile, c'est de l'anglais ! *Black Cat*, ça veut dire chat noir. Mais si tu revois ce client, tu peux lui dire qu'Amos aussi, il a de la cocaïne. Ton gars n'a pas besoin d'aller jusqu'au *Black Cat*.

— Pourquoi, c'est loin ? poursuivit-elle, bien décidée à découvrir où cela se trouvait afin d'aller y chercher El Francés.

— Assez… grogna-t-elle en scrutant la jeune fille, à nouveau méfiante. Mais qu'est-ce que ça peut te faire ? »

Raquel haussa encore les épaules :

« Comme ça, question d'apprendre les noms, dit-elle comme si ça ne l'intéressait pas vraiment. C'est comme la rue, là en bas… c'est Calle Junín », ajouta-t-elle, mal à l'aise. Elle se força à adresser un sourire à Adelina, bien qu'elle la déteste pour la manière dont elle traitait les filles du *Chorizo*. Puis elle se tourna pour étendre un autre drap.

« C'est à Recoleta.

— Avenida Recoleta ? demanda-t-elle sans la regarder.

— Non, c'est un *barrio*.

— Ah, d'accord… Et le *Black Cat*, ça se trouve dans l'Avenida… ?

— Mais qu'est-ce que ça peut te foutre, le nom des rues ? T'es débile ou quoi ? Tu ne serais pas un peu givrée, comme Libertad, qui connaît toute la ville par cœur sans l'avoir jamais vue ? Toi, tu ne sors pas d'ici. Tu n'aurais pas envie de faire une balade, par hasard ?

— C'est qui, Libertad ?

— Une des putains. Pourquoi tu poses toutes ces questions ? Tu caches quelque chose ?

— Non, non… »

Raquel baissa la tête. Elle devait faire attention à ne pas aller trop loin. Mieux valait se taire.

« Allez, maintenant au travail, si tu veux dîner ! »

Raquel prit le dernier drap dans le panier et l'étendit au soleil. Du coin de l'œil, elle s'aperçut qu'Adelina comptait les draps.

« Il n'y en a pas treize ? »

Raquel retint son souffle, son cœur accélérait dans sa poitrine.

« C'est à toi que je parle, débile ! Réponds ! »

Faisant mine de lisser des plis, Raquel restait dos tourné pour qu'Adelina ne voie pas son visage tendu.

« Heu, non… j'en avais compté… douze…

— Au rez-de-chaussée, y a treize chambres. Treize chambres, treize draps. »

Elle se planta devant Raquel et la fixa d'un œil sévère. La jeune fille sentit une goutte de sueur couler sur son front. Adelina pointa un doigt vers elle :

« Si tu l'as déchiré en le lavant, il faut me le dire !

— Non, moi je… »

Adelina continua à la toiser en silence. Raquel eut l'impression de mourir. Elle avait cherché de la corde pour s'évader du *Chorizo*, mais n'avait pu en trouver. Alors, elle avait décidé de fabriquer des bandes avec des draps. C'était le deuxième qu'elle dérobait. Adelina ne s'était aperçue de rien pour le premier.

« Il y en avait treize, répéta la balafrée. Il s'est déchiré ? »

Raquel sentit la panique la prendre à la gorge :

« Ou… oui, bredouilla-t-elle.

— Alors il faut me le dire, idiote ! bougonna-t-elle. Ils sont vieux, c'est normal qu'ils se déchirent. Mais si tu dis rien, après comment on fait le lit qui reste ? Réfléchis un peu, imbécile ! »

Adelina poussa un gros soupir : « Je vais en chercher un neuf. T'es pas finaude, comme gosse ! » Elle se retourna et se dirigea vers la porte de la terrasse : « Allez, file à la cuisine ! Il y a la vaisselle à faire. »

Raquel sentit ses jambes trembler, elle l'avait échappé belle. « Tout de suite ! » s'exclama-t-elle avec un enthousiasme excessif.

En descendant à la cuisine, elle passa devant la chambre où Tamar travaillait et jeta un œil à l'intérieur. À ce moment-là, son amie n'avait pas de clients, comme souvent en début d'après-midi. Le *Chorizo* se remplissait à partir de huit heures du soir.

Tamar était assise sur le lit défait, tête baissée, les mains entre les genoux et le regard perdu dans le vide. Sa chemise déboutonnée laissait voir ses beaux seins nus. « Salut, Tamar ! » lança Raquel. Son amie leva lentement la tête.

« Salut, porc-épic. »

Elle a des yeux éteints, comme deux ampoules mortes, pensa Raquel.

« Comment tu vas ? »

Tamar souriait sans parler.

Raquel sentit grandir en elle la haine qu'elle éprouvait pour Adelina. Elle continuait à droguer Tamar. Et la drogue était en train de la consumer, la jeune fille se transformait en une enveloppe vide dans laquelle les clients du *Chorizo* déchargeaient leur solitude et leur pourriture. Ils l'avaient réduite à un sac-poubelle ! se dit Raquel avec rage.

Tamar n'avait pas l'air d'en souffrir, mais ça, c'était grâce à cette potion qu'Adelina se procurait auprès du neveu d'un Indien de la forêt amazonienne. Lorsque Raquel avait découvert comment Tamar se sentait réellement lorsque l'effet de la drogue s'estompait, cela l'avait épouvantée. Elle avait lu dans ses yeux une souffrance insupportable, qui lui avait rappelé celle de Kailah, le jour où elle s'était suicidée. Elle ne voulait pas perdre Tamar aussi. C'était sa seule amie, sa seule famille, la seule personne au monde qui lui soit restée.

« On est quel jour ? » lui demanda Tamar, d'une voix rendue plate et incolore par la drogue.

Elle lui posait cette question chaque fois, songea Raquel, la gorge nouée. Comme si cela avait une quelconque importance, et comme si un jour pouvait être différent d'un autre, au *Chorizo* !

« Aujourd'hui, on est jeudi, répondit-elle avec douceur.

— Jeudi », répéta machinalement Tamar en fronçant légèrement les sourcils, comme si cela lui avait demandé un effort de concentration.

Raquel reboutonna la chemise de son amie et couvrit sa poitrine.

« Alors demain… on est vendredi, porc-épic ? » continua Tamar.

Les yeux de Raquel se remplirent de larmes. Elle devait la sortir d'ici au plus vite. Il fallait qu'elle se dépêche.

« Oui, demain on est vendredi. »

Tamar hocha la tête et sourit, comme une enfant contente d'avoir résolu un casse-tête.

Raquel aurait voulu lui répéter qu'elles allaient s'enfuir, mais dans l'état où elle se trouvait, son amie risquait de mettre la puce à l'oreille d'Adelina. Raquel devait tout faire toute seule.

« Tamar, tu sais qui c'est, Libertad ? »

Tamar sourit et fit oui de la tête.

« Elle est dans le même dortoir que toi ? »

À nouveau, Tamar sourit et acquiesça. Raquel lui caressa les cheveux.

« Tu sais ce que ça veut dire, "*Abre las piernas, perra*" ? » lui demanda Tamar.

Raquel sentit son cœur se serrer :

« Non, mentit-elle.

— "Écarte les cuisses, putain", expliqua Tamar. Tu vois, porc-épic ? sourit-elle. J'apprends l'espagnol. »

Raquel se mordit les lèvres et sortit.

À la cuisine, elle s'attaqua à une énorme quantité d'assiettes et de casseroles graisseuses, qu'elle lavait avec un mélange d'eau chaude, de vinaigre et de bicarbonate de soude, qui lui rougissait les mains. Elle demanderait à d'autres filles qui était Libertad. S'il était vrai qu'elle connaissait Buenos Aires par cœur, elle pourrait peut-être lui expliquer comment trouver le *Black Cat*.

Adelina entra dans la cuisine et rejoignit aux fourneaux Esther, l'autre femme qui partageait leur chambre.

« Une des nouvelles n'arrête pas de pleurer, rapporta Esther.

— Leurs larmes finissent toujours par s'épuiser », ricana Adelina en étalant la pâte pour les *empanadas*.

« *Bruja* », murmura Raquel avec rage, « sorcière ». Elle la haïssait. Adelina, c'était la main du diable, c'était la main d'Amos. Raquel finit la vaisselle et alla passer le balai dans le dortoir des filles, après avoir dérobé deux *alfajores*, des biscuits fourrés au *dulce de leche*, pour son amie.

En repassant devant la chambre où travaillait Tamar, elle trouva la porte fermée. Elle tendit l'oreille pour savoir s'il y avait un client à l'intérieur. Elle entendit des espèces de grognements, et les ressorts du lit qui grinçaient en rythme. « *¿ Te gusta, verdad ?* » disait la voix d'un homme, enroué par sa fougue sexuelle. N'obtenant pas de réponse, il prit un ton agressif : « *Dime que te gusta, puta !* » « Dis-moi que t'aimes ça, putain », traduisit Raquel dans sa tête. « *Sì, me gusta mucho* », répondit Tamar, sans la moindre émotion. Cela suffit à l'homme qui, satisfait, reprit ses grognements. « Oui, j'adore ça », murmura Raquel, affligée.

Elle gagna le dortoir, où elle donna un rapide coup de balai. Puis elle dissimula les biscuits sous l'oreiller de Tamar, espérant qu'elle les trouverait. Vérifiant que nul ne la regardait, elle descendit dans le débarras, au premier étage. Elle écarta le rideau et se glissa à l'intérieur. Sous le tapis roulé qui puait le moisi, elle récupéra le drap qu'elle avait volé le matin même. Elle le déchira en larges bandes, les noua entre elles et les noua aux bandes qu'elle avait déjà fabriquées avec le premier drap. Elle tendit l'oreille : pas un bruit. Alors, elle ouvrit la fenêtre donnant sur la petite cour à l'arrière et déroula la corde qu'elle avait fabriquée, pour vérifier qu'elle était assez longue. La corde toucha terre. Raquel sentit son cœur se gonfler d'espoir. Elle décida que, même si elle n'arrivait pas à avoir les informations nécessaires pour trouver le *Black Cat*, elle tenterait une évasion le soir même, et chercherait à contacter El Francés.

S'efforçant de passer inaperçue, elle entra dans l'autre dortoir des filles. Le cœur battant, elle s'approcha d'un lit et demanda à la fille qui y était allongée :

« Tu connais Libertad ?

— Il y en a plusieurs. Laquelle tu cherches ?

— Celle qui connaît toutes les rues de Buenos Aires.

— Ah oui ! dit-elle avec un sourire, et elle montra deux lits plus loin. C'est celle avec les longs cheveux blonds. »

Raquel rejoignit la fille. Elle fut étonnée de la découvrir aussi jeune : elle avait peut-être un ou deux ans de plus qu'elle. Il lui sembla l'avoir déjà croisée dans les couloirs, toujours souriante et pleine de vie. Elle s'accroupit près du lit et dit : « Salut, Libertad ! » La gamine restait immobile, à fixer le plafond. « Pas la peine de gaspiller ta salive, lança une fille dans le lit voisin. Ça fait quelques jours qu'elle ne parle plus. »

Un instant, Raquel fut frappée de découragement. Ce monde tuait les gens, même quand ils restaient en vie. « Libertad, je t'en prie… » « Elle, elle est muette. Mais toi, tu es sourde ! » râla la fille d'à côté en poussant un soupir. Libertad n'avait pas bougé un muscle.

Raquel décida de tenter le tout pour le tout. Elle s'approcha de l'oreille de Libertad et murmura :

« Je t'en prie… il faut que je parte d'ici… »

La jolie blonde se retourna. Son regard était intense. Mais elle restait silencieuse.

« Je t'en prie… » répéta Raquel.

Soudain, Libertad l'attira plus près d'elle.

« Ne rate pas ta chance, chuchota-t-elle, on n'en a qu'une seule, une seule !

— Aide-moi, dit Raquel, parlant le plus bas possible. Tu connais le *Black Cat* ? C'est quelque part à Recoleta… »

L'autre la fixa comme si elle ne la voyait plus.

« On n'a qu'une chance, reprit-elle comme un automate, avant de recommencer à contempler le plafond.

— Libertad… dit Raquel, Libertad…

— Merde alors, tu nous laisses dormir, oui ? » protesta la fille d'à côté.

Quand la porte de la chambrée se referma, une larme roula sur la joue de Libertad. Rien d'autre. « Tant pis, pensa Raquel en s'éloignant. Je trouverai toute seule. » Elle ne pouvait pas attendre : Tamar était dans un état lamentable. Mais il lui restait encore quelque chose à faire avant de partir. Raquel savait qu'Adelina se tournait et se retournait toujours dans son lit avant de trouver le sommeil, parce qu'elle avait mauvaise conscience, imaginait Raquel. Mais ce soir-là, Adelina s'endormirait vite, et d'un sommeil bien lourd. Elle avait découvert l'endroit où la balafrée conservait la drogue.

Raquel transvasa une abondante quantité de ce produit dans un verre, qu'elle cacha. Et, à l'heure du dîner, elle versa la drogue dans le vin d'Adelina. Ses mains tremblaient, tant elle était nerveuse.

À partir de là, le temps sembla s'arrêter. Les minutes lui pesaient comme des heures. Elle surveillait Adelina du coin de l'œil. Une fois dans leur chambre, elle remarqua que les yeux de la femme se voilaient. « J'ai trop mangé, bafouilla-t-elle, je ne me sens pas bien… » Esther ricana, hébétée, elle buvait tellement que le soir, après le travail, elle perdait connaissance en un clin d'œil. Quelques minutes plus tard, les deux femmes ronflaient.

Raquel sortit dans le couloir sur la pointe des pieds. Elle prit un plateau et un verre de vin. Si elle croisait quelqu'un, on penserait qu'elle travaillait. Elle rejoignit le débarras du premier étage, les yeux rivés au sol et le cœur battant à tout rompre, sortit la corde en draps de sous le tapis moisi, ouvrit la fenêtre et lia une extrémité de la corde au support de la gouttière. Un instant, en regardant la nuit noire, elle sentit le courage lui manquer. Et elle pensa à Tamar, à son regard désespéré qui lui avait rappelé celui de Kailah. Elle enjamba le rebord de la fenêtre.

À cette seconde même, une main s'abattit sur son épaule. Raquel faillit hurler de frayeur mais la main se déplaça aussitôt de son épaule à sa bouche, la lui fermant. « Chut ! souffla Libertad. Je vais t'aider, mais je ne connais pas toutes les rues. »

Libertad ferma les yeux, traça des signes avec ses mains, comme si elle suivait un parcours. « Tu vas vers le sud, jusqu'à l'Avenida Rivadavia, que tu suis jusqu'au bout, en direction du centre. Puis tu tournes à gauche, vers le nord, dans l'Avenida Pueyrredón, qui te conduit à Recoleta. Tu continues tout droit et tu verras, sur ta gauche, la Via Arenales. Le *Black Cat* est là, tu le reconnaîtras parce qu'il y a un chat noir avec la queue dressée dessiné sur un auvent rouge. » Elle rouvrit les yeux.

« Mais tu sais que je n'y suis jamais allée, hein ? Ça pourrait aussi être tout faux.

— Que le Seigneur du monde te bénisse, dit Raquel, émue.

— Il m'a oubliée, le Seigneur du monde », lança Libertad avec colère et douleur. Elle prit Raquel dans ses bras et lui murmura : « Nage pour moi ! »

28

Dès que Libertad fut partie, Raquel pria pour que les draps noués supportent son poids et s'élança dans le vide. Sa tête alla violemment battre contre le mur. Mais elle tint bon et commença à descendre. À chaque mouvement, elle gagnait en confiance. Au village, elle était aussi douée que les garçons pour grimper aux arbres. Au moment de toucher le sol, une bouffée d'enthousiasme l'envahit. Ce n'était que le début, mais elle allait réussir, elle en était certaine.

Elle atteignit le muret, se retourna, la longue corde de draps ressortait, toute blanche, dans la nuit noire. « Imbécile ! se reprocha-t-elle. Tu aurais dû la teindre en noir ». On la voyait immédiatement en regardant dans cette direction. Mais il n'y avait plus rien à faire. Elle se pencha au-dessus du mur : personne. Elle l'escalada et courut le plus vite possible. Elle espérait que les indications de Libertad étaient justes. Elle avança jusqu'à une rue pleine de voitures. « Avenida Rivadavia », lut-elle, ce qui lui donna du courage. « Monsieur, demanda-t-elle à un passant, c'est par où, le centre ? » L'homme la regarda en fronçant les sourcils. Elle réalisa alors que, sous le coup de la nervosité, elle avait parlé en yiddish. « Calme-toi ! » se dit-elle, et elle lui posa la question en espagnol. Au bout d'une demi-heure, elle parvint à trouver le *Black Cat*.

Elle s'arrêta sous l'auvent rouge avec un chat noir peint, la queue dressée. Retenant son souffle, elle jeta un œil par la vitrine et, avec un coup au cœur, reconnut El Francés, beau et élégant comme dans son souvenir, en train de parler à un homme au teint jaunâtre. Elle entra et se dirigea droit vers sa table.

« *Señor Francés…* » commença-t-elle.

Il regarda la gamine maigre comme un clou, avec un drôle de nez, long et retroussé, et une masse de cheveux noirs sur la tête :

« Qui es-tu, *pequeña* ?

— *Señor…* je ne parle pas bien votre langue…

— Ah, tu es une petite *polák* ! s'amusa El Francés. Que veux-tu ?

— Je dois vous parler de quelque chose d'important, dit-elle, puis elle leva les yeux vers l'homme qui se trouvait avec lui. C'est privé, ajouta-t-elle.

— Je n'ai pas de secret pour mon ami Lepke, rétorqua El Francés. Et puis, lui il est juif, comme toi, ajouta-t-il en approchant une chaise. Allez, pose ton petit cul là-dessus ! Vas-y, *chica*, dis-moi tout. »

Raquel s'assit :

« *Señor*, commença-t-elle, est-ce que vous vous rappelez, il y a un moment déjà, que vous êtes venu là où arrivent les bateaux, et qu'il y avait plein de filles qui débarquaient ? Vous en avez vu une très belle, et vous avez dit à un homme qui s'appelle Amos que vous vouliez l'acheter. »

Le regard d'El Francés se fit plus attentif, mais il resta silencieux.

« Vous la voulez encore, *señor Francés* ?

— Et toi, qui es-tu ? demanda-t-il en se penchant vers elle.

— Vous avez dit que vous la traiteriez bien, insista-t-elle.

— Qui es-tu ? répéta-t-il.

— Je travaille au *Chorizo* et Tamar, cette fille si belle… est mon amie. »

Elle le fixa avec des yeux ronds pleins d'espoir.

« Je peux l'aider à s'évader si vous, vous la prenez. »

El Francés eut un geste sec de la main :

« Je veux pas d'ennuis avec les juifs. Ceux-là, il ne leur faudrait pas trois secondes pour m'égorger…

— Je vous en prie, *señor* ! Le *Chorizo*, c'est… horrible, poursuivit-elle tandis que ses yeux s'embuaient de larmes. Il y a plein de gens, dans cette ville, Amos ne vous trouvera jamais.

— Tu ne sais pas de quoi tu parles, *niña.* Ici, il y a des millions de miséreux, mais pas beaucoup de *caftánes…* de maquereaux, dit-il en secouant la tête. Une fille jolie comme ta copine, si je m'en occupais, tout Baires serait au courant au bout d'une semaine. Et ça reviendrait aux oreilles d'Amos encore plus vite que ça. Alors, qu'est-ce que je devrais en faire ? La prendre pour la cacher ? Moi je fais des affaires, pas la charité.

— C'est vraiment une beauté, cette *chica* ? » intervint Lepke.

El Francés posa un baiser sur le bout de ses doigts :

« Plus encore ! C'est une œuvre d'art.

— Tu pourrais l'emmener à Rosario pour une petite année ? C'est à 300 kilomètres au nord d'ici. Qui irait la chercher là-bas ? suggéra Lepke. Même à Rosario, on fait de bonnes affaires, et il n'y a pas trop de *Poláks.* »

El Francés le regarda en réfléchissant. Puis il sourit et fit oui de la tête :

« Ça pourrait marcher. »

Raquel écarquilla les yeux, radieuse.

En retournant au *Chorizo* dans la voiture d'El Francés, elle n'arrivait pas à croire qu'elle avait réussi à faire ça. Il avait voulu la raccompagner pour vérifier que le lieu du rendez-vous était sûr. Elle était survoltée. C'était prévu pour le lendemain. Et El Francés l'avait assurée qu'il l'emmènerait avec Tamar : elle serait sa domestique. Quand il vit le drap pendre de la fenêtre, il fronça le nez. Mais c'était un endroit tranquille.

« Ça peut marcher, finit-il par dire. À quatre heures et demie, *mañana por la mañana*[1]. »

Et il s'en alla, sans vérifier si Raquel entrait bien au *Chorizo*. Mais elle n'eut aucune difficulté et, dès qu'elle fut à l'intérieur, elle enleva le drap et alla voir Tamar.

Comme d'habitude, son amie lui demanda :

« On est quel jour ? »

Le visage de Raquel s'éclaira :

« Un grand jour !

— Un grand jour… » répéta l'autre, sans comprendre.

Raquel se dit que Tamar ne réussirait jamais à descendre par la fenêtre dans cet état. Elle n'y avait pas pensé avant. Elle regagna sa chambre en toute hâte. Adelina et Esther ronflaient toujours. Elle vida la moitié de la bouteille de drogue et mit de l'eau à la place. Si Tamar était moins hébétée, elle serait capable de s'évader, se dit-elle. En tout cas, c'est ce qu'elle espérait de tout cœur. Puis elle se glissa sous sa couverture et serra le livre de prières de son père. « Demain, demain… » répétait-elle. Bientôt, elles seraient libres.

Mettant fin à une nuit particulièrement tourmentée, Adelina secoua brutalement Raquel, comme tous les matins. « Va chercher les draps sales ! » lui ordonna-t-elle, comme prévu. Raquel cacha le livre de son père sous sa robe et rejoignit le dortoir des filles. Son cœur

1. « Demain matin. »

battait la chamade. Elle arrêta Tamar devant la porte, dans le couloir. « Qu'est-ce que tu fais là, porc-épic ? » lui demanda son amie d'un ton sombre. Raquel lut dans ses yeux la terrible douleur qui la submergeait lorsque la drogue ne l'étourdissait plus. Elle en éprouva de la peine pour elle mais elle en fut aussi soulagée.

« Viens vite !

— Laisse-moi tranquille, je ne suis pas d'humeur… »

Elle avait la voix pâteuse. À l'évidence, la dose de drogue n'était pas assez puissante pour l'assommer complètement, mais pas assez faible pour qu'elle soit vraiment lucide, comprit Raquel. Elle lui saisit la main :

« Viens, on s'en va. »

Tamar digéra lentement l'information :

« On s'en va… où ça ?

— On s'enfuit ! »

Les yeux de Tamar brillèrent.

« On s'enfuit…

— Chut ! » Et Raquel, toujours en lui tenant la main, la conduisit dans l'escalier.

Elles s'apprêtaient à le descendre quand elles croisèrent l'un des hommes d'Amos.

« Avance ! aboya Raquel à l'adresse de Tamar. Je veux que tu voies ce que tu en as fait, de ton drap ! Cette fois, c'est toi qui vas le laver, sale putain ! »

Le sbire éclata de rire.

« Adelina t'a bien dressée, toi ! »

Puis il poursuivit son chemin sans plus leur prêter attention.

Raquel descendit l'escalier en vitesse, traînant Tamar comme un poids mort. Quand elles arrivèrent dans le débarras, elle la poussa à l'intérieur, se précipita sur la corde de draps noués, ouvrit la fenêtre et fixa une extrémité de la corde au support de la gouttière. De l'autre côté du muret, elle reconnut la voiture d'El Francés qui les attendait. Elle se tourna aussitôt vers Tamar, le cœur gonflé de joie. Mais lorsqu'elle vit les yeux de son amie, elle fut prise de frayeur. Ils s'éteignaient. Elle aurait dû diluer encore davantage la drogue. Elle la saisit par les épaules. « Laisse pas tomber maintenant, je t'en supplie ! murmura-t-elle. Réveille-toi. On a réussi ! » Tamar avait l'air ahuri. Raquel lui donna une claque. Puis une autre encore. Elle la tira près de la fenêtre : « Regarde cette voiture ! chuchota-t-elle. Cette voiture, c'est la liberté. » Elle la secoua encore, avec la force du désespoir. « N'abandonne pas, bordel de merde ! » lui siffla-t-elle rageusement à l'oreille. Lentement, le regard de Tamar sembla devenir moins flou : « Tu as toujours eu la langue bien pendue, toi ! » Puis ses épaules bougèrent doucement, elle riait. Raquel rit avec elle et la prit dans ses bras. Elle la mit face à la fenêtre.

« On doit descendre.

— J'ai peur. »

Raquel l'obligea à la regarder dans les yeux.

« Tu veux rester ici ? »

Tamar secoua la tête.

« Non. Mais passe d'abord.

— Non, toi d'abord.

— S'il te plaît… montre-moi comment on fait.

— Si après tu ne descends pas, je remonterai te chercher !

— Je descendrai, ne t'en fais pas… porc-épic. »

Raquel enjamba la fenêtre, agrippa la corde et commença à descendre. Elle toucha bientôt terre et fit signe à Tamar de la suivre. Tamar escalada le rebord de la fenêtre, en hésitant. Elle était effrayée. « Vas-y ! » chuchotait Raquel. Son amie saisit le drap entre ses mains puis, pour vaincre sa peur, se lança avec trop d'énergie. Elle alla battre contre la gouttière, qui résonna bruyamment. Mais elle ne lâcha pas prise. Elle finit par se stabiliser et brusquement, le drap se déchira. « Non ! » Tamar tomba et s'écrasa lourdement à terre. Elle hurla de douleur.

Raquel ferma les yeux, sous le choc. La jambe gauche de Tamar était anormalement pliée au-dessus de sa cheville. Elle se ressaisit aussitôt et la prit sous les bras pour la relever. En s'approchant, elle se rendit compte que l'os avait traversé la peau de sa jambe. Elle retint un haut-le-cœur et releva Tamar. Celle-ci gémissait et criait. « Silence, tais-toi ! » ordonna Raquel. Puis, la portant presque sur son dos, elle l'emmena vers le mur. « On y est ! lui disait-elle de temps en temps. On y est, tiens le coup ! » « Elles s'échappent ! » entendirent-elles à ce moment-là, au-dessus de leurs têtes. Raquel aperçut Adelina, attirée par les hurlements de Tamar, à la fenêtre de la cuisine, au premier étage. « Elles s'échappent par-derrière ! » brailla Adelina. Puis elle rentra précipitamment à l'intérieur. « Allez, on y est ! répétait Raquel en traînant Tamar. On y est ! » Elles se trouvaient à moins de deux mètres du muret lorsqu'elle entendit s'ouvrir la porte donnant sur la cour. Il y eut des voix d'hommes qui accouraient. Et aussi le bruit de la voiture d'El Francés qui démarrait en trombe et prenait la fuite. « Non ! » s'exclama Raquel. En un éclair, trois hommes armés de couteau jaillirent dans la petite cour et encerclèrent les jeunes filles.

Aussitôt après, Amos apparut, suivi de deux autres sbires. Il s'approcha très lentement et sortit un couteau de sa ceinture. Ses lèvres s'étiraient en un rictus cruel, féroce. Il les fixa en silence. Puis il saisit le visage de Tamar, qui ne cessait de gémir, il posa la pointe du couteau sur sa pommette et, d'un mouvement rapide vers le bas, il lui tailla la joue jusqu'à la mâchoire.

« Te voilà marquée, sale catin ! Tu l'as bien cherché. » Tamar hurla de douleur, le sang dégoulinait le long de son cou. Raquel se précipita sur Amos. Il lui asséna un coup de pied qui la projeta à terre. « Toi, t'auras pas la même chance ! lui lança-t-il d'une voix terrifiante, tout en essuyant la lame ensanglantée sur son pantalon. À partir d'aujourd'hui, tu ne souffriras plus dans cette vallée de larmes. » Il se tourna vers ses hommes : « Empêchez-la de bouger, que je l'éventre ! »

Deux types saisirent Raquel par les bras. Tétanisée, elle regarda Tamar. Amos fit un pas vers elle, les yeux mi-clos et un petit sourire horrible sur les lèvres, pointant un couteau vers son ventre : « Maintenant je vais t'ouvrir en deux, de ton petit con inutile jusqu'à ta gorge ! » Soudain, avec un hurlement glaçant, Tamar se mit debout et se jeta entre Raquel et le couteau, au moment même où Amos frappait. La lame s'enfonça profondément dans sa chair. Amos, pris au dépourvu, fit un pas en arrière. Surpris, les deux sbires lâchèrent Raquel. En tombant, Tamar tourna la tête vers elle, bouche grande ouverte : « Sau… ve… toi… » bredouilla-t-elle, le sang gargouillait dans sa gorge. « Sau… ve… toi… porc-épic… » « Non ! » s'écria Raquel. En la regardant, les yeux pleins de larmes, son père lui revint à l'esprit. Lui aussi lui avait dit de fuir, en mourant. Et dans sa gorge aussi, le sang gargouillait. Un bref instant, elle se sentit perdue. Mais aussitôt après, plus rapide que les autres, mue par une terreur absolue, elle bondit vers le muret, qu'elle escalada. Elle n'était pas encore arrivée de l'autre côté qu'une main s'abattait sur elle.

Adelina avait descendu l'escalier à toute allure et était sortie par la porte principale, faisant le tour. « Je l'ai, Amos ! vociféra-t-elle d'une voix triomphante. C'est moi qui l'ai prise, la garce ! » Raquel la dévisagea.

Elle vit la cicatrice, sur la joue. Autrefois, elle aussi avait tenté de fuir. Maintenant, elle était la main du diable. « Non ! » résonna une voix impérieuse, venue d'en haut. Tout le monde se retourna, Un moment, le temps sembla s'arrêter. Libertad s'était mise à une fenêtre, nue, bras écartés, comme une sainte, ses longs cheveux blonds défaits. « Non ! clama-t-elle encore. C'est ta seule chance, ne la laisse pas passer ! » Puis le client qui était avec elle dans la chambre la tira par les cheveux. « Sauve… toi… porc-épic… » râla encore Tamar, avec les dernières forces qui lui restaient, de l'autre côté du muret. « Sauve-toi… pour moi… »

Raquel sentit la rage l'aveugler. Toute sa peur s'évanouit d'un coup. « C'est toi, la garce ! » cracha-t-elle à Adelina, les veines du cou tellement gonflées qu'elles semblaient sur le point d'éclater. De toutes ses forces, elle lui flanqua un coup de poing en plein visage, comme elle avait vu les garçons de son village le faire quand ils se bagarraient. Le cartilage du nez d'Adelina s'écrasa sous ses doigts. La femme s'accroupit en gémissant. « Attrapez-la ! » ordonna Amos. Deux hommes commencèrent à enjamber le muret. « C'est toi, la garce ! » cria encore Raquel à la balafrée, en lui donnant un coup de pied dans le ventre.

Puis elle se mit à courir. Pour la vie. Pour la liberté. Et pour Tamar. Et parce que c'était sa seule chance.

29

« Voilà, tu sens ?

— Quoi ? interrogea Rosetta.

— Renifle ! Ça commence ici. »

Rosetta perçut dans l'air une odeur âcre et piquante. « *El hedor de la muerte*, la puanteur de la mort », commenta la femme assise à côté d'elle dans le tramway. Regardant par la fenêtre, Rosetta vit un nombre impressionnant de mouettes et de corbeaux faire des cercles dans le ciel, à la manière des vautours. Ce matin-là, la femme, qui s'appelait Carmela, l'avait prévenue :

« Il faut avoir le cœur bien accroché, pour travailler au Matadero.

— C'est quoi, le Matadero ? avait demandé Rosetta.

— Les abattoirs.

— J'ai le cœur bien accroché », avait-elle assuré.

Carmela avait le ventre arrondi par une grossesse avancée. Elle ne pouvait plus travailler, et Rosetta allait prendre sa place.

« C'est notre arrêt », expliqua Carmela.

Rosetta la suivit, elles descendirent du tramway. Elles arrivèrent à un terrain immense, au centre duquel se dressaient des hangars. Rosetta eut le souffle coupé, à la fois à cause de la pestilence et du spectacle qu'elle découvrait. Plantés dans la terre de manière parfaitement géométrique, des poteaux en bois soutenaient des sortes de poutres, en bois elles aussi. À première vue, on aurait dit que du linge y était étendu pour sécher, mais Rosetta comprit qu'il s'agissait de peaux d'animaux, de vaches surtout. Il y en avait des centaines. En avançant, elle sentit que le sol, d'une couleur étrangement sombre, craquait sous ses pieds. Au bout de quelques pas, en proie à un malaise croissant, elle s'aperçut qu'il s'agissait d'une croûte de sang coagulé mêlé à de la poussière. Ici et là, la surface avait cédé sous le passage des charrettes, la croûte devait faire dans les quinze centimètres d'épaisseur.

« *El hedor de la muerte*… murmura-t-elle.

— Il y en a qui s'habituent, dit Carmela. Moi, je n'ai jamais pu. »

Elle indiqua vaguement une zone, vers le sud, au-dessus de laquelle tournoyaient mouettes et corbeaux : « C'est surtout là-bas que ça pue, c'est la décharge municipale. On y jette les carcasses des bêtes et on les laisse pourrir à l'air libre. Plus loin, sur le Riachuelo, il y a les tanneries, et là c'est plein de saloperies chimiques. » Elle montra un hangar fait de tôles rouillées : « On est arrivées. *El Matadero cinco*, l'abattoir numéro 5. »

En entrant dans le hangar, Rosetta entendit le mugissement de centaines, peut-être de milliers de bêtes, et elle en frémit. Carmela se dirigea vers un petit bureau, frappa et entra. « *Buenos dias*, Bonifacio, dit-elle à l'adresse d'un type à l'air peu amène. Voilà la fille qui va me remplacer. Elle s'appelle Lucia Ebbasta. » Rosetta sourit en entendant le nouveau nom que lui avait inventé Tano, certifié par les faux papiers que lui avait procurés El Francés. Bonifacio prit une enveloppe qu'il tendit à Carmela, laissant dessus une empreinte de sang. Pendant que Carmela comptait sa dernière paye, Bonifacio scruta la nouvelle, puis il acquiesça, sans mot dire.

« Viens, je vais te montrer ce qu'il faut faire, dit Carmela en s'approchant d'une porte en fer. C'est là que tu vas bosser. » Elle ajouta, en indiquant trois autres portes : « Quatre chambres froides, quatre femmes de ménage. On nous appelle *las señoras de la sangre*, les dames du sang. »

Quand Carmela ouvrit la porte, elles furent cueillies par un courant d'air froid. Elles pénétrèrent dans une vaste salle, avec des tables en aluminium autour desquelles s'affairaient une trentaine de bouchers, qui débitaient des quartiers de bœuf. Les hommes cessèrent de travailler pour observer Rosetta. Carmela sortit d'un placard deux seaux, un balai et une serpillière, et elle pointa du doigt le carrelage souillé de sang et de déchets de viande : « Ce n'est pas un boulot qui demande de la réflexion. Il faut juste nettoyer sans arrêt. Tu ramasses les détritus et tu les jettes dans un seau, puis tu plonges la serpillière dans l'autre seau et tu laves par terre. C'est simple, non ? » Rosetta hocha la tête. « Simple et dégueulasse », précisa Carmela. Elle jeta un œil aux bouchers : « Cet endroit ne me manquera pas. Et vous non plus. » Les bouchers continuèrent à découper la viande, sans un sourire.

Rosetta commença à passer la serpillière, tête baissée. Une fois arrivée au bout de la pièce, elle constata que le sol était à nouveau couvert de sang et de déchets. Ainsi recommença-t-elle depuis le début, sans jamais s'arrêter, et ainsi de suite jusqu'à ce que retentisse la sirène qui marquait la pause déjeuner. Alors qu'elle se penchait pour ranger son matériel de nettoyage, elle sentit une main lui toucher les fesses. Elle se redressa, le visage en feu. « Beau cul ! commenta un boucher au visage grêlé. Peau ferme, excellente qualité italienne ! » Ses collègues rigolaient en sortant de la chambre froide. Rosetta resta immobile, sans savoir quoi faire. Derrière la porte, elle aperçut les trois autres *dames du sang*. Elle les rejoignit et les suivit à l'extérieur. Les femmes s'assirent sur un muret, au soleil. Rosetta s'approcha :

« Je peux m'asseoir avec vous ?

— Viens ! On se réchauffe les os », dit l'une d'elles, elle avait une trentaine d'années et des cheveux couleur carotte.

La deuxième avait à peu près le même âge, des traits taillés à la serpe et un épais duvet noir au-dessus de la lèvre supérieure, presque comme une moustache d'adolescent, alors que ses cheveux étaient blond platine – à l'évidence, elle se les décolorait. La troisième n'avait pas vingt ans : maigre, le teint pâle et terne, des cernes noirs entouraient ses grands yeux naïfs et effrayés, qui faisaient penser à ceux d'une biche. Elle s'appelait Dolores, et Rosetta la trouva immédiatement attendrissante. Elles déjeunèrent en silence et, une demi-heure plus tard, la sirène signala la fin de la pause. Rosetta remarqua que Dolores était la dernière à quitter le muret, et la plus lente à regagner sa chambre froide. Elle saisit aussi le regard inquiet que la jeune fille coulait vers le boucher à la peau grêlée.

À six heures, un nouveau hurlement de sirène annonça la fin de la journée pour les bouchers. En revanche, Rosetta et les autres dames du sang durent rester davantage, afin de nettoyer tables et couteaux. Rosetta rentra chez elle fourbue, le dos endolori.

« Comment ça s'est passé ? demanda Assunta.

— Très bien », répondit-elle.

Aussitôt après le dîner, elle se jeta sur son lit et s'endormit en quelques instants, sans entendre les notes du tango que Tano jouait dans la rue. Elle avait encore dans les narines l'odeur du sang et de la chair morte.

Le lendemain, elle reprit le tramway et se présenta, ponctuelle, au Matadero. Une dizaine de porteurs, des linges trempés de sang par-dessus leurs chemises, déposaient les quartiers de bœuf sur les tables. Les *carniceros* attendaient en aiguisant leurs couteaux. Quand il l'aperçut, le gars à la peau abîmée lui fit un clin d'œil. Jusqu'à l'heure du déjeuner, Rosetta travailla les yeux rivés sur le sol couvert de sang, espérant que ce boucher lui ficherait la paix. Quand l'heure de la pause arriva, elle sortit enfin, pour s'asseoir au soleil et se joindre aux trois autres femmes. Mais elle ne trouva sur le muret que Poil-de-carotte et Blonde platine. « Où est Dolores ? » interrogea-t-elle. Aucune réponse. Puis, un quart d'heure plus tard, la jeune fille apparut. Ses cernes étaient encore plus sombres que la veille et des larmes mal essuyées brillaient dans ses yeux. Elle avançait le dos voûté, les bras raides et les mains croisées devant elle. Elle s'assit parmi ses collègues, muette. Les deux autres femmes restèrent silencieuses. Rosetta, gênée, finit par demander :

« Qu'est-ce qui se passe ? »

Dolores sursauta et retint un sanglot.

« J'ai apporté du *dulce de leche* ! s'exclama alors Poil-de-carotte avec une joie factice, à l'adresse de Dolores. Vas-y, goûte, c'est bon ! »

La jeune fille le mangea, tête basse. Elle avait l'air affamé. Un peu plus loin, le boucher au visage grêlé surgit. Il alla rejoindre ses compagnons et alluma une cigarette en riant.

« C'est qui, celui-là ? demanda Rosetta.

— Essaie de rester loin de lui », conseilla Poil-de-carotte.

Rosetta remarqua que Dolores rentrait la tête dans les épaules.

« C'est qui ? insista-t-elle.

— Il s'appelle Leandro, expliqua Blonde platine. C'est le chef des *carniceros*. C'est lui qui négocie avec Bonifacio et qui fait valoir leurs droits.

— Et il fait quoi d'autre encore ? continua Rosetta. Moi, il m'a mis la main aux fesses. »

Poil-de-carotte et Blonde platine ne soufflèrent mot. Mais Rosetta vit que Dolores essayait de se faire plus petite encore.

Ce soir-là, lorsqu'elle se coucha dans sa chambre de tôle, Rosetta ne se sentait pas bien, comme si elle avait mal au ventre. Mais ce n'était pas à cause de la puanteur de la viande et du sang, qu'elle gardait constamment dans les narines. C'était quelque chose d'autre, qu'elle n'arrivait pas à élucider. Elle tenta de penser à Rocco et à leur baiser, comme elle le faisait chaque soir, en imaginant le jour de leurs retrouvailles. Mais elle pensait sans cesse à Dolores, à ses cernes noirs, son air maladif et cette expression de tristesse qu'elle portait en permanence gravée sur le visage.

Les jours suivants, tout se passa normalement au Matadero et Rosetta, pendant sa pause déjeuner, retrouvait toujours sur le muret Dolores, Poil-de-Carotte et Blonde platine. Dolores semblait plus sereine. Et un vendredi, la jeune fille arriva une nouvelle fois en retard sur le petit mur. Elle avait encore cette expression abattue, désespérée. Rosetta aperçut un filet de sang sur sa maigre cheville.

« Allez, ça suffit ! éclata Rosetta. Qu'est-ce qui se passe, ici ?

— Tais-toi ! » coupa Blonde platine, qui se leva et s'éloigna.

Dolores voulut la suivre, mais Rosetta lui saisit le poignet pour la retenir.

« Qu'est-ce qui se passe ? » répéta-t-elle avec douceur.

Les yeux de biche de la petite furent aussitôt inondés de larmes.

« Il faut que j'y aille ! » glissa-t-elle, et elle partit en courant.

À la fin de la journée, Rosetta prit Poil-de-carotte à part et la questionna une nouvelle fois :

« Qu'est-ce qui se passe ?

— Laisse tomber ! C'est une sale histoire, répondit-elle. Mais nous, on n'y peut rien.

— Qu'est-ce que tu veux dire ?

— Tu risquerais d'aggraver les choses, dit-elle en secouant la tête. Et Dolores ne peut vraiment pas se le permettre.

— Pourquoi ? s'entêta-t-elle.

— Laisse tomber ! Si tu veux vraiment faire quelque chose pour elle, apporte-lui à manger. »

En rentrant chez elle en tramway, Rosetta n'arrivait pas à détacher ses pensées de Dolores. On aurait dit qu'elle était liée à cette fille par un fil épais et solide. Elle ne comprenait pas pourquoi.

Le lendemain, quand la sirène marqua l'heure du déjeuner, poussée davantage par son instinct que par la réflexion, Rosetta se dirigea rapidement vers la chambre froide numéro 2, là où travaillait Dolores. Elle resta immobile sur le seuil, épiant l'intérieur, lorsqu'une voix, derrière son dos, lança : « Va faire un tour ailleurs, beau cul ! » Et Leandro passa devant elle pour entrer dans la pièce. Quand il referma la porte, Rosetta intercepta le regard de Dolores, empli de peur et de souffrance. Cela ne dura qu'un instant, pendant lequel Rosetta comprit la nature du lien qui l'attachait à cette gamine. Un instant où elle vit son reflet en Dolores comme dans un miroir. Un instant où elle sentit les mains de ses propres violeurs sur son corps, leurs halètements dans ses oreilles, leur acharnement à l'intérieur d'elle, et toute la fange qu'ils avaient versée. Un instant pendant lequel elle oublia la raison, la peur et la prudence. Elle se jeta dans la chambre froide, comme une furie.

Leandro avait poussé Dolores sur une table. La fille était agrippée à un quartier de bœuf, le visage appuyé contre la viande découpée. Le boucher soulevait la jupe de sa victime, en déboutonnant son pantalon. « Non ! » cria Rosetta. Presque sans se rendre compte de ce qu'elle faisait, elle saisit un couteau sur une table : « Laisse-la, gros porc ! » Dolores la regarda, ses cernes baignés de larmes. « Laisse-la ou je t'égorge ! » Leandro se retourna avec indolence, sans refermer sa braguette, par provocation. Il eut un sourire mauvais et sournois en regardant le couteau : « Moi, c'est autre chose, que je vais te mettre en main ! » ricana-t-il. Entre-temps, deux de ses collègues étaient arrivés. « Fermez la porte, leur dit Leandro, qu'on s'amuse un peu ! » Un des deux garçons avança vers Rosetta, les mains tendues : « Allez, du calme… » Elle brandit le couteau vers lui, ses yeux lançaient des éclairs, sa bouche était contractée dans une grimace agressive. Elle haletait, son cœur palpitait. Mais elle n'avait pas peur. Le type s'arrêta net.

« On s'en va, dit l'un des deux garçons, je ne veux pas d'ennuis.

— Tu t'inquiètes pour une bonne femme ? » sourit Leandro.

Il fit un bond vers elle, comme un chat qui jouerait avec une souris. Le couteau de Rosetta fendit l'air d'un coup rapide et violent. La lame passa à quelques centimètres de la poitrine de Leandro, qui bondit en arrière. « Putain ! » grogna-t-il alors. Rosetta était tellement tendue qu'elle avait l'impression de vibrer des pieds jusqu'à la pointe de son couteau. « On s'en va, je ne veux pas d'ennuis », répéta l'autre boucher. Leandro, les yeux plissés, pointa un index vers Rosetta : « Tu vas me le payer, sale putain ! Tu vas le regretter ! » Puis il fit un signe à ses collègues, et ils quittèrent la chambre froide.

Dès qu'ils furent partis, Rosetta laissa tomber son couteau à terre, et se mit à trembler comme une feuille. « Sales porcs… » murmura-t-elle. Ses yeux se remplissaient de larmes de colère, elle s'approcha de Dolores. « Sales porcs, sales porcs… » répétait-elle et elle rabaissa la jupe de la jeune fille. Elle la prit dans ses bras et l'accompagna jusqu'au muret, où Poil-de-carotte et Blonde platine prenaient leur casse-croûte. Elle fit asseoir Dolores et dévisagea les deux autres femmes : « Comment vous pouvez laisser faire ça ? »

Pendant ce temps, tous les bouchers avaient entendu parler de ce qui s'était passé, et nombre d'entre eux s'étaient rassemblés dehors, et regardaient. Puis Leandro apparut, un sourire fielleux aux lèvres. Ensuite, ce fut Bonifacio qui s'approcha de Rosetta. Il lui annonça :

« Tu es licenciée. »

Elle ouvrit grand les yeux :

« Et pourquoi donc ? questionna-t-elle, éberluée.

— Parce que tu sèmes la pagaïe chez les *carniceros*.

— Moi ?

— Certains se sont plaints.

— Ah, je sais bien qui ! dit-elle avec colère.

— Voilà ce qui te revient. » Il compta les billets. « Pour aujourd'hui, je ne te paye pas, car tu n'as pas terminé ta journée de travail.

— Tu sais ce qui lui arrive, à cette pauvre fille ? lança-t-elle.

— Non, je t'en prie… murmura Dolores.

— Moi, je m'occupe des paies et des quintaux de viande à débiter tous les jours. » À l'évidence il était mal à l'aise.

« C'est ça, tu t'occupes de la viande des vaches. Les autres types de viande, ça te regarde pas !

— Si tu ne l'as pas encore compris, dit calmement Bonifacio, le Matadero fonctionne grâce aux *carniceros*, pas grâce à toi. » Et sa voix était moins hostile qu'à l'ordinaire, comme s'il cherchait à se justifier.

Rosetta prit l'argent que Bonifacio lui tendait et se tourna vers Dolores :

« Viens avec moi ! » proposa-t-elle. La gamine la dévisagea avec des yeux ronds :

« Pour quoi faire ?

— Je ne sais pas. On trouvera bien. »

La fille secoua la tête.

« Je peux pas perdre mon travail… Sans mon salaire, mon père mourrait de faim. »

Elle se jeta aux pieds de Bonifacio et lui prit la main, qu'elle baisa.

« Ne me licenciez pas, *señor*, je vous en prie… »

L'homme retira sa main, gêné et agacé :

« Je ne veux pas de problèmes…

— Je vous en prie, sanglota Dolores, s'il vous plaît…

— D'accord, d'accord. » La sirène sonnait la fin de la pause. « Allez, au travail, tout le monde ! »

Les *carniceros* s'apprêtaient à rentrer. Rosetta se mit debout sur le muret :

« Vous êtes fiers de ce que vous avez fait ? »

Les bouchers s'arrêtèrent. Certains la regardaient, la plupart gardaient les yeux rivés au sol.

« Vous vous prenez pour des taureaux, mais vous n'êtes que des bœufs ! lâcha-elle, les poings serrés. Si on fouillait vos pantalons, on n'y trouverait pas l'ombre d'une couille !

— Tu veux vérifier toi-même ? » s'esclaffa Leandro en portant une main à sa braguette.

Aucun des autres bouchers ne rit ni ne leva les yeux.

« Lavettes ! » cracha-t-elle.

Elle planta son regard dans celui de Leandro, avec toute la fierté de sa nature. Une bourrasque de vent ébouriffait sa chevelure noire.

« Et toi, tu es le plus lâche de tous ! »

Elle descendit du muret, fit une caresse pleine de compassion à Dolores, et partit. Dans le silence qui était tombé sur les abattoirs, on n'entendit plus que le crissement de ses pas sur l'épaisse croûte de sang caillé qui recouvrait cet univers de mort.

30

Amos était assis dans son petit salon privé du *Chorizo*. Il regardait le sol, pensif, en attente de quelque chose. Adelina était en face de lui, le nez gonflé à cause du coup que lui avait asséné Raquel, une mèche de tissu dans chaque narine pour arrêter le sang. À l'écart, deux hommes montaient la garde. Ni eux ni la domestique n'osaient dire un mot. Au bout d'un moment, la porte du salon s'ouvrit et deux autres sbires apparurent. Ils regardèrent Amos, auquel ils adressèrent un signe affirmatif.

« Riachuelo ? demanda Amos.

— Nueva Pompeya, entre deux tanneries, acquiesça l'un des gros bras.

— Vous lui avez mis une pierre autour du cou ?

— Pas la peine : dans l'eau où on l'a balancée, il y a encore plus d'acides qu'ailleurs. Cette putain va se dissoudre en un clin d'œil.

— Beau travail, vous pouvez disposer », dit-il avant de se remettre à contempler le sol, tandis que les deux hommes de main qui avaient jeté le cadavre de Tamar dans le Riachuelo sortaient en refermant la porte.

Adelina et les deux autres types se taisaient toujours. Amos secoua la tête et soupira. Puis il leva les yeux vers Adelina.

« Amos… » dit-elle.

Il porta son index à ses lèvres, lui faisant signe de se taire. Elle obéit. On pouvait lire la peur dans son regard.

« J'aurais dû la vendre, déclara lentement Amos de sa voix profonde, en scrutant la servante. Si je l'avais vendue, à cette heure j'aurais 3 000 pesos en poche, je n'aurais pas été obligé de m'occuper de faire disparaître un cadavre, et il n'y aurait pas un tas de putains au *Chorizo* à penser pouvoir s'échapper. Hein, Adelina ? C'est pas vrai, que j'aurais dû la vendre, même si c'était une beauté ? »

Adelina savait que, quoi qu'elle dise, sa réponse serait la mauvaise. Cela lui était déjà arrivé trop de fois. « Regarde-moi ! » ordonna Amos avec dureté. Elle leva les yeux, encore plus effrayée. Il secoua la tête : « Tu sais pourquoi je te pose la question ? Parce que quelqu'un pourrait me demander : "S'il faut que tu vendes tes putains, alors à quoi elle va te servir, Adelina ?" » La servante ne bronchait pas. « Mais le pire, c'est que quelque part dans Buenos Aires, il y a une gosse qui pourrait m'accuser d'homicide. Tu te souviens de Levi Yaacov ? »

Adelina se souvenait parfaitement de l'histoire de ce proxénète. Il dirigeait un des bordels de la Sociedad, comme Amos. Lui aussi avait brutalement tué une prostituée. Or, une de ses pouliches s'était enfuie et était allée le dénoncer à un juge. La Sociedad contrôlait la *Policía*, la magistrature et de nombreux hommes politiques. Mais pas tout le monde. Et le hasard avait voulu que ce juge fasse partie de ceux qui ne se laissaient pas corrompre. Il avait fait arrêter Levi Yaacov et, craignant que l'affaire ne s'enlise, il avait passé l'information à un journaliste. La Sociedad s'était retrouvée les mains liées, sans aucun moyen de défendre Levi Yaacov. Et quand, pour obtenir une remise de peine, le souteneur s'était déclaré prêt à donner des noms, on l'avait retrouvé pendu le lendemain dans sa cellule. Tout le monde savait que ce n'était pas un suicide.

Amos hocha la tête. Il savait qu'Adelina se rappelait tous les détails. « Il y a des personnes honnêtes, même si ça semble incroyable. Même une gosse insignifiante comme celle-là est capable de me foutre en l'air, si jamais elle tombe sur quelqu'un de ce genre. C'est un risque que je ne peux pas me permettre. » Il se leva et s'approcha de la domestique. Elle fut tentée de reculer mais resta immobile. Il caressa sa joue balafrée, presque avec douceur. « Toi aussi, tu n'étais qu'une gamine, sourit-il avec nostalgie, une gamine si jolie… » Il la prit dans ses bras et lui ébouriffa affectueusement les cheveux. « Mais j'ai été obligé de le faire… » Il l'écarta et prit son visage entre les mains : « Avec le temps, tu as fini par comprendre, pas vrai ? » Adelina avait les yeux exorbités par la peur. Elle avait fugué deux semaines, et elle se souvenait parfaitement du jour où Amos l'avait retrouvée et l'avait marquée. Elle hocha lentement la tête.

Il hocha la tête aussi et lui toucha délicatement le nez. Adelina gémit. « Elle te l'a cassé. Cette gosse t'a cassé le nez. Tu vois ? Il se plie de ce côté… » Il poussa son nez vers la droite. Elle gémit à nouveau. « Mais de l'autre, il ne se plie pas », poursuivit-il en forçant le nez vers la gauche. Il secoua la tête. « Quel dommage ! Il risque de rester tordu. » Et soudain, il lui asséna un grand coup de poing. Elle hurla et s'effondra sur le sol. « Lève-toi ! » ordonna-t-il. Elle obéit. Il la prit par le menton et la regarda, satisfait et souriant :

« Voilà, je te l'ai redressé.

— Merci… murmura-t-elle.

— Je t'en prie », dit-il sans se départir du sourire effrayant qui barrait son visage rubicond.

Il approcha la bouche de l'oreille d'Adelina :

« Mais si ça arrive encore, mon trésor, tu n'auras plus l'occasion de me remercier. Tu seras la première à finir dans le Riachuelo. C'est pigé ?

— Ça n'arrivera jamais plus…

— Très bien », murmura-t-il.

Et là, il lui mordit l'oreille jusqu'au sang, et finit par en arracher un morceau. Elle poussa un hurlement, tandis qu'il crachait le morceau de cartilage. « Allez, maintenant va chercher qui tu sais, et amène-la ici ! » exigea-t-il en allant s'asseoir. Dès qu'elle eut quitté le salon, il s'adressa à l'un de ses hommes avec une grimace : « File-moi quelque chose pour me rincer la bouche, un cognac. »

Quelques minutes s'écoulèrent. Adelina réapparut, poussant à l'intérieur de la pièce une fille d'une quinzaine d'années.

« Comment tu t'appelles ? » demanda Amos.

La petite ne soufflait mot.

« Libertad », intervint Adelina.

Elle appuyait sur son oreille un mouchoir qui se colorait de sang.

« Ce n'est pas à toi que j'ai posé la question.

— Ça fait des jours qu'elle ne parle plus, depuis que tu l'as envoyée chez Tony Zappacosta.

— Elle ne parle pas ?

— Non. »

Amos la fusilla du regard.

« Alors, c'est pas elle qui braillait par la fenêtre, quand la gosse t'a cognée ?

— Si, mais…

— Mais quoi ! Si une salope braille, ça veut dire qu'elle peut aussi parler !

— C'est vrai… »

Il observa Libertad :

« Je me souviens de toi, dit-il enfin, tu es polonaise. Et tes parents sont de vrais rapiats. » Il gloussa. Pas un muscle ne bougea sur le visage de la fille. « Ils ont marchandé comme s'ils me vendaient un chevreau à faire rôtir. Mais moi, je t'ai payée moins cher qu'un chevreau. » Libertad se taisait, on aurait même dit qu'elle ne respirait pas. Amos soupira, gagné par l'impatience :

« Écoute-moi ! Tu sais où s'est enfuie cette gosse… » Il s'interrompit et se tourna vers Adelina.

« Raquel, compléta aussitôt la domestique.

— Raquel, répéta-t-il. Tu sais où elle voulait aller, Raquel ? »

Libertad ne broncha pas. Amos poussa un gros soupir et fit signe à Adelina. « Ta voisine de lit a avoué que Raquel était venue te voir la veille, dit alors la servante, et que tu lui avais parlé. Qu'est-ce qu'elle voulait savoir ? Qu'est-ce que tu lui as dit ? Elle voulait aller où ? » La fille demeura immobile. On aurait dit une statue vivante, au teint diaphane. Adelina lui flanqua une claque. « Imbécile ! lança Amos à Adelina. Tu ne vois pas que cette gamine est dure comme l'acier ? Elle est polonaise. Tu crois qu'une paire de claques, ça va la faire parler ? Si tu veux entendre le son de sa voix, il faut lui couper un doigt. » Amos guettait les réactions de la petite. « Ou bien lui arracher tous les ongles avec une pince. » Libertad ne bronchait pas. Amos éclata de rire. « Tu me plais, petite. Tu es vraiment courageuse. »

Il se leva et s'approcha d'elle. Adelina avait beau savoir que ce n'était pas à elle qu'il en voulait, elle recula d'un pas. « Mais tout le courage du monde ne te suffira pas, je peux te l'assurer. Tu vas me dire ce que je veux entendre, tout de suite ou tout à l'heure, la souffrance en prime. »

Il passa une main dans les longs cheveux blonds de l'adolescente, avec un air navré.

« Je ne vais pas te couper un doigt, ni t'arracher les ongles. Tu es trop mignonne pour ça, et il faut encore que tu me fasses gagner beaucoup de pognon. Je ne veux pas que tu effraies les clients, que tu les dégoûtes… » Il lui enfonça soudain une main dans la bouche. « Mais là-dedans, qui va regarder ? Personne. Ce sera un petit travail bien propre. Bien propre et bien douloureux. » Il lui prit le bout du nez entre deux doigts, comme lorsqu'on joue avec un enfant. « Tu croyais que la douleur la plus terrible, c'était d'être trahi par ses propres parents ? Tu te trompes ! »

Libertad se raidit. Les paroles d'Amos avaient fait mouche. Il lui caressa le visage. « Tu ressembles à un ange… » Puis il se tourna vers ses sbires. « Mettez-la dans le fauteuil, maintenez-la immobile ! »

Il se dirigea vers la porte et l'ouvrit : « *¡Doctor!* » Un vieillard apparut, maigre pour ne pas dire squelettique, le visage tout ridé, les mains décharnées rongées par l'arthrite, avec une mallette de docteur aussi usée que lui. Il avait l'air anxieux, ses lèvres semblaient figées dans une grimace permanente. « *Doctor*, voici la patiente dont je vous ai parlé, commença Amos. Elle a une vilaine carie, il va falloir fraiser, et jusqu'au nerf. » Le *doctor* hocha la tête. Tout le monde l'appelait *doctor*, personne n'avait jamais su son vrai nom. « Vous avez quelque chose pour éviter que mes mains tremblent, *señor* Fein ? » Amos le toisa, sans dissimuler son mépris. Il ouvrit un tiroir et tendit au vieux une seringue déjà préparée.

Le *doctor* la prit, les yeux brillants. Il releva une manche de sa chemise, chercha dans sa trousse un élastique qu'il serra autour de son bras gauche et, vite, avec adresse, il trouva une veine et s'injecta le liquide ambré que contenait la seringue. Puis il ferma les yeux et, en un éclair, sa respiration devint profonde et régulière. « Et alors, cette carie ? » le tança Amos, impatient. Le *doctor* sortit de son sac une fraise mécanique qui n'avait pas l'air propre du tout. « Tenez-la bien », dit-il aux deux hommes d'Amos, d'une voix rauque et atone. L'un d'eux passa rapidement des liens en cuir autour des poignets de Libertad, qu'il noua aux bras du fauteuil. Puis, se plaçant derrière le siège, il serra ses bras autour d'elle à hauteur des épaules, la plaquant avec rudesse contre le dossier. L'autre type lui ouvrit la mâchoire et enfonça un manche de couteau d'un côté de la bouche. Puis il lui saisit la tête et l'immobilisa.

En approchant la pointe de sa fraise d'une prémolaire, le *doctor* évita de regarder Libertad dans les yeux. C'était quelque chose qu'il avait appris depuis de nombreuses années : si les gens n'avaient pas de regard mais uniquement des dents, tout serait bien plus simple. Il appuya la pointe à la base de la prémolaire, de biais, et commença lentement à percer. Dans la pièce, on n'entendait plus que le bruit de la fraise qui attaquait la dent. On percevait aussi une légère odeur d'os brûlé. Et la respiration de Libertad, qui se faisait de plus en plus haletante. Enfin, la jeune fille poussa un hurlement de douleur, désespéré. La fraise avait atteint le nerf.

Le *doctor* se mit de côté et tendit à Amos un petit crochet très fin, à la pointe acérée. Les yeux exorbités de Libertad étaient remplis de larmes. Amos secoua la tête : « Tu vois ce que je voulais dire ? dit-il d'un ton prévenant, comme s'il se souciait vraiment de son sort. Alors, poursuivit-il en s'asseyant à son côté, et si on discutait un peu, tous les deux ? » Libertad ne bougea pas un muscle. « Comment tu t'appelles ? » Libertad retenait son souffle. Amos soupira et approcha le crochet du trou pratiqué par le *doctor*. Il y glissa la pointe, qu'il poussa un peu à l'intérieur. Libertad cria. Amos retira l'instrument. « Comment tu t'appelles ? » lui demanda-t-il encore. Libertad respirait bruyamment, les narines dilatées. On lisait dans ses yeux l'immensité de la douleur qu'elle éprouvait. Mais elle ne parla pas.

Amos inséra le crochet plus profondément, avec plus de force, et pendant plus longtemps. Libertad hurla, hurla et hurla encore. Quand Amos enleva le crochet, elle retomba dans le fauteuil. Amos caressa ses beaux cheveux. « Comment tu t'appelles ? » répéta-t-il. Les joues claires et lisses de Libertad étaient baignées de larmes. « Liber… tad… » bredouilla-t-elle, le manche de couteau toujours coincé entre les dents. Amos acquiesça. Il fit signe à son sbire d'ôter le couteau. « Et Raquel, elle voulait aller où ? » demanda-t-il. Les yeux de Libertad étaient pleins de la douleur qui déchirait son corps comme son âme. « *Black Cat*… murmura-t-elle. *Francés*… » Amos prit le visage de l'adolescente entre ses mains. « Ma petite Libertad, chuchota-t-il tendrement, je suis parfois obligé de faire de vilains trucs… » Il lui sourit avec une expression pleine de compassion : « Mais n'oublie jamais que, pour moi, vous les filles, vous êtes comme mes enfants. » Et il lui déposa un baiser sur le front, avec une infinie douceur.

31

« Lâche ! » avait crié Raquel en entrant dans le *Black Cat*. Elle était à bout de souffle tant elle avait couru. « Lâche ! » répéta-t-elle, les yeux enflammés par la colère et gonflés de larmes. À l'aube, l'établissement était presque vide. Il n'y avait que deux clients qui avaient l'air d'avoir passé une nuit blanche, et les domestiques en tenue de poupée, avec leur jupe trop courte et leur maquillage défait.

« Qu'est-ce que tu veux, *chica* ? lança El Francés d'un ton dur.

— Elle est morte », murmura Raquel.

Quelque chose changea dans l'expression d'El Francés. Il jeta un regard rapide vers Lepke.

« Amos l'a tuée… Tu nous as abandonnées et Tamar est… morte… Tu t'es sauvé… »

El Francés s'était brusquement levé.

« Va-t'en, *chica* », dit-il, avec une note d'inquiétude dans la voix.

Raquel le regarda en fronçant les sourcils, comme si elle ne comprenait pas ce qu'il disait.

« Ne viens plus jamais traîner ici ! tonna Lepke, en la poussant vers la sortie.

— Va-t'en ! » cria El Francés.

Raquel avait fait un bond en arrière, apeurée. Elle s'était rendue au *Black Cat* parce que c'était le seul endroit qu'elle connaissait à Buenos Aires. Peut-être avait-elle imaginé pouvoir s'y réfugier.

« Où je vais aller? avait-elle lâché dans un filet de voix, les yeux ronds.

— Ce n'est pas mon problème! répondit El Francés. Amos te cherche déjà, c'est sûr. C'est comme si tu avais la peste. Tu es une morte qui marche, petite, t'es foutue! Et si Amos comprend que je vous ai aidées, moi aussi je suis mort. Les *Poláks*, ce sont des assassins. »

Il porta une main à sa poche, d'où il sortit un rouleau de billets de banque. Il lui en donna quatre. « 20 pesos… disparais! » Raquel prit l'argent mais ne bougea pas. Lepke la saisi par le col de sa robe et la jeta hors du *Black Cat*.

« Si tu reviens ici, je te remets moi-même à Amos! » cria El Francés.

Raquel avait fui, terrorisée. Et dans une ruelle sombre de cette ville immense et inconnue, elle murmura : « Qu'est-ce que je dois faire, père? » Elle posa la main sur son livre de prières. Mais il avait disparu. Son cœur s'arrêta, elle se rendit compte qu'elle l'avait perdu dans sa course. À présent, elle n'avait vraiment plus rien. Le désespoir finit par faire plier ses maigres jambes. Elle se laissa tomber à terre, la tête vide, comme si la vie avait cessé de courir dans ses veines. Elle avait perdu toute notion du temps.

Un coup sec et douloureux sur son épaule la tira du cauchemar de ses pensées : « *¡Via de aquí, atorrante!* » grogna un policier, prêt à la frapper encore avec sa matraque. Raquel se leva aussitôt et partit en courant.

Elle erra jusqu'à se retrouver sur la rive du Rio de la Plata. Raquel s'approcha de ses eaux boueuses, qui coulaient paresseusement. « Nage pour moi », lui avait dit Libertad. Elle n'avait pas compris ce qu'elle voulait dire. « Pourquoi m'avez-vous sauvée, père ? » Elle pensait à sa fugue, au jour où elle avait failli mourir de froid, et au rêve dans lequel son père lui était apparu. Si elle était morte ce jour-là, elle n'aurait pas assisté aux violences infligées aux filles du navire, ni au suicide de Kailah, ni à l'assassinat de Tamar. Elle n'aurait pas su jusqu'où pouvait aller la cruauté des hommes. « Pourquoi m'avez-vous sauvée, père ? » souffla-t-elle comme un reproche.

« Ah ! s'exclama quelqu'un derrière elle. Vise un peu cette merveille ! » Raquel découvrit une vieille clocharde crasseuse en haillons. De ses chaussures pointues dépassaient des orteils rougis et gonflés. Elle traînait derrière elle un chariot, une caisse en bois à laquelle elle avait attaché des roues de couleur rouge, prises sur un jouet cassé. La femme s'approchait d'un arbre gigantesque couvert de grosses grappes de fleurs violettes. Elle prit le tronc dans ses bras, comme si elle venait de retrouver un vieil ami. Alors seulement, elle remarqua Raquel. « Quelle merveille ! répéta-t-elle en flanquant des tapes chaleureuses sur le tronc de l'arbre. Y a rien de plus beau au monde que ce jacaranda, j'ai pas raison ? » Elle eut un petit rire heureux qui découvrit une bouche sans dents. Raquel s'approcha, comme attirée par un aimant. « Tous les hivers, je me dis que je n'arriverai pas à l'voir fleurir, expliqua la vieille avec cette familiarité que seuls les vagabonds peuvent manifester à des inconnus. Eh bien non, j'suis encore là ! » Elle enlaça à nouveau le tronc. « Chaque fois, je me dis que ça valait la peine de rester en vie ! Pour ces fleurs. »

Elle sourit encore à Raquel :

« C'est pas vrai, qu'y a rien de plus beau au monde ?

— C'est vrai… bredouilla-t-elle.

— Et si tu savais quel spectacle c'est, un Noël ici ! Lui, moi et une bouteille de pisco ! » Elle porta les doigts à sa bouche et décocha un baiser. « Noël approche, tu sais ? »

La vieille prit un journal dans une poubelle et s'assit péniblement sur un banc à l'ombre du jacaranda, en se plaignant de ses genoux douloureux. Elle déplia le journal, roulé en boule, et se mit à l'examiner. Raquel s'approcha, fascinée. « Je peux m'asseoir ? » demanda-t-elle. Concentrée sur sa lecture, la mendiante ne répondit rien. Raquel s'assit. Elle était attirée par cette vieille qui l'avait arrachée à ses pensées noires.

« Regarde ça ! s'exclama l'autre, frappant un article du dos de la main. Dieu doit avoir un dessein particulier pour ce gamin. » Elle commença à lire à haute voix, les yeux plissés : « *À Rosario, deux poseurs de bombe anarchistes font exploser leur propre appartement, détruisant un immeuble où vivaient trois autres familles... onze morts…* » Elle se tourna vers Raquel en ouvrant de grands yeux, avant de revenir à l'article. « Écoute un peu la suite ! *Mais après cinq jours, on a retrouvé le fils des anarchistes encore vivant.* Tu t'rends compte ? Cinq jours sous les décombres, sans manger et sans boire… et il est encore vivant. Un gosse de onze ans ! Bordel de merde ! Dieu doit avoir confié à ce garçon une mission très importante dans la vie, tu crois pas ? »

Cette vieille femme bizarre ne pouvait pas être tombée là par hasard, avec des discours comme ça, pensa Raquel.

« Oui… bredouilla-t-elle.

— Oui ! » répéta l'autre. Elle ajouta fièrement : « Comme moi !

— Et vous… qu'est-ce que vous devez faire ? »

La vagabonde sourit, découvrant ses gencives enflammées. Et elle chuchota, comme si elle révélait un secret :

« Moi, il faut que je regarde les fleurs de jacaranda. »

Elle plia le journal avec soin, l'enfouit dans son chariot de fortune, et, au prix de gros efforts, se leva et caressa encore une grappe de fleurs.

« Je peux venir avec vous ? » demanda Raquel sans réfléchir. Elle était terrorisée à l'idée de rester seule avec son angoisse.

« Non ! trancha aussitôt la miséreuse, son visage était devenu dur. Tu veux me voler !

— Mais non… protesta Raquel, interloquée.

— J'te crois pas, bougonna-t-elle d'un ton mauvais. Et puis si je trouve un bout de pain, je n'ai pas envie de le partager avec toi. »

Elle tourna les talons et partit, en traînant son chariot.

« J'ai de l'argent ! » dit la jeune fille. Elle avait sorti un des billets qu'El Francés lui avait donné.

Avec une rapidité inattendue, la clocharde lui arracha le billet des mains.

« 5 pesos ! exulta-t-elle, comme si elle avait trouvé un trésor. Dans ce cas, je veux bien partager un déjeuner avec toi, déclara-elle comme si elle faisait un grand honneur à Raquel. Mais c'est moi qui garde les sous. »

Elle les fourra aussitôt au fond de sa poche.

« Bon, d'accord », accepta Raquel.

Elle posa la main sur la poignée en bois du gros chariot :

« Laissez, je m'en charge.

— Non ! » La femme écarta vivement son chariot. « Voleuse !

— Je ne suis pas une voleuse…

— Touche pas, c'est à moi !

— D'accord, d'accord… » Raquel indiqua une baraque sur la rive du fleuve. « On va là ?

— Imbécile ! répliqua l'autre avec une grimace. Les gens comme nous ne vont pas dans les *chiringuitos*, ça coûte trop cher. Qu'est-ce que tu es bête ! Les gens comme nous, vont manger dans les *boliche*.

— C'est quoi, une *boliche* ?

— Ah, mais tu sais vraiment rien, toi ! Le *boliche*, c'est le restaurant des pauvres. Allez, dépêche-toi, on a un bon bout de chemin à faire avant d'arriver dans cette poubelle de Barracas. »

Elle se mit à marcher avec une lenteur exaspérante. Raquel la suivait en silence, abasourdie. Elle n'avait plus personne au monde, ni même son livre de prières. Elle avait voulu mourir. Et soudain, cette clocharde avait surgi du néant et lui avait dit que ça valait la peine de vivre, qu'il y avait un dessein derrière chaque existence. « Peut-être aussi derrière la mienne », pensa-t-elle. Elle regardait la vieille avancer avec son chariot rempli de bric-à-brac et un sourire timide éclaira son visage. Elle se sentit moins seule, moins effrayée.

Chaque fois qu'elles croisaient des personnes bien habillées, la vieille tendait la main : « *Señor*, la charité, s'il vous plaît… disait-elle d'une voix pleurnicharde. Je suis dans la misère et ma pauvre enfant a faim, ajoutait-elle en montrant Raquel. Voyez un peu comme elle est maigre et laide, *señor* ! Aidez-moi… »

La plupart poursuivaient leur chemin, sans même leur accorder un regard. D'autres allégeaient leurs poches des pièces les plus petites qu'ils y trouvaient.

« Avant, quand Noël approchait, les gens étaient plus généreux, ronchonna la vagabonde. Mais maintenant, avec tous ces immigrés de merde, il y a trop de concurrence. Ils nous piquent le travail, et les aumônes aussi. Moi, je les refoutrais tous à l'eau ! » Elle cracha par terre et se remit à traîner son chariot. Quand elle trouvait un vieux journal, elle le ramassait. Et lorsqu'elle apercevait un policier, elle changeait de direction.

Elles arrivèrent dans le quartier de Barracas après deux heures de marche environ. Raquel estima que, toute seule, il ne lui aurait pas fallu plus de trois-quarts d'heure pour faire le trajet. La mendiante se dirigea vers un bâtiment de plain-pied, bas de plafond, avec un rideau en lambeaux devant la porte d'entrée.

« Tu sais bien que je ne veux plus te voir ici, *bruja* ! cria une grosse femme aux mains sales, le tablier couvert de sauce.

— J'ai des sous ! dit la vieille en brandissant les 5 pesos.

— Où est-ce que tu les as piqués ? »

La clocharde cracha par terre.

« Tu veux que j'aille les dépenser dans un café mieux que le tien, grosse vache toute moche ? »

La patronne s'écarta.

« Entre, dit-elle. Aujourd'hui, c'est soupe aux haricots et aux *chorizos*, *albóndigas*, *fugaza* et *dulce de leche*. Tu veux quoi ?

— Tout ! Pour deux. Et pour rester bien au chaud cette nuit, une bouteille de pisco. Pas dilué, hein !

— Tu vas éclater, *bruja* !

— Aujourd'hui, on mange ! Demain, qui sait ? » Et elle tira son chariot jusqu'à une table.

Lorsqu'elles se retrouvèrent devant tout ce qu'elle avait commandé, la vieille prévint Raquel : « Mange doucement. Quand ça fait longtemps qu'on n'a rien dans le ventre, c'est la première règle. »

L'après-midi était déjà bien avancé lorsqu'elles quittèrent le *boliche*. « Et maintenant, on va au Grand Hotel ! annonça-t-elle avec un sourire satisfait. Plus on arrive tôt, mieux on est logé. »

Elles rejoignirent un parc au plan quadrillé. Raquel lut qu'il s'appelait Parque Pereyra. Il y avait quelques bancs. « Ouf ! » soupira la vieille en s'asseyant. Raquel balaya les alentours du regard.

« Il est où, le Grand Hotel ? » interrogea-t-elle.

L'autre indiqua le banc près du sien.

« C'est ici, imbécile ! On est arrivées de bonne heure, alors on a droit à la *suite présidentielle**. »

Elle s'esclaffa, sortit des journaux qu'elle commença à fourrer sous ses vêtements. Elle en passa deux ou trois à Raquel.

« Fais comme moi. Même si c'est l'été, l'humidité de la nuit pénètre jusqu'aux os.

— J'aimerais le journal avec le petit garçon, le survivant. »

La femme haussa les épaules.

« Ça fait une différence ?

— J'aimerais bien l'avoir. »

L'autre fouilla dans son chariot, dénicha le journal et le lui tendit. Raquel regarda la une : « *La Nacíon* », lut-elle à haute voix, en s'allongeant sur le banc. « Tu sais lire ? s'étonna la mendiante. Jusqu'à aujourd'hui, j'étais la seule, ici ! » Elle sortit une bouteille de pisco, la déboucha et la huma. « Ah ! s'exclama-t-elle avec satisfaction. Y a pas meilleure eau-de-vie que celle-là ! Ça aide à digérer, et ça réchauffe les os, tu vas voir !

— Je ne bois pas… » prévint Raquel.

La vagabonde pointa un index vers le ciel.

« Si tu veux survivre dans la rue, il faut que t'apprennes à boire, déclara-t-elle solennellement. Et puis on doit trinquer, tu ne peux pas refuser ! Et comme c'est une occasion spéciale, on va sortir l'argenterie. »

Elle se mit à fouiller dans le fourbi de son chariot et finit par sortir deux boîtes de conserve rouillées, dans lesquelles elle versa le pisco. « À notre santé ! s'exclama-t-elle. Fais gaffe à pas te couper les lèvres. » Raquel renifla le pisco. Il sentait l'alcool pur.

« Tu es triste ? demanda la vieille.

— Oui », répondit-elle, les yeux embués de larmes.

Le visage de Tamar mourante ne cessait de lui revenir à l'esprit, se superposant à celui de son père. Les paroles d'El Francés l'avaient terrorisée : Amos la cherchait pour la tuer. Et il la retrouverait, avait-il dit.

« Alors bois, imbécile ! l'encouragea l'autre. Ça chasse toutes les mauvaises pensées. »

Elle descendit son pisco d'un trait. Raquel but à son tour et se mit aussitôt à tousser, la gorge et l'estomac brûlés par l'eau-de-vie. La vagabonde s'esclaffa et rota. Puis elle versa deux autres généreuses rasades de pisco.

« Non, ça suffit… dit Raquel.

— Ne pas boire avec moi, ce serait une trahison ! »

Raquel but et toussa encore, mais moins que la première fois. En un éclair, sa tête se mit à tourner. Elle plissa les yeux.

« Tu te sens mieux ?

— Oui », répondit Raquel, même si c'était faux.

Cette sensation ne lui plaisait pas. Elle s'aperçut que la femme la scrutait.

« Un autre ! s'exclama celle-ci. Allez, cul-sec ! »

Raquel obéit. Elle sentait que sa volonté vacillait. Elle tenta de se lever, mais elle chancela et retomba sur le banc. La mendiante gloussa. Raquel aussi se mit à rire, sans raison.

« Ça va mieux, ça s'voit ! J'te l'avais dit. Maintenant, allonge-toi et dors ! »

Raquel s'étendit. Chaque fois qu'elle bougeait, elle entendait les froissements des journaux sous ses vêtements. Elle avait le tournis. En quelques minutes, tout devint trouble. Des images se chevauchaient dans sa tête, sans cohérence. Celle qui revenait le plus, c'était la clocharde embrassant le tronc de l'arbre de jacaranda en fleurs. Cette femme est arrivée au bon moment, se dit-elle très lentement, comme si les pensées étaient des mots difficiles à articuler. Un sourire hébété flottait sur ses lèvres, ses yeux luttaient pour rester ouverts :

« C'est mon père… qui vous a envoyée… pour me sauver ? balbutia-t-elle.

— Lui-même.

— Vous êtes… un ange… c'est ça ? »

La mendiante lâcha un pet. Et Raquel, complètement ivre, perdit connaissance.

Le lendemain, elle fut réveillée par un rayon de soleil insistant qui perçait à travers le feuillage. La lumière lui blessait les yeux, elle avait une migraine féroce. Raquel s'assit avec difficulté, porta une main à son ventre et brusquement vomit un liquide verdâtre. Elle avait un goût horrible dans la bouche. Elle se tourna vers le banc voisin, la mendiante n'était plus là.

Raquel resta assise, pliée en deux, les idées confuses, cherchant à contrôler la douleur qui faisait battre ses tempes. Elle se frotta les yeux. Dès qu'elle se fut un peu reprise, elle se dit qu'elle avait besoin de boire de l'eau et d'un café. Elle balaya du regard les environs et repéra un bar, de l'autre côté du parc.

Raquel se leva, encore chancelante. Avant de se mettre en route, elle porta une main à la poche où elle conservait les 15 pesos qui lui restaient. La poche était vide. Elle fouilla encore. Peut-être les billets étaient-ils tombés ? Elle regarda sous le banc : rien. D'un coup, elle se sentit parfaitement éveillée. « Saleté de vioque ! » brailla-t-elle, comprenant ce qui s'était passé. La clocharde l'avait fait boire, puis avait dérobé son argent. « Tu parles d'un ange ! » s'écria-t-elle.

La colère dissipant miraculeusement tous les effets de la gueule de bois, elle se mit à parcourir le *barrio* pour reconstituer le chemin qu'elles avaient suivi le soir précédent jusqu'au parc. Elle retrouva le *boliche*. À partir de là, elle refit toute la route à rebours. Reconnaissant tantôt un immeuble, tantôt une statue, tantôt un carrefour, elle se retrouva en moins d'une heure sur la rive du Rio de la Plata. La mendiante était là, enlacée à l'arbre de jacaranda. « Voleuse ! » s'époumona Raquel en la rejoignant. En la voyant, la vieille tenta de fuir. Mais elle était lente, et son chariot la ralentissait. Raquel la rattrapa en un clin d'œil. Le sang lui monta à la tête, elle poussa la femme, qui s'écroula à terre. « Voleuse ! » brailla-t-elle encore, aveuglée par la rage et comme prise d'un accès de folie. La vagabonde tenta de se défendre à coups de pied. Mais Raquel était beaucoup plus jeune qu'elle. Elle renversa le chariot et la femme se jeta aussitôt sur son fourbi, cherchant à le défendre de toutes ses forces.

« Non, non ! C'est à moi !

— Où est mon argent ? » cria Raquel, en proie à la fureur.

Elle écarta la clocharde et se mit à fouiller dans le bric-à-brac éparpillé sur le sol.

« Il est où ? Voleuse ! »

Puis elle se jeta sur elle et lui fit les poches. Elle y trouva deux billets :

« J'avais 15 pesos, pas 10 ! Où tu as mis le reste ? Réponds, ou je te tue !

— Je les ai dépensés, pleurnicha la vieillarde, qui avait les genoux écorchés.

— Voleuse ! siffla Raquel en empochant ses 10 pesos.

— Je t'en supplie… et elle se mit à pleurer comme une enfant, mains tendues en avant. Je t'en supplie… Si tu me les prends… je vais mourir… »

Des larmes glissaient le long de ses rides et coulaient jusque dans son cou.

Dans la lutte, la miséreuse avait perdu une chaussure : elle avait la plante du pied couverte d'ampoules.

« Et si je meurs… l'année prochaine, je pourrai pas voir les fleurs de jacaranda… Je t'en supplie… »

Elle avait une expression désespérée, presque démente. Raquel la regarda en silence. Elle réalisait ce qu'elle venait de faire, elle avait passé sa colère sur une pauvre vieille folle.

« Non, murmura-t-elle, vous ne me ferez pas devenir comme une bête… »

Elle prit l'un des deux billets et le lui donna.

« Que Dieu te bénisse ! Que Dieu te bénisse ! s'exclama la femme en saisissant l'argent. Tu es un ange ! »

Raquel lui tourna le dos et s'éloigna. Elle avait le cœur au bord des lèvres.

« Dans cette ville, dit-elle doucement, il n'y a pas de place pour les anges. »

32

Tony Zappacosta fit irruption dans l'entrepôt, furibond, suivi de Bastiano.

« Mais tu crois que tu fais quoi, là ?

— Comment ça ? s'étonna Rocco, sans comprendre.

— Ah, c'est touchant, très touchant ! poursuivit le boss, sarcastique, se plantant devant lui d'un air menaçant. J'ai appris que tu avais sauvé ce docker, ce crève-la-faim…

— Javier, compléta Bastiano.

— Qu'est-ce que ça peut me foutre, son nom ? cria-t-il à son comptable, qui rentra la tête dans ses épaules. Et toi, tu te prends pour qui ? Pour Robin des Bois ? »

Rocco soutenait son regard, avec calme, sans un mot.

« Tu veux me faire passer pour qui ? Toi, t'as pas compris la loi de la jungle, hein !

— Quelle jungle ?

— Mais celle où on est ! Ici, c'est une jungle, et elle a ses lois. » Et Tony brandit son poing devant le visage de Rocco. « Écoute-moi bien : quand le roi de la jungle blesse un animal et le laisse à terre, les cafards nettoyeurs bouffent tout ce qui reste. C'est la loi de la nature. C'est comme ça que ça fonctionne, et c'est comme ça que ça doit fonctionner. Toi, tu restes en dehors de tout ça, tu t'en mêles pas. C'est un jeu qui te dépasse. »

Il le dévisagea en silence

« C'est clair ? »

Rocco hocha la tête.

« De toute façon, vous n'avez pas à vous inquiéter pour moi. Je vous ai déjà dit que je m'en allais. »

Tony eut l'air de se calmer.

« Tu es vraiment mécano ?

— Oui, bien sûr.

— Ce matin, mon auto n'a pas démarré. Tu peux y jeter un œil ?

— Pourquoi vous ne demandez pas à Gueule-de-clébard ?

— C'est à toi que je le demande. Tu crois que tu saurais faire ?

— Je ne sais pas. Je peux essayer. »

Tony se dirigea vers sa Mercedes 28/50 PS, ouvrit le capot et s'effaça pour que Rocco puisse inspecter le moteur.

« Vous pouvez mettre le contact ? »

Le véhicule émit un bruit sourd et ne démarra pas. Rocco examina le monobloc en fonte des quatre cylindres en ligne. Il secoua la tête, bricola un instant, puis referma le capot.

« Vous vous moquez de moi ? lança-t-il au boss.

— De quoi tu parles ?

— Vous avez débranché les fils des bougies. C'était quoi, un jeu pour les petits enfants ? Vous vous êtes bien amusé ?

— C'était un examen », répondit-il, l'air satisfait.

Il mit le contact et écouta le ronflement de son 7 240 cm^3. Puis il coupa le moteur et descendit du véhicule. « Viens avec moi », dit-il.

Ils se rendirent dans l'atelier où Rocco s'était présenté à la recherche d'un travail. Tony fit un signe au chef de garage

« Tu as un nouveau mécano, lui dit-il en montrant Rocco. Tu sais comment il t'appelle? s'esclaffa-t-il. Gueule-de-clébard! Et je trouve que ça te va à ravir. »

Le garagiste toisa Rocco, hostile :

« Tu connais quelque chose aux bagnoles, au moins?

— Plus que toi, trancha Tony, sombre. Il lui a fallu deux secondes pour comprendre ce que t'as pas réussi à piger en une heure! » Il se tourna vers Rocco. « Alors, ça te va? »

Rocco se demandait s'il y avait un piège. Allait-il véritablement travailler comme mécanicien? Si c'était le cas, ce serait pour un mafieux. Mais il dit oui quand même.

« Tu peux encore rester à l'entrepôt la nuit, reprit Tony, mais tu as besoin du pistolet. »

Et Tony tourna les talons.

Une fois seuls, Gueule-de-clébard avertit Rocco :

« Soyons clairs : ici, c'est moi qui commande. Toi, tu obéis.

— Ça dépend des ordres.

— Qu'est-ce que tu veux dire? » grogna le patron en serrant les poings.

Rocco se souvenait de son passage chez Sasà Balistreri, à Palerme, quand son rôle était de saboter des moteurs pour fournir du travail au garage.

« Ça veut dire que moi, je suis un mécanicien honnête.

— Personne n'est honnête, ricana Gueule-de-clébard, méprisant.

— Moi, si. » Et il ajouta : « Qu'est-ce que je dois faire? »

Le garagiste jeta un regard torve autour de lui. Il repéra sur un établi des pistons et des cylindres, qu'il montra à Rocco :

« Nettoie avec du solvant. Il faut que ça brille.

— C'est un boulot pour un apprenti, pas pour un mécano. »

L'homme eut un rictus malveillant :

« C'est le seul boulot honnête que j'ai pour toi. Alors tu t'y mets, et tu me casses pas les couilles. »

Rocco se mit donc à nettoyer cylindres et pistons, ôtant les résidus de graisse. Il coula un regard vers l'autre mécano, celui qui avait brandi la clef anglaise, le jour où il avait menacé Gueule-de-clébard avec son pistolet. C'était un jeune garçon au visage boutonneux. Il se tenait toujours les épaules rentrées, plus par timidité qu'à cause d'un réel défaut physique. Il avait l'air sympathique. Il travaillait sur l'un des deux camions que Rocco avait remarqués lors de sa visite précédente.

« Qu'est-ce qu'il a ? interrogea-t-il.

— Je n'arrive pas à comprendre, dit l'autre. On dirait qu'il a le hoquet.

— On n'est pas au bistro ! rouspéta le patron. Silence ! »

Rocco se remit à astiquer le piston qu'il avait en main. Peu après, faisant mine de chercher un outil, le garçon s'approcha de lui et, en se tripotant un bouton, il chuchota :

« Moi, c'est Mattia.

— Et moi, Rocco.

— Et lui, Gueule-de-clébard ! pouffa-t-il.

— Tu as vérifié l'arbre à cames ? demanda-t-il à voix basse. Si tu dis que ça hoquette, ça pourrait être que…

— Mattia ! brailla le garagiste. Tu bosses ou je te vire !

— L'arbre à cames… » murmura Mattia en s'éloignant.

Quand vint l'heure de fermer l'atelier, le camion était réparé.

« Demain, tu arrives avant nous : il faut passer le balai et ranger les outils, ordonna Gueule-de-clébard à Rocco.

— Non, répliqua-t-il. Demain, tu me donnes du boulot de mécano si tu veux encore que je travaille ici. »

L'autre le toisa.

« C'est toi qui annonces à Tony que tu te tires ?

— Je lui ai déjà dit ça une fois. Ça ne me coûte rien de recommencer. »

Écarlate, le garagiste serra les poings.

« Mais tu te prends pour qui ? Tu te crois meilleur que moi ?

— Franchement, de toi, je n'ai absolument rien à foutre, dit-il très calme. Je veux juste être mécanicien. »

Le patron s'aperçut que Mattia avait écouté leur conversation, ce qui décupla sa colère. Il s'approcha de Rocco, les traits contractés et montra un gros palan accroché à une poutre en acier du plafond.

« Et si un jour, ce truc cède alors que t'es dessous, et que cet énorme moteur t'écrase comme une sole ? »

Rocco sourit. Il n'y avait rien d'amical dans ce sourire. Il avait grandi à Boccadifalco, son père était Carmelo Bonfiglio, et tous les gamins des rues avaient voulu prouver un jour ou l'autre qu'ils étaient plus forts que lui, en le défiant. Il avait dû apprendre très tôt à réagir aux menaces, à se défendre, à ne pas avoir peur.

« Et si ce jour-là, par miracle, au lieu de me transformer en sole, je devenais une anguille et que je m'en tirais vivant ? » Il toisa son adversaire en silence. Rocco le sentait près de reculer. « Tu as pensé un peu à ce qui t'arriverait… après ? »

Le garagiste haussa les épaules, il essayait de se donner une contenance.

« Fais-moi bosser comme mécanicien, reprit Rocco. Je cherche pas les emmerdes. »

Gueule-de-clébard porta la main à sa poche et tendit une clef à Rocco :

« Baisse le rideau. On se voit demain à huit heures précises. » Puis il se tourna vers Mattia : « Et toi aussi, connard de mes deux ! À l'heure, hein, bordel de merde ! »

Sur quoi, il s'en alla.

« C'était bien l'arbre à cames ! s'exclama Mattia tandis que Rocco baissait le rideau de fer. Comment tu savais ?

— J'suis mécano ! dit-il en clignant de l'œil. Et j'ai aussi le cul verni ! »

Tous deux éclatèrent de rire.

« Ça te dit, une bière ? » proposa Mattia. Rocco en avait assez de rester toujours seul. Et ce jeune homme était la première personne travaillant pour Tony qui n'avait pas l'air d'un mafieux.

« Pourquoi pas ! » répondit-il joyeusement.

Ils se dirigeaient vers une gargote à l'auvent rayé jaune et rouge, Rocco demanda :

« Comment t'as atterri dans l'atelier de Gueule-de-clébard ? »

Mattia haussa les épaules.

« Ma mère était domestique chez *señor* Zappacosta... Il y a deux ans, elle est morte, alors *señor* Zappacosta m'a fait embaucher par Gueule-de-clébard, et maintenant... »

Mattia continuait à bavarder. Rocco se retourna d'un bond, instinctivement, à l'instar de certains animaux qui, avant même de repérer le moindre bruit ou la moindre odeur, savent déjà.

Et c'est alors qu'il la vit. Il la reconnut aussitôt. Elle portait une robe bleue et avançait d'un pas rapide, avec sa fière allure et ses cheveux dénoués qui voletaient au vent. Elle était encore plus belle que dans son souvenir. Son cœur s'arrêta dans sa poitrine, il eut le souffle coupé. « Rosetta ! » s'écria-t-il avant de partir dans une course folle, comme s'il était monté sur ressort. « Eh, tu vas où ? » s'étonna Mattia. Mais Rocco ne l'écoutait plus. « Rosetta ! » hurlait-il, tentant de couvrir le vacarme du port. Elle ne l'entendit pas. Elle tourna à un coin de rue et disparut. « Rosetta ! » s'égosilla-t-il encore, courant à perdre haleine. « Rosetta ! » répéta-t-il, commençant à rire. « Rosetta ! »

Mais quand il arriva à l'endroit où Rosetta avait tourné, il ne la vit plus. Il s'élança au milieu de la foule qui emplissait la rue, poussant, sautant, se tordant le cou, cherchant où elle pouvait être. Il courut vers la droite sur une cinquantaine de mètres. Puis il s'arrêta et balaya les alentours du regard. Peut-être avait-elle tourné à gauche, dans cette ruelle ? Mais la ruelle était déserte. Peut-être avait-elle fait demi-tour ? Il courut comme un forcené. Rien. Il fit une pause, essoufflé. Et puis il entendit ferrailler le *tranvía*, dans la rue parallèle. Suivant son intuition, il fendit la foule et rejoignit la voie ferrée. Les wagons du *tranvía* s'éloignaient à vive allure. Il se lança à leur poursuite. Un instant, il eut l'impression de gagner du terrain, mais ensuite il trébucha sur un rail et tomba face contre terre. En se relevant, il aperçut la robe bleue dans le dernier wagon. « Rosetta ! cria-t-il. Rosetta ! »

Il se remit à courir à perdre haleine, mais le *tranvía* était maintenant loin, il n'avait pas la moindre chance de la rattraper. Rocco ne s'avoua pas vaincu, il continua quand même à courir. Il avait l'impression que ses yeux allaient sortir de leurs orbites, son cœur montait dans sa gorge, il n'arrivait plus à respirer. Au premier arrêt du *tranvía*, il était à bout de forces. Il se plia en deux, bouche grande ouverte, scrutant du regard les passagers qui étaient descendus. Mais aucune trace de Rosetta. Le *tranvía* avait maintenant tourné très loin et s'était perdu dans la circulation de Buenos Aires. Rocco se laissa tomber à genoux, haletant. « Je t'avais presque trouvée… » dit-il doucement. Il glissa la main dans sa poche et serra le bouton.

« Ça va, *amigo* ? » s'inquiéta un passant. Rocco le regarda un instant sans le voir.

« Oui, oui… ça va très bien… dit-il enfin à voix basse, se parlant à lui-même. Je l'ai trouvée. Et la prochaine fois, elle ne m'échappera pas.

— Qui est-ce que tu as trouvé ? » demanda l'homme.

Rocco se mit à rire de son bonheur :

« L'aiguille dans la botte de foin. »

33

Après avoir été renvoyée des abattoirs, Rosetta avait tout de suite dit à Tano de ne pas se soucier du loyer. Elle avait encore assez d'argent et elle trouverait un autre travail. Il s'était alors produit une chose à laquelle elle ne s'attendait pas du tout. Tano s'était mis à hurler.

« Ne m'insulte pas, imbécile ! J'en ai rien à foutre, du loyer. Au contraire, ça me fait bien plaisir, qu'ils t'aient virée ! »

Une expression de stupeur était apparue sur le visage de Rosetta.

« Mais qu'est-ce que tu racontes ? s'était exclamée Assunta, tout aussi étonnée.

— Merde, tu as vu le boulot que c'était ? Tu as senti l'odeur qu'elle ramenait tous les soirs ? Le sang, la viande pourrie ! » Puis, se tournant vers Rosetta : « La nuit dans le noir, qu'est-ce que tu entends ? Les grillons, ou les mugissements de ces pauvres vaches ? »

Rosetta avait baissé les yeux. Tano avait raison. L'odeur du sang ne la quittait pas un instant, et le cri des bêtes qu'on abattait résonnait sans cesse dans ses oreilles. Lorsque le plancher craquait, elle pensait aussitôt à la croûte de mort qu'elle piétinait tous les jours.

« Tu t'es libérée de toute cette merde, t'as pas encore pigé ? Maintenant, tu peux faire quelque chose de mieux.

— Mais quoi ? dit Rosetta.

— Bordel, qu'est-ce que j'en sais, moi ! Essaie de réaliser tes rêves !

— Mais moi… je n'ai pas de rêves…

— Si tu n'as pas de rêves, avait rétorqué Tano gravement, alors ta vie ne vaut guère mieux que celle de ces vaches du Matadero.

— Mais que… qu'est-ce que vous voulez de moi ?

— Moi, je sais qui tu es. Je l'ai su à la minute où tu es entrée dans cette maison. » Il la scrutait, comme s'il fouillait son âme avec ses yeux clairs et perçants, purs comme des diamants. « *Mais peut-être que tu ne sais plus qui tu es.*

— Qui suis-je ? avait demandé Rosetta, déboussolée.

— Qui tu es ? Mais quelle idiote, celle-là ! » Tano criait, en écartant les bras. « Tu es une fille capable d'offrir une guitare à un cordonnier ronchon que tu ne connais même pas, rien que pour lui rendre sa musique ! »

Il l'avait saisie par la main, avec ses manières brusques mais sans méchanceté, et l'avait entraînée au fond du jardin, devant le rosier de Ninnina.

« Regarde !

— Qu… quoi ? » avait balbutié Rosetta.

Il l'avait obligée à se pencher vers la plante.

« Regarde, bordel de merde ! Ouvre les yeux et regarde, là ! »

Un nouveau bouton, d'un beau vert brillant, était apparu, et il commençait à révéler, à l'intérieur, les pétales blancs d'une petite rose.

« Tu as compris qui tu es, maintenant ? C'est ça, que tu es ! » Et regardant le bouton de rose, la voix tremblant d'émotion pour retenir ses larmes, il avait lâché : « Elle n'est pas morte. »

Et Rosetta avait compris qu'il ne parlait pas du rosier.

« Pense à quelque chose que tu sais faire et qui te donne de la joie », avait glissé Tano à voix basse. Et avant d'entraîner Assunta à l'intérieur de la maison, il avait hurlé à Rosetta : « Et fais-le, bordel de merde ! »

Une demi-heure plus tard, Rosetta était encore là, sidérée par les paroles de Tano. *Mais peut-être que tu ne sais plus qui tu es*. Il avait raison. Elle savait qui elle avait été, mais pas qui elle était aujourd'hui. Elle quitta la maison et commença à marcher, sans but. Errant parmi les misérables habitations de Barracas, elle se dit que son passé était comme une cage qui l'emprisonnait. Il fallait briser ces barreaux, mais elle ne savait comment faire. Elle savait aussi que, si elle n'y parvenait pas, elle resterait atrophiée toute sa vie. Elle accéléra, comme pour échapper à ses pensées. Elle se retrouva bientôt au Mercado Central de Frutos del País, à Avellaneda. C'était un endroit qu'elle adorait.

Les voix des vendeurs retentissaient dans l'air épais et chaud. Leurs cris, dans cette langue musicale que Rosetta comprenait de mieux en mieux, étaient comme des chants. Et il y avait cette variété infinie de fruits qu'elle n'avait jamais vus, leurs couleurs vives, leurs parfums, les vendeurs qui les coupaient en deux pour montrer leur chair bien mûre. Et aussi ces odeurs intenses qui flottaient dans l'air, si douces parfois qu'elles en étaient presque écœurantes, troublantes au point de donner le tournis.

Rosetta aimait regarder le comportement indolent et affairé des acheteurs. Ils marchandaient tout, chaque fruit, chaque plante, le moindre petit achat.

Ils gesticulaient, faisaient mine de s'éloigner, et le vendeur à son tour faisait semblant de leur courir après et de les arrêter. On aurait dit qu'ils dansaient, ou qu'ils jouaient une pièce. Tout était à la fois factice et véritable. L'âme passionnée et théâtrale de ce peuple semblait tout entière concentrée dans ce marché.

L'atmosphère partout joyeuse lui rendit très vite sa bonne humeur.

Mais Rosetta remarqua ensuite un vendeur à l'air triste. Il était assis près de sa marchandise, qui se réduisait à dix cages microscopiques, à l'intérieur desquelles il avait eu du mal à faire entrer ses poules déplumées et maigres, une par cage, qui semblaient aussi déprimées que leur propriétaire. Rosetta se sentit gagnée par leur tristesse. Elle s'était dit que son passé était une cage et elle se retrouvait dans ces pauvres volatiles. C'était parfaitement clair maintenant.

« Tu en demandes combien ? demanda-t-elle au vendeur.

— Pour une ?

— Non, pour toutes. »

Une heure après, Rosetta rentrait chez elle avec dix poules, un coq, des poteaux, un grillage et des planches. « Des œufs ! » lança-t-elle pour couper court à l'imprécation qu'elle voyait naître sur les lèvres de Tano. Elle alla derrière la maison et installa le grillage à trois mètres du Riachuelo, pour empêcher la volaille d'aller boire l'eau empoisonnée, puis elle ouvrit les cages. Les poules sortirent en caquetant, hagardes. Certaines avaient les pattes tellement ankylosées par leur long enfermement qu'elles avaient du mal à bouger. L'une d'elles s'affaissa et tenta de se relever avec difficulté.

« Bordel, celle-là, elle n'est même pas bonne à faire du bouillon ! Des œufs, tu parles… bougonna Tano.

— Elle était prisonnière, il faut qu'elle s'habitue à la liberté », dit Rosetta.

« Je parle de moi », se dit Rosetta.

Heureuse et souriante, elle passa le reste de la journée à construire un poulailler de fortune. Quand le soleil se coucha, toutes les poules arrivaient à grattouiller par-ci par-là sans trébucher.

Ils avaient tout juste fini de dîner qu'ils entendirent les poules caqueter furieusement. Tano fut le premier à s'élancer dehors, Rosetta et Assunta lui emboîtèrent le pas. Ils aperçurent une silhouette noire franchir la clôture et se sauver en tenant une poule par les pattes. « *Figgiu e bottana !* » beugla Tano en se lançant à sa poursuite. « Ne te fais pas tuer pour une poule ! » s'exclama Assunta. Suivant Tano, Rosetta passa de l'autre côté de la clôture, et elle rejoignit le cordonnier au moment où le voleur se faufilait dans une cahute. Ils bourrèrent de coups sa porte en tôle, qui résonna comme un tambour. Attirés par le vacarme, de nombreux voisins sortirent dans la rue. Tano ramassa un bâton et commença à frapper violemment la porte de la maison, qui céda comme si elle était en carton.

Ils se retrouvèrent devant un homme maigre, sale, mal rasé, vêtu de hardes, qui titubait, éméché. Il tenait un couteau à la main. Il bondit hors de chez lui et lança un coup à l'aveuglette. Tano l'assomma avec son bâton. L'homme s'effondra au sol comme un sac vide. Terrorisée, la poule caquetait follement dans la cahute, Rosetta alla l'attraper d'un geste vif. En ressortant, elle s'aperçut que, sous le coup de l'épouvante, le volatile avait pondu un œuf. Elle le ramassa.

Tano s'empara du couteau, qu'il pointa sur la gorge du type : « Moi, je suis sicilien ! s'écria-t-il, balayant du regard les curieux qui s'étaient attroupés. Et nous, les Siciliens, on n'appelle pas les flics. On règle nos histoires entre nous. Si quelqu'un d'autre tente sa chance, je l'égorge comme un porc ! » Il se tourna vers Rosetta : « Allez, on rentre ! »

Mais Rosetta ne broncha pas. Elle regardait cette foule, prenant la mesure de leur misère et de leur désespoir. Et elle pensa qu'eux aussi étaient enfermés dans des cages trop petites où ils étouffaient. Comme elle. Soudain, les villageois d'Alcamo, en Sicile, ceux qu'elle avait tellement détestés, remontaient à sa mémoire. Eux aussi étaient en cage. Leurs barreaux avaient pour nom misère et ignorance. Et elle sentit que la haine qu'elle éprouvait pour eux, cette détestation qui l'avait accompagnée à travers un immense océan, s'apaisait enfin.

Elle regardait tous ces gens agglutinés alentour et remarqua une vieille femme en haillons qui ouvrait et fermait la bouche, les lèvres froncées comme du caoutchouc. Elle n'avait plus de dents et mâchouillait ses gencives. Rosetta eut de la peine pour elle et s'approcha. La vieillarde rentra la tête dans les épaules, comme si elle craignait d'être frappée. Rosetta lui tendit l'œuf qu'elle avait en poche : « Tenez ! » lui dit-elle. L'autre regarda l'œuf sans faire un geste, incrédule.

« Prenez-le, insista Rosetta.

— *No tengo dinero*[1]… bredouilla l'autre.

— C'est un cadeau. »

La femme eut une expression presque effrayée. Elle s'empara de l'œuf, dont elle perça rapidement la coquille avec un ongle avant de le porter à sa bouche et de le gober avec avidité.

« On n'a pas besoin d'être ennemis ! » lança alors Rosetta à l'assemblée. Elle avait l'impression de

1. « Je n'ai pas d'argent. »

s'adresser aux villageois d'Alcamo. Parce que c'était ça, la voie à suivre, et il ne pouvait y en avoir d'autre. Il fallait dire : ça suffit, cesser de cultiver la haine, briser les barreaux des cages. « On est tous des crève-la-faim », poursuivit-elle, comme si elle concluait à haute voix son raisonnement personnel et mettait enfin des mots sur son émotion. Son cœur parlait. « Nous devrions nous entraider. Pas nous sauter à la gorge comme des chiens enragés ! » Des murmures parcoururent l'assistance. « *Dios te bendiga, muchacha* », dit la vieille, les yeux emplis de larmes et les lèvres pleines de jaune d'œuf. Rosetta lui sourit. Alors, tête haute, la poule sous le bras, elle se fraya un chemin pour rentrer chez elle. Tano la talonnait. Ils n'avaient pas fait dix pas que des applaudissements s'élevèrent dans la foule.

« Alors maintenant, tu as compris qui tu es ? demanda Tano.

— Pas encore. »

Tano secoua la tête, regarda Assunta et se frappa l'index contre la tempe.

« Celle-là, c'est vraiment une idiote. »

Il le disait encore en se couchant.

Le lendemain, une femme d'une soixantaine d'années, la robe couverte d'une légère couche de farine blanche, frappa à leur porte. « Je t'ai entendue hier soir, dit-elle à Rosetta en souriant. Tu cherches du travail, n'est-ce pas ? »

Elle lui montra ses mains, qu'elle ouvrait et fermait. « J'ai de l'arthrite et je ne peux plus pétrir comme autrefois. J'ai besoin d'aide. »

Le jour même, Rosetta commença à travailler à la boulangerie. La *señora* Chichizola pétrissait et son mari, un homme grand et mince comme un gressin, s'occupait d'enfourner. Pendant que la *señora* Chichizola lui apprenait le métier, Rosetta ferma les yeux, respira à pleins poumons le parfum sucré et poussiéreux de la farine, le levain, acide, et l'arôme du pain qui cuisait. C'est à ce moment précis qu'elle pensa à Dolores. Elle n'avait jamais cessé de penser à elle, et comprit tout de suite pourquoi : elle s'était reconnue dans cette jeune fille. En tentant de la sauver, elle avait fait ce qu'elle n'avait pas réussi à faire au moment de son viol. Mais Dolores se trouvait encore là-bas, dans cet enfer, dans cette cage. « Maintenant, tu as compris qui tu es ? » murmura-t-elle doucement, répétant les paroles que Tano lui avait adressées la veille.

« Qu'est-ce que tu dis, ma chérie ? s'étonna la *señora* Chichizola.

— Rien », soupira Rosetta.

Peu après, elle lui demanda la permission de s'absenter pendant deux heures, et se dépêcha de rejoindre l'arrêt du *tranvía*.

Elle arriva au Matadero pendant la pause déjeuner et courut jusqu'au muret. Dolores était assise entre Poil-de-carotte et Blonde platine. Rosetta la prit par la main et l'entraîna dans le bureau de Bonifacio, sans se préoccuper de toutes ses questions.

« Paie-la, dit-elle au gérant du Matadero, elle s'en va.

— Je ne peux pas… non… bafouilla Dolores.

— Si ! » trancha Rosetta.

Son ton était tellement résolu que Dolores ne put rien répliquer. Quand elles sortirent du bureau de Bonifacio, les bouchers avaient appris ce qui se passait et s'étaient réunis dans la cour. Au premier rang se tenait Leandro, bras croisés, sourire narquois aux lèvres.

« Tu crois que tu vas où comme ça, petite garce ? » lança-t-il à Dolores. Elle rentra la tête et ralentit le pas.

« Va te faire foutre, mauviette ! rétorqua Rosetta, faisant bouclier de son corps. Elle, elle s'en va et toi, tu restes moisir ici ! Ton harcèlement, c'est fini !

— C'est ce qu'on va voir ! grogna-t-il, agressif, en lui montrant le poing. T'as pas compris comment ça marche, ici ! »

Il fit un pas en avant mais l'un des *carniceros* lui posa la main sur l'épaule. « Putain, tu fais quoi, là ? » éclata Leandro, repoussant cette main. Mais il ne put faire un second pas, parce qu'un autre *carnicero* le retenait par le bras. Puis un autre se planta devant lui. L'un après l'autre, tous les bouchers présents se placèrent entre les femmes et lui. Pour finir, Bonifacio apparut à son tour.

« Putain, mais qu'est-ce qui vous prend ? protesta Leandro d'un ton hésitant.

— Si tu veux garder ton travail, tu la fermes », intervint le gérant.

Puis il regarda Rosetta et hocha lentement la tête, comme s'il lui demandait pardon au nom de tous. Il adressa aussi un petit sourire maladroit à Dolores. Elle avait les yeux baignés de larmes.

« Où est-ce qu'on va ? demanda-t-elle à Rosetta lorsqu'elles furent sur le *tranvía*.

— Tu verras », dit Rosetta, qui sentit son cœur se gonfler de joie, comme s'il avait été libéré d'une cage.

À la boulangerie, Rosetta présenta Dolores à la *señora* Chichizola. « Elle a plus besoin de travailler que moi », expliqua-t-elle. La *señora* Chichizola dévisagea Rosetta avec un mélange de stupeur et d'admiration. Puis elle se tourna vers Dolores et, attendrie, fit oui de la tête. « Je viendrai te voir ! » dit Rosetta à Dolores en souriant.

Ce soir-là, après le dîner, elle alla derrière la maisonnette. Elle avait besoin d'être seule et d'écouter ce qu'elle avait à l'intérieur d'elle-même. Les poules dormaient déjà dans le poulailler. Seul le coq s'approcha, intrigué.

Rosetta respirait profondément, comme si elle avait désormais des poumons plus larges. Elle admirait le ciel, encore légèrement rougi par le soleil qui venait de se coucher, et elle sentit quelque chose de rugueux entre les doigts de sa main gauche, comme une croûte. C'était de la farine durcie. Rosetta sourit. Ce soir, Dolores trouverait également de la farine entre ses doigts. Et jour après jour, cette farine ferait disparaître le sang. Rosetta se sentit plus légère, débarrassée elle aussi d'un peu de ce sang de sa vie passée, resté collé sur elle. Elle regarda l'horizon, qui s'obscurcissait. Elle avait confiance : elle était certaine qu'un jour, elle lèverait les yeux et qu'elle verrait Rocco. Ce jour-là, elle serait prête à lui raconter qui elle était.

34

Dans cet entre-deux qui n'était plus la nuit mais pas encore l'aube, Amos fit irruption au *Black Cat*. Il était escorté par cinq hommes. El Francés, occupé à compter la recette du jour, leva vers lui un regard surpris et somnolent. Derrière le comptoir, Lepke se raidit. Il n'y avait plus qu'un client dans l'établissement : Amos s'approcha de lui, le prit par le bras et le poussa dehors : « Va te coucher ! » lui conseilla-t-il. L'homme s'éloigna sans discuter, titubant sous l'effet de l'ivresse.

« Qu'est-ce qui t'arrive, *Polák* ? » lança El Francés en se levant. Amos fit signe à ses hommes, qui allèrent baisser les rideaux de fer donnant sur la rue. Puis ils fermèrent de l'intérieur le volet de la porte d'entrée, de manière que, de dehors, on ne puisse pas voir ce qui se passait à l'intérieur. « Qu'est-ce que tu fous, connard ? » gronda El Francés. Mais sa voix était un peu fébrile. Lepke tenta de prendre quelque chose sous le comptoir, mais un des sbires d'Amos lui pointa un pistolet sur la tempe. « Ça, c'est pour moi », dit Amos à Lepke, qui lui remit un fusil. Amos le lui arracha des mains d'un geste fulgurant et le frappa au visage avec la crosse de l'arme. Lepke alla cogner contre les rayons remplis de bouteilles, et quelques-unes se fracassèrent sur le sol.

« *Shalom Aleichem*, lui dit alors Amos avec un sourire mauvais. Tu sais, le juif, tu ferais mieux de fréquenter les gens de ton peuple, au lieu de traîner avec ces perdants qui ont encore trop de peau attachée au petit oiseau !

— J'aime mieux bosser avec lui qu'avec une merde comme toi, qui fais du commerce avec la chair de sa propre race », grogna Lepke en essuyant le sang qui coulait de sa lèvre.

Amos le toisa, absolument pas décontenancé.

« Notre Loi prescrit que la viande doit être *kosher*[1], non ? Eh bien, mes filles, de ce point de vue, elles sont parfaites : elles sont *kosher*, ricana-t-il.

— Arrête, avec tes conneries ! Qu'est-ce que tu veux ? » coupa El Francés, derrière eux.

Amos posa le fusil près d'un de ses hommes, puis fit lentement volte-face. Il regarda El Francés en plissant légèrement les yeux, un peu comme s'il visait, tel un chasseur qui aurait sa proie dans le viseur.

« Où est la gamine ?

— Quelle gamine ? » dit El Francés.

Mais cette fois encore, une note d'incertitude traînait dans sa voix. Amos s'approcha de lui et, soudain, il avança le bras et lui serra la gorge d'une main. El Francés tenta de se libérer. Il était écarlate, il n'arrivait plus à respirer. Amos le relâcha. Il se plia en deux, toussa et porta les mains à son cou : « Tu es… tu es fou ! » balbutia-t-il. Amos lui asséna un grand coup de pied dans les chevilles, qui l'envoya rouler à terre. Il appuya sa botte contre sa poitrine.

1. *Kosher* ou *kasher* : conforme au code alimentaire juif.

« Alors elle est où, la gamine ? Je n'aime pas me répéter.

— Je ne sais pas…

— Mauvaise réponse. »

Il lui flanqua un coup de pied en pleine figure. Puis il l'immobilisa à nouveau à terre, sa botte contre sa poitrine.

« Je ne sais pas… je te jure… bafouilla El Francés, le nez en sang. Elle est venue… mais je l'ai chassée.

— Et qu'est-ce qu'elle t'a dit ? demanda-t-il en appuyant plus fort.

— Rien… »

Amos souleva un instant le pied avant de l'abattre violemment sur son ventre.

« Elle t'a dit qu'elle avait vu quelque chose ? » poursuivit-il.

L'autre ne répondit rien. Amos sourit et hocha la tête :

« Bien. Et à qui d'autre elle l'a raconté ?

— À personne… »

Il lui asséna un nouveau coup de pied. Plus fort. Et écrasa sa botte contre sa gorge. El Francés se débattit.

« Moi aussi, j'étais là, intervint Lepke.

— Toi, tu es toujours là, ricana Amos. On dirait deux fiancés. »

Ses hommes gloussèrent. Mais le chef était redevenu sérieux : « Faites descendre les putains », commanda-t-il. Puis il saisit El Francés par le col de la veste, le souleva de terre, le traîna jusqu'au bar et lui plaqua la tête sur le comptoir. Lepke regardait, sans pouvoir faire quoi que ce soit. Entre-temps, les sbires étaient redescendus avec les *poules** d'El Francés, encore vêtues en soubrettes. Elles avaient l'air effrayé. Les hommes les rassemblèrent dans un coin de la salle. Puis deux d'entre eux se placèrent de l'autre côté du comptoir et saisirent El Francés par les bras, l'immobilisant la tête en bas.

Alors Amos saisit son couteau et l'enfila dans la ceinture d'El Francés, qu'il trancha. Le pantalon tomba, dénudant son postérieur. « T'as essayé de m'enculer à cause d'une putain, lui siffla-t-il à l'oreille. Maintenant, c'est moi qui vais t'enculer. » D'un coup de pied, il lui écarta les jambes. Puis il prit le fusil de Lepke, posa le canon entre les fesses de l'homme et, d'un coup brusque et violent, le pénétra. El Francés hurla. Deux filles se mirent à crier, une autre éclata en sanglots. Amos se déchaîna sur son ennemi. Enfin, il retira l'arme.

À ce moment-là, Lepke ouvrit une boîte de cigares et saisit un pistolet, qu'il pointa vers Amos. Mais Amos fut plus rapide et lui tira un coup de fusil en pleine poitrine. Lepke tira en l'air, en tombant en arrière, les yeux exorbités. Une épaisse tache rouge s'étalait comme une fleur sur sa chemise blanche. Les prostituées se serrèrent les unes contre les autres, avec des cris de terreur. Amos se tourna vers elles : « Silence ! » beugla-t-il. Elles se turent. « El Francés est fini », déclara-t-il sans les quitter des yeux. Puis il fit signe aux deux hommes qui maintenaient son adversaire immobile. Ils lui lâchèrent les bras et il s'effondra à terre, en grimaçant de douleur. « Il est fini ! répéta Amos aux filles. Ceux qui resteront avec lui connaîtront la même fin. Pareil pour ceux qui apprendraient quelque chose sur la gamine que je cherche et qui ne viendraient pas me le raconter. Faites-le savoir autour de vous ! » Il leva la crosse du fusil et l'abattit brutalement sur la tête d'El Francés, qui perdit connaissance. Là, il prit une bouteille de cognac, qu'il ouvrit et versa sur sa victime. Enfin, il rejoignit la porte du *Black Cat*, tandis que ses hommes brisaient toutes les bouteilles qu'ils trouvaient.

Quand le local fut totalement imprégné d'alcool, les sbires ouvrirent le rideau de fer protégeant la porte d'entrée. « Je n'ai jamais aimé ce rade pourri », lâcha Amos avec un rictus mauvais. Sur ce, il fit craquer une allumette, qu'il jeta à terre. L'alcool s'embrasa et le feu se mit aussitôt à progresser entre les tessons de bouteille et les tables en marbre, faisant froncer les tapis, grimpant aux tentures et rampant vers El Francés évanoui sur le sol. « Dehors ! » ordonna alors Amos aux prostituées. Les flammes se reflétaient dans son regard cruel. Paniquées, les filles se précipitèrent dans la rue, où elles se dispersèrent en un éclair. Amos posa encore un instant les yeux sur El Francés : « Toi non plus, je ne t'ai jamais aimé, cracha-t-il. Crève ! » Et il sortit, suivi de ses hommes.

Amos tira le rideau de fer. À l'intérieur du *Black Cat*, l'incendie crépitait, sinistre.

35

Les premiers jours, Raquel alla dans le *boliche*. Ensuite, elle n'eut plus d'argent.

« Donnez-moi un travail ! Je peux faire la vaisselle, cuisiner, passer le balai…

— Moi je donne de la nourriture, pas du boulot ! avait répondu la patronne grassouillette. Et ne remets plus les pieds ici, si tu n'as pas d'argent à dépenser. »

Après deux jours de jeûne et de vagabondage pendant lesquels elle avait cherché en vain un emploi quelconque, Raquel avait faim. Une faim atroce qui lui rappelait sa vie au *shtetl*, lors des hivers de famine. Mais à l'époque, elle avait son père. Cette fois, elle errait seule dans un monde inconnu et hostile.

Autour d'elle la vie bouillonnait. Il y avait comme une trépidation dans l'air. Noël approchait. Et comme c'était l'été, les vitrines des magasins étaient décorées avec de la neige factice. Des dames élégantes chaloupaient dans leurs robes en soie, des cadeaux de Noël à la main. Des enfants souriants les suivaient, impatients de pouvoir bientôt déballer leurs paquets. Dans les boutiques, des hommes en costume trois-pièces signaient des chèques, les derniers achats. Comme des essaims de sauterelles, des nuées de mendiants encombraient les trottoirs, mains tendues en avant, yeux enfoncés et bouches grandes ouvertes. La musique résonnait à chaque coin de rue, et il y avait partout des étals de nourriture.

Plus elle voyait ces victuailles, plus elle humait ces délicieuses odeurs, plus Raquel se sentait faiblir. « Pourquoi suis-je encore en vie, père ? » murmura-t-elle. Elle prit le journal qui parlait de l'enfant ayant survécu cinq jours sous les décombres sans rien à manger ni boire. Elle relut l'article dans ses moindres détails : la rue de Rosario où l'accident s'était produit, le nom des onze victimes, les déclarations des voisins. Les paroles de la clocharde lui revinrent à l'esprit : « Dieu doit avoir un dessein particulier pour ce gamin. » « Mais moi… pourquoi suis-je encore en vie ? »

Raquel reprit son vagabondage. Elle s'arrêtait dans tous les magasins pour demander qu'on l'embauche. Personne ne lui accordait la moindre attention. Épuisée et affamée, elle se résigna à faire les poubelles, où elle dénicha les épluchures moisies d'un fruit bizarre. Les manger ne fit qu'accentuer sa faim. Elle ne tenait pratiquement plus debout. Surmontant sa honte, elle tendit la main et se mit à mendier. En passant près d'elle, quelqu'un dit : « Va donc travailler, fainéante ! » Mais Raquel était tellement épuisée qu'elle ne l'entendit même pas. Sombrant dans le désespoir, elle finit par s'approcher d'un étal, saisit une miche de pain et s'enfuit avec le peu de forces qui lui restaient. Elle dévora le pain en courant, de peur qu'on ne l'attrape et qu'on ne la prive de sa misérable pitance.

Le soir, d'un pas fatigué, elle regagnait les quartiers pauvres, la tête vide avec, devant les yeux, un avenir qu'elle ne parvenait pas à imaginer – ou qu'elle imaginait aussi terrible que le présent.

Il était encore tôt, elle trouva un banc libre au Parque Pereyra. Elle s'y allongea pour attendre la nuit. Un homme d'une saleté invraisemblable débarqua bientôt et se planta devant elle en glapissant :

« Ce banc est à moi, fiche le camp !

— Je suis arrivée avant », répliqua-t-elle.

Il l'attrapa par les cheveux et la jeta à terre, sans ajouter un mot. Effrayée, elle décampa et alla pleurer dans un coin du parc, appuyée contre un tronc d'arbre. Pendant la nuit, des nuages voilèrent la lune, et une averse brève mais violente s'abattit. À l'aube, Raquel était trempée. Alors que les autres vagabonds quittaient le parc, elle choisit un banc et s'installa au soleil pour se sécher. Même les journaux qu'elle portait sur elle étaient mouillés. Elle les étendit sur le banc, feuille après feuille, en essayant de ne pas les déchirer. Elle les connaissait par cœur mais ils lui tenaient compagnie, en particulier l'article sur le petit garçon qui avait survécu sous les décombres. En un sens, elle avait l'impression de vivre la même histoire que lui. « Si je continue comme ça, je vais devenir aussi timbrée que la vieille cloche », songea-t-elle.

Deux hommes, après lui avoir jeté un coup d'œil agacé, vinrent s'asseoir sur le banc près du sien. L'un d'eux ouvrit son journal et s'exclama :

« Ah, je le savais ! C'était évident.

— Quoi ? questionna son ami.

— C'était une prostituée.

— Qui ça ?

— Le cadavre.

— Quel cadavre ? »

Le premier regarda son compagnon.

« Vraiment, tu n'en as pas entendu parler ? lui demanda-t-il, étonné. Tu es bien le seul, dans tout Buenos Aires !

— Mais de quoi ?

— Il y a quelque temps, on a retrouvé un cadavre dans le Riachuelo, dans la zone des tanneries. Il était méconnaissable… tu sais, à cause des acides. C'était une femme, mais on ne savait pas qui. Moi, je disais : Qui peut bien finir la tête la première dans le Riachuelo ? Une femme respectable ? Vous voulez rire ! dit-il en frappant le journal de la main. Et maintenant, les autorités font cette grande découverte : c'était une prostituée. Quelle surprise ! »

Raquel se sentait mal à l'aise. Quelque chose lui disait de se lever et de partir, de ne plus écouter. Et pourtant elle restait là, clouée sur son banc.

« Et comment ils ont su ? poursuivit l'autre.

— Ils ont fait une autopsie. Elle a été assassinée d'un coup de couteau à l'abdomen… »

Raquel serra les poings, le cœur déchiré.

« Et ils ont découvert ce que les acides, au début, avaient dissimulé : elle avait une balafre sur la joue. C'est comme ça que les *rufianes* juifs marquent les prostituées rebelles.

— Alors ce n'était pas seulement une putain, plaisanta l'autre, en plus elle était juive ! »

Raquel se leva d'un bond.

« Ce n'était pas une putain ! » s'exclama-t-elle.

Les hommes la dévisagèrent, interloqués. Puis ils éclatèrent de rire.

« Tire-toi de là, gamine, si tu veux éviter les coups de pied au cul ! » menaça celui qui avait le journal.

Raquel rentra la tête dans les épaules, saisie par une douleur lancinante. Elle ramassa l'article sur le garçon qui avait survécu et s'apprêta à partir. Se retournant, elle s'aperçut que les deux amis ne s'occupaient plus d'elle, leur journal était posé sur le banc. Elle le saisit au vol et se sauva en courant, poursuivie par les insultes des deux hommes.

Elle atteignit une ruelle isolée et s'effondra derrière deux poubelles débordant d'ordures. « Tamar… Tamar… » répétait-elle, tout en essayant de chasser de son esprit l'image de son amie, si belle, dévorée par les acides. « Salauds ! Salauds ! Salauds ! » s'écria-t-elle. En se relevant, elle bourra une poubelle de coups de pied. Puis elle se calma, s'assit à nouveau et lut l'article sur Tamar.

Les autorités n'avaient aucune idée du nom de la victime, mais elles étaient sûres qu'elle était juive. Le journaliste précisait que la communauté juive refusait que les proxénètes et les prostituées soient enterrés dans leur cimetière : « Parce qu'ils sont un véritable fléau, expliquait une femme interrogée. Mais dans notre communauté, nous ne nous lavons pas les mains de ce problème. Nous avons accroché dans les rues des affiches qui invitent à ne pas louer de locaux aux souteneurs et à ne pas fréquenter leurs maisons closes, et nous offrons de l'aide aux filles qui ne se prostituent pas. Il est donc simple de… » Raquel sentit la colère monter. Tout cela n'était que bavardages. La vérité, c'était que ces gens considéraient les filles telles que Tamar comme des pestiférées. La vérité, c'était que les types comme Amos parcouraient à loisir les villages d'Europe de l'Est afin d'alimenter les bordels, et qu'ils avaient droit de vie et de mort sur ces filles, esclaves du sexe. La vérité, c'était que leurs maisons closes étaient toujours pleines de clients qui prétendaient ne pas savoir et que Buenos Aires n'était qu'une fabrique de douleur. Raquel reprit sa lecture, le cœur étreint par le ressentiment et le chagrin. Elle découvrit que Tamar avait été enterrée sans un mot dans un cimetière périphérique que les juifs « déviants », ainsi que le journaliste les appelait, avaient construit à leurs frais. Elle nota l'adresse et s'y rendit.

« *Señor*, savez-vous où est la tombe de cette femme qu'on a retrouvée dans le Riachuelo ? demanda-t-elle au gardien, à l'entrée du cimetière.

— T'es qui, toi ? rétorqua l'homme. Qu'est-ce que ça peut te foutre ? Tu la connaissais ? »

Raquel se dit alors que le gardien travaillait certainement pour la Sociedad Israelita de Socorros Mutuos Varsovia, pour Amos ou pour un autre de ces salopards ; à coup sûr, si quelqu'un allait prier sur la tombe de Tamar, il les avertirait.

« C'était juste par curiosité…

— Eh ben, occupe-toi de tes affaires, la môme ! Ici c'est un cimetière, pas un parc d'attractions. »

Raquel battit en retraite. Dès qu'elle eut passé le coin de la rue, elle s'arrêta. Elle trouva un endroit d'où elle pouvait voir le mur du cimetière et se mit à chanter à voix basse le *kaddish*, la prière des morts, parce qu'elle était certaine que personne n'avait accompagné l'âme de Tamar dans les bras du Seigneur. Ensuite, elle lança un caillou par-dessus le mur : « Seigneur du Monde, pria-t-elle, que Ton souffle pousse cette pierre jusqu'à la tombe de Tamar ! » Lorsqu'elle eut fini, elle ne se sentait pas mieux. Au contraire. En fait, la douleur avait disparu, dévorée par une fureur noire qui brûlait comme du sel sur une blessure à vif.

Elle partit d'un pas furieux et, sans le vouloir, elle finit par se retrouver au coin de la Calle Junín, près de l'entrée du *Chorizo*. Elle vit des clients entrer et sortir. Peut-être quelqu'un demanderait-il Tamar ? Elle imagina Amos inventant un bobard, et proposant une autre fille au client. Quelle différence cela pouvait-il faire ? Elles étaient toutes jeunes et belles, et toutes obligées d'écarter les jambes et de dire oui à n'importe quoi. C'étaient des poupées, pas des êtres humains. Elles n'étaient que de la chair sans âme. Nul ne connaissait leur nom et nul ne se souciait de le connaître. Pas même quand on les enterrait.

Mais pour Tamar, cela ne se passerait pas comme ça ! se dit Raquel avec colère. Elle chercha dans l'article une information qu'elle avait déjà lue : « L'enquête a été confiée au capitaine de la *Policía* Augustin Ramirez. Quiconque dispose d'informations est invité à se rendre au commissariat situé 53 Avenida de la Plata. » « Vous allez le payer ! » gronda Raquel en grinçant des dents tandis qu'elle s'éloignait, déterminée, en pensant à Amos et à Adelina.

Elle se rendit Avenida de la Plata. Le numéro 53 se trouvait au coin de l'Avenida de Las Casas. Le commissariat était un bâtiment de deux étages sombre et massif, avec des colonnes et des frises qui le rendaient plus lourd et lugubre encore. Deux policiers gardaient l'entrée.

« Qu'est-ce que tu veux, gamine ? » lança l'un des agents en lui barrant le chemin avec sa matraque.

Raquel se recroquevilla.

« Il faut que je parle au capitaine Ramirez.

— Et qu'est-ce tu veux lui dire ? continua-t-il sans baisser sa matraque.

— Heu, je… je dois lui dire qui est la femme qu'on a retrouvée dans le Riachuelo », répondit-elle, le cœur battant à tout rompre. Et… Le souffle court, comme si elle venait de faire une longue course, elle lâcha : « Et aussi… qui l'a tuée. »

Le policier abaissa lentement sa matraque. Il regarda son collègue.

« Va chercher le *Capitán*, tout de suite. Moi, je l'emmène dans la salle d'en bas. Ne dis rien à personne. »

L'autre acquiesça et disparut à l'intérieur du bâtiment. Le policier sourit à Raquel. Elle se dit qu'on allait peut-être lui donner quelque chose à manger. Sans cesser de sourire, le policier remit la matraque dans sa ceinture et posa la main sur l'épaule de la jeune fille : « Viens ! » lui dit-il. Il la guida à l'intérieur du commissariat, ils descendirent un escalier et il la fit entrer dans une pièce au sous-sol. Là, il lui montra une chaise : « Installe-toi, le capitaine va arriver, tu verras. » Il eut un mouvement de tête pour indiquer la porte : « Moi, je suis juste là, devant. » Ces propos ne rassurèrent en rien Raquel, sans qu'elle sache trop pourquoi. L'agent sortit de la pièce et ferma la porte. Elle alla s'asseoir. Tout à coup, elle sentit la fébrilité la gagner. Peu après, elle entendit des pas lourds.

« *Capitán !* appela la voix du policier devant la porte.

— Où est-elle ? » dit une autre voix, rauque et dure.

Raquel se leva et se dirigea vers la porte.

« Là-dedans, répondit l'agent.

— Bien, dit l'autre. Va le prévenir, dépêche-toi ! »

Raquel sentit un frisson lui parcourir l'échine. Elle écouta les pas du policier qui s'éloignaient. Elle se précipita pour se rasseoir sur la chaise, les yeux rivés au sol. En entendant la porte s'ouvrir, elle releva la tête.

Le capitaine avait une grosse bedaine qui tirait sur les boutons dorés de son uniforme, un visage large et charnu, et un cou gras qui faisait des plis sur son col, comme si la peau débordait de l'uniforme. Mais surtout, il avait une tache de vin très voyante sur la joue droite – on aurait dit du rouge à lèvres qui aurait coulé d'une manière obscène. Raquel le reconnut immédiatement : le capitaine était comme chez lui au *Chorizo*. Tous les soirs, Amos et lui se donnaient de grandes claques dans le dos, riaient et plaisantaient ensemble. Une fois, elle avait surpris Amos qui lui tendait une enveloppe. Le policier l'avait ouverte et avait compté l'argent. « Bravo, ma petite ! sourit le capitaine. Tu es venue au bon endroit. » À ce moment précis, Raquel sut qu'elle était perdue.

36

« Laissez passer ! Laissez passer ! » s'égosillait un employé du paquebot *Regina Margherita di Savoia* qui venait d'amarrer. Il poussait les passagers qui faisaient la queue à l'*Hotel de Inmigrantes*. « Laissez passer ! » répétait Bernardo, engoncé dans sa veste rouge vif fermée par des ganses dorées. Il tenait par le bras la pauvre fille que le baron lui avait demandé de violer plusieurs fois pendant le voyage, depuis qu'il l'avait prise avec lui. Elle avait le regard vide et un peu perdu des déments qui ne parviennent même pas à se connecter vraiment à leurs propres émotions. Les violences subies et l'assassinat de son frère semblaient l'avoir enfermée encore plus en elle-même.

Quelques pas plus loin, la démarche alourdie par sa corpulence, le baron Rivalta di Neroli avançait dans un complet en lin couleur crème. Un chapeau de paille dissimulait une grande partie de la vilaine cicatrice violacée qu'il avait sur le front. Fermant la marche, deux marins du transatlantique poussaient un lourd chariot en métal contenant trois énormes malles en cuir clair, sur lesquelles étaient gravées les armoiries du baron. Les gens s'écartaient, jetant des regards hostiles à la silhouette ingrate de l'aristocrate qui traversait la foule avec dédain. Seule la vieille comtesse momifiée lui adressa un petit signe, qui resta sans réponse.

Arrivés devant les guichets de l'immigration, le directeur de l'*Hotel de Inmigrantes* les accueillit avec des manières obséquieuses. Près de lui se tenait un individu en costume trois-pièces gris impeccable, avec un bouc parfaitement soigné. Derrière eux, un grand gaillard à l'air mollasson, vêtu plus modestement.

« *Yo soy el vicecónsul Maraini*, se présenta l'homme au trois-pièces.

— Vous ne croyez tout de même pas que vous allez me parler en espagnol ! s'indigna le baron de sa voix perçante, toisant l'autre avec un mépris évident. Bon alors, qu'est-ce qu'on attend ? On va rester ici toute la journée ?

— Heu… non, bien sûr », bredouilla le vice-consul.

Le diplomate échangea quelques mots avec le directeur de l'*Hotel de Inmigrantes.*

« Nous nous occuperons tranquillement des papiers plus tard, annonça-t-il ensuite au baron.

— C'est vous, qui vous en occuperez ! riposta l'autre, altier. Je n'ai pas de temps à perdre avec ces bêtises. Alors, on y va ?

— Bien sûr.

— *¿Y la señorita?* intervint le directeur en indiquant la jeune fille.

— Elle est avec moi, répliqua l'aristocrate.

— Nous avons été informés de l'accident à bord, expliqua le diplomate. La *Policía* argentine voudra l'interroger.

— Il n'y a rien à interroger ! s'exclama-t-il. Elle n'était pas présente au moment des faits. Et vous ne voyez pas qu'elle a un petit pois à la place du cerveau ? C'est une démente ! » Il se corrigea aussitôt :

« La pauvre… et lui fit une caresse, comme à un chien. C'est moi qui m'en occupe.

— *Bienvenido en Argentina, Excelencia*, trancha le directeur qui avait bien jaugé la situation, en s'inclinant légèrement.

— C'est ça, c'est ça », bougonna le baron en se dirigeant vers la sortie.

Dans la rue, deux porteurs chargèrent les malles dans une camionnette noire. Bernardo et la fille s'assirent dans la cabine, près du chauffeur, et les porteurs montèrent à l'arrière. Quelques mètres plus loin était garée une automobile bordeaux avec un toit en toile couleur sable, et un petit drapeau italien accroché sur l'aile.

« Qu'est-ce que c'est, comme voiture ? interrogea le baron en s'approchant.

— Une voiture italienne d'excellence, bien sûr ! répondit fièrement le vice-consul en lui ouvrant la portière. C'est une Lancia Theta 35HP et ça, c'est le modèle Torpedo Coloniale. Quatre cylindres, cinq litres de cylindrée. 17 000 lires !

— Pas mal, soupira l'aristocrate en s'asseyant. Lucio D'Antonio, le plus grand vendeur d'automobiles d'Italie, m'a trouvé une Rolls-Royce Silver Ghost. Six cylindres, sept litres et demi de cylindrée. Et avec vos 17 000 lires, je n'en achèterais même pas la moitié. »

Le vice-consul s'enfonça dans son siège. Le gros gaillard se mit au volant.

« Vous savez où se trouve le *palacio* de mon amie, la princesse de Altamura y Madreselva ? s'assura le baron.

— Tout le monde le connaît, répondit le diplomate. Tu peux y aller, Mario ! »

La Lancia démarra.

« Alors comme ça, c'est vous, l'imbécile qui avez laissé s'échapper la paysanne ! » attaqua aussitôt l'aristocrate.

Son interlocuteur rougit, humilié, et pendant un instant, son impeccable costume trois-pièces gris sembla se friper, tout comme son visage.

« Votre Excellence, il y a eu une rixe ! » Il indiqua le malabar qui conduisait : « Mario y a même laissé deux dents. »

Le chauffeur à l'air mou se mit de profil et, avec un doigt gros comme une saucisse, il souleva sa lèvre, découvrant une incisive et une canine en or.

« Arrête-toi ! » glapit alors le baron, avec une voix encore plus aiguë qu'à l'ordinaire. Mario gara la voiture près du trottoir. « Regarde-moi ! » lui ordonna le noble. Il se retourna. Rivalta di Neroli ôta son chapeau de paille et passa son index sur la cicatrice rouge et dentelée qui zigzaguait sur son front, jusqu'à ses rares cheveux laineux. Encore luisante, elle était enflammée et pleine de petites pustules. « Tu penses que ça vaut quoi, deux dents ridicules d'un gorille, à côté de ça ? » brailla-t-il. Il se tourna brusquement vers le vice-consul, le visage en feu, et siffla : « Imbécile ! Incompétent ! » Là, il prit quelques inspirations profondes et bruyantes, cherchant à se calmer. Mario, toujours tourné vers lui, le dévisageait, impassible. Exaspéré, le baron finit par lui envoyer son chapeau de paille à la figure : « Allez, démarre ! » Quand la voiture reprit sa course, il se tourna vers le vice-consul.

« Vous avez apporté les papiers ?

— Bien sûr, Votre Excellence, répondit le diplomate, indiquant une chemise en cuir et esquissant un geste pour l'ouvrir.

— Pas maintenant », coupa l'autre d'un ton impérieux.

Puis il demeura silencieux jusqu'à ce qu'ils atteignent un élégant palais blanc de deux étages, avec une entrée style Renaissance ornée par deux colonnes et sept marches imposantes qui conduisaient à la porte principale.

Aussitôt l'automobile arrêtée, un majordome en livrée, pâle comme une bougie de paraffine, apparut devant la porte. Deux autres serviteurs sortirent du palais en courant pour aider les porteurs à décharger les malles. « Bernardo, va avec eux », ordonna le baron à son domestique, tandis que serviteurs et porteurs se dirigeaient vers l'entrée de service. « Non, elle, elle vient avec moi », dit-il en prenant la fille par le bras. Il gravit les marches, en haut desquelles le majordome l'attendait, plié en deux.

« Bienvenue, monsieur le baron, salua le majordome.

— Bonjour à toi, Armando. Tu m'as l'air en pleine forme.

— Monsieur me fait trop d'honneur en daignant m'accorder son attention », dit l'autre, maniant à la perfection la langue de la servilité.

Le baron pénétra dans le vestibule obscurci par d'épais rideaux de velours bordeaux. Les murs couverts de tentures vertes étaient ornés de tableaux dans des cadres extraordinaires. C'étaient tous des portraits d'hommes et de femmes renfrognés, austères, avec des visages longs et émaciés qui semblaient s'affaisser vers le bas, comme si leur peau n'était retenue par d'autres os que leurs pommettes saillantes. Un délicieux parfum de vanille flottait dans l'air.

« Crème pâtissière ? interrogea le baron, narines aux aguets.

— Ah, tu as toujours eu un odorat tellement subtil ! » s'exclama une femme d'une cinquantaine d'années, apparaissant sur leur droite.

Elle avait le même visage long et émacié que les portraits du vestibule. Mais, contrairement à ses aïeux, elle communiquait une impression de force, à la fois intérieure et physique. Elle avait des épaules larges, des mains puissantes et une allure énergique. Elle avait une physionomie plutôt masculine.

« Dans une vie antérieure, j'ai dû être chien de chasse », plaisanta le baron. Il écarta les bras. « *Ma chère**, cela fait si longtemps ! »

La princesse le rejoignit d'une enjambée athlétique et le serra dans ses bras, au diable les convenances. Ensuite elle s'écarta de lui et, avec la rapidité d'un battement d'ailes, elle redevint en un instant l'aristocrate froide qu'elle avait l'habitude de donner à voir au monde. Son ami lui sourit, tenant ses mains dans les siennes.

« *Tu es un bijou* !* » lui dit-il dans la langue de la noblesse.

La princesse ne s'était jamais mariée, et on racontait qu'elle préférait les femmes aux hommes. Mais personne ne savait ce qu'il savait, lui. Quand ils étaient enfants, elle avait baissé sa délicate culotte en dentelle et lui avait révélé un clitoris gonflé et saillant, aussi gros qu'un pénis de nouveau-né : « Moi aussi, j'en ai un ! » avait-elle claironné. C'était la première fois que le baron avait été troublé à l'idée de prendre un organe masculin dans sa main. Ce jour avait scellé leur amitié, ils se sentaient unis par un double secret obscène, la princesse ayant immédiatement déchiffré le regard qu'il avait lancé à son petit pénis. Mais ce qu'ils avaient en commun allait bien au-delà de leurs préférences sexuelles. Ce qui les liait, c'était surtout ce que l'on aurait pu appeler leur propension au mal, gratuit, par pur plaisir pervers. Un mal dont les victimes de choix étaient les personnes faibles et sans défense. Un mal qui, par l'acharnement, menait à la jouissance. Ils n'en avaient jamais parlé explicitement, mais ce n'était pas nécessaire. Quand ils se regardaient dans les yeux, comme en ce moment, ils semblaient se connaître jusqu'au tréfonds de leurs âmes abjectes.

« Je t'ai apporté un petit cadeau, annonça alors le baron en faisant avancer la jeune fille.

— Oh, salut, petite gitane, murmura la princesse, la reluquant comme une lionne regardant une antilope.

— Je-su-is-pas-u-ne-gi-ta-ne », ânonna la fille de sa voix hésitante, gutturale et monocorde, les sourcils froncés.

La femme porta une main à sa poitrine, surprise.

« Oh, mais tu es délicieuse ! » s'exclama-t-elle, comprenant qu'elle était handicapée. Elle frappa son front, par plaisanterie : « Il y a quelqu'un, là-dedans ?

— Il-y-a-mo-oi », répondit l'autre, sérieuse et satisfaite d'avoir pu résoudre ce qu'elle avait dû prendre pour une devinette. La princesse se mit à rire, charmée.

« Mais il ne fallait pas, *mon cher ami** ! dit-elle au baron avec la même politesse emphatique que si elle avait reçu un bouquet de camélias ou une bouteille de Veuve Clicquot Ponsardin.

— Pouvais-je me présenter les mains vides ? » dit-il avec la même légèreté infâme, esquissant une révérence.

Elle porta son regard vers la cicatrice. Elle avait été informée par lettre de ce qui s'était produit.

« Voilà ce qu'elle t'a fait, cette vermine ! » Elle tendit la main droite et ajouta avec une voix rauque : « Je peux toucher ? »

Il se pencha davantage. Dès que sa main entra en contact avec les protubérances charnues, rouges et luisantes, la princesse entrouvrit les lèvres, comme si on avait pincé son clitoris disproportionné. Le baron sourit, conscient du plaisir qu'il lui avait procuré.

« Je te prie d'excuser ma mauvaise éducation, dit-il alors en indiquant le vice-consul qui était demeuré sur le pas de la porte, son dossier sous le bras, raide comme un mannequin et scandalisé par ce qu'il avait cru comprendre concernant la jeune fille.

— Si cela ne t'ennuie pas, je voudrais écouter son compte rendu et le congédier au plus vite, expliqua le baron.

— Vice-consul Maraini, pour vous servir, Votre Altesse », dit le diplomate, s'inclinant à l'excès devant la princesse.

Elle ne daigna pas lui accorder un regard.

« Ah oui ! C'est donc lui, le crétin qui l'a laissée s'échapper… »

Le diplomate sembla rapetisser dans son trois-pièces, qui à présent n'avait plus l'air impeccable du tout.

« Mais entrez donc ! Quelle mauvaise maîtresse de maison je fais ! » s'exclama la princesse. Elle prit le baron par le bras, et la fille par la main.

« Tu me rends fou ! lui murmura son ami en minaudant. Allez, avancez ! » jeta-t-il ensuite au vice-consul.

La princesse les fit entrer dans le petit salon où elle se tenait à leur arrivée. La pièce était couverte de boiseries en merisier clair. Elle contenait deux canapés et deux petits fauteuils tapissés d'une étoffe damassée couleur vieux rose. Au milieu, il y avait une table basse laquée avec un plateau de marbre rose veiné de jaune et, au sol, un tapis d'Aubusson beige et rose. On avait l'impression d'entrer dans une bonbonnière. La jeune fille en resta bouche bée, totalement ahurie.

Le remarquant, la princesse se mit à rire. Puis elle se tourna vers son ami et joignit les mains, comme dans un geste de prière :

« Je peux écouter ? C'est aussi palpitant qu'entrer dans un roman policier ! dit-elle, comme si elle avait pu prendre des intonations enfantines.

— Bien entendu, *ma chère** », répondit le baron en l'invitant à s'asseoir.

Elle s'installa sur un des petits canapés et plaça la fille près d'elle, sa main toujours dans la sienne. Le baron se cala dans un fauteuil et s'adressa au vice-consul, sans lui donner la permission de prendre un siège :

« Commencez !

— Eh bien, voilà, débuta le diplomate avec un filet de voix, en examinant les papiers qu'il avait sortis de la chemise en cuir. Comme je vous l'ai dit, ce jour-là, il y a eu une rixe. Les individus interrogés par la *Policía* témoignent, dans leur quasi-totalité, s'être retrouvés à recevoir et distribuer des coups de poing sans aucune raison.

— De vraies bêtes ! soupira la princesse. Et dire qu'ils veulent les mêmes droits que nous…

— Que signifie "dans leur quasi-totalité" ? s'enquit le baron, attentif.

— Eh bien, pendant son interrogatoire, un certain… » il consulta ses papiers avant de reprendre « … un certain Natalino Locicero, 30 ans, palermitain, a avoué que la bagarre avait été organisée. Deux de ses amis et compagnons de voyage, eux aussi arrêtés et questionnés, ont confirmé sa version. La rixe avait été mise en scène avec pour objectif de libérer Rosetta Tricarico.

— Je-su-is-Ro-set-ta-Tri-ca-ri-co, intervint la fille.

— Comment ? s'exclama le vice-consul, abasourdi.

— Continuez, continuez, lui dit le baron, sans broncher.

— Tu-me-don-nes-un-gâ-teau-si-je-me-dés-ha-bil-le ?

— Oh oh, elle est déjà entraînée ! La princesse éclata de rire.

— Venez-en au fait ! s'irrita le baron.

— Eh bien, dit le diplomate en se tassant sur lui-même, il semble qu'un autre passager ait engagé Locicero en lui promettant de le faire devenir… un homme d'honneur… au service de don Mimì Zappacosta, conclut-il dans un souffle.

— Don Mimì Zappacosta, murmura le baron, pensif. C'est un mafieux palermitain. J'ai déjà entendu parler de lui. »

Néanmoins, ne voyant pas le rapport, il regarda le vice-consul.

« Et alors ?

— Alors ici, à Buenos Aires, il y a un autre Zappacosta. J'ai vérifié : Tony Zappacosta, c'est le neveu de l'autre, le fils de son frère, mort prématurément. Il a une compagnie d'import-export et il gère la main-d'œuvre au *dique siete*, sur le port de La Boca. Mais en réalité, il est connu comme… mafieux, expliqua-t-il en levant les yeux vers le baron. Peut-être y a-t-il un lien entre lui et l'homme qui a libéré Ros… » Il s'interrompit en jetant un regard vers la jeune fille. « Bref, la paysanne. »

Le baron le scruta un moment en silence. Puis il admit :

« Vous êtes peut-être moins idiot que vous en avez l'air. Il peut s'agir d'un indice, en effet, approuva-t-il plongé dans ses pensées. Il faut mettre la main sur cet homme : si on le trouve, on la trouvera, elle… »

Il continua à hocher la tête, de plus en plus convaincu, et sourit. Il se frappa la cuisse d'une main.

« Organisez une rencontre avec ce Tony Zappacosta !

— Mais… n'est-ce pas dangereux ? hésita le vice-consul. Ne vaudrait-il pas mieux envoyer quelqu'un qui…

— Maintenant, je vois clairement comment cette paysanne a pu s'enfuir, dit le baron, plein de mépris. Vous n'êtes qu'un lâche ! » Il montra la table. « Posez donc vos documents là, et allez-vous-en ! Revenez lorsque vous aurez organisé cette rencontre. »

Le diplomate déposa les papiers, s'inclina à de nombreuses reprises et sortit du salon à reculons, peut-être moins par servilité que par crainte de recevoir un coup de poignard dans le dos.

Dès qu'ils se retrouvèrent seuls, la princesse se pencha vers le baron.

« Un mafieux, comme c'est excitant ! Je viendrai moi aussi. Si, si. Je ne tolérerai aucun refus ! » Et, tendant la main pour caresser à nouveau la cicatrice, avec l'intimité d'une maîtresse : « Ça va être un Noël fantastique ! Il faut absolument que nous trouvions cette traînée. Elle est jolie ? »

Le baron fit oui de la tête :

« On ne dirait même pas une paysanne. »

Lèvres serrées, la princesse émit un son étrange, à mi-chemin entre un grognement de bête sauvage et un ronronnement de chatte.

« Et tu me la laisseras ?

— Non ! » riposta sèchement le baron en esquivant la caresse de son amie. Ses traits se durcissaient. « Celle-là, elle est à moi. »

Ce que la princesse lut alors dans ses yeux, c'était la mort.

37

« Il est arrivé ? » dit le policier en entrant dans la pièce où le capitaine Ramirez tenait Raquel prisonnière. Elle comprit qu'il parlait d'Amos. Et il lui sembla totalement absurde d'être arrivée jusqu'ici pour mourir d'une manière aussi stupide et cruelle. « Fais-le attendre à l'arrière, ordonna le capitaine. Je lui amène la fille. » Mais ensuite, il leva la main : « Non, attends ! Je vais lui parler d'abord, sourit-il. Mieux vaut préciser tout de suite les termes de la… transaction. On ne va pas faire ça juste pour sa belle gueule de juif, hein ? » Il cligna de l'œil, et l'autre se mit à rire.

Le capitaine sortit de la pièce, suivi du policier. « Reste là devant et ne fais entrer personne », commanda-t-il avant de fermer la porte. Dès qu'elle se retrouva seule, Raquel se recroquevilla sur le sol. Tout était fini. La vie était encore plus cruelle que les hommes. Elle serra les jambes contre sa poitrine, se faisant toute petite, comme si elle voulait disparaître, ou protéger son ventre, là où Amos allait enfoncer son couteau avant de la jeter dans les eaux du Riachuelo, pleines d'acides. En faisant ce mouvement, elle perçut un bruit de froissement dans sa poche. Elle savait ce que c'était : la page de journal parlant de ce garçon qui avait survécu cinq jours sous les décombres, parce que Dieu avait un dessein pour lui. Brusquement, Raquel comprit que le moment était venu de vérifier si Dieu avait un dessein pour elle aussi.

Elle se leva et examina la pièce. Toute son aventure avait commencé par une fenêtre minuscule. Ici aussi, il y en avait une. Elle approcha la table du mur, juste sous l'ouverture, et grimpa dessus. Au début, la fenêtre lui résista, car elle n'avait sans doute pas été ouverte depuis des années. Mais ensuite, avec un grincement qui fit trembler Raquel car elle craignit que l'agent devant la porte ne l'entende, la fenêtre finit par s'ouvrir. Raquel reçut une bouffée d'air chaud qui provenait du trottoir brûlé par le soleil. Elle s'agrippa au cadre de la fenêtre et se hissa, en appuyant les pieds contre le mur. Dès qu'elle le put, elle passa la tête dehors. Puis, serrant les dents, elle poussa de toutes ses forces, espérant ne pas rester coincée comme lorsqu'elle s'était échappée de la maison familiale – ici, il n'y aurait pas d'Elias boutonneux pour venir à son secours. Avançant les coudes sur l'asphalte un peu mou du trottoir, elle se retrouva dehors jusqu'à la taille. Désormais, il s'agissait de faire sortir les jambes. Mais pliées, elles ne passaient pas. Elle devait donc continuer à se hisser en laissant ses jambes tendues et inertes. Encore un effort !

À ce moment-là, la porte s'ouvrit. Le capitaine était revenu.

« Bordel de merde, elle est en train de s'évader ! brailla le policier.

— Eh ben, rattrape-la, couillon ! » cria son chef.

Raquel fut terrifiée à l'idée d'être arrêtée à un pas de la liberté. Poussant de toutes ses forces, elle s'écorcha les mains et les genoux. Elle entendit l'agent monter sur la table. « Amos ! s'écria le capitaine en direction de la fenêtre. Amos est là ! » Au bout de la ruelle, Raquel aperçut Amos et deux hommes qui la montraient du doigt. Elle sentit les mains du policier sur une de ses chevilles. « Non ! » s'exclama-t-elle. Elle donna des coups de pied furieux à l'aveuglette, comme un animal sauvage, entendit un gémissement et, soudain, se retrouva libre. « Mais attrape-la, imbécile ! » hurlait le capitaine. Les mains du policier tentèrent encore de s'emparer d'elle, mais elles effleurèrent seulement la semelle de ses chaussures. Voilà, elle était dehors ! Elle se mit vite debout et commença aussitôt à courir. Les deux sbires d'Amos se trouvaient à une vingtaine de mètres, Amos un peu plus loin. « Attrapez-la ! Ne la laissez pas s'enfuir ! » tonnait Amos.

Raquel avait toujours été plus rapide que la plupart des gamins de son village. Mais cette fois, ceux qui la poursuivaient étaient des adultes. Elle entendait leurs pas se rapprocher. Et il se produisit quelque chose d'incroyable. Brusquement, le chant de dizaines de cloches explosa dans l'air, et la rue fut envahie par une foule de fidèles qui sortaient joyeusement d'une église en se souhaitant : « Joyeux Noël ! Joyeux Noël ! » Tout le monde se donnait l'accolade, créant ainsi une barrière improvisée. Raquel se jeta tête la première dans cette cohue. Elle entendit derrière elle des bruits sourds et des protestations : « Eh, regarde où tu vas, imbécile ! Attends un peu, tu vas voir ! Gare à toi ! »

Elle traversa ce troupeau humain en un éclair et, tournant dans la rue suivante, elle jeta un coup d'œil derrière elle : les deux hommes avaient disparu. Elle continua à courir le plus vite possible, se faufila dans les rues bondées. Au bout de dix minutes, elle n'en pouvait plus. Lorsqu'elle se retrouva au milieu d'un autre rassemblement festif, elle ralentit, cherchant à reprendre son souffle. Mais elle ne s'arrêta qu'après, en arrivant dans un quartier périphérique qu'elle ne connaissait pas. Elle aperçut des hangars, entendit des mugissements, et une odeur âcre et nauséabonde envahit ses narines. Elle balaya les alentours du regard et repéra un enclos avec des vaches. Elle y entra et se tapit dans un coin, sur un lit de paille qui sentait la bouse. « Tu es vivante ! » se dit-elle. Et elle s'évanouit.

Quand elle rouvrit les yeux, c'était le soir. Cette fois, au milieu de la puanteur de l'air, il y avait une odeur de viande rôtie. Raquel entendit aussi des voix et des rires. Elle sortit de l'enclos et découvrit des hommes rassemblés autour d'un gril, sur lequel cuisait de la viande. Elle s'approcha, lente et silencieuse comme un fantôme.

« J'ai faim… je vous en prie… supplia-t-elle quand elle se trouva à une dizaine de pas du groupe.

— Merde ! s'exclama l'un des hommes en sursautant. Tu m'as fait peur, gamine ! »

Ses compagnons et lui se mirent à rire. Puis quelqu'un prit un morceau de viande sur la grille et le lui lança, comme il l'aurait fait avec un chien errant. Raquel se jeta dessus et, insensible à la chaleur qui lui brûlait les mains, planta ses dents dans la viande, exactement comme un animal sauvage.

« Joyeux Noël ! dit l'homme.

— Joyeux Noël ! » répondit-elle, la bouche pleine.

Ensuite elle s'en alla en hâte, continuant à manger avec avidité. Il n'y eut bientôt plus une once de chair attachée à ce bout d'os blanchi dans la nuit par la lumière jaunâtre des réverbères. Raquel se lécha les doigts jusqu'à ce qu'il n'y reste plus la moindre trace de gras.

Les cloches de Buenos Aires continuaient à célébrer Noël. Elle revécut la terrible peur qu'elle avait éprouvée. « Mais tu es vivante ! » se répétait-elle. Elle sortit de sa poche l'article sur l'enfant et sourit : « Nous sommes vivants tous les deux ! » Puis, en le repliant, assise sur un banc, elle remarqua des annonces d'emploi de l'autre côté de la page. Elle les lut. Il n'y avait pratiquement rien à quoi postuler. Seules deux annonces retinrent son attention. La première était une épicerie qui cherchait un garçon livreur. L'autre était pour la librairie *La Gaviota*, la mouette. Si elle était embauchée là, elle pourrait réaliser son vieux rêve de lire tous les romans interdits dans sa communauté. Elle éclata de rire en lisant une autre annonce absurde : « On achète cheveux ».

Peu à peu, elle se laissa gagner par un optimisme prudent.

Raquel partit de bonne heure à la recherche de la librairie. Au croisement entre Avenida Jujuy et Avenida San Juan, à Constitución, elle aperçut une enseigne avec une mouette aux ailes déployées, et elle accéléra le pas. La boutique était ouverte. Sans une hésitation, elle entra :

« Je suis venue pour l'annonce ! »

Le vieil homme qui se tenait à la caisse, petites lunettes rondes et nez aquilin, la dévisagea.

« Il y a erreur.

— Non, assura-t-elle en lui montrant le journal. C'est écrit ici.

— Qu'est-ce qu'il y a écrit ? Lis bien.

— Cherche aide-magasinier, même sans expérience, sachant lire.

— Exact. Aide-magasinier, pas aide-magasinière.

— Ça fait une différence ?

— Une différence énorme. Les femmes ne sont pas fiables, et elles finissent toujours par disparaître ou par se faire engrosser.

— Vous ne parlez pas sérieusement !
— Si, très sérieusement.
— Prenez-moi à l'essai. J'aime les livres.
— Mais mes livres, ne t'aiment pas », coupa court le vieil homme.

Raquel regarda les rayons débordant de livres en tout genre, et des larmes de frustration lui montèrent aux yeux :

« Je vous en prie…
— Non ! trancha-t-il sèchement.
— Va te faire enculer, connard ! » cracha-t-elle en partant.

Elle tenta alors sa chance dans l'épicerie mentionnée par la seconde annonce, Avenida Chilavert, à Nueva Pompeya.

« On ne prend pas de filles, répondit le propriétaire. Elles ne sont pas assez fortes, elles font la moitié du travail d'un garçon.
— Mais je suis forte, moi !
— En te voyant, on ne dirait pas. Tu es maigre comme un clou. Et puis les bonnes femmes, ça n'apporte que des emmerdes. Va-t'en ou je te chasse à coups de pied dans le cul, gamine ! »

Pendant toute la journée, terrifiée à l'idée de croiser Amos, Raquel fit le tour des établissements de restauration, des teintureries, des hôtels et des plus petites auberges, mais le résultat était toujours le même. Pas de travail pour une jeune fille. « Pourquoi ne suis-je pas née garçon ? » se dit-elle avec rancœur.

Elle s'endormit dans une ruelle malodorante, près du port. À l'aube il plut, comme souvent. Ensuite, un soleil chaud se leva. Raquel étendit l'article à propos de l'enfant pour le faire sécher – elle y tenait comme à un porte-bonheur. Et son œil retomba sur l'annonce absurde : « On achète cheveux. Paiement comptant.

Fabrique artisanale de perruques *La Reina*, Avenida Neuquen, Caballito, près du Criquet Club. »

« Ils sont épais et crépus, commenta, une heure plus tard, le propriétaire de la fabrique *La Reina*, un homme avec une petite perruque rousse sur la tête, tandis qu'il examinait les cheveux de Raquel à la loupe.

— Et c'est une bonne chose ? demanda-t-elle.

— Non, ce n'est pas de la bonne qualité, déplora-t-il. Mais ils seront faciles à travailler, ajouta-t-il en lui adressant un sourire. Je n'essaie pas de tirer le prix vers le bas, hein ! Mais je ne peux pas te les payer comme les cheveux blonds et fins d'une Anglaise ou d'une Allemande, tu comprends ? »

Elle hocha la tête.

« Mais d'abord, dis-moi : tu veux en vendre combien ?

— Combien ? Comment ça ?

— Le minimum, c'est vingt centimètres, expliqua-t-il. Les cheveux qui te resteront seront assez longs. Sinon, c'est quarante centimètres, et c'est encore décent. Autrement on coupe tout, mais alors tu te retrouves avec la boule à zéro : ce n'est pas du tout esthétique. Mais ça change le prix. Plus ils sont longs, plus je te donne.

— Tout ! s'exclama alors Raquel avec fougue.

— Tu es sûre ? Tout ? »

Raquel confirma.

« Que Dieu te bénisse, jeune fille ! sourit-il, l'air satisfait. Ça arrive rarement, tu sais ? Et même si tes cheveux ne sont pas de très bonne qualité, pour une telle longueur, je te paierai… 75 pesos, parce que tu m'es sympathique. Comme ça, je fais une affaire et toi aussi. Ça te convient ?

— 75 ? C'est très bien, 75 !

— Parfait. Alors, pour commencer, il faut les laver. Je veux dire… tant que tu les as encore sur la tête », dit-il en riant.

Raquel fut confiée à l'épouse du perruquier, qui lui lava la tête avec beaucoup de soin. Puis la femme la peigna en divisant ses cheveux en mèches, qu'elle attacha une à une avec de petits rubans de tissu rouge. « Ça y est, tu es prête », annonça alors l'homme, une paire de ciseaux à la main, et il la fit s'installer sur un fauteuil de coiffeur pivotant. En quelques minutes, une mèche après l'autre, il lui coupa tous les cheveux. Quand il eut fini, il lui tendit un miroir : « Voilà, regarde-toi ! » Raquel fut tellement abasourdie qu'elle en resta bouche bée. Elle ne s'était pas rendu compte. Il ne lui restait plus que deux ou trois centimètres de cheveux sur la tête. « Oui, je sais, c'est pas terrible, admit l'homme d'un ton consterné. Mais ils vont repousser ! Et en échange, maintenant tu as 75 pesos. » Raquel n'arrivait pas à détacher ses yeux du miroir. « Tiens, je te l'offre, dit-il en lui enfonçant sur la tête un béret en coton. Comme ça, tu pourras imaginer qu'ils sont encore dessous. »

Raquel quitta le fauteuil de coiffeur et se rendit directement dans le *boliche* de la grassouillette. C'était le milieu de l'après-midi. La patronne ne la reconnut pas.

« Qui tu es ?

— Mais c'est moi, gros laideron !

— Moi qui… ? Ah, toi ! Et qu'est-ce qui t'est arrivé ?

— Je me suis fait couper les cheveux.

— Tu es encore plus moche ! rigola la femme.

— Va te faire foutre ! Je veux manger.

— Tu peux payer ? »

Raquel lui montra son rouleau de pesos.

« D'où tu sors tout ce fric ?
— Occupe-toi de tes oignons, et apporte-moi à bouffer. »

Pour un total de 4 pesos, Raquel, la tête plongée dans son assiette, dévora tout ce qu'il y avait sur la table, le double de ce qu'elle mangeait habituellement. Elle ne vit pas la patronne sortir de son boui-boui pour aller discuter avec deux garçons. Quand elle se leva et quitta la gargote, elle était tellement rassasiée qu'elle ne remarqua pas davantage le regard insistant que la grosse lui adressait. Et elle n'entendit pas non plus les pas de la bande de gosses qui la suivaient. Jusqu'à ce qu'elle se retrouve encerclée, dans une ruelle déserte.

Alors les petits voyous se ruèrent sur elle, comme une horde de rats faméliques. Ils la jetèrent au sol et lui firent les poches jusqu'à ce qu'ils trouvent l'argent, la bourrant de coups de poing chaque fois qu'elle essayait de se débattre ou qu'elle criait. Pour conclure, pendant que ses camarades la maintenaient immobile, un des gamins mit une main dans sa culotte et la tripota entre les jambes, par pure cruauté, rien que pour l'humilier. Et les voyous se fondirent dans la nuit, exactement comme des rats.

38

Tous les jours, dès qu'il avait fini de travailler chez Gueule-de-clébard, Rocco courait à l'arrêt du *tranvía* où il avait perdu Rosetta de vue. Il restait là longtemps à balayer du regard les alentours et à espérer la voir réapparaître. Il serrait dans sa main le bouton qu'il gardait toujours dans sa poche comme un talisman, et interrogeait les passagers : n'avaient-ils pas remarqué une jeune femme aux cheveux noirs, en robe bleue ? « Très belle ! » ajoutait-il, les yeux brillants. Mais cela ne disait rien à personne. Alors il montait dans le *tranvía* et allait jusqu'à l'arrêt suivant, descendait et faisait un tour dans le quartier. Il prenait le tramway suivant, nouvel arrêt, descendait, cherchait. Et ainsi de suite, soir après soir.

À Noël, le garage était fermé. Il déclina l'invitation de Mattia, le garçon qui travaillait avec lui, et passa la journée entière à explorer la ligne de tramway. Il dépassa Barracas, traversa Nueva Pompeya et arriva à la limite ouest de Nuevo Chicago, où l'air était infesté par la puanteur des *mataderos*, puis il remonta à Flores, le *barrio* des Anglais, suivit l'interminable Avenida Rivadavia, parcourut Caballito et parvint au terminus de Once.

Il errait au hasard, s'en remettant à l'éventualité improbable de tomber sur Rosetta dans les rues de

Buenos Aires, en ce jour de Noël. Il finit par se retrouver à nouveau à La Boca. Il longea le Riachuelo jusqu'à l'endroit où il se jette dans le Rio de la Plata, se promena dans la Darsena Sud, sur les quais où on chargeait et déchargeait les navires marchands, il admira les grandes grues du port. Vues de près, elles étaient encore plus hautes qu'il ne l'avait imaginé. Les squelettes de métal étaient couverts de chemins de roulement et de câbles en acier, que des engrenages complexes mettaient en mouvement. Les portiques des grues se déplaçaient latéralement sur des rails de chemin de fer, fixés à une structure en acier scellée dans le quai. Ils étaient reliés à des bâtiments au-dessus desquels s'élevaient des cheminées de briques réfractaires qui faisaient au moins dix mètres de haut, et d'où sortait une épaisse fumée noire. Une grosse couche de poussière de charbon recouvrait tout, le sol comme le reste.

Intrigué, Rocco pénétra dans un de ces bâtiments. Il observa les gigantesques chaudières, l'impressionnant enchevêtrement d'engrenages, de courroies et de poulies qui transférait aux grues toute la puissance de la vapeur sous pression. Cachés à l'intérieur, les moteurs alimentés par les chaudières formaient le cœur battant de cet organisme complexe, les grues en étaient les bras. Quel système extraordinaire, songeait Rocco, c'était ça, le monde moderne !

Il ressortit. Les grues hissaient dans les navires ou débarquaient d'énormes chargements, placés dans de robustes et gigantesques filets. Ensuite venait le tour des dockers, qui portaient tout à la force de leurs bras. Les hommes installaient des charges énormes sur leur dos ou sur des chariots qu'ils devaient se mettre à trois pour pousser. Le tout était entreposé dans une longue charrette tirée par deux ou quatre bœufs. Les quais étaient jonchés de bouse. Régulièrement, une équipe de garçons, trop jeunes ou trop frêles pour être dockers, déblayait à la pelle les excréments et les jetait directement dans l'eau du port.

Rocco trouvait absurde le contraste entre la technique avancée des grues et le travail fruste de la main-d'œuvre. Grâce à la puissance des machines, des tonnes de marchandises étaient déchargées des navires en un éclair. Puis, une fois sur le quai, tout reposait sur la force brute de chaque docker. C'était dérisoire, un procédé lent et primitif. On aurait dit que, dans ce monde-là, la modernité s'interrompait d'un seul coup. « Pour le travail à quai, est-ce qu'on ne pourrait pas construire des engins plus petits et maniables que les grues ? » se demandait Rocco.

C'est avec cette question en tête qu'il ouvrit le garage au lieu de rentrer à l'entrepôt. Se prenant à rêver d'une activité portuaire différente, il se mit à faire des esquisses sur des feuilles trouvées dans le bureau de Gueule-de-clébard. Il suivait une idée précise : comment inventer des appareils de levage efficaces. Il réfléchit au coût des moteurs hors d'usage, se demanda s'il serait capable de les remettre en marche et de les adapter au nouvel objectif qu'il avait à l'esprit. Il traçait des schémas tridimensionnels simples, presque rudimentaires, mais clairs. À la lumière de la lampe à gaz, il passa des heures à essayer d'améliorer ses dessins, et il tenta d'aller plus loin, faisant des hypothèses sur les arbres de transmissions, les sangles et les mécanismes qui pourraient donner corps à son rêve. Esquisse après esquisse, la nuit fut là. Et puis l'aube. Et enfin, le matin.

« Qu'est-ce que tu fous là ? » lui lança Gueule-de-clébard en le découvrant dans son bureau. Les murs étaient recouverts de feuilles.

« Et c'est quoi, ce merdier ? ajouta-t-il.

— Des projets de machines ! » répondit Rocco, les yeux cernés par sa nuit blanche, mais la voix vibrante de passion. Désormais il avait un rêve, un vrai, bien concret.

« Tu te prends pour qui, Léonard de Vinci ? » grogna son patron.

Gueule-de-clébard arracha deux dessins du mur, les déchira et les jeta au sol.

« Dégage ! » ordonna-t-il en pointant un doigt vers lui.

Rocco explosa. Sans réfléchir, il lui attrapa le doigt et le tordit. Gueule-de-clébard hurla et, cherchant à maîtriser la douleur, il se tassa sur lui-même, jusqu'à se retrouver presque à genoux.

« Qu'est-ce qui se passe, les enfants ? » intervint Tony en entrant dans le petit bureau, suivi comme toujours de Bastiano. Mattia aussi arriva, l'air inquiet. Rocco lâcha enfin sa prise.

« Je vais te tuer ! menaça Gueule-de-clébard.

— Tu ne vas tuer personne », dit Tony.

Le garagiste baissa la tête. Alors le boss se planta devant Rocco, sans se soucier de faire deux têtes de moins que lui.

« Tu te rappelles, quand je t'ai dit que je n'aimais pas qu'on vole mes affaires ? T'étais où, cette nuit ? Aux putes ?

— Non, ici.

— Peu importe, tu n'étais pas où tu aurais dû. On a essayé d'entrer dans l'entrepôt, dit-il en frappant du doigt la poitrine de Rocco. Mais tu as de la veine, ils n'ont pas réussi. »

Le jeune homme le regarda sans baisser les yeux – sans le défier, mais sans le craindre non plus.

« Je suis mécanicien, pas gardien. »

Tony acquiesça lentement, avec une espèce de sourire.

« Tu sais ce que j'adore, chez toi ? C'est que tu aimes marcher au bord du précipice, comme un candidat au suicide.

— C'est la seule bande de terre où on peut marcher librement, répliqua-t-il en haussant les épaules. À ce qu'il paraît, vous avez pris tout le reste. »

Bastiano, Gueule-de-clébard et Mattia se figèrent. Au port, personne n'aurait jamais imaginé parler à Tony ainsi. Une seconde après, il éclata de rire.

« Mon oncle m'avait prévenu que tu étais un sacré casse-couilles ! Mais non, en fait tu es un grand comique. Et moi, j'adore la rigolade. Par contre, si on me vole quelque chose, alors là, ça me fait vraiment chier.

— Mais on ne vous a rien volé… heureusement. »

Tony fit mine de ne pas avoir entendu. Il vit les dessins sur les murs.

« C'est pour ça que tu n'étais pas à l'entrepôt ?

— Oui. »

Il s'approcha des esquisses et les examina.

« Vous voulez vous associer ? » proposa brusquement Rocco, sans réfléchir.

L'autre se retourna avec une expression étonnée et amusée.

« Avec toi ? Tu vois que tu es un grand comique ! »

Il continuait d'étudier les dessins. Rocco reprit, d'un ton passionné :

« Imaginez un peu comme le travail au port serait différent, si on construisait des monte-charges motorisés. Le boulot serait beaucoup plus propre, sans toutes ces bouses par terre. Des tonnes et des tonnes de marchandises se déplaceraient rapidement sur des roues, soulevées et transportées par les moteurs de machines puissantes. » Il sourit, le visage éclairé par son propre rêve, comme s'il le voyait déjà réalisé, en train de fonctionner. « C'est ça, la modernité ! s'exclama-t-il.

— Toute cette modernité, comme tu dis, ça se traduit par de l'argent à dépenser, non ? dit Tony.

— Oui, c'est sûr…

— Beaucoup d'argent, c'est ça ?

— Pas forcément.

— Mais si tu n'arrivais pas à construire ces machines, alors ce serait de l'argent jeté par les fenêtres, pas vrai ?

— J'y arriverai ! dit-il avec orgueil, même s'il n'en était pas sûr du tout.

— Espèce de fanfaron ! sourit Tony. De toute façon, tant qu'il y a tous ces crève-la-faim prêts à se briser les reins pour quelques pesos, qui aurait intérêt à faire des investissements coûteux et risqués ? Devant l'*Hotel de Inmigrantes*, il y a une file de miséreux qui fait des kilomètres de long, ils veulent tous être dockers. Tu as regardé autour de toi ? On est trop nombreux, dans cette ville. Et un va-nu-pieds est prêt à n'importe quoi, même à se faire enculer, si on le paye pour ça.

— J'ai observé le travail au port, poursuivit Rocco. Ça va lentement.

— Tout va à la bonne vitesse et pour le juste prix, coupa le boss en se désintéressant des schémas. Je n'aime pas le changement.

— Pourtant, vous vous baladez en Mercedes, pas dans une charrette tirée par un âne.

— Tu n'arrives vraiment pas à fermer ton clapet, hein ? » Tony planta son regard dans le sien. « Et si je te coupais la langue, ça ne t'empêcherait pas d'être mécanicien, c'est ça ? »

Rocco sourit.

« Et je pourrais toujours construire un monte-charge.

— Mais enfin, pourquoi vous tolérez ce cafard? intervint alors Gueule-de-clébard. C'est un rebelle ! Il croit savoir mieux que les autres comment faire tourner l'atelier. Je lui dis de faire comme ci et lui, il fait comme ça ! Il se prend pour le premier de la classe. Moi, sauf votre respect, je ne l'aurais jamais embauché. Je ne comprends pas comment vous faites pour le supporter. »

Tony s'approcha de lui et le foudroya de ses yeux froids et impitoyables.

« Je le supporte parce qu'il a des couilles, contrairement à toi, espèce de feignant et de lèche-cul ! » Il lui posa la main sur l'épaule, comme à un ami, et se tourna vers Rocco. « Ce qui ne veut pas dire qu'un jour, je ne serai pas obligé de l'écraser comme un cafard. Pour tout dire, la probabilité qu'il se fasse descendre est même carrément élevée. Je connais les gars dans son genre. Ils ne se contentent pas éternellement de marcher sur leur petite bande de terre libre. Au bout d'un moment, ils s'imaginent pouvoir batifoler ici et là. » Tony eut un sourire et montra les dessins aux murs. « Certains croient même pouvoir voler ! dit-il en haussant les épaules. Et ce jour-là… ben, tu verras que ce jour-là, je ne le supporterai plus. »

Il prit alors la joue rebondie et graisseuse du garagiste entre son pouce et son index.

« Mais en attendant, cher Gueule-de-clébard, il se trouve qu'il mérite certainement plus que toi de diriger cet atelier : il est plus doué que toi et me fera gagner plus de fric. » Il ajouta en lui flanquant une petite claque : « Allez, déguerpis de ce bureau, maintenant c'est le sien ! Et toi, tu es à ses ordres. »

Sur quoi il s'en alla, suivi de Bastiano.

Ils n'étaient pas encore dans la rue que Rocco les avait rattrapés.

« Moi je ne fais pas les sales boulots, hein, que ce soit clair ! Ici, c'est un garage et on répare les moteurs.

— Et moi, ce qui m'intéresse, c'est que ce garage tourne efficacement. Tu peux me le garantir ? »

Rocco hocha la tête.

« Alors c'est entendu ! Allez, tu m'as fait perdre assez de temps pour aujourd'hui. »

Lorsqu'ils furent sortis, Bastiano se risqua à poser une question à Tony.

« Pour tout dire, boss, moi aussi, je suis surpris de la façon dont vous traitez ce Bonfiglio.

— C'est que je suis pas comme mon oncle don Mimì, expliqua Tony avec bonne humeur. Lui, pour bosser, il ne choisit que des brutes, des bêtes enragées qu'il faut tenir enchaînées. Et s'il tombe sur quelqu'un capable de réfléchir, hop, il l'élimine, parce qu'il se dit qu'il pourrait se faire baiser. Mais ça, c'est un truc de la vieille génération. Tu as entendu comment il parle, ce jeune ? Tu as compris ce que ça veut dire, pour lui, la modernité ? Tu te rends compte qu'il voit l'avenir ? Eh bien, contrairement à mon oncle don Mimì et à tous ces putains de mafieux préhistoriques qui vont s'éteindre comme les dinosaures, moi je pense que les entreprises… modernes… doivent pouvoir compter sur une classe dirigeante capable de réfléchir, d'être visionnaire… Qu'est-ce que tu en penses, toi, de cette histoire de monte-charges ?

— Heu… comme vous l'avez dit vous-même…

— Je t'ai demandé ce que tu en pensais, toi !

— Eh bien… balbutia Bastiano en remuant la tête, inquiet à l'idée de devoir exprimer une opinion différente de celle de son patron. Eh bien, pour dire la vérité… ça me semble…

— Une excellente idée ! conclut Tony à sa place. Oui, excellente ! »

Bastiano acquiesça. Son chef l'étonnait toujours.

« Ce jeune est plus intelligent que vous tous réunis, s'exclama Tony devant l'entrée de la Zappacosta Oil Import-Export. Il n'a qu'un défaut, mais très grave. Tu sais lequel ? »

Bastiano secoua la tête.

« Il a pas une once d'esprit criminel ! rigola Tony. Mais ça, on peut y travailler. Il s'agit juste de lui trouver un point faible, une faille… un moyen de le rouler, quoi. Et je trouverai, tu verras. »

C'est à ce moment-là qu'une Lancia bordeaux, un drapeau italien accroché à l'aile, s'arrêta à quelques mètres d'eux. Un type tiré à quatre épingles, vêtu d'un costume trois-pièces, en sortit. L'air guindé, mal à l'aise, il lança un coup d'œil discret à Tony et ouvrit la portière arrière de l'automobile avec une posture servile. Une femme élégante et altière apparut, le visage aussi long qu'un sermon de curé les jours de fête. Elle était suivie d'un gros homme gélatineux en costume de lin clair. Dégoulinant de sueur, il s'éventait avec un chapeau de paille dans le goût italien.

« Êtes-vous *monsieur** Tony Zappacosta ? » demanda-t-il.

Tony observa sa répugnante cicatrice rouge, qui partait du front et coupait en deux son crâne couvert d'un maigre tapis de cheveux d'aspect laineux.

« Et vous, vous êtes qui ?

— Moi, je suis le baron Rivalta di Neroli. Je suis très heureux de faire votre connaissance, *monsieur* Zappacosta, dit le baron. Je crois que vous pouvez m'aider à retrouver quelqu'un. »

39

Dans le *barrio*, on disait toujours que si les mauvaises nouvelles se diffusaient à la vitesse de l'éclair, les bonnes circulaient plus lentement. Mais en réalité, c'était surtout qu'il n'y avait presque jamais de bonnes nouvelles. Le fait inouï que quelqu'un ait renoncé à son travail pour le céder à une autre personne *qui en avait davantage besoin* fut bientôt connu de tous, aussi vite que si cela avait été une catastrophe – et on se racontait ça à voix basse, comme une histoire d'un autre monde. Qui plus est, on sut bientôt que ce quelqu'un était une femme. Puis, on commença à associer cette histoire à une autre : on disait que cette même personne offrait des œufs aux vieilles femmes et vantait la solidarité, parlant de la nécessité de s'entraider au lieu de se combattre. Enfin, on sut qui était cette personne et où elle vivait. Au début, l'incrédulité l'avait emporté, puis ce fut la stupeur, et enfin l'admiration. Et cette admiration, comme cela arrive toujours dans le peuple, prit vite une dimension extraordinaire, légendaire.

Le jour de Noël, alors que Rosetta se préparait pour aller à la messe avec Assunta et Tano, on frappa à la porte. La jeune femme alla ouvrir : elle se retrouva devant Dolores accompagnée de la *señora* Chichizola, la boulangère, derrière lesquelles se pressaient des voisins et des curieux. Assunta et Tano la rejoignirent sur le pas de la porte. Dolores tendit à Rosetta une bouteille de vin rouge ornée d'un ruban : « Joyeux Noël ! Je l'ai prise à mon père, il boit assez comme ça. » Rosetta remarqua que les cernes noirs que la jeune fille avait au Matadero avaient déjà disparu, malgré le peu de temps écoulé. Et la peur dans ses yeux de biche n'était plus qu'un lointain souvenir. « Je sais pas trop comment vous le faites, en Italie… » intervint alors la *señora* Chichizola. Elle lui offrit un gros gâteau bombé : « Je sais même pas si on peut vraiment appeler ça un panettone… rigola-t-elle. Mais il vient du cœur ! » Rosetta était gênée. Pour elle, Noël ne représentait rien, elle ne l'avait jamais fêté. Un Noël réussi, c'était quand son père n'était pas trop ivre et ne la frappait pas avec sa ceinture.

« Je ne sais pas quoi dire… bredouilla-t-elle.

— Eh ben, dis merci, espèce de cul ! s'exclama Tano.

Assunta lui flanqua un coup de coude dans les côtes.

— Heu… merci », murmura Rosetta.

Alors Dolores la prit dans ses bras et l'embrassa. Quand elle s'écarta d'elle, ses yeux étaient baignés de larmes. Mais elle ne dit rien, parce que aucune parole n'aurait pu dire tout le bien qu'elle lui avait fait. La *señora* Chichizola prit à son tour Rosetta dans ses bras, d'une manière plus rude, et lui laissa un voile de farine sur la joue. Puis elle regarda Dolores et dit, presque pour la rassurer : « Je la traite comme ma fille. » Rosetta hocha la tête, de plus en plus embarrassée.

Les voisins et les curieux – qui, comme tout le monde à Barracas, diffusaient l'histoire de Rosetta de maison en maison, parfois brodant dessus et y ajoutant quelque chose, contribuant à en faire une légende – assistaient à la scène, souriants ou émus. « Eh ben, t'attends quoi, pauvre cul ? » dit Tano à Rosetta avec sa rugosité habituelle, lui aussi gêné par ce silence chargé d'émotions. « Mets ça à l'intérieur, on doit aller à la messe ! Il est tard. » Alors que les cloches commençaient à appeler les fidèles, une silhouette couverte de guenilles s'avança. Elle avait des fleurs des champs à la main, dont beaucoup avaient la corolle déjà inclinée vers le sol. Rosetta reconnut la vieille édentée à qui elle avait offert un œuf. Le reste de l'assemblée aussi savait qui c'était : tout avait commencé avec elle et avec le discours qu'avait tenu Rosetta ce jour-là. « *Feliz Navidad, chica* », dit la vieille en lui tendant les fleurs – tout ce qu'elle pouvait lui offrir. « *Dios te bendiga.* »

Rosetta se sentit soudain submergée par une émotion qu'elle ne parvenait pas à réprimer. Elle fit volte-face et rentra précipitamment à l'intérieur. Un murmure parcourut le public. La vieille était restée plantée là, ses fleurs à la main. Peu après, Rosetta réapparut. Elle prit les fleurs et tendit deux œufs à la femme : « *Feliz Navidad* », dit-elle. La femme observa les œufs, les tournant et les retournant dans la paume de ses mains squelettiques. Puis, comme si une idée s'était brusquement emparée d'elle, elle fit demi-tour sans plus regarder Rosetta et se dirigea vers la foule, les yeux toujours rivés sur les œufs. Arrivée devant l'attroupement des curieux, elle adressa un signe imperceptible à quelqu'un. Une autre vieille, tout aussi maigre, s'avança péniblement. Sans dire un mot, l'édentée lui tendit un œuf. Puis, comme des danseuses effectuant un pas de deux, elles tapotèrent la coquille à l'unisson, firent un petit trou et gobèrent l'intérieur de l'œuf. Quand elles eurent avalé leur repas, elles se regardèrent les yeux dans les yeux avant de reprendre chacune son chemin, sans parler, sans se toucher, sans autre façon. Le silence était tombé sur l'assistance. La vieille femme avait agi comme Rosetta avec elle.

« Merde alors… lâcha Tano à voix basse, en secouant la tête.

— Mais enfin, c'est Noël ! le réprimanda Assunta. Ne parle pas comme ça ! »

Tano la regarda un instant, puis se corrigea :

« *Sainte* merde, alors… »

Rosetta éclata de rire. Dolores et la *señora* Chichizola se joignirent à elle, les gens autour également. Pour finir, même Assunta s'esclaffa. Quand ils se mirent en route pour l'église, le reste de l'assemblée les suivit, formant une espèce de procession.

Dans son sermon, le curé parla d'amour et de charité. Sans qu'il y soit pour rien, les gens se dirent pour la première fois que ces deux mots avaient un sens.

Quand Rosetta sortit de l'église, une femme s'approcha d'elle. La main posée sur l'épaule d'une jeune fille chétive, elle lui dit :

« Trouve-lui un travail, je t'en prie ! »

Prise au dépourvu, Rosetta ne put que hausser les épaules.

« Mais… bredouilla-t-elle, mais moi non plus, je n'ai pas de boulot !

— Trouve-lui un travail, je t'en prie, insista l'autre. Elle est bonne couturière. »

Rosetta secoua la tête. Elle n'arrivait pas à comprendre ce qui lui arrivait. Elle finit néanmoins par balbutier :

« Bon, d'accord…

— On habite dans la maison jaune, au bout de la rue.

— Je vois… »

Sur le chemin du retour, Tano s'abstint de tout commentaire. Mais quand ils furent rentrés chez eux, une fois la porte fermée, il éclata :

« Ah là, ils t'ont bien foutue dans la merde, hein !

— Tano, lui reprocha Assunta, comment tu parles ! Mais qu'est-ce qu'ils ont tous, avec Rosetta ? Qu'est-ce qu'ils lui veulent ? Elle l'a déjà donné, son travail !

— Justement, ronchonna-t-il.

— Eh ben quoi ? Ça l'oblige pas à…

— T'as vu ce qu'elle a répondu à la bonne femme ? “Bon, d'accord”, elle a dit !

— Et alors ? C'est une façon de parler… »

Tano regarda Rosetta :

« C'est une façon de parler ?

— Je ne sais pas… non, mais… qu'est-ce que je peux faire ?

— Il y a un couturier, plus bas, à Tres Esquinas, annonça-t-il brusquement. Il paraît que c'est un con. Mais ça vaut quand même la peine de tenter le coup, non ? »

Rosetta acquiesça, sans conviction. La situation la dépassait complètement.

« En revanche, tu ne peux pas y aller avec ces chaussures, ajouta soudain Tano, secouant la tête vigoureusement.

— Et pourquoi ? s'étonna-t-elle.

— Bordel, c'est de vraies loques ! T'aurais l'air de quoi ? Une pauvresse qui débarque avec des chaussures comme ça, moi, je ne la regarde même pas ! »

Mortifiée, elle examina les chaussures avec lesquelles elle était arrivée de Sicile.

« Je n'en ai pas d'autres », murmura-t-elle.

Tano bougonna quelque chose d'incompréhensible, puis il prit une boîte en carton de sous son établi et la lui tendit d'un geste bourru. Elle regarda l'objet.

« C'est quoi ? demanda-t-elle, interloquée.

— Bah c'est une boîte ! »

Voyant que la jeune femme ne bronchait pas, il finit par éclater, exaspéré :

« Mais bordel, tu la prends et tu regardes dedans, c'est tout !

— T'es vraiment un sale bouc ! » s'amusa Assunta.

Rosetta ouvrit la boîte. À l'intérieur, il y avait des chaussures du même bleu que la robe de Ninnina qu'elle portait, décorées de pompons violets en forme de fleurs de jacaranda.

« C'est notre cadeau de Noël, expliqua Assunta en la prenant dans ses bras.

— Mais je n'ai jamais… commença Rosetta avec une voix qui menaçait de se briser. Je n'ai jamais reçu de cadeau de Noël… et aujourd'hui…

— Allez, abrège ! Eh ben maintenant, toi aussi, tu as ton cadeau de Noël, voilà tout ! coupa Tano avec rudesse. Et comme ça, tu pourras te présenter chez le couturier de Tres Esquinas. »

Trois jours plus tard, l'atelier de don Alvaro Recoba rouvrit. Seule une étroite vitrine donnait sur la rue, laissant imaginer une petite échoppe. En entrant, Rosetta s'aperçut que le local était spacieux. Il s'enfonçait tout en longueur, comme une profonde caverne. Des vêtements étaient exposés dans les deux premières salles, la troisième servait aux essayages. Don Alvaro piquait ses épingles avec précision et maestria sur des vêtements taillés sur mesure et les adaptait au client. L'atelier de confection à proprement parler était derrière la boutique. Dix femmes penchées sur leur table de travail coupaient, cousaient à la machine et faisaient les finitions à la main, les yeux rougis et les doigts abîmés par les aiguilles, malgré leur dé en laiton. « Je n'ai besoin de personne, répondit don Alvaro à Rosetta d'un ton expéditif, et encore moins d'une apprentie. » En le regardant, Rosetta comprit qu'aucune tirade sur la dureté de la vie ne parviendrait à égratigner sa cuirasse. Elle cherchait un argument convaincant lorsqu'une des couturières s'approcha : « Mais je te connais ! Tu es celle qui a donné son travail à une jeune fille ! » Don Alvaro dévisagea Rosetta avec curiosité. Comme tout le monde, il avait entendu parler de cette histoire, mais sans en avoir été ému. Au contraire, il avait pensé que cette femme devait être une déséquilibrée. « Que Dieu te bénisse ! » poursuivit son employée. « Que Dieu te bénisse ! » renchérirent les autres, levant un instant les yeux de leur ouvrage.

« Moi, je ne connaissais pas cette boulangerie, se mit à raconter une femme. Depuis j'y vais, ils font du bon pain.

— Oui, moi aussi j'y vais, enchaîna une autre. Leur pain est très bon. Et puis cette jeune fille… qu'est-ce qu'elle est mignonne !

— Il faut aussi reconnaître le mérite de la *señora* Chichizola, précisa quelqu'un, c'est elle qui a embauché la petite. Je lui souhaite tout le bonheur du monde ! Elle a du cœur.

— Même si c'est pas sur mon chemin, maintenant je vais tout le temps chez elle », ajouta une autre.

Se tournant vers don Alvaro, Rosetta remarqua que son regard avait changé. Pas besoin de lui expliquer les choses très longtemps – il fallait juste le pousser encore un peu :

« Ça ne vous dirait pas qu'on parle de vous comme ça ? Ça serait pourtant facile ! Et puis, ce serait bon pour les affaires.

— Dites à cette apprentie de se présenter demain, concéda don Alvaro d'un ton dédaigneux. Mais si elle n'est pas à la hauteur, je ne la garde pas ! »

Deux jours plus tard, la mère de la jeune fille débarqua dans l'échoppe de Tano et offrit un châle que sa fille avait confectionné pour Rosetta.

Ainsi se multiplièrent les anecdotes sur Rosetta. Pas un habitant de Barracas n'ignorait ses exploits. Et comme cela arrive toujours, on lui attribuait des choses qui ne s'étaient jamais produites, on inventait. Des centaines et des centaines de personnes du *barrio*, en particulier des femmes, la considéraient désormais comme une sorte d'héroïne.

La veille du Nouvel An, un jeune homme se présenta chez Tano. Il portait un costume mauve dont la veste était légèrement élimée aux coudes. Son pantalon était tellement court que ses chaussures en semblaient trop grandes. Il portait un panama qui devait avoir souvent connu la pluie. Il demanda avec insolence :

« Elle est là, la fille qui trouve du boulot aux autres ? »

Tano le regarda.

« Elle aide les femmes, pas les hommes, finit-il par répondre. Et puis, lâchez-nous un peu avec cette histoire, elle ne peut pas aider tout le monde.

— Oh, mais moi, je ne cherche pas d'emploi ! J'en ai déjà un.

— Qu'est-ce que tu veux, alors ? »

Tano devint soupçonneux. Attirées par la conversation, Rosetta et Assunta étaient apparues sur le pas de la porte. Le jeune homme, frappé par la beauté de Rosetta, lui sourit :

« C'est vous ?

— Qu'est-ce que tu veux ? » répéta le cordonnier d'un ton plus agressif.

Ôtant son panama, le nouveau venu esquissa une petite révérence :

« Je me présente : Alejandro Del Sol, journaliste *independiente*.

— Pas de quoi crâner, fanfaron ! À mon avis, *independiente*, ça veut dire que tu n'écris pour personne et donc que tu n'as pas de travail. C'est bien ça, non ? »

Le journaliste regarda Rosetta avec un sourire un peu gêné. Elle se dit qu'il avait l'air sympathique. Il semblait différent des jeunes du *barrio*, tous abrutis par leurs humbles travaux.

« Regarde-moi et réponds ! grogna Tano. Qu'est-ce que tu veux ?

— J'ai entendu les histoires qui circulent dans le *barrio*. Tout le monde parle d'elle. Je voudrais faire un article sur mademoiselle… c'est bien mademoiselle, n'est-ce pas ?

— Tu sais que ça va être ta fête, toi ! Arrête de faire le don juan, hein !

— Excusez-moi, *señor*, dit Alejandro, mais l'histoire de mademoiselle est tellement merveilleuse ! C'est un véritable conte populaire, qui plairait beaucoup aux lecteurs. Cela ferait un magnifique article, et je pourrais le vendre… enfin, je pourrais le faire publier dans *La Nación*, expliqua-t-il, toujours en souriant à Rosetta. Je vous assure, mademoiselle, les gens adoreraient votre histoire.

— Eh, c'est moi que tu regardes ! s'exclama Tano en le poussant. Mademoiselle, elle en a rien à foutre, de ta publicité, t'as pigé ? Et maintenant tu te tires, si t'as pas envie de recevoir de bons coups de pied dans le cul.

— Ça, c'est à mademoiselle de me le dire.

— Mademoiselle, elle ne parle pas avec toi, trancha-t-il en le bousculant à nouveau.

— Je vous préviens, mon article, je l'écrirai de toute façon ! »

Tano forma un poing et fit mine de le frapper. Alejandro s'éloigna d'une dizaine de pas.

« Dites-moi au moins comment vous vous appelez ! dit-il en écartant les bras. Certains disent Lucia, d'autres Rosetta…

— Va te faire foutre ! » cria Tano.

Le cordonnier se tourna vers Rosetta et Assunta et les poussa vers l'intérieur.

« Et vous, vous rentrez !

— J'écrirai quand même mon article ! » s'exclama encore le journaliste.

Une fois chez eux, Tano ferma la porte et dévisagea Rosetta en silence.

« Mais qu'est-ce que j'ai fait ? finit par dire la jeune femme.

— Toi, tu n'as rien fait, grommela-t-il, lugubre. Mais tu sais ce que ça veut dire, avoir un journaliste entre les pattes ? Ce sont tous des fouineurs. Et tu as entendu ce qu'il a dit ? Il pose déjà des questions sur ton nom : Lucia ou Rosetta ? Et s'il découvrait qui tu es réellement ? »

Une lumière sombre et inquiète brillait dans ses yeux bleu clair. Rosetta sentit le sang se figer dans ses veines. « Je ne veux pas vous perdre », murmura-t-elle. Assunta laissa échapper un gémissement étouffé.

40

Après avoir été agressée par la bande de petits voyous, Raquel avait passé des journées infernales à se nourrir de déchets et à se cacher, vivant dans la terreur des bandes de gosses, de la police et d'Amos. Un soir, un agent qui la surprit à mendier pointa sa matraque vers elle et s'écria : « Eh toi, la cloche ! Cette fois, je vais te coffrer ! » Épouvantée, Raquel décampa en pleurant, et elle courut désespérément jusqu'à se retrouver au port, sur un quai. Là, elle scruta les alentours. Entendant des voix, elle se cacha immédiatement. Un instant plus tard, elle aperçut des gamins en train de forcer les tôles d'un hangar et essayant de pénétrer à l'intérieur. Effrayée à l'idée qu'ils la surprennent et se retournent contre elle, elle s'enfuit à nouveau.

Elle finit par atteindre un immense tas d'immondices. Elle l'escalada et s'enfouit à l'intérieur. L'odeur était épouvantable mais elle ne bougea pas, tétanisée par la peur. Lorsque le soir arriva, le ciel vira du bleu au noir, il se mit à pleuvoir dru : c'était une pluie qui venait du sud, froide et pénétrante, bien qu'on soit en été. L'eau liquéfiait les ordures et les transformait en une espèce de boue collante. L'averse dura une demi-heure, pas plus, mais cela suffit pour que Raquel soit trempée.

Tremblant comme une feuille, elle abandonna son ignoble cachette, le visage barbouillé de larmes, de pluie et d'ordures. Elle marchait le long des quais, à la recherche d'un abri et d'un peu de chaleur, lorsqu'elle aperçut un hangar ouvert. Un gigantesque 8 bleu était peint sur la porte. À quelques pas de là, un jeune homme observait le ciel. La lune reflétait sa silhouette pensive dans les flaques. Raquel s'approcha de la porte ouverte à pas de loups et se faufila dans l'entrepôt. À l'intérieur, des caisses en bois étaient entassées les unes sur les autres. Elle remarqua aussi une espèce de cabane, dans un coin. Se tournant vers l'entrée, elle vit l'homme arriver. Elle enjamba alors un tas de caisses et se précipita vers le fond du hangar, se recroquevilla sur elle-même et retint son souffle. Un instant plus tard, elle entendit la porte de l'entrepôt glisser sur des rails. Puis il y eut le bruit sec d'un cadenas qu'on ferme.

« Je suis prise au piège ! » pensa-t-elle. Au moins, elle était à l'abri. Elle frissonna, trempée jusqu'aux os. Quand l'homme se fut retiré dans sa cabane, elle voulut se couvrir d'une toile. Mais le tissu imperméabilisé fit autant de bruit qu'une grande feuille de journal froissée. Elle entendit le gardien quitter son abri et resta immobile. « Putain de rats », grommela le gardien. Elle éternua. « Qui est là ? » lança-t-il. Elle s'enfonça davantage sous la toile. Mais les pas de l'homme se rapprochaient. Il répéta : « Qui est là ? » Elle l'entendit s'arrêter. Il était maintenant tout près : « Sors de là ! Je compte jusqu'à trois et je tire ! » Le cœur battant, Raquel sortit la tête de sa cachette. Il avait vraiment un pistolet à la main, mais il l'abaissa tout de suite. Et la première chose que se dit Raquel, c'est qu'il n'avait pas l'air méchant, et aussi qu'il était beau. Il avait les cheveux blonds et les yeux noirs.

Rocco avait vu apparaître un visage apeuré avec un long nez en trompette un peu comique, surmonté de cheveux en brosse :

« Qu'est-ce que tu fais ici ?

— J'ai froid… balbutia Raquel. Ne me fais pas de mal, je t'en prie… »

En l'entendant et en lisant la frayeur dans ses yeux, Rocco comprit aussitôt qu'il ne s'agissait pas d'un de ces voyous qui traînaient d'habitude sur le port. « Sors de là ! » ordonna-t-il. Raquel émergea lentement de sous la toile et se mit debout, tremblante.

Rocco fronça les sourcils en découvrant sa longue robe. « Pourquoi tu es habillé en fille ? » demanda-t-il, surpris. Raquel toucha ses cheveux ras. Elle comprit qu'il l'avait prise pour un garçon. Elle eut un frisson et se sentit comme électrisée : elle était à un tournant, la vie lui offrait une occasion en or. Les cartes avaient été rebattues et elle avait une bonne pioche. « Tu es une fille ? » demanda Rocco, interloqué. Il fallait qu'elle joue ses cartes tout de suite, sans hésitation, car elle n'aurait plus jamais une main comme ça. « On n'a qu'une chance, ne la gâche pas », lui avait dit Libertad.

« Alors ? Tu m'entends ? Tu es une fille ?

— Non ! rétorqua Raquel, le cœur battant à tout rompre. Je suis… un garçon. »

Elle eut l'impression d'avoir hurlé à gorge déployée.

« Et alors, pourquoi tu es habillé en fille ?

— Parce que… » Elle s'efforçait de réfléchir à toute allure. « Parce que des gosses… m'ont attaquée… » Ses yeux se remplirent de larmes, mais elle continua à chercher le plus rapidement possible une excuse crédible. « Ils m'ont… piqué mes fringues… et ces trucs de fille, j'les ai trouvés… dans une décharge…

— Putain, ça se sent, gamin ! dit-il en plissant le nez. Tu pues comme une charogne. »

Elle le regarda. Son cœur battait de plus en plus vite.

« Comment tu t'appelles ?

— Heu… elle se figea, il fallait vite penser à un prénom masculin. Ángel, improvisa-t-elle.

— Moi, c'est Rocco.

— Ángel, répéta-t-elle comme si elle n'y croyait pas elle-même.

— Ça va, j'ai compris ! Et tu viens d'où ? Qu'est-ce que tu fais là ? Tu n'as pas de maison ? »

Trop de questions à la fois, se dit Raquel, prise de panique. Il fallait se dépêcher d'inventer quelque chose. Tout ce qui lui venait à l'esprit, c'était sa propre histoire, elle n'en connaissait pas d'autres.

« Je viens de… » Non, elle ne pouvait pas raconter qu'elle venait d'un bordel « … d'un orphelinat, je me suis enfui, j'étais comme prisonnière…

— Prisonnière ?

— Oui…

— Ben tu es une fille, alors !

— Non, prisonnier, je voulais dire prisonnier… bredouilla-t-elle, elle avait des sueurs froides. C'est que je ne parle pas encore bien espagnol…

— Ben, alors là, moi non plus ! sourit Rocco. Et il était où, cet orphelinat ? »

Elle sentit les journaux mouillés sous sa robe. Non, son histoire n'était pas la seule qu'elle connaisse :

« Rosario… c'est ça, Rosario.

— Et comment tu es arrivé ici ? »

Elle haussa les épaules.

« À pied, répondit-elle comme si c'était une évidence.

— Trois cents kilomètres à pied ? »

Là, elle réalisa son erreur.

« Et aussi en chariot… ajouta-t-elle précipitamment, et puis en train… »

Rocco secoua la tête :

« T'as les idées bien embrouillées, gamin. J'ai comme l'impression que tu me racontes des bobards.

— Non !

— Et tes parents ? »

À présent, Raquel savait quelle histoire raconter, et rien ne pourrait l'arrêter.

« Ils sont morts. Dans une explosion. Tout le monde est mort. Onze personnes. Oui, onze morts… L'immeuble s'est écroulé… C'étaient des terroristes… Tu sais, des anarchistes… » Rocco fronça les sourcils. « Ils en ont même parlé dans les journaux ! Dans *La Nación…* »

Elle éternua à nouveau. Rocco se retourna.

« Bon, t'es trempé comme une soupe, il faut que tu enlèves cette robe. En plus, tu pues tellement que tu empestes ma baraque. Je vais te donner des fringues d'homme. Tu es ridicule, en fille ! Allez, viens. »

Quand ils furent devant la cabane, Rocco fouilla parmi ses vêtements et dénicha un vieux pantalon et un pull léger avec quelques trous ici et là. Il lui donna aussi un bout de corde en guise de ceinture pour faire tenir le pantalon, trop grand.

« Allez, déshabille-toi !

— J'ai pas envie que tu me voies toute nue…

— Toute nue ?

— Tout nu ! corrigea Raquel, le visage empourpré. Je t'ai déjà dit que je ne parle pas bien espagnol…

— Mais quelle langue tu parlais, à l'orphelinat ?

— Héb… russe.

— Hébrusse ? C'est quoi, cette langue ?

— Russe ! Mes parents étaient… des immigrés russes. »

Rocco fit la moue et secoua la tête, perplexe.

« C'est un merdier, ton histoire…

— Mais c'est la vérité !

— J'ai pas dit le contraire, gamin, mais avoue que c'est pas une histoire qu'on entend tous les jours…

— C'est mon histoire.

— Et comment ça se fait qu'ils t'ont appelé Ángel, s'ils étaient russes ? insista le jeune homme, à qui tous ces détails invraisemblables finissaient par donner le tournis. Ça m'a pas l'air d'un nom russe, ça !

— Mais si ! C'est jusque que… ça s'écrit pas pareil, voilà tout.

— Ah bon…

— Tu ne me crois pas ? demanda-t-elle presque avec agressivité.

— Qu'est-ce que j'en sais, moi ? Je ne parle pas russe ! » Et il indiqua les vêtements. « Allez, change-toi. De quoi tu as honte ? On est entre mecs !

— J'ai pas envie, dit-elle, toute rouge.

— D'accord, d'accord, je me tourne. »

Raquel se mit derrière une pile de caisses et se changea le plus rapidement possible. Elle retourna le pantalon sur ses chevilles et le fit tenir en serrant bien la corde autour de sa taille. Puis elle enfila le pull et revint près du jeune homme.

« Putain, le pull t'arrive aux genoux ! On dirait que t'as toujours une robe ! s'exclama-t-il en la voyant. Si t'avais un peu de nichon, tu pourrais passer pour une gonzesse, tu sais ? On ne te l'a jamais dit ?

— Non ! » Elle pensa que la situation devenait vraiment absurde. « On ne m'a jamais dit ça », souligna-t-elle avec force. Ce n'était pas maintenant qu'elle allait se laisser démasquer.

« Oh, ne te vexe pas, c'était pour rigoler ! T'as même pas un peu de barbe… »

Elle rentra le pull dans le pantalon.

« Voilà, comme ça, au moins on voit que t'es un gars, sourit-il avant de retrouver son sérieux. Bon, demain tu t'en vas, hein ? »

Raquel fixa le sol.

« Oui…

— Écoute, le môme, c'est pas la peine de prendre ton air de chien battu. Je ne peux pas m'occuper de toi. Et de toute façon, je n'ai pas envie de m'encombrer d'un chiard. C'est pigé ?

— C'est pigé…

— Bien. Maintenant, on dort. »

Il entra dans la cabane et s'allongea sur son matelas.

« Allez, viens avec moi ! Y a la place, t'es tout mince.

— Je suis très bien ici », coupa Raquel en se recroquevillant dans un coin.

Elle remarqua que les murs étaient couverts de dessins représentant toutes sortes de machines compliquées.

« Fais comme tu veux. Mais t'es bizarre, tu sais ? D'abord tu fais ces chichis pour te déshabiller, maintenant pour dormir… » Il éteignit la lampe à gaz et se glissa sous sa couverture. « T'es vraiment un drôle de gosse. Putain, on est entre mecs, quoi ! »

Le silence tomba. Raquel ne savait pas quoi faire. D'un côté, s'allonger à côté d'un homme la gênait. De l'autre, elle était ravie du pli inattendu que prenait son existence. Toute sa vie, elle s'était répété qu'elle aurait voulu naître garçon, et voilà que ce Rocco, sans le savoir, lui avait offert l'occasion de transformer son désir en réalité. Quelle révolution !

« Allez, viens ! c'est dur, par terre… » proposa-t-il encore.

Elle se dit qu'elle devait apprendre à se comporter comme les garçons et à penser comme eux. Elle ne pouvait pas risquer de tout flanquer en l'air.

« D'accord… » murmura-t-elle en quittant son recoin. Elle vint s'allonger près de lui, raide comme un manche à balai. Il lui passa un peu de sa couverture et lui tourna le dos.

Et puis soudain, le silence de la nuit fut déchiré par une série de violentes explosions, par de monstrueux coups de tonnerre qui firent vibrer les tôles de l'entrepôt. Raquel sursauta. « Il est minuit », expliqua Rocco. Elle ne dit rien, elle ne comprenait pas. Les déflagrations continuaient, toujours plus rapprochées, toujours plus fortes. On aurait dit la guerre. « C'est le Nouvel An, cornichon ! C'est le feu d'artifice. On est en 1913. » Raquel resta silencieuse. « Nouvelle année, nouvelle vie, commenta l'autre : c'est ce qu'on dit. » Par intermittence, les lueurs du feu d'artifice filtraient entre les plaques de tôle et pénétraient l'obscurité du hangar. « Nouvelle année, nouvelle vie », se répéta Raquel. C'était vraiment incroyable ! Elle se mit soudain à rire et ses épaules tressaillirent.

« Tu pleures ? demanda Rocco.

— Non non. »

Il y eut un long silence. Le feu d'artifice se poursuivait.

« Pleure pas… dit Rocco d'une voix ensommeillée.

— Non.

— Bonne année, Ángel… bredouilla-t-il.

— Bonne vie nouvelle ! »

Elle attendit d'être sûre qu'il soit endormi, puis elle murmura : « Je suis un garçon ! » Avec ce passage à la nouvelle année, son passé avait été balayé. Comme ça, d'un coup d'un seul : c'était incroyable, inimaginable, radical. « Je suis un garçon, répéta-t-elle en riant doucement. Maintenant, le monde est à moi ! »

Troisième partie

Le rappel du passé

1913

41

« C'est qui, cette fille ?

— Quelle fille ?

— Un baron est venu de Sicile exprès pour elle. »

Rocco se raidit mais s'efforça de n'en rien laisser paraître à Tony, assis en face de lui dans le petit bureau du garage.

« Je ne vois pas de quoi vous parlez.

— Alors voyons, je vais essayer de t'expliquer, commença le boss avec le ton patient de celui qui est conscient de tenir le couteau du côté du manche. Le baron Rivalta di Neroli a levé son gros cul flasque pour quitter son fauteuil rembourré et son palais d'Alcamo, et il est venu jusqu'à Buenos Aires, chercher la fille que tu as fait évader.

— Je n'ai fait évader personne. »

Tony sourit.

« Il m'a donné des détails qui ne laissent place à aucun doute, dit-il en clignant de l'œil mais sans perdre son air glacial. Tu t'es servi du nom de don Mimì Zappacosta pour pousser un *picciotto* à déclencher une rixe. Le baron est convaincu que si on découvre celui qui a fait échapper la fille, on la trouvera automatiquement elle aussi. Et je pense qu'il a raison. Le baron ne sait pas qui est cet homme, mais moi, je le sais ! »

Rocco se rendit compte qu'il se trouvait dos au mur. Continuer à nier n'avait aucun sens.

« Je ne sais pas où elle est. »

L'autre l'examina en silence, avec un regard acéré comme un poignard.

« Je te crois, finit-il par conclure. Mais pourquoi tu l'as aidée ?

— Parce qu'elle était victime d'une injustice, répondit spontanément Rocco, en s'enflammant.

— Ah, j'aurais dû y penser plus tôt ! Le grand défenseur des causes perdues ! » Il éclata de rire.

« Je ne sais pas où elle est.

— Tu l'as cherchée ?

— Oui.

— Où ça ?

— Un peu partout…

— Un peu partout… Mais encore ? Dans les bordels ?

— C'est pas ce genre de filles.

— Buenos Aires apprend aux gens à se contenter d'être ce qu'ils peuvent être s'ils veulent manger. Si j'étais toi, je chercherais dans les bordels.

— C'est pas ce genre de filles. »

Tony éclata de rire.

« Ah, je vois, tu ne l'as pas seulement sauvée pour réparer une injustice, mais aussi pour une raison plus normale. Elle te plaît à ce point ? »

Il continua de sourire un moment, avant d'annoncer soudain, avec la brutalité d'un coup de poing :

« Le baron m'a offert beaucoup de pognon.

— Moi, je n'ai rien à offrir », coupa Rocco en se raidissant.

Tony le regarda longuement, sans dire un mot. C'était ça, l'occasion dont il avait parlé à Bastiano : voilà comment il allait coincer Rocco, voilà comment il allait le tenir. Cette fille, c'était le défaut de la cuirasse, son point faible.

« Tu peux me donner ta reconnaissance… suggéra alors le boss d'une voix tellement basse que Rocco fut obligé de se pencher vers lui, comme s'il voulait le saluer … et ta fidélité. »

Le jeune homme sentit que son sang se figeait. Reconnaissance et fidélité, il savait bien ce que ces deux mots voulaient dire, derrière leur apparente noblesse. Cela voulait dire s'affilier. Cela voulait dire renoncer à ce pour quoi il avait lutté et ce pour quoi il était venu dans ce nouveau monde de merde, qui n'avait décidément de nouveau que le nom. Il s'était promis de ne plus jamais avoir de rapport avec la mafia. Si sa vie seule avait été en jeu, il n'aurait jamais accepté. Mais il ne s'agissait plus de sa vie. Et il comprit aussitôt que dans son cœur, il avait déjà choisi.

« D'accord, dit-il. Mais comment je peux avoir confiance en vous ? »

Tony haussa les épaules.

« Si j'avais voulu te baiser, je ne t'aurais rien dit. Je t'aurais juste fait suivre, et tôt ou tard, comme dit le baron, tu m'aurais mené à ta belle. »

S'approchant de la porte du bureau, il montra les plans de monte-charges accrochés aux murs.

« Tu saurais vraiment construire un de ces trucs ?

— Hein ? » bredouilla Rocco, ahuri. La décision qu'il venait de prendre lui coupait la respiration et lui nouait l'estomac. Il regarda ses esquisses.

« Heu oui… je pense que oui…

— Alors tu attends quoi pour te mettre au travail ?

— Il faut du fric.

— Débouche-toi les oreilles et écoute ce qu'on te dit. Tu attends quoi pour te mettre au travail ? »

La veille encore, Rocco aurait bondi de joie. Mais pas maintenant.

« D'accord », répondit-il sombrement.

Tony s'en alla, ravi de l'affaire conclue.

Sentant qu'il avait besoin d'air, Rocco sortit du garage à son tour. Il défit son bleu de travail, comme si c'était cela qui l'empêchait de respirer.

« Le moteur du bateau est réparé, lui apprit Mattia en le rejoignant devant l'atelier.

— Bien », répondit-il distraitement.

Il ne pensait à rien d'autre qu'à cette ordure de baron sur les traces de Rosetta. Mattia montra alors un garçon maigrichon, avec des vêtements trop grands et des cheveux en brosse, qui passait la tête au-dessus d'un tas de caisses posées sur le quai.

« Il est là depuis ce matin. »

Rocco ramassa un boulon rouillé et le lança contre le gosse.

« Casse-toi ! » s'écria-t-il.

Le boulon atterrit à plus de deux mètres de Raquel.

« C'est qui ? Tu le connais ? demanda Mattia.

— Un chien errant, comme il y en a tant…

— En tout cas… tu vises comme un cul ! » Il rit.

« C'est ça… » grommela Rocco.

Mais il n'avait que Rosetta à l'esprit.

« Gueule-de-clébard et toi, montez le moteur sur le bateau et mettez-le à l'eau », dit-il à son collègue.

En s'éloignant, il remarqua que le jeune garçon le suivait. Il lui fit vraiment penser à un chien errant. « Casse-toi ! » aboya-t-il encore. Il ne pouvait pas s'occuper de ce gosse. Il ne voulait pas décider pour lui ce qui était le mieux. Le souvenir de Libertad le tourmentait encore. Non, il ne voulait pas s'attacher à un chien errant, il n'avait rien à lui offrir.

Arrivé à la Zappacosta Oil Import-Export, il entra sans frapper.

« Ça veut dire quoi, exactement, ce que vous m'avez dit ? demanda-t-il sans préambule. Si je trouve la fille, vous la protégez, ou bien vous vous contentez de ne pas la remettre au baron ?

— Moi, je protège les gens auxquels je tiens, répondit Tony.

— La fille ne doit jamais savoir.

— Savoir quoi ? Que tu t'es sacrifié pour elle ? » Il sourit.

« Et elle ne doit avoir aucun lien avec vous.

— Là, je pourrais presque me vexer ! plaisanta-t-il.

— C'est les règles. À prendre ou à laisser. »

Le boss sourit.

« Tu bluffes ! Mais c'est bon, j'accepte. »

Rocco se dirigea vers la porte.

« Et si on arrêtait de l'appeler "la fille" ? suggéra Tony. Elle s'appelle Rosetta Tricarico.

— Oubliez son nom aussi ! » gronda Rocco.

Et il sortit en claquant la porte, poursuivi par le rire amusé du boss.

Rocco retourna à l'entrepôt où il dormait, car il avait oublié son déjeuner dans la cahute. Il dit bonjour à Nardo, entra, prit sa gamelle en fer et, en ressortant, aperçut le gamin qui l'épiait, tapi dans un coin. « Casse-toi ! » cria-t-il pour la troisième fois. Il ramassa un caillou qu'il lança vers lui. À nouveau, la pierre atterrit loin de Raquel. « Tu veux que je lui tire dessus ? proposa Nardo avec son air de babouin idiot. T'es pas très doué, avec les cailloux, hein ! » Rocco ne répondit rien et regagna le garage. Au bout de quelques pas, il tomba sur Amos qui se dirigeait vers le bureau de Tony, suivi de deux sbires et de la femme balafrée à qui il avait remis Libertad, dans la maison close.

« Tiens, regarde un peu qui est là ! dit Amos en le reconnaissant. Je vais en profiter pour dire à Tony que je ne veux plus jamais voir ta tronche au *Chorizo*.

— Va te faire foutre, tu es qu'une merde ! » dit Rocco. Il sentait à nouveau monter en lui toute la colère qu'il avait éprouvée lors de l'épisode avec Libertad.

Un des gorilles s'avança vers lui, portant la main à son couteau. Rocco, avec la rapidité d'un félin, lui bloqua le bras et sortit son propre pistolet, qu'il enfonça dans les côtes du type.

« Tu avais un truc à me dire ? lui souffla-t-il au visage.

— Eh, eh… du calme », intervint Amos.

Rocco baissa lentement son arme, sans quitter le gorille des yeux.

« Lâche ton couteau », siffla-t-il.

L'homme obéit. Rocco lui donna une bourrade, avant de s'éloigner. C'est à cet instant qu'il aperçut le gamin qui prenait ses jambes à son cou comme s'il était pourchassé par un fantôme. Il vit que la balafrée, avec son air renfrogné, avait également remarqué le gosse, et semblait essayer de poursuivre une idée qui lui échappait. Il remarqua aussi que l'oreille de la femme était rouge et gonflée, et qu'il en manquait un bout.

Tout le reste de la journée, Rocco travailla au garage. Mais dès qu'il eut terminé, il se mit à arpenter le *barrio* à la recherche de Rosetta, rongé d'inquiétude à l'idée que le baron puisse la trouver avant lui.

Quand le jour se coucha, il regagna son entrepôt pour prendre la relève de Nardo. Pendant qu'il préparait le dîner, il entendit un bruit, mais ne réagit pas. Il fit chauffer une grande casserole de soupe et en mangea la moitié. Puis il sortit sa chaise sur le quai et la posa près de la caisse où s'asseyait habituellement Nardo. Il contempla les premières étoiles dans le ciel qui s'assombrissait. « Sors de là ! » cria-t-il. Un instant, le silence régna. Puis il entendit un bruissement de toile cirée, semblable à un piétinement de feuilles séchées, et des pas hésitants. Le jeune garçon apparut sur le pas de la porte : « Assieds-toi », dit-il sans lui adresser un regard et sans cesser de fixer le ciel.

Raquel s'assit sur la caisse. Elle resta silencieuse un moment puis, d'une toute petite voix, elle supplia :

« Ne me chasse pas, je t'en prie… »

Rocco se tourna pour la regarder : elle avait l'air effrayé.

« Tu as peur de quoi ?

— De rien.

— Quand je te lançais des cailloux, tu ne bronchais pas. Et pourtant, à un moment donné, tu t'es mis à détaler comme un lapin. Qu'est-ce qui t'a fichu une trouille pareille ?

— Rien.

— Tu peux me dire pourquoi tout ce que tu me racontes a l'air de gros bobards ? »

Il se remit à observer les étoiles. Raquel ne dit rien, Rocco non plus, et cela dura longtemps. Puis il finit par reprendre la parole :

« Si tu veux rester avec moi, primo, il faut que tu cherches un travail. Je n'ai certainement pas l'intention d'entretenir un parasite. »

Raquel ouvrit grand la bouche, stupéfaite.

« La ferme ! prévint-il d'emblée. Secundo : si je te vois fricoter avec n'importe quelle bande de rue… même si c'est juste pour dire bonjour… je te chasse à grands coups de pied dans le cul jusqu'à… où ça, déjà ? la Russie ? »

Raquel se mit debout d'un bond.

« Oh, merci, je…

— Silence ! J'ai pas fini. Tertio, et ça, c'est le truc le plus important : je ne supporte pas les bavards. Alors, tu l'ouvres le moins possible. Je n'avais pas prévu de partager ma vie avec un chiard, et je peux changer d'avis à n'importe quel moment. »

Raquel plaqua une main sur sa bouche et se mit à sautiller dans tous les sens, tellement heureuse que les larmes lui montèrent aux yeux. Rocco secoua la tête.

« Allez, mange ! dit-il d'un ton bourru. Ta soupe est sur la table. »

Raquel courut à l'intérieur en poussant des jappements de petit chien.

« Ça va être un cauchemar, je le sens », murmura le jeune homme.

En fait, il était concentré sur Rosetta. Il avait conclu un pacte avec Tony et avait renoncé à sa liberté pour elle. Mais il n'avait aucune confiance en ce Zappacosta, comme en aucun mafieux. Ces gens-là répétaient toujours : « C'est les affaires, il n'y a rien de personnel là-dedans », ce qui signifiait qu'ils étaient prêts à n'importe quelle trahison et que n'importe quel pacte pouvait être rompu. Non, se dit-il, il fallait absolument qu'il trouve Rosetta avant les autres, et qu'il la protège.

« Au fait, tu veux savoir pourquoi je ne courais pas, quand tu me caillassais ? » Raquel rit la bouche pleine, à l'intérieur de l'entrepôt. « Parce que tu vises comme un pied ! » Rocco remarqua que Nardo avait laissé une bouteille près de la caisse. Il la ramassa et alla la poser sur une bitte d'amarrage, à plus de vingt pas de là, à l'autre bout du quai. Il ramassa une pierre ronde, fit demi-tour et se rassit sur la chaise. Il tourna et retourna le caillou dans sa main, le soupesant, et d'un geste ferme et sûr, il visa et lança. La bouteille explosa en éclats.

« Qu'est-ce qui se passe ? demanda Raquel.

— Rien, un ivrogne. »

42

Il avait eu l'impression qu'un monstre lui plantait ses crocs dans les pieds. Et c'était cette douleur qui l'avait fait revenir à lui, à l'intérieur du *Black Cat*. Le feu avait attaqué ses chaussures ; ses semelles avaient été dévorées en un éclair par des morsures brûlantes. Il s'était levé d'un bond, en hurlant, mais l'air lui avait aussitôt manqué. L'incendie consumait tout l'oxygène. Se tenant au comptoir, il avait regardé autour de lui, à la recherche d'une issue. Par terre, il y avait le cadavre de Lepke. Le sang de sa blessure à la poitrine coulait et se coagulait tout de suite dans l'insupportable chaleur.

El Francés s'était élancé à travers les flammes vers la sortie du *Black Cat*, se couvrant le visage avec les mains. Il avait entendu ses cheveux grésiller. Il était arrivé à la porte mais le rideau de fer était baissé. Il avait saisi la poignée pour le soulever et, à nouveau, avait hurlé. Le métal était incandescent. En retirant sa main, il avait senti que sa peau restait collée sur la poignée. Il avait traversé le rideau de flammes dans l'autre sens. Maintenant, Lepke brûlait. Il n'avait plus de cheveux et son visage se déformait, se liquéfiait comme de la cire. Ses lèvres avaient disparu, découvrant ses dents. Un œil avait explosé et durcissait, comme un œuf qui bout dans sa coquille fendillée. Tout autour, les miroirs se brisaient dans un vacarme semblable à une fusillade, en projetant des éclats coupants.

Les flammes commençaient à attaquer l'escalier en bois, attirées par l'oxygène de l'étage supérieur. Avec l'énergie du désespoir, El Francés avait gravi les marches quatre à quatre. Là-haut aussi, les pièces allaient bientôt être dévorées par les flammes insatiables de l'incendie, et la chaleur était terrible. Cherchant à mieux respirer, il était entré dans une chambre et avait lancé une chaise contre la fenêtre. Il avait aussitôt été secoué par un puissant courant d'air qui l'avait fait vaciller sur ses pieds. Mais, un instant après, ce souffle s'était arrêté net. Il y avait eu un étrange moment de silence. Et tout à coup, il avait entendu comme une explosion, un rugissement ou le hurlement d'un dragon. Le courant d'air avait disparu, une langue de feu le renversa et se précipita vers la fenêtre ouverte. Les flammes aussi n'arrivaient plus à respirer. El Francés fut soulevé de terre et projeté contre le mur. Il se releva et aperçut dehors, en contrebas, l'auvent rouge du *Black Cat*. Il se laissa tomber à l'extérieur comme un poids mort, il n'avait plus la force de sauter.

L'impact avait été doux, presque agréable. Ses poumons s'étaient à nouveau remplis d'air. La rue était pleine de gens. Quelqu'un l'avait soulevé et dégagé de l'auvent, qui commençait déjà à prendre feu. Tandis qu'on le portait en lieu sûr, sur le trottoir d'en face, il reconnut la carcasse fumante de son auto. Amos ne l'avait pas épargnée non plus.

Un instant plus tard, les sirènes des pompiers déchirèrent l'air saturé de fumée de cette matinée tragique. El Francés entendit le crissement des freins du camion, les ordres hurlés aux équipes pour couvrir le bruit de la foule, les jets d'eau qu'on tirait des autopompes, le crépitement du feu qui ne voulait pas se rendre et qui rugissait, tel un possédé qu'on exorcise. « Bois ! » avait dit quelqu'un en lui tendant une bouteille. El Francés avait bu avec avidité, comme s'il cherchait à éteindre un autre feu qui brûlait à l'intérieur de son corps. Puis il s'était mis à tousser, jusqu'à vomir toute l'eau qu'il avait ingurgitée. Il eut l'impression qu'elle ressortait toute noire.

Quand il s'aperçut qu'on ne faisait plus attention à lui, il s'éloigna.

El Francés n'alla pas bien loin. Il ne tenait plus sur ses jambes. Il sentit des odeurs fortes et entêtantes. Il était sous les murs du jardin zoologique. Des animaux en cage ! Comme lui, pensa-t-il. Et il s'évanouit.

Quand il reprit ses esprits, deux heures plus tard, peut-être, il comprit qu'il était un survivant. Il ne croyait ni en Dieu ni à la chance, et ne sut qui remercier. En se levant, il ne put retenir un gémissement, il avait mal partout. Il ôta la ceinture de son pantalon, tranchée à l'arrière, et la jeta le plus loin possible. Mais ce n'était pas assez loin pour oublier ce que lui avait fait subir Amos. Il gémit à nouveau. Il avait mal partout, mais la douleur la plus humiliante, c'était celle qu'il avait entre les jambes, comme s'il était une femme. « Je vais te buter ! » grommela-t-il. Cependant, la peur vibrait encore trop dans sa voix pour qu'il y croie lui-même.

Il décida de se rendre dans un établissement géré par un vieux maquereau qu'il avait connu en France, à Marseille, à l'époque de son apprentissage, et qui avait été son maître. Tout le monde l'appelait *monsieur** mais, pour lui, c'était André.

Le vieil homme, aux traits fins gagnés par un début de couperose, l'accueillit d'un air gêné. Il observa l'état piteux auquel était réduit El Francés et finit par dire :

« Je te croyais mort. Comme tout le monde. Le bruit s'est répandu en ville en un clin d'œil.

— Aide-moi, André », supplia-t-il.

Le souteneur secoua la tête.

« Tu sais bien que je peux pas.

— Je t'en prie…

— L'affaire est allée trop loin. On ne peut plus faire machine arrière, se justifiait-il, même si El Francés n'avait pas besoin de ces explications. C'est comme si tu avais la peste. »

Le blessé se souvint qu'il avait employé les mêmes mots peu de temps auparavant : « C'est comme si tu avais la peste. Tu es une morte qui marche, petite, tu es foutue ! Et si Amos comprend que je vous ai aidées, moi aussi, je suis mort. » C'est ce qu'il avait dit à Raquel avant de la jeter à la rue. Et c'est ce qui s'était passé. La même chose allait arriver à André s'il se compromettait avec lui.

« Aide-moi », insista-t-il malgré tout.

Le vieux lui adressa un regard plein de compassion : il détailla son visage et ses mains brûlés, ses cheveux que la colère des flammes avait frisés, ses vêtements déchirés et noircis par le feu, et ses chaussures déformées comme la peau desséchée d'un animal étrange.

« Attends ici. Mais n'entre pas, sinon je te chasse à coups de pied dans le cul. »

Les mêmes menaces qu'il avait adressées à la gosse, pensa El Francés. La même frayeur de bête sauvage.

Quand le maquereau réapparut, il tendit à son ancien apprenti un costume gris un peu élimé, une chemise bleue, des bretelles bordeaux et une paire de chaussures noires vieillottes avec des chaussettes à l'intérieur.

« Dans la poche droite, tu trouveras 100 pesos. Après, il faudra te débrouiller tout seul. » André avait été plus généreux que lui avec la gamine, à qui il n'avait donné que 20 pesos. « Prends le train et va à Rosario. Et ne fais rien qui attire l'attention, recommanda André. Inutile de chercher tes *poules**. Les putains, ça trahit toujours, crois-moi. Je ne dirai à personne que je t'ai vu vivant. Laisse tout le monde croire que tu es mort. » Il hésita un instant, puis se décida à ajouter :

« Je ne sais pas pourquoi, mais Amos est en train de se constituer un véritable arsenal. Normalement, un mac n'a pas besoin de toutes ces armes. Sauf si une guerre se prépare.

— Et comment tu sais ça ? demanda l'autre, presque par réflexe car, en réalité, il n'en avait plus rien à faire.

— Peut-être que je suis le seul à le savoir. Je l'ai appris par hasard. J'étais à Montevideo pour y chercher deux filles et… je l'ai vu. Il était en train de négocier avec des mercenaires, des mecs qui font la guerre pour du fric. C'est aussi des clients à moi, ils aiment bien mes putains. »

André ménagea une pause avant d'ajouter : « Fais gaffe, il est vraiment dangereux. » Un instant, il y eut de la souffrance dans son regard, mais cela ne dura pas. « Maintenant va-t'en, et ne remets plus jamais les pieds ici ! » souffla-t-il en lui fermant la porte au nez.

El Francés s'éloigna. Il trouva un parc, se cacha derrière des buissons et se déshabilla. Il mit les vêtements propres. Pourtant, il se sentait toujours aussi sale. André ne lui avait pas donné de sous-vêtements, et son caleçon était souillé de sang. Le vieux avait raison : il devait se faire oublier. Il n'avait plus rien. Même ses amis au sein de la *Policía* lui tourneraient le dos. Amos avait des contacts plus puissants que les siens.

Et si Amos ne réussissait pas quelque part, les huiles de la Sociedad Israelita de Socorros Mutuos Varsovia, à laquelle il appartenait, réussiraient, car elles avaient des connexions au sein des plus hautes autorités gouvernementales.

Il se rendit à la gare de Retiro et se dirigea vers un guichet libre afin d'acheter son billet de train. Il avait de la peine à marcher. La plante de ses pieds brûlés lui causait des élancements qui montaient jusqu'à sa tête. Ses poumons, brûlés, manquaient encore d'oxygène. Ses lèvres étaient tellement sèches que, lorsqu'il parlait, elles craquaient comme des feuilles piétinées. « Où allez-vous, *señor* ? » lui demanda l'employé. El Francés se vit dans le reflet de la vitre, même dans ces vêtements propres, il avait l'air d'un mort. « *Señor*, répéta le guichetier, où allez-vous ? » Il pensa à Lepke étendu sur le sol, déformé par les flammes.

« *¿Señor?*

— Je ne vais nulle part », répondit-il.

Et il y avait déjà un peu moins de peur dans sa voix. Il sortit de la gare de Retiro et regarda Buenos Aires, où il jouerait sa partie contre Amos. Il allait jouer pour lui, et pour Lepke.

43

Le soleil du petit matin pénétrait de biais dans le hangar.

« Qu'est-ce que tu as l'intention de faire, aujourd'hui ? demanda Rocco à Raquel.

— Pourquoi ?

— Notre pacte, c'est que tu cherches un boulot. Honnête. »

Raquel hocha la tête, les yeux brillants. Toute sa vie, elle avait rêvé d'être un garçon afin de jouir de leur liberté, et voilà qu'elle avait la possibilité d'en faire l'expérience. Et elle savait où elle pourrait être embauchée.

« Je vais travailler dans une librairie, annonça-t-elle.

— Dans une librairie ? s'étonna Rocco. Tu sais lire ?

— Bien sûr ! s'exclama-t-elle spontanément.

— Bien sûr, mon cul ! Ici, personne ne sait lire. »

Raquel rougit, comme si elle avait avoué quelque chose de honteux. Pourtant, Rocco la regardait avec admiration.

« À ton âge, tu sais déjà lire ! » Sur ce, il sortit : « Allez, viens…

— On va où ? demanda-t-elle en le suivant.

— Chercher des vêtements à ta taille. Je me suis renseigné, il y a une échoppe dans le coin, grommela-t-il. Tu ne peux pas travailler dans une librairie fagoté comme ça, tu es ridicule. »

En passant devant le bureau de Tony, Raquel se tassa sur elle-même.

« Pourquoi cette baraque te fait peur? interrogea Rocco.

— Pour rien…

— Conneries ! »

Il la dévisagea. Il se rappelait bien le jour où il l'avait vue s'enfuir, terrorisée.

« Ángel, est-ce que tu connais une femme avec une balafre sur la joue et un morceau d'oreille en moins qui travaille pour un maquereau, Amos ?

— Un morceau d'oreille en moins ? » répéta Raquel d'une voix tremblante.

Puis, comprenant son erreur, elle s'empourpra et baissa les yeux, avant de secouer la tête avec détermination :

« Je ne sais pas qui c'est.

— C'est des salades ! Tu as déjà répondu à ma question. »

Raquel le regarda, lèvres serrées.

« Sa blessure à l'oreille est récente, précisa-t-il en scrutant le visage de Raquel qui ne pipa mot. Quand il faut te taire, tu jacasses, et quand il faut parler, tu es muet ! »

Ils marchèrent en silence jusqu'au petit magasin de vêtements usagés qu'on lui avait indiqué. Pour quelques pesos, les gens du *barrio* troquaient les affaires devenues trop petites pour leurs enfants contre d'autres plus grandes, au fur et à mesure que les mômes grandissaient. Rocco fouilla dans un tas d'habits jetés pêle-mêle sur une table au milieu de la pièce, d'où émanait à la fois une odeur de lessive et d'humidité. Il choisit un pantalon kaki, une chemise en coton à manches longues d'un gris pâle indéfini, des bretelles et un pull bleu léger avec un col rond, une capuche et des manches trouées. Puis il dénicha des souliers à lacets d'un marron tirant sur le rouge, aux semelles pas trop usées. Il montra une niche fermée par un rideau élimé : « Va essayer ça ! » Raquel aperçut une grande boîte pleine de sous-vêtements. Elle prit un caleçon d'homme et demanda :

« Je peux prendre ça aussi ?

— T'as pas de caleçon ? »

Raquel rougit. Elle avait une culotte de femme.

« Non.

— Tu sais lire et tu n'as pas de caleçon ! s'exclama Rocco en secouant la tête. Allez, dépêche-toi ! » dit-il en la poussant vers le rideau.

En se changeant, Raquel se dit, émue, que c'étaient ses premiers vêtements masculins. Quand elle sortit de la cabine, Rocco l'accueillit avec un sourire. Il s'approcha d'elle et fit mine de la frapper entre les jambes. Elle fit un bond en arrière. « T'en fais pas, personne touchera à tes précieuses olives ! » Il se mit à rire. Puis il donna 4 pesos à la propriétaire de l'échoppe.

« Dès que je gagnerai de l'argent, je te rembourserai, promit Raquel quand ils furent à l'extérieur.

— Ça, tu as intérêt ! marmonna-t-il d'un ton bourru.

— Sinon, je risque de perdre mes précieuses olives ?

— Allez, maintenant, file ! » Il lui donna une chiquenaude.

Raquel sourit, heureuse, prête à partir. Rocco l'arrêta.

« Ángel, dit-il, brusquement sérieux, tu es sûr de ne pas connaître cette femme balafrée ?

— Oui, oui… tout à fait sûr », murmura-t-elle, mal à l'aise.

Il lui tira la capuche sur la tête.

« Mets-la, même si c'est l'été. Comme ça, on te voit moins. »

Raquel trouva sa voix chaleureuse, forte et protectrice.

« Fais attention, recommanda-t-il.

— Oui. »

Elle avait un peu moins peur.

Raquel alla à la librairie *La Gaviota*, avec l'enseigne à la mouette, à l'angle de l'Avenida Jujuy et de l'Avenida San Juan, elle entra, la clochette fixée à la porte retentit. Et elle s'arrêta net, bouche bée. La première fois, elle avait les yeux rivés au sol et le ventre qui criait famine, elle n'avait pas prêté attention à ce qui l'entourait. Mais là, elle remarqua l'odeur si particulière de ce magasin. Un arôme envoûtant se dégageait du papier et du cuir fin des reliures les plus précieuses, qui se mêlait à celui, piquant, de la colle, et à la douceur aromatique de la cire des rayonnages. Un voile de poussière enveloppait le tout, avec cette odeur indéfinissable et sèche qui picotait le nez comme celle de la poudre de riz naturelle. La lumière filtrait péniblement à travers les rayonnages qui montaient jusqu'au plafond, et formaient une sorte de labyrinthe. Le plancher était de bois noir et terne. Et pourtant, rien n'était triste ici. Les livres, avec leurs dos colorés et chatoyants, sombres et élégants, épais ou fins, élancés ou trapus, attiraient le regard comme des pierres précieuses incrustées dans une roche. Elle avait l'impression d'être entrée dans une caverne secrète, où était dissimulé un immense trésor. « Oui ? » croassa quelqu'un. La jeune fille était toujours bouche bée, mais dès qu'elle entendit cette voix, elle sursauta comme un jouet à ressort. Elle se dirigea vers le bureau, derrière lequel était assis le propriétaire qui avait interrompu la lecture de son journal. Il était comme dans son souvenir : une bonne soixantaine d'années, les cheveux blancs et de petites lunettes rondes sur un nez aquilin.

« Qu'est-ce que tu veux, le gosse ? demanda distraitement le vieil homme.

— Bonjour, *señor*, salua Raquel, tentant de rendre sa voix moins flûtée. Je suis venu pour le poste d'aide-magasinier. »

Le libraire ôta ses lunettes pour mieux la voir, et elle pria pour qu'il ne la reconnaisse pas :

« Tu sais lire ?

— Oui, *señor*. »

Il poussa un gros soupir et secoua la tête, en haussant un sourcil.

« Vous dites tous ça, ronchonna-t-il. Et quand on vous demande de lire quelque chose de plus difficile que votre nom, vous ânonnez comme des semi-analphabètes !

— Mais moi si, je sais lire », dit Raquel, piquée au vif.

Il roula son journal, tapota un article d'un index déformé par l'arthrite et jauni par la nicotine.

« Lis donc ça.

— *Fête de gala pour le général Boca.* » Après avoir lu ce titre, Raquel s'éclaircit la voix. « *Hier soir, pour les quatre-vingts ans du général Boca, la princesse de Altamura y Madreselva a ouvert à la fine fleur de la société les salons de sa somptueuse demeure. En plus de l'Alcade, le baron Rivalta di Neroli, récemment arrivé de Sicile, était présent. Toutes ces dames brillaient de mille feux dans de sublimes robes à la dernière mode de Paris…*

— Ça suffit ! » Le vieux l'observa avec intérêt. « Tu sais lire, c'est vrai. Mais tu as un drôle d'accent. Tu n'es pas *porteño*. D'où viens-tu ?

— De Russie.

— Avec tes bras maigrichons et ton nez long et pointu, tu ressembles à Pinocchio, plaisanta-t-il.

— C'est qui, Pinocchio ?

— Un pantin qui disait un tas de mensonges. Et, chaque fois, son nez s'allongeait. Et toi, dis-tu des mensonges ? »

Raquel craignit d'avoir été démasquée. Mais elle répliqua, bravache :

« Mon nez s'est-il allongé, depuis que je suis entré ici ? »

Amusé par cette réplique, le libraire se mit à rire et découvrit de longues dents jaunâtres accrochées à ses gencives comme de vieilles stalactites. Après lui avoir jeté un dernier coup d'œil, il trancha :

« D'accord, tu es embauché. Comment t'appelles-tu ?

— Ángel ! s'écria Raquel, euphorique.

— L'important, c'est que tu sois ici tous les matins à neuf heures précises. Je n'admets aucun retard. La première qualité que je recherche, c'est la fiabilité. Là-dessus, je suis intransigeant. Es-tu fiable, Ángel ?

— Oui, *señor* ! » Et se souvenant du motif pour lequel il l'avait chassée la première fois, lorsqu'elle était une fille, elle ajouta : « Nous les hommes, nous ne sommes pas comme les filles. » Savourant ses propres paroles, elle poursuivit : « Celles-là, soit elles disparaissent tout à coup, soit elles se font engrosser ! »

Le libraire ouvrit la bouche, surpris.

« Ça alors, c'est exactement ce que je dis toujours ! »

Raquel eut un sourire angélique. Elle pensait : « Grand couillon, va ! »

« On se voit demain matin, et bien à l'heure, n'est-ce pas ! conclut le vieil homme en levant son index en l'air. Au fait, moi, c'est Gaston Delrio.

— *Señor*, est-ce que je pourrais rester ici pour lire un livre ? »

Nouvel étonnement de Delrio.

« Et qu'est-ce que tu aurais envie de lire ? »

Raquel balaya les étagères du regard. Il y avait des livres partout. Le rêve était à sa portée, elle n'avait plus qu'à tendre le bras. C'était ce qu'elle avait désiré toute sa vie. Mais elle ne connaissait aucun titre. Si, un :

« *Pinocchio* », dit-elle.

Delrio se leva et se dirigea d'un pas sûr vers un rayonnage où étaient entassés des livres aux couvertures gaies et colorées. Il choisit un volume qu'il tendit à Raquel.

« Lave-toi les mains et tourne les pages doucement. Si tu l'abîmes, tu seras obligé de le payer. »

Raquel prit le livre comme s'il s'agissait d'un précieux trésor. Elle s'assit à une table d'écolier, dans un coin du magasin, tellement émue que son cœur battait la chamade. Elle passa un moment, enchantée, à admirer la couverture, qui représentait un pantin en bois.

« Eh ben, qu'est-ce que tu attends ? s'étonna Delrio.

— Rien, répondit-elle en ouvrant le livre, souriante et heureuse.

— *Il était une fois…* commença-t-elle à lire à mi-voix. *"Un roi !" diront aussitôt mes petits lecteurs. Eh bien non, les enfants, vous vous trompez. Il était une fois un morceau de bois…* »

Au bout de quelques lignes, Raquel était déjà plongée dans le récit, inconsciente de ce qui se passait autour d'elle. Elle entendait à peine les clients aller et venir. Elle était là, dans ces pages qu'elle tournait avidement. C'était elle, le pantin, et c'était elle, la menteuse ! Elle tremblait de peur entre les mains de Mangiafuoco ou se sentait idiote de s'être laissé embobiner par le Chat et le Renard, elle riait avec son copain La Mèche dans le Pays de Cocagne et se mettait à braire avec lui une fois transformée en âne, elle était engloutie par le Terrible Requin, et elle rayonnait de joie en retrouvant son père Geppetto sain et sauf. Enfin, quand Pinocchio se réveillait enfant en chair et en os et non plus morceau de bois, Raquel regarda les vêtements masculins qu'elle portait et qui l'avaient transformée en ce qu'elle était à présent, et elle pensa : « C'est exactement comme moi ! »

« Alors ? Qu'est-ce que tu en dis ? » demanda Delrio.

Raquel, avec un regard rêveur dans lequel étaient encore imprimées les images du récit, balbutia :

« Les romans, c'est… c'est…

— C'est quoi ?

— C'est tellement vrai… » murmura-t-elle.

Delrio la regarda, satisfait. Elle se leva, se dirigea vers l'étagère des livres pour enfants et rangea *Pinocchio*, après avoir fait une petite caresse à la couverture.

« Ángel, je crois qu'on va bien s'entendre, tous les deux, grommela Delrio. On se voit demain. »

Elle regagna le hangar presque au pas de course.

« J'ai été embauché ! » cria-t-elle surexcitée, en sautillant tout autour de Rocco.

Il hocha la tête, content.

« C'est bien. Et combien on te paye ? »

Elle cessa de sauter et son visage se vida soudain de toute expression :

« Je n'ai pas demandé… »

Rocco éclata de rire.

« Qu'est-ce que tu es cloche ! »

Elle se sentit vraiment stupide.

« Mais j'ai lu un livre ! »

Raquel découvrit un matelas, un oreiller et une couverture. Elle sourit, heureuse : elle venait d'être officiellement adoptée.

Après le dîner, Rocco proposa :

« Allez, on va pisser tous les deux ! »

Raquel se figea. Elle n'avait pas pensé à ça. Au village aussi, elle avait remarqué que les garçons aimaient faire pipi ensemble.

« Je n'ai pas envie, répondit-elle, tête baissée.

— Tu connais le proverbe : "Qui ne pisse pas avec ses compagnons est un voleur ou un espion" ?

— Mais moi, je n'ai pas envie.

— Tu es vraiment bizarre, comme gosse ! »

Rocco sortit. Raquel se dit que sa vie de garçon allait être plus compliquée qu'elle ne l'avait imaginé. Quand Rocco se coucha, il lui demanda :

« Tu sais pourquoi je t'ai demandé si tu connaissais cette femme balafrée ?

— Heu… non.

— Parce que l'autre jour, quand tu t'es sauvé, j'ai eu l'impression qu'elle, elle te connaissait. »

Raquel sentit la peur lui tenailler la gorge, et son cœur se mit à battre comme un tambour devenu fou.

« Elle a dû confondre. »

Rocco la dévisagea un instant et éteignit la lampe à gaz. Dans l'obscurité, elle se dit qu'elle savait bien ce que voulait faire Rocco : il cherchait à l'aider, à prendre soin d'elle. Mais elle ne pouvait rien lui raconter. Qu'aurait-elle pu lui dire ? Que son sang s'était glacé dans ses veines lorsqu'elle avait vu Amos et Adelina ? Qu'Amos voulait la tuer, comme il avait tué Tamar ? Comment aurait-elle pu lui expliquer ? Sa nouvelle vie dépendait de toute une série de mensonges. Elle n'était plus Raquel mais Ángel. Et c'est peut-être ce qui allait la sauver. « À ton âge, tu sais déjà lire un livre, murmura Rocco, encore plein d'admiration. Tu iras loin, gamin, j'en mettrais ma main au feu ! » En entendant cette voix, Raquel se sentit à nouveau en sécurité. Et tandis qu'elle s'abandonnait au sommeil, elle repensa à la merveilleuse histoire de Pinocchio. Elle se répéta avec délice le début de son premier roman : *Il était une fois... « Un roi ! » diront aussitôt mes petits lecteurs. Eh bien non, les enfants, vous vous trompez. Il était une fois un morc*... Elle s'interrompit, pensant à toutes ces similitudes entre cette histoire et sa propre vie. Et transportée, elle se dit : *Il était une fois... « Un roi ! » direz-vous aussitôt. Eh bien non, vous vous trompez. Il était une fois... une fille*... Et puis elle ajouta : « Une fille qui voulait être aussi libre qu'un garçon. » Et elle se dit qu'elle aimerait écrire des histoires.

44

Rosetta venait de monter dans le *tranvía* lorsqu'elle le vit. Il était de dos mais elle n'eut pas une seconde d'hésitation. Ces cheveux blond cendré, ces mèches éclaircies par le soleil, couleur d'épis de blé bien mûrs, elle en rêvait toutes les nuits. Et ce corps sec mais musclé, droit et fier, fort et élégant, lui rappelait le moment où il l'avait serrée dans ses bras. Son cœur se mit à cogner si fort qu'il couvrit le fracas des roues du tramway sur les rails. Elle l'avait trouvé. Ils s'étaient retrouvés.

Elle ne s'avança pas tout de suite. Elle resta encore un instant immobile à le regarder – comme ça, de dos, inconscient de sa présence –, comme si elle souhaitait graver au fond d'elle-même cette image qui marquait la fin de leur séparation et le début de leur nouvelle vie. Puis, bouleversée, gorge serrée, les yeux pleins de larmes, elle s'approcha et lui posa la main sur l'épaule : « Rocco », murmura-t-elle. Il se retourna avec son indolence de chat. Mais aussitôt après, il écarquilla les yeux, presque effrayé. Il ouvrit la bouche mais ne put émettre un son. Et tout à coup, au milieu de la rame bondée, il la prit dans ses bras, la serrant tellement fort qu'elle crut étouffer. Il passa la main dans ses cheveux, les attrapa et les tira, presque avec violence. Ses yeux à lui aussi se remplissaient de larmes, il l'embrassa devant tout le monde, avec passion. Rosetta s'abandonna à ce baiser qu'elle désirait depuis si longtemps, sans aucune gêne, malgré les gens qui devaient la regarder. À cet instant, il n'y avait que lui, Rocco. Il était seul dans l'univers. Et elle, elle était là, enlacée à lui, savourant ses lèvres.

« Rosetta… murmura Rocco sans cesser de l'embrasser.

— Rocco…

— Rosetta… Rosetta… »

Des secousses se mirent à ébranler le tramway, comme s'il déraillait, manquant les projeter sur le sol. « Rosetta… » répétait-il toujours. Mais il y avait quelque chose d'étrange dans sa voix. Rosetta se sentait ballottée dans tous les sens sans pouvoir résister. L'angoisse commença à la gagner. « Rosetta ! » cria Rocco. Mais ce n'était plus sa voix.

Elle ouvrit brusquement les yeux. « Merde, qu'est-ce tu fous ? râla Tano, debout devant elle, la secouant par l'épaule. Tu t'es endormie et tu parlais dans ton sommeil. Mais tu pionces pas la nuit ? » Rosetta le regarda, muette. C'était un rêve, un simple rêve – toujours le même. Et chaque fois, en se réveillant, elle avait l'impression que ses lèvres brûlaient, comme si elle avait embrassé Rocco pour de bon.

« Tu dors encore ? insista Tano.

— Qui sait… » sourit-elle.

Il secoua la tête.

« Toi, tu as quand même un grain, hein ! » grommela-t-il en lui tapotant la tête d'un doigt.

Elle se mit à rire mais avec un peu de tristesse. Rocco n'était pas là. Peut-être ne la retrouverait-il jamais, et peut-être devrait-elle se contenter de rêver de lui. Elle soupira, les yeux rivés au sol.

« J'étais venu te dire que tes économies sont presque épuisées, reprit Tano. Il serait temps que tu commences à penser à toi.

— Je pense déjà à moi. » Elle savait qu'il ne pouvait pas comprendre ce que cela voulait dire.

Tano observa les deux vieilles édentées qui, désormais, venaient tous les jours faire un tour dans le poulailler, enlever fientes et plumes, et tresser la paille des nids.

« Tous les jours, tu perds au moins deux œufs, chuchota-t-il. Et peut-être qu'elles en volent d'autres.

— Elles ne volent rien, dit Rosetta et je ne perds pas d'œufs : je les paie pour leur travail. »

Tano haussa les épaules.

« Comme tu es au chômage et que tu ne fous rien de la journée, tu pourrais très bien le faire toi-même, et garder les œufs. »

Rosetta sourit.

« Vous avez remarqué que, depuis deux ou trois jours, elles se sont mises à chanter ?

— La vie, c'est pas un conte à la noix », ronchonna Tano en regagnant son atelier.

Mais il sifflotait une milonga que les deux vieilles lui avaient apprise, ce qui fit rire Rosetta. Elle toucha ses lèvres, elle avait l'impression de sentir encore la bouche de Rocco sur la sienne, comme s'il l'avait véritablement embrassée. Et alors elle rit, tant c'était extraordinaire, ce qu'elle pouvait éprouver pour cet homme ! Il n'y avait pas l'ombre d'un doute : elle lui était destinée. Les vieilles femmes se retournèrent et, la voyant rire, s'esclaffèrent à leur tour, sans raison. Simplement parce qu'elles avaient de nouveau quelque chose à faire dans la vie.

L'une d'elles, aussi incroyable que cela puisse paraître, avait raconté à Rosetta que, dans sa jeunesse, elle s'était prostituée, dans la rue, dans les bars mal famés, au port, partout où l'occasion se présentait. Puis le temps l'avait rendue de moins en moins attirante. Et un jour, plus personne n'avait eu envie d'elle. C'est alors que la nuit avait commencé. Elle l'appelait ainsi. La nuit, cet univers de ténèbres où personne ne la voyait plus. Quand elle eut fini de raconter son histoire, elle passa ses doigts arthritiques sur les yeux de Rosetta, comme dans une caresse ou une bénédiction, et lui dit : « Mais toi, tu m'as vue, *chica.* »

Rosetta sortit de la maison et alla s'asseoir à côté du point d'eau pour se rafraîchir la nuque et pour rester un peu seule aussi. Elle aimait réfléchir à ce qui lui arrivait. « Tu m'as vue », lui avait dit la vieille. Mais ce n'était pas ça. En fait, Rosetta s'était vue elle-même. Ou, plus exactement, elle avait appris à se voir, ce qui était difficile à expliquer aux autres, mais Tano n'aurait pas pu comprendre. Tout cela était compliqué, y compris pour elle.

Rosetta savait désormais qu'il n'y avait pour elle qu'une façon de se soigner et de se laver des violences subies. Qu'elle ne pourrait creuser, retrouver l'origine de son mal-être qu'à travers d'autres femmes. Elle ne l'avait pas compris avant de rencontrer Dolores. Et il y avait eu ce soulagement, cette légèreté, semblable à un filet d'eau pure. Elle en avait pris conscience le jour de Noël, quand elle avait trouvé un travail de couturière pour la fille d'une inconnue qui l'accostait devant l'église. Aider, réparer erreurs et injustices, c'est ce qui la nourrissait, c'était un baume pour son âme blessée, un moyen de laisser son passé derrière elle.

Une gamine avec une carriole débordant de miches de pain la salua, le regard brillant de gratitude. Rosetta lui sourit. C'était Encarnación, douze ans, dont le corps commençait à se développer et qui attirait le regard des hommes amateurs de fruits verts. La petite n'avait pas de père et sa mère vivotait de petits travaux précaires. Elles vivaient dans un dénuement total et Rosetta avait craint qu'Encarnación ne soit un jour tenaillée par la faim au point de se vendre à un homme. Elle était allée trouver la *señora* Chichizola et lui avait expliqué ceci : pour le moment, la boulangerie jouissait encore de l'effet de la nouveauté, de nombreuses femmes achetaient le pain chez elle même si elles habitaient loin, mais un jour, la paresse ou la fatigue finiraient par les gagner, et elles fréquenteraient des boulangeries plus proches de chez elles. Petit à petit, la *señora* Chichizola perdrait un tas de clients. Pour éviter ça, il fallait se lancer dans la livraison à domicile – livraison gratuite, naturellement. Au début, elle y perdrait quelques pesos, mais à la longue, elle y gagnerait. « Et la livraison à domicile, c'est un truc de riches », avait conclu Rosetta.

La *señora* Chichizola n'était pas une imbécile, elle avait un sens aigu des affaires, tout en étant généreuse. Elle avait donc embauché Encarnación, qu'elle envoyait faire les livraisons avec la carriole. Ensuite, l'idée lui était venue de confectionner des casse-croûte chauds pour les vendre aux travailleurs du port, à l'heure du déjeuner : « Avec ton bagou et ta beauté, tu serais parfaite pour ce boulot ! » avait-elle dit à Rosetta. Mais Rosetta lui avait aussitôt parlé de la mère d'Encarnación. « Ça va, ça va, j'ai compris, c'est toujours la même chanson », avait soupiré la *señora* Chichizola avant de conclure, en secouant la tête : « Et je parie que tu vas me dire qu'elle a davantage besoin que toi de travailler ! »

Encarnación avait rejoint Rosetta près du point d'eau. « La vie est devenue belle ! s'exclama-t-elle avec la simplicité de son âge. Ma mère aussi est heureuse. Et c'est grâce à toi ! » Elle s'approcha de Rosetta comme pour lui confier un secret : « De temps en temps, même si on n'avait pas d'argent, elle buvait du pisco pour éloigner la tristesse. Et maintenant qu'elle a de l'argent pour en acheter… eh bien, elle n'en boit plus. C'est comme ça que j'ai compris qu'elle était heureuse. »

Rosetta lui caressa la tête et, désignant la carriole :

« C'est pas trop lourd ?

— C'est marrant comme tout ! » dit Encarnación avant de partir en courant, en imitant le bruit d'une voiture et zigzaguant parmi la foule.

Rosetta rit et se passa encore un peu d'eau fraîche derrière la nuque. À ce moment-là, en regardant la gamine disparaître, joyeuse, et repensant à ce qu'elle lui avait dit sur sa mère, elle sentit une émotion intense l'envahir. Elle déclara soudain, à haute voix : « Je promets de prendre soin de vous ! Ou plutôt, je promets de prendre soin… de nous ! Parce que nous en avons le droit. » Et elle se leva.

C'est alors qu'elle aperçut un homme qui marchait péniblement, presque plié en deux, entrer dans la cordonnerie. Il lui rappelait quelqu'un, sans qu'elle sache exactement qui.

« Va-t'en ! Ici, on ne s'occupe que des femmes ! entendit-elle Tano éructer. Les hommes, ils peuvent aller se faire foutre ! »

Rosetta sourit. Tano adorait cette réplique.

« Je t'avais prévenu… que je pourrais facilement… te retrouver… savetier… bredouilla le type d'une voix épuisée.

— Bordel, tu es qui, toi ?

— Appelle la fille… »

Et il y eut un grand bruit sourd. Rosetta se précipita à l'intérieur, inquiète. L'individu était à terre, inconscient, le visage caché derrière son bras. Elle le retourna et ouvrit de grands yeux : « El Francés ! » Il revint difficilement à lui. « Aide-moi… » murmura-t-il dans un râle. De ses lèvres profondément fendillées suintait un liquide jaunâtre à peine rougi par le sang. Il s'évanouit à nouveau.

Rosetta et Assunta le portèrent de l'autre côté de la maison et l'allongèrent sur le lit, ignorant les protestations de Tano, qui ne cessa pas un instant de maugréer. Rosetta était bouleversée par l'aspect d'El Francés. Sa beauté et son aura naturelles semblaient évanouies. Ses cheveux étaient devenus crépus, la peau de son visage était tachetée, ses sourcils brûlés et ses lèvres fendues. Mais ce qui impressionna le plus les deux femmes, ce fut lorsqu'elles lui ôtèrent ses chaussures : ses plantes de pied n'étaient qu'une énorme cloque, remplie de sang et d'un liquide jaunâtre. Par endroits, les brûlures étaient tellement profondes qu'on voyait où finissait la peau et où commençait la chair. Rosetta remarqua aussi sur ses chevilles quelque chose de blanc, qui devait être un os ou un tendon. Assunta enduisit d'huile d'olive la peau du blessé.

Il resta inconscient jusqu'au soir. Quand il rouvrit les yeux, il regarda autour de lui comme s'il avait du mal à se rappeler où il se trouvait. « Tu es chez moi, gronda Tano, sur mon lit ! » Comme d'habitude, Assunta lui donna un coup de coude. « Merde, tu vas finir par me casser une côte ! » grogna-t-il avant de s'adresser à El Francés : « Qu'est-ce tu fous ici ? » Le jeune homme chercha Rosetta du regard : « Aide-moi… Je n'ai plus rien… » Il ferma les yeux à moitié : « Et Lepke est mort… » Elle l'examina en silence. Mais avant qu'elle puisse répondre, Tano la saisit par le bras et l'entraîna dehors, derrière la maison.

« N'y pense même pas ! » s'exclama-t-il.

Elle secoua la tête.

« Il m'a sauvé la vie.

— Parce qu'il voulait que tu fasses le tapin !

— Il m'a sauvé la vie. »

Tano flanqua coup de pied dans un caillou.

« Eh ben, tu n'as qu'à l'aider, alors ! cria-t-il. De toute façon, avec toi, on ne peut jamais discuter ! Tu es têtue comme une mule.

— À ma place, vous feriez la même chose.

— Là, tu dis n'importe quoi ! » hurla Tano.

Rosetta resta impassible.

« Pas du tout », lâcha-t-elle simplement avant de rentrer.

Tano la suivait, furibond. Il se précipita vers Assunta : « Le lit c'est le mien, que ce soit clair ! Je ne le céderai même pas à un moribond ! » Sans s'occuper de lui, les deux femmes aidèrent El Francés à monter l'escalier et l'installèrent dans le lit de Rosetta. « Il restera ici jusqu'à ce qu'il se rétablisse », annonça Assunta à Tano en redescendant. Son ton était tellement péremptoire que son mari ne dit mot. Cette nuit-là, Rosetta dormit par terre, sur trois couvertures pliées. Le lendemain, elle récupéra un matelas.

Le jour suivant, elle demanda à El Francés :

« Tu veux parler ?

— Non. »

Le jour d'après, elle l'interrogea à nouveau :

« Tano et Assunta courent un danger, en te gardant ici ?

— Je ne crois pas.

— Tu ne crois pas ? Et ça vaut quoi, ce que tu crois ? »

El Francés la regarda en silence avant de répondre :

« Ça vaut beaucoup. » Un instant plus tard, il ajouta : « Tout le monde me croit mort. Et de toute façon, trouver une personne à Buenos Aires, sauf si elle fait tout pour se faire remarquer, c'est pratiquement impossible. Cette ville… engloutit les gens, elle les efface. »

Rosetta y repensa toute la journée. « Retrouver une personne à Buenos Aires… est impossible. » À nouveau, l'angoisse la saisit. Et si Rocco ne parvenait pas à la retrouver, en dépit de sa promesse ? Elle ne voulait pas être effacée, comme disait El Francés. Elle désirait Rocco de tout son être.

Au bout d'une semaine, El Francés réussit à se lever. Ses brûlures les plus superficielles avaient déjà commencé à guérir, ses cheveux clairs repoussaient, et ses lèvres avaient retrouvé leur élasticité. Mais ses traits fins, marqués par les flammes, n'étaient plus les mêmes. Ses yeux semblaient éteints, voilés, comme si le feu avait consumé sa légèreté d'autrefois. Et surtout ses pieds, enveloppés dans de la gaze qu'on lui changeait tous les jours, étaient encore dans un état terrible, malgré l'onguent qu'une des vieilles du poulailler lui concoctait.

Un jour qu'il était assis devant l'échoppe, El Francés dit à Rosetta : « Tu sais que dans ce truc que tu me mets sur les plaies, il y a de la merde de poule ? » Rosetta sourit : elle était au courant, et elle se dit que ce détail devait sembler vraiment répugnant à un homme raffiné comme lui.

« J'ai discuté avec Tano, reprit-il. Il m'a parlé de ce que tu fais. » Il montrait les rues autour d'eux avec le bâton qu'il utilisait pour marcher. « Et j'ai compris pourquoi les gens de Barracas ont autant de respect pour toi. Pourquoi tu fais ça ?

— Tu ne pourrais pas comprendre.

— À cause de ce que je suis ? sourit-il.

— Non, à cause de ce que je suis, moi. »

Il la regarda longuement, en silence.

« Tano est inquiet. Tu n'as pas de travail, tu ne gagnes pas d'argent… Tu ne crois pas qu'il a raison ?

— Eh bien, vous bavardez beaucoup, pour deux types qui semblent s'entendre comme chien et chat !

— Il y aurait une solution. Tu devrais faire fructifier ton talent.

— Hum, ce n'est pas plutôt exploiter, que tu veux dire ?

— Il n'y a rien de mal à faire fructifier un don, dit-il avec cette légèreté qui faisait tout passer comme une lettre à la poste. Ou à exploiter un don, si tu préfères.

— Je sais très bien où tu veux en venir. Mais dans ce cas, j'exploiterais ces femmes.

— Pas du tout ! Si les aider te faisait aussi gagner quelques pesos, tu pourrais continuer à le faire à plein temps, et tu pourrais aider toujours plus de monde.

— Tu retournes la réalité comme une omelette ! rit Rosetta.

— J'ai juste l'avantage d'un point de vue hors normes.

— Un point de vue de maquereau, quoi ! » plaisanta-t-elle.

Elle se leva, se planta devant l'échoppe et lança à Tano, occupé à coller des semelles :

« Vous avez tout entendu ? Il a bien répété ce que vous lui avez soufflé ?

— Ben, il n'a pas dit que des conneries, hein ! » rétorqua Tano.

Rosetta secoua la tête et partit à l'arrière de la maison. À l'heure du déjeuner, El Francés n'était pas là.

« Il est où ? demanda Rosetta à Tano.

— Qu'est-ce que j'en sais ? Je ne suis pas sa nounou ! » dit le cordonnier.

El Francés revint le soir. Il boitait fortement et avait l'air mal en point. Quand Rosetta monta dans la chambre pour changer ses compresses, elle découvrit ses pieds couverts de sang.

« Tu ne devrais pas faire autant d'efforts. C'était vraiment nécessaire ?

— Oui, répondit-il, laconique.

— Alors je vais devoir te tartiner d'une double ration de merde de poule ! » annonça-t-elle.

El Francés se mit à rire. Quand elle eut terminé, il s'était endormi.

Le lendemain matin, on frappa à la porte. Rosetta alla ouvrir et se retrouva devant Dolores, la *señora* Chichizola, Encarnación, sa mère et la jeune couturière également accompagnée de sa mère. Derrière elles, il y avait encore d'autres femmes de Barracas. La *señora* Chichizola lui tendit une grosse enveloppe :

« On ne savait pas que tu n'arrivais pas à joindre les deux bouts. On a été égoïstes. »

Rosetta prit l'enveloppe et vit qu'il y avait de l'argent à l'intérieur.

« Non ! » s'exclama-t-elle.

Elle voulut la rendre. Mais la *señora* Chichizola refusa sèchement, faisant un pas en arrière. Toutes les autres l'imitèrent.

« Tu te bats pour nous toutes, dit une femme que Rosetta ne connaissait pas.

— Mais pour toi, je n'ai rien fait du tout ! »

La femme sourit.

« Mais si ! »

Les autres filles que Rosetta ne connaissait pas hochèrent la tête de concert.

« Mais non, je n'ai rien fait pour vous !

— Moi, j'ai trouvé du travail dans un *boliche* en disant que c'était toi qui m'envoyais », expliqua l'une d'elles en riant.

La petite Dolores posa ses yeux de biche sur l'enveloppe et dit à Rosetta :

« Prends-la ! Tu nous apprends, à nous toutes, que nous ne sommes pas seules.

— Tu sais comment tout le monde t'appelle, ici à Barracas ? sourit la *señora* Chichizola en essuyant ses mains pleines de farine sur sa robe. *La Alcadesa de las Mujeres*, la Mairesse des Femmes ! »

Sur le seuil de la porte apparurent Tano et El Francés, l'air satisfait et le sourire triomphant.

« Pourquoi vous l'avez écouté, celui-là ? lança Rosetta aux femmes. C'est un maquereau !

— Pour un mac, c'est quand même un brave mec », dit Tano.

Il y eut un éclat de rire général.

C'est à ce moment-là qu'on entendit quelqu'un appeler : « Lucia ! » Rosetta ne broncha pas. « Rosetta ! » cria alors la voix. Elle se retourna. « Ah, alors c'est ça, ton vrai prénom ! s'exclama Alejandro Del Sol, le jeune journaliste. Ça va être un article fantastique ! » Il brandit un gros appareil photographique noir qu'il pointa vers Rosetta et lança : « Souris ! » Et il y eut l'éclair éblouissant d'un flash au magnésium.

45

Le tout ne dura qu'un instant. Mais Rocco, plus tard, s'en souviendrait comme si cela avait duré une éternité. Ce matin-là, Raquel l'avait réveillé trop tôt.

« Il est quelle heure ?

— J'en sais rien ! » rouspéta Rocco.

Elle sortit jeter un œil dehors, pour la troisième fois déjà. Il n'y avait personne alentour. L'aube venait à peine de poindre. Elle soupira et se jeta à nouveau sur son lit, mais elle continua à pousser de bruyants soupirs.

« Putain, mais qu'est-ce que tu as ? grogna Rocco, la voix pâteuse.

— J'ai peur d'arriver en retard à la librairie. Le *señor* Delrio est obsédé par la ponctualité. Je ne sais jamais quelle heure il est…

— Tu m'as dit la même chose hier, et aussi avant-hier… Ça va être comme ça tous les matins ? demanda Rocco, de mauvaise humeur. T'as qu'à y aller maintenant, dans ta putain de librairie, comme ça tu attendras devant au lieu de me casser les couilles !

— Désolée… » murmura Raquel.

Il ne répondit rien. Il prépara le petit déjeuner et ce jour-là, au lieu de le prendre dans la cabane avec Raquel, comme d'habitude, il sortit.

« Et ne t'avise pas de me suivre, hein ! Je n'ai pas envie de t'avoir dans les pattes ! »

Il alla s'asseoir sur la caisse de Nardo et plongea une tranche de pain noir dans son café. Il n'arrivait pas à s'habituer au maté des Argentins. Pour lui, la seule vraie saveur du matin, c'était le café. Dès qu'il sentit le goût amer dans sa bouche, il sourit et oublia sa mauvaise humeur, tournant le visage vers le soleil doux qui se levait sur le Rio de la Plata et dessinait sur les eaux brunes un tapis orangé scintillant. Vu ce qui allait se produire ensuite, le moindre de ces détails insignifiants allait se fixer dans sa mémoire d'une manière indélébile.

Il aperçut Nardo qui sortait des bureaux de la Zappacosta Oil Import-Export en s'étirant. Il n'avait pas idée qu'il pouvait dormir là, la nuit. Lui aussi était seul. Et il ne valait rien. « Je ne lui confierais même pas la dératisation de l'entrepôt », avait dit Tony. Seul et idiot. Un cabot toujours prêt à mordre pour son patron. Mais un patron qui ne ferait jamais rien pour lui, pas même lui adresser un mot aimable. Nardo le salua d'un mouvement de tête. Rocco eut de la peine pour lui. Il leva sa tasse de café et proposa, assez fort pour être entendu : « Tu en veux un peu ? » Nardo porta une main à son oreille et fit une grimace. Il y avait un bruit de fond, anormal dans le silence de l'aube. Et ce bruit s'amplifiait, se rapprochait.

« Tu veux un peu de café ? répéta Rocco plus fort.

— Qu'est-ce que tu dis ? » Nardo fit un pas dans sa direction.

« Tu veux… » commença Rocco avant de s'interrompre.

C'était le vrombissement d'un moteur. Peut-être deux. Des voitures. L'une d'elles devait avoir le pot d'échappement troué, parce qu'elle était particulièrement bruyante. Rocco fut immédiatement sur le qui-vive, comme un fauve. Par pur instinct.

Les autos surgirent alors du côté sud des docks, à toute vitesse. C'étaient deux Ford Model T, capote ouverte. Les hommes installés à l'arrière se levèrent. Ils tenaient des Madsen, des mitrailleuses légères. Ceux assis à l'avant avaient en main quelque chose qui avait l'air d'une petite boîte.

À cet instant, alors que les types commençaient à tirer en rafales, Raquel apparut sur le pas de la porte. Rocco bondit. Son café chaud vola en l'air. Il saisit Raquel par la taille, la souleva et se jeta avec elle dans l'entrepôt. D'un saut, il passa par-dessus une pile de caisses et la plaqua au sol. « Bouge pas ! » ordonna-t-il. Il se coucha sur elle. Malgré le vacarme des moteurs et de la fusillade, on entendit distinctement le petit bruit sec, presque dérisoire, d'un objet qui atterrissait à l'intérieur de l'entrepôt. L'air fut déchiré par un rugissement. Les caisses derrière lesquelles se cachaient Rocco et Raquel furent éventrées. Des éclats de bois tranchants volèrent dans tous les sens, frappant la tôle en provoquant un bruit incongru de percussions. « Ça va ? » demanda Rocco à Raquel. Elle fit signe que oui, les yeux exorbités par la terreur. Le jeune homme courut à la cabane, détruite par l'explosion, et y récupéra son pistolet. Il fit demi-tour et entraîna Raquel, hébétée, jusqu'au mur le plus éloigné de l'entrée. Il se jeta de toutes ses forces contre la paroi. Après deux coups d'épaule, une plaque céda, ouvrant un passage. « Sors ! » cria-t-il.

Arrivés dehors, ils aperçurent les hommes à bord des deux Model T lancer une autre bombe vers les bureaux de Tony. Nardo leur tirait dessus, debout au milieu du quai, sans se mettre à l'abri. Une fois son chargeur vidé, il lança son pistolet contre les autos. « Imbécile », murmura Rocco. Quand la seconde bombe explosa, la Zappacosta Oil Import-Export s'ouvrit littéralement en deux. Le déplacement d'air projeta Nardo au sol. Mais le gorille se releva aussitôt. À ce moment-là, une plaque de tôle qui voltigeait dans l'air avec la grâce d'une raie dans l'océan le trancha en deux. Raquel poussa un cri. Rocco fixa ce qui restait de Nardo. Les bras et les jambes bougeaient encore, dans des convulsions presque synchrones, alors qu'ils étaient désormais éloignés de plus de trois mètres. Entre les deux, il y avait une mare de sang. « Non ! » s'exclama Rocco, comme pris de folie.

Il s'agenouilla et pointa son pistolet contre les autos qui s'éloignaient. Il tira deux coups rapprochés. La première voiture disparut. L'autre fit un brusque écart et alla s'écraser contre une grue. Les deux passagers assis à l'arrière furent éjectés du véhicule et ils ne se relevèrent pas. Ils gisaient sur le quai comme des pantins désarticulés et leurs chemises blanches se couvraient de sang. Mais, au bout d'un moment, le chauffeur et son passager se mirent à bouger. Ils ouvrirent les portières cabossées et sortirent d'un pas hésitant. Rocco, en proie à une espèce de démence, s'élança vers eux. En le voyant arriver, les deux hommes se figèrent. Le conducteur avait eu la tête fracassée dans la collision et il avait les yeux vitreux. Il se tint debout un instant avant de s'effondrer à terre, mort. L'autre était indemne, et sortit son pistolet. « Ne fais pas ça ! » hurla Rocco, maintenant à quelques pas de lui. Mais l'autre tira le chien de son arme en arrière et appuya sur la détente. Rocco se jeta sur le côté et fit feu à son tour. Pendant quelques secondes, le temps s'arrêta.

L'homme fixait Rocco sans le voir. Puis son pistolet tomba sur le sol. L'impact fit partir une balle qui lui déchiqueta un pied, mais il eut l'air de ne rien sentir. Il était d'une pâleur cireuse. Et là, il tomba en avant au ralenti, face contre terre, avec un bruit sourd. On entendit le cartilage de son nez s'écraser, et ses dents se briser dans sa bouche. Ensuite, ce fut à nouveau le silence ou presque – car le sang giclait de sa nuque, plein de matière cérébrale granuleuse, avec le son étouffé d'un robinet défectueux.

Rocco se releva, le pistolet toujours pointé devant lui. Il avait les yeux exorbités. Mais son cœur battait lentement, régulièrement. Il était froid et calme. Il se tourna vers les deux moitiés de Nardo, abandonnées sur le quai comme des lambeaux de tissu. Il s'approcha du haut du corps du gorille et ferma ses paupières sur son regard hébété. Alors, au milieu du sang, dans l'étoffe déchirée des vêtements, il aperçut un papier cartonné, tranché lui aussi pile au milieu. Il prit les deux bouts de papier et les rapprocha. C'était une photo de Nardo à côté d'une femme moche à l'air bête. Elle tenait dans ses bras un nouveau-né et un bambin de quatre ou cinq ans s'accrochait à sa longue robe noire. « Tu n'étais pas seul », dit doucement Rocco. Au milieu de ce massacre, la seule chose qui lui vint à l'esprit fut de se demander si Tony allait avertir personnellement la femme de Nardo, ou bien s'il lui enverrait l'un de ses gros bras ; il aurait aussi voulu savoir s'il le ferait le jour même ou le lendemain. Il se retourna et vit Raquel agrippée à des plaques de tôle de l'entrepôt, tremblant comme une feuille. « Ça va ? » demanda-t-il en la rejoignant. Il se dit que c'était vraiment une question idiote. Elle acquiesça et se serra contre lui. Mais elle ne pleura pas. Il lui donna maladroitement quelques petites tapes dans le dos.

Peu après, Tony débarqua, escorté d'une vingtaine d'hommes armés jusqu'aux dents. Puis la *Policía* arriva à son tour. Le commandant discuta longuement avec Tony, sans qu'aucun agent s'occupe de désarmer les gars de ce dernier. On aurait presque dit deux équipes travaillant ensemble. On découvrit que deux dockers avaient été touchés par des balles perdues et on les conduisit en ambulance à l'hôpital Santa Clara, à Nueva Pompeya, l'hôpital des pauvres. Nardo et les quatre autres cadavres furent emmenés en fourgon à la morgue municipale. Tony appela Rocco et le présenta au commandant.

« Vous avez tué l'un des hommes en légitime défense ? lui demanda le policier, sans poser la moindre question sur le fait qu'il soit armé.

— Oui, répondit Rocco.

— Il y a d'autres témoins ?

— Non. »

Rocco avait ordonné à Raquel de se cacher. Le commandant regarda Tony et dit :

« On cherchera à savoir qui sont ces hommes et qui est le commanditaire. »

Tony se contenta de le dévisager : il savait très bien qui avait fait le coup, le commandant aussi.

« Restez en dehors de ça », conseilla-t-il.

Enfin, les policiers se retirèrent.

Tony regardait l'entrepôt et les bureaux. Rocco était à côté de lui. Les plaques en tôle de la façade de l'entrepôt étaient toutes gondolées, comme une boîte d'anchois mal ouverte. La porte coulissante ne tenait plus qu'en équilibre précaire sur le rail inférieur. Les bureaux de la Zappacosta Oil Import-Export étaient dans un état bien pire encore : la structure en bois avait explosé, s'était presque désintégrée et avait pris feu. Le toit en tôle s'était effondré et éparpillé comme un paquet de cartes.

« La guerre a commencé, commenta Tony comme s'il se parlait à lui-même.

— Je ne veux pas m'en mêler », intervint Rocco, qui se sentit visé.

Tony le regarda comme s'il se souvenait tout d'un coup qu'il était là.

« Et pourtant, tu y es plongé jusqu'au cou. Tu m'as promis fidélité en échange de la sécurité de Rosetta Tricarico.

— Je vous ai dit d'oublier ce nom. »

Le boss le fixa froidement. On aurait presque dit que le désastre autour de lui ne le touchait pas.

« Tu m'as promis fidélité, répéta-t-il à voix basse.

— Moi, je ne fais pas la guerre, je ne tue personne ! gronda-t-il, poings serrés.

— Tu me fais rire, dit Tony sans qu'il y ait la moindre gaieté dans sa voix. C'est déjà fait. Je suis sûr que tu aurais pu t'échapper. Mais non, tu es resté et tu as descendu le mec, ta main n'a pas tremblé. Et tu aurais aussi flingué les autres s'ils n'étaient pas déjà morts. »

Rocco le regarda sans parler. C'était exactement ce qui s'était passé.

« Tu es le fils d'un boucher, dit Tony, d'un ton où se mêlaient le respect et le mépris. Tu veux récrire ton destin, et je le comprends. » Son regard froid était incroyablement intense, comme si la glace pouvait brûler comme le feu. « Mais tu peux demander à n'importe quelle ménagère : le sang, c'est pratiquement impossible à laver, les taches ne partent jamais totalement. » Il fit une pause. Rocco se sentait mal à l'aise, comme s'il était nu. « Je vois ça sur ta peau, c'est comme un tatouage, reprit Tony. Ne te rebelle pas contre ce que tu es, Bonfiglio. » Don Mimì, en Sicile, lui avait adressé des paroles similaires. Tony sourit et lui donna une chiquenaude : « Mais ce que je te demande, au nom de la fidélité que tu m'as promise, ce n'est pas de combattre dans la rue, pistolet au poing et couteau entre les dents, comme mes hommes et moi devrons le faire. » Il lui serra l'épaule. « J'ai une tâche beaucoup plus importante à te confier. Toi, il faut que tu prépares l'avenir. » Rocco ne comprenait rien, mais il était presque hypnotisé par la manière dont Tony lui parlait. « Ce que je te demande, poursuivit le boss, c'est de te grouiller avec ces putains de monte-charges. Travaille comme si tu n'étais pas un de mes hommes, comme si tu ne bossais pas pour moi. Fais comme si tu étais contre moi. » Rocco fronça les sourcils, il ne comprenait toujours rien. Ce que Tony lui demandait était tout simplement absurde.

« Tu t'installeras dans un hangar sur le quai 5, un ancien garage », expliqua-t-il encore. Là, il jeta un œil autour de lui. Le quai s'animait, en plus des gardes du corps armés jusqu'aux dents qui le protégeaient, il aperçut les travailleurs du port et les dockers qui commençaient à arriver.

« Allez, le moment est venu », lâcha le boss, énigmatique. Il se mit à gesticuler, comme s'il perdait un peu la tête. « Ne te préoccupe pas de ce que je vais faire. Écoute juste ce que je te dis. » Il poussa violemment Rocco en pleine poitrine. « Tu auras de l'argent. Mais toi, il faut que tu me fournisses les monte-charges, sinon je t'arrache les couilles avec les dents. » Il le gifla. « Monte une équipe avec des mecs qui ne sont pas liés à moi ou qui me détestent. » Il sortit un cran d'arrêt de sa ceinture, l'ouvrit d'un claquement sec et le pointa contre la gorge de Rocco. « Dis du mal de moi ! » Il sourit. « Ça, ça ne devrait pas être trop difficile. » Il glissa une main dans le dos du jeune homme et lui retira son pistolet. « On te le rendra. » Il pressa encore davantage le couteau contre sa gorge, de manière que tout le monde le voie. « Si tu respectes ta partie du contrat, je continuerai à chercher ta copine et je la sauverai des griffes du baron. » Il referma le cran d'arrêt et pointa son pistolet sur le front de Rocco. « Rends-moi service, mets-toi à genoux. » Rocco s'exécuta. « Je sais qu'il y a un gamin avec toi. Emmène-le. Mais sache que ça t'affaiblit doublement. Voilà, tout est dit. Maintenant, il faut que je finisse mon petit spectacle. » Tony se tourna vers la foule alentour.

Tous étaient silencieux et tendus. « Tu es fini ! hurla-t-il. À partir d'aujourd'hui, tu es seul ! continua-t-il à crier de façon que tout le monde l'entende. Tu es seul, ne l'oublie jamais ! » Il éloigna son pistolet du front du jeune homme et chuchota :

« Désolé.

— De quoi ? » demanda Rocco, qui se rendit immédiatement compte qu'il posait une question idiote.

Tony leva son arme et, d'un coup de crosse, le frappa à la tempe. Le jeune homme s'affaissa et Tony s'en alla.

Lorsqu'il parvint à se relever à grand-peine, il aperçut Raquel qui s'apprêtait à courir à son secours. Il ouvrit grand les yeux et secoua la tête pour l'arrêter. Chancelant, il se dirigea vers l'arrière de l'entrepôt, où il la retrouva.

« Va travailler, dit-il.

— Non… protesta Raquel, effrayée et les yeux pleins de larmes.

— Petit, fais pas le chiard ! » dit-il en la secouant par le col.

Il lui mit sa capuche et la poussa dehors.

« On se voit à six heures, dépêche-toi ! »

Elle s'éloigna d'un pas hésitant.

Quelques minutes après son départ, Bastiano interpella Rocco, parlant lui aussi plus fort que de raison : « Eh, le clochard ! Rends-moi les clefs de l'entrepôt, merdeux ! » Et, arrivé près de lui, il glissa dans sa poche un morceau de papier et un pistolet : « C'est le contrat de location du hangar d'El Gordo, *dique cinco*. Et 1 000 pesos. Tu en auras d'autres », chuchota-t-il. Avant de partir, il cria à nouveau : « Tu es aussi viré du garage ! Qu'on ne te voie plus dans les parages, connard ! »

Rocco ne comprenait toujours pas. Il allait y avoir une guerre, c'était évident. Et elle serait sanglante, ça aussi, c'était évident. Il avait grandi en Sicile, au milieu des luttes de pouvoir entre mafieux. C'est au cours de l'une d'entre elles que son père avait été tué, sur les marches de l'église San Giovanni dei Lebbrosi, à Palerme – devant lui, alors qu'il n'avait que treize ans. Rocco savait très bien ce que le mot guerre voulait dire. Ce qu'il ne savait pas, c'est qui était l'ennemi de Tony. Mais le boss était certain de sortir vainqueur. Et puis, il avait fait une sorte d'investissement sur lui : et ça, c'était ce qu'il y avait de plus inexplicable dans cette histoire.

Rocco se dirigea donc vers le quai 5. L'entrepôt d'El Gordo, avait dit Bastiano – El Gordo, c'est-à-dire le Gros. On lui expliqua où c'était. Il s'agissait d'un atelier immense, avec deux treuils en bon état, une paroi couverte d'outils et deux énormes établis en acier. Il y trouva un homme gras à la peau luisante comme les cadavres restés trop longtemps dans l'eau. L'air revêche, il lisait son journal en le tenant tellement près de son visage que son nez touchait presque le papier. Il vérifia le document que lui tendait Rocco, cracha par terre, se leva de sa chaise et partit. « Je vais enfin pouvoir dormir chez moi », dit-il sans joie avant de s'éloigner, balançant son énorme masse d'un pied sur l'autre, comme un pachyderme.

Dès qu'il se retrouva seul, Rocco réfléchit à ce qui s'était produit. D'abord, il avait tué un homme. Sans que les battements de son cœur accélèrent, et sans que sa respiration en soit affectée. Comme si ce n'était pas vraiment lui. « Comme si j'étais mon père », pensa-t-il en frissonnant. Il secoua la tête pour se débarrasser de cette pensée angoissante. Les fautes des pères étaient des chaînes qui emprisonnaient leurs enfants. En tout cas, c'était son sentiment. « Le sang était impossible à laver », avait dit Tony.

Et il pensa au gosse. Il se jura que son destin serait différent. Le morveux ne devrait pas payer pour le passé de quelqu'un d'autre. Il trouverait un moyen de lui éviter ça. Il n'avait pas été capable de sauver Libertad, ni peut-être de se sauver lui-même. Mais il lutterait pour ce gosse, en plus de se battre pour Rosetta.

À six heures, quand il retrouva Raquel, il lui dit avec rudesse : « Pas de pleurnicheries, hein ! » Sur ce, ils se dirigèrent vers le hangar d'El Gordo. « À partir de maintenant, on habite ici », expliqua-t-il en arrivant, et il indiqua deux matelas avec sommiers, achetés chez un brocanteur. Pendant le dîner, Raquel commença à dire :

« Ce matin…

— J'ai dit pas de pleurnicheries ! »

Raquel se tut, mortifiée. Un peu plus tard, gardant la tête ostensiblement penchée sur son assiette, Rocco prit la parole : « Tu sais de qui je suis le fils ? » Elle fit non de la tête. « D'un assassin. » Raquel le regarda, surprise. « Un assassin féroce, un animal. » Son ton était distant, presque détaché, comme s'il ne parlait pas de lui-même. Le silence tomba. L'air était immobile, l'atmosphère chaude et humide. On entendait juste quelques rats courir, et le Riachuelo qui clapotait paresseusement, léchant de ses eaux putrides le quai incrusté d'algues.

« Allez, on va dormir, décida enfin Rocco en se jetant sur son lit.

— Mais tu sais, je n'allais pas pleurnicher ! dit soudain Raquel, dans un souffle. Je voulais juste te remercier parce que ce matin, tu m'as sauvé la vie. »

Rocco éteignit la lumière sans répondre. Raquel s'allongea et passa la main sous son oreiller. Soudain, elle toucha quelque chose qui n'aurait pas dû être là. Elle retira sa main, presque effrayée, se demandant ce que pouvait être cet objet. Un instant plus tard, elle le toucha à nouveau : il était froid, lisse et rond. Il tenait dans la paume de la main, et elle sentit qu'il vibrait avec régularité. Elle se figea. « Tic… tac… » murmurait la chose qu'elle avait en main. S'efforçant de ne pas pleurer, elle tendit tous les muscles de son visage et contracta ses mâchoires à en grincer des dents. « Tic… tac… tic… tac… » Elle n'était pas seule. Elle n'était plus seule. « Tic… tac… tic… tac… » À ce moment-là, elle comprit qu'elle pouvait enfin regarder en face la frayeur qu'elle avait éprouvée le matin, et l'accepter. Et elle sentit peser sur elle toute l'horreur dont elle avait été témoin. « Remonte-la matin et soir, mais pas à fond, conseilla Rocco. Elle est vieille et elle ne marche pas très bien. Je l'ai trouvée chez un brocanteur. » Raquel se dit que, parfois, l'amour pouvait faire aussi mal que la douleur, comme maintenant. Ne pouvant retenir ses sanglots, elle enfonça le visage dans son oreiller pour ne pas être entendue, en serrant de toutes ses forces la montre que lui avait offerte Rocco.

« Désolé… balbutia-t-elle. Je sais… pas de pleurnicheries…

— Ce matin, c'est toi qui m'as sauvé la vie, dit alors Rocco de cette voix qui allait droit au cœur. Si tu ne m'avais pas cassé les couilles avec ton histoire d'heure, on serait morts tous les deux. »

De longues minutes s'écoulèrent, aucun des deux n'aurait su dire combien. Et soudain Raquel dit avec une assurance très au-dessus de son jeune âge : « Toi, tu n'es pas un assassin. » Après un instant de silence étrange, il y eut un bruit. C'était quelque chose de guttural, à la fois retenu et irrépressible ; un bruit désagréable, comme quelqu'un qui vomit ou est secoué de hoquets. Et cela provenait du lit de Rocco. Mais non, c'est impossible, se dit Raquel : Rocco ne pouvait pas pleurer.

46

« Il faut la retrouver ! cria Amos.

— On la cherche partout, dit un de ses hommes.

— Si vous l'aviez vraiment cherchée partout, vous l'auriez trouvée ! » hurla-t-il plus fort encore.

Brusquement il se leva, renversa la table du *Chorizo*, et se mit à donner des coups de pied dans les plats tombés par terre. Il resta un instant tête baissée, comme un taureau hésitant à charger, avec une respiration tellement rauque qu'on aurait dit un râle. Ses hommes, ses prostituées, tous ceux qui le connaissaient savaient à quel point il pouvait être dangereux lorsque le sang lui montait à la tête. Il le savait lui-même. Il lui était arrivé de tuer pour des broutilles ou par pur sadisme. C'est ce qui s'était produit avec El Francés : imaginer ce sémillant maquereau en train de périr au milieu des flammes lui avait fait éprouver une sorte d'ivresse, et aucun sentiment de culpabilité. Mais en général, il savait se retenir et jouer son rôle de juif. Il flanqua un dernier coup de pied dans une assiette, et pourtant, il sentait qu'il avait repris le contrôle. « Appelle quelqu'un pour nettoyer », ordonna-t-il, sombre, à un gorille qui sortit précipitamment.

Ses hommes ignoraient ce qu'il préparait. C'était le plus gros pari de son existence. Il ne pouvait pas prendre le risque qu'une fille bavarde fiche toute l'opération en l'air. Il y travaillait depuis des mois, en liaison avec des gens qui n'avaient aucun rapport avec le monde de la prostitution ou avec la mafia italienne. Ce qu'il avait en tête, c'était une véritable révolution. Dans le plus grand secret, il avait recruté des mercenaires de l'autre côté du Rio de la Plata, en face de Buenos Aires, à Montevideo, en Uruguay. Les types étaient prêts à intervenir le moment venu. Seules deux personnes étaient au courant – du moins, c'est ce qu'il espérait. Voilà pourquoi la fuite de cette gamine le rendait fou. Une bêtise comme celle-là était susceptible d'attirer l'attention sur lui, ce qui était particulièrement mal venu à un moment où il devait être plus qu'invisible. Il s'approcha de la fenêtre. Dans cette pièce aussi il y avait des barreaux, comme partout au rez-de-chaussée, bien que les prostituées n'y entrent jamais. Mais on n'était jamais trop prudent, les derniers événements venaient encore de le prouver.

L'erreur vis-à-vis des êtres humains, comme des animaux, c'était toujours de sous-estimer ce qu'ils étaient capables de faire. Car il existait des humains et des animaux qui ne se résignaient jamais. Pour reconquérir leur liberté, certains renards étaient prêts à ronger leur propre patte coincée dans un piège, jusqu'à se l'arracher. Et cette maudite gamine était un véritable renard. On n'aurait pas parié un peso sur elle et pourtant, elle avait une force hors du commun. « J'aurais dû le comprendre dès le début », se reprocha-t-il. Combien de personnes auraient réussi à faire ce qu'elle avait fait ? Elle avait fui son village, sa communauté, s'était rebellée contre un rabbin alors qu'elle n'avait que treize ans, et elle avait réussi à rattraper leur caravane, toute seule, dans la neige et le froid, après avoir marché des kilomètres sans connaître le chemin. Si Amos avait cru en Dieu, il lui en aurait attribué le mérite – ou la faute. Mais Amos ne croyait pas en Dieu. Et il ne parvenait pas à s'expliquer comment cette gamine avait pu survivre. Il l'avait sous-estimée. Dès le début, il aurait dû comprendre qu'elle allait être, pour lui, une épine dans le pied. « Juifs de merde ! » beugla-t-il.

Soudain il éclata de rire, car c'était là une expression que répétait toujours un vieux rabbin, dans le ghetto où il était né. Chaque fois que ce vieillard voyait l'un d'eux survivre aux vexations, à la faim, aux coups et au froid, il s'exclamait : « Juif de merde ! Ils sont plus durs qu'un nerf de bœuf, ils ne se brisent jamais ! Quelle sale race ! » Et il rigolait, content de lui. Sur la fin de ses jours, il ne lui restait plus qu'une seule dent, et pourtant il s'acharnait à vouloir mâcher de la viande. Alors tout le monde, dans le ghetto, disait : « Rabbin de merde ! Il est plus dur qu'un juif ! » Et eux aussi, ils rigolaient. Oui, c'était de ça qu'on riait, au ghetto, se dit Amos. De la mort. De sa propre mort.

La porte de la pièce s'ouvrit et Adelina entra, suivie d'une fille de cuisine. Elles se hâtèrent de nettoyer, en silence et tête basse, cherchant à se faire remarquer le moins possible. Là aussi, c'était quelque chose que les juifs apprenaient vite : ne pas se faire remarquer. Car chaque fois que des gens posaient les yeux sur eux, ils risquaient gros. Devenir aussi durs que des nerfs de bœuf, rire de sa propre mort et ne pas se faire remarquer : c'était tout cela qu'Amos avait fui. Il regarda Adelina et songea que, pour s'enfuir, il y avait un prix à payer. Mais depuis le début, il avait décidé qu'il ne paierait pas personnellement pour sa propre liberté. Il était devenu plus dur que tous les autres juifs réunis, et c'est quelqu'un d'autre qui paierait à sa place. Il ne faisait pas partie des dirigeants de la Sociedad Israelita de Socorros Mutuos mais il était en haut de l'échelle. Il était de ceux qui comptaient, de ceux qui commandaient, le principal recruteur, celui qui trouvait la marchandise, par la ruse ou simplement en payant. Il avait un bordel rien qu'à lui. Il riait de la mort, comme les juifs de son ghetto, mais pas de la sienne. Et il n'avait pas peur d'être remarqué. Au contraire, il portait des vêtements voyants et coûteux.

« Attends ! » ordonna-t-il à Adelina quand il vit que les deux femmes avaient fini. Adelina fit signe à l'autre fille de sortir, et se tourna vers Amos. Comme il aimait la façon dont elle le regardait ! Elle avait peur. Le jour où il l'avait marquée parce qu'elle avait tenté de fuir, elle n'avait pas bronché, mais ses yeux s'étaient remplis de terreur. Comme en ce moment. Et pourtant elle était toujours là et, comme autrefois, elle ne broncherait pas. Elle aussi, c'était une juive de merde, se dit-il, en riant intérieurement. Il l'interrogea :

« D'après toi, où faut-il la chercher ? »

Elle haussa les épaules.

« Ça m'étonnerait qu'elle fasse le tapin.

— Moi aussi. Alors… où ça ?

— Parmi les clochards ?

— On est en train de passer au peigne fin les parcs où ils se réunissent la nuit. »

Adelina le regarda, en réfléchissant. Elle ajouta :

« Elle sait lire.

— Et alors ?

— Elle pourrait trouver du travail… là où il faut savoir lire.

— Et où faut-il savoir lire ? »

À nouveau, elle haussa les épaules.

« Dans les bureaux… les journaux… à la poste… dans les librairies…

— Ça pourrait être une idée… murmura Amos. Si jamais elle allait à la police, tu sais ce qui pourrait m'arriver, n'est-ce pas ?

— Je ne pense pas qu'elle se fiera une seconde fois à la police après le coup du capitaine Ramirez.

— Quel couillon, celui-là ! Je ne devrais pas le payer autant. »

Il regarda Adelina en silence et lui demanda :

« Ça t'arrive de prier ?

— Non.

— Tu ne crois pas qu'*Adonaï* écoute ta voix ?

— J'aimerais mieux qu'il m'oublie, *Adonaï* ! Parce que jusqu'à maintenant, il m'a mise à l'épreuve, pire que Job. »

Amos se mit à rire.

« Moi, en revanche, je prie, dit-il en l'enlaçant. Je prie pour retrouver cette maudite gosse avant qu'il ne m'arrive quelque chose de moche… » Là il rompit l'étreinte, prit le visage d'Adelina entre ses mains et murmura : « Prie donc toi aussi, c'est un conseil ! Prie pour qu'il ne m'arrive pas un truc comme il est arrivé à Levi Yaacov. »

Il n'arrêtait pas de lui rappeler la destinée funeste de ce souteneur, il lui répétait qu'on pouvait toujours tomber sur quelqu'un d'honnête, aussi incroyable que cela puisse paraître, quelqu'un qui serait prêt à écouter les accusations d'une môme.

« Prie ! Autrement, je te tuerai », conclut-il en lui faisant signe de sortir.

Si on l'arrêtait pour homicide, l'organisation survivrait : ça, Amos le savait bien. Il serait le seul à tomber. Et il devrait le faire en silence, sans donner aucun nom, s'il voulait rester vivant et éviter d'être retrouvé pendu dans sa cellule, comme Levi Yaacov. Cette gamine constituait décidément un énorme problème, surtout en ce moment. Il était sur ce gros coup, et les chefs de l'organisation lui avaient laissé le champ libre. Sans le soutenir activement, ils lui avaient donné carte blanche. Le projet était ambitieux et risqué. Il fallait encore qu'il y travaille, en toute discrétion, dans l'ombre. Mais ensuite, il serait riche, et même plus ! Il serait le roi. Tandis que ses collègues n'investissaient que dans les femmes, il avait commencé à investir dans les armes, et à recruter une petite armée. Il gagna la sortie du *Chorizo* : « Je rentre chez moi, dit-il aux gorilles à la porte. Je repasserai plus tard. »

Amos remonta la Calle Junín d'un pas rapide. Au bout de quelques secondes, il fut en nage. Sa chemise en soie violette lui collait au dos et au ventre. Il tourna au bout de la rue et franchit un porche discret et élégant, monta au deuxième étage et ouvrit la porte : « Je suis là ! » annonça-t-il. Aucune réponse. Il pénétra dans le salon frais et richement meublé. « *Tatínka* », dit-il en se dirigeant vers un vieillard assis dans un fauteuil, l'appelant comme les enfants non juifs appelaient leur père à Prague, la ville dont ils étaient tous deux originaires. L'homme se retourna. Il avait une longue barbe blanche, aussi fine qu'un ruban, et une mine renfrognée.

« Tu es de mauvaise humeur, *tatínka* ?

— Pourquoi je devrais être de bonne humeur ?

— Ah je vois, c'est un jour sans… soupira Amos.

— C'est toujours un jour sans ! » s'emporta le vieillard.

Amos s'assit dans un fauteuil en face de lui.

« Qu'est-ce qu'il y a ? demanda-t-il avec patience.

— C'est quoi, cette vie ? Qu'est-ce que ça peut me faire, toute cette richesse, si je ne peux même pas aller prier comme un vrai juif ?

— Mais si, tu peux aller prier ! J'ai donné beaucoup de pesos à la synagogue.

— Beaucoup de pesos ! répéta l'autre, débordant de mépris. Tu ne peux pas m'acheter la possibilité de prier.

— Bien sûr que si ! L'argent, ça achète tout. »

Le patriarche le regarda avec une grimace.

« Notre Loi prévoit qu'on doit être au moins dix pour réciter certaines prières. Mais peut-être as-tu oublié le *minian*…

— À la synagogue, vous êtes dix fois ce nombre à prier !

— Non, riposta l'autre sèchement. Eux oui, ils sont cent. Mais moi, je suis seul, même au milieu de cent personnes. » Il baissa la voix en scrutant son fils d'un œil sévère : « Parce que ces cent personnes que tu dis avoir achetées, dans leur cœur, elles ne veulent pas être avec moi. Parce que je suis *tamei*, impur. Je le sais. Et je ne peux pas tricher avec le Très-Haut, comme tu crois pouvoir le faire, toi, avec tes… pesos.

— *Tatínka*…

— Si j'étais eux, je ferais pareil, poursuivit-il d'un ton indigné. Je les comprends. Je n'accepterais jamais le géniteur d'un type comme toi dans ma synagogue. Tu es pire qu'une *shanda*, tu es beaucoup plus qu'un simple objet de honte. Tu es le blasphème de Satan ! et il cracha sur un précieux tapis persan. Et quand je mourrai, mes os ne pourront même pas reposer dans un cimetière juif.

— Si, il y a un cimetière, on l'a construit…

— Mais ce n'est pas un cimetière juif, ça !

— Bien sûr que si, vieux têtu, grommela Amos.

— Non ! et il frappa du pied sur le sol, là où il avait craché. C'est un cimetière pour les juifs qui ne sont pas admis au cimetière juif, alors ce n'est pas un cimetière juif ! » Sur ce, il cracha de nouveau et tapa du pied sur son mollard. « Autant que tu m'enterres dans un cimetière chrétien, vu ce qu'il vaut, votre cimetière ! »

Amos resta silencieux, tête baissée. « Tu te rappelles notre vieux cimetière, à Široká ? » dit soudain son père avec un sourire. Des images lui revenaient à l'esprit. Amos le regarda. Le visage du vieux s'adoucissait toujours lorsqu'il évoquait la vie dans le ghetto de Prague. Chaque fois, son fils se demandait s'il avait vraiment bien fait de l'emmener loin de là, loin de cette vie abjecte qu'il semblait regretter, loin de ce ghetto où il serait déjà mort d'épuisement. Désormais, il ne finissait plus son assiette parce qu'il avait trop à manger.

« Tu te souviens de toutes ces vieilles pierres tombales qui racontaient tellement d'histoires ? reprit le vieillard, d'un air rêveur. Et tu sais ce que j'aimais le plus ?

— Quoi donc, *tatínka* ? demanda Amos, qui connaissait la réponse par cœur.

— Tu te souviens du petit évier, près de la sortie ? dit-il en riant doucement. Il y avait un gobelet en ferblanc, attaché au robinet par une petite chaîne. C'est mon père qui me l'avait montré : tu imagines combien de temps ça fait ! Ça servait à se laver les mains avant de quitter le cimetière, pour se purifier. Je me sentais tellement propre, après... Depuis que nous sommes partis, je ne me suis plus jamais senti propre.

— J'en suis navré », lâcha Amos d'un ton dur.

Le père cracha pour la troisième fois par terre et écrasa une nouvelle fois son crachat du pied.

« Je ne deviendrais respectable que si je te déclarais mort dans mon cœur, et si je récitais publiquement le *kaddish*.

— Eh bien, vas-y ! explosa Amos. Fais-le ! Je te filerai de l'argent en cachette, personne le saura. Tu ne seras plus obligé de me voir. » Amos sentait le sang lui monter à la tête : « Allez, déclare-moi mort et qu'on en finisse avec cette histoire ! »

Le vieillard l'observa longuement, en silence, puis reprit d'une voix grave :

« Je ne pourrai jamais. Tu es un homme qui mérite tout le mépris qu'il reçoit, aucune ristourne n'est possible. Depuis des années déjà, le Très-Haut a en réserve pour toi une punition très sévère. Tu es comme le démon. Tu n'auras même pas droit à la résurrection. » Il secoua très légèrement la tête et ajouta : « Mais tu es mon fils ! Et un bon fils, qui prend soin de son vieux père… »

Amos se tut. Il y avait des moments où il aurait voulu l'étrangler, le vieux. Mais c'était aussi le seul être au monde capable de percer son armure d'acier, le seul à pouvoir glisser une main à l'intérieur de sa cuirasse et atteindre son cœur. Amos se leva brusquement, il sentit qu'il avait des ballonnements. Faisant volte-face, il s'éloigna de quelques pas et lâcha un pet sonore. Profitant d'avoir le dos tourné, il posa le dessus de la main sur ses yeux pour vérifier qu'il n'y avait pas de larmes.

« Je dois y aller, *tatínka*, annonça-t-il ensuite, précipitamment.

— Et tu vas où ? Voir tes putains ?

— Non. Je vais chercher une enfant qui risque de me pourrir la vie, comme moi j'ai pourri la tienne. »

47

Tout le monde était convaincu que la guerre allait éclater, et c'est ce que disait Rocco aussi. En attendant, l'atmosphère était irréelle. Pour Raquel, cela évoquait le calme avant la tempête. Tout se tait, pas un poil de vent, le ciel est sombre, bas et compact comme si on pouvait le couper au couteau, et on croirait que l'univers entier retient son souffle. Mais tout le monde savait que le silence allait bientôt être déchiré par le fracas des armes, et que le ciel vomirait alors des flots de sang.

« Quelle heure est-il ? » demanda Rocco.

Raquel consulta fièrement sa montre.

« Huit heures et demie. » Elle se leva : « J'y vais.

— Fais gaffe », recommanda Rocco.

Elle sourit. Puis elle remonta sa capuche, dissimulant ainsi son visage, rentra la tête dans les épaules et enfonça les mains dans les poches de son pantalon. Elle partit d'une démarche balourde, comme un garçon.

Peut-être existait-il un chemin plus rapide pour arriver à la librairie mais elle craignait de se perdre, aussi se dirigea-elle vers leur ancien entrepôt. Le voir éventré par la bombe l'impressionna. Elle fut aussi frappée par l'état des bureaux de la Zappacosta Oil Import-Export. Ce spectacle de désolation ne l'effrayait pas autant que l'éventualité de tomber sur Amos et Adelina. Elle accéléra le pas et tourna dans une ruelle jonchée de détritus, où se repaissaient des rats aussi gros que des chats. « Eh, tu vas où comme ça, minus ? » lança une voix.

Raquel se retrouva soudain devant quatre gosses crasseux à l'air menaçant. Elle se rappela le jour où elle avait été attaquée et détroussée. « Ici, c'est mon secteur, poursuivit l'un des petits voyous. Tu as besoin d'un permis pour passer et moi, je ne te l'ai pas donné. Tu imagines que tu fais ce que tu veux ? Putain, tu as besoin d'une bonne leçon, toi ! » Raquel se dit que le gosse parlait en imitant les grands. Les trois autres, aussi rapides que les rats qui fourrageaient dans les détritus, lui saisirent les bras. Elle tenta de se libérer, sans en avoir la force. Une voix résonna alors derrière elle : « Laisse-le, Manuel ! Ça sert à quoi, de botter le cul à un avorton pareil ? »

Raquel découvrit un garçon qui devait avoir environ treize ans. Il portait un maillot bleu avec une bande diagonale jaune et un fanion défraîchi, sur lequel on ne lisait plus rien. Il avait des cheveux noir de jais, longs et lisses. Il se campa devant Manuel, le gamin qui agressait Raquel. « Qu'est-ce que ça peut te foutre, Louis ? Je lui explique juste qui commande ! » protesta Manuel. Louis fixa les trois morveux qui tenaient Raquel, sans mot dire. Ils la lâchèrent. Raquel recula d'un pas, et personne ne fit un geste pour l'arrêter. C'était le bon moment pour s'échapper. Et pourtant elle resta là, comme hypnotisée par Louis qui avait planté son regard dans celui de Manuel, dans une espèce de duel.

« Tu as dit que tu commandais ou j'ai mal pigé ? lança Louis.

— Je voulais dire… "qu'il commande, lui", répondit Manuel, une note d'incertitude dans la voix.

— Ah, pas "que je commande, moi", alors ! » sourit Louis.

Manuel avait déjà perdu le duel.

« Non… » capitula-t-il.

Louis lui donna une tape sur l'épaule.

« C'est bien. Alors, tu peux y aller. »

Manuel adressa un signe aux trois autres, et ils s'éloignèrent en silence.

« Merci, dit Raquel une fois seule avec Louis.

— Tire-toi, avorton ! dit-il sans la regarder. C'est pas flatteur d'être vu avec toi.

— Alors pourquoi tu as fait ça ?

— Pour ma réputation. Si je ne te tabasse pas, personne n'a le droit de le faire.

— Alors ç'aurait été plus rapide de me cogner tout de suite. »

Louis la regarda, plutôt étonné.

« Mais d'où tu sors, avorton ? dit-il en riant.

— Moi ? Eh bien… en ce moment…

— Ça va, ça va, l'interrompit Louis, c'était une façon de parler ! Tu sors de Mars, on dirait. La rue, t'y piges que dalle. »

Tout à coup, il fit mine de la mordre, comme une bête sauvage. Raquel fit un bond en arrière, effrayée.

« Toi, tu te ferais bouffer tout cru ! Mais maintenant, le bruit va courir que tu es sous la protection des Boca Juniors.

— C'est qui, les… Boca Juniors ? »

— Ma bande, espèce de crétin ! » Il empoigna son chandail bleu avec la bande diagonale jaune. « Comme l'équipe de *fútbol* de notre *barrio*. Tu vois ? Ça, c'est un vrai maillot, je l'ai piqué.

— C'est quoi, le *fútbol* ?

— Toi, tu viens vraiment de Mars, hein ! »

Avant de partir, il pointa son index sur elle : « Si tu me suis, je t'explose la tête ! » Raquel resta immobile au milieu de la ruelle.

Un gros rat noir, le poil rare et gras, se dressa sur ses pattes arrière et renifla dans sa direction : « Fais gaffe, avorton ! dit Raquel au rat et elle mordit l'air, en imitant Louis. Moi, je fais partie des Boca Juniors ! » Le rat détala. Elle se mit à rire et se dirigea vers la librairie.

Quand elle arriva, elle trouva porte close. Devant le rideau de fer baissé, un homme trépignait d'impatience : « Tu travailles ici ? » demanda-t-il à Raquel. Dès qu'elle hocha la tête, il lui tendit un paquet de revues lié par une ficelle. « Dis à Delrio que c'est ce qu'il a commandé. Je suis pressé, il faut que je termine ma tournée. » Raquel s'assit sur le perron et observa la couverture de la revue. Un dessin représentait une poule avec une tête d'homme, couchée sur des dizaines d'œufs colorés. Le titre de la revue était *Caras y Caretas*, *Visages et masques*. Raquel sortit un exemplaire du paquet et commença à le lire. Il y avait des articles sur la politique, qu'elle ne comprenait pas bien. Mais lorsqu'elle lut le papier d'une certaine Alfonsina Storni, elle fut sous le charme. Ce qui la frappa surtout, c'était la manière simple mais incisive dont la journaliste parlait de culture, d'instruction, et de la place des femmes dans la société. Raquel fut aussitôt conquise par son esprit rebelle et anticonformiste. Ses propos lui parlaient, ils lui allaient droit au cœur.

Quand Delrio arriva, Raquel le bombarda de questions sur Alfonsina Storni. Le libraire fit la grimace.

« Bof… bougonna-t-il. Elle était institutrice, je crois. On la dit poétesse, mais autant que je sache, elle n'a encore publié aucun recueil. » Il ajouta, avec un sourire suffisant : « Figure-toi qu'elle a un fils illégitime, et on ne sait pas qui est le père. C'est une de ces femmes qui se bercent d'illusions et qui racontent qu'elles devraient avoir les mêmes droits que les hommes. Quelle ânerie !

— Et pourquoi c'est une ânerie ? » interrogea Raquel.

Delrio reprit son refrain habituel :

« Une femme ne vaut pas autant qu'un homme. L'homme est rationnel, la femme a toujours la tête dans les nuages. Ne te laisse pas influencer par les idées de cette Storni ! Les femmes sont toujours un cran en dessous des hommes.

— Oui, renchérit-elle, ce sont des chieuses.

— Mais ici, elles sont les bienvenues, hein, ne l'oublie pas ! précisa Delrio. Les femmes achètent plus de livres que les hommes.

— Et comment ça se fait ?

— Elles ont besoin de rêver. Elles ne travaillent pas, elles s'ennuient.

— Ou bien elles sont plus intelligentes que leurs maris », suggéra Raquel, tentant de dissimuler son irritation.

Le libraire haussa les sourcils.

« Ça, c'est une théorie vraiment iconoclaste, Ángel ! »

L'après-midi, Raquel archiva de nouveaux livres. Elle notait l'auteur, le titre, la maison d'édition et le prix.

« Voilà quelque chose qu'une femme ne saurait pas faire », commenta Delrio, comme d'habitude. « Voilà quelque chose que vous ne permettez pas à une femme de faire », pensa Raquel. Plus Delrio bougonnait ses bêtises et ses lieux communs, plus l'estime de Raquel pour Alfonsina Storni croissait.

De retour au hangar, la jeune fille examina, pleine d'admiration, les dessins de Rocco, qui tapissaient une grande partie des murs. Elle lisait dans ces mécanismes mystérieux et fantastiques toute la passion de Rocco.

« T'as pas intérêt à les toucher, hein ! menaça celui-ci.

— Je ne suis pas une fille ! » rétorqua-t-elle.

Rocco la regarda avec surprise.

« Je ne vois pas le rapport. »

Elle haussa les épaules et fit la grimace, imaginant qu'un garçon se comporterait ainsi :

« Les filles, ce sont des chieuses, bougonna-t-elle.

— Tu es encore trop jeune pour comprendre, sourit Rocco.

— Ah bon, ce ne sont pas des chieuses ?

— Non », répondit-il soudain sérieux. Il pensait à Rosetta, comme à chaque instant. « Les femmes, c'est le sel de la vie.

— Ah bon ?

— Un homme qui ne sait pas apprécier les femmes passe à côté de la vie. »

Rocco était différent des autres, se dit Raquel. Elle s'assit sur son matelas et relut quelques lignes d'Alfonsina Storni. Elle devait vraiment être une femme exceptionnelle.

« Tu me donnes une feuille de papier ? demanda-t-elle à Rocco.

— Pour quoi faire ?

— Écrire.

— Écrire quoi ? Un journal ? Comme une fille ? plaisanta-t-il. Sers-toi ! Les crayons sont dans cette boîte de conserve. »

Raquel arracha la feuille d'un bloc et choisit un crayon. Elle avait maintenant décidé qu'elle voulait écrire une histoire. Ou un article, comme Alfonsina

Storni. Elle sourit, heureuse. Ce serait tellement merveilleux ! se disait-elle. Mais tout ce blanc l'intimidait. Alors elle commença à écrire le début transformé de *Pinocchio*, tel qu'elle l'avait imaginé quelques nuits auparavant. *Il était une fois... « Un roi ! » direz-vous aussitôt. Non, vous vous trompez. Il était une fois une jeune fille. Une jeune fille qui voulait être libre comme un garçon.* Elle regarda la page : elle n'était plus blanche. Elle s'endormit, heureuse.

Le lendemain matin, pour ne pas risquer de tomber sur Amos et Adelina près de la Zappacosta Oil Import-Export, elle décida de se rendre à la librairie en passant par le dédale de rues derrière le hangar. Il s'agissait de se diriger vers le nord. Empruntant ce chemin, elle se rendit compte que, dans cette zone de La Boca, la pauvreté ne connaissait pas de limites. On tombait toujours plus bas, c'était vraiment abyssal, pire qu'elle l'avait imaginé. Les taudis s'entassaient les uns sur les autres, comme de fragiles châteaux de cartes. Murs et toits étaient faits de tôles et de planches, on ne voyait pas une brique. Les habitants faisaient leurs besoins dans la rue. Il flottait une puanteur horrible. Les mouches bourdonnaient partout, reines incontestées de ce royaume d'excréments.

Les gens qui la regardaient passer avaient les yeux éteints, la bouche édentée, la peau fripée, jaunie et terne, comme les figues sèches. La crasse qui couvrait les corps ne suffisait pas à dissimuler leur misère, la faim les dévorait jusqu'aux os. Une pauvreté pareille, Raquel l'avait croisée dans les villages juifs d'Europe de l'Est, là où elle avait grandi. Une misère sans espérance.

Les baraques avaient surgi au hasard au milieu des ruelles d'origine qu'elles bouchaient, et avaient donné naissance à de nouveaux passages, plus étroits encore. Et ces habitations pouvaient disparaître aussi vite qu'elles étaient apparues. Un jour elles étaient là, le lendemain elles n'y étaient plus. Raquel en eut la confirmation lorsqu'elle aperçut un homme détacher furtivement une plaque en tôle d'une masure et prendre ses jambes à son cou. Il se servirait de cette plaque pour construire sa propre cahute. Et un jour où il s'absenterait, on lui volerait cette plaque, exactement comme lui-même venait de le faire, pour fabriquer un autre taudis.

Un peu plus loin, elle vit un homme tendre la moitié d'une miche de pain à une femme. Dans cet univers sordide, cela lui parut un beau geste. La femme s'empara avidement de la miche, la rompit en deux et en lança la moitié à l'intérieur d'une baraque. Puis elle s'appuya contre un tonneau, tourna le dos à la ruelle, et écarta les jambes. Alors l'homme déboutonna son pantalon, souleva la jupe de la pauvresse et commença à la prendre par-derrière, à la cadence rapide d'un lapin. Pendant ce temps la femme, coudes fichés sur le tonneau, secouée par les coups de boutoir de l'homme, dévorait son pain. Raquel se dit que Dieu aurait quand même pu assurer un peu de dignité à ses enfants.

« Qu'est-ce que tu fous là, avorton ? » s'exclama une voix. Raquel se retourna et se retrouva nez à nez avec Louis. Elle sentit son estomac se nouer. Il mangeait un morceau de pain : c'était le reste de la miche que la femme appuyée contre le tonneau avait lancé à l'intérieur de la cahute, pour lui. Parce que cette femme, c'était sa mère.

« Alors ? Qu'est-ce que tu fous là ? répéta Louis.

— Je… Je crois… que je me suis perdu.

— On dirait, oui ! T'es pas du genre éveillé, hein ?

— Comment on fait pour aller à Constitución ?

— Constitución ? répéta-t-il en écarquillant les yeux. Qu'est-ce que tu vas foutre là-bas ? C'est un quartier de rupins.

— Je travaille dans une librairie. »

Louis la regarda en silence, surpris et pensif.

« Une librairie… répéta-t-il ensuite, s'attardant sur ce mot saugrenu.

— Tu connais le chemin ? » s'enquit Raquel, mal à l'aise.

Louis secoua la tête, perplexe, avant de se tourner vers sa mère. L'homme était parti. La femme se rinçait l'entrejambe avec de l'eau qu'elle puisait dans le tonneau.

« M'man ! cria Louis. Tu sais comment on fait pour aller à Constitución ?

— Qu'est-ce que tu vas faire là-bas ? demanda-t-elle, sans cesser de se laver.

— Moi rien, c'est lui qui doit y aller, expliqua-t-il en indiquant Raquel. Il bosse dans une librairie.

— Une librairie ? s'exclama-t-elle, ébahie à son tour.

— C'est ce qu'il dit, confirma-t-il avec un haussement d'épaules.

— Demande s'il sait lire ! »

Raquel ne comprenait pas pourquoi la mère ne s'adressait pas directement à elle.

« Tu sais lire ? interrogea Louis.

— Oui, *señora* ! répondit Raquel à haute voix, à l'attention de la femme.

— Demande s'il sait aussi écrire, dit la mère, continuant à ignorer Raquel.

— Oui, répondit celle-ci doucement.

— Il dit que oui, m'man !

— Alors ça doit être vrai qu'il bosse dans une librairie, conclut-elle. Dis-lui d'attendre là. »

Elle rentra dans la cahute.

« Attends là », répéta Louis.

Peu après, sa mère ressortit du taudis avec un morceau de papier et un petit bout de crayon, et elle les rejoignit.

« Écris mon nom », dit-elle à Raquel, la regardant pour la première fois depuis que cette absurde conversation avait débuté. Elle lui tendit crayon et papier.

« Comment vous vous appelez, *señora* ?

— Helena Vargas. »

Raquel s'exécuta. Puis elle lui rendit feuille et crayon. La femme prit le papier comme si c'était une relique et, fascinée, fixa les signes tracés d'une main sûre au crayon.

« Là, il y a écrit Helena ? demanda-t-elle en indiquant la première série de lettres.

— Oui.

— Et là, Vargas ?

— C'est ça. »

Elle sourit. Un sourire de petite fille.

« Je veux apprendre à écrire mon nom, dit-elle en riant.

— M'man, comment on va à… et il se retourna vers Raquel. Où ça, exactement ?

— Au croisement entre Avenida Jujuy et San Juan, expliqua Raquel.

— M'man, le croisement entre…

— T'es bête ou quoi ? lança la mère. Il vient de le dire ! Je ne suis pas sourde ! »

Maintenant, elle regardait Raquel avec respect.

« Accompagne-le, ordonna-t-elle à son fils. Tu vas jusqu'à Marita y sus Mujeres. C'est tout près.

— Merci, m'man. »

Raquel sortit sa montre parce qu'elle avait peur d'être en retard. Rapide comme un chat, la mère la lui arracha des mains. Raquel la regarda, bouche bée. La femme la lui rendit aussitôt en lui donnant une chiquenaude. « Range ça, libraire ! lui conseilla-t-elle, sérieuse. Tu vois ce que c'est facile, de se faire dévaliser ! C'est un objet précieux. »

Elle indiqua Raquel à son fils.

« C'est un crétin, hein !

— Oui m'man », confirma le fils en secouant la tête. Puis il donna une tape sur l'épaule de Raquel : « Allez, on y va ! »

La mère de Louis fixait toujours le morceau de papier avec son nom dessus, sourire aux lèvres. Raquel se dit que, dans sa vie sordide, cette femme était parvenue à éprouver un moment de bonheur. Et cela lui parut absurde.

« C'est quoi, Marita y sus Mujeres ? demanda-t-elle.

— Un bordel. Ma mère bosse là de temps en temps, quand une des régulières tombe malade, expliqua Louis sans aucune gêne.

— Mais il y en a combien, des bordels, à Buenos Aires ?

— Ma mère dit qu'y en a à la fois trop et pas assez.

— Comment ça ?

— Pour les clients, y en a jamais assez. Mais pour les putains, il y a trop de concurrence, et elles crèvent de faim.

— Tu connais un bordel qui s'appelle le *Chorizo* ?

— Non, répondit-il sèchement. Moi, même si j'avais de l'argent à perdre, je n'irais pas aux putes. »

Raquel sentit à nouveau son estomac se nouer. « Moi, j'irai jamais aux putes », insistait Louis, l'air rageur.

Ils marchèrent un moment en silence et, comme par enchantement, la jungle de taudis se termina, laissant place à un quartier respectable. Raquel reconnut une des rues qu'elle parcourait habituellement pour aller à la librairie.

« Maintenant, je sais comment y arriver, dit-elle en souriant. Tu n'as plus besoin de m'accompagner.

— Je pue ou quoi ?

— Hein ?

— Tu comprends vraiment que dalle à la langue de la rue, hein ! soupira Louis. Qu'est-ce qu'il y a ? Je te casse les pieds ?

— Non non, rougit Raquel. Je pensais que tu t'ennuyais, et puis… tu as dit que tu avais honte d'être vu avec un avorton comme moi.

— C'est vrai ! rit-il. Mais je n'ai jamais vu de librairie. »

Ils marchèrent un peu. Louis reprit :

« Écoute, machin…

— Ángel…

— Écoute, Ángel… et là il fit une pause, gêné, avant de poursuivre d'un trait. Tu pourrais pas m'apprendre à lire et à écrire ?

— Vraiment ? Bien sûr ! s'exclama-t-elle.

— En échange, tu pourras dire que tu fais partie des Boca Juniors… proposa-t-il, et il fit une nouvelle pause. Mais ça, personne n'y croira jamais ! acheva-t-il dans un éclat de rire. Marché conclu ?

— Marché conclu ! et elle rit à son tour.

— Mais ne raconte à personne que tu es mon pote, hein !

— Non… bien sûr… » répondit-elle, mortifiée.

L'autre s'en aperçut.

« Écoute, Ángel, ça se voit que tu ne sais rien de la vie dans la rue. Les mecs qui ont des amis, c'est des faibles. Ou des pédés. Moi je n'ai pas d'amis, aucun, un point c'est tout. C'est pas contre toi. »

Cinq minutes plus tard, ils arrivèrent à la librairie.

« Qu'est-ce qu'il y a écrit, là? demanda Louis en indiquant l'enseigne.

— *La Gaviota.*

— Eh ouais, il y a une mouette. »

Il leva un doigt en l'air et suivit les lettres de l'enseigne :

« L… a… G… Ga… vi… o… ta! » Il rit.

« Tu veux entrer? proposa Raquel.

— Je peux? dit-il, yeux écarquillés.

— Oui. »

Raquel poussa la porte, faisant retentir la clochette. Louis lui emboîta le pas.

Deux hommes se trouvaient au comptoir, de dos. Ils ne ressemblaient pas aux clients habituels de la librairie. Ils portaient des costumes m'as-tu-vu brillants, aux couleurs vives et criardes – l'un vert pomme, l'autre jaune moutarde. L'un d'eux se retourna et dévisagea Raquel et Louis. Raquel fut pétrifiée. Elle connaissait ce type : c'était l'un des gorilles du *Chorizo*, l'un des hommes d'Amos. « Bonjour, Ángel », dit Delrio. Raquel eut la tentation de fuir. Mais elle était tétanisée. Le gorille lui lança un coup d'œil distrait.

« Alors, que me disiez-vous, messieurs? demanda Delrio.

— On est à la recherche d'une jeune fille, expliqua l'un des gars.

— Raquel Baum », précisa l'autre.

La tête de Raquel se mit à tourner. Un instant, ses jambes faiblirent. Elle sentit la main de Louis qui la soutenait.

« Et qu'attendez-vous de moi? demanda Delrio, qui ne comprenait pas où ils voulaient en venir.

— Est-ce que cette fille travaille ici? questionna le gorille d'un ton rude.

— Bien sûr que non ! Moi, je n'embauche pas de filles. Ángel travaille avec moi, c'est tout », précisa-t-il en indiquant Raquel.

Les sbires se retournèrent pour regarder Raquel. Puis ils firent un mouvement vers la sortie. La jeune fille continuait à les fixer, hébétée et les yeux exorbités. Louis la força à se tourner vers une étagère, et fit mine de lui indiquer un livre. Il la tenait par le bras.

« Mais maintenant que vous me le dites, oui… » reprit alors Delrio. Les gars s'arrêtèrent. « Il y a longtemps, une fille s'est présentée à la recherche d'un emploi. »

Louis, qui continuait à soutenir Raquel, sentit que tous ses muscles se contractaient.

« Et alors ? » Un des gros bras invita le libraire à poursuivre.

« Alors rien. Je vous l'ai dit, je n'embauche pas de filles. »

Les types acquiescèrent et quittèrent le magasin, sans accorder un regard ni à Raquel ni à Louis. Dès que la porte se referma, Raquel sembla se dégonfler comme un ballon.

« Qu'est-ce qui se passe ? lui glissa Louis à voix basse.

— Rien », répliqua-t-elle, tétanisée par la panique.

Son cœur s'était emballé et elle n'arrivait plus à respirer, elle étouffait.

« Conneries ! maugréa Louis. Tu les connais, ces mecs ! »

Raquel le regarda, les yeux embués, elle avait l'impression de se noyer.

« Ceux-là, c'est des assassins », lâcha-t-il.

48

Rocco inséra la manivelle dans un moteur acheté pour quelques pesos à un ferrailleur. Il l'avait accroché à un treuil, à l'intérieur du hangar. « Allez, mon beau... » murmura-t-il. Raquel assistait à la scène, tendue. Rocco tourna la manivelle. Le moteur toussota, puis démarra, mais, un instant plus tard, il cala avec un hoquet. « Merde ! » jura-t-il. Raquel l'encouragea : « Recommence ! » Rocco saisit à nouveau la manivelle et tourna. Le moteur toussa, vibra, crachota. Mais très vite, il y eut une explosion sourde, et une épaisse bouffée de fumée noire nauséabonde en sortit, accompagnée d'une odeur d'huile brûlée.

« Merde ! jura-t-il encore, furieux.

— Moi, je sais que ça peut marcher ! s'exclama Raquel.

— Toi, va-t'en ! »

Il tourna la manivelle pour la troisième fois, dents serrées. Le moteur laissa échapper un son étouffé et lugubre, le gargouillis de quelqu'un qui se noie. Le retour de manivelle fut tellement violent que Rocco manqua être projeté à terre.

« Il partira jamais, déplora-t-il.

— Moi, je sais que ça peut marcher ! répéta Raquel.

— Toi, ta gueule ! » cria-t-il.

Raquel baissa la tête, effrayée. Depuis qu'elle avait vu les hommes d'Amos, la peur ne la quittait plus. Mais en même temps, se disait-elle, puisqu'ils ne l'avaient pas trouvée, ils n'avaient aucune raison de revenir la chercher précisément là où ils étaient déjà passés. Un jour, elle avait entendu un vieux soldat dire que l'endroit le plus sûr où se terrer pendant une bataille, c'était le trou où avait explosé une bombe, car les bombes ne tombaient jamais au même endroit. Elle respira profondément et se dirigea vers la librairie.

Dès qu'il se retrouva seul, Rocco donna une claque rageuse au moteur : « Je n'y arriverai jamais tout seul », murmura-t-il. Il demeura un instant immobile, soufflant bruyamment par les narines. Et soudain, il quitta le hangar en courant. Entrant d'un pas décidé dans le garage de Gueule-de-clébard, il ordonna à Mattia : « Prends tes affaires ! » La perplexité se peignit sur son visage ravagé par l'acné. « Putain, qu'est-ce que tu dis ? brailla Gueule-de-clébard en se plantant devant lui. Tony va t'arracher les couilles ! »

La guerre avait débuté, et elle ne promettait rien de bon. L'entourage de Tony commençait à tomber. On avait retrouvé deux de ses hommes dans le Riachuelo, la gorge tranchée. Trois autres avaient été fauchés par des rafales de mitraillette. Ce n'était pas encore un conflit ouvert où les ennemis donnent libre cours à leur violence et à leur folie meurtrière. C'était plutôt une série d'embuscades et de guet-apens, les premières escarmouches. En tout cas, tout le monde se tenait sur ses gardes. Dans les rues de La Boca, les gens avaient peur. Tôt ou tard, Tony allait répondre par la force et ce serait l'escalade, meurtre sur meurtre, jusqu'à ce que l'un des deux rivaux reconnaisse sa défaite. Ou, plus probablement, jusqu'à ce qu'il meure.

Rocco ne voulait pas que Mattia se retrouve au milieu de tout ça. En revanche, il se moquait complètement de Gueule-de-clébard. Il le poussa, le faisant tomber à terre. « Dépêche-toi ! » lança-t-il à Mattia. Le garçon récupéra un sac en toile dans une petite armoire en métal et, sans se faire prier, quitta le garage. En suivant Rocco, il jeta un œil à la Zappacosta Oil Import-Export éventrée par la bombe. Il était blanc de peur.

« Merci, dit-il, ouvrant pour la première fois la bouche. Je travaillerai comme un esclave, tu peux en être sûr.

— C'est toi qui peux en être sûr, maugréa Rocco. Moi je ne suis pas un mollasson comme Gueule-de-clébard, hein, je te botterai le cul ! »

Mattia se mit à rire. Il était tellement soulagé ! Il aurait fait n'importe quoi pour éviter cette guerre. « Fais courir le bruit que tu n'as plus rien à voir avec Tony, recommanda Rocco. Tout le monde doit savoir que tu as quitté le navire. » Arrivés au boui-boui où se réunissaient les dockers, il poussa Mattia à l'intérieur.

« Commence par là. En un éclair, tout le port sera au courant.

— Et Tony… qu'est-ce qu'il va dire ?

— T'inquiète. »

Rocco coupa court en entrant dans le bar.

Dès que les dockers aperçurent Rocco, le silence se fit. Le jeune homme se rappelait la seule fois où il était entré là-dedans. S'ils avaient pu, les mecs l'auraient volontiers roué de coups, comme ils rêvaient de le faire avec tous les hommes de Tony.

« Un café », commanda-t-il au patron.

L'homme lui tendit une bouteille de bière.

« Prends plutôt ça. Comme ça au moins, vous serez à armes égales. »

Et il montra de la tête quelque chose derrière Rocco.

Rocco se retourna, tendu. Tous les dockers s'étaient levés, ils l'encerclaient. « Écoutez, je ne cherche pas les emmerdes », dit-il. Personne ne répondit. Ils avaient tous une bouteille à la main. Rocco n'avait pas peur, mais il savait qu'il allait sortir de là en charpie. « Merde… » murmura-t-il. Il montra Mattia, à côté de lui : « Lui, il n'a rien à voir avec ça. » Puis il saisit la bouteille sur le comptoir. Il vendrait sa peau très cher. « D'accord, qu'on en finisse ! » grogna-t-il, prenant la bouteille par le goulot.

Les dockers le scrutèrent un moment en silence. Puis l'un d'eux lança : « Putain, t'as vu comment tu la tiens, ta bière ? Tu renverses tout par terre ! » Tout le monde éclata de rire. « Allez, file-lui une autre bière ! » dit Javier, le géant bastonné par les hommes de Tony que Rocco avait sauvé de la *bandilla* des gosses. Le patron tendit à Rocco une bouteille qu'il venait d'ouvrir et récupéra celle qu'il empoignait comme une arme. « Celle-là, tiens la droite ! » sourit Javier. Il leva sa propre bouteille et trinqua avec Rocco : « *¡Salud!* » Les autres dockers, levant eux aussi leurs bières, s'exclamèrent en chœur : « *¡Salud!* » Et ils burent une longue gorgée. « Merci, *amigo*, ajouta Javier en levant à nouveau sa bouteille. Tu m'as sauvé les miches. » Le patron donna une tape dans le dos de Rocco :

« On s'était trompé sur ton compte. Reviens ici quand tu veux, tu es le bienvenu.

— Putain, mais qu'est-ce que… balbutia Rocco, encore abasourdi.

— Tu t'es chié dessus, hein ? » rigola l'un des dockers.

Les autres aussi s'esclaffèrent.

« Je ne suis plus seul ! » se dit Rocco, euphorique. Il comprit qu'il pouvait recruter son équipe ici, et qu'il pourrait ainsi poursuivre son rêve de construire un monte-charge.

« J'ai besoin d'un forgeron », expliqua-t-il à Javier.

Le géant écarta les bras.

« Tu l'as trouvé. »

Il se frappa une jambe de la main.

« Les gars de Tony m'ont défoncé le genou. Je ne peux plus soulever de gros poids. Heureusement, mon père m'a appris le métier de la forge. Mais je n'ai pas d'atelier.

— Moi, j'en ai un, dit Rocco. Le salaire n'est pas terrible, mais au moins, tu n'auras pas à payer l'*assicurazione*, comme avec Tony. »

Javier eut un sourire désarmant.

« Pour toi, si je pouvais, je travaillerais gratuitement… et là il haussa les épaules. Mais je ne peux pas ! ajouta-t-il en riant.

— J'ai aussi besoin de deux hommes à tout faire, expliqua Rocco.

— Pas de problème, on les trouvera parmi *los condenados a muerte*.

— Les condamnés à mort ? »

Javier rigola.

« Oui, les types comme moi, les dockers qui ont eu un accident. Ils n'ont aucun espoir de trouver un boulot, alors on les appelle les condamnés à mort. Mais donne-nous la possibilité de travailler, et tu verras qu'on sera prêts à mourir pour toi. » Il indiqua un gros homme trapu : « On l'appelle Ratón parce qu'il a les dents en avant, comme un rat.

— C'est pas la première chose qui saute aux yeux, marmonna Rocco en voyant le moignon de l'homme, coupé à la moitié de l'avant-bras gauche.

— Ratón ! appela Javier. Mon *amigo* veut te lancer un défi : il dit que lui, il est capable de soulever cette caisse sans problème.

— Heu non, je… protesta Rocco.

— T'as deux bras et deux mains, non ? dit Javier. T'as quand même pas peur de perdre contre un pauvre manchot aux dents de rat ? »

Soufflant bruyamment, Rocco parvint à soulever la caisse de soixante centimètres. Il la laissa vite retomber.

« T'es content ? lança-t-il, bravache, à Javier.

— S'il y avait eu des trucs fragiles dedans, tu les aurais cassés », observa Ratón.

Il saisit un côté de la caisse de son bras sain, serra son moignon contre l'autre côté, et souleva la caisse sans le moindre effort, comme si elle était vide. Puis il la reposa délicatement par terre. Rocco n'en revenait pas.

« Tu es un Éléphant, pas un Rat !

— Et l'autre qu'il faut embaucher, c'est Billar : c'est le gars là-bas, avec le crâne chauve et rond comme une boule de billard », conseilla Javier.

Rocco se tourna vers le type.

« Qu'est-ce qu'il a de bizarre, lui ? demanda-t-il.

— Qu'est-ce que tu as de bizarre, Billar ? répéta Javier.

— Je cours plus comme un lapin ! » répondit l'autre en riant, puis il releva son pantalon et découvrit une jambe de bois.

Quand ils arrivèrent à l'entrepôt, les hommes trouvèrent Raquel qui les attendait.

« Il a démarré ? demanda-t-elle aussitôt à Rocco.

— Non.

— Mais il va démarrer », assura-t-elle.

Il hocha la tête, peu convaincu. Il indiqua à Mattia le moteur suspendu au treuil.

« Il faut le démonter. » Puis il montra des dessins à Javier : « Toi, tu t'occuperas de construire le châssis.

— Mais qu'est-ce que c'est ? » interrogea Javier.

Le regard de Rocco brilla et sa bouche s'ouvrit sur un sourire éclatant

« Ça, c'est l'avenir ! s'exclama-t-il. On partira de ce squelette et, dessus, on montera le moteur. »

Il s'assombrit. Il savait que le problème principal était de réussir à utiliser la puissance d'un seul moteur pour deux actions distinctes et parfois simultanées : le mouvement du véhicule, en avant ou en arrière, et le soulèvement des charges.

« On a besoin de deux mécanismes qui soient parallèles à partir de l'arbre de transmission central », expliqua-t-il à Javier. Il lui montrait certains points sur le dessin. « L'un des deux doit pouvoir être activé ou désactivé. Il faut peut-être une poulie de changement… qui marche de façon indépendante. Embrayages et débrayages, sans doute quand le moteur est au point mort. » Il se gratta la tête puis bougonna : « Putain, c'est un casse-tête… Mais ça doit être possible.

— On y arrivera, affirma Javier. Quand je te regarde, je le vois déjà dans tes yeux, cet engin !

— C'est vrai, je le vois ! s'amusa Rocco, après quoi il se tourna vers Ratón et Billar. Vous, vous aiderez ceux qui en ont besoin.

— Et moi ? » demanda Raquel.

Rocco lui donna une tape sur la tête.

« Toi, tu fais ce que tu sais faire. Perds pas ton temps avec nous », dit-il, sévère.

Il regarda les autres, posa une main sur l'épaule de Raquel et dit d'un ton solennel :

« Ángel sait lire et écrire. Il a même lu un livre entier, de la première à la dernière page… »

Tous furent intimidés par cette différence insurmontable qui existait entre eux.

« … Mais c'est aussi un sacré casse-couilles », conclut Rocco. Le hangar se remplit d'éclats de rire.

Ce jour-là, Rocco et Mattia s'occupèrent de démonter le vieux moteur, tandis que Javier et Billar faisaient le tour des ferrailleurs à la recherche de matériel pour construire le châssis du monte-charge. Ratón, avec son unique bras, et sans la moindre goutte de sueur, déplaça les lourds établis là où Rocco le voulait. Le soir, ils se saluèrent en se donnant rendez-vous pour le lendemain.

Une fois la lumière éteinte, Rocco songea à Rosetta. Il eut une dernière et fugace pensée pour elle. Elle n'était pas avec lui, elle lui manquait. C'était un sentiment absurde, se disait-il, puisqu'ils n'avaient jamais vraiment été ensemble. Mais peut-être était-ce le lot des âmes sœurs. Il était si fatigué que, quelques secondes plus tard, il dormait comme un loir, serrant dans son poing ce bouton qui le reliait à Rosetta et qui prouvait que cela n'avait pas été qu'un rêve, qu'elle existait vraiment.

Raquel, au contraire, resta longtemps éveillée. Elle continuait à se répéter qu'elle aimerait écrire un article comme Alfonsina Storni. À un moment donné, elle entendit du bruit. Elle crut d'abord que c'étaient des rats. Mais ensuite, une des plaques de tôle se mit à vibrer plus fortement, ce qui l'alarma.

« Il y a quelqu'un », murmura-t-elle à Rocco en lui touchant l'épaule.

En un éclair, le jeune homme sortit de son sommeil : « Quand je te le dis, allume la lampe », chuchota-t-il.

Il s'approcha de la tôle que quelqu'un était en train d'arracher. Il aperçut trois silhouettes se faufiler à l'intérieur de l'entrepôt.

« Maintenant, Ángel ! »

Raquel alluma la lampe pendant que Rocco se positionnait devant la brèche, bloquant la sortie des intrus. « Amène la lampe par ici ! » lui ordonna Rocco. Raquel prit son courage à deux mains et le rejoignit.

La lumière de la lampe vint éclairer trois gosses en haillons, qui regardaient autour d'eux à la recherche d'une échappatoire. L'un d'eux, plus grand que les autres, portait un maillot bleu avec une diagonale jaune. Il sortit un couteau à cran d'arrêt.

« Louis ! s'exclama Raquel en le reconnaissant.

— Ángel ! »

Rocco en profita pour bondir et le désarmer. Lui tordant le bras derrière le dos, il demanda à Raquel, étonné :

« C'est qui ?

— Lâche-moi, connard ! s'écria Louis avec une grimace de douleur.

— Lâche-le, je t'en prie ! » le supplia Raquel, les yeux écarquillés.

Les deux autres voyous continuaient à chercher un moyen de fuir.

« C'est qui ? répéta Rocco.

— Il m'a sauvé d'une bande », répondit Raquel.

Rocco regarda le garçon. Il avait le même air affamé que tous les gosses embauchés par la mafia sicilienne, la même expression de chien enragé qu'eux, les mêmes stigmates laissés par les mauvais traitements de la vie, les mêmes cicatrices et les mêmes peurs. Il avait les mêmes épaules maigres, ployant sous la tâche écrasante de devoir affronter ce monde infiniment plus fort et cruel qu'eux. Et sur les lèvres, il avait le même sourire sardonique, aussi faux qu'une fausse pièce en plomb.

« Qu'est-ce que vous cherchez ? lança Rocco. Ici, il n'y a rien à voler.

— Va te faire foutre, connard ! rétorqua Louis avec rage. Tony Zappacosta a donné carte blanche à tout le monde, tu comptes pour des prunes ! »

Rocco le dévisagea. Il avait raison. Tony avait voulu faire savoir à tous que Rocco était seul. On ne risquait rien, en l'attaquant. Il retourna le couteau, le prit par la lame et le tendit à Louis du côté du manche. Louis regarda son arme, puis Rocco, d'un air méfiant.

« Tu n'as jamais pensé à bosser ? lui demanda Rocco avec calme.

— Pour devenir comme toi ? rétorqua l'autre, plein de mépris. Un minable, le dos cassé en deux ? Tu sais où tu peux te la mettre, ta leçon de morale ?

— Louis, ne dis pas ça… supplia Raquel.

— C'est pas à ça que je pensais, reprit Rocco. T'es un minus, tu pourrais même pas soulever mon zizi pour me faire pisser. »

Louis ne quittait pas son couteau des yeux, sans se décider à le prendre, certain que c'était un piège.

« Mais il y a un truc que tu sais faire mieux que moi, poursuivit Rocco.

— Quoi ? demanda le garçon, qui ne voyait pas où il voulait en venir.

— Tu sais comment on fait pour voler.

— Tu veux qu'il vole pour toi ? intervint Raquel, scandalisée.

— Non, rétorqua Rocco en plantant son regard dans celui de Louis. Je veux que tu empêches les gens de me voler. Je veux ta protection.

— Tu te fous de moi, connard ?

— Tu sais comment on fait des tas de trucs, alors tu sais certainement aussi comment on les évite. Allez, prends-le ! »

Louis saisit le cran d'arrêt et fit un bond en arrière, pointant le couteau vers Rocco qui ne broncha pas :

« Alors, tu acceptes ?

— Qu'est-ce que tu nous files, en échange ?

— Tout travail mérite salaire.

— Accepte, Louis ! intervint Raquel.

— Comment tu sais que je vais pas te rouler ? demanda Louis à Rocco.

— Je n'en sais rien. Tu acceptes ?

— J'ai l'impression que toi aussi, tu viens de Mars.

— Accepte, Louis ! » répéta Raquel avec fougue.

Louis prit son air de dur à cuire et finit par lâcher :

« J'accepte.

— Alors range ton couteau avant que je te le fourre dans le cul. Maintenant, Ángel et moi, on va dormir. Pas vous. »

Louis regarda son cran d'arrêt et le glissa dans sa ceinture.

« Je sais ce que j'ai à faire, j'ai pas besoin que tu m'expliques », lança-t-il crânement. Mais sa voix vibrait d'une forte émotion. C'était son premier travail.

Rocco ne répondit rien, prit Raquel par le bras et la poussa vers son lit. Là, il lui tira l'oreille :

« Je t'avais promis de te chasser à grands coups de pied aux fesses si tu fréquentais des bandes !

— Mais il m'a sauvé, je te jure… pleurnicha-t-elle.

— Un voyou comme ça, il peut te bouffer tout cru ! » Il lui lâcha l'oreille : « Toi, tu n'es pas comme lui ou moi. » Il brandit son poing devant elle. « Toi, tu es mieux que nous. Je ne te laisserai pas gâcher ta vie comme nous. »

Le lendemain, quand Rocco présenta Louis et les deux autres gosses à ses compagnons, Javier commenta :

« Ce sont des voleurs, ils ne changeront jamais.

— Moi aussi, tu m'avais mal jugé », rétorqua Rocco. Et se tournant vers le groupe : « On est une équipe et je suis le chef. On fait comme je dis.

— C'est un dur, il a des couilles, murmura discrètement Louis, admiratif, à l'oreille de Raquel. C'est ton père ?

— Non, on est amis », sourit Raquel, se rappelant que Louis lui avait interdit d'employer ce mot à leur sujet. Ce n'est pas lui qui aurait peur de passer pour un faible ou un pédé.

Là-dessus, elle s'en alla à la librairie.

Javier, Ratón et Billar partirent à la recherche de pièces pour le châssis. Mattia et Rocco s'occupèrent de remonter les pièces du moteur. Au bout d'un moment, Rocco, qui se sentait observé, se retourna.

« Je peux regarder ? demanda Louis, mains dans les poches.

— Ça t'intéresse, les moteurs ? demanda Rocco.

— C'est un moteur ?

— Oui.

— Ah bon… dit-il en s'approchant. Et tu sais le monter ?

— Oui. »

Il fit un pas de plus vers Rocco.

« Et ça, c'est quoi ?

— Un piston. On le met dans cette autre pièce, là, le cylindre.

— Ah… »

Rocco montra les deux autres gamins.

« Ce sont tes frères ?

— Non, j'ai pas de frères. Enfin… j'en ai plus. »

Rocco fit signe à Mattia de les laisser seuls. Quand il fut parti, il demanda à Louis :

« Et qu'est-ce qui leur est arrivé, à tes frères ?

— Ils sont morts. Mais qu'est-ce que ça peut foutre ? »

Rocco ne le regarda pas, pour éviter de lire, derrière la colère, toute la douleur qui se nichait dans l'âme de ce gosse.

« Ángel m'a dit que tu l'avais défendu.

— J'ai juste expliqué qui était le chef à une bande de cons. J'en ai rien à foutre, de l'avorton.

— Alors, il a eu de la veine. »

Louis haussa les épaules.

« Ça te dit de m'aider ? » dit Rocco en recommençant à nettoyer son piston.

Louis se dandina un moment, puis demanda :

« Qu'est-ce qu'il faut faire ?

— Nettoie le carburateur, dit-il en lui tendant un chiffon.

— Carburateur, répéta Louis. Piston, cylindre, carburateur. »

Rocco se mit à remonter le moteur avec Mattia :

« Alors, pour commencer, il faut bien mettre en place les joints…

— Les joints… » répéta Louis à voix basse.

Et Louis continua aussi longtemps qu'ils travaillèrent à assembler le moteur. Quand ils eurent fini, ils hissèrent le moteur avec le treuil et le bloquèrent sur un support stable. Entre-temps, Javier, Ratón et Billar étaient revenus avec un chariot rempli de pièces récupérées chez les ferrailleurs.

En fin d'après-midi, une voiture s'arrêta devant l'atelier. Un homme d'une trentaine d'années entra dans l'atelier, cheveux gominés, sapé comme un souteneur et talonné par deux brutes armées.

« Merde, c'est don Lionello Ciccone, murmura Louis.

— Qui c'est ? demanda Rocco.

— Le boss du *dique cinco*. On dit que c'est lui qui fait la guerre à Tony Zappacosta », répondit-il dans un souffle.

Don Ciccone balaya l'assistance du regard. Puis il pointa Rocco du doigt.

« Je parie que c'est toi, Bonfiglio. »

Rocco s'avança. Il lut la tension sur le visage des sbires de don Ciccone, et se dit qu'ils serraient trop fort leurs pistolets. Mais une guerre avait commencé, et ils ne pouvaient plus baisser la garde. Mieux valait tuer un innocent que se faire tuer : la règle était simple et logique.

« À votre service », dit Rocco, sans la moindre intonation servile.

Don Ciccone le dévisagea.

« Il paraît que c'est toi qui as tiré sur les hommes qui ont fait sauter la Zappacosta Oil Import-Export. Je voulais te voir en face. »

Rocco soutint son regard.

« Je ne suis pas un homme de Tony.

— Oui, on m'a dit ça aussi. Mais les gens racontent tellement de conneries… Quoi qu'il en soit, tu n'es pas très populaire, dans le quartier.

— De toute ma vie, je n'ai jamais été populaire, rétorqua Rocco. Je m'y suis fait.

— Si ça se trouve, tu deviendras populaire après ta mort, fit remarquer don Ciccone sur le ton détaché des gens cruels quand ils parlent de la mort.

— Sauf votre respect, ça m'étonnerait. Qui ça pourrait intéresser, la mort d'un gars comme moi ?

— En tout cas, tu as la langue bien pendue. Mais ça veut pas dire que tu as de grosses couilles, sourit-il. Tu sais comment on fait, pour peser des couilles ?

— Laissez-moi deviner… Il suffit de les couper ?

— Gagné !

— Écoutez, don Ciccone, si Zappacosta mourait, je serais le premier à faire la fête ! affirma Rocco, se souvenant des consignes de Tony, après quoi il fit un geste circulaire du bras. Et c'est la même chose pour tous mes hommes, sans exception. Ici, vous ne trouverez que des ennemis de ce nabot.

— En tout cas, ils n'ont pas l'air trop dangereux, tes hommes ! » gloussa don Ciccone.

À ce moment-là, Raquel apparut, et le boss rit de plus belle.

« Elle est vraiment chouette, ton armée ! Tu pourrais ouvrir un cirque !

— Qu'est-ce qui se passe ? » s'enquit Raquel.

S'esclaffant toujours, don Ciccone lui asséna une petite claque débonnaire. Puis il adressa un signe à ses hommes de main, et ils partirent.

« Qu'est-ce qui se passe ? répéta Raquel.

— Quand est-ce que tu vas apprendre à te taire, toi ? » lui lança Rocco avec dureté.

Il frappa dans ses mains pour secouer ses hommes et chasser le fantôme de don Ciccone, qui avait effrayé tout le monde.

« Mets de l'essence dans le réservoir, ordonna-t-il à Louis.

— Moi ?

— Et qui d'autre ? Tu es mon assistant, non ? et il frappa à nouveau dans ses mains. Voyons si on arrive à faire démarrer ce moteur ! »

Raquel observa Louis qui remplissait le réservoir, en bombant fièrement le torse. Elle en éprouva une certaine jalousie. Elle savait combien Rocco tenait à ce moteur.

« J'aurais pu le faire, chuchota-t-elle en s'approchant de lui.

— Non, répliqua-t-il, toi, tu dois m'aider à le faire démarrer. »

Raquel sentit ses joues s'empourprer.

« C'est fait ! annonça Louis en refermant le bouchon.

— Passe-moi la manivelle. »

Louis s'exécuta, prenant son rôle très au sérieux. Rocco enfonça la manivelle dans le trou, puis il prit les mains de Raquel et les plaça sur le manche de bois, avec les siennes. Tout à coup, le silence s'abattit sur l'entrepôt. On aurait pu entendre une mouche voler. On entendait juste le piétinement du reste de l'équipe, qui s'était regroupé autour du moteur. « Allez, mon beau, murmura Rocco, ne me laisse pas tomber... » Tous retenaient leur souffle.

« À mon signal, tu tournes de toutes tes forces, indiqua-t-il à Raquel.

— D'accord... » chuchota-t-elle.

Il répéta encore :

« Allez, mon beau... puis : Maintenant ! » en se mettant à tourner la manivelle.

Raquel se sentit pratiquement décoller. Le moteur toussota. Puis démarra. Et il ne s'arrêta plus.

Tandis que la vibration du moteur se répandait dans tout le hangar, Rocco regarda Ratón qui riait en laissant voir ses dents de rongeur, Javier qui dansait en boitant au bras de Billar, Mattia qui ne s'était jamais vraiment senti mécanicien jusqu'à ce moment, Louis qui, le regard pétillant, fixait ce moteur qu'il avait contribué à monter, et les deux autres gosses qui se donnaient de grandes claques dans le dos et ressemblaient enfin à des enfants. Enfin, il croisa le regard de Raquel qui le contemplait, pleine d'admiration. Elle exultait : « Je le savais, je le savais ! »

À la vue de cette fête, le cœur pompant le sang dans son corps avec la même force que les pistons pompaient le carburant dans le moteur, Rocco se dit que ce n'était que le début. Maintenant, il fallait construire une machine autour de ce moteur. Et si possible passer indemnes à travers les balles qui ne tarderaient pas à siffler. Il y avait encore tellement de chemin à faire! Mais don Ciccone se trompait sur un point : le boiteux, le manchot, le gars à la jambe de bois, le boutonneux, les trois voyous d'à peine treize ans, et le gosse maigre comme un clou qui ressemblait plus à une fille qu'à un garçon, tous ces gars n'avaient rien de ridicule. Ils formaient une équipe, une véritable équipe. Seule Rosetta manquait à l'appel, se dit-il, gagné comme souvent par la mélancolie. Alors, il serra fort le bouton qu'il gardait toujours dans sa poche.

49

Il était une fois... « Un roi ! » direz-vous aussitôt. Eh bien non, vous vous trompez. Il était une fois une fille. Une fille qui voulait être libre comme un garçon. Depuis le soir où elle avait composé ce début à la façon de *Pinocchio*, Raquel n'avait qu'une idée en tête : écrire un récit. Mais la feuille que lui avait donnée Rocco demeurait blanche, à l'exception de ces premières lignes.

« Pourquoi tu fais la tête ? lui demanda Rocco avant qu'elle parte pour la librairie.

— Vous avez tous quelque chose à faire, ronchonna Raquel en lorgnant vers Louis, qui était désormais l'assistant attitré de Rocco. Il t'est utile, lui ?

— Oui, il m'est utile. »

Raquel eut un accès de jalousie. Rocco la regarda.

« Tu voudrais devenir mécano ?

— Je sais pas », répondit-elle, l'air grognon.

Il secoua la tête.

« Tu veux être apprenti mécanicien ?

— Heu, non…

— Bien sûr que non !

— Je veux écrire des récits ! » s'exclama-t-elle avec la fougue excessive de celui qui cherche d'abord à se convaincre lui-même.

Il acquiesça :

« Bravo. Eh bien, ça vaut la peine de se battre pour ça.

— Mais je… là Raquel hésita et se dégonfla comme un ballon percé. Mais je… je ne sais pas comment on invente une histoire… »

Rocco éclata de rire.

« Tu ne sais pas inventer d'histoires ? s'esclaffa-t-il. Tu te rappelles ce que tu m'as raconté, quand je t'ai trouvé ? Que tu arrivais de Rosario, à pied ! Trois cents kilomètres ! Et puis que ton immeuble avait explosé à cause d'une bombe, et que tu étais le seul survivant…

— Mais c'est vrai !

— Tu me prends pour un imbécile ? » Il lui donna une petite tape sur la tête. « Quand tu voudras, tu me la raconteras, ta véritable histoire, ajouta-t-il avec sérieux.

— Comment tu sais que c'est pas vrai ?

— Je le sais, c'est tout. Mais je sais aussi que c'est une bonne histoire, fascinante, pleine d'aventures… Moi je n'aurais pas su l'inventer, et lui non plus », dit-il en montrant Louis. Il se mit à tapoter le front de Raquel. « Mais toi, si ! Tu as du talent pour les conneries. »

Elle ouvrit la bouche pour protester.

« Je plaisante ! rigola Rocco. Je voulais dire : du talent pour les récits.

— Pourtant, je ne sais vraiment pas comment on écrit une histoire…

— Et pourquoi tu me dis ça, à moi ? dit-il avec rudesse. Je ne sais même pas écrire mon nom ! Comment je pourrais t'aider ? »

Lisant la déception sur le visage de Raquel, il l'attira vers lui.

« Mais il y a quelque chose que je sais, ajouta-t-il en ébouriffant les cheveux en brosse de sa jeune amie. Tu as un cerveau, gamin, et un cœur, qu'est-ce que je peux te dire de plus ? Utilise-les. » Il la dévisagea un instant : « Maintenant va-t'en, et arrête de faire la tronche comme ça, c'est vraiment trop emmerdant ! »

Raquel rit, mit sa capuche et partit à la librairie.

Le soir, à son retour, Rocco lui demanda, mains derrière le dos : « Alors, tu as commencé à l'écrire, ton histoire ? » Elle secoua la tête, morose. « C'est bizarre, observa-t-il, car je crois que tu as presque tout pour être écrivain : tu bavardes trop, tu fourres ton nez partout, et tu es tellement minus que tu ne pourrais faire aucun vrai boulot de mec… » Raquel le regarda sans comprendre. Il secoua la tête.

« C'est qu'il te manque encore quelque chose…

— Quoi ?

— Du papier et un stylo », répondit-il en souriant.

Tel un prestidigitateur, il fit alors apparaître un cahier noir à la couverture rigide dans une de ses mains, un stylographe et une bouteille remplie d'encre dans l'autre. Raquel écarquilla les yeux, ouvrit et ferma la bouche deux ou trois fois, sans réussir à émettre le moindre son.

« Tu ressembles à un poisson en train de clamser sur la plage ! s'amusa Rocco, avant d'agiter le stylo en l'air. Ça, ça s'appelle un Waterman… c'est un truc américain… et ça coûte les yeux de la tête. Alors fais-le fructifier, hein ! Je n'aime pas jeter l'argent par les fenêtres. C'est pigé ?

— Je… je ne te décevrai pas, balbutia Raquel.

— Je sais. »

Rocco lui montra le cahier. Sur la couverture, au centre, il y avait une étiquette rectangulaire couleur crème, bordée de vert. « Là, il faut écrire ton nom. Désolé, je ne savais pas le faire… » ajouta-t-il, gêné.

Elle sentit les larmes lui monter aux yeux. « Tu lis, tu écris, tu as un stylographe et une montre, énuméra Rocco. Tu te rends compte que tu es le pédé du groupe ? »

Quand ce fut l'heure d'aller se coucher, Raquel avait déjà inscrit son nom sur l'étiquette du cahier. Elle recopia aussi sur la première page le début revisité de *Pinocchio.* En le relisant une énième fois, elle souligna la dernière phrase, *Une fille qui voulait être libre comme un garçon*, une, deux, trois fois, transperçant presque le papier. Et tout à coup, elle eut comme une illumination. Elle comprit ce qu'elle devait écrire. Un journal, lui avait dit Rocco pour se moquer d'elle : « C'est ça ! » pensa-t-elle, joyeuse. Mais il s'agirait d'un journal un peu particulier. Elle sourit. Maintenant, elle savait ce qu'elle allait inventer : le journal d'une fille parmi les garçons. Une sorte de manuel de survie, de guide pratique. Elle rit, contente d'elle.

À partir de là, elle écrivit sans trêve, sans hésitation, et avec un plaisir permanent. Écrire devint un jeu. La vie elle-même se fit divertissante, parce qu'elle passait ses journées à observer les tics, les manies, la langue et l'attitude des garçons, comme si elle se trouvait à un cours de théâtre. Et puis étudier avec attention les comportements masculins la conduisit aussi à observer le monde dans son ensemble avec des yeux différents. Elle n'était encore qu'une gamine, mais elle avait un esprit acéré, et une intelligence fine et vive. Le mérite en revenait largement à son père, un homme qui avait traversé la vie avec son regard indépendant. Chaque fois qu'elle pensait à lui, elle en avait les larmes aux yeux. Mais elle savait qu'elle portait son père en elle, et qu'elle était pétrie de ses enseignements : c'était à travers leur filtre qu'elle percevait à présent Buenos Aires et l'humanité dans laquelle elle évoluait. Jour après jour, s'oubliant elle-même pour se concentrer sur les autres, elle commença à déchiffrer la vie comme elle ne l'avait jamais fait auparavant. Et elle se rendit compte qu'être un homme, dans cette ville de tous les extrêmes, était vraiment un truc pour les durs à cuire. Les autres étaient balayés.

Une fois son récit achevé, elle glissa ses pages dans une enveloppe sur laquelle elle écrivit : « Pour la *señora* Alfonsina Storni. » Puis elle se rendit au pas de course au siège de *Caras y Caretas*.

« Qu'est-ce que tu veux, le mioche ? » lui lança un des gardiens en la voyant errer dans le hall d'entrée. Raquel lui montra l'enveloppe sans parvenir à articuler un mot, tant son émotion était grande. Le gardien prit l'enveloppe et la jeta dans un gros chariot qui passait, poussé par un jeune garçon. Ce chariot était rempli de lettres.

« Elles sont toutes pour la *señora* Storni ? s'enquit Raquel, yeux écarquillés.

— Tu es bête ou quoi ? bougonna l'homme. Il y en a pour toute la rédaction.

— Qui les a écrites ?

— Ben qui ça, d'après toi ? Les lecteurs, bien sûr ! »

Raquel s'en alla, profondément abattue. Il y avait beaucoup trop d'enveloppes, et qui sait combien de récits elles contenaient ! « Ils ne liront jamais le mien », murmura-t-elle.

Quelques jours plus tard, Delrio l'accueillit avec un sourire radieux, découvrant ses longues dents jaunâtres. « Viens voir, Ángel ! » s'exclama-t-il, fébrile. Alors qu'elle approchait en traînant les pieds, elle remarqua qu'il tenait en main un exemplaire de la revue *Caras y Caretas*. « Écoute un peu ! dit-il, ses petites lunettes rondes au bout du nez. *La fille qui voulait être libre comme un garçon.* » Raquel sentit son cœur bondir. Elle se précipita derrière lui : là, sur la page de gauche, en gras, elle vit le titre que Delrio venait de lire.

« Écoute donc ce qu'écrit Alfonsina Storni… commença-t-il.

— Alfonsina Storni ? s'exclama Raquel.

— Ben oui, Alfonsina Storni, tu es sourd ? Allez, écoute : *Voici quelques jours, une enveloppe anonyme est arrivée à la rédaction, et elle m'était adressée. Moins d'une heure plus tard, toute l'équipe se passait les feuilles contenues dans cette enveloppe : certains riaient, d'autres étaient émus. Notre directeur, l'illustre señor Eustaquio Pellicer, n'a pas hésité une seconde avant de décréter d'un ton péremptoire : "On publie !" Votre tour est donc venu, chers lecteurs, de découvrir l'histoire de cette extraordinaire jeune fille sans nom qui vit ici, au milieu de nous.* »

Delrio abaissa son journal et regarda Raquel. Celle-ci était abasourdie, elle ne savait pas si elle devait rire ou pleurer. Alfonsina Storni l'avait appelée « extraordinaire jeune fille ».

« Qui sait s'il s'agit vraiment d'une jeune fille, fit remarquer Delrio.

— Bien sûr que si ! » s'écria-t-elle.

Il haussa un sourcil, surpris

« Qu'est-ce que tu en sais ? »

Elle rougit.

« Alfonsina Storni… ne mentirait jamais…

— Les journalistes mentent, c'est leur métier, commenta-t-il en riant. Et les femmes également, c'est leur nature. Alors imagine un peu ce qu'est capable de faire une femme qui, en plus, est journaliste !

— Ben moi… j'y crois, bredouilla Raquel.

— Bof… Certaines anecdotes sont peu vraisemblables. Par exemple, cette soi-disant jeune fille raconte qu'elle n'arrivait pas à trouver un métier honnête. Écoute ça : *Je me présentai au propriétaire d'une fabrique de bougies dans le barrio de Nueva Pompeya…* »

Raquel sourit. Elle avait fait attention, en écrivant, à ne révéler aucun détail risquant de révéler son identité.

« *… et il refusa de m'embaucher sous prétexte que j'étais une femme et, en tant que telle, pas fiable, incapable de travailler comme un homme et peut-être même stupide*, poursuivit Delrio. Mais c'est après que l'histoire ne tient plus la route, écoute, dit-il en remuant son index. *J'avais faim. Alors, je fus obligée de vendre mes longs cheveux et me retrouvai la boule à zéro. "Tu ressembles à un garçon", me fit remarquer quelqu'un. Je décidai alors d'acheter des vêtements masculins. Je retournai à la fabrique de bougies et le propriétaire, croyant que j'étais un garçon, m'embaucha. Depuis, il ne fait que m'adresser des louanges ! Et il continue à répéter qu'aucune femme ne pourrait faire ce travail aussi bien que moi.* »

Le libraire éclata d'un grand rire sonore.

« Quel grand couillon ! Comment fait-il pour ne pas se rendre compte que c'est une fille, d'après toi ?

— Vous venez de le dire…

— Comment ça ? »

Raquel sourit, angélique.

« Parce que c'est un grand couillon. »

Delrio s'esclaffa de plus belle :

« Un grand couillon, ah ça, oui ! Il est quand même amusant, ce texte ! Écoute encore : *Ce qui est difficile, c'est d'échapper à une pratique dont les mâles raffolent, uriner ensemble sur les murs. Dire que l'on n'a pas envie, cela ne suffit pas. Il faut utiliser un langage fleuri, de mec. On peut dire, par exemple : "Eh mon pote, c'est pas un pis d'vache, qu'j'ai entre les jambes! j'ai beau m'traire, y a rien qui sort!"* » Le libraire gloussa, réjoui : « *En effet, les hommes se sentent toujours obligés d'exagérer. Ils sont obsédés par la taille. La taille de tout. Par conséquent, leurs mots aussi doivent être aussi gros que... leur machin.* »

À ce moment-là, la clochette au-dessus de la porte tinta. Delrio se leva d'un bond, la revue en main, reconnaissant un de ses habitués. « Don Attilio! s'exclama-t-il en allant joyeusement à sa rencontre. Il faut absolument que vous lisiez ça, c'est à se tordre de rire! »

Raquel resta immobile à regarder les deux hommes s'esclaffer en lisant les mots qu'elle avait écrits. Elle n'arrivait pas à comprendre si c'était la réalité ou si elle était en train de rêver.

« Mon cher Gaston, je vous en achète tout de suite deux exemplaires! annonça le client, enthousiaste. Un pour moi et un pour mon beau-père. » Delrio lui donna deux revues. Et toute la journée, il ne fit que parler de l'histoire de la jeune fille déguisée en garçon à ses clients, hommes ou femmes. À l'heure de la fermeture, Raquel lui dit :

« Moi aussi, j'aimerais acheter un exemplaire.

— Il n'y en a plus, Ángel! annonça-t-il, satisfait, sans remarquer la déception de son employée. Grâce à cette fille, nous avons plus gagné en un jour que ce que nous faisons d'habitude en une semaine, dit-il en se frottant les mains. Il faudra en commander d'autres.

— Pourriez-vous me prêter votre exemplaire? demanda-t-elle timidement.

— Jamais de la vie, gamin! répondit-il avec sérieux. Il faut que je le lise à mes amis, ce soir au café. Qu'est-ce qu'on va rigoler! »

Raquel se rendit à un kiosque mais, là aussi, on avait tout vendu. Elle regagna son hangar à la fois déçue et surexcitée. Elle aurait voulu dormir avec son article sous l'oreiller. Elle n'arrivait pas à croire qu'elle avait été publiée, et qu'Alfonsina Storni avait parlé d'elle en ces termes.

Le lendemain, elle attendit avec anxiété les nouveaux exemplaires commandés par Delrio. Mais le livreur lui apprit qu'il y avait eu trop de commandes et qu'il n'arrivait pas à toutes les honorer. On allait refaire un tirage. Les nouvelles revues arrivèrent trois jours plus tard. Pendant ce laps de temps, de nombreux clients étaient passés pour en réclamer, incités par le bouche-à-oreille, alors Raquel en mit immédiatement un exemplaire de côté avant qu'ils ne soient tous épuisés.

Quand elle revint à l'entrepôt avec sa revue, Javier l'aperçut et lui demanda aussitôt :

« C'est le journal avec l'histoire de la fille ?

— Quelle fille ? interrogea Rocco.

— Une gamine qui fait semblant d'être un garçon… un truc dans le genre, expliqua Javier. On dit que c'est à se tordre de rire.

— Il paraît qu'elle se fout de notre gueule, à nous les hommes, intervint Billar.

— C'est là-dedans ? » demanda Rocco à Raquel.

Celle-ci acquiesça.

« Tu veux bien nous le lire ? »

Raquel en fut très émue.

« Ou… oui », bredouilla-t-elle.

En un éclair, toute l'équipe l'entoura : Rocco, Javier, Ratón, Billar, Mattia, Louis et les deux autres adolescents. Raquel commença par la présentation d'Alfonsina Storni. Puis elle s'éclaircit la gorge et lut le début :

« *Je vois ce que les femmes ne peuvent voir. Je vois ce que les hommes ne montrent pas aux femmes.*

— Vous avez une idée de ce qu'elle va voir ? ricana un des jeunes en se palpant entre les jambes.

— *Pour avoir l'air d'un vrai mâle, je me tripote moi aussi quand on me regarde*, poursuivit Raquel. *Pour le faire correctement, il faut plier les genoux et prendre un air à mi-chemin entre l'hébétude et le défi. On dirait que les garçons ont besoin de ranger quelque chose qui n'est jamais à sa place. J'ai remarqué que les jeunes le font plus souvent que les adultes. Peut-être veulent-ils convaincre le monde entier qu'ils en ont une, eux aussi.* »

Rocco gloussa et indiqua le gosse qui s'était palpé un instant plus tôt. Celui-ci piqua un fard :

« Qu'est-ce que c'est con ! » grogna-t-il.

D'un geste machinal, il porta la main entre ses jambes, mais il s'interrompit à mi-chemin, le geste en suspens. Tous ses compagnons s'en aperçurent et rirent à gorge déployée.

« *Quoi qu'il en soit, rien n'est plus efficace, pour affirmer sa masculinité, que de se tripoter en public*, reprit Raquel. *Mais souvent, j'ai envie de rire, tant ce truc est débile. Moi, je porte simplement un morceau de tissu roulé, pour éviter que les garçons ne trouvent rien dans mon caleçon, si jamais ils me font la blague, classique, de me donner une tape ou de me pincer à cet endroit. Heureusement, ça a l'air de suffire.* »

Rocco s'esclaffa de plus belle.

« Allez, tout le monde baisse son pantalon ! » s'exclama-t-il. Raquel fut pétrifiée. « Surtout toi, poursuivit Rocco à l'adresse du colossal Javier, car tu as vraiment l'air d'une fifille déguisée ! »

Il y eut un éclat de rire général.

« *Les garçons vouent un véritable culte à leur machin*, reprit hâtivement Raquel. *J'en ai entendu un qui conseillait : "Il faut la mettre à droite un jour, et à gauche le lendemain, parce que si tu la mets toujours du même côté, elle finit courbée comme une banane."* »

Son auditoire se tordit de rire.

« Mais c'est vrai, hein ! » s'exclama un des adolescents.

Raquel poursuivit sa lecture, déchaînant pour quelques minutes encore l'hilarité générale. Elle lut aussi les passages cités par Delrio à la librairie. Puis elle arriva à la dernière partie :

« *Mais je les comprends, ces garçons qui ne sont souvent guère plus que des enfants*, dit-elle en baissant la voix, parce que son récit prenait alors une tournure différente. *Les garçons du* barrio *traînent dans les rues, importunent les vagabonds, jouent aux cartes, volent aux étals des vendeurs ambulants, et s'exercent à l'art du couteau. À première vue, ils ont l'air féroce, mais si on les regarde bien, on voit la peur dans leurs yeux. La même peur qu'il y a dans les yeux de tous les immigrés.* »

Soudain, les rires s'interrompirent.

« Moi j'ai pas peur ! lâcha un des jeunes.

— Tais-toi, couillon, coupa Rocco.

— J'ai pas peur, répéta l'adolescent.

— Il t'a dit de te taire, couillon ! » intervint Louis.

Raquel enchaîna :

« *On dit souvent que notre ville est une fourmilière. Mais c'est une erreur. Dans les fourmilières, les fourmis collaborent entre elles, elles ne se tabassent pas du soir au matin. Buenos Aires est une ville dure, qui ne fait pas de cadeau.*

— Tu l'as dit bouffi, murmura Javier en massant son genou bousillé par une batte.

— *Pourtant, au milieu de toute cette misère*, continua Raquel, presque au bout de son texte, *quelques hommes parviennent à créer un petit univers de solidarité. Ils m'ont époustouflée, et je crois que je ne serai jamais capable d'être aussi forte qu'eux. En fait, peut-être que c'est ça, être un homme.* »

Tous les yeux se tournèrent vers Rocco, qui les avait rassemblés et leur avait donné un espoir. Mais personne ne pipa mot. Raquel sentit l'émotion l'envahir : c'était à lui qu'elle avait pensé en écrivant cette dernière partie. « *Ces hommes se rebellent contre la terrible solitude qu'on éprouve dans une ville comme celle-ci.* » Dans l'entrepôt, on aurait entendu une mouche voler. Elle arriva à la conclusion, qui reprenait le début : « *Je vois ce que les femmes ne peuvent voir. Je vois ce que les hommes ne montrent pas aux femmes. Je suis la fille qui veut être libre comme un garçon. Je suis la fille sans nom.* »

Dans le silence qui s'ensuivit, on ne perçut que le froissement des pages tandis que Raquel refermait le journal, retenant son souffle elle aussi. Nul ne parla. On aurait dit que tous étaient en train d'absorber et de digérer les paroles qu'ils venaient d'entendre. Le texte les avait amusés, puis remplis d'admiration, et enfin peut-être, effrayés. À ce moment-là, rompant le silence, Rocco s'écria : « Cette fille a plus de couilles que nous tous réunis ! »

50

« Tu as eu des nouvelles de ce mafieux ? demanda la princesse.

— Non, aucune », bougonna le baron, maussade.

Ils étaient assis l'un près de l'autre dans un petit salon du *palacio*, tout vert. Vert pomme, le papier peint des murs à motifs d'arabesques ; vert automnal, évoquant les feuilles jaunissantes, le grand tapis Ispahan en soie ; vert éclatant, le velours côtelé qui recouvrait le divan et les petits fauteuils jumeaux ; enfin, vert pomme comme le papier peint, mais avec des rayures dorées, les rideaux de lin très fin accrochés aux deux larges fenêtres. Devant eux, presque nue, vêtue uniquement d'un court tablier de bonne, se tenait la fille dont le frère avait été tué par le baron sur le paquebot, qu'il avait offerte à la princesse.

« Je me demande si c'est vrai, ce qu'on raconte sur les nains, plaisanta la princesse sur un ton malicieux, faisant allusion à Tony Zappacosta.

— J'ai envoyé Bernardo lui demander s'il avait trouvé l'homme qui a aidé la putain à s'échapper, mais rien.

— Ah, ta belle Rosetta t'a brisé le cœur ! »

Elle eut un petit rire et posa la tête sur l'épaule de son ami, en minaudant. Depuis qu'était arrivé le seul homme partageant ses perversions, la noble dame semblait avoir rajeuni, et son humeur était toujours au beau fixe.

« Cette salope m'a brisé le crâne, pas le cœur », râla le baron et, agacé, il pinça les fesses nues de la jeune fille.

Celle-ci laissa échapper un gémissement. Puis elle attrapa un petit four qu'elle avala tout rond. Elle avait le droit de manger un gâteau chaque fois qu'on lui faisait mal.

« Elle devient grosse comme une vache, grommela le baron, dégoûté.

— Et elle commence à m'ennuyer, la pauvrette, soupira la princesse. C'est moche, quand un jouet ne t'amuse plus, n'est-ce pas ?

— Il nous faut de la nouveauté », déclara le baron.

Il n'arrêtait pas de penser à Rosetta. Il avait même commencé à rêver d'elle. Mais si, pendant la journée, lorsqu'il était éveillé, il s'imaginait en train de la torturer et de la tuer, la nuit, en revanche, c'était elle qui prenait le dessus. Elle triomphait, l'humiliait, le mettait à genoux. Ainsi, le lendemain matin, il avait besoin de nouveaux fantasmes, plus sadiques encore, pour se remettre de ses défaites nocturnes. Tout cela ne faisait qu'alimenter le feu de son obsession.

« Tu es déjà allé dans un bordel tenu par des juifs ? demanda la princesse.

— Pourquoi ? C'est différent d'un bordel normal ? »

La princesse ferma à demi les yeux et, d'un ton rêveur et lascif, susurra :

« Il paraît qu'il y a plus de… souffrance.

— Quelle souffrance ? Ce sont toujours des putains, non ?

— Elles sont très jeunes… Un député du gouvernement, avec qui il m'arrive de bavarder, m'a raconté que ce sont des espèces d'esclaves. Elles viennent des ghettos d'Europe de l'Est. On dit que ce sont de délicieux petits animaux domestiques…

— Et on les trouve où, ces bordels ? interrogea le baron, retrouvant son entrain.

— Un peu partout dans la zone de Junín. Un des plus sordides s'appelle le *Chorizo*, rit-elle. Les juifs ont un *sens de l'humour** vraiment extraordinaire. Les petites saucisses juives !

— Ça donne l'eau à la bouche ! Quand irons-nous là-bas, *ma chère** ? »

La princesse l'enlaça joyeusement.

« Je peux avoir un gâteau ? demanda la jeune fille.

— Mais tire-toi de là, abrutie ! éclata le baron en lui filant un coup de pied.

— Ne sois pas grognon, s'amusa la princesse. J'étais certaine que mon idée allait te plaire ! dit-elle en se levant. Allez, va te faire une beauté, *mon cher ami**, la calèche est prête. Nous pouvons nous y rendre immédiatement.

— J'emmène Bernardo.

— Oh non, pas cette fois, non… pleurnicha la princesse en minaudant. Amusons-nous seulement tous les deux. »

Le baron la regarda en souriant. S'il avait aimé les femmes, et elle les hommes, la princesse aurait été en haut de la liste de tous ses désirs : elle était parfaite.

Quand une demi-heure plus tard, au coucher du soleil, le cocher les déposa devant le *Chorizo*, tous deux restèrent un moment en extase devant la façade laide et glauque de la maison close. Elle était peinte d'une couleur moutarde que la pluie délavait et souillait en même temps. Les volets fermés n'évoquaient pas un endroit inhabité, mais quelque chose de plus sordide qui devait rester caché. Cela fait penser à des vers grouillant dans un cercueil, songeaient les deux aristocrates avec un frisson de plaisir, comme s'ils n'étaient qu'un seul et même cerveau, et une seule et même perversion. Comme des enfants, ils se prirent par la main et se dirigèrent vers l'entrée où les attendaient deux brutes aux cheveux gominés et au visage marqué par la stupidité plus encore que par les coups de couteau. Perplexes, les types se demandaient de quels drôles de clients il s'agissait. Amos surgit alors.

« Bonsoir madame, bonsoir monsieur ! Je vous ai vus depuis la fenêtre de mon bureau, dit-il en glissant les pouces dans les emmanchures de son gilet. Vous êtes-vous perdus, ou m'honorez-vous d'une visite ? »

Le baron ralentit mais la princesse lui serra la main plus fort, l'obligeant à avancer jusqu'à Amos.

« Le député Dos Santos m'a raconté des choses qui m'ont intriguée... » chuchota-t-elle pour ne pas être entendue des deux gorilles.

Un sourire satisfait illumina le visage d'Amos.

« Quel honneur ! dit-il. Mais monsieur le député est un homme, alors que vous...

— Allons, allons, ne soyez pas aussi *ancienne manière** ! dit-elle en riant.

— Et à qui ai-je le plaisir de...

— Il est trop tôt pour que vous puissiez le savoir », intervint le baron, hautain.

Amos esquissa une révérence.

« La discrétion est la première règle de notre maison, dit-il d'un ton mielleux, et le premier droit de nos hôtes. » Et en pénétrant dans le *Chorizo* : « Entrez, je vous en prie, je vous montre le chemin. »

En le suivant, le baron et la princesse jetaient des coups d'œil avides autour d'eux, se régalant de la misère ignoble des lieux, les narines dilatées comme des chiens de chasse, pour respirer les odeurs nauséabondes que dégageaient les pièces plongées dans la pénombre. Amos les fit entrer dans son petit salon. Les visages du baron et de la princesse trahirent leur déconvenue. Semblable à n'importe quel salon bourgeois, cette pièce était totalement dénuée de la perversion fascinante qu'ils attendaient du *Chorizo*.

« Madame, monsieur, que recherchez-vous ? demanda Amos avant même qu'ils ne s'assoient, déchiffrant la déception dans leur regard.

— Pas… ça », lâcha la princesse.

Amos savait lire dans le cerveau de ses clients. C'était un bon commerçant, et un excellent vendeur.

« Les chambres ne ressemblent pas à ça. » Il leur adressa un sourire cruel : « On n'y respire pas la même odeur qu'ici. » Comprenant qu'il avait mis dans le mille, il décida d'y aller franco : « Peut-être y serez-vous scandalisés par… la saleté. »

Il vit une lumière briller dans les yeux de ses clients. Il savait bien dans quelle catégorie les classer, ces deux-là : celle des riches pervers qui se délectaient de souffrances. Ils mangeaient de la merde en la savourant comme du caviar russe, et sirotaient des larmes comme si c'était du champagne français.

« Les filles que vous avez ici… d'où viennent-elles ? » demanda la princesse, un tremblement dans la voix.

Mais ce n'était pas ça, la question qu'elle voulait poser, se disait Amos. Elle voulait juste savoir si les filles souffraient. Oui, il avait vu juste, il s'agissait bien de bouffeurs de merde.

« Oh, elles viennent de très loin pour satisfaire l'immense marché du sexe de Buenos Aires, commença-t-il. On les arrache à leurs familles… » Il pouvait entendre leur respiration s'accélérer. Le moment était venu de leur donner ce qu'ils désiraient : « Vous lirez dans leurs yeux des souffrances indicibles… »

La princesse se laissa tomber sur un divan. Bien que moins expansif, le baron avait le visage empourpré. À la façon dont il avait regardé les gardiens, à l'entrée, Amos supposait qu'il ne s'intéressait pas aux femmes ; son vice, c'était simplement de faire le mal. Quant au baron, il reconnut sa propre cruauté dans les yeux d'Amos.

« Vous devez disposer d'un vaste réseau d'informations sur les femmes de Buenos Aires, n'est-ce pas ? » demanda soudain le baron, suivant une intuition qui venait de lui traverser l'esprit.

Amos fronça les sourcils. C'était une question à laquelle il ne s'attendait pas :

« Qu'entendez-vous exactement par là, *señor* ? »

C'est alors qu'Adelina entra dans la pièce avec deux tasses de maté chaud, cadeau de bienvenue pour les hôtes de marque. Tandis qu'elle posait les tasses sur une table basse, le baron scruta avec impudence sa joue balafrée.

« Vos filles n'arrivent jamais à s'échapper ? » questionna-t-il.

Amos remarqua le regard insistant du baron sur la cicatrice d'Adelina.

« Si, parfois… Mais je les retrouve. Et je les marque. »

Ce gros tas aimait donc le sang. Et maintenant, il allait vouloir les détails, bien sûr, ça l'excitait.

« Vous les retrouvez toujours ? »

Pourtant non, Amos ne lisait nulle excitation dans ses yeux. Le gros ne voulait pas non plus de détails.

Il tournait autour d'autre chose, mais quoi ? Amos se raidit : de quelle fugitive parlait-il ? Était-il au courant, pour Raquel ?

« Que voulez-vous savoir ? dit Amos d'un ton sec.

— Si vous les retrouvez toujours. C'est-à-dire si vous êtes capable, ou plutôt, comment dire… équipé, pour trouver une fugitive. Vous savez toujours où chercher ?

— Qui recherchez-vous ? voulut savoir Amos, toujours sur la défensive.

— Une fille que je poursuis depuis la Sicile. »

Amos comprit enfin où il voulait en venir. Cela n'avait rien à voir avec Raquel, ni avec le sexe. Il fit signe à Adelina de sortir et, dès qu'ils furent à nouveau seuls, il demanda au baron :

« Qui est cette fille ?

— Oh, pas maintenant, *mon cher**… intervint la princesse.

— Si, maintenant », rétorqua le baron d'un ton âpre.

Amos perçut une dureté inattendue derrière l'aspect lamentablement mollasson de ce richard. Et il comprit qu'il avait un homme dangereux devant lui. Il l'avait sous-estimé.

« Dites-moi, je peux peut-être vous aider.

— Je suis à la recherche d'une criminelle, expliqua-t-il, plein de fiel.

— Je vous écoute… »

Le baron lui parla de Rosetta et de sa fuite pendant la rixe à l'*Hotel de Inmigrantes*. Amos se souvenait parfaitement de ce jour-là.

« C'est une fille brune ? Très, très belle ? »

La stupeur se peignit sur le visage de l'aristocrate.

« Vous êtes venu voir la bonne personne, *señor*, sourit Amos. J'étais présent, par pure coïncidence. » Il fit une pause. « Ou peut-être était-ce le destin ? Pour que je puisse vous être utile ? » Il le regarda : « Mais j'imagine que la *Policía* la cherche aussi…

— Ce sont des incapables, trancha le baron, plein de mépris. Et puis, entre nous, je voudrais tenir cette salope entre mes mains… de manière privée.

— Privée ? répéta Amos, bien qu'il ait parfaitement compris.

— Oui, je ne crois pas à la justice des tribunaux. Je veux juger cette criminelle moi-même. Je la veux, pour moi. Vivante et en bon état. »

À nouveau, Amos se dit qu'il avait affaire à un homme dangereux.

« Je la trouverai, *señor*…

— Baron Rivalta di Neroli. Et cette criminelle s'appelle Rosetta Tricarico.

— Je la trouverai et je vous l'amènerai, monsieur le baron. Mais… où cela ?

— Au *palacio*… le baron attendit un signe d'assentiment de la princesse, au *palacio* de la princesse de Altamura y Madreselva.

— Mais la semaine prochaine, nous irons passer quelques jours dans mon *hacienda*, pour une fête, ajouta la princesse d'un ton mondain.

— *Chérie**, je ne crois pas qu'il pourra trouver la fille en une semaine », répliqua le baron, agacé.

Cette fille, c'était un passe-partout capable d'ouvrir tous les coffres-forts de ce gros richard, pensa Amos, elle avait une valeur immense. Il pourrait demander n'importe quelle somme à ce type. Et il avait plus que jamais besoin d'argent.

« Je ne sais pas combien de temps ça va me prendre, mais je la retrouverai, assura-t-il.

— J'ai aussi demandé à un certain Tony Zappacosta. L'homme qui a déclenché la rixe pour faire échapper cette criminelle avait promis des faveurs au nom d'un mafieux palermitain, oncle de ce Zappacosta. Trouver l'homme, c'est trouver la femme, m'étais-je dit. Mais sur ce front-là, aucun progrès. »

Amos se raidit en entendant le nom de Tony.

« Ne vous compromettez pas avec ce mafieux, conseilla-t-il. C'est un canard boiteux. » Il s'approcha du baron pour lui révéler quelque chose d'encore plus confidentiel : « Une guerre a débuté, et on raconte que Tony l'a déjà perdue. » Son expression se durcit : « Car il ne sait pas qui est son enn… »

Il s'interrompit. La vanité fait dire des choses qu'il vaudrait mieux taire, pensa-t-il, surtout à un étranger. La vanité rend les hommes stupides, oui, tous les hommes, lui compris.

« Qu'est-ce qu'il ne sait pas ? » interrogea le baron.

Amos coupa court :

« Laissez tomber. Ne vous compromettez pas avec ce mafieux, sinon il vous entraînera au fond avec lui. »

La princesse bâilla d'ennui.

« Mais vous êtes venus pour vous amuser, pas pour écouter mes bavardages ! » s'exclama Amos. À présent, il devait conquérir ces deux connards pleins aux as. S'il y parvenait, leur argent serait extrêmement utile à l'entreprise dans laquelle il s'était lancé. Il ouvrit le tiroir de son bureau et en sortit un petit paquet. De la merde blanche pour des bouffeurs de merde.

« Vous savez ce que c'est ? »

Le visage de la princesse s'anima à nouveau :

« Ne me dites pas que c'est…

— Oui, *madame**, sourit Amos.

— Oh, je n'ai jamais essayé ! s'exclama-t-elle, surexcitée.

— Qu'est-ce que c'est ? » demanda le baron.

Amos ouvrit une enveloppe et versa un peu de poudre blanche sur un plateau en argent, qu'il travailla ensuite avec un petit couteau. Il fit deux lignes blanches et tendit une paille en argent à la princesse.

« Vous savez comment on fait ? sourit-il. Vous mettez la paille dans une narine, vous bouchez l'autre, vous videz vos poumons et là, vous aspirez bien fort.

— Qu'est-ce que c'est ? répéta le baron.

— De la poudre magique, s'amusa Amos.

— De la cocaïne ! » répondit la princesse, électrisée. Elle aspira avec avidité sa ligne de drogue. Puis ce fut au tour du baron.

« Je ne sens rien, dit-il.

— C'est vrai au sens littéral du terme, rit Amos. Vous ne sentez plus votre nez, il est anesthésié. »

Le baron et la princesse touchèrent leurs narines et s'exclamèrent, presque en chœur :

« C'est vrai ! »

Peu après, le baron se rendit compte que ses pensées se bousculaient à un rythme effréné dans sa tête. Il avait maintenant une perception très aiguë de lui-même. Il voyait aussi avec une précision accrue tout ce qui l'entourait, les objets comme les personnes. Tout était devenu clair et déchiffrable. Le monde était totalement contrôlable. Et lui, il était puissant, capable de soumettre l'univers à sa volonté.

« Encore ! » exigea-t-il.

Amos prépara deux autres lignes de cocaïne. Le baron et la princesse les aspirèrent.

« Et maintenant, allons nous amuser ! » lança Amos, et il les guida à travers les méandres du *Chorizo* jusqu'à une pièce sordide, meublée d'un lit double aux draps froissés et tachés.

Une jeune fille blonde était assise sur le lit, tête baissée. Amos la présenta : « Ça, c'est Libertad. » Puis il ajouta pour les exciter : « Ses parents me l'ont vendue contre de la menue monnaie. » La princesse émit un gémissement. « Elle ne parle pas, continua Amos, mais elle fera tout ce que vous voudrez. » Il vit que les yeux des deux mangeurs de merde étaient enflammés par la cocaïne. Ils dansaient sur place, fébriles et pleins d'énergie. « C'est pas un beau spectacle, ça ? On dirait une poupée, vous ne trouvez pas ? » La princesse s'assit près de Libertad et caressa ses cheveux blonds, brillants comme des fils d'or.

« Quand j'étais petite, j'aimais savoir ce qu'il y avait dans mes poupées, raconta-t-elle. Ma chambre était pleine de petits bras et de petites jambes… et de têtes. »

Le baron se mit à rire – il avait le visage contracté et les yeux embrumés.

« Ne me l'abîmez pas trop, hein ! » recommanda Amos.

Le baron se retourna pour le regarder. La cocaïne le dévorait. Amos lui posa une main sur l'épaule. Le moment était venu de serrer le nœud qui attacherait à lui ce rupin : « Moi, je vous la trouverai, cette femme, murmura-t-il. Pour le moment, prenez du bon temps. » Puis, il les laissa seuls.

« Libertad, ordonna alors la princesse en ôtant ses chaussures et ses bas, mets-toi à genoux et lèche-moi les pieds ! » La jeune fille, comme une marionnette sans âme, s'agenouilla et se mit à lécher les pieds de la princesse. Elle souleva un peu plus sa jupe : « Vas-y, monte, Libertad. » Elle lui lécha les chevilles et les mollets. Le baron observait la scène, tendu et le visage inondé de sueur. La princesse lui adressa un regard espiègle et lança : « Toi, tu n'as pas le droit de regarder ! » Elle cacha le buste de Libertad sous son ample jupe. Elle sourit avec malice au baron, qui affichait maintenant un air déçu. « Mais tu peux écouter le bruit de sa langue qui glisse sur ma peau… » Elle indiqua le sol. « Mets-toi à genoux toi aussi ! » commanda-t-elle.

Le baron s'exécuta, totalement en nage. Il approcha l'oreille de la jupe de la princesse, qui se mit à caresser sa cicatrice. « Plus haut, Libertad », exigea l'aristocrate. La jeune fille atteignit ses genoux et ses cuisses. La princesse se mit à haleter. « Plus haut, Libertad ! dit-elle encore. Jusqu'au bout. » Sa jupe se gonfla lorsque Libertad arriva au pubis. Elle appuya les mains sur la tête de la fille et l'attira à elle avec violence, manquant de l'étouffer. Plus Libertad cherchait à reprendre sa respiration, plus la femme la tenait serrée contre elle, miaulant de plaisir.

Le baron s'apprêtait à aider son amie à étouffer Libertad lorsqu'il fut saisi d'une drôle de sensation. Il s'aperçut que le tissu de son pantalon se tendait au niveau de l'entrejambe. Avec des pensées qui tournoyaient follement dans sa tête sous l'effet de la cocaïne, il s'assit brusquement par terre et ouvrit précipitamment sa braguette. Il fourra la main dans son caleçon et sortit son membre. Il le regarda, stupéfait : il était raide, ou presque. Pour la première fois de sa vie. Il le toucha avec précaution, comme s'il craignait d'en éprouver de la douleur. Mais le plaisir fut immédiat, immense, phénoménal. À ce moment-là, il comprit qu'avec ce sexe presque dur, pratiquement comme celui d'un homme véritable, il pourrait humilier personnellement Rosetta. Cette pensée l'émut tellement qu'il se mit à pleurer comme un enfant. Et tout ça, c'était grâce à Amos et à sa petite poudre magique ! Entre-temps, la princesse avait atteint l'orgasme avec des cris de bête sauvage. Elle regarda le baron et découvrit ses joues striées de larmes.

« Que t'arrive-t-il, *mon cher** ? lui demanda-t-elle, inquiète.

— Je suis… heureux ! » répondit-il en riant.

51

« Qu'est-ce que ça raconte, aujourd'hui ? » demanda Rosetta à El Francés en lui tendant l'exemplaire de *La Nación* qu'elle achetait tous les matins. Depuis plusieurs jours, elle vivait partagée entre deux sentiments contradictoires. Si ce journaliste publiait pour de bon un article sur elle dans *La Nación*, ce serait la fin de son invisibilité. Ce serait à la fois un bien et un mal. D'un côté, c'était dangereux, parce que la *Policía* risquait de remonter jusqu'à elle. De l'autre, grâce à cet article, Rocco la retrouverait peut-être. Certes, il ne savait pas lire, mais il pourrait en entendre parler et comprendre qu'il s'agissait d'elle. En tout cas, voilà ce qu'elle espérait. El Francés était assis au soleil, sur la chaise qu'Assunta mettait dehors tous les jours pour lui.

« Pourquoi tu ne prends pas *Caras y Caretas* ? Tout le monde parle de cette fille qui se fait passer pour un garçon. Il paraît que c'est très amusant. Ce serait toujours mieux que *La Nación*, en tout cas !

— Moi j'achète *La Nación*, pas *Caras y Caretas*, rétorqua Rosetta. Je dois savoir si ce journaliste a vraiment écrit son article, et il a dit que c'était pour *La Nación*, pas pour *Caras y Caretas*. »

El Francés prit le journal et le feuilleta avec attention, page après page.

« Toujours rien, *chica*, conclut-il.

— Tant mieux », dit Rosetta.

Chaque jour, El Francés percevait une note de regret dans sa voix. Mais il ne comprenait pas pourquoi :

« Tu es sûre que tu ne veux pas m'en parler ?

— Et toi, tu es sûr que tu ne veux pas m'en parler ? répliqua Rosetta.

— Notre situation n'est pas la même, précisa El Francés qui ne pouvait pas lui expliquer, pour Amos. Moi, je peux peut-être t'aider, alors cela vaudrait la peine de me raconter. Toi, par contre, tu ne peux rien pour moi. Alors autant ne rien te dire. »

Rosetta tourna les talons, sans un mot.

Lorsqu'elle traversait le *barrio*, les femmes lui souriaient. Les hommes, en revanche, étaient partagés. Certains la saluaient avec respect. D'autres ne faisaient que la suivre du regard, semblables aux types d'Alcamo lorsqu'elle avait osé se comporter comme un homme. Parfois, quand elle passait près de ces petits attroupements d'hommes qui lui rappelaient les oisifs de son village, habitués à se retrouver dans les tavernes pour parler de tout et de rien et faire des critiques, elle entendait leurs chuchotements qui la suivaient. Un peu comme la traîne d'une robe. Dans le fond, à leurs yeux, elle était restée une *bottana*, comme disaient les gens au pays. Ils avaient la même mentalité. « Que se passerait-il, si d'autres femmes se comportaient comme toi ? » s'était exclamé don Cecè, le curé d'Alcamo. Et aujourd'hui, ici aussi, à Buenos Aires, dans ce nouveau monde qui n'avait décidément rien de nouveau, les choses fonctionnaient à peu près de la même façon.

Au début, les hommes du quartier l'avaient admirée pour ce qu'elle faisait. Mais bientôt, nombre d'entre eux s'étaient sentis menacés. Menacés par elle et par les autres femmes qui, tout à coup, croyaient pouvoir s'unir et créer une chaîne de solidarité. Ainsi, des femmes avaient commencé à employer des termes dangereux comme *justice* et *liberté*, des mots qui sonnaient très bien dans la bouche des hommes, mais pas dans celle des femmes. Car chez elles, ces mots pouvaient en sous-entendre un autre, bien plus scandaleux, qui était *égalité*. L'égalité des droits. Ridicule ! Et tout ça à cause de Rosetta. C'était elle, la pomme pourrie du panier. Un jour, suscitant l'approbation des gens alentour, un ivrogne s'était écrié : « Si Dieu avait voulu que les hommes et les femmes soient tous égaux, il aurait pas coupé la bite et les couilles aux femmes ! » Pour eux, ça se réduisait à ça, un truc entre les jambes, songeait Rosetta en se dirigeant vers le Mercado Central de Frutos del País. On aurait dit que ce morceau de chair était le signe tangible d'une investiture divine. Et ces types arrivaient donc même à imaginer un Dieu qui mutilerait les femmes pour les confiner à une position d'infériorité : si cette idée n'était pas totalement idiote, il y aurait eu de quoi rire, se disait-elle.

Elle prit le pont sur le Riachuelo et s'engagea dans l'Avenida General Mitre. Elle tourna à gauche et, presque tout de suite, arriva au Mercado Central. Elle adorait cet endroit. Il lui rappelait toujours les poules dans leurs cages trop étroites, auxquelles elle s'était identifiée. C'était absurde, mais au fond, tout avait commencé comme ça, avec des poules en cage. Quand elle était triste, Rosetta retournait dans ce marché chaotique, et elle se sentait tout de suite mieux. Mais ce jour-là, elle y avait rendez-vous.

Elle arriva dans la zone des marchands ambulants et trouva les cinq femmes qui l'attendaient. L'atmosphère n'avait rien de joyeux, contrairement à ce qu'elle avait espéré. Les filles baissaient toutes la tête. L'une d'elles avait un œil au beurre noir, une autre un bleu et une blessure à la pommette. Rosetta n'avait pas besoin d'explications pour comprendre ce qui s'était passé, mais elle demanda quand même.

« Mon mari, répondit, laconique, la femme à l'œil au beurre noir.

— Mon mari, lui fit écho l'autre blessée. Il m'a tabassée hier soir, devant deux copains. Ils étaient saouls et ils ont dit… hésita-t-elle en regardant Rosetta, gênée. Ils ont dit…

— Que tu étais une putain, acheva Rosetta, abrupte. Et moi aussi. »

La femme acquiesça.

« Je suis désolée », murmura-t-elle.

Rosetta haussa les épaules.

« Quand ils ne savent pas quoi dire, ils nous traitent de putains. Je connais ça par cœur. Mais à force d'entendre ce mot, il a perdu tout son sens. »

Elle posa une main sur l'épaule de sa compagne.

« Qu'est-ce que tu veux faire ? » interrogea-t-elle d'un ton affectueux.

L'autre secoua la tête.

« Il va me tuer », murmura-t-elle.

Rosetta se tourna vers celle avec l'œil au beurre noir.

« Et toi ? »

Elle secoua la tête à son tour. Rosetta fit face aux autres. Aucune d'elles ne parvint à soutenir son regard.

« On ne peut pas… finit par répondre l'une d'entre elles, au nom de toutes. Je ne sais pas ce qui est arrivé à nos hommes. Mais ça risque de devenir un enfer…

— Ça fait des mois que ton mari n'a pas de boulot, et vous avez dépensé vos économies, s'emporta Rosetta. Ta vie est déjà un enfer !

— Mais peut-être que tu ne sais pas ce que c'est, toi, les coups de poing en plein visage, les coups de pied dans le ventre… »

Celle qui parlait s'interrompit. Rosetta la dévisagea.

« Tu veux voir les marques de ceinture que j'ai dans le dos, à cause de mon père ? Mon grand-père battait sa femme jusqu'au sang. Mon père faisait pareil avec ma mère. Il cognait si fort que le dimanche, elle ne pouvait même pas réciter le *Je vous salue Marie*, tellement elle avait les lèvres fendues… » Elle serra les poings. « Moi, j'avais de la terre, de la terre à moi ! poursuivit-elle, en s'enflammant. Ils me l'ont arrachée ! Ils ont mis le feu à mes oliviers, ils ont égorgé mes chèvres, et… ils ont aussi pris mon honneur. Ils s'y sont mis à trois, l'un après l'autre, et ils riaient. » Elle s'arrêta, essoufflée comme si elle avait couru, et se mordit les lèvres, avant de lâcher : « Tu crois vraiment que je ne sais pas ce que ça veut dire ? »

Les femmes restaient les yeux rivés au sol.

Rosetta reprit, à voix basse : « C'est justement parce que moi aussi, comme vous, je sais ce que c'est, que je vous dis que nous devons faire quelque chose. Autrement, ça ne finira jamais. »

Un long silence s'ensuivit, chargé de réflexions. De temps en temps, les femmes jetaient un regard rapide vers Rosetta comme si, après ce qu'elle venait de révéler, elles la voyaient différemment. Celle à la pommette fendue porta une main à sa blessure. « J'ai peur », murmura-t-elle, tête baissée. Puis elle se redressa : « Mais d'accord, j'en suis. » Ses yeux se remplirent de larmes. « Si ça peut éviter à ma fille d'avoir la même vie que moi… alors, ça en vaut la peine. »

À nouveau, le silence se fit. Un silence grave, dans lequel le groupe était plongé malgré le vacarme environnant. « Si ça peut permettre à mon fils de ne pas devenir comme son père, intervint une autre, alors oui, tu as raison, ça en vaut la peine. » Elle regarda Rosetta et poussa un profond soupir, comme si elle manquait de souffle – ou de courage. Elle finit par lâcher : « J'en suis.

— Pas moi, dit la femme à l'œil au beurre noir en rougissant de honte. Ne me juge pas mal, mais je n'y arriverai pas…

— Je ne te juge pas, rétorqua Rosetta, sérieuse. Pourquoi crois-tu que je suis ici, à Buenos Aires ? Parce que je n'y suis pas arrivée non plus, et que je me suis enfuie. »

Elle fit une pause. Elle repensa à la peur, aux humiliations et aux violences qu'elle avait subies.

« Mais maintenant, j'ai compris une chose. Si on commence à fuir, après, on ne s'arrête plus. »

La camarade à l'œil au beurre noir la regarda. Elle se mordit les lèvres et son menton se mit à trembler, elle tentait de retenir ses larmes. Elle secoua la tête.

« Je n'y arrive pas, désolée… » murmura-t-elle avant de partir en courant.

Rosetta et les autres la virent se perdre dans la foule. Quand elles se regardèrent à nouveau, il y avait une vieille douleur au fond de leurs yeux, car toutes connaissaient bien la peur qui avait poussé leur amie à partir, et elles avaient déjà porté sur leurs épaules le poids de ce genre d'échec. Mais à présent, quelque chose de nouveau brillait aussi dans les regards : l'espoir de réussir. Et ça, c'était un tournant crucial, elles le sentaient toutes, au tréfonds d'elles-mêmes. Rosetta leur offrait une occasion exceptionnelle.

« Pourquoi tu fais tout ça ? » lui demanda l'une de ses compagnes.

Rosetta passa la langue sur ses lèvres, desséchées par l'émotion, elle contempla un instant la vie grouillante du marché, et elle sourit en haussant les épaules.

« Parce que j'ai peur de le faire seule », répondit-elle.

Les autres la dévisagèrent en silence.

« Alors qu'est-ce qu'on attend ? s'exclama l'une d'elles. On y va maintenant, toutes ensemble ! »

Le sourire qui leur vint aux lèvres fut comme une lumière dans une nuit très noire. Rosetta se souvint des paroles de don Cecè, le curé d'Alcamo : « Que se passerait-il si d'autres femmes se comportaient comme toi ? C'est contre nature ! » Elle admira le groupe qui l'entourait. La lueur qui brillait dans leurs yeux n'était pas contre nature, bien au contraire, c'était quelque chose de merveilleux. Voilà ce qui arriverait, si d'autres femmes se comportaient comme elle !

« On y va ! » s'écria-t-elle joyeusement, en les conduisant vers une échoppe.

« C'est un travail d'hommes, fit observer le vieux qui les accueillit.

— Ça ne nous fait pas peur, affirma Rosetta.

— Ah bon ? Soulève un peu ce sac », proposa-t-il, sceptique, en indiquant un sac de jute rempli de haricots secs.

Rosetta s'approcha et saisit les rebords du sac. Sa camarade à la pommette éclatée la rejoignit et prit le sac de l'autre côté.

« À trois, on y va, dit-elle. Un, deux… trois ! »

Le reste du groupe se mit à rire pendant qu'elles soulevaient les haricots.

« On est ensemble ! » s'écria une autre. Elle parlait pour toutes.

Rosetta se tourna vers le vieux avec un sourire triomphal.

« Et vous, les gros mecs, vous savez faire ça ? »

Il secoua la tête, entre surprise et irritation :

« C'est une activité rentable pour deux personnes, pas pour cinq.

— Elles sont quatre, riposta Rosetta.

— C'est toujours deux de trop, insista-t-il.

— Ça veut dire que tu as changé d'avis ? »

Le vieux fit signe que non.

« Après tout, c'est votre problème. Il faut juste que vous me donniez le montant dont on a discuté. »

Chacune d'entre elles sortit des billets de banque tout froissés. Elles les rassemblèrent et les comptèrent.

« Il manque la part de Lavinia », déplora l'une, faisant allusion à la camarade qui avait renoncé. Rosetta fouilla dans sa poche et combla la différence.

« On te le rendra, promit la femme à la pommette fendue.

— Et une partie des gains te reviendra, ajouta une autre, avant de lever aussitôt la main : Et pas la peine de protester ! » Puis elle tendit l'argent au vieux : « 120 par semaine, dit-elle. Maintenant, explique-nous bien le boulot. »

Rosetta se tint un peu à l'écart et observa ses camarades pendant que le type leur révélait tous les secrets du métier, leur montrant les différentes variétés de haricots, de pois chiches, de lentilles, de fèves et de fruits secs en vente. Les femmes plongeaient les mains dans les sacs comme s'il s'agissait de caisses remplies de pièces d'or. Et dans leurs yeux, Rosetta pouvait déjà voir une lumière nouvelle, celle de la dignité. En s'éloignant, elle entendit l'une d'elles claironner d'une voix puissante : « Mesdames et messieurs, aujourd'hui va être un grand jour pour votre porte-monnaie !

Vente extraordinaire, pour fêter une journée très particulière ! »

Rosetta se sentit à nouveau gagnée par cette agréable sensation de légèreté qu'elle avait ressentie la première fois, lorsqu'elle avait cédé sa place à Dolores, quand elle l'avait arrachée aux violences qu'elle subissait au Matadero. Elle réalisa qu'elle avait fait un pas de plus pour s'éloigner de ses peurs et de son passé, et un pas de plus vers son avenir. De retour chez elle, elle était tellement heureuse qu'elle passa la soirée à chanter avec Tano, dans la rue, en compagnie des deux vieilles femmes.

« Qu'est-ce que ça raconte ? » demanda-t-elle le lendemain à El Francés en lui tendant un exemplaire de *La Nación*. Il secoua la tête.

« Rien, *chica*.

— Tant mieux, lâcha-t-elle et, sur ce, elle s'apprêta à partir.

— Attends ! l'arrêta El Francés. Quand je t'ai fait monter en voiture, le jour où tu t'es enfuie, tu regardais un homme qui se battait avec des policiers, au fond d'une ruelle. Je t'ai demandé qui c'était, et tu m'as répondu que tu ne savais pas. »

Il la dévisagea un instant.

« Qui est-ce ?

— Quelqu'un qui a promis de me retrouver, répondit-elle.

— Et tu l'attends ? »

Elle haussa les épaules.

« Tu as dit que c'était impossible, de retrouver quelqu'un à Buenos Aires. »

El Francés regarda le journal. Et il comprit.

« À moins que ce quelqu'un ne fasse tout pour se faire remarquer… » murmura-t-il.

Elle tourna les talons et s'en alla.

Elle voulait voir comment ça se passait, au marché. En arrivant, une mauvaise surprise l'attendait : il n'y avait plus que trois femmes. « Son mari lui a interdit de travailler, lui expliquèrent ses compagnes affligées. Et il ne lui a pas dit ça avec des mots… » Rosetta sentit la colère lui monter à la tête. Elle fit aussitôt demi-tour et courut jusqu'à la misérable maison de cette femme, à Barracas, en face de chez Tano.

Elle frappa avec véhémence à la porte en tôle. Un homme en tricot de corps ouvrit, avec l'air pas très frais de celui qui cuve son vin de la veille. La reconnaissant, il cracha : « Va-t'en, putain ! » Il la saisit par les cheveux avec une violence bestiale et l'envoya battre contre le mur de la maison. Elle sentit que son nez se mettait à saigner. « Non ! » cria la femme du type. Elle avait le visage tuméfié, les lèvres fendues et les bras couverts de bleus. Elle se jeta entre son mari et Rosetta, pour la défendre. Son mari lui flanqua un coup de poing : « Rentre à l'intérieur ! »

À cet instant, l'homme reçut un coup de bâton sur le genou et s'affaissa. Aussitôt après, il se retrouva avec une lame effilée pointée sur la gorge. « Si tu lèves encore la main sur elle, je t'égorge ! » hurla Tano. El Francés lui flanqua un autre coup de bâton, cette fois dans les testicules : « Et moi, je te transforme en chapon, connard. »

Un adolescent, la peau dévorée par l'acné, apparut alors sur le pas de la porte : « Laissez-le ! » ordonna-t-il à Tano et El Francés. Il tenait un rouleau à pâtisserie à la main. « Ne t'en mêle pas, gamin ! » dit Tano. Rosetta regarda le jeune homme et se rappela la raison pour laquelle sa mère, la veille, avait décidé de ne pas reculer. Elle posa la main sur le bras du cordonnier : « Faites ce qu'il dit », murmura-t-elle. Tano et El

Francés lâchèrent le gars qui ricana et donna une tape sur l'épaule de son fils, plus grand et plus costaud que lui : « Bravo, fiston ! » Mais l'adolescent repoussa sa main, et aida sa mère à se relever : « Si tu la touches encore, je te crève ! dit-il alors à son père, d'une voix d'adulte. Et demain, je l'accompagne à son travail », ajouta-t-il. Rosetta crut entendre le cœur de la mère faire un bond dans sa poitrine. Et elle sut qu'à ce moment-là, cette femme ne sentait plus la douleur des coups infligés par son mari. « Si ça peut permettre à mon fils de ne pas devenir comme son père… alors oui, ça en vaut la peine », avait-elle expliqué. Peut-être qu'elle-même n'osait pas vraiment l'espérer. Or, c'était en train de se produire. Ce garçon l'avait défendue, et plus tard il ne battrait pas sa femme, et ne la traiterait pas comme un objet ou comme une bête de somme.

De nombreux voisins étaient sortis de chez eux et avaient assisté à la scène. Les femmes regardaient la mère avec une pointe d'envie bienveillante. Toutes les jeunes filles, sans exception, admiraient le fils, devenu soudain fascinant, et elles en oublièrent sa peau ravagée par les boutons. Les hommes observaient le mari et nombre d'entre eux, se retrouvant en lui, se sentaient honteux.

« Pétard, le mac, tu devrais faire du baseball ! dit Tano à El Francés en riant, tandis qu'ils rentraient. Deux balles d'un seul coup, bravo ! » Rosetta coula un regard vers eux. On n'aurait pas pu trouver d'hommes plus différents que ces deux-là. Or ils s'appréciaient de plus en plus, jour après jour. La vie était vraiment absurde, songeait-elle. Ils devenaient amis. Le soir, Assunta s'occupa du nez de Rosetta tandis que Tano et El Francés se disputaient en jouant aux dés.

Le lendemain matin, comme tous les jours, Rosetta acheta *La Nacion*, tendit le journal à El Francés et demanda :

« Qu'est-ce que ça raconte ? »

El Francés, qui savait pourquoi elle posait cette question, n'eut pas besoin de feuilleter le journal pour répondre :

« Désolé, *chica*, il n'y a rien. » Il lui montra un article à la une : « C'est signé Alejandro Del Sol. Ton journaliste ne pense plus à toi, il s'occupe de la guerre. »

Puis il s'absorba dans la contemplation de la photographie en première page, qui montrait des cadavres au milieu de mares de sang.

« C'est qui, ces morts ? demanda Rosetta.

— Des mafieux, répondit-il.

— Et pourquoi ça t'intéresse ?

— Pourquoi crois-tu que ça m'intéresse ?

— Tu es casse-pieds, quand tu es comme ça… »

El Francés se mit à lire à haute voix :

« *C'est désormais incontestable : une guerre a éclaté au port de La Boca. Hier, une violente fusillade a fait trois victimes. Il s'agit de deux hommes déjà fichés et d'un passant, tué accidentellement. Ces trois victimes sont à ajouter aux deux autres retrouvées égorgées dans le Riachuelo. À première vue, tout indique un conflit territorial pour le contrôle du racket qui sévit sur le port. Les principaux suspects seraient deux chefs mafieux d'origine italienne. L'un, Tony Zappacosta, est puissant et influent au niveau politique. L'autre, Lionello Ciccone, est un chef de second plan, incapable de tenir le choc contre Zappacosta. Cela ne laisse place qu'à une seule possibilité : derrière Lionello Ciccone se dissimulerait un autre personnage capable de fournir à la famille Ciccone un arsenal et une armée…* »

Il secoua la tête. Tous les morceaux du puzzle se mettaient brusquement en place, comme toujours. Il se souvenait des paroles d'André, le vieux souteneur qui lui était venu en aide. Maintenant, il savait comment prendre sa revanche sur Amos.

« Zappacosta ? »

La question de Rosetta interrompit les pensées d'El Francés. Il la regarda.

« Oui, Tony Zappacosta, pourquoi ? »

Rosetta ne répondit rien. Elle se rappelait le jour où Rocco l'avait défendue, sur le paquebot : il avait menacé le trentenaire qui l'importunait en utilisant ce nom, justement. Un frisson lui parcourut l'échine. Elle avait une intuition. Un sourire se dessina sur ses lèvres. El Francés vit une lueur briller dans ses yeux.

« Tu te rappelles notre premier soir, au *Black Cat* ? Tu te rappelles, quand je t'ai dit que tu étais quelqu'un d'unique ? » Rosetta hocha la tête. « Je le disais à toutes les filles que je voulais faire travailler pour moi. Et ça marchait, rigola-t-il. Mais je ne le pensais jamais. » Il la dévisagea. « Mais maintenant, c'est vraiment ce que je pense de toi : tu es unique. » Rosetta rougit. Il prit la main de la jeune femme dans la sienne et la serra. « Je suis sûr que ton inconnu te retrouvera », murmura-t-il. Rosetta continuait à penser à ce nom si particulier : Zappacosta[1]. Elle était persuadée qu'il ne pouvait pas s'agir d'une coïncidence. « Ou bien c'est moi qui le retrouverai », ajouta-t-elle.

1. « Qui-bêche-le-côteau », en italien.

52

Chère jeune fille sans nom, à travers moi, c'est non seulement la rédaction mais aussi notre directeur, l'illustre señor Eustaquio Pellicer, qui te parlent. Raquel avait lu tant de fois l'article d'Alfonsina Storni, à la une de *Caras y Caretas*, qu'elle le connaissait par cœur. *Ton reportage nous a tous conquis, avant même de conquérir nos lecteurs. Et moi, il m'a particulièrement frappée parce que je suis femme, comme toi. Et, comme toi, je sais combien il est difficile de vivre dans un monde d'hommes qui n'acceptent pas que nous ayons les mêmes capacités qu'eux. J'ignore ton âge. Mais tes mots vont droit au cœur. N'arrête pas d'écrire ! Nous serions ravis de publier d'autres reportages de ta part, ils feraient notre bonheur et celui de nos lecteurs. Ces derniers nous ont envoyé des lettres passionnées après la publication de ton premier article, ils veulent tout savoir à ton sujet ! Mais quoi qu'il en soit, n'arrête pas d'écrire, jamais ! Bien à toi, Alfonsina.*

Raquel n'arrivait pas à croire qu'Alfonsina Storni s'adressait à elle. Elle décida de se mettre à écrire sur-le-champ, d'autant que, de son côté, elle s'était aperçue que les gens attendaient un autre article. Elle l'avait entendu dire dans la rue, le *señor* Delrio et ses clients le réclamaient, et ici aussi, à l'atelier, les gars en redemandaient. Elle se mit donc au travail avec ardeur.

À force d'observer les garçons, elle avait trouvé encore bien des choses ridicules : les coups dans les testicules que les plus jeunes se donnaient pour prouver qu'ils étaient de vrais mecs ; les gestes qu'ils faisaient pour décrire la longueur de leur machin, toujours au centre de leur existence ; la manière dont ils parlaient des femmes, en utilisant des termes pittoresques tels que *les sauter*, comme s'il s'agissait de pommes de terre dans une poêle ; les fanfaronnades qui puaient le bluff à des kilomètres ; les concours de rots ou la compétition pour savoir qui était le plus couvert de cicatrices. C'était tout un univers qu'elle n'aurait aucune difficulté à tourner en dérision.

Mais ce qu'elle ne parvenait pas à comprendre, c'est pourquoi les gamins et les dockers de l'entrepôt, qui citaient sans arrêt des extraits de son premier article, prenaient autant de plaisir à ce qu'on se moque d'eux. « Peut-être les garçons sont-ils moins bêtes qu'ils en ont l'air, se dit-elle. Ou bien peut-être le sont-ils beaucoup plus ! » et elle se mit à rire. Rocco était le seul que son texte semblait à peine amuser.

« Il ne t'a pas plu, l'article de cette fille ? lui demanda-t-elle.

— Au contraire, il m'a beaucoup plu », répondit-il de son ton taciturne habituel. Il était occupé à monter son moteur sur l'étrange châssis que Javier avait fini de souder.

« Il t'a fait rire ?

— Oui, beaucoup, dit-il avec un sourire.

— Mais… ? continua Raquel

— Mais ce n'est pas le plus marquant, dans ce qu'elle raconte. Tu n'es pas d'accord ?

— Je ne sais pas…

— Écoute, Ángel, tu es un gosse intelligent… Je vous vois, là, tous à rigoler… et moi aussi, j'ai rigolé… Mais de quoi ? De tripotages de couilles ? Par contre, la partie… je sais pas comment l'appeler, moi, je suis pas aussi doué pour les mots que cette gamine… la partie qui raconte la vie comme elle est vraiment, quoi… eh bien ça, on ne s'en lassera jamais. Ça te rentre à l'intérieur, ça te fait réfléchir. Ces trucs-là, ils sont justes. Justes, putain ! Cette fille a un cœur et un cerveau ! » Il toucha la poitrine et la tête de Raquel, avant de lui donner une chiquenaude et ajouta : « Comme toi ! » Puis il fit mine de lui donner un coup dans l'entrejambe. « À part que toi, t'as un zizi en plus. » Il rit et se tourna vers les autres : « Allez, bougez-vous les fesses ! On va voir si ce putain de monte-charge fonctionne. »

Raquel le regarda. C'était vraiment son champion. Il ne savait pas lire, il ne savait même pas écrire son nom, et c'était déjà la deuxième fois qu'il lui donnait une leçon très importante. Et c'était déjà la deuxième fois qu'il lui faisait comprendre ce qu'elle devait écrire. Cela ne servait à rien, de faire le clown et de se payer la tête des garçons. Elle devait être le témoin de la vie réelle.

Elle se rendit compte qu'elle n'avait plus pensé à Tamar depuis longtemps, et elle en eut honte. Tout lui revint soudain en mémoire, d'une manière aussi vivace que si cela venait tout juste de se produire. Le rictus d'Amos qui s'approchait pour la tuer. La douleur de Tamar, qui avait reçu le coup de poignard à sa place. « Fuis, porc-épic, avait balbutié son amie en mourant, fuis pour moi… » « T'es qu'une merde ! » se dit-elle avec colère. Puis elle se remémora le regard de Libertad. Une autre prostituée lui avait dit que Libertad avait de la chance parce qu'un jour, elle avait été envoyée chez un client : elle avait vu la ville au lieu de rester cloîtrée dans sa prison du *Chorizo* comme toutes les autres, elle avait été baisée dans une pièce qui n'était pas imprégnée de l'odeur de cent hommes mais d'un seul. Même ce truc répugnant était une chance, vu leur vie de misère. Plus tard, Libertad était sortie de son mutisme pour l'avertir qu'elle n'aurait qu'une chance, une seule, et qu'elle ne devait pas la laisser passer. C'étaient Tamar et Libertad qui lui avaient offert sa nouvelle existence. Or, elle avait cessé de penser à elles. Et elle riait à longueur de temps, s'émerveillant de sa vie dans la peau d'un garçon. Elle en éprouva un profond sentiment de honte. Le visage de Tamar et celui de Libertad se superposèrent dans son esprit. Et puis le visage angélique de Kailah, qui s'était suicidée en mer pour fuir l'horreur de Buenos Aires. « Tu me dégoûtes ! se dit-elle à haute voix. Avec toute la merde que tu as vue, tout ce que tu es capable de faire, c'est de faire rigoler les gens ? » Elle se tourna vers Rocco. « Tu as raison », murmura-t-elle.

Elle prit son Waterman et se mit à l'ouvrage. Soudain, elle fut saisie d'une douleur au bas-ventre si forte qu'elle en fut pliée en deux. Mais elle ne pouvait s'arrêter d'écrire, le lendemain était le dernier jour pour remettre son article si elle voulait être publiée dans le prochain *Caras y Caretas*. Elle passa une nuit blanche à remplir ses feuillets, malgré cette douleur inhabituelle. Elle était certaine qu'il s'agissait d'une réaction à la peur, à la colère et à la honte d'avoir, pendant un long moment, fait comme si de rien n'était.

Le lendemain, devant le siège de *Caras y Caretas*, elle rencontra une femme élégante, le corps sinueux moulé dans une robe en soie, une pochette en crocodile vert émeraude sous le bras, avec de longs cheveux blonds et un chapeau à voilette sous lequel on apercevait des lèvres parfaites, rehaussées par un rouge à lèvres écarlate. Sûre de son coup, Raquel s'approcha du concierge pour lui demander :

« C'est la *señora* Alfonsina Storni, n'est-ce pas ?

— Non, ça c'est la maîtresse du rédacteur en chef », répondit le gars, en suivant du regard le déhanché sensuel de la femme.

Raquel mit son article parmi les autres lettres destinées à la rédaction.

« C'est elle, Alfonsina Storni », l'informa le concierge.

Raquel vit apparaître une personne pas très grande, plutôt trapue, qui monta l'escalier d'un pas énergique. Elle portait une robe en coton gris foncé, des bas épais et des bottines à boutons. Ses cheveux châtains légèrement frisés étaient attachés en queue-de-cheval. Arrivée au premier palier, la femme se retourna. Elle avait un visage rectangulaire, pas vraiment beau ni fin, mais expressif et plein de caractère.

En l'observant, Raquel réalisa qu'elle-même ne valait pas mieux que les autres et n'échappait pas aux préjugés : comme elle admirait Alfonsina Storni, elle l'avait imaginée belle – quelle idiotie ! Elle commençait vraiment à penser comme un homme, et de la plus mauvaise façon.

« Mais… elle est jeune ! s'exclama-t-elle, surprise, en s'apercevant qu'Alfonsina Storni ne devait guère avoir plus de vingt ans.

— Et pourquoi ça devrait être une vieille dame, d'après toi ? » s'étonna le concierge.

Balayant le hall du regard, Alfonsina Storni croisa celui de Raquel qui la fixait, admirative. Raquel sourit. Alfonsina Storni lui rendit son sourire, découvrant des dents du bonheur, puis elle se dirigea vers la rédaction. Cependant, arrivée en haut de l'escalier, elle s'arrêta net, sans se retourner, une idée venant soudain de lui traverser l'esprit. Elle fit une brusque volte-face, portant son regard là où elle avait vu Raquel. Celle-ci était toujours là, à la contempler. « Attends ! » s'exclama Alfonsina Storni. Raquel, presque apeurée, détala et courut se cacher derrière une porte, dans l'entrée. Elle entrevit Alfonsina Storni qui descendait l'escalier et allait trouver le concierge.

« Où est-elle partie ? demanda-t-elle.

— Elle ? Vous voulez dire "il". C'était un gosse, un garçon, *señorita.* Sûrement un petit voleur. »

Alfonsina Storni regarda dans la rue, de l'autre côté des grandes portes en verre, et secoua doucement la tête.

« Non, dit-elle, ce n'était pas un petit voleur. »

Raquel se faufila dehors et regagna la librairie de Delrio, le cœur gonflé de joie. Elle avait rencontré son héroïne ! Elles s'étaient même souri. Elle avait l'impression de vivre un rêve. Bien qu'elle ne l'ait vue que quelques secondes, il lui semblait tout savoir d'elle, et elle avait mémorisé les moindres détails de la scène. En particulier, elle avait remarqué ses yeux : même lorsqu'elle souriait, ils brillaient d'une lumière lointaine, presque triste, comme s'ils voyaient au-delà des choses.

Les deux jours suivants, sa douleur au ventre ne lui laissa aucun répit. Raquel travailla distraitement en attendant que son article soit publié. Mais elle ne put échapper à l'atmosphère fébrile qui régnait dans l'entrepôt. Au milieu des exclamations de joie et des imprécations, l'équipe travaillait jour et nuit à la construction du monte-charge imaginé par Rocco. Il y avait une ambiance incroyable. Rocco était plus fébrile que jamais : le moment était venu de savoir si tous ses efforts, ses projets et ses rêves allaient aboutir et devenir réalité. Le deuxième jour, hurlant pour couvrir le bruit du moteur, il lança :

« Vous y êtes ? Accrochez-vous ! »

Javier, plus surexcité encore, lui cria :

« Eh bien, magne-toi !

— Accrochez-vous ! » répéta Rocco avant d'actionner un levier.

On entendit un engrenage grincer, le moteur monter en régime, et les deux fourches à l'avant du prototype commencèrent lentement à s'élever, portant une plateforme en bois sur laquelle se tenaient Raquel, Javier, Mattia, Ratón, Billar, Louis et les autres adolescents de la bande.

« Ne nous fais pas tomber, hein ! je veux pas y laisser mon autre jambe ! » criait Javier, le sourire aux lèvres. Les jeunes poussaient de grands cris, tout excités, comme s'ils étaient sur un manège. Raquel, remplie de fierté, ne quittait pas Rocco des yeux.

« Et maintenant, on avance ! » annonça celui-ci.

Il actionna un autre levier et les deux fourches s'arrêtèrent à presque deux mètres de hauteur. Puis il enclencha la marche avant et l'étrange engin se mit en mouvement sur ses quatre petites roues renforcées. Les gosses crièrent à nouveau. Rocco conduisit sa machine en dehors de l'entrepôt, jusque devant une construction en bois. Il manœuvra en avant et en arrière jusqu'à ce que les deux fourches soient placées juste au-dessus de deux montants de la construction. Il actionna le levier débloquant les fourches et les fit descendre doucement, déposant la plateforme sur les montants. Là, il arrêta la descente et enclencha la marche arrière. Le véhicule s'écarta, laissant la plateforme avec ses camarades sur la construction.

« Charge livrée avec succès ! » s'écria-t-il, rayonnant. Il abaissa les fourches jusqu'au sol, en position de repos.

Il éteignit le moteur et, d'un bond, sortit du monte-charge. L'un après l'autre, tous les autres descendirent de la construction et allèrent lui serrer la main.

« Beau travail, le Sicilien ! le félicita Javier.

— Je n'aurais jamais réussi sans toi, ni sans vous tous ! » Il se tourna vers Raquel. « Écris le nom de tout le monde sur cet engin.

— Le mien aussi ? demanda-t-elle.

— Oui, le tien en premier.

— Non, en premier, c'est le tien ! affirma Raquel. Et en plus gros que les autres.

— Oui oui, c'est juste ! » s'exclama le groupe en chœur.

Ce soir-là, ils festoyèrent tard. Ce n'était qu'un prototype, mais Rocco avait démontré qu'il avait raison. Son rêve était devenu réalité. Il fallait simplement perfectionner la machine. Raquel participa à la fête, malgré sa douleur au ventre qui continuait à la tourmenter.

Puis arriva enfin le jour de parution du nouveau numéro de *Caras y Caretas*. En arrivant à la librairie de Delrio, la surprise de Raquel fut immense : la couverture représentait, au premier plan, un jeune garçon qui clignait de l'œil en direction du lecteur, sourire aux lèvres. « Ce môme me ressemble », se dit-elle. Lorsqu'elle demanda à Delrio si elle pouvait en avoir un exemplaire, il lui tendit la revue, le visage grave : « Si tout cela est vrai… et je pense que ça l'est… alors… » Mais il n'acheva pas sa phrase et secoua la tête. « Non, murmura-t-il, non, il n'y a vraiment pas de quoi rire.

— Il n'est pas bien, l'article ? s'enquit Raquel.

— Si, Ángel, c'est un article extraordinaire, répondit-il gravement. Oui, extraordinaire ! Cette gamine pourrait me faire changer d'avis sur les femmes. »

Raquel regagna l'entrepôt à pas lents, sa douleur au ventre se faisait de plus en plus vive.

« Il y a un nouvel article ? » lui demanda Rocco en apercevant la revue.

Raquel acquiesça.

« Tu veux que je lise ?

— Oui, mais vois ça avec les autres, dit-il, concentré sur autre chose. J'ai un truc à finir, commencez sans moi. »

Son détachement froissa Raquel.

« Cet article est très différent.

— Bien, bien », commenta-t-il distraitement, penché sur un engrenage.

Pendant ce temps, Mattia, Javier, Ratón, Billar, Louis et les autres jeunes gens s'étaient installés en rond et attendaient que la lecture commence.

« *Je vois ce que les femmes ne peuvent voir. Je vois ce que les hommes ne montrent pas aux femmes*, récitèrent en chœur les adolescents de la bande en riant et en se palpant l'entrejambe.

— Non, intervint Raquel. Cette fois, ça ne commence pas comme ça.

— Ah bon ? s'étonnèrent les garçons.

— Non.

— Eh bien, commence à lire, putain de merde ! » grommela Javier.

Raquel s'éclaircit la gorge.

« *Je suis la fille sans nom. Je suis les yeux de ceux qui n'en ont pas. Je regarde ce dont les autres détournent les yeux.*

— Qu'est-ce que ça veut dire ? s'étonna l'un des jeunes gens.

— La ferme ! coupa Louis.

— *On dit que chaque immigré arrive ici, à Buenos Aires, comme une épave poussée par le flot de tous les autres immigrés*, reprit Raquel. *Comme toutes les épaves, il n'a rien à perdre et il n'a pas grand-chose à offrir. Un bateau qui pue le vomi le crache sur un quai, et il échoue pour finir dans un* barrio *qui pue la merde.*

— Mais ça ne fait pas rire !

— Non, dit Rocco en s'approchant, heureusement, ça ne fait pas rire. »

Il s'assit par terre et fit signe à Raquel.

« Continue ! »

Malgré la douleur qui la tenaillait, elle était fière d'avoir capté son attention.

« *Buenos Aires est une ville splendide, opulente et spectaculaire, qui étale des richesses inouïes. Mais les immigrés ne peuvent pas profiter de cette richesse. Ils vivent dans des* barrios *qui ne sont qu'amoncellements de taudis, et ils sont comme des vers qui se disputeraient un os rongé par les riches. Enfermés dans leur enclos de misère, ils vivent au jour le jour, aucun n'a de certitude pour l'avenir.* »

Le silence de l'atelier était oppressant comme si, d'un coup, l'air s'était mis à manquer. Tous les gars savaient parfaitement ce dont parlait la gamine. Ils l'avaient éprouvé dans leur chair. Mais l'entendre le raconter rendait ça plus vrai et plus douloureux, parce qu'ils ne pouvaient se voiler la face. Ils regardaient Raquel dans un silence absolu, attendant qu'elle reprenne la lecture.

« *Les plus vulnérables, ce sont les jeunes garçons. On peut leur faire faire n'importe quoi, ils ne marchandent pas. On dirait que leur vie ne tient qu'à un fil et qu'ils ne peuvent rien discuter. Des vautours circulent dans le* barrio, *et surtout dans la zone du port. On les reconnaît à leurs vêtements élégants mais froissés comme de vieux pyjamas. Ce sont les mafieux, les voyous, les parasites. Ils recrutent des gosses pour vendre de la cocaïne. Ces gamins se mêlent de trafic de drogue et en un rien de temps, avant qu'ils ne s'en aperçoivent, la drogue mène leur vie.* » Là, Raquel fit une pause et coula un regard rapide vers Louis, espérant que la suite n'allait pas trop le blesser. « *Leurs mères se prostituent pour pouvoir les nourrir. Et eux, pour pouvoir manger ce pain, font comme s'il n'y avait là rien d'anormal : c'est la vie, un point c'est tout. Jour après jour, leur misère, la douleur qu'ils doivent faire semblant de ne pas sentir, l'humiliation qu'ils doivent faire semblant de ne pas éprouver, les vident de tout, au point que chacun d'entre eux... enfin, au point que chacun d'entre nous... renonce à lutter pour quelque chose de mieux, renonce à la dignité.* » Du coin de l'œil, elle remarqua que Louis semblait changé en statue de sel. « *Même s'ils jouent aux durs, leur cœur saigne et suinte la rage, la douleur et l'impuissance.* » Elle regarda Rocco. Elle s'apprêtait à lire quelque chose qu'il lui avait dit, quelque chose de simple et d'absolu : « *Et ce n'est pas juste.*

— Bravo ! approuva Rocco, ému. Continue. »

Raquel acquiesça et se mordit les lèvres. Elle n'était pas sûre de réussir à lire la suite sans se mettre à pleurer.

« *Mais ici, à Buenos Aires, il y a des immigrés encore plus malheureux que ces pauvres gens qui ont plus ou moins choisi de tenter leur chance en venant en Argentine.* » Elle dévisagea un à un ses compagnons. Nul ne bronchait. « *Buenos Aires fait le commerce de la viande. Pas seulement celle des vaches, mais également celle des femmes, avec la même avidité et la même indifférence. Elle dévore la chair des unes comme celle des autres et inonde les rues de leur sang.* » Puis, s'efforçant de ne pas laisser transparaître les violentes émotions qui la traversaient, elle lut le récit de ce qui leur était arrivé, à elle et à toutes les autres filles. Kidnappées, violées, tenues prisonnières, battues et droguées. Forcées de satisfaire des hommes qui faisaient mine d'ignorer toutes les violences qu'elles traînaient derrière elles. Et pour finir, tuées par les souteneurs. « *L'une d'elles s'appelait Tamar Anielewicz. Elle venait d'un petit village dans les environs de Sorochyintsi, dans le Gouvernement de Poltava, une partie de l'Empire russe. Vous n'avez jamais vu cette beauté. Et pourtant, vous avez beaucoup parlé d'elle. C'était cette "fille de peu" qui a été retrouvée dans le Riachuelo dévorée par les acides, et enterrée sans rite funéraire dans le cimetière de ces juifs dont les juifs comme il faut ne veulent pas auprès de leurs défunts. Aucun policier n'a véritablement enquêté sur sa mort. À Buenos Aires, on fait le commerce de la chair, tout le monde le sait. Alors, en quoi le destin de Tamar serait-il étrange ? Comme toutes les vaches, elle a été jetée dans le Riachuelo pour s'y décomposer. Et nous ne voyons pas plus Tamar Anielewicz que les autres restes de vaches lorsque nous suivons, les yeux fermés, cette rive nauséabonde.* » Il y eut un silence assourdissant. « *Mais nous tous, nous devrions au moins apprendre à dire ensemble : ce n'est pas juste !* » conclut Raquel.

Le silence se prolongea. On aurait cru que plus personne ne respirait.

« Bordel de merde », lâcha enfin Javier en se levant. Il regarda autour de lui. « Bordel de merde, répéta-t-il en secouant la tête. Trinquons à… à… à… cette fille morte, proposa-t-il.

— Tamar, rappela Raquel, Tamar Anielewicz.

— Oui, c'est ça… Tamar, répéta Javier. On lui doit bien un toast, par respect, comme à un enterrement. »

Il se dirigea vers la sortie de l'entrepôt. Après un instant d'hésitation, Ratón et Billar le suivirent. Mattia, Louis et les autres jeunes leur emboîtèrent bientôt le pas.

« Tu veux y aller ? demanda Rocco à Raquel.
— Non, ça ne me dit rien.
— Moi non plus. Ils vont se saouler pour oublier, dit-il en esquissant un sourire plein de tristesse. Et ce n'est pas juste. Mais comme la fille l'a écrit, c'est ainsi qu'on vit, par ici. Si tu te mets à tout regarder… putain, les yeux te brûlent. »

Raquel lui retourna un sourire aussi mélancolique que le sien.

« Mais ce n'est pas juste, gronda Rocco d'une voix rauque.
— Non, ce n'est pas juste, répéta Raquel.
— Dis donc, cette fille, elle a de sacrées couilles… » dit-il d'un ton admiratif. Il se leva et se dirigea vers son lit.

Raquel le suivit. Elle était fatiguée. Sa douleur au ventre augmentait encore. Elle s'allongea, mais dut se rouler en boule. Pour cacher à Rocco ses grimaces de douleur, elle lui tourna le dos. Peu après, elle entendit qu'il s'était endormi, mais il avait laissé la lumière allumée. Elle voulut se retourner mais, à ce moment-là, elle eut un élancement aigu. Une chaleur insupportable la dévorait. Elle gémit et se leva, effrayée. La douleur la plia en deux. Un coup de poignard brûlant lui contracta le ventre, et elle ressentit une impression de tiédeur presque agréable, tandis que ses muscles se détendaient et que sa tension intérieure s'estompait.

« Qu'est-ce que tu fais debout ? lui demanda Rocco, qui s'était réveillé et retourné pour éteindre la lampe. Tu ne dors pas ?
— Si, si… je vais me coucher…
— Qu'est-ce que tu as ? ça ne va pas ?
— Non, répondit Raquel, les yeux exorbités, quelque chose de chaud coulait le long de sa cuisse gauche.

— Mais il y a un problème ! dit-il en s'asseyant.

— Non, non, répéta-t-elle en serrant les jambes.

— Mais merde, tu saignes ! s'exclama-t-il, bondissant hors de son lit et fixant le pantalon de Raquel au niveau de l'entrejambe.

— Non ! hurla-t-elle presque, avant de faire un pas en arrière.

— Comment tu t'es blessé ? demanda-t-il, alarmé, en s'approchant.

— Ne me touche pas !

— Putain, montre-moi !

— Non ! » cria-t-elle en pleurant de rage.

Maintenant, elle avait compris ce qui se passait. Elle avait vu cela arriver un tas de fois aux autres filles, quand elles avaient onze ou douze ans. Mais elle n'avait jamais connu ça. On lui avait dit qu'elle ressemblait à un garçon et elle avait fini par se persuader qu'à elle, ça n'arriverait jamais.

« Mais montre-moi, bordel de merde ! » Rocco l'attrapa par un bras.

« Laisse-moi ! hurla-t-elle les larmes aux yeux, humiliée. Laisse-moi, je t'ai dit de me laisser ! » cria-t-elle, hystérique.

Tout à coup, Rocco lâcha prise, un soupçon se formait lentement dans son esprit. Il fit un pas en arrière. Raquel avait le visage inondé de larmes. Elle comprit qu'elle était découverte. C'était fini, tout était fini.

« Je suis désolée… » murmura-t-elle.

Rocco ouvrit et referma la bouche. Son regard stupéfait montrait qu'en lui le soupçon se faisait certitude. Il dit doucement :

« Tu es… tu es une fille…

— Désolée… » sanglota Raquel, tête baissée. Ses jambes cédaient, elle se retrouva à genoux, à bout de forces.

« Tu es… reprit Rocco, tandis que tout devenait clair dans sa tête. Tu es… elle ! »

Raquel leva lentement les yeux et trouva le courage de regarder Rocco en face.

« Désolée… répéta-t-elle, une douleur sincère dans la voix. Je ne voulais pas t'embobiner… »

Il secoua la tête, incrédule.

« J'ai toujours su que tu disais un tas de conneries, murmura-t-il, mais celle-là… » Il s'interrompit, continuant à secouer la tête. « Celle-là… » On aurait dit qu'il ne trouvait pas les mots. « Celle-là… elle est vraiment énorme ! » Et brusquement, il éclata de rire.

53

Amos descendit de l'automobile et regarda l'édifice. Il le connaissait sans y être jamais entré. Il lui sembla plus imposant que dans ses souvenirs. Au fil des ans, Tony Zappacosta avait acquis et démoli trois bâtiments, à la place desquels il avait fait construire son *palacio*. C'était dans la zone la plus à l'est de La Boca en face d'un plan d'eau nommé Ante Puerto, une vaste courbe formée par la jonction de l'estuaire artificiel du Riachuelo qui se jette dans le Rio de la Plata et le début de la Darsena Sud, juste en face du Canal Sud de Entrada au port. La construction était impressionnante, elle ne s'inspirait en rien du style foisonnant des *palacios* où vivaient les riches Argentins, dans la zone nord de Buenos Aires. Au contraire, ce palais avait une apparence très austère, sobre et classique. Et ce jour-là, plus que jamais, Amos eut l'impression de se trouver devant une forteresse imprenable. Un instant, sa confiance en lui vacilla. Mais maintenant, le premier pas était fait.

Quand il fut à cinq mètres de l'entrée, les deux gardiens sortirent leur pistolet et lui firent signe de s'arrêter. L'un d'eux avait déjà levé le chien de son arme, et son attitude ne laissait aucun doute : il n'aurait pas réfléchi deux fois avant de l'utiliser. L'autre sbire s'écria :

« Qu'est-ce que tu veux, le juif ? »

Amos le reconnut, c'était un client du *Chorizo*.

« Comment ça va ? Ça fait un moment que t'es pas passé !

— Qu'est-ce que tu veux ? » répéta l'autre, sans changer d'expression.

Il y avait une guerre en cours. L'heure n'était pas aux bavardages ni aux plaisanteries. À la moindre erreur d'appréciation, on pouvait y laisser sa peau.

« Il faut que je voie Tony, répondit-il calmement.

— Le *señor* Zappacosta est au courant ?

— Non.

— En ce moment, il n'aime pas les surprises. Va-t'en !

— Je sais bien que Tony n'aime pas les surprises, poursuivit Amos sans se décontenancer. Mais il aime encore moins passer à côté d'une bonne affaire. »

Il fixa le gorille en silence. La menace était sous-jacente. Finalement, le gars lui ordonna :

« Traverse la rue et renvoie ta voiture. »

Amos alla trouver son chauffeur et lui demanda de s'éloigner. L'auto disparue, il se posta sur le trottoir en face de la citadelle de Tony pour attendre, mains dans les poches. Les gardiens le laissèrent ainsi en plein soleil. Ils transmirent le message à l'intérieur du *palacio* à travers le judas de la porte. Puis ils se remirent à le dévisager, armes au poing. Amos resta là à transpirer pendant au moins cinq minutes. Il ne bougea pas un muscle, et ne montra aucun signe d'impatience.

Il réfléchissait à un article qu'il avait découvert la veille dans *Caras y Caretas*. En le lisant, beaucoup de gens pourraient penser que c'était lui, l'assassin dont on parlait. Il n'avait jamais su le nom de cette fille qu'il avait dépucelée dans son chariot, alors qu'ils traversaient encore l'Europe, et qu'il avait ensuite offerte au capitaine du bateau, à Hambourg. Il se rappelait juste que c'était une beauté, et qu'il comptait bien se faire un tas de fric grâce à elle. Mais cette salope idiote s'était laissé tuer pour sauver cette autre petite pute, qui avait réussi à s'échapper !

La veille au soir, Amos avait été trouver le capitaine Ramirez, l'homme de la *Policía* à sa solde, qui lui avait assuré que l'enquête serait étouffée. Mais il lui avait aussi confirmé que cette gamine était un danger. Amos, toujours immobile sous le soleil brûlant, sourit. Maintenant, il savait où chercher. Il allait serrer les couilles à quelqu'un de la rédaction de *Caras y Caretas* et lui soutirer les renseignements dont il avait besoin. Par précaution, il avait déjà placé un de ses hommes devant le journal. Cette gosse était une vraie juive, dure comme un nerf de bœuf. Elle se savait recherchée. Comme on recherchait une femme, elle était devenue garçon. Il la tuerait sans pitié, pourtant il ne pouvait s'empêcher de l'admirer. Mais elle avait commis une erreur très grave : se laisser vaincre par le sentimentalisme. Cet article que tout le monde jugeait émouvant serait, en réalité, son testament. Maintenant, Amos savait *qui* chercher.

Le judas du palais de Tony finit par se rouvrir. Les deux gorilles regardèrent à droite et à gauche. La rue était déserte. Alors ils adressèrent un signe d'assentiment à quelqu'un à l'intérieur, et un battant de la porte d'entrée s'entrebâilla. « Dépêche-toi, le juif » ordonna le plus causant des gardiens. Amos traversa la rue et fut fouillé. Mais il n'avait rien sur lui, il n'avait même pas pris son fidèle cran d'arrêt. On le fit entrer. Il cligna des yeux : à l'intérieur il faisait très sombre, et il était encore ébloui par le soleil. « Avance ! » ordonna un gars armé d'une mitraillette.

Lorsqu'il fut conduit auprès de Tony, Amos fut frappé par le changement radical dans l'architecture. Après la fraîcheur et l'obscurité de l'entrée, on se trouvait soudain dans une grande cour, où poussaient des orangers croulant sous les fruits. Tout autour, comme dans un vaste cloître, il y avait une coursive ombragée dans le style italien, ornée d'arcs et de colonnes. Au milieu de la cour s'élevait une fontaine en marbre blanc immaculé avec des jeux d'eau qui, rien qu'à les regarder, procuraient une agréable sensation de fraîcheur. Tony était assis sous un kiosque blanc en bois. Une glycine grimpait le long de ses délicates colonnettes.

Pourtant, la scène n'avait rien d'idyllique. Amos réalisa en s'approchant qu'un drame s'y déroulait. Près de Tony, assis à une petite table en bois, ronde et blanche, se tenait un homme à l'expression hallucinée, le visage baigné de sueur. Il avait une main ouverte sur la table. Et sous cette main s'élargissait une tache rouge, plus brillante encore que la peinture blanche. Sa main était clouée au bois par un couteau qui la transperçait de part en part. Tony fixait l'homme de ses yeux de glace. Il leva un bras vers Amos, sans le regarder. Amos s'arrêta. Il connaissait l'autre type. Il était au service de don Lionello Ciccone.

« Il y a qui, derrière ton chef? demanda Tony en continuant à scruter le visage du type. C'est la dernière fois que je te le demande.

— Je vous jure que je n'en sais rien, *señor* ! » répondit-il.

Il était défiguré par la douleur. Amos remarqua que les ongles de la main clouée à la table avaient été arrachés. Tony saisit le couteau et le retira de la chair et du bois. L'homme gémit et porta la main à sa poitrine, se serrant le poignet de son autre main, comme si cela pouvait apaiser la douleur. Tony sourit.

« Bientôt, tu ne sentiras plus rien », lui dit-il du ton réconfortant qu'aurait utilisé un chirurgien ou un anesthésiste. En réalité, il lui annonçait sa mort. Deux gorilles le soulevèrent et l'emportèrent.

Alors seulement, Tony se tourna vers Amos. Il lui fit signe d'approcher et de s'asseoir sur la chaise que l'homme venait de quitter. Amos s'installa et croisa les mains sur la table, à quelques centimètres de la tache de sang.

« Il faudra que tu fasses réparer la table. Tu as fait un beau trou.

— De quelle affaire tu veux me parler, maquereau ? » demanda Tony.

Il était en guerre, se dit à nouveau Amos. Pas de bavardages, pas de plaisanteries.

« J'ai besoin d'une grosse quantité de cocaïne. Tes hommes m'ont dit que ce n'était pas le moment… ce que je comprends, bien sûr. »

Tony le dévisagea sans mot dire. Amos savait que l'instant était venu d'avancer ses pions : « Donne-moi tes contacts et je me charge de tout organiser. » Il devait noyer le poisson et détourner l'attention de Tony du cœur du problème : « En échange, tu me fais une ristourne. »

Tony ne répondit rien. Il continuait à regarder Amos, sans manifester aucune expression. Il réfléchissait, se disait Amos. Mais ses yeux étaient tellement froids et immobiles qu'ils semblaient de verre. On ne pouvait rien y lire, on ne pouvait être ni optimiste ni pessimiste. Il fallait juste attendre. Il fallait juste espérer que Tony ne creuserait pas davantage les raisons profondes de sa requête et ne soupçonnerait pas d'intention cachée. Il fallait juste suivre la danse.

Enfin, Tony déclara : « Tu es un maquereau. » C'était tout. Amos savait qu'il fallait attendre encore. « Tant qu'il s'agit des filles, tu sais y faire, reprit Tony. Mais la cocaïne, ça brûle beaucoup plus que les putains. » Amos resta silencieux. « La cocaïne, c'est aussi beaucoup plus rentable que les putains, poursuivit Tony. Ça pourrait te donner envie de changer de métier. » Il se leva. « Fin de la conversation. » Amos joua sa dernière carte :

« Tu ne veux même pas savoir de quelle quantité on parle ?

— Comment ça se dit, en hébreu, fin de la conversation ? »

Amos se leva à son tour. Il dépassait Tony de presque quarante centimètres. Il était capable de soulever un quintal sans se faire une hernie. Il était rapide au couteau. Il avait survécu au ghetto de Prague. Il n'avait peur de personne, pas même de Tony. Mais il savait qu'avec les serpents venimeux, il fallait jouer avec prudence. « D'accord, dit-il, dommage. » Il fit mine de faire demi-tour, et puis lâcha enfin la phrase qu'il voulait dire depuis le début :

« Personne ne croit que ce couillon de Ciccone s'est lancé tout seul dans une guerre contre toi.

— Si personne n'y croit, alors c'est peut-être vrai.

— Visiblement, tu n'as pas découvert qui est derrière.

— Tu sais quelque chose ?

— Tu veux que je me renseigne pour toi ? »

Tony l'examina en silence. Amos soutint son regard.

« *Señor*, une jeune femme demande à vous voir, intervint à ce moment-là un des hommes de Tony.

— Qu'est-ce qu'elle veut ? demanda le boss sans cesser d'observer Amos.

— Elle dit qu'elle cherche un homme et que vous savez peut-être où il est.

— C'est une journée d'audiences ! plaisanta le souteneur.

— Ça fait longtemps que je n'ai pas vu de femme. Si elle est mignonne, laisse-la entrer, sourit Tony.

— Oh, elle est plus que mignonne ! rit le gorille. Il faut la fouiller ?

— Si ça s'impose, je le ferai moi-même ! Allez, je te salue, maquereau, dit-il à Amos.

— Amuse-toi bien ! »

Il se dirigea vers la sortie, escorté de deux sbires. Il était presque arrivé dans la pénombre de l'entrée lorsqu'il vit arriver la femme qui avait été annoncée. En contre-jour, il n'aperçut qu'une silhouette. Il s'arrêta dans la cour pour la laisser passer. Quand il la découvrit à la lumière du soleil, il la regarda avec admiration. Elle portait une robe bleue imprimée de fleurs de jacaranda. Ses longs cheveux noir de jais étaient dénoués sur ses épaules. Ses yeux étaient tellement sombres et intenses qu'ils semblaient encore plus noirs que le fond d'un encrier. Il la reconnut aussitôt. Ce n'était pas une femme qu'on pouvait oublier. Elle le dépassa, on l'accompagnait auprès de Tony. Amos resta un instant immobile. Il entendit la femme dire :

« Bonjour, *señor* !

— Que puis-je faire pour toi ? demanda Tony.

— Je cherche un homme que vous connaissez peut-être – en tout cas, j'espère. Je ne connais pas son nom de famille. Je sais simplement qu'il s'appelle Rocco et qu'il vient de Palerme. Il est arrivé…

— Et lui, il te cherche ! l'interrompit Tony en riant.

— Allez, avance, le juif! » lança un des sbires à Amos avant de le pousser vers la sortie.

Amos jeta un dernier regard à la jeune femme et se dit qu'il était vraiment chanceux, très chanceux. La vie jouait de drôles de tours : deux personnes pouvaient se rencontrer comme si cet univers de presque deux millions d'habitants était un bourg d'une centaine d'âmes.

Il sortit du palais et, exultant, rejoignit le coin de la rue, où son homme l'attendait en voiture : « Fais le tour du *palacio* et arrête-toi quelque part où tu peux surveiller l'entrée », dit-il. L'automobile parcourut les ruelles qui longeaient le bâtiment. Puis, à l'angle du quai de la Darsena Sud, elle s'arrêta.

Quelques minutes à peine s'écoulèrent avant qu'Amos voie la femme sortir. Elle se dirigeait vers eux à pas tellement rapides qu'elle avait l'air de courir. Elle avait les joues rouges d'émotion, ses yeux noirs brillaient au soleil, et ses lèvres étaient entrouvertes dans une expression de surprise et de joie. Elle était encore plus belle. Quand elle fut à la hauteur de la voiture, Amos ouvrit la portière et esquissa une petite révérence : « Bonjour, *chica*, Tony m'a dit de te raccompagner en voiture. » Rosetta le regarda, perplexe. « Nous nous sommes vus chez Tony, il y a cinq minutes. Tu ne te rappelles pas ? » dit Amos de son ton le plus rassurant, en arborant un large sourire. Elle acquiesça. Amos fit un pas vers elle.

« Tu as dit que tu t'appelais comment, *chica* ? lui demanda-t-il sans cesser de sourire.

— Ebbasta Lucia. »

Ce n'était pas le nom qu'avait donné le baron, se dit Amos, elle en avait changé. La fille était rusée !

« Allons-y, Lucia… » la pressa-t-il en retenant un petit rire. Rusée, mais malchanceuse. Il la prit par le bras et l'entraîna vers l'automobile. Rosetta pensa qu'il la serrait un peu trop fort. Dès qu'ils furent montés en voiture, Amos verrouilla les portières et le chauffeur démarra.

« Le *señor* Zappacosta vous a dit où aller ? s'enquit Rosetta.

— Ne t'en fais pas », répondit Amos.

Rosetta remarqua que sa voix et son expression avaient changé. L'auto prit un virage qui les éloigna du port.

« Ce n'est pas la direction du centre, par là ? s'étonna Rosetta, sentant quelque chose d'anormal. Où va-t-on ?

— Tais-toi, dit doucement Amos.

— Vous me conduisez où ? » demanda-t-elle, alarmée, en haussant la voix.

Amos la frappa violemment du revers de la main.

« Mais tais-toi, connasse ! »

Un sourire triomphant barra son visage. Il avait besoin d'argent, de beaucoup d'argent. Et il venait de le trouver.

54

Quand le malabar l'avait frappée au visage, Rosetta avait senti le sang couler de son nez. En un éclair, elle était passée de la jubilation effrénée à l'idée de ses retrouvailles imminentes avec Rocco à la terreur aveugle devant cette situation qu'elle ne parvenait pas à comprendre. Mais elle ne dit plus un mot, ne posa plus une question. Ce type était dangereux, un véritable animal. Elle s'abandonna contre le siège en cuir de l'automobile qui fonçait dans les rues de Buenos Aires. Elle avait les yeux exorbités par la peur et le cerveau comme anesthésié, mort, un désert où ne subsistait plus la moindre pensée.

La voiture s'arrêta devant un bâtiment couleur moutarde, aux volets fermés. On la fit descendre et on l'entraîna à l'intérieur, sans lui adresser la parole. Là, elle fut agressée par une odeur composée de mille parfums désagréables, les effluves âcres de l'alcool, les relents de tabac qui collaient à tout comme un lierre invisible, les odeurs de cuisine, et les émanations humaines, la sueur, les haleines fétides, les parfums bon marché et les pets, la pisse, la merde. Au cœur de toutes ces puanteurs, Rosetta reconnut une odeur terrifiante qui lui retourna l'estomac, parce qu'elle ne l'avait plus sentie aussi intensément depuis ce jour torride à Alcamo, celle du sexe. C'était cette puanteur à vomir qu'elle avait découverte le jour de son viol, mélange de la fange des hommes, des sécrétions des femmes et du sang. Elle comprit où elle se trouvait.

« Non, balbutia-t-elle, non…

— Avance ! » gronda Amos en la poussant dans un couloir sombre.

En chemin, Rosetta croisa le regard d'hommes mal rasés, à la peau grasse luisante de sueur, et celui de filles jeunes avec des yeux de vieilles et des corps fatigués comme des fleurs assoiffées. Aucun doute, elle se trouvait dans une maison close. « Non, je vous en prie… » murmura-t-elle. Amos ne répondit rien, il ouvrit une porte et la fit entrer dans une pièce imprégnée d'une odeur de tabac, de brandy et de tapis poussiéreux. La pièce était plongée dans la pénombre, uniquement éclairée par le halo d'une lampe allumée sur un bureau. Rosetta vit que les volets étaient fermés et qu'il y avait des barreaux aux fenêtres. On aurait dit une prison. Deux gorilles fermèrent la porte et allumèrent d'autres lampes. Mais leur lumière chaude et jaune ne rendit pas cette pièce moins glaciale ni moins effrayante.

« Qu'est-ce que vous voulez de moi ? » demanda Rosetta.

Amos lui donna une gifle.

« Chaque fois que tu ouvres la bouche, je t'en colle une, tu as compris ? » dit-il d'une voix calme et glaciale.

Rosetta hocha la tête en silence. Amos se tourna vers l'un des gros bras : « Va chercher Adelina, dis-lui de venir. » L'homme de main sortit. « Toi, tu restes devant la porte, expliqua Amos à l'autre. Ne laisse entrer qu'Adelina. » Le second sbire sortit à son tour.

Peu après, on frappa à la porte. « Entre ! » dit Amos. La porte s'ouvrit et Rosetta vit apparaître une femme vêtue de noir. Une cicatrice barrait sa joue droite et le haut d'une de ses oreilles était mutilé. Elle pouvait avoir entre trente et cinquante ans, impossible à dire. Elle était aussi usée qu'une robe en bout de course. Ses gestes étaient rapides et précis. Son regard évitait de croiser celui d'Amos, elle en avait peur.

« Elle est sous ta responsabilité. Tu es la seule à pouvoir entrer, prévint Amos.

— Et si j'ai besoin d'une fille pour m'aider ?

— Tu fais comme tu veux, mais rappelle-toi qu'elle est sous ta responsabilité.

— Je peux lui donner un peu de drogue ? Ça la tiendra tranquille.

— Fais comme tu veux, je te l'ai déjà dit. Fais-la se déshabiller.

— Non… » gémit Rosetta.

Amos leva une main pour la frapper. Elle se recroquevilla sur elle-même en se couvrant le visage. Amos ne la toucha pas. Au bout de quelques secondes, elle se redressa. Dès qu'elle découvrit son visage, Amos lui flanqua une gifle. Puis il se dirigea vers la porte.

« Elle doit rester intacte », recommanda-t-il à Adelina en sortant.

« Déshabille-toi ! » ordonna alors la servante.

Rosetta secoua la tête, dans un « non » muet.

« Soit tu le fais toute seule, soit je suis obligée d'appeler Amos, dit Adelina de sa voix froide et totalement privée d'émotions. Et si c'est lui qui le fait, ta jolie peau sera vite couverte de bleus.

— Qu'est-ce que je fais ici ?

— Je n'en sais rien, et ça ne m'intéresse pas. »

Rosetta garda les yeux rivés au sol.

« Je vous en prie, *señora…* aidez-moi », chuchota-t-elle.

Adelina émit un ricanement rauque, qui n'avait rien de joyeux. Il n'y avait qu'aigreur et mépris dans sa voix.

« D'après toi, qui c'est qui m'a fait ça ? dit-elle en caressant sa balafre. Et ça ? » elle indiqua son oreille amputée. Elle planta son regard dans celui de Rosetta : « *Aidez-moi !* » Elle imitait Rosetta. « Tu imagines vraiment que je vais affronter le Diable pour toi ? » Elle eut de nouveau ce petit rire plein de fiel : « Va te faire foutre ! » Elle avait de la haine dans les yeux. Et pourtant, elle ne connaissait pas Rosetta. Elle était comme ça, voilà tout.

Elle rappelait à Rosetta un chiot, à Alcamo, qu'un paysan mal dégrossi et violent avait arraché à sa mère à la naissance. Le garçon lui avait aussitôt mis un collier et une chaîne. Il le bourrait sans cesse de coups de pied, sans raison. Au début, quand personne ne la voyait, Rosetta apportait de petites choses à manger à l'animal et lui faisait une caresse. Mais en grandissant, le chien, à moitié étranglé par le collier que le paysan s'obstinait à ne pas vouloir changer, avait commencé à gronder contre elle aussi, tant il était habitué aux souffrances et aux coups de pied. Un jour, il l'avait même mordue. Il avait les yeux injectés de sang, la bave à la gueule, le corps couvert de plaies, et il avait eu les côtes cassées Dieu sait combien de fois. Personne n'avait le courage de l'approcher. C'était devenu une bête féroce. Seul le paysan pouvait le toucher. Et le chien, ou ce qui en restait, baissait la tête et attendait sa ration de coups de pied et de coups de bâton, sans se rebeller. En regardant Adelina, Rosetta avait l'impression de revoir cet animal. « Déshabille-toi », ordonna la femme.

Lentement, Rosetta commença à défaire sa robe bleue imprimée de fleurs de jacaranda. Elle ôta ses chaussures bleues avec des pompons violets en forme de fleurs que Tano avait fabriquées de ses mains à Noël. « Tout », précisa Adelina. Rosetta sentit les larmes lui monter aux yeux. Mais elle ne pleurerait pas devant cette femme. Elle ôta sa culotte et son soutien-gorge. Adelina ramassa les vêtements et les déposa près de la porte. Puis elle s'approcha d'un meuble-bar, qu'elle ouvrit avec une clef tirée de sa poche. Elle en sortit un flacon de cristal rempli d'un liquide ambré, dont elle humecta un mouchoir à l'apparence crasseuse. Puis elle rangea le flacon et referma le meuble. Elle tendit le mouchoir à Rosetta : « Essuie le sang. » Rosetta passa le mouchoir sur son nez et sur sa lèvre supérieure. Elle sentit que ça la brûlait. Elle rendit le mouchoir rougi. Adelina le remit dans sa poche et se dirigea vers la porte.

« Dites-moi au moins pourquoi », tenta à nouveau Rosetta.

Adelina haussa les épaules.

« Parce que comme ça, tu ne peux pas t'enfuir d'ici, c'est impossible. Et même si tu réussissais, tu crois que tu irais où, toute nue ? »

Elle éclata de rire et prit le petit tas de vêtements et les chaussures. Elle ouvrit la porte.

« Non, corrigea Rosetta, je voulais dire… pourquoi je suis ici ?

— Je te l'ai déjà dit. Je n'en sais rien, et ça ne m'intéresse pas. »

Rosetta pressa ses genoux contre sa poitrine et les entoura de ses bras, cherchant à être le moins nue possible. « Tu as entendu Amos ? Intacte, il a dit. Tu sais ce que ça veut dire ? » reprit Adelina. Rosetta fit signe que non. « Que personne te baisera ! » Adelina rit à nouveau, de sa manière désagréable, un peu comme si elle crachait du venin. Et elle sortit. Rosetta l'entendit fermer la porte à clef. Mais peu après, elle revint, un verre à la main.

« Bois !

— C'est quoi ?

— De l'eau.

— Je n'ai pas soif.

— Bois, sinon j'appelle deux hommes qui te feront ingurgiter ça avec un entonnoir. »

Rosetta avala. La boisson avait un arrière-goût amer. Adelina repartit.

Rosetta demeura immobile, humiliée par cette nudité qu'on lui avait imposée. Puis elle commença à éprouver une légère sensation de nausée. Bientôt, elle s'aperçut qu'elle se balançait très légèrement d'avant en arrière, comme si elle avait du mal à se tenir droite. Ses muscles étaient soudain fatigués, ils avaient besoin de se détendre. Enfin, une sensation étrange s'empara d'elle : une espèce de vrombissement qu'elle entendait non pas dans les oreilles mais dans la tête. C'était un bruit doux qui faisait taire toutes les pensées angoissantes, semblable à la voix d'une mère berçant son enfant pour l'endormir : « Chut… chut… chut… » Peu à peu, elle se laissa aller.

« Je cherche un homme… il s'appelle Rocco… » Ces mots résonnèrent dans ses oreilles. Puis elle revit ce petit homme qui ressemblait à un nain, assis à une table blanche où il y avait une grosse tache… de quoi ? De sauce tomate ? Non, c'était du sang, elle le savait bien. Mais le nain avait ri et il s'était exclamé : « Et lui, il te cherche ! » Rocco la cherchait. « Tu le savais ? » lui avait demandé le nain, ce *señor* Zappacosta, qui devait être aussi féroce qu'une fouine entrée dans un poulailler. Pourtant, il parlait de Rocco comme… Pensées et souvenirs se faisaient de plus en plus flous. « Oui, je savais que Rocco me cherchait », bredouilla-t-elle péniblement. Les muscles autour de sa bouche ne voulaient plus bouger. Se reposer, comme si elle avait trop couru, trop parlé, trop pensé, trop vu. Elle cessa de résister. Elle voulait se rappeler le moment où le nain lui avait dit où trouver Rocco. *Dique cinco*, l'ancien atelier d'El Gordo. Elle était restée impassible, sans savoir si elle devait éclater de rire ou éclater en sanglots. Et après… que s'était-il passé ? Pourquoi se trouvait-elle là ? Pourquoi l'empêchait-on de retrouver Rocco ? Mais ces questions étaient trop difficiles. Son cerveau était en train de s'éteindre. Avec le peu de force qui lui restait, elle se pinça l'intérieur du bras, tentant de résister à cette torpeur qui la libérait de toute angoisse.

À cet instant, comme si sa tête avait brièvement recommencé à fonctionner, elle pensa qu'elle ne rentrerait pas chez elle, ce soir-là. Une véritable peur la submergea, une de ces peurs qui font trembler le corps tout entier, malgré la chaleur et malgré l'engourdissement qui s'emparait à nouveau de son esprit. Elle imagina Tano et Assunta en train de l'attendre, et la seule idée claire qui lui vint à l'esprit était qu'ils avaient déjà perdu une fille et qu'il était injuste qu'ils en perdent une seconde. Ensuite, elle réalisa qu'elle n'avait été qu'à un pas, à un tout petit pas, de retrouver Rocco, et qu'elle l'avait perdu à nouveau. Enfin, elle pensa à elle et se dit qu'il était injuste de se perdre à nouveau alors qu'elle se reconstruisait à peine. Et comme si ces pensées étaient trop lourdes, un silence absolu s'abattit sur elle. Comme si elle-même n'était plus là.

Longtemps après – Rosetta n'avait plus aucune notion du temps –, Adelina revint avec un plateau.

Elle lui apportait de la viande. « Mange » ordonna-t-elle avant de sortir. Puis elle revint avec un pot de chambre vernissé : « Si tu as besoin de pisser ou de chier. » Elle lui tendit aussi un verre : « Bois. » Rosetta savait bien qu'elle n'aurait pas dû boire, parce qu'elle allait replonger dans ce monde vaseux où elle cessait d'exister. Mais elle était assoiffée. Alors elle but. Adelina prit le plateau et l'emporta.

Rosetta entendait des rires d'hommes et de femmes, de la musique. La puanteur de cette vie de vice s'infiltrait sous la porte de sa cellule. Puis, à nouveau, le silence s'abattit sur elle. Elle s'endormit, nue et humiliée, sur le divan en cuir sombre et souple. Adelina la réveilla. Autre plateau. Maté chaud et biscuits. Peut-être était-ce le matin, elle avait perdu toute notion du temps. Une fille accompagnait Adelina : une jeune blonde, un ange aux yeux vides, comme s'ils lui avaient été arrachés et qu'on les avait remplacés par deux billes colorées, magnifiques et inutiles. Mais quand cette fille se pencha pour prendre le pot de chambre, elle caressa le genou de Rosetta de sa main diaphane, presque transparente. « Libertad, dépêche-toi ! » croassa la voix d'Adelina. Libertad vida le pot et quitta la pièce, comme un automate.

À nouveau, Rosetta se retrouva seule. Et à nouveau, le temps s'écoula sans qu'elle puisse le mesurer. Le silence emplissait sa tête, à la fois réconfortant et terrifiant. Puis, après Dieu sait combien de temps, elle entendit des voix devant la porte. Des voix d'hommes. L'une d'elles était celle d'Amos, elle la reconnut. Une autre lui était familière, sans qu'elle parvienne à l'identifier.

« Maintenant, vous allez en avoir la preuve, disait Amos. Mais ensuite, il va falloir parler affaires. Chaque chose a sa valeur et son prix.

— Ouvrez ! » réclama la voix.

Elle était aiguë, presque féminine, une voix de castrat. Rosetta eut l'impression de recevoir un coup dans le ventre. Et sa peur augmenta encore, malgré les limbes où elle était plongée. Elle entendit le claquement de la serrure qu'on déverrouillait. La poignée s'abaissa lentement. La porte s'ouvrit. Rosetta se tapit dans un coin. Sur le seuil apparut le baron Rivalta di Neroli. « Je vous paierai, dit-il en s'adressant à Amos, derrière lui, sans détacher les yeux de Rosetta. Mais vous ne devez pas la toucher, pas l'effleurer ! » Et il sourit. Un sourire tellement visqueux qu'un filet de salive lui coula le long du menton. « Elle est à moi. » Rosetta sentit son cœur s'arrêter net. Aucune drogue n'aurait pu l'anesthésier au point de ne pas le reconnaître. « Elle est à moi », répéta le baron.

55

« Tu es un revenant ?

— Parfois, c'est ce que je me dis. »

Tony observait avec surprise les morsures du feu qui avaient abîmé pour toujours les beaux traits d'El Francés, et le bâton de vieillard dont il se servait pour tenir debout.

« On dit que tu es mort.

— J'ai essayé, mais ça n'a pas marché », répliqua El Francés, coincé entre les gorilles qui l'avaient escorté auprès du boss.

Tony ne l'invita pas à s'asseoir. Il était d'humeur massacrante. Deux de ses hommes venaient d'être tués dans un guet-apens. On aurait dit que l'ennemi anticipait ses faits et gestes. La guerre ne se déroulait pas comme il l'avait imaginé, pas du tout. Elle était beaucoup plus compliquée, et elle se jouait sur un terrain qui n'était jamais l'affrontement direct. Il y avait sans arrêt des embuscades. Lui-même se sentait de moins en moins en sécurité : peut-être élevait-il un serpent en son sein, mais il n'avait aucune idée de qui il s'agissait. Bastiano travaillait jour et nuit, sans parvenir à découvrir le traître, ni qui se cachait derrière Lionello Ciccone.

« Qu'est-ce que tu veux ? » grogna-t-il.

El Francés avait décidé d'aller voir Tony depuis qu'avait éclaté cette guerre dont parlaient les journaux. Mais depuis la veille au soir, il avait une autre raison de le faire, beaucoup plus pressante.

« Par hasard, est-ce qu'une femme serait venue ici, à la recherche d'un homme ? demanda-t-il.

— Qu'est-ce que ça peut te foutre ? »

El Francés s'était souvenu que, quelques jours plus tôt, Rosetta avait prononcé le nom de Tony. Il l'avait vu sourire d'une manière étrange et avait remarqué une lueur particulière dans ses yeux. Cela ne voulait peut-être rien dire. Mais ça pouvait aussi être un indice.

« Elle n'est pas rentrée chez elle », expliqua-t-il.

Tony haussa les épaules.

« Elle a sûrement trouvé le gars qu'elle cherchait, et elle prend du bon temps.

— Ce n'est pas le genre.

— Et qu'est-ce que ça peut te foutre ? répéta Tony en détachant ses mots.

— Je lui dois une faveur. »

Tony l'examinait de ses yeux de glace, sans expression. El Francés ajouta :

« Une grande faveur.

— Grande comment ?

— Comme la vie », répondit-il sans hésiter.

De manière presque imperceptible, quelque chose changea dans les yeux de Tony.

« C'est assez grand ? » reprit El Francés. Tony fit oui de la tête.

« Elle est venue ici. Je lui ai dit qui était cet homme et où le trouver. Je savais qu'il la cherchait. Tout le monde la cherche, cette fille ! Même un baron sicilien qui est venu me voir et m'a proposé de l'argent. Et la *Policía* la cherche aussi, c'est sûr.

— Et pourquoi tu l'aurais envoyée chez ce type au lieu de te faire payer par le baron ?

— Ça, ce n'est pas tes oignons.

— Où je peux trouver cet homme ? » le pressa El Francés.

Tony le fixa en silence.

« Je t'en prie…

— Tout à l'heure, quand je t'ai dit que la fille était sûrement en train de prendre du bon temps avec cet homme, tu m'as répondu que ce n'était pas son genre. Je peux t'assurer avec la même certitude que lui non plus n'est pas du genre à lui faire du mal.

— Je sais.

— Et comment le sais-tu ?

— C'est lui qui lui a permis de s'échapper de l'*Hotel de Inmigrantes.* »

El Francés se disait qu'il devait jouer cartes sur table. Tony acquiesça, pourtant il n'était pas encore disposé à parler. Alors, El Francés se rendit compte qu'il avait une carte à jouer, une information qu'il lui aurait donnée gratuitement, puisqu'il était venu pour ça, mais qui pouvait peut-être maintenant devenir une monnaie d'échange.

« Tu as découvert qui se cache derrière Ciccone ? » demanda-t-il à brûle-pourpoint.

Tony changea radicalement d'expression.

« Parce que tu le sais, toi ?

— Oui.

— Parle !

— Dis-moi où se trouve cet homme. »

Tony se leva et s'approcha de lui. Soudain, il flanqua un coup de pied dans le bâton sur lequel El Francés s'appuyait. Privé de soutien, El Francés vacilla. Tony l'attrapa par un bras et le maintint debout. Puis il planta son regard dans le sien. « Tu crois pouvoir négocier avec moi ? » Sa voix semblait jaillir directement d'un glacier, tant elle était froide. « Tu crois que je ne saurais pas te faire parler ? » El Francés sentit un frisson lui parcourir l'échine. Il n'avait pas besoin d'imaginer ce que Tony pourrait lui faire : ça se lisait dans ses yeux terrifiants, toujours rivés sur lui. Mais ce qui l'effraya le plus, ce fut de comprendre que Tony n'éprouverait pas la moindre émotion, et qu'il n'y prendrait même pas de plaisir.

« Amos », se dépêcha-t-il de répondre.

Tony fronça les sourcils et lui serra le bras plus fort. Il observa les brûlures de son visage. Il était au courant d'une histoire entre les deux maquereaux, et savait qu'Amos avait gagné.

« Tu penses pouvoir m'utiliser pour te venger, connard ?

— Je l'espère de tout mon être, oui », répondit El Francés.

Tony le dévisagea encore un instant. Puis il se baissa et ramassa le bâton, qu'il lui tendit.

« C'est la meilleure réponse que tu pouvais me donner… »

Il lui tourna le dos et alla s'asseoir, avant de lui faire signe de s'asseoir à son tour.

« … Mais maintenant, il va falloir me convaincre. »

El Francés prit place sur l'une des chaises.

« Ces derniers mois, Amos s'est constitué tout un arsenal. Un souteneur n'a pas besoin d'autant armes, sauf s'il s'apprête à mener une guerre.

— S'il avait acheté toutes ces armes, je serais au courant.

— Pourquoi ? Tu fais aussi des affaires à Montevideo ? »

Tony croisa les doigts, posa les mains sur la table et se pencha en avant.

« Continue. »

El Francés remarqua un trou dans la table, dont l'intérieur était rouge sombre.

« Je l'ai appris par hasard, et je suis peut-être le seul à le savoir », poursuivit-il, reprenant les paroles du vieil André. Il fit une pause. Il ne pouvait pas impliquer André, il lui devait bien ça, alors il fallait faire croire que ça lui était arrivé à lui, malgré les risques : « Je me trouvais à Montevideo pour acheter deux filles et… je l'ai vu. Il discutait avec des mercenaires.

— Et comment tu sais que c'étaient des mercenaires, toi ?

— C'est ce que m'a raconté le gars auquel je voulais acheter les filles. Amos est venu dans son bordel. Les mercenaires sont des clients de ce type, ils aiment bien ses putains. Il m'a dit qu'il les a entendus discuter le prix d'armes et d'hommes avec Amos. »

Tony était immobile. Il fixait El Francés sans le voir. Il ne bougeait pas un muscle, pas une paupière, ne respirait même plus. En le regardant, on aurait même pu penser que son cœur avait cessé de battre. Mais dans sa tête, c'était un véritable ouragan. Et l'ouragan avait dissipé le brouillard. Maintenant, il avait tout compris.

Il se leva. « Bastiano ! » hurla-t-il, les veines du cou gonflées. « Bastiano ! » Quand son comptable apparut, Tony avait l'air calme. Il lui fit signe d'approcher. Puis il dégaina son pistolet qu'il empoigna par le canon, et il asséna un coup de la crosse en nacre à Bastiano, en plein visage. Il continua à le frapper jusqu'à ce qu'il s'effondre à terre. « Il faut que ce soit un maquereau qui m'apprenne la vérité ! » gronda-t-il, haletant. On aurait dit le roulement sourd d'un volcan.

Bastiano gémissait, à genoux, le visage en sang. Des lambeaux de peau pendaient de son front en formant une sorte d'horrible frange. Ses petites lunettes gisaient sur le sol, les verres brisés.

« Pourquoi ? demanda Tony avec une intonation presque douloureuse, presque naïve, presque enfantine, tenant toujours son pistolet par le canon. Pour de l'argent ? Il t'a payé combien ?

— Qui ? bredouilla Bastiano. De quoi vous parlez... »

Mais ses yeux évitaient de croiser le regard inquisiteur de Tony, et ils glissaient, affolés, à droite, à gauche, comme deux boules rebondissant à l'infini contre un mur invisible. Tony lança son pistolet en l'air et le rattrapa par la crosse, comme un jongleur. Il prit le coussin de sa chaise, l'appuya contre le visage de Bastiano, enfonça le canon de son arme et fit feu. Le bruit de la détonation fut atténué par le coussin. Le corps de Bastiano fut projeté vers l'arrière par l'impact du projectile. Tony demeura immobile, le pistolet fumant dans une main, le coussin dans l'autre. Le visage de Bastiano était méconnaissable, en bouillie. Sur le carrelage de terre cuite s'élargissait une mare de sang noir parsemé de fragments clairs de cervelle. Le duvet du coussin retomba doucement sur le tout, comme une averse de neige qui se déposerait là par pitié.

Tony se tourna vers ses hommes : « Ceux qui sont sur le livre de comptes de Ciccone ou du juif ont intérêt à disparaître tout de suite, avant que je les soupçonne. Mais ceux qui restent doivent être prêts à se couper les couilles pour moi ! » Il les dévisagea un à un. Tous soutinrent son regard. « Très bien », dit-il alors. Il cracha sur le cadavre de Bastiano : « Maintenant, il y aura moins de guets-apens inexplicables. » Ses hommes crachèrent à leur tour sur le cadavre du comptable. Puis Tony s'adressa à El Francés :

« Je te dois une faveur, maquereau. Le moment venu, viens chercher ce qui te revient. Je te ferai assister à la mort du juif. Si tu veux, tu pourras faire rôtir ses couilles. »

El Francés avait cru que Tony allait le tuer lui aussi, qu'il se débarrasserait d'un témoin. Mais non. Il lui était reconnaissant.

« Où je peux trouver le gars qui cherche cette femme ? » demanda-t-il. En attendant la réponse, il porta son regard sur Bastiano, à terre. La mare de sang léchait à présent le bout de ses chaussures. Mais il ne broncha pas. Depuis le jour où il avait vu assassiner Lepke, quelque chose s'était brisé en lui, comme si la mort ne l'impressionnait plus.

« Rocco Bonfiglio, ici à La Boca, au quai numéro 5, c'est l'ancien atelier d'El Gordo », répondit Tony d'un ton machinal.

Lui aussi regardait Bastiano, tout en réfléchissant à vive allure : « Bon, maintenant on connaît le motif de cette guerre, observa-t-il à haute voix. Le port et Ciccone n'ont rien à voir là-dedans, ce n'était que de l'enfumage. Quand Amos est venu me demander mes contacts pour le trafic de cocaïne, c'était ça, son objectif. Et il savait que je n'avais aucun soupçon. Et merde ! » Il cracha à nouveau sur le cadavre de Bastiano. « Mais ces contacts, même toi tu ne les connaissais pas, crevure ! » Il lui flanqua un violent coup de pied. On entendit le bruit sourd, étouffé, de quelque chose qui se cassait. « Je passe pour un couillon ! depuis le début ! » hurla-t-il. Il se tourna vers ses hommes : « Coupez-lui la tête et jetez-la devant le *Chorizo* à l'heure de pointe, ordonna-t-il. Balancez le reste du corps devant chez Ciccone. » Il eut un sourire aussi tranchant qu'un rasoir. « Ils pourront rassembler les morceaux, si ça leur chante. » Un des hommes s'éloigna.

El Francés s'apprêtait à partir, mais il se ravisa.

« Pourquoi tu l'as tué sans le faire parler d'abord ? » demanda-t-il.

Tony se rassit.

« De tout ce qu'il m'aurait raconté, je n'aurais pu être sûr de rien, répondit-il. On ne construit pas une maison sur des sables mouvants. »

El Francés ne comprenait pas pourquoi il restait là à discuter avec lui. Pourtant, quelque chose le retenait.

« Pour sauver sa peau, il aurait avoué ! »

Tony le regarda et secoua la tête.

« Non, il n'aurait pas dit la vérité, mais une vérité avec laquelle il aurait espéré sauver sa peau, ce n'est pas pareil. T'es pas d'accord ? »

El Francés hocha la tête.

« Mieux vaut partir d'une certitude, reprit Tony, ce merdeux était le traître que je cherchais… sinon on n'aurait fait que s'embourber dans les doutes qu'il aurait semés. »

Il indiqua à El Francés la chaise devant la sienne et lui sourit comme s'ils étaient engagés dans une conversation mondaine, parfaitement normale. L'autre s'assit. Tony fit signe à ses sbires de s'éloigner un peu. Il baissa la voix :

« Et comme ça, mes hommes savent vraiment ce que ça veut dire, être en guerre. Maintenant, ils n'ont aucun doute, eux non plus. »

El Francés était comme hypnotisé par cet homme minuscule qui avait la puissance et le charisme d'un géant.

« Ce Rocco, c'est un de tes hommes ? » demanda-t-il.

Tony se mit à rire.

« J'aimerais bien ! » Il secoua la tête. « Non, c'est juste une voie de sortie, pour le cas où le reste tournerait mal. Il a un projet extraordinaire. »

El Francés resta un instant immobile, puis il fit un geste pour se lever.

« Une fille à s'en lécher les babines, commença à dire Tony, absorbé dans ses pensées. Quand elle est entrée, j'ai remarqué qu'Amos s'était arrêté, il la regardait avec insistance », continua-t-il, comme s'il tentait de saisir une idée qui lui échappait. Mais bientôt, il haussa les épaules, il avait perdu le fil. « Finalement ça fait partie de votre boulot, hein ?

— Si j'étais toi, je ne le considérerais pas comme un simple maquereau.

— Tu te trompes ! répliqua Tony, parlant comme s'il courait derrière une idée aussi fuyante qu'une anguille. Les hommes sont ce qu'ils sont, ils ne changent jamais, quelle que soit la situation. Lui, c'est un mac qui fait la guerre. Et il la fera toujours comme un mac. »

En parlant, il n'était plus tourné vers El Francés mais vers un point précis de la table, et il avait les yeux dans le vague, comme s'il raisonnait à haute voix, pour lui seul. « Il va se servir de Ciccone. Il aura des mercenaires mais pas des hommes. Il va les payer en croyant qu'ils sont comme des putains, qu'ils écartent les cuisses et ouvrent la bouche pour une poignée de pesos. Mais les mecs ne vont pas supporter ça très longtemps. Même les criminels aiment qu'on les traite comme Dieu le commande, même les mercenaires. Si tu les traites comme des putains, ils finissent vite par aller voir un autre maquereau. » Il sourit et leva les yeux vers El Francés. « Vous les maquereaux, vous vendez toujours le cul des autres. » Il frappa la table du plat de la main, et serra le poing. « C'est ça qui perdra Amos ! »

Un instant, on aurait dit qu'il avait fini de parler. Mais ensuite il murmura : « Ce qui ne signifie pas que je le sous-estime, bien au contraire. Ce n'est pas facile, d'entrer dans la tête d'un maquereau. Vous êtes comme suspendus entre les hommes et les femmes, indépendamment de vos goûts sexuels… vous n'êtes vraiment ni l'un ni l'autre… » El Francés écoutait, fasciné.

Soudain, Tony sembla saisir la pensée qu'il poursuivait. Il dévisagea El Francés et, cette fois, il le vit vraiment. Une intuition vint mettre un peu de chaleur dans son regard de glace :

« Tu veux te venger, c'est ça ?

— Je te l'ai dit. De tout mon être. »

Tony acquiesça.

« Alors ça te dirait, d'être mon *consigliori* de guerre ?

— Comment ça ?

— Tu pourrais être mon stratège.

— Je ne connais rien à la guerre ! »

Tony se mit à rire.

« Mais tu es un maquereau. Tu raisonnes comme un maquereau. » Il se pencha au-dessus de la table et, de ses bras de nain, saisit les épaules d'El Francés : « Ce que j'attends de toi, c'est que tu réfléchisses à la façon dont tu me ferais la guerre. Imagine que tu es riche et que tu as un arsenal, une armée de mercenaires et un allié mafieux à qui tu as promis le contrôle du port en échange du trafic de cocaïne. Observe-moi, cherche mes points faibles, et mets au point des stratégies pour me baiser. Ne t'en fais pas, tu n'auras pas à descendre sur le terrain ni à tenir un pistolet. C'est moi qui joue mon cul. C'est moi qui joue mon cul. Ça te va ? »

El Francés éprouva une espèce de nausée, ce devait être la peur, pensa-t-il, à moins que ce ne soit l'excitation. Il se sentit plus fort.

« À une condition.

— Laquelle ?

— Nous devons trouver Rosetta. »

Tony l'observa, puis secoua la tête.

« Un maquereau sentimental, ça je n'avais encore jamais vu… »

El Francés soutint son regard en espérant que Tony ne remarquerait pas qu'il était pris de vertige. Il n'arrivait pas à croire à ce qu'il était en train de faire.

« Allons voir le gars, annonça Tony en se levant. Le pauvre, il se croit en sécurité, mais Bastiano l'a certainement baisé lui aussi. » Et il eut un sourire différent, comme si lui aussi pouvait avoir de l'humanité : « Merde, c'est mon tour de devenir sentimental ! »

Entre-temps, l'homme de Tony qui s'était absenté un peu plus tôt était revenu de la cuisine avec un couteau de boucher à longue lame et un couperet pour trancher les vertèbres, il s'apprêtait à décapiter Bastiano.

« Conserve-le dans la glace, conseilla El Francés à Tony, et mets-le de côté un petit moment. » Et comme Tony le regardait, intrigué, il ajouta : « Inutile de donner à ces cons l'avantage de savoir que tu les as découverts. »

Tony éclata de rire.

« Ah, tu vas faire un bon *consigliori* ! »

56

Difficile de dire qui était le plus abasourdi, de Rocco ou de Raquel, après ce qui s'était produit.

Rocco avait découvert que le jeune garçon qu'il avait recueilli était en réalité une fille et, comme si cela ne suffisait pas, ce n'était pas n'importe quelle fille, mais celle qui écrivait ces articles extraordinaires dont parlait tout Buenos Aires. Quant à Raquel, si la surprise que lui avait réservée Rocco était, en apparence, moins considérable, elle n'en était pas moins bouleversée. Non seulement il ne s'était pas énervé, n'avait pas eu l'air choqué et ne lui avait pas reproché de s'être moqué de lui, mais il avait éclaté de rire, franchement amusé, et fier qu'Ángel soit, en fait, cette fille qu'il estimait tant. Mais ce qui l'avait surtout étonnée et profondément émue, c'était que Rocco, après avoir appris sa dramatique histoire, l'avait spontanément prise dans ses bras et longuement serrée contre lui, en silence. Un silence plus éloquent que de grands discours. Un silence qui avait duré toute la nuit, puisque tous deux avaient fait semblant de dormir, occupés qu'ils étaient à digérer la situation et leur embarras.

Maintenant, à l'heure du réveil, ils se tenaient l'un devant l'autre. Le sourire de Rocco était tellement plein d'humanité que Raquel eut l'impression de ne pas voir simplement ses dents blanches et régulières mais son cœur même, avec toute sa générosité et sa chaleur. Elle souriait en retour, les yeux encore gonflés de larmes. Peu à peu, elle se détendait. Désormais, elle se sentait protégée.

« Maintenant, je ne sais pas bien comment on va faire, commença Rocco, gêné.

— Faire quoi ? » demanda Raquel, inquiète à l'idée qu'il fasse allusion à leur relation.

Rocco indiqua le pantalon taché de sang.

« Je... bafouilla-t-il timidement, je n'y connais rien... à ces trucs-là. »

Raquel éprouva un profond soulagement. Elle eut un petit rire et rougit.

« Moi si... enfin je sais comment on fait, quoi. »

Le silence retomba. Ils ne pouvaient pas faire comme si de rien n'était, mais aborder le sujet n'était pas chose aisée. Raquel décida d'aller droit au but :

« Qu'est-ce que tu vas faire ? Le dire aux autres ?

— Tu es idiot ou quoi ? s'exclama Rocco. Enfin... idiote, je veux dire, désolé, c'est que... ne te vexe pas, hein, mais il faut que je m'habitue à te parler sans utiliser de gros mots, comme si tu étais une fille... enfin, tu es une fille, je sais, mais c'est que... je te vois encore... » Il finit par s'interrompre. « Et... tu t'appelles comment ?

— Raechel Bücherbaum. Mais ici, à mon arrivée, on m'a enregistrée sous le nom de Raquel Baum.

— Ah, d'accord... »

Nouveau silence.

« Écoute, Raquel... reprit Rocco, mal à l'aise. Ça t'embête si je t'appelle encore Ángel ?

— Non. Tu peux même continuer à m'appeler avorton ! »

Rocco rit à son tour.

« Ben ça, on verra... peut-être devant les autres, pour qu'ils ne devinent pas... »

Il la regarda et poussa un gros soupir. Raquel remarqua qu'il avait les yeux humides. Puis il reprit la parole avec difficulté :

« Écoute... Le nom de cette... Tamar... il est vrai ou inventé ?

— Vrai », et elle s'assombrit.

Cette réponse le fit presque sursauter :

« Si t'étais un mec, je dirais que tu es un sacré couillon ! explosa-t-il. Tu te rends compte de ce que tu as fait ? Tu te rends compte que l'assassin de cette pauvre fille sait qui tu es ? Ou du moins, il sait qui chercher. Merde, qu'est-ce que tu as dans le crâne ?

— J'ai fait ce qui était juste, protesta Raquel avec fierté.

— Mais ça revient à te balader en disant à tout le monde que tu es la fille qui écrit ces articles ! s'écria Rocco. Si tu étais un mec, je te jure, je te botterais le cul !

— C'était juste », insista Raquel, têtue.

Rocco la dévisagea et s'efforça de maîtriser sa colère. Mais son emportement cachait mal son inquiétude et sa peine.

« Le jour où tu t'es enfuie, c'était parce que tu avais vu Amos, raisonnait-il, mettant ensemble les pièces du puzzle. Alors c'est lui, l'assassin !

— Oui... lâcha-t-elle dans un souffle.

— Et l'autre, la balafrée...

— C'est la main du diable, compléta Raquel d'un ton rageur.

— Parfois, les serviteurs sont encore plus dégueulasses que les patrons.

— Je suis d'accord !

— Cette grosse salope te regardait aussi, je m'en souviens bien… marmonna-t-il, pensif. Elle n'avait pas compris qui tu étais… mais maintenant, elle pourrait rassembler les morceaux… » Il resta un instant silencieux, absorbé dans ses réflexions. « Heureusement, elle ne t'a pas vue avec moi. Mais elle pourrait… »

Tout à coup, il s'approcha du lit de Raquel, prit le dernier numéro de *Caras y Caretas* et se mit à tapoter du doigt le dessin de la couverture :

« Il te ressemble ! Comment ça se fait ? Ils te connaissent ?

— Non, mais… » Raquel se troubla. « L'autre jour, Alfonsina Storni m'a vue, et elle a peut-être compris qui j'étais, et alors…

— Alors elle t'a décrite à un dessinateur ! » Il jeta la revue à terre avec colère. « Je vais l'étrangler ! Je jure devant Dieu que je vais l'étrangler !

— Mais il ne me ressemble pas tant que ça…

— Amos a sûrement placé ses hommes devant le journal, réfléchit Rocco. Tu ne dois plus y aller.

— Mais…

— Mais rien du tout ! Si tu veux écrire d'autres articles, c'est moi qui les porterai… Tu mets plus les pieds là-bas, c'est pigé ? » Il la saisit par les épaules et se mit à la secouer. « C'est pigé ? »

Raquel acquiesça à contre-cœur. Elle aurait voulu faire la connaissance d'Alfonsina Storni. Rocco sembla lire dans ses pensées :

« Écoute-moi bien. Amos est dangereux, tu le sais mieux que personne. Tu as vu de quoi il est capable, c'est une bête. Tu dois être attentif… attentive… attentif… » À force de bredouiller, Rocco finit par émettre un drôle de son. « Écoute, même quand on sera seuls, on va parler comme si tu étais un garçon, hein, sinon je sens que je vais m'embrouiller !

— Alors tu ne le diras pas aux autres ?

— Il ne faut le dire à personne… Ángel. On ne peut se fier à personne. Il suffirait qu'un soir, bourrés, les mecs crachent le morceau… On pourrait se faire baiser pour un rien. »

Il la saisit à nouveau par les épaules.

« Jure que tu n'en parleras à personne.

— Je le jure.

— Après, on essaiera d'arranger les choses.

— Comment ?

— Je sais pas encore. À ce moment-là, tu pourras redevenir une fille…

— Mais moi, j'aime être un garçon !

— Mais tu es une fille.

— C'est pas juste.

— C'est quoi, le rapport avec la justice ?

— Les filles ne peuvent pas faire les trucs de mecs. Moi, je veux pouvoir les faire. »

Rocco la foudroya du regard, écarlate.

« C'est ça, c'est ça ! Eh ben, bravo ! » Il la saisit par le bras et l'entraîna jusqu'à un coin de l'entrepôt : « Allez, on pisse contre le mur ! »

Il fit mine de déboutonner son pantalon. Raquel se retourna vivement.

« Tu es une fille, lui dit-il alors avec douceur, et c'est… merveilleux !

— C'est pas vrai.

— Si, c'est vrai. Tu crois qu'un garçon aurait pu écrire comme toi ? » Il la regarda avec intensité. « Aucun garçon n'aurait été capable de faire ce que tu as fait.

— Quand même…

— Quand même, tu ne peux pas faire les trucs que font les mecs. D'accord, j'ai compris, coupa Rocco. Ça t'intéresse, de pisser contre les murs ? Ça m'étonnerait. De toute façon, tu n'y arriveras jamais. Alors qu'est-ce qui t'intéresse tellement, chez les mecs ?

— La liberté de pouvoir choisir, répondit-elle sans hésiter.

— Bien. Alors bats-toi pour ça, et parles-en dans tes putains d'articles.

— Ce ne sont pas des putains d'articles, protesta Raquel.

— Mais si, ma belle… enfin, mon beau ! Ce sont des putains d'articles qui ont des couilles !

— Tu vois ? Quand vous voulez dire un truc important, vous pensez toujours à votre bite ou à vos couilles. »

Rocco la regarda.

« Putain, tu as raison… Tu as totalement raison. Il hocha lentement la tête : D'accord… moi, je ne sais pas parler aussi bien que toi, mais… apprends-nous à penser différemment.

— Je ne suis qu'une fille…

— Non, toi tu as des couilles, enfin je veux dire… tu es une fille à part, et ça, ne l'oublie jamais ! Comment elle t'a appelée, la femme de la revue, là ? "Une jeune fille extraordinaire." Voilà ce que tu es. Aucun des gars que je connais n'est capable de… penser comme toi. Aucun des gars que je connais ne sait… Bref, il n'y a pas de comparaison possible. Et personne n'y met autant de cœur. Putain de merde, quoi… tout Buenos Aires lit tes articles, tu te rends compte ? et tu sais pourquoi ? parce que tu… tu parles au cœur des gens, et tu parles pour eux, pour nous, enfin… tu sais utiliser des mots… que nous, on ne sait pas utiliser… »

Raquel piqua soudain un fard.

« Les fils doivent dépasser les pères, poursuivit Rocco en rougissant à son tour. Enfin, je ne veux pas dire que je suis ton père, mais…

— Ça me fait plaisir que tu l'aies dit, murmura Raquel, tête baissée.

— Bref, conclut Rocco, toi… non, moi… bref moi, je suis… fier… et même plus que fier ! Comment on dit, heu… bref, très très fier. »

Raquel, bouleversée, ne savait que dire, lorsqu'elle entendit arriver au loin toute l'équipe qui bavardait, y compris la bande de Louis.

« Écoute, reprit Rocco à mi-voix, tu vas donner un coup d'épaule à un des potes de Louis, le rouquin, et tu vas lui dire de faire gaffe. Mais tu lui parles comme si tu étais un clébard galeux, hein ! Lui, il te répondra un truc et alors toi, sans attendre une seconde, tu lui colleras un pain. » Il ajouta en lui montrant le geste : « Comme ça, rapide et précis, de bas en haut, en visant le menton… là.

— Mais pourquoi ? »

Rocco se mit à la secouer.

« Bordel de merde, écoute-moi ! Le problème, c'est que tu as l'air d'un pédé. À un moment ou à un autre, quelqu'un va finir par se poser des questions. Tu veux jouer au mec ? Alors fais une connerie de mec, de temps en temps ! Crois-moi, si tu fais ça, tu seras tranquille pendant un bon moment. C'est autre chose que de tripoter tes fausses couilles !

— Mais moi, je n'ai pas envie de coller des gnons ! Et puis, si lui…

— Lui, il ne fera rien », l'interrompit Rocco. Il parlait de plus en plus vite. « Fais ce que je te dis, la suite, je m'en charge.

— Je ne sais pas…

— S'il te plaît, Ángel ! Aie confiance, pour une fois !

— Bonjour ! s'exclama Javier à ce moment-là.

— *¡Hóla, amigo!* dit Rocco. J'ai résolu le problème des à-coups que fait le monte-charge. On va arranger ça aujourd'hui. »

Tous les autres arrivaient. Voyant Raquel immobile, Rocco lui lança un regard noir. La jeune fille, gauche et mal à l'aise, le cœur battant la chamade, s'approcha alors du garçon aux cheveux roux. « Aie confiance », lui avait dit Rocco. Pourtant, elle avait peur. Elle était sur le point de se défiler lorsque l'adolescent l'effleura par hasard, en passant près d'elle. Ce n'était rien du tout, mais ce contact fugace lui fit l'effet d'une décharge électrique, tant elle était sous pression.

« Fais gaffe où tu fous les pieds, connard ! » aboya-t-elle.

L'autre se retourna, surpris.

« Putain, qu'est-ce qui te prend ? »

Raquel ferma le poing. Elle ne respirait plus, elle crut qu'elle allait mourir étouffée. Elle recula son bras et lança le coup, les yeux fermés, en espérant atteindre sa cible. L'impact de ses doigts contre le menton du garçon la fit gémir de douleur. Mais le poing avait tapé dans le mille. L'autre, pris de court, chancela, l'air ahuri. Mais il se prépara aussitôt à la contre-attaque.

« Arrêtez ! rugit alors Rocco, se jetant entre les deux jeunes gens et bloquant la riposte du rouquin. Bordel, mais vous faites quoi, là ? »

Il saisit Raquel par la peau du cou.

« Qu'est-ce qu'il t'a fait ?

— Il ne regarde pas où il met les pieds… » balbutia-t-elle.

Mais elle y avait mis si peu de conviction et de force, et sa voix avait résonné de manière tellement féminine, qu'elle se crut démasquée. Rocco commença à la secouer.

« Imbécile ! Voyou minable !

— Je vais te casser la gueule ! » gronda le rouquin.

Rocco donna une bourrade à l'adolescent en pleine poitrine, le faisant rouler au sol.

« Ici, personne ne casse la gueule à personne. »

Il lui fit signe de se relever. Tenant toujours Raquel par le cou, il lui ordonna :

« Désolé… dit-elle trop précipitamment.

— Viens ici ! commanda Rocco au garçon. Alors ? Il s'est excusé. »

L'autre était furieux et n'avait que faire de ces excuses.

« Rends-lui le coup de poing, dit Rocco.

— Non ! s'exclama Raquel, essayant de reculer.

— Bouge pas ! » ordonna Rocco en la retenant.

Puis il regarda le rouquin.

« Allez, file-lui un gnon, putain, grouille ! »

Le garçon ne se le fit pas dire deux fois et frappa Raquel à la pommette. Elle gémit. Elle n'avait pas idée que donner et recevoir des coups de poing faisait aussi mal. Elle avait envie de pleurer, mais savait qu'elle devait se retenir.

« Maintenant vous êtes à égalité, conclut Rocco, serrez-vous la main ! » Ni Raquel ni le rouquin ne bronchèrent. « Serrez-vous la main ! » s'énerva Rocco. Ils obéirent. « Je ne tolérerai plus un truc de ce genre, de la part de personne, prévint Rocco à la ronde. Le prochain qui se comporte comme un voyou, je le chasse à coups de pied dans le cul. » Il pointa Raquel du doigt, menaçant : « Tu as pigé, Ángel ? Il ne faut pas te croire tout permis, et ne fais pas le con avec moi. » Il se tourna vers les autres garçons : « Vous n'avez pas encore compris que vous pouvez devenir meilleurs que toute cette vermine, là dehors? Vous avez donc rien pigé à ce qu'écrit la fille du journal? Les pauvres contre les pauvres, les faibles contre les faibles, comme des animaux… » Il s'adressa à nouveau à Raquel :

« Et toi, tu es encore pire qu'eux. Merde, ça sert à quoi, de savoir lire et écrire, si c'est pour te comporter comme le premier voyou venu?

— Désolé… murmura Raquel.

— Je n'ai pas entendu.

— Désolé… dit-elle plus fort.

— Ce n'est pas à moi qu'il faut le dire, c'est à eux! Allez, répète!

— Désolé…

— Je suis un gosse merdique : allez, répète! ordonna Rocco.

— Je suis un… gosse merdique, bafouilla Raquel.

— Très bien. Vraiment un gosse merdique, conclut sombrement Rocco en détachant ses mots. Problème résolu, tout le monde au boulot. »

La pommette de Raquel l'élançait et la brûlait. Elle rentra la tête dans les épaules et s'apprêtait à partir pour la librairie lorsque Louis s'approcha d'elle.

« Pour un avorton, tu as quand même un bon uppercut! » lui dit-il. Elle haussa les épaules. « Je t'avais sous-estimé, continua Louis en souriant. Tu es moins pédé que tu en as l'air.

— Tu cognes dur, ajouta le rouquin.

— Toi aussi, bordel de merde! rétorqua Raquel en se massant la pommette.

— Maintenant tu fais vraiment partie des Boca Juniors, annonça Louis. Un mec qui a des couilles, c'est toujours utile, dans une équipe. »

Raquel remonta sa capuche. De sa vie, elle ne s'était jamais sentie aussi fière qu'à ce moment, même après ses articles dans *Caras y Caretas*. Mais elle devait vite s'éloigner, car sa douleur à la main augmentait également. Elle était certaine d'avoir des doigts cassés, et elle ne voulait pas qu'on la voie pleurer après toute cette mise en scène. Tête baissée, elle gagna hâtivement la sortie. Mais voilà que sur le seuil, elle alla cogner contre un homme de petite taille, une sorte de nain, qu'elle connaissait bien. « Tire-toi de là ! » lança Tony en la repoussant. Louis et les autres adolescents s'écartèrent également. Tony pénétra dans l'entrepôt.

« Bonfiglio ! appela-t-il à haute voix, s'adressant à Rocco. Est-ce que ta petite amie est venue te voir ? »

Rocco se retourna, surpris.

« Qu'est-ce que vous dites ?

— Rosetta Tricarico, elle est venue ici ? » demanda Tony en articulant bien distinctement.

Rocco sembla transformé en statue de marbre.

« Non, finit-il par répondre.

— Alors c'est qu'ils l'ont trouvée avant nous », conclut le boss.

57

Rocco ne bougeait pas, pétrifié. Quand Tony était apparu dans l'atelier, il avait d'abord éprouvé un certain agacement. Et quand le boss lui avait posé sa première question, c'est tout juste s'il avait entendu. Mais quand il avait prononcé le nom de Rosetta, Rocco avait eu l'impression de sentir un courant glacé lui parcourir les veines. Il avait cru geler sur place, la tête vide. Tandis que la dernière phrase de Tony faisait lentement son chemin jusqu'à son cerveau, il regarda les quatre personnes qui étaient venues avec Tony. Il y avait les inévitables gorilles postés à l'entrée de l'entrepôt, armes au poing, et deux inconnus.

Le premier, un jeune homme, avait le visage brûlé. Le second devait avoir une soixantaine d'années. Ses pupilles étaient d'un bleu intense très pur et semblaient baigner dans le sang. En l'observant attentivement, Rocco s'aperçut que le blanc de son œil était sillonné de vaisseaux sanguins très serrés formant une espèce de toile d'araignée : il avait dû tellement pleurer que ses yeux avaient presque explosé. C'était l'incarnation de la douleur.

« Qui êtes-vous ? demanda Rocco d'une voix qui trahissait encore son hébétude.

— Ton cul, grogna le vieux.

— Tano, intervint Visage-Brûlé, sans qu'on sache vraiment s'il s'adressait à Rocco pour lui donner le nom du vieil homme, ou à ce dernier pour le calmer.

— C'est le père de Rosetta, expliqua Tony.

— Désolé, jeune homme », corrigea Tano, d'un ton toujours aussi sec.

Rocco comprenait pourquoi le vieil homme parlait ainsi : s'il s'était relâché ne serait-ce qu'une seconde, la souffrance l'aurait désintégré.

« Et toi, qui es-tu ? » demanda Rocco à Visage-Brûlé. Sa tête lui était familière, mais il ne parvenait pas à le remettre. Pourtant, se remémorer un visage dévoré par le feu n'aurait pas dû être difficile.

« Je suis un souteneur », répondit El Francés par provocation.

Rocco le reconnut.

« Rosetta est montée dans ta voiture…

— Oui, je l'ai sauvée pendant que les gardes te tabassaient dans la ruelle, confirma El Francés. J'avais assisté à sa fuite… »

Rocco serra les poings. C'était un maquereau.

« Rosetta n'est pas une *bottana*, coupa Tano.

— Et qu'est-ce que tu fais là ? demanda Rocco à El Francés d'un ton hostile, sans comprendre la situation.

— Rosetta m'a sauvé la vie.

— Et pourquoi ? insista Rocco, pour qui cette histoire n'avait aucun sens.

— Parce que Rosetta est comme ça », intervint Tano.

Rocco le regarda. Ce n'était pas le père de Rosetta, il le savait. Et pourtant, seul un père pouvait parler ainsi. Rocco allait poser à Tony la seule question qui l'intéressait vraiment, quand il remarqua que Raquel se tenait à l'écart, la capuche enfoncée sur la tête, et qu'elle coulait des regards obliques vers le souteneur : elle le connaissait. Il comprit immédiatement qu'elle n'en avait pas peur, ce n'était pas comme avec Amos. Elle craignait simplement d'être reconnue. Le moment de poser sa question était venu. Il se tourna vers Tony, qui attendait toujours.

« Ça veut dire quoi, "Alors ils l'ont trouvée avant nous" ?

— La fille est venue me voir, elle te cherchait. Elle s'était rappelé que tu avais parlé d'un Zappacosta pour calmer un *fetuso*[1]. Je lui ai dit où te trouver. » Puis sa voix se fit plus expressive : « Je t'avais promis de la protéger mais je ne l'ai pas fait. Je lui ai dit où tu étais mais je ne l'ai pas accompagnée. Et elle n'est jamais arrivée chez toi. » Il fit une brève pause. « Et elle n'est pas rentrée chez elle non plus. »

Du coin de l'œil, Rocco aperçut Tano qui refoulait un sanglot.

« Et qui aurait pu la trouver ? demanda Rocco à Tony.

— Je ne sais pas. La *Policía*, le baron ou les deux. »

Tandis que ces hypothèses prenaient forme dans son esprit, Rocco sentit sa tête tourner. Il était pris de vertige, comme au bord d'un précipice.

« Avec tes contacts, tu peux savoir si c'est la *Policía* qui l'a ?

— Peut-être, dit Tony, mais je ne suis pas sûr que mes contacts soient encore fiables. Je viens de découvrir qu'il y avait une balance parmi mes hommes : Bastiano. J'ai fait taire cette charogne pour l'éternité, mais je ne sais pas ce qu'il a vendu à Amos.

— Amos ? le maquereau ? s'étonna Rocco, pour qui cette histoire n'avait ni queue ni tête.

1. *Fetuso* : merdeux.

— Alors ça veut dire que Ciccone et Amos savent que tu travailles pour moi, ajouta Tony. Ils savent que tout ça, c'est une mise en scène. »

Un murmure parcourut l'équipe de Rocco.

« J'en ai rien à foutre ! dit Rocco.

— Et pourtant tu devrais, dit calmement Tony. S'ils te baisent, après tu ne la retrouveras plus, ta Rosetta. »

Javier glissa quelque chose à l'oreille de Ratón. Tony les regarda. Il savait très bien ce qu'ils pensaient. « C'est exact, vous travaillez avec mon argent, leur dit-il. Mais grâce à cet homme, vous réalisez vos rêves ! continua-t-il en montrant Rocco. Il ne vous a pas trahis. C'est juste que je le tiens par les couilles… Et tout ça parce que, contrairement à moi, il a une grande âme. Il ne le fait pas par intérêt. Bien au contraire, il est en train de se faire enculer. Il le fait pour cette fille, pas pour lui. » À présent, Tano comprenait pourquoi Rosetta était amoureuse de Rocco. Celui-ci fit face à son équipe, le regard fier : « Ceux qui veulent rester sont les bienvenus. Ceux qui veulent partir toucheront leur paye jusqu'au dernier centime. » Il ne fournit aucune excuse, aucune justification. Et c'est ce qui fit la différence. Javier fut le premier à parler. Après avoir lancé un regard torve à Tony, à qui il devait son genou bousillé, il annonça à Rocco :

« Là où tu vas, je vais avec toi.

— Et moi, même mort, je ne retourne pas chez Gueule-de-clébard ! » dit Mattia.

Ratón et Billar approuvèrent en silence. Louis se tourna d'abord vers Raquel, puis vers ses compagnons, avant de dire à Rocco :

« Les Boca Juniors restent aussi, chef. »

Raquel, le torse bombé mais la tête toujours baissée, cherchant à ne pas croiser le regard d'El Francés, ajouta :

« Moi aussi. »

Tony éclata de rire.

« Au premier coup d'œil, elle a l'air bien merdique, ton équipe. Mais en fait, elle a de sacrées couilles !

— Bon, pendant que vous continuez à bavasser, moi je vais chercher Rosetta ! » dit alors Rocco.

Il s'approcha de Tony en glissant son pistolet dans sa ceinture.

« Où je peux le trouver, ce baron ? Comment je le reconnais ?

— Le baron Rivalta di Neroli est un gros vicelard, un mollusque qui loge chez la princesse de Altamura y Madreselva, une bonne femme aussi dégueulasse que lui.

— Et où c'est ? »

Tony le dévisagea un instant.

« On y va ensemble, en voiture. On va se serrer un peu. »

Un des gorilles prit le volant. El Francés et un autre sbire s'assirent devant, près du chauffeur. Tony, Rocco et Tano s'installèrent à l'arrière. Les deux autres hommes de main se mirent debout, sur le marchepied de la Mercedes, un de chaque côté, agrippés au toit. Ils filèrent à vive allure jusqu'au *barrio* de Belgrano et s'arrêtèrent devant un élégant palais blanc de deux étages avec une entrée style Renaissance ornée de deux colonnes et de sept marches imposantes qui conduisaient à la porte principale.

Les deux gars debout sur le marchepied bondirent de la voiture encore en marche. Ils frappèrent à la porte. Dès qu'un domestique apparut, ils poussèrent brusquement la porte, qu'ils maintinrent grande ouverte. Tony fut le premier à entrer.

« Ne laissez sortir personne, ordonna-t-il à ses hommes. Où est le baron ? » lança-t-il ensuite, en plantant le canon de son pistolet au milieu du front du serviteur.

Celui-ci roula des yeux pour indiquer une double porte en ronce de noyer, d'où provenaient des rires étouffés. Rocco flanqua un coup de pied dans la porte. Les deux battants allèrent frapper violemment contre le plâtre autour du chambranle, dont des fragments s'effritèrent sur le sol. « Qui êtes-vous ? » glapit le baron de sa voix perçante. Il se tenait au-dessus d'un plateau en argent, une paille dans la narine et le visage couvert de poudre blanche. « Comment osez-vous ? » Près de lui, le nez blanchi par la cocaïne elle aussi, la princesse se releva, découvrant des seins nus et fripés aux mamelons sombres comme des nœuds de bois. « Bernardo, fais quelque chose ! » s'écria le baron. Tentant de protéger son patron, le serviteur s'interposa, aussitôt cueilli par le canon du pistolet de Rocco, qui lui entailla profondément la pommette.

« Comme on se retrouve, monsieur le baron, dit Tony d'un ton presque mondain.

— Que voulez-vous ? demanda la princesse en se couvrant la poitrine.

— T'excite pas, vieille poule, lança le boss d'un ton féroce. Personne ne va te baiser, ça tu peux en être sûre !

— Nabot immonde… » commença la princesse.

Tony la frappa en plein visage avec le plateau de cocaïne.

« Mais je n'ai pas dit qu'on ne te tabasserait pas à mort, alors la ferme ! »

Le silence s'abattit sur la scène, un nuage de cocaïne retombait sur le sol, et tous les regards se portèrent sur une fillette qui ne devait pas avoir dix ans. Assise sur un canapé, les yeux pleins de larmes, enfermée dans un monde de douleur et de peur, elle semblait à peine consciente de leur présence. Elle portait une robe blanche qui lui arrivait aux mollets, sur laquelle il y avait des taches rouges. Deux filets rouges coulaient le long de ses jambes maigres, jusqu'à ses socquettes de coton blanc, qui couvraient tout juste ses chevilles squelettiques. Ses chaussures noires traînaient par terre, sur un précieux tapis. L'une d'elles était tombée à l'envers, et on voyait sa semelle trouée.

« Guadalupe… » Tout le monde se tourna vers Tano. « C'est toi, Guadalupe ? » dit Tano en s'approchant de l'enfant. Elle se recroquevilla au fond du canapé. « N'aie pas peur, dit-il, s'efforçant de retenir ses larmes et sa colère devant ce qu'il voyait et ce qu'il imaginait – comme tous les autres. Je suis le cordonnier, tu te souviens de moi ? reprit-il d'une voix douce. J'habite dans la maison bleue à côté de la tienne. » Il lui remit ses chaussures : « Je te les réparerai dès qu'on sera chez ta maman. » Mais il savait bien qu'il n'y avait plus rien à réparer.

Pendant que tous portaient leur attention sur le spectacle terrible de cette fillette, Bernardo ouvrit la fenêtre et s'élança dehors, atterrissant sur le trottoir. Avant que quiconque ait pu intervenir, il avait déjà disparu au coin de la rue. « Espèce de lâche ! » brailla le baron, hystérique, encore agenouillé près de la table basse où il avait inhalé la cocaïne. Tony s'approcha et lui cracha au visage : « Il n'est pas comme toi, merdeux, siffla-t-il. Toi tu te serais enfui, mais lui, il est parti chercher de l'aide. De l'aide pour toi, gros tas d'ordures ! » Il posa le pied sur l'épaule du baron et le fit basculer en arrière. Puis il pressa sa chaussure sur le ventre du noble personnage. « Et ça, ça veut dire qu'on n'a plus le temps pour les politesses. Alors tu te grouilles de nous dire ce qu'on veut savoir. » D'une main, il saisit la joue grasse du baron, écrasant sa peau contre ses dents.

« Elle est où, Rosetta ?

— Je ne sais pas, couina-t-il.

— C'est toi qui l'as prise, ou la *Policía* ?
— Je ne sais rien ! »
Tony le lâcha.
« Il ment, dit-il à Rocco, mais il est tellement drogué qu'il ne sent pas la douleur. »
Il flanqua un coup de pied au baron.
« Qui te l'a donnée, la cocaïne ? Amos ? »
L'autre écarquilla les yeux.
« Amos, c'est ça ? ricana Tony. Salopard ! »
Il attrapa l'aristocrate par une oreille et lui braqua son pistolet en plein visage.
« Dis-moi où tu gardes la fille, ou je te troue la graisse !
— Je ne sais pas ! hurla le baron, yeux exorbités.
— Faites sortir la fillette, intervint Rocco.
— Fais-la monter dans la voiture », ordonna Tony à l'un de ses hommes. Puis il se tourna vers Tano : « Vous voulez aller avec elle ? »
Le cordonnier secoua la tête. La petite, qui semblait en transe, sortit avec le gorille.
« Que Dieu me pardonne, dit Tano, je m'occuperai de Guadalupe après. Mais pour le moment, je veux savoir où est Rosetta. »

Rocco regarda Tony, puis le baron : « Laissez-le-moi. » Tony planta ses yeux dans ceux de Rocco, avant de s'écarter. Le jeune homme s'agenouilla près de l'aristocrate et lui saisit une main qu'il posa sur la table, là où, quelques minutes plus tôt, se trouvait le plateau avec la cocaïne. Il attira l'attention du baron sur son petit doigt qui portait une bague en or rouge avec le blason de sa famille.
« Il vaut mieux que tu l'enlèves maintenant parce qu'après, tu ne pourras plus. Et quand la cocaïne aura fini de faire effet, voir ta bague cisailler ta peau

gonflée comme une saucisse, ce sera un spectacle répugnant.

— Qu'est-ce que tu veux me faire, bouseux ? lança le baron, exalté. Je te ferai pendre ! Je te ferai…

— D'accord, tant pis pour toi. C'est comme tu veux. »

Rocco tint fermement la main de l'aristocrate sur la table, empoigna son pistolet par le canon et, de toutes ses forces, frappa sur la première phalange du petit doigt avec la crosse de son arme, comme si c'était un marteau. Le baron hurla en voyant le bout de son doigt écrabouillé.

« Tu as encore le temps d'enlever ta bague, reprit Rocco, ou de me dire ce que je veux savoir. Où est Rosetta ?

— Je ne sais pas… » pleurnicha le baron.

Tony maintint fermement à terre la princesse, qui s'était pliée en deux pour vomir sur son précieux Aubusson. Rocco asséna un autre coup sur le doigt du baron. La chair n'était plus que de la bouillie et les os craquèrent, broyés. Le placage de la table se décolla et se fendit.

« Encore un coup et il faudra scier ta bague, continua Rocco. Tu veux l'enlever ? »

Le baron acquiesça faiblement. Rocco saisit la bague et l'enleva avec dégoût. Il la posa près du doigt déchiqueté.

« Excellent choix, commenta-t-il. Maintenant, tu peux en faire un encore meilleur : me dire où tu gardes Rosetta.

— Ce n'est pas moi qui l'ai… » gémit le baron.

Rocco abattit le pistolet sur le doigt, l'écrasant encore.

« C'est Amos qui l'a ! cria l'autre, désespéré.

— Amos ? intervint Tony.

— Amos ! répéta le baron.

— Pourquoi ? »

Mais au moment même où il posait cette question, Tony revit la scène : Rosetta arrivait chez lui et Amos s'arrêtait pour la regarder. À l'évidence, pour une raison qui échappait à Tony, le souteneur la connaissait, savait qui c'était, et savait aussi que le baron la cherchait. Et surtout, il savait que le baron tenait à elle.

« Parce que… balbutia le baron.

— Combien il t'a demandé ?

— 2… millions…

— Et tu les lui as donnés ? le pressa Tony.

— Non… il faut du temps, je…

— Il a besoin de fric pour sa guerre, intervint El Francés.

— Où il la garde ? hurla Rocco.

— Au… au *Chorizo.* »

Le baron était sur le point de s'évanouir. Il fixait son doigt massacré, qu'on devrait certainement amputer.

Rocco bondit.

« Je vais la chercher ! »

Il se dirigea vers la sortie. Tony le rejoignit sur le seuil et l'arrêta.

« Non, comme ça, tu vas juste te faire descendre.

— Le mafieux a raison, confirma Tano, derrière lui.

— Et si tu te fais descendre, elle se fait baiser elle aussi, c'est sûr, lui dit Tony pour la deuxième fois. C'est ma guerre, laisse-moi décider.

— Maintenant, c'est ma guerre aussi », ajouta sombrement Rocco.

Tano intervint alors. Il prit Rocco par les épaules. Ses mains étaient puissantes, sa prise solide, et sa voix ne tremblait pas. On aurait dit un vieux guerrier. « Jeune homme… Depuis que tu l'as sauvée, Rosetta ne fait rien d'autre que t'attendre. Et elle continuera à le faire, tu peux en être sûr. Elle est plus résistante que toi et moi réunis. Moi, j'ai quitté la Sicile pour ne plus rien avoir à faire avec ces mafieux de merde. Pourtant, c'est lui qui a raison. Et il en sait plus que nous, question guerre ! Tu dois lui faire confiance. Nous devons lui faire confiance. »

Rocco frémit, les poings serrés, haletant comme un soufflet de forge. Il grogna comme un animal. Ses dents étaient tellement serrées qu'elles grincèrent – un bruit à donner la chair de poule. On aurait dit un fauve en cage. En l'observant, Tony reconnut l'héritage de son père, Carmine Bonfiglio, le bourreau. La seule différence entre les deux, c'était que le père n'avait jamais eu besoin d'un motif pour tuer. Mais à présent, Rocco en avait un. Et Tony voyait que, à partir de ce moment, il tuerait sans hésitation. Il le regarda encore, là où personne ne savait regarder : au fond de son âme, dans la zone sombre où était tapie la bête. Et il se réjouit de ne pas être son ennemi. Car maintenant, Rocco faisait peur.

Quatrième partie

El tango del nuevo mundo

1913

58

L'homme n'était pas un simple tueur. C'était un professionnel. Son prénom était Jaime et nul ne connaissait son patronyme. Pas même Amos, qui les avait embauchés, lui et son armée de mercenaires, pour combattre les hommes de don Lionello Ciccone dans la guerre qu'il avait déclenchée contre Tony Zappacosta.

« Tu as découvert pourquoi la taupe ne te file plus de tuyaux ? » demanda Jaime.

Ils étaient assis l'un en face de l'autre dans une alcôve du *Café Eden*, un établissement élégant fréquenté par la *gente bien* du *barrio* de Belgrano – de riches oisifs ou des gens indolents, de professions libérales. Les deux hommes étaient aussi voyants qu'une bouse de vache sur une nappe en coton des Flandres, mais cela leur garantissait aussi de ne rencontrer personne de leur connaissance, les criminels ne risquant pas de fréquenter un café de ce genre, dans un quartier aussi chic. Les habitués du *Café Eden* se tenaient prudemment à l'écart de ces deux étrangers si différents d'eux, et dont la mine patibulaire ne laissait rien présager de bon. Tout cela garantissait à Amos et Jaime une discrétion absolue. Malgré tout, ils parlaient à voix basse, échangeant des phrases courtes, penchés l'un vers l'autre et les coudes appuyés sur la table.

« Non, répondit Amos, je ne sais pas du tout pourquoi il ne me contacte plus.

— Moi, si ! lança Jaime sans la moindre hésitation. Ils l'ont chopé. Il n'y a pas d'autre explication possible. Et aujourd'hui, il traîne au fond d'un canal.

— Alors paix à son âme.

— Je dois dire que, pour un maquereau, tu as du culot, Amos. Mais tu es quand même un maquereau, et tu piges que dalle. S'ils l'ont chopé… et ils l'ont chopé, tu peux me croire… ils l'ont fait parler. Maintenant, tu n'es plus un fantôme. Zappacosta a compris que c'est toi qui le baises. Et il cherchera à te baiser à son tour.

— J'ai déjà fait le vide autour de lui, répliqua Amos sans manifester le moindre trouble. La *Policía* lui a tourné le dos, même si ce n'est pas encore entériné. Ils sont obligés de choisir : avec moi ou avec lui.

— Un flic corrompu est un flic corrompu, point final. Il ne faut pas s'y fier. Tu continues à croire que c'est une bataille entre maquereaux et pas une guerre. La *Policía* sera du côté du vainqueur, c'est tout.

— On voit que tu ne connais pas la puissance de la Sociedad Israelita de Socorros Mutuos. Elle a plus de tentacules qu'une pieuvre, plus de dents qu'un piranha et plus de venin qu'un cobra ! s'exclama Amos avec mépris. Nous, nous avons des parlementaires, des sénateurs…

— Toi, tu n'es pas à la tête de la Sociedad Giudia de Mierda, le coupa Jaime. Je me suis renseigné : ils n'auront aucun scrupule à te sacrifier. » Le tueur se pencha encore davantage vers lui : « Tu parles en leur nom… mais tu n'es pas leur voix. »

Amos encaissa en silence. Jaime avait raison : les chefs de la Sociedad avaient décidé de ne pas lui mettre de bâtons dans les roues, mais pas de l'aider. S'il réussissait, ils partageraient les gains, mais dans le cas contraire, ils se laveraient les mains de toute l'affaire et le laisseraient couler seul.

« Zappacosta est un combattant, reprit Jaime, un gars qui sait ce que c'est, une guerre. On a marqué des points, mais sans le mettre à genoux. Il est toujours debout, malgré l'avantage qu'on avait avec la taupe. C'est un dur. Il s'est barricadé et a continué à encaisser en attendant de comprendre. Et putain, il encaisse bien ! Et maintenant, on n'a plus aucun avantage. Il sait qui se trouve derrière cette marionnette de Ciccone. Et il sera sans doute aussi bientôt au courant, pour moi.

— Et alors ?

— Alors, tu es très loin d'avoir gagné la guerre.

— Et alors ? »

Jaime haussa le ton et son visage devint de pierre :

« Et alors, tu m'as pas entendu, ducon ? J'ai dit "tu es loin d'avoir gagné la guerre", j'ai pas dit *on*. Tu sais pourquoi, hein ?

— Donne-moi encore une semaine.

— Mes hommes et moi, on ne se bat pas gratis, même pas un jour. On est prêts à mourir, mais pas gratis. »

Il le fixa avec l'expression farouche et impénétrable de celui qui a vu le fond de l'Enfer, avant d'ajouter :

« C'est clair ?

— Qu'est-ce que tu veux ? lâcha Amos, conscient qu'il était obligé de négocier.

— En plus de ce que tu nous dois, tu mettras de côté 5 % du trafic annuel de cocaïne.

— C'est du vol !

— Tu crois que c'est vexant, pour un tueur, d'être traité de voleur ? plaisanta Jaime. Je te propose une excellente affaire.

— Pas plus de 2 %.

— Je ne négocie pas. On pourrait perdre la guerre. Et dans ce cas, on perdrait aussi l'argent de la cocaïne. »

Jaime se pencha à nouveau au-dessus de la table :

« Nous, on a l'habitude de se faire du pognon, que l'on gagne ou que l'on perde. C'est ça, le boulot de mercenaires.

— C'est trop.

— Nous on ne taille pas des pipes, comme tes putains.

— Vous êtes exactement pareils ! » éclata Amos.

Jaime s'appuya lentement contre le dossier de la banquette.

« Si tu veux qu'on bosse pour toi, c'est 5 %. Autrement, tu la joues solo, dit-il en plissant les yeux. Et puisque tu m'as traité de putain, toi le maquereau youpin, je vais te poser une question : qui te dit que je ne vais pas aller tailler une pipe à Tony Zappacosta ? »

Amos se raidit. Il fallait qu'il apprenne à se contrôler. Il venait de commettre une grave erreur, cet homme n'était pas un de ses sbires.

« Je plaisantais, se reprit Amos.

— Je me suis pissé dessus de rire. »

Amos hocha la tête.

« 5 %. »

Jaime cracha dans sa paume et serra la main d'Amos.

« Affaire conclue.

— C'est comme ça qu'on signe les pactes, chez toi ? demanda Amos en rigolant.

— Non, répondit Jaime en se levant. J'avais seulement envie de te cracher dessus. »

Il tourna les talons et, en sortant du *Café Eden*, il s'essuya la main sur la veste d'un client, qui se garda bien de protester.

Amos cherchait à maîtriser sa colère. Sans les mercenaires, il perdait la guerre. Et s'il perdait, il finirait sa vie dans la merde la plus totale. Il devait aller voir le baron et le secouer pour avoir le fric, au moins un acompte. Il n'avait qu'à se le faire prêter par la vieille bique, la princesse !

Amos se leva d'un bond, encore furieux, faisant craquer les cloisons de l'alcôve. Il alla commander un whisky au bar, le descendit d'un trait, paya et sortit dans la rue. Il s'engouffra dans sa voiture, donnant au chauffeur l'adresse de la princesse à Belgrano.

Quand ils parvinrent au *palacio*, Amos vit des policiers devant l'entrée. Une grande fébrilité régnait. Il fit arrêter l'auto à une cinquantaine de mètres et observa un moment la scène. Une camionnette de l'hôpital arrivait. Un médecin et trois infirmiers en sortirent avec un brancard. Ce couillon de baron avait dû se faire éclater le cœur avec la cocaïne, se dit Amos. Il fallait qu'il sache : il descendit de voiture et rejoignit le palais.

« Je suis un ami, dit-il au policier à l'entrée.

— Un ami de qui ? interrogea ce dernier, sceptique.

— De l'Alcade et du capitaine Augustin Ramirez. »

Amos eut l'impression que le jeune agent avait plus réagi au nom du capitaine Ramirez qu'à celui du maire. Le policier s'écarta pour le laisser passer. Amos se dirigea vers le salon. Le médecin et les infirmiers étaient au chevet du baron, installé sur une chaise longue, à se lamenter. Par terre, un voile de poussière blanche salissait le tapis.

« C'est le cœur ? demanda Amos à mi-voix à un infirmier.

— Non, le petit doigt.

— Qu'est-ce que tu racontes ? » s'exclama Amos, d'une voix trop forte.

Un policier se tourna vers lui. Le serviteur du baron le regarda, la princesse aussi. Elle le rejoignit :

« Il souffre beaucoup, dit-elle tout bas. Vous avez de la cocaïne ?

— Que s'est-il passé ? interrogea Amos.

— Je vous en prie, vous voyez bien qu'il souffre… supplia la princesse.

— Faites sortir tout le monde, lui dit Amos.

— Sortez ! » ordonna-t-elle presque en criant.

Tout le monde se tourna vers elle, surpris. « Sortez ! » répéta-t-elle avant d'ajouter, d'un ton plus doux : « Juste un instant… » Lentement, tous quittèrent le salon. Elle ferma la porte. Amos s'approcha du baron. Il était pâle et son visage était contracté dans une grimace de douleur qui le rendait encore plus repoussant. Amos vit qu'il avait une main en sang. En regardant bien, il remarqua que son petit doigt était complètement déchiqueté. Ce n'était plus qu'un petit amas de viande hachée.

« Qu'est-ce qui s'est passé ? demanda-t-il.

— Donnez-lui de la cocaïne, gémit la princesse.

— Ils vont lui filer de la morphine, répliqua Amos.

— Cocaïne… » intervint le baron, les yeux exorbités.

Amos se dit que l'aristocrate avait perdu la tête. Quelle classe sociale de merde ! Aussi mous que le velours qu'ils portent sur le dos. Il glissa une main dans sa poche. Il avait toujours un peu de drogue sur lui pour contenter les clients. Il la montra au baron :

« Alors, qu'est-ce qui s'est passé ? répéta-t-il.

— Ce mafieux… Zappacosta… le nain… bafouilla l'autre.

— Eh bien, quoi ?

— Il voulait savoir si j'avais pris Rosetta Tricarico.

— Et… ? »

Rivalta di Neroli éclata en sanglots et agita une main en l'air. Son petit doigt pendouillait comme un bout de chiffon rouge.

« Je lui ai dit qu'elle était au *Chorizo* ! Que c'est vous qui l'aviez ! »

Amos encaissa la nouvelle. Désormais, Tony savait beaucoup de choses sur son compte. Beaucoup trop.

« Cocaïne… répéta le baron.

— Vous voulez encore la fille ? demanda Amos.

— Oui, plus que jamais ! »

Il lui jeta le petit sachet.

« Il va falloir commencer à payer. Tout de suite. » Il se tourna vers la princesse : « Je suis sûr que vous avez un coffre-fort. Et je suis sûr qu'il est bourré de fric. Allez le chercher, votre ami vous remboursera. »

Elle hésitait. Amos s'approcha du baron :

« Autrement, votre jolie fille, je la taille en pièces.

— Non…

— Et après, c'est vous, que je taille en pièces ! »

La princesse s'éclipsa. Pendant son absence, le baron tenta de verser la cocaïne sur le plateau, mais il tremblait comme une feuille. Alors Amos la lui prit des mains et forma deux longues lignes blanches, parfaitement droites. L'aristocrate se jeta sur la drogue, qu'il inhala avec ardeur. Puis il retomba sur sa chaise longue et se remit à pleurnicher en regardant son petit doigt. La princesse revint. Elle tenait une housse de coussin en guise de sac. « 200 000 », dit-elle. Amos s'en saisit et gagna la porte.

« Vous ne devez pas la toucher ! lança le baron d'une voix plus ferme, la cocaïne commençant à lui rendre son arrogance. Elle est à moi ! »

Amos lui indiqua la housse de coussin.

« Pas encore, rétorqua-t-il avant de sortir.

— Elle est à moi ! » rugit le baron, comme un fou.

59

« Tu sais ce que c'est, le tango ?

— Une danse. »

Rocco et Tano se faisaient face, à l'intérieur de l'entrepôt. À la manière dont Tony regardait le cordonnier, un peu plus grand que lui, Rocco comprit qu'il le respectait. Lui-même avait conscience de la force de ce vieux – comme tous les autres, d'ailleurs, de Raquel à Louis et sa bande en passant par Javier, Mattia, Ratón, Billar et El Francés.

« Je dois vraiment avoir l'air d'un con, pour obtenir une réponse pareille, protesta Tano.

— D'accord, d'accord… »

Rocco baissa la garde, pour le moment du moins, même s'il détestait qu'on lui fasse la leçon.

« Alors c'est quoi, le tango ?

— Dans ce monde, nous les misérables, on est comme des morpions, on ne vaut que dalle, commença doucement Tano avec une espèce de mélodie dans la voix, comme s'il chantait au nom de tous les malheureux. Le tango, c'est une manière de se planter là et de dire aux autres : "Regardez-moi ! Je suis là et je ne suis pas un morpion. Si je veux, je peux vous baiser. Et je peux même vous planter un couteau dans le ventre."

— Et alors ?

— Et alors, si tu ne sais pas danser le tango, tu ne sais pas non plus jouer cette putain de partie, jeune homme. À partir de maintenant, chaque mouvement doit être étudié comme un pas de danse.

— Et ça mène où, toutes ces conneries ? demanda Rocco, impatient.

— À Rosetta, bordel de merde ! » rugit Tano.

Tano posa une main sur l'épaule de Rocco. Pas par agressivité, mais pour lui montrer qu'ils étaient du même côté. Rocco n'éprouva aucun agacement à ce contact, ce qui le surprit.

« Arrête de frimer, reprit le cordonnier. Tu crois pouvoir danser seul, mais ça ne marche pas comme ça. Le tango, ça ne se danse pas tout seul.

— D'accord, je vous écoute.

— Non, répliqua-t-il en levant la main et en se tournant vers Tony. Je te l'ai déjà dit, on écoute le mafieux.

— Quand on veut faire un coup pour voler quelque chose, il faut d'abord aller en reconnaissance, commença Tony avant d'indiquer ses hommes, les armes à la main. Si on entre en tirant sur tout ce qui bouge, on descend un tas d'innocents, continua-t-il en haussant les épaules, ce qui ne m'empêcherait pas de dormir… mais vous si, je pense. Mais surtout, ça mettrait en danger ce que nous voulons récupérer, à savoir la jeune femme. »

Il regarda tous ceux qui l'entouraient. À part ses sbires, les autres étaient des gars qu'il avait exploités, trahis, opprimés. Il sentait bien leur méfiance et la comprenait.

« Si vous vous demandez pourquoi je fais ça, la réponse est simple. J'ai deux millions de raisons. Ceux qui étaient présents ont entendu ce qu'a dit le baron : Amos a besoin de pognon. La fille, c'est cet argent.

Pour moi, la descendre réglerait le problème. Mais j'ai donné ma parole à Rocco, et j'ai l'habitude de tenir parole. » Il les regarda en souriant. « Je n'avais jamais promis de ne pas vous enculer, hein ? » Il ricana tout seul. « Bref, pour moi, ça veut dire frapper Amos au cœur. Je suis sûr que la Sociedad dont il fait partie ne sait rien ou presque de son initiative. Et dans tous les cas, je suis certain que ces mecs-là ne se sont pas lancés dans une guerre. Ils gagnent plus de 50 millions de dollars par an. Pour eux, 2 millions de pesos, c'est de la roupie de sansonnet. Amos est à son compte, c'est évident.

— Et alors, qu'est-ce que vous proposez ? le pressa Rocco.

— Un de mes hommes est passé devant le *Chorizo*. Il y a plus de gorilles que d'habitude, et certains ont l'air moins idiots que la moyenne. Ça doit être les mercenaires de Montevideo. Il y a aussi un tas de flics. Pourtant, le *Chorizo* est toujours ouvert aux clients.

— Ça n'a pas de sens… commenta Tano.

— Ça confirme que la Sociedad ne sait rien ou presque de cette affaire. Autrement, pour être plus en sécurité, Amos se serait barricadé à l'intérieur. Du coup, ça nous permet d'entrer pour observer, fouiller, comprendre la situation, et mettre au point un bon plan. Le truc, c'est que tous mes hommes sont connus. S'ils entrent là-dedans, ils n'en sortiront pas. »

Le silence tomba. Tout le monde s'attendait à ce que Tony ajoute quelque chose. Or, c'est Louis qui prit la parole :

« Moi, je peux entrer partout ! »

Raquel, qui se tenait toujours à l'écart, tentant de ne pas attirer l'attention d'El Francés, se tourna vers son camarade, bouche bée, pleine d'admiration. Quant aux autres, ils avaient l'air sceptique. Tony était le seul à ne laisser deviner aucune réaction. En même temps, c'était aussi le seul à avoir une approche concrète.

« Tu ne crois pas qu'ils reconnaîtront un rat comme toi ? demanda-t-il à Louis.

— Je suis rapide, répliqua-t-il fièrement.

— Plus qu'une balle ? plaisanta Tony.

— Moi, j'ai déjà réussi à te choper », rappela Rocco.

Se rembrunissant, le garçon rentra la tête dans les épaules. Tony s'adressa à Tano :

« Toi, tu es le seul qui as vraiment des couilles, ici, à part Bonfiglio… et le rat, ajouta-t-il en indiquant Louis.

— Être apprécié par un mafieux, c'est pas un compliment, rétorqua Tano. Mais pour Rosetta, je t'écoute. »

Rocco le regarda. Le vieux réagissait comme lui : sans une seconde d'hésitation, il était prêt à mettre sa conscience de côté, si cela pouvait servir à sauver Rosetta.

« Son père est mort récemment, commença Tony en montrant Louis, et la famille lui a dit : "Maintenant, tu es l'homme de la maison." Seulement, personne ne peut être considéré comme un homme avant d'avoir baisé. Du coup, toi le grand-père, continua-t-il en indiquant Tano, tu lui payes une putain pour qu'il devienne un homme. Et tant que tu y es, tu te fais tailler une pipe. »

Tano secoua la tête, et son visage ridé souriait avec une grimace de mépris.

« C'est comme ça qu'on fait, chez vous autres, mafieux ?

— Non. Chez nous, pour qu'un gosse devienne un homme, on lui apprend à trancher la gorge de quelqu'un, pas à baisser son froc », répondit Tony avec sérieux, détachant chaque mot pour que chacun puisse bien s'imaginer la scène.

Il y eut un silence tendu. Tout le monde semblait avoir soudain compris ce que c'était, une guerre. Et plus que jamais, ils réalisaient pourquoi Tony était devenu chef.

« D'accord », approuva enfin Tano. Il se tourna vers Louis. « Alors, il se chie dessus, le petit-fils ?

— Moi, je suis prêt à baisser mon froc et à trancher une gorge, pépé ! » fanfaronna Louis.

Mais il n'avait pas encore fini de parler que Rocco lui avait déjà flanqué un bon revers de la main, qui le fit saigner du nez. Rocco lui tendit un mouchoir.

« Essuie-toi. Les frimeurs, c'est toujours les premiers à mourir. Mais nous, on a besoin que tu reviennes, et avec tous les renseignements nécessaires. »

Louis se tamponnait le nez.

« Tu passes par l'entrée principale avec ton grand-père, continua Tony. Avant, salis-toi les mains comme lui : tu es un apprenti cordonnier, pas un rat d'égout, n'oublie pas. » Le boss lui adressa un sourire. « Ce sera l'examen que tu prépares depuis que tu es dans la rue. Et je serai là pour te regarder.

— Non ! » éclata Rocco.

Il saisit Louis par le col.

« Toi, tu fais ça parce que c'est juste, et parce que tu es courageux. Toi, tu n'es pas un rat d'égout, tu es un mécano. Mon mécano. » Il lança un regard furieux à Tony. « Et vous, n'essayez pas de le recruter !

— Alors, on est tous d'accord ? » demanda Tony.

Louis, pour la première fois de sa vie, se sentit plein de fierté.

« Je suis mécano ! » déclara-t-il.

Tony hocha la tête en direction de Rocco.

« Tu gâches ton talent, Bonfiglio. Si seulement tu avais un peu de malhonnêteté dans les veines… tu irais loin, je t'assure ! Et toi, le petit mécano, tu t'es choisi un bon chef. »

Il sortit un rouleau de billets de sa poche et en tendit quelques-uns à Tano.

« Faites gaffe, les gars vont se méfier. Et rappelez-vous que les putains doivent bouffer, elles ne font pas la charité. Si ça peut les aider à survivre, elles vous balanceront à Amos. »

Tano prit l'argent.

« C'est où, ce *Chorizo* ?

— Moi je sais ! » répondit spontanément Raquel. Aussitôt, sentant le regard d'El Francés posé sur elle, elle tourna le dos.

« Calle Junín, intervint Rocco, je vous y emmène.

— Ne te montre pas, lui recommanda Tony.

— On y va ! lança Rocco.

— Non, coupa Tano. Je vais d'abord dire au revoir à ma femme. »

Tous les yeux se tournèrent vers lui. Chacun comprit ce que ça voulait vraiment dire, une guerre. Le vieux pouvait aussi ne pas revenir, et il le savait. Il voulait faire les choses bien.

« Louis et moi, on vient avec vous, dit Rocco à Tano. On attendra dehors, ne vous en faites pas. » Puis il se tourna vers les hommes de son équipe : « Vous aussi, allez dans vos familles. »

Javier, regardant les deux gosses de la bande de Louis, devina qu'ils n'avaient nulle part où aller, car ils étaient certainement orphelins.

« Vous, les deux p'tits cons, là, vous venez avec moi, leur lança-t-il. Il faut m'aider à faire cuire la viande. »

Le visage des deux gosses s'illumina. Ils quittèrent l'entrepôt en compagnie de Javier, Mattia, Ratón et Billar.

Tony donna le signal du départ à ses hommes : ils devaient regagner sa forteresse, il était à découvert depuis trop longtemps déjà. « Bouge ton cul, *consigliori* ! dit-il à El Francés. Il faut qu'on mette au point une stratégie.

— Toi, tu vas à la librairie », dit Rocco à Raquel. Tano et Louis étaient sur le départ.

« Non, je veux venir avec toi ! s'exclama Raquel. Je connais le *Chorizo* mieux que personne et… »

Rocco la saisit par le col de son pull.

« Tu as failli te faire démasquer par le maquereau, tu t'en es rendu compte, non ? » Du bout des doigts, il lui tapota le front : « Écoute, avorton, fais ce que je te dis. Va à la librairie. »

Sur ce, il sortit et rejoignit Tano et Louis.

Ils marchaient déjà depuis cinq minutes quand Raquel les rattrapa au pas de course. Rocco la foudroya du regard. Elle lui fit signe de venir lui parler à l'écart. À peine seuls, elle lui tendit une feuille de papier.

« C'est le plan du *Chorizo.* »

Rocco secoua la tête.

« T'es une malign… un malin. Maintenant tire-toi ! »

Il revint auprès de Tano et Louis et leur tendit la feuille.

« Ángel dit que Tony a envoyé un de ses hommes avec le plan du *Chorizo.* »

Plus personne ne parla jusqu'à ce qu'ils atteignent la maison de Tano.

« Je me dépêche », lança le cordonnier.

Mais Rocco écoutait à peine. Les yeux grands ouverts, il contemplait la maison bleue où Rosetta habitait, il y a si peu de temps encore. Il se souvenait être déjà passé devant, il avait remarqué les fenêtres peintes en jaune. Son cœur battait fort. Il s'était trouvé à deux pas d'elle et n'avait pas *senti sa présence*, se reprocha-t-il. Il aurait pu la sauver, et tout aurait pu être différent. Peu après, il vit sortir de la maison une petite femme grassouillette vêtue de noir, les cheveux coiffés en chignon. Elle avançait vers lui. Elle avait un regard sérieux et tracassé, dans lequel Rocco pouvait lire toute son inquiétude pour Rosetta. Mais quand elle fut près de lui, son visage n'avait plus l'air tourmenté. Elle était simplement souriante. « Tu as promis de la retrouver, lui dit-elle avec chaleur, et elle n'a pas cessé un instant d'y croire. » Comme une mère, elle lui caressa la joue de sa main grassouillette : « Trouve-la ! » Puis elle l'embrassa, exactement comme s'il était son fils et, sans que personne d'autre puisse l'entendre, elle lui murmura à l'oreille : « Occupe-toi aussi de mon mari. Fais en sorte qu'il revienne. » Quand elle s'écarta de lui, Rocco vit que ses yeux se voilaient de larmes.

« Comment vous appelez-vous, *señora* ?

— Assunta.

— Je vous le promets, *señora* Assunta.

— J'ai confiance en toi. » Puis elle se tourna vers Tano : « Fais pas tes conneries habituelles, vieux bouc ! » lui lança-t-elle d'un ton bourru, derrière lequel on entendait sa voix se lézarder. Et elle s'éloigna aussi vite qu'elle put. Rocco se dit qu'à peine seule, elle allait éclater en sanglots et se mettre à prier.

« Tu es prêt, petit-fils ? demanda Tano.

— Prêt, grand-père ! » répondit Louis sans une once d'ironie.

Tano lui passa un bras autour des épaules.

« *Vamos a bailar nuestro tango*[1] », répéta Louis, fier de son importance.

1. Nous allons danser notre tango.

60

Rosetta était recroquevillée sur le divan, enveloppée dans une couverture qui cachait sa nudité humiliante. Elle ne parvenait plus à garder les yeux ouverts. Mais dès qu'elle les fermait, le visage difforme du baron lui apparaissait. Il la regardait, la touchait, la violait. Si elle rouvrait les yeux, ses paupières étaient trop lourdes. Aussi les refermait-elle et, tout de suite, les mêmes images s'agitaient au fond d'elle-même, dans cette obscurité artificielle que provoquait la drogue administrée par Adelina. Elle ne savait pas depuis combien de temps elle était là. Deux jours ? Un mois ? Une vie ? Elle savait juste qu'elle n'était ni plus ni moins qu'un animal en cage. La drogue la plongeait dans un brouillard qui l'éloignait de la réalité. Mais pas suffisamment pour qu'elle ne puisse imaginer et revivre certaines scènes, et en souffrir.

Ainsi, quelques fragments de sa vie lui revenaient. Mais on aurait dit qu'il s'agissait d'une vie très ancienne et qui avait quelque chose d'irréel, un peu comme si elle l'avait rêvée. Les images ne cessaient de se déformer. La puanteur du sang au Matadero se mêlait au doux parfum des fleurs de jacaranda imprimées sur une robe bleue qui était peut-être la sienne, peut-être pas. Elle respirait l'odeur de cirage d'un cordonnier et puis elle voyait Tano, mais sans réussir à associer ces deux idées. Parfois, quand elle posait la joue sur l'accoudoir du canapé, elle croyait sentir le ventre mou d'Assunta. Et elle voyait des femmes, tellement de femmes ! Jeunes et vieilles, joyeuses et tristes, belles ou couvertes de bleus, avec des yeux au beurre noir et des lèvres fendues par les coups de poing. Mais aucune de ces formes ne s'approchait suffisamment d'elle pour qu'elle puisse vraiment s'en emparer.

Tout à coup, le monde se mit à vaciller. Elle rouvrit les yeux. Il y avait quelqu'un devant elle, qu'elle avait du mal à distinguer. Elle percevait un bourdonnement composé de voyelles et de consonnes, ça elle en était certaine, mais elle n'arrivait pas à relier ces sons entre eux. Des mots, ça devait pourtant être des mots. Et ça devait être une voix.

« Je suis Libertad… écoute-moi… écoute-moi…

— Écoute-moi… » répéta Rosetta d'une voix traînante.

Elle perçut un mouvement rapide qui fendit l'air. Une main peut-être, ou un bras. Et puis elle sentit sa joue brûler. Mais cette sensation demeurait lointaine.

« Écoute-moi ! » murmura Libertad avant de lui asséner une autre claque. La brûlure devint plus intense.

« Libertad… répéta Rosetta. Oui… Libertad… » Elle se souvenait de ce mot. C'était un prénom, le prénom d'une jeune fille. Et elle la connaissait.

« Tu comprends ce que je te dis ? » lui demanda la fille.

Rosetta la dévisagea, l'image se fit plus nette. Elle avait l'air d'un ange ! Un ange aux yeux crevés. Oui, quelqu'un lui avait crevé les yeux. Là où elle aurait dû avoir des yeux, il y avait deux puits noirs.

« C'est la douleur ?… le noir, c'est… la douleur, c'est ça ?

— Rosetta, je t'en prie, on n'a pas le temps », chuchota Libertad avant de lui flanquer une autre gifle.

Rosetta gémit. Puis elle eut envie de rire, car c'était bien, de sentir la douleur de cette claque : ça voulait dire que cette douleur était vraiment à elle, qu'elle était là, toute proche, à l'intérieur de son corps, et non pas suspendue dans un monde qui n'existait pas.

« Oui… je t'entends… souffla-t-elle enfin.

— Comment tu t'appelles ?

— Rosetta… et *basta*.

— Tu as quel âge ?

— 1 000 ans… »

Autre claque.

« Tu as quel âge ?

— 20 ans… peut-être 21.

— Et moi, qui suis-je ?

— Un ange aux yeux crevés… »

Nouvelle gifle.

« Qui suis-je ?

— Tu m'as fait mal…

— Je sais, désolée. Qui suis-je ?

— Libertad. »

Rosetta sourit et tendit la main vers le visage de la jeune fille.

« Tu es la petite Libertad.

— Bravo, Rosetta. Adelina va bientôt arriver. Tu te rappelles d'Adelina, hein ? Tu sais qui c'est ?

— Oui, c'est le chien enragé… celui… qui est enchaîné…

— Et elle vient pour te donner une autre dose de drogue, poursuivit Libertad. Ouvre les yeux et écoute ! Non, ne ferme pas les yeux ! »

Libertad secoua Rosetta par les épaules.

« Tu as compris ? Adelina vient te donner une autre dose de drogue.

— Adelina vient… me mordre, oui… »

Libertad poussa un soupir. Elle s'agenouilla devant Rosetta et lui caressa la joue.

« Tu n'as pas compris ce que je t'ai dit… » lâcha-t-elle, une profonde tristesse dans la voix. Sa peine était tellement vive qu'elle fut sur le point de pleurer : « Je ne sais pas comment t'aider… Je suis désolée… »

C'est alors que l'extraordinaire se produisit. Peut-être Rosetta avait-elle, chevillée au corps, la capacité d'éprouver la douleur des autres plus que la sienne. Peut-être la douleur de Libertad était-elle, à ses yeux, la douleur de toutes les femmes. Malgré son esprit embrumé, elle parvint à dire :

« Excuse-moi, Libertad, excuse-moi, je ne voulais pas te faire du mal…

— Tu ne me fais pas de mal…

— Si si, je sens… ta douleur… continua Rosetta en passant une main dans les cheveux blonds et fins de la jeune fille. Excuse-moi… »

Rosetta fronça les sourcils et fit une grimace qui contracta tous les traits de son visage, comme si elle soulevait un poids énorme. Elle serra aussi les poings.

« Je t'écoute », dit Rosetta. Et elle ajouta avec un doux sourire : « Mais dépêche-toi, car je ne sais pas combien de temps je vais tenir. »

Libertad sentit ses yeux se remplir de larmes.

« Je n'ai jamais connu de fille comme toi, dit-elle.

— Dépêche-toi…

— Adelina va arriver…

— Oui.

— Elle va te donner un verre contenant de la drogue.

— Oui.

— Bois-le et puis, dès qu'elle sort, enfonce-toi deux doigts dans la gorge et vomis là-dedans. »

Libertad indiquait un aloès en pot.

« Dis-moi si tu as compris.

— J'ai compris.

— Quoi ?

— Il faut que je vomisse tout de suite la drogue... Comme ça, elle n'aura pas d'effet.

— Bravo ! » sourit Libertad.

Elle prit Rosetta dans ses bras :

« Mais tu dois faire semblant d'être droguée.

— D'être stupide, quoi.

— C'est ça.

— Mais à l'intérieur... ça fera mal, hein ?

— Sans la drogue ? »

Libertad fixa alors le sol.

« Oui. Ça fera mal, très mal. Mais ça sera vrai. Et si une occasion de t'échapper se présente, tu réussiras. Pense bien à ça.

— Libertad ?

— Oui ?

— Je n'arrive plus à te suivre... »

La voix de Rosetta s'en retournait dans la grotte noire d'où elle avait émergé quelques instants.

« Je suis désolée...

— Mais tu te rappelleras ce que tu dois faire, hein ?

— Je crois...

— Jure que tu t'en rappelleras ! »

Rosetta, épuisée, poussait des soupirs.

« Jure ! »

Rosetta acquiesça, tandis que ses paupières redevenaient lourdes.

« Je le jure... »

À ce moment-là, Adelina ouvrit la porte. Elle portait un plateau avec de la nourriture et un verre plein.

« Tu n'as pas encore vidé son pot de chambre ? maugréa-t-elle avec sa rudesse habituelle.

— J'étais en train de le faire, rétorqua Libertad.

— Pourquoi tu es à genoux ?

— Elle était… tombée par terre. Je l'ai remise sur le canapé.

— Qu'est-ce que ça peut te foutre, si elle est par terre ?

— Je croyais qu'Amos tenait à elle…

— Il tient à ce que personne ne la baise ! Les bleus, il s'en fout », ricana Adelina avec ce rire qui évoquait le râle d'un moribond ou de quelque créature infernale.

Elle posa le plateau près du canapé et tendit le verre à Rosetta.

« Bois ! ordonna-t-elle.

— C'est quoi ? balbutia Rosetta en clignant des yeux.

— Bois ou je te le fais avaler avec un entonnoir !

— Entonnoir… » lui fit écho Rosetta avant de boire la potion d'un trait.

Libertad la regardait, pleine d'appréhension. Adelina reprit le verre avant de se diriger vers la porte.

« Fais-la bouffer et vide ce putain de pot de chambre, dit-elle à Libertad. Je dois monter, il y a Cristal qui s'est fait casser la gueule par un client. »

Dès qu'Adelina eut refermé la porte derrière elle, Rosetta s'extirpa du canapé et se traîna à quatre pattes jusqu'à l'aloès. Elle enfonça deux doigts dans sa gorge et vomit un peu de liquide. Puis, comme si elle avait fait là un effort surhumain, elle se laissa tomber au sol. Libertad exulta : « Bravo, Rosetta », lui glissa-t-elle à l'oreille pendant qu'elle l'aidait à se lever et à s'allonger sur le canapé. « Maintenant mange, lui dit-elle, ça neutralise un peu la drogue. » Rosetta laissa Libertad lui donner à manger. Elle n'avait aucune idée de ce qu'elle avalait, elle ne percevait aucun goût. Cela pouvait être de la viande ou des légumes, du sucré ou du salé. Mais ça n'avait aucune importance. Elle était aux aguets, se demandant si cette insupportable douleur qui allait arriver s'insinuait déjà en elle. Mais il était encore trop tôt. Libertad lui donna de l'eau.

« Il faut boire beaucoup. La drogue sort aussi de ton corps quand tu pisses.

— Libertad… murmura Rosetta.

— Dis-moi.

— Je ne comprends plus ce que tu dis, tais-toi…

— Excuse-moi… bredouilla Libertad, mortifiée.

— Non non… mais merci, petit ange… »

Et elle but sagement un grand verre d'eau.

Une fois Libertad partie, elle se recroquevilla sous la couverture, qu'elle remonta au-dessus de sa tête. Elle attendait de sentir quelque chose. Et elle avait peur. L'attente ne fut pas longue. Peu à peu, elle commença à émerger du bourbier dans lequel elle était plongée. Elle se remit à flotter dans le présent, dans la vie. Et brusquement, elle fut saisie de terribles élancements, qui lui coupaient le souffle et lui enlevaient tout espoir. Elle n'eut plus besoin de fermer les yeux pour voir le visage du baron et son sourire visqueux. Sa voix haut perchée n'était plus un écho lointain, elle était bien là, encore présente dans cette salle qui sentait le brandy et le cigare. « Elle est à moi ! » disait-il en bavant. Elle n'eut plus besoin de décrypter les images de sa vie récente. Elle savait qui était Tano, qui était Assunta. Elle savait combien elle souffrait de ne pas être avec eux, et combien ils souffraient de l'avoir perdue. Elle savait que toutes les femmes de Barracas se retrouvaient maintenant privées de son soutien, et qu'elle, elle était privée du leur. Elle savait qu'elle avait trop attendu Rocco, trop longtemps, et en vain. Ils ne s'étaient pas retrouvés. Et peut-être que maintenant, ils s'étaient perdus pour toujours.

Sa douleur devenait intolérable, comme si on frottait au papier de verre une blessure. Elle s'avoua quelque chose qu'elle s'était soigneusement caché à elle-même, contre toute évidence, et elle dit à haute voix ce qu'elle avait fait semblant de ne jamais avoir pensé : « Je t'aime… »

À présent qu'elle n'avait plus une once d'espoir, maintenant qu'elle n'avait plus de futur, elle pouvait accepter ce qu'autrement elle n'aurait jamais accepté. Sans comprendre pourquoi, ni comment on en était arrivé là, ni à quoi cela pouvait rimer, Rosetta savait désormais qu'elle appartenait à Rocco, et qu'elle lui avait appartenu avant même de l'avoir rencontré. Peu importait que cela semble absurde. Peu importait qu'ils ne se soient donné qu'un baiser, qu'ils n'aient partagé qu'une part de gâteau et n'aient échangé que quelques mots. Leurs voix s'étaient accordées et leurs lèvres reconnues, leurs yeux s'étaient rencontrés, et ils avaient mêlé leurs doigts éperdus. Un instant, Rosetta fut saisie d'une émotion pure et exaltante qui était peut-être le bonheur absolu. Puis l'effet de la drogue disparut totalement. La souffrance devint insupportable et elle poussa un cri.

Elle avait déjà vomi la drogue à deux reprises lorsque Adelina entra à nouveau dans la pièce avec Libertad. Dans une main, la jeune fille tenait la robe bleue aux fleurs de jacaranda qui avait appartenu à Ninnina. Dans l'autre, elle portait les chaussures avec les pompons violets que Tano avait fabriquées pour Rosetta à Noël.

« Habille-toi ! » ordonna Adelina.

Rosetta se tassa dans le canapé, faisant mine d'avoir les paupières lourdes.

« Habille-toi… » répéta-t-elle d'un air hébété.

Adelina lui asséna un coup de poing sur la cuisse. La douleur fut intense, mais Rosetta savait qu'elle devait faire semblant de ne l'éprouver que d'une manière lointaine, distante. Elle ne broncha pas, ne lâcha pas un gémissement. Adelina l'attrapa par les cheveux et la força à s'asseoir.

« Habille-toi… bredouilla Rosetta.

— Tu t'en occupes, lança Adelina à Libertad. Sinon, je vais finir par faire un massacre ! »

Libertad commença par faire passer la tête de Rosetta dans le col de la robe. Puis elle lui prit les bras et les conduisit à l'intérieur des manches. Rosetta était aussi passive qu'une poupée. Libertad la serra entre ses bras pour la soulever. Rosetta fit mine de ne pas pouvoir se tenir debout. « Bravo », murmura Libertad en faisant descendre le bas de la robe. Puis, penchée pour lui enfiler ses chaussures, elle demanda à Adelina, de façon que Rosetta entende également :

« Pourquoi elle doit s'habiller ?

— Qu'est-ce que ça peut te foutre ?

— Rien.

— Amos veut la faire sortir d'ici.

— Quand ça ?

— Qu'est-ce que tu cherches, Libertad ? questionna Adelina, soupçonneuse. Je préférais quand tu étais muette.

— S'il l'emmène, je n'aurai plus à vider son pot de chambre.

— Demain pendant la nuit, je pense. Ou même cette nuit.

— Tant mieux », bougonna Libertad.

Adelina tendit à Rosetta le verre avec la drogue, et la jeune femme le but comme un automate. Adelina et Libertad sortirent.

Rosetta se jeta sur le pot de fleurs pour vomir. Ensuite, elle se mit à caresser la robe. Elle n'avait aucune idée du nombre de jours qu'elle avait passés nue sous cette couverture. Mais elle n'éprouva aucun soulagement au contact de sa robe qui semblait lui faire affronter, encore plus durement, la terrible réalité. Elle avait l'impression que ce vêtement lui brûlait le corps, comme si elle n'avait plus de peau et que cette étoffe était tissée d'orties. Cette robe lui disait que tout ce qui avait été n'était plus.

C'est alors que, de l'autre côté de la porte, elle entendit une voix. Elle se crut folle.

« Mais il n'y a que des putains juives, là-dedans ? » Cette voix débitait les mots comme une mitraillette. « Il n'y a pas une seule Italienne ?

— Fais pas chier, le vieux ! » rétorquait quelqu'un.

Rosetta était pétrifiée et en même temps, elle tremblait comme une feuille. Elle avait le cœur qui cognait comme un tambour. « Les Italiennes sont les plus belles femmes du monde ! » L'homme parlait comme s'il avait la bouche pleine de clous. Et si Libertad ne lui avait pas appris à vomir la drogue, Rosetta ne l'aurait pas entendu. Comme une furie, elle se jeta contre la porte et se mit à la bourrer de coups de poing, hurlant de toutes ses forces, heureuse et désespérée à la fois : « Tano ! Je suis là ! Tano ! »

61

« Vous avez même pas une putain comme Dieu commande, dans ce bordel ! » s'exclama Tano, en s'efforçant de dissimuler le déchirement qu'il éprouvait à entendre la voix de Rosetta, de l'autre côté de la porte. Il se dirigea d'un pas rapide vers la sortie du *Chorizo*. « Allez, Louis, on s'en va ! »

Un des deux gorilles qui gardaient Rosetta le héla : « Eh, le vioc ! »

Louis rejoignit Tano au moment où Libertad s'agrippait au bras du cordonnier.

« Arrêtez ce vieux ! cria un des gorilles.

— Salut, pépé ! On va s'amuser un peu, tous les deux ? lança Libertad.

— C'est pas le moment », rétorqua Tano en jetant un coup d'œil derrière lui.

L'un des deux gardiens était sur le point de les rattraper.

« Ils vont l'emmener cette nuit ou la nuit prochaine, murmura Libertad dans un souffle, faisant mine de vouloir embrasser Tano. Mais je ne sais pas où. »

Tano s'immobilisa.

« On y va ! dit Louis.

— Et c'est où que tu voudrais aller, morveux ? » intervint un des gros bras en le saisissant par la peau du cou, alors qu'ils venaient d'atteindre le seuil du *Chorizo*.

Tano eut un geste vif comme l'éclair. On ne vit qu'un éclat lumineux, rien de plus. Le gorille hurla, lâcha prise et serra son avant-bras ensanglanté. « Cours ! » s'écria Tano en rangeant son couteau. En descendant les marches du perron, il coula un regard rapide vers Libertad. Il ne savait pas qui elle était et n'avait pas le temps de la remercier. La jeune fille fit semblant de chanceler, comme si elle était ivre, gênant la course des hommes d'Amos pour les retarder. Tano se jeta dans la Calle Junín, où il aperçut des policiers : « Venez vite ! s'exclama-t-il. Il y a un fou qui fait un carnage ! » Perplexes, les agents se précipitèrent vers le *Chorizo*. « Tu es extra, grand-père ! » cria Louis. Puis ils tournèrent dans la première ruelle qu'ils trouvèrent.

Entre-temps, les gorilles s'étaient lancés à leur poursuite. « Plus vite ! » s'égosillait Louis, inquiet. Tano, le visage contracté et la bouche grande ouverte, porta la main à hauteur de sa rate. Ses jambes bougeaient de moins en moins vite. Après avoir tourné dans une autre ruelle, il finit par s'arrêter, plié en deux, les mains sur les genoux. « Cours, grand-père ! » insista Louis, une vingtaine de mètres devant lui. Tano ouvrit la bouche pour parler, mais il n'arrivait plus à reprendre son souffle. Il esquissa un geste de la main. « Va-t'en ! dit-il enfin. Tire-toi ! »

Louis resta un instant immobile. Les gars d'Amos allaient réapparaître d'un instant à l'autre au bout de la ruelle. La vie des rues lui avait appris à fuir en laissant les plus faibles derrière lui. C'était une question de survie. Pourtant, quelque chose lui clouait les pieds au sol. « Et merde… » grogna-t-il en se dirigeant vers

Tano. C'est alors qu'il entendit un bruit derrière lui. Il se retourna. « Oui, c'est comme ça qu'on fait ! s'exclama Raquel en courant. Les Boca Juniors ne laissent personne derrière eux ! »

Au moment où les deux jeunes gens rejoignaient Tano, les gorilles surgirent au bout de la ruelle. « Tirez-vous, petits cons ! » cria Tano à Raquel et Louis. On entendit un coup de feu. Une balle siffla dans l'air. Mais elle venait de la direction opposée. Les hommes d'Amos se cachèrent au coin de la rue. « Grouillez-vous ! ordonna Rocco, pistolet au poing. Et aidez-le ! ajouta-t-il en indiquant Tano. Allez, le vieux, avance ! J'ai promis à ta femme de te ramener chez toi. » Tano s'était repris. Aidé par les deux gosses, il s'éloigna tandis que Rocco, tapi derrière une poubelle, tirait pour retenir les sbires. Quand il vit que Tano et les jeunes gens avaient atteint le bout de la rue, il tira deux autres coups de feu avant de bondir hors de sa cachette.

À ce moment-là, Jaime, le chef des mercenaires, sortit de son abri, au coin de l'immeuble, un fusil à la main. Il s'agenouilla, cala le canon du fusil sur son épaule, visa et fit feu. Tano et Raquel avaient déjà passé le coin de la rue, et Rocco était arrivé au bout de la ruelle, où Louis avait fait une pause pour l'attendre. Quand le coup retentit, Rocco dépassa Louis, sachant qu'il le suivrait. Mais, quand il se retourna, il ne vit plus personne. Il s'arrêta. Raquel et Tano aussi s'étaient arrêtés net, là où ils se trouvaient.

Tout à coup, on eut l'impression que le monde était devenu silencieux. Et puis on entendit un léger piétinement. Et Louis apparut. Il était pâle, sa démarche lente et hésitante. Il s'immobilisa, regarda Raquel, puis baissa les yeux vers le milieu de sa poitrine. Son maillot des Boca Juniors était déchiré, exactement sur la bande jaune diagonale. Il y avait un trou. Il y glissa un doigt et, à nouveau, regarda Raquel, comme pour dire : « Tu le vois, toi aussi ? » Là, ses jambes cédèrent, et du trou de son maillot jaillit du sang. « Non ! » s'écria Raquel. Rocco souleva Louis et le chargea sur son épaule. « Courez, courez ! » commanda-t-il. Jaime commandait à ses hommes de se replier. Ils avaient la mission de protéger le *Chorizo*, pas de risquer de se retrouver dans un guet-apens.

Pendant qu'il courait, Rocco sentait le corps de Louis qui devenait à la fois plus flasque et plus lourd. « Tiens bon, gamin ! » « On va à Santa Clara, dit Tano, suivez-moi ! » Pour sauver Louis, il semblait retrouver les forces qui lui avaient manqué auparavant.

L'hôpital Santa Clara était un bâtiment gris et carré à l'air triste. À l'extérieur, l'air sentait déjà le désinfectant. Dans le hall d'entrée, à cette odeur venait s'ajouter celle de la sueur de tous les pauvres gens qui s'entassaient là, ça puait l'oignon moisi. Certains priaient en égrenant leur chapelet, d'autres pleuraient doucement dans un coin, d'autres encore juraient rageusement. On aurait dit une place publique plus qu'un hôpital.

Poussant tout le monde pour se frayer un chemin, Rocco atteignit un comptoir au fond de la salle : « Vite, un docteur ! » L'infirmière leva vers lui des yeux fatigués et rougis. Mais dès qu'elle aperçut Louis dégoulinant de sang, elle bondit : « Venez ! dit-elle en les menant dans un couloir. *¡Doctor! ¡Doctor!* » Un jeune médecin en blouse sale et froissée sembla sortir du néant. « Brancard ! » ordonna-t-il. En un clin d'œil, le brancard se matérialisa à son tour. Un infirmier très costaud aida Rocco à y allonger Louis. « Il est sacrément amoché », murmura le médecin. Louis, toujours inconscient, cracha un caillot de sang. « C'est une balle, hein ? Il faut que j'avertisse la *Policía* », dit le docteur pendant qu'on emportait à vive allure le brancard vers le bloc opératoire. Rocco le prit par le bras et lui dit à voix basse, d'un ton rauque et dur :

« Il y a une guerre en ville. Ce gosse, c'est une victime. Les flics sont corrompus : si tu les préviens, ce n'est même pas la peine d'essayer de le sauver. Achève-le tout de suite, il souffrira moins. »

Le médecin resta silencieux un instant. Puis, d'une voix étonnamment mûre pour son âge, il déclara :

« Moi, les gens, je les sauve. Je n'appellerai pas la *Policía*. Ni moi ni personne ici ne le fera. » Il se retourna et partit en courant.

« Rosetta est dans la pièce au fond à gauche, révéla Tano, et une putain m'a dit qu'ils vont la transférer cette nuit, ou la nuit suivante.

— D'accord, dit Rocco d'une voix sombre, je m'en occupe. Rentrez chez vous, auprès de votre femme. »

Puis il regarda Raquel. Elle était pâle et elle avait pleuré. En séchant, les larmes avaient laissé des traînées brillantes sur ses joues. « Vous ne pouvez pas rester ici, intervint un infirmier. Si vous voulez attendre, il faut aller là-bas, dans la salle d'attente. »

Rocco et Raquel s'installèrent dans la petite salle. Les murs pâles étaient écaillés à l'endroit où les dossiers des sièges frottaient contre le mur.

« Bonsoir, dit une femme d'une cinquantaine d'années en les voyant entrer.

— Bonsoir », répondit machinalement Rocco. Raquel et Rocco s'assirent côte à côte. Ils perdirent toute notion du temps.

Quand le médecin surgit, des documents et un stylo à la main, ils sursautèrent tous les deux.

« J'ai des papiers à remplir, dit le docteur, la blouse couverte de sang et le visage marqué. Comment s'appelle le garçon ?

— Louis, répondit Rocco.

— Louis comment ?

— Je ne sais pas… Il ne peut pas vous le dire lui-même ? » interrogea Rocco en plissant les yeux.

Le docteur secoua la tête. Rocco sentit une morsure au ventre :

« Il est… ?

— Non, mais…

— Vargas, intervint Raquel d'une toute petite voix. Louis Vargas. »

Le médecin écrivit. Puis il reprit :

« Pour le moment, le garçon…

— Louis, il s'appelle Louis Vargas, rappela Rocco.

— C'est ça, Louis… approuva le docteur. Il faut voir comment la nuit va se passer.

— Il va tenir le coup ? interrompit alors la femme, posant la question que ni Rocco ni Raquel n'avaient le courage de poser.

— Il va très mal. Je dirais plutôt non que oui », soupira le médecin avant de partir.

Raquel éclata en sanglots.

« C'est ton fils ? demanda la femme à Rocco.

— Non. »

Raquel continuait à pleurer.

« Tu as envie de parler ? demanda encore la femme à Rocco.

— Non. »

Elle s'assit alors près de Raquel.

« Et toi ? »

Raquel secoua la tête en fronçant le nez. La femme sentait mauvais – un mélange de fumée, de sueur et d'alcool. Elle regagna sa place et se mit à fouiller dans un très vieux sac en cuir qu'elle gardait sous sa chaise. Elle en sortit un paquet de cartes qu'elle commença à mélanger à un rythme lent et patient, comme si c'était un geste habituel. À l'évidence, elle connaissait aussi une personne soignée dans cet hôpital, pensa Rocco.

« Et vous, que faites-vous ici ? » lui demanda-t-il.

Elle continua à battre ses cartes.

« Tu veux quelle version ? répliqua-t-elle. Celle pour les gogos, ou bien la vraie ? »

Raquel releva la tête et la regarda avec curiosité. La femme sourit.

« Quel crétin choisirait la version pour les gogos ? demanda Rocco.

« Je ne donne pas le choix à tout le monde ! »

Rocco remarqua son ton calme et assuré.

« Qu'est-ce que j'ai de spécial, pour mériter une telle faveur ? » questionna-t-il d'un ton sarcastique.

Elle le dévisagea et lui décocha un sourire aimable.

« Tu n'as rien de spécial, répondit-elle. Je te trouve sympa, c'est tout. »

Rocco se dit qu'elle devait être toquée.

« Donne-moi la version pour les gogos, alors.

— Je suis ici pour aider les gens, parce que je sais parler aux anges. »

Rocco secoua la tête.

« Et l'autre version ?

— La vraie ?

— Oui.

— Je suis une clocharde et je n'ai nulle part où aller, commença-t-elle avec son sourire paisible. Mais tant que j'y suis, j'aide les gens, parce que je sais parler aux anges. »

Elle est complètement folle, pensa Rocco.

« Alors ? reprit-elle. Tu veux que je t'aide, avec les anges ?

— Je ne crois pas à ces conneries, maugréa Rocco.

— Les miracles arrivent quand les gens y croient, répliqua-t-elle.

— Ben, je t'ai dit que, moi, j'y crois pas.

— Moi, si ! » conclut-elle sans se départir de son sourire.

Elle posa le paquet de cartes et lança : « Alors bonne nuit, Archange Michel ! » Raquel la regarda. La femme lui fit un clin d'œil : « J'aime tous les anges, mais Michel, c'est mon préféré », précisa-t-elle avant de se mettre à ronfler.

« Qu'est-ce que tu croyais faire ? » chuchota alors Rocco. Raquel sursauta presque. Rocco ne lui avait pas encore adressé la parole une seule fois.

« Je…

— Tu as vu ce que ça fait, les balles ? » l'interrompit Rocco d'une voix âpre.

Il se mit alors à frapper du doigt la poitrine de Raquel, avec force, jusqu'à lui faire mal.

« Tu as vu le trou qu'il a, Louis ? » Son visage était écarlate et il frémissait de colère. Mais il continuait à parler à voix basse : « Il va mourir !

— Non… il ne va pas mourir, pleurnicha Raquel.

— Et toi aussi, tu veux mourir ? demanda-t-il d'une voix sifflante, en détachant bien ses mots.

— Je voulais seulement t'aider…

— Toi, tu m'aideras si tu as une vie meilleure que la mienne, tête de buse. Et meilleure que celle de Louis. Tu dois être meilleure que nous tous. »

Le silence tomba.

« Et maintenant, qu'est-ce que tu vas faire ? finit par demander Raquel.

— Je vais aller récupérer Rosetta.

— Tout seul ? »

Il ne répondit rien.

« Le *señor* Tano a dit que le tango…

— Putain, Tano est un vieux savetier, qu'est-ce qu'il en sait ?

— Et Tony ?

— Tony est un mafieux. Tu sais ce que ça veut dire ? Que Dieu ne lui a pas donné d'âme. Et si jamais il lui en a donné une, il l'a vendue au diable.

— Pourtant il a plein d'hommes, et il a dit…

— On verra », coupa Rocco.

Raquel triturait ses doigts, les entrelaçait. Elle finit par reprendre :

« Louis a encore sa mère. Je sais où elle habite… plus ou moins.

— Va chez Javier, les garçons de la bande y sont. Il est normal qu'ils soient au courant eux aussi, Louis est leur chef. Et puis demande-leur de t'accompagner chez sa mère, et amenez-la ici. »

Raquel se leva.

« Quand je reviendrai, tu seras toujours là ?

— Non. »

Elle porta la main à sa poche et en sortit la montre que Rocco lui avait offerte.

« Prends-la, elle porte bonheur. »

Rocco la regarda et ses yeux perdirent un peu de leur dureté. Il prit la montre.

« Va-t'en », dit-il.

Une demi-heure plus tard, le médecin réapparut.

« Il est dans le coma, annonça-t-il sans y aller par quatre chemins.

— Ça veut dire quoi ? interrogea Rocco.

— C'est comme s'il dormait profondément.

— Et quand est-ce qu'il se réveillera ?

— Il y a peu de chance que ça se produise. » Le docteur fixa le sol. « Je suis désolé », ajouta-t-il. Il se retourna, prêt à sortir.

« Je peux le voir ? demanda Rocco.

— Non, c'est interdit, répondit-il machinalement avant de secouer un peu la tête. Allez, deux minutes. Rien que deux minutes. »

Quand Rocco pénétra dans la vaste salle où se trouvait Louis, il sentit le frisson de la mort. Il compta une douzaine de lits, tous occupés. Et dans ces douze lits, il y avait des malades, hommes, femmes, jeunes, vieux, allongés les yeux fermés, immobiles, avec la poitrine qui se soulevait et s'abaissait imperceptiblement. Rocco avança sur la pointe des pieds, pour s'accorder avec ce silence étrange et terrible. Parvenu près du lit de Louis, il le regarda. C'était vrai, il avait l'air de dormir. Mais il était pâle, tellement pâle qu'il n'avait peut-être plus de sang dans le corps, pensait Rocco. Il resta un moment à le fixer sans savoir quoi faire, immobile. Puis il fit volte-face et quitta la salle.

« Donne-moi dix hommes, lança-t-il à Tony quand il le rejoignit.

— Et c'est quoi, ton plan ? interrogea le boss.

— On entre et on tire sur tout ce qui bouge jusqu'à la dernière pièce à gauche. C'est là qu'ils tiennent Rosetta.

— C'est des conneries.

— Alors on se poste dans la rue. Et quand ils font sortir Rosetta, on les attaque.

— Ce n'est pas si simple, soupira Tony.

— Il n'y a plus rien de simple, répliqua Rocco, l'air mauvais.

— Tu risques de faire tuer mes hommes.

— L'un des miens est pratiquement déjà mort, un gosse de treize ans ! s'écria Rocco. Et c'était ton plan ! »

Tony le fixa.

« Jusqu'à ce matin, tu me vouvoyais. »

Rocco soutint son regard.

« Donne-moi dix hommes.

— Je vais te donner une chemise, tu es couvert de sang. À part ça, je peux seulement te donner quatre hommes. »

Le soir venu, Rocco et les quatre gars de Tony se postèrent dans une ruelle d'où ils pouvaient surveiller l'entrée du *Chorizo*. Peu après, l'automobile d'Amos s'immobilisa devant la maison close. Une dizaine de types armés protégeaient l'entrée et le véhicule. Amos sortit alors du bordel en tenant Rosetta par le bras.

« Maintenant ! ordonna Rocco.

— On n'y arrivera pas, intervint l'un des hommes de Tony.

— Putain, qu'est-ce que tu dis ?

— Ils sont trop nombreux et ils s'y attendent. C'est du suicide. »

Rocco sentit le sang lui monter à la tête. Quand il vit Amos entraîner Rosetta vers la voiture, il perdit définitivement le contrôle de soi. « Rosetta ! » hurla-t-il en s'élançant dans la rue. Rosetta se retourna, l'aperçut et ouvrit grand la bouche. « Non ! » hurla-t-elle tandis que retentissaient les premiers tirs. Amos la poussa dans l'auto, qui démarra dans un grand crissement de pneus. Le véhicule s'engagea dans une petite rue sur la gauche et accéléra. « Rosetta ! » cria encore Rocco, courant tête baissée derrière une file de voitures et de chariots. Autour de lui, des vitres explosaient et des éclats de bois volaient, mais il ne cédait pas. Arrivé dans cette rue, il continua à courir aussi vite qu'il le pouvait. « Rosetta ! » Elle le suivait du regard par la lunette arrière, mais la voiture s'éloignait. Ils tournèrent à nouveau et, peu après, Rocco réapparut. Il ne voulait pas lâcher prise, mais il ne pouvait pas les rattraper. Encore un virage. Et à nouveau, mais loin derrière, encore Rocco. Maintenant, c'était une voie toute droite.

La voiture prit de la vitesse. Rocco ne fut bientôt plus qu'un petit point qui s'agitait de manière absurde. Pour finir, elle le vit s'écrouler à terre.

Rocco était tombé à genoux. Il avait l'impression que sa tête allait exploser. Ses poumons brûlaient, il voyait flou, et son souffle était tellement bruyant qu'il couvrait presque tous les autres bruits. Il avait capitulé. « Rosetta… » haleta-t-il comme pour dire adieu. Et il sentit le canon froid d'un pistolet contre sa nuque. « Maintenant, tu n'as plus qu'à crever, branleur. »

62

L'homme derrière lui leva le chien de son arme avec une lenteur sadique. Et c'est ce qui le perdit. Au moment où le pistolet ne pouvait pas encore tirer, Rocco écarta brusquement la tête. Le coup partit une fraction de seconde en retard et résonna dans son oreille, l'assourdissant presque. Il sentit une griffure brûlante sur le cuir chevelu, juste au-dessous de l'oreille.

Il se redressa d'un bond et saisit le poignet de son adversaire, qu'il tordit, retournant le canon du pistolet contre le ventre du type. De son autre bras, il serra l'homme contre lui, comme s'il voulait l'embrasser. Puis il mit son index sur celui du type, appuya sur la gâchette et tira. Le premier coup fit reculer son rival d'un pas. Mais Rocco ne le lâcha pas. Il ne pensait pas, ne réfléchissait pas, n'avait aucun plan. Il n'était qu'un animal écoutant son instinct. Il tira encore, encore et encore, et à chaque détonation, l'homme reculait d'un pas. Un coup après l'autre, il lui vida tout le chargeur dans le corps.

Quand il le lâcha, le type était déjà mort. Il avait une expression idiote sur le visage, et un filet de bave coulait de sa bouche ouverte. Il s'affaissa avec un bruit sourd, comme une marionnette dont on aurait coupé les fils. La chemise de Rocco était trempée du sang de son adversaire. Mais il éprouvait aussi une sensation d'humidité au niveau du cou. Il y passa la main : il y avait du sang là aussi mais, cette fois, c'était le sien. La première balle l'avait éraflé. C'est alors que les sifflets de la police retentirent. Rocco se remit à courir, cette fois sans but, juste pour s'enfuir.

Quand il s'arrêta, il ignorait où il se trouvait. Il faisait nuit, les rues étaient désertes. Les lampadaires dessinaient des halos de lumière jaunâtres, le reste était plongé dans le noir. Rocco regarda vers le ciel, peut-être à la recherche d'étoiles. Puis il repensa à la clocharde de l'hôpital. Elle racontait qu'elle était capable de parler avec les anges. Il secoua la tête. Non, il ne pouvait pas se mettre en quête des anges. Ni de Dieu. Scrutant le ciel, il remarqua un bâtiment très haut. C'était un immeuble en construction, dans un style moderne, qui l'attira tout de suite. Il s'approcha des plaques en tôle qui délimitaient le chantier. Il découvrit une brèche, par laquelle il se glissa. La lumière des lampadaires ne parvenait pas jusque-là. Il dut rester immobile quelques minutes pour que ses yeux s'habituent à l'obscurité. Puis il commença à distinguer ce qui l'entourait. Il dépassa deux gros tas de sable, un amas de longues barres de fer et une montagne de briques. Ensuite, il se retrouva devant ce qui deviendrait l'entrée de l'immeuble. Elle était dépouillée, sans fioriture, et pourtant déjà imposante. Il entra.

À l'intérieur, l'obscurité était plus dense encore. Mais ses yeux pouvaient maintenant saisir la moindre variation de lumière. Il aperçut des marches, encore brutes, et décida de monter. Il s'arrêta au premier étage. C'était un espace gigantesque, uniquement interrompu par les murs porteurs et les colonnes d'appui. Le reste était entièrement ouvert, l'air circulait librement. Rocco monta encore. Le deuxième étage était identique au premier. Troisième étage, quatrième, cinquième, il n'avait jamais vu un immeuble aussi haut. Sixième étage, septième, huitième, neuvième, et au-dessus du neuvième, un toit plat, semblable à une immense terrasse, formait le dixième étage. Le béton brut crissait sous les chaussures. Mais ici, tout en haut, plus rien n'était sombre. La lumière de la lune semblait presque surnaturelle, après les antres noirs qu'il avait traversés. En avançant, il voyait tous les détails, y compris les ombres que la moindre aspérité projetait. Il se trouvait dans un monde gris, totalement gris. Lorsqu'il atteignit le bord de la terrasse, il cessa de regarder le sol et leva les yeux. Le spectacle était étourdissant : de là-haut, il voyait tout Buenos Aires.

La ville scintillait jusqu'à l'horizon, gigantesque. Il tourna la tête : même spectacle. Lumières et ombres, immeubles et rues, aussi loin que portait le regard. Il contempla la scène derrière lui, toujours la même. Il n'y avait qu'à l'est, vers le Rio de la Plata, que les lumières disparaissaient et que ce monde immense s'enfonçait dans les eaux obscures. Il observa encore le paysage, vers le sud, l'ouest et le nord. Des lueurs, des maisons, des immeubles, des rues, des quais, des usines, des marchés… C'était un monde infiniment plus grand que tout ce qu'il avait pu imaginer lorsqu'il circulait dans son *barrio*.

Et soudain, avec un coup au cœur, il comprit qu'il avait perdu Rosetta pour toujours. À deux reprises, il avait été près d'elle. Et à deux reprises, il n'avait pas couru assez vite. Mais à présent, réalisant l'étendue de Buenos Aires, il eut la certitude qu'il serait incapable de la retrouver. Il l'avait perdue, là, parmi deux millions de personnes, pour toujours. Il contempla encore un instant ce monde démesuré et étincelant. Et il le détesta de tout son cœur. Il aurait voulu hurler le nom de Rosetta, ne serait-ce que pour donner une voix à son désespoir. Mais il n'avait plus de souffle, plus d'espérance, et il sentit les forces lui manquer. Il redescendit les dix étages lentement, en se tenant aux murs, sans plus faire attention à rien, une marche après l'autre – il y en avait tellement qu'il perdit le compte –, jusqu'à retrouver le niveau du sol. L'enfer.

Il s'orienta dans la ville et se dirigea comme un automate vers l'hôpital Santa Clara. Il pénétra dans le hall où il respira à nouveau l'odeur de désinfectant mêlée à celle de vieille sueur. Il entendit ses pas résonner dans le couloir, sans que l'infirmière derrière le comptoir lève les yeux vers lui. Il rejoignit la petite salle verte avec ses chaises alignées. La clocharde ronflait, bouche ouverte, en tenant son paquet de cartes contre sa poitrine. Les deux gamins de la bande de Louis étaient là, ils dormaient roulés en boule l'un contre l'autre, comme deux petits chiots. Raquel était dans un coin, si seule que Rocco en eut le cœur serré. Enfin, il y avait une femme d'un âge indéfinissable, à l'air usé comme un vieux chandail – certainement la mère de Louis. Sa robe relevée révélait de jolies jambes. Elle portait des bas rouges troués qui s'arrêtaient juste au-dessus du genou, à la parisienne, le style des prostituées. Elle aussi dormait. Mais nul ne dormait aussi profondément que Louis, se dit Rocco.

Il entendit un bruit dans le couloir et alla voir. Une infirmière était en train de fumer. Il s'approcha d'elle.

« Le docteur est là ? »

Elle regarda sa chemise couverte de sang.

« Vous êtes blessé ? demanda-t-elle d'un ton professionnel, sans manifester aucune peur.

— Non, répondit simplement Rocco.

— C'est quel docteur, que vous cherchez ?

— Un jeune… je ne sais pas comment il s'appelle. Il a opéré le garçon… Louis Vargas.

— Je vois. Non, il a fini son service.

— Et le gosse, comment il va ? »

L'infirmière tira goulûment sur sa cigarette. Elle avait les yeux rougis et cernés. On devinait qu'elle avait déjà entendu ces questions des centaines ou des milliers de fois. Mais on voyait aussi qu'elle ne s'habituait pas à la dureté des réponses qu'elle était obligée de fournir. Elle souffla sa fumée presque avec colère. « Plus le temps passe, moins il a de chances de se réveiller », dit-elle. Elle se remit aussitôt à tirer avec avidité sur sa cigarette.

« Vous devez commencer à…

— Oui, oui », l'interrompit Rocco d'un ton brusque.

L'infirmière allait sans doute dire « à vous résigner », mais il ne voulait pas l'entendre.

« Je suis désolée, ajouta-t-elle.

— Oui, bien sûr… »

Rocco fit un mouvement pour regagner la salle d'attente. Il voulait s'asseoir près de Raquel, au moins elle ne serait pas trop seule, et lui non plus. Mais son regard tomba sur la clocharde.

« C'est qui, cette femme ? demanda-t-il alors à l'infirmière.

— Carmen ? Elle vous a cassé les pieds ?

— Non, non… »

Elle sourit avec bienveillance.

« Ça fait trois ans qu'elle dort ici.

— Elle est folle, elle croit parler aux anges. »

L'infirmière haussa les épaules.

« Elle n'embête personne. Au contraire, elle réconforte les gens… Vous voyez ce que je veux dire, hein ? Elle leur donne un genre d'espoir, elle les apaise… Et on lui donne volontiers un des repas du soir. Grâce à elle, on n'est presque jamais obligés de venir dans la salle d'attente, pour calmer les familles. » Elle rit. « C'est elle qui s'en occupe : en fait, elle travaille pour nous !

— C'est n'importe quoi… »

Elle haussa à nouveau les épaules.

« Ça marche ! »

Elle éteignit sa cigarette par terre, sous sa chaussure, avant de s'éloigner.

Rocco retourna dans la petite salle. Il s'assit près de Raquel et observa la clocharde. Il remarqua qu'une de ses cartes était tombée par terre. Il se leva, la ramassa et la remit avec les autres. La femme ouvrit les yeux et le vit. Là, elle toussa tellement fort qu'elle réveilla tout le monde.

« Tu veux que je parle aux anges ? lui demanda-t-elle.

— Je t'ai déjà dit que je ne croyais pas à ces conneries, répondit-il, désagréable.

— Bon, alors bonne nuit ! »

Un instant plus tard, elle ronflait à nouveau. Rocco s'aperçut que Raquel fixait sa chemise imbibée de sang. « Tout va bien », dit-il. Puis il se tourna vers les deux gosses : « Dormez ! » Enfin, il se força à croiser le regard de la mère de Louis : « Bonjour, *señora.* Je suis désolé pour votre fils, je… » Il s'interrompit. Il s'apprêtait à dire que c'était sa faute, qu'il se sentait responsable, et que Louis était en train de mourir parce qu'il n'avait pas été capable de retrouver Rosetta tout seul. Et il se rendit compte que s'il commençait, il ne s'arrêterait plus. Il finirait par dire que Louis mourait pour rien parce que, cette fois encore, il avait échoué : il n'avait pas sauvé Rosetta et, à présent, il l'avait perdue pour toujours. La femme avait un regard profond et plein d'empathie. À l'évidence, elle avait l'habitude d'écouter les confessions minables de tous ces hommes qui la prenaient pour quelques pesos.

« J'ai eu deux autres fils, avant Louis. Le premier s'appelait déjà Louis, c'est un nom que j'aime bien. Il a été écrasé par une charrette alors qu'il essayait de voler une valise. L'autre, le deuxième, s'appelait Grillo. Je ne me souviens plus de son vrai nom. Sa vie a été si brève aussi… Je l'appelais Grillo parce qu'il était vif et frêle comme un criquet. Il est mort d'une infection intestinale. Il fouillait tout le temps dans la décharge municipale pour y chercher à manger. Un criquet qui se dispute les déchets avec les rats, marrant, hein ? Mais visiblement, il n'avait pas l'estomac aussi costaud que les rats. » Elle fit une pause. Et avec une simplicité à donner la chair de poule, elle conclut : « Et maintenant, Louis. » Un silence spectral s'abattit. Puis la mère arrangea sa robe pour se couvrir les jambes, avant de se rendormir.

Raquel pleurait doucement. Rocco l'attira à lui et la serra dans ses bras. Puis il lui fit poser la tête sur ses genoux et caressa lentement ses cheveux drus et raides comme une brosse. « Tu as trouvé Rosetta ? » demanda-t-elle à voix basse. Rocco ne répondit rien, ce n'était pas la peine.

Le lendemain, il resta assis dans la salle d'attente comme s'il était malade. Il sentit quelque chose dans sa poche : la montre de Raquel. Il regarda l'heure défiler sur le cadran à une lenteur exaspérante. Et pourtant, il ne lui avait fallu que quelques secondes pour perdre Rosetta. Maintenant, ce temps lent, ennuyeux et inutile allait s'écouler sans elle. L'aiguille des minutes allait rythmer son absence, tour après tour, heure après heure, déchirante. Il fixa la montre. Elle ne lui avait pas porté chance, comme Raquel l'avait espéré. Il la remit dans sa poche et serra le bouton de Rosetta. C'est tout ce qui lui restait d'elle.

Le soir, tous les autres revinrent et ils le trouvèrent là, immobile, défait, sans une seule pensée en tête à part qu'il avait perdu Rosetta. Ils arrivèrent dans le désordre : Raquel, de la librairie, avec un sandwich pour lui, les gosses de la bande en compagnie de la mère de Louis, qui avait un nouveau trou dans un de ses bas et, plus tard, Tano et Assunta, qui dévisagea Rocco et lui dit merci.

« Je peux voir le garçon ? demanda Tano.

— Ça ne sert à rien, bougonna Rocco.

— Moi si, ça me sert, dit Tano. Il est revenu pour moi. »

Rocco se leva et conduisit Tano dans la chambre commune. Maintenant les infirmières le connaissaient, et elles ne firent pas d'histoire. Arrivé au pied du lit, Tano fixa Louis : « T'as fait une sacrée connerie, petit crétin ! » lâcha-t-il avec amour et colère à la fois. Puis il regagna la salle d'attente et s'assit près d'Assunta, en silence. Rocco se sentait écrasé par sa présence.

« Je suis désolé, dit-il soudain les mains jointes. J'ai échoué. »

Tano le regarda. Puis brusquement, il lui donna un coup en pleine poitrine, avec le dos de la main.

« Mais réagis ! s'exclama-t-il et il sortit un mouchoir de sa poche pour essuyer sa main salie par le sang. Change de chemise et réagis ! »

Personne ne parlait. Tout le monde gardait les yeux rivés au sol. Puis la clocharde arriva. Son haleine empestait l'alcool. Elle plaça son gros sac sous la chaise, prit son paquet de cartes et se mit à les battre. Rocco sortit dans le couloir. Elle lui tapait sur les nerfs, celle-là. Il entendit Raquel dire :

« C'est vrai que vous croyez aux miracles ?

— Quelle question ! Évidemment.

— Vous pouvez parler aux anges, pour Louis ?

— Oui, je pourrais, mon trésor. Mais il faut que ce soit lui, le gars dehors, qui me le demande.

— Pourquoi ?

— Parce que ça marche comme ça.

— Et si c'est moi qui vous le demande ? Je suis sa mère… »

Entendre la voix de cette femme causa à Rocco une forte émotion. Ce n'était pas la voix distante d'une prostituée qui avait vu tellement de pourriture qu'elle n'en percevait même plus la puanteur. C'était celle d'une mère qui priait pour son fils, le dernier qui lui restait.

« Non, *señora*, je suis désolée, répondit la clocharde. Je sais pas pourquoi les choses marchent comme ci ou comme ça, mais on n'y peut rien. Les anges veulent que ce soit lui qui demande.

— Mais pourquoi ? insista Raquel, qui ne pouvait se résigner.

— Peut-être parce qu'il a aussi besoin de poser cette question, plus que vous autres. Ou peut-être, au contraire, parce qu'il est plus fort que vous tous réunis, et que sa voix s'entendra mieux de là-haut. Ne me demande pas ce que je ne peux pas savoir. »

Le silence tomba.

« Conneries ! grogna Tano au bout d'un moment. Et c'est que tu commences à casser les couilles, toi ! »

Rocco se rendit dans la chambre de Louis. Après un instant d'hésitation, il lui prit la main et la serra dans la sienne. Il fut presque étonné de sentir qu'elle était chaude – il s'attendait à ce qu'elle soit froide. « Allez, gamin ! » murmura-t-il. Et puis il resta ainsi, la main de Louis dans la sienne.

Quand il revint dans la petite salle, Tano et Assunta étaient partis. Raquel, les deux garçons et la mère de Louis dormaient. En revanche, étrangement, la clocharde était éveillée. Rocco eut l'impression qu'elle l'attendait.

« Tu t'appelles Carmen, c'est ça ?

— Oui. »

Rocco la dévisagea longuement.

« Parle avec les anges », lâcha-t-il enfin.

Carmen hocha la tête, sérieuse, et se remit à battre les cartes.

« C'est tout ce qu'il y a à faire ? s'étonna Rocco.

— Oui… Si les anges acceptent de s'en occuper, tu trouveras un nœud quelque part, annonça-t-elle sans lever les yeux de ses cartes.

— Un nœud ?

— Oui, un nœud. »

Rocco resta encore silencieux un moment.

« Bon, d'accord. »

Carmen eut un petit rire.

« Qu'est-ce qu'il y a de drôle ?

— Toi, répondit-elle. Tu me fais rire.

— Pourquoi ? »

Carmen rit à nouveau, puis elle rangea ses cartes dans le sac sous sa chaise et souhaita bonne nuit à l'archange Michel. Quelques minutes plus tard, elle dormait. Rocco se mit à remuer sur sa chaise. Il n'arrivait pas à croire à ce qu'il venait de faire. Tano avait pourtant raison, c'étaient des conneries. Il se leva et quitta l'hôpital.

Il retourna dans l'immeuble en construction. Il monta jusqu'en haut, au dixième étage, et regarda cette ville infinie en pensant à Rosetta. Pour elle, il avait tué avec la même fureur que son père. « Où es-tu ? » chuchota-t-il. Mais il savait bien qu'il n'y avait pas de réponse.

Il resta là jusqu'à l'aube. Il vit le soleil se lever de l'autre côté du Rio de la Plata et le teindre de rouge. Tout doucement, la ville entière passa du noir aux couleurs les plus éblouissantes, comme si elle reprenait vie. À la lumière du soleil levant, elle lui parut moins immense.

Quand il regagna l'hôpital, Raquel se précipita vers lui, fébrile.

« Mais où tu étais ? lui demanda-t-elle avec une note de reproche dans la voix.

— Qu'est-ce qui se passe ? demanda Rocco, craignant le pire.

— Il s'est réveillé !

— Il s'est réveillé ?

— Oui ! »

Elle éclata de rire. Ils coururent à la chambre commune.

« Vous ne pouvez pas tous entrer, prévint un infirmier.

— Oh, fais pas chier ! »

Rocco le poussa et continua à avancer. La mère de Louis, les deux garçons, Tano et Assunta étaient déjà là, autour du lit. En voyant Rocco, Louis sourit faiblement :

« Je suis… revenu…

— Eh oui, tu es toujours en enfer ! dit Rocco en riant. Ta bravade ne t'a pas valu le paradis, avorton ! »

La mère de Louis pleurait en silence.

« Et Rosetta ? articula Louis avec difficulté. Je t'ai été… utile ?

— Oui, répondit Rocco. Je la retrouverai. »

Il entendit qu'il avait de la force dans la voix. Il y croyait à nouveau. Il serra la montre de Raquel – peut-être qu'elle portait vraiment chance. « Maintenant, sortez, s'il vous plaît ! intervint le médecin derrière eux. Il faut que je vérifie la plaie et que je fasse le pansement. »

Rocco fut le dernier à s'éloigner du lit. En regardant Louis, il se dit que le gosse avait quelque chose de bizarre, sans pouvoir saisir quoi. Peut-être était-ce simplement parce qu'il avait les yeux ouverts ? Mais non, ce n'était pas ça, songeait-il encore en se dirigeant vers la porte pour sortir. « Qui est le petit malin qui a fait ça ? » tonna le docteur. Rocco se retourna et le vit penché sur Louis. « On est dans un hôpital, bordel de merde ! » râla le médecin. Rocco sentit un frisson lui parcourir l'échine, et une brusque émotion lui coupa la respiration. À cet instant même, juste avant que le docteur ne reprenne la parole, il comprit ce qu'il avait remarqué d'étrange sur Louis. « Qui est le couillon qui lui a fait des nœuds dans les cheveux ? » D'un ton convaincu, Rocco jura : « Oui, je te trouverai, Rosetta ! »

63

Le baron ne tenait pas en place, on aurait dit un cheval qui s'emballe. « Comment ont-ils osé ? » s'écria-t-il. La cocaïne qu'il avait ingurgitée tendait tous ses muscles. Son visage faisait penser à celui d'un clown mal maquillé, ou à un masque de démon. Il gesticulait dans tous les sens, agitant sa main bandée amputée du petit doigt. Pour arrêter l'hémorragie, il avait fallu cautériser la plaie. La compresse était jaunie par le sérum.

Devant lui se tenait le vice-consul Maraini, très gêné. Gêné par la nouvelle qu'il était venu apporter, et gêné par l'état dans lequel se trouvait son interlocuteur.

« Comment ont-ils osé ? vitupéra à nouveau le baron.

— Ce n'est qu'une fillette… bafouilla le diplomate, raide comme un balai dans son costume trois pièces, et vous l'avez… »

Il secoua la tête. Il n'arrivait pas à le dire. Imaginer ce qu'avait subi la petite Guadalupe Ortiz lui retournait l'estomac. Enlevée, violée. Et maintenant que les parents avaient porté plainte auprès de la *Policía*, les autorités, y compris italiennes, s'efforçaient d'étouffer l'affaire, espérant qu'elle finirait aux oubliettes sans que le baron ait à en payer le prix.

« Et rien que pour ça, il faudrait que je quitte Buenos Aires ? » grogna l'aristocrate comme s'il s'agissait là d'une inconcevable ineptie. Il gardait les yeux grands ouverts et soudain il cillait rapidement à deux ou trois reprises, avant d'écarquiller les yeux à nouveau. Une écume blanche s'était formée à la commissure de ses lèvres.

« Ce serait plus prudent, expliqua le vice-consul. C'est l'avis de l'ambassadeur comme du magistrat qui s'occupe de… » Il s'interrompit à nouveau. Il n'arrivait pas à répéter ces mots. Un magistrat s'employait à enterrer cette misérable affaire.

« Ce qui serait plus prudent, c'est que ces gens-là aillent se cacher quelque part où je ne pourrai pas les retrouver ! s'exclama le baron, de plus en plus exalté. Autrement, j'irai les trouver et je tuerai cette fille sous leurs yeux ! Et après ça, je leur rirai au nez ! » Et en pointant un doigt vers le vice-consul : « J'ai des choses très importantes à faire, ici à Buenos Aires. Et tout ça, c'est votre faute, parce que vous avez laissé s'échapper cette catin de paysanne ! Je ne partirai pas sans avoir sa tête. Surtout maintenant que je suis à deux doigts d'y arriver… » Il eut un sourire, ou plutôt un rictus diabolique. « Je suis le baron Rivalta di Neroli ! Rappelez-le à l'ambassadeur et à ce magistrat. »

Le diplomate baissa la tête.

« Bien sûr, Votre Excellence. »

Hystérique, le baron le souffleta.

« Allez-vous-en ! glapit-il de sa voix perçante. Vous me tapez sur les nerfs. »

Le vice-consul esquissa une révérence hâtive à l'adresse de la princesse, qui avait assisté à la scène, un sourire de statue plaqué sur son visage ridé. Elle aussi avait abusé de la cocaïne, et ni son ami ni elle ne s'était même soucié de dissimuler la drogue, la laissant là, entre eux, sur un plateau d'argent étincelant. Le diplomate tourna les talons et regagna la sortie, à petits pas rapides et en serrant les fesses.

Dès qu'ils se retrouvèrent seuls, la princesse éclata de rire : « Tu as été merveilleux, *mon cher**. J'ai adoré ! » Mais le baron ne se mit pas à plastronner comme à son habitude. Contrairement à ce qu'elle croyait, il n'avait pas joué un numéro. Son cerveau était un volcan en éruption. Il bouillonnait d'idées qui se bousculaient dans sa tête, toutes en même temps. Pourtant, il était convaincu de maîtriser totalement chacune de ces pensées, comme un musicien à l'oreille absolue est capable de distinguer chaque élément d'un orchestre symphonique.

Il raffolait de la cocaïne. Elle le rendait invincible, omnipotent. Et elle faisait gonfler son pénis. Grâce à elle, il devenait dur. « Bernardo ! » cria-t-il en déboutonnant son pantalon. Il montra sa demi-érection à la princesse. « Amène-moi Rosetta ! » La princesse rit, amusée, et prisa une autre ligne de cocaïne. Le baron aussi se jeta sur la drogue. Bernardo arriva en traînant la démente qu'ils avaient gardée à l'issue de leur traversée maritime. « Prends-la par-derrière, en restant debout », exigea Rivalta di Neroli. Sans égard aucun, Bernardo poussa la jeune fille contre le battant d'un secrétaire du XVIIIe siècle en ronce de noyer. Il souleva sa jupe et baissa sa culotte. La princesse ne se divertissait guère à ce spectacle, qu'elle jugeait banal et fade, et alla s'asseoir sur le petit canapé. Le baron, au contraire, s'approcha de Bernardo, le reluquant tandis qu'il se démenait dans la pauvrette. Il caressa son propre pénis, de plus en plus dur, qu'il finit par poser sur les fesses de son serviteur. Mais celui-ci s'écarta brusquement, cramoisi :

« Non, protesta-t-il, cela, je ne puis vous le permettre.

— Toi aussi, tu es à moi ! rugit le baron d'une voix vibrante.

— Pas à ce point, Monseigneur », insista l'autre.

Un sentiment de rage s'empara du baron. Son visage se contracta dans une grimace horrible. Il s'approcha du plateau d'argent et inhala frénétiquement une autre ligne de cocaïne.

« Baise-la ! hurla-t-il en s'essuyant le nez.

— Ne venez pas trop près de moi, Monseigneur, dit Bernardo.

— Baise-la ! » brailla-t-il à nouveau, avec une note très aiguë, quasiment de soprano.

Bernardo pénétra à nouveau la fille, dont les genoux étaient toujours contre le battant du secrétaire. La princesse ricana. « Gros dégoûtant ! » lança-t-elle à son compère. Celui-ci saisit alors un coupe-papier en argent au manche d'ivoire finement travaillé, se plaça derrière Bernardo et, pris d'une folie furieuse, le lui planta dans le dos. Le serviteur gémit et se retourna, les yeux exorbités par la douleur et déjà voilés par la mort. Il tenta d'arracher l'objet de son dos, mais il était enfoncé jusqu'au manche, et ses jambes ne le portaient déjà plus. Il s'effondra sur le sol comme un sac de pommes de terre. « Tu es à moi ! » grogna le baron, féroce, en s'agenouillant près de lui. Et il le regarda mourir, en tenant dans sa main le membre dur qu'il avait toujours convoité.

La princesse était pétrifiée. Ce rictus qu'elle avait quelques minutes auparavant traînait encore sur ses lèvres, mais il n'était plus qu'une vilaine grimace. « Je-peux-a-voir-un-gâ-teau-main-te-nant ? » ânonna la petite esclave d'une voix rauque et atone. Le baron retira le coupe-papier du dos de Bernardo et en frappa la fille au cou, à la poitrine et dans l'abdomen, à deux reprises. Même quand elle hurla sa douleur, même quand elle mourut, la fille ne perdit jamais son expression de pauvre démente. Rivalta di Neroli finit par s'arrêter. Il haletait, couvert de sang. Il en avait partout, y compris sur le visage et sur la bouche, comme une bête féroce à la fin de son repas.

« Tu es devenu fou », lâcha la princesse d'un ton glacial qui aurait été de mise dans une scène de salon mondain, mais pas dans ce théâtre de l'horreur. « Tu dois quitter ma demeure. Tout de suite. » Le baron se tourna vers elle. Il s'approcha d'un pas. « N'avance pas ! » Soudain, le ton de la princesse était devenu beaucoup moins guindé. Le baron la rejoignit et la poignarda au cœur, sans la moindre émotion. Il la regarda s'affaisser et maculer de rouge le canapé en velours côtelé d'un vert éclatant. Puis il laissa tomber le coupe-papier sur le tapis d'Ispahan en soie. Il se dirigea vers le plateau de cocaïne, s'essuya les mains, forma une autre ligne et l'inhala. Une goutte de sang tomba sur le petit tas de poudre blanche. Le baron transvasa la drogue qui restait sur le plateau dans un petit sachet qui en contenait encore beaucoup. Il noua la ficelle du sachet et fourra celui-ci dans sa poche.

« Que personne n'entre dans cette pièce ! » ordonna-t-il aux domestiques en sortant, avant de refermer la porte du petit salon. Il monta dans sa chambre, se lava et changea de vêtements. Mais la gaze de sa main au doigt amputé était toujours rougie de sang. Ensuite, il alla dans la chambre à coucher de la princesse et prit toutes les espèces qu'il trouva dans le coffre-fort. Il ouvrit la boîte à bijoux posée sur la coiffeuse et s'empara des colliers, des bagues, des boucles d'oreilles et des bracelets, comme un vulgaire voleur, s'en remplissant les poches. Enfin, il redescendit l'escalier où s'étaient réunis les domestiques. Il montra le chauffeur du doigt : « Toi, va chercher la voiture ! » L'homme détala. En un clin d'œil, tous les autres serviteurs disparurent à leur tour. « Revenez immédiatement ! » beugla le baron. Mais nul ne répondit, et nul ne se hasarda à revenir sur ses pas.

L'aristocrate regarda la porte du petit salon où le massacre avait eu lieu. Il remarqua une empreinte de sang près de la poignée. Il tira de sa poche un mouchoir en soie avec ses initiales brodées et nettoya cette tache qui le perturbait. Il remit le mouchoir dans sa poche, sortit dans la rue, arrêta un fiacre et ordonna au cocher : « Au *Chorizo*, Calle Junín. » Sur le chemin, il songea à Rosetta : « Et toi, tu es plus à moi que quiconque, murmura-t-il. Je peux faire de toi ce que je veux. » Le conducteur lui ouvrit la portière, le baron paya, puis il entra au *Chorizo* où il lança à un des gorilles :

« Appelle Amos !

— Il n'est pas là », rétorqua l'autre.

Le baron montra la porte au fond du couloir où il se souvenait qu'ils gardaient Rosetta prisonnière.

« Alors conduis-moi auprès d'elle. »

Le gardien, qui savait parfaitement à qui il avait affaire et qui, comme tous les autres, avait reçu des instructions précises, répondit :

« Elle n'est pas là non plus. Amos l'a emmenée. » La voix perçante de l'aristocrate, qui n'arrêtait pas de renifler, monta alors d'un cran :

« Où ça ? Comment s'est-il permis ?

— Ne vous énervez pas », avertit le gorille.

Le baron lui asséna une claque. L'autre l'attrapa aussitôt en lui mettant une main autour de la gorge, et il se mit à serrer : « Ne fais plus jamais ça. » Il le lâcha. Le baron toussa.

« Amos a dit que si tu te pointais, il fallait qu'on te rappelle de solder ta dette. C'est la condition pour avoir la fille », reprit l'homme de main.

L'aristocrate fourra les mains dans ses poches et en sortit les billets et les bijoux, qu'il lança vers le gorille.

« Voilà, dis-lui que je t'ai réglé ! »

L'autre le dévisagea un instant en silence avant de se pencher pour ramasser argent et bijoux.

« Ne t'en fais pas, je lui dirai. »

64

Rocco avait demandé à Assunta et Tano d'héberger Raquel chez eux. Il devait chercher Rosetta et ne serait presque jamais au hangar. Avec la guerre qui faisait rage, c'était devenu un lieu risqué. Raquel était persuadée qu'El Francés la reconnaîtrait tôt au tard et elle s'était sentie soulagée lorsqu'elle avait appris qu'il s'était installé dans la forteresse de Tony.

Cet après-midi-là, Tano s'était présenté à la librairie à l'heure de la fermeture. Mais il n'était pas entré. Raquel l'avait aperçu de l'autre côté de la vitrine. Il restait sur le trottoir, intimidé par tous ces livres.

« Qui c'est ? Ton grand-père ? demanda Delrio.

— Plus ou moins », répondit-elle.

Elle regarda l'heure à la montre que Rocco lui avait rendue la veille, lorsque Louis s'était réveillé. « Je peux partir cinq minutes en avance, aujourd'hui ? » Le libraire fit signe que oui. « À lundi ! » Le lendemain, c'était dimanche. Raquel sortit et s'approcha de Tano. Elle éprouvait une sympathie instinctive pour ce petit homme aux yeux perçants, lumineux comme des gouttes de cristal azuré. Elle ne comprenait pas toujours ce qu'il disait car il parlait à une vitesse insensée, et avec un fort accent sicilien. « Assunta est à la maison, elle prépare le dîner », dit-il. Raquel sourit. Pourtant, Tano restait là, immobile, à fixer la vitrine pleine d'ouvrages. « Rocco m'a dit que tu savais lire. » Il se tourna vers elle. « Ça veut dire que si tu ouvres au hasard un de ces livres… tu comprends de quoi il parle ? » Même si elle trouvait la question absurde, Raquel hocha la tête. « Un livre au hasard… merde alors ! » s'exclama Tano. Parfois, Raquel avait honte de savoir lire, car ça la rendait trop différente des autres. « On y va ! Autrement qu'est-ce qu'on va entendre, si on laisse refroidir le dîner d'Assunta… » Il passa un bras autour des épaules de Raquel.

Sur le chemin, elle demanda soudain :

« Elle est comment, Rosetta ?

— Mais tais-toi un peu… ronchonna Tano. Apprends bien la route, parce que demain, tu devras la refaire en sens inverse.

— Oui, monsieur. »

Il eut un petit rire.

« Je n'ai jamais été un monsieur, pas une minute de ma vie. Je suis un cordonnier, pas un monsieur. Et je suis guitariste, aussi.

— Qu'est-ce que vous jouez ?

— Rocco m'avait bien dit que tu ne la bouclais jamais ! »

Il lui allongea une taloche : « Il faut que tu apprennes la route ! » Après quelques pas, il ajouta : « Bon, je joue des tangos et des milongas. Qu'est-ce que tu voudrais jouer d'autre ? C'est la plus belle musique du monde. » Raquel ouvrit la bouche pour parler. « Silence ! » Autre taloche. Une quinzaine de minutes plus tard, ils étaient à Barracas. Tano lui montra la maison bleue avec la porte et les fenêtres jaunes.

« C'est ici.

— Oh, c'est joli ! »

Tano émit un long sifflement et Assunta apparut sur le seuil.

« C'est presque prêt, annonça-t-elle.

— Viens par là », dit alors Tano, une main sur l'épaule de Raquel.

Assunta les rejoignit. Raquel avait déjà remarqué son sourire, qui semblait l'accueillir dans ses bras.

« Par là, Ángel le bavard… non, tu sais comment je vais t'appeler ? plaisanta Tano. Ángel Bla-bla ! » Il se mit à rire en se frappant sur la jambe. Puis, soudain, son visage redevint sérieux. « Ángel Bla-bla veut savoir à quoi ressemble Rosetta… »

La souffrance vibrait dans sa voix. Le regard d'Assunta aussi se fit mélancolique, et un voile d'anxiété passa dans ses yeux, comme un nuage fugace.

« Pour savoir comment elle est, Rosetta, il suffit de demander à n'importe quelle femme que tu vois passer, expliqua-t-il d'une voix chaleureuse. Tu sais comment on l'appelle ? demanda-t-il avec de la fierté paternelle dans la voix. *¡La Alcadesa de las Mujeres!* »

Assunta reprit en écho :

« Oui, la Mairesse des Femmes ! »

Après le dîner, Raquel entendit Tano jouer et chanter dans la rue. Et elle comprit pourquoi il avait parlé de la plus belle musique du monde. Cette musique avait une âme, et elle parlait de la vie et des gens comme eux. Les voisins dansaient autour de lui. Pourtant, il régnait une atmosphère triste et tendue. Personne ne posa de questions à Tano ou à Assunta sur Rosetta afin d'éviter de les faire souffrir en répétant sans cesse les mêmes choses, et pourtant Raquel sentait que tout le monde y songeait. Rosetta était comme une pensée vivante et palpitante, on pouvait la percevoir dans l'air, elle était la pensée de toute une communauté.

« Rosetta a donné de la dignité à toutes les femmes que tu vois ici, lui dit Assunta, comme si elle avait entendu ses réflexions. Elle leur a donné du travail, de l'espoir et de la force. Grâce à elle, ces femmes se sentent libres de se lancer et d'essayer d'avoir autant de poids que les hommes, et de travailler comme eux. Elle leur a donné le respect, oui… le respect. »

Quand Raquel se glissa au fond du lit de la jeune femme, dans la petite chambre aux murs de tôle à l'étage, elle se dit que Rosetta avait les mêmes idées qu'elle. Mais elle, elle était uniquement centrée sur sa propre personne et elle se faisait passer pour un garçon, tandis que Rosetta luttait pour les autres femmes, pas juste pour elle. Ainsi, même sans la connaître, elle sentit grandir son admiration pour la femme que Rocco aimait si passionnément. Elle aurait voulu les aider, mais comment ? Ce qui était arrivé à Louis l'avait terrifiée. Elle continuait à voir en rêve le trou dans le maillot des Boca Juniors et le flot de sang qui en jaillissait. Il y avait aussi cette odeur d'hôpital. Et puis il y avait Louis, allongé sur son lit, aussi immobile qu'un mort. À deux doigts de la mort. « Les Boca Juniors ne laissent personne derrière eux ! » avait-elle crié à Louis ce jour-là. Mais aujourd'hui, elle ne serait plus capable de le faire. Elle s'endormit en proie à un profond sentiment de frustration.

Le lendemain, dans les rues poussiéreuses de Barracas, elle rencontra une jeune fille, Dolores, qui lui raconta ce que Rosetta avait fait pour elle. Elle discuta aussi avec la *señora* Chichizola. La boulangère lui offrit un gâteau avant de l'emmener faire un tour pour la présenter à toutes les femmes que Rosetta aidait, y compris celles du Mercado Central, qui géraient une activité que tout le monde avait cru être réservée aux hommes.

Une fois rentrée chez Tano et Assunta, elle alla s'asseoir derrière la maison, où deux vieilles femmes édentées s'occupaient de dix poules déplumées. La plus âgée lui expliqua qui était Rosetta pour elle, et ce que la jeune femme lui avait dit, le soir où elle lui avait offert un œuf : « On n'a pas besoin d'être ennemis. On est tous des crève-la-faim. Nous devrions nous entraider, pas nous sauter à la gorge comme des chiens enragés. » Et elle lui raconta comment tout le monde avait applaudi. « Et maintenant ? gémit la vieille en secouant la tête. Qu'est-ce qui va nous arriver, si elle ne revient pas ? » Raquel comprit que Rosetta unissait ces femmes, elle était leur force.

Cette Rosetta était une femme à part, se dit-elle, comme Alfonsina Storni. Amos l'avait enlevée, et il allait la vendre au baron. Amos, toujours lui ! Kailah s'était suicidée à cause de lui, Tamar était morte de sa main, et Libertad s'éteignait peu à peu. Chaque fille du *Chorizo* était victime de cet homme. Alors, Raquel comprit soudain de quelle manière elle allait aider Rocco, Tano, Assunta et les femmes de Barracas à trouver Rosetta.

Elle ne savait faire qu'une chose. Comme toujours, c'était Rocco qui lui avait soufflé l'idée : « Bats-toi pour ce à quoi tu tiens. Écris-le dans tes putains d'articles. » Elle monta dans la chambre de Rosetta, s'assit par terre, ouvrit son cahier, dévissa le bouchon du Waterman et remplit le stylo d'encre. « Maintenant, ça va aussi être tes oignons, Amos Fein ! » murmura-t-elle. Elle resta dans sa chambre à écrire, tête baissée, jusqu'au soir.

Le lendemain, elle mit son article dans une enveloppe, écrivit le nom d'Alfonsina Storni et pria pour qu'avec la guerre en cours, aucun des hommes d'Amos ne surveille le siège de *Caras y Caretas*. Elle alla lancer l'enveloppe dans le chariot habituel, destiné à la rédaction. Puis elle courut à la librairie, le cœur battant. Maintenant, il s'agissait d'attendre : l'article serait publié la semaine suivante – la revue sortant le mardi, ils n'auraient pas le temps de l'inclure dans l'édition du lendemain.

Quand elle arriva à la librairie le jour suivant, à sa grande surprise, le *señor* Delrio l'accueillit, l'air stupéfait. « Je n'en reviens pas ! s'exclama-t-il en agitant en l'air un feuillet plié en quatre. Regarde ça ! Un supplément spécial ! » On lisait, écrit en gras : *La Alcadesa de las Mujeres*. « Écoute un peu : *Nous publions un supplément spécial et gratuit pour nos lecteurs, afin de défendre une cause qui passionnera tout le monde parce que, comme notre jeune fille sans nom le dit : ce n'est pas juste !* Tu as compris ? C'est incroyable ! » Puis le vieux libraire expliqua : « Une femme a été enlevée et la fille sait qui a fait le coup… elle donne son prénom et son nom… hum… » Il parcourut l'article : « Voilà : *Amos Fein*. Il possède une maison close qui s'appelle… » à nouveau, il rechercha dans le texte : « … *le* Chorizo, *Calle Junín*. » Il secoua la tête. « Mais elle ne sait pas où il a caché la fille, et elle invite toutes les personnes de bonne volonté de Buenos Aires à la chercher et à la sauver !

— Vous croyez qu'ils vont la trouver ? demanda Raquel à voix basse.

— Je parierais mon vieux cul tout fripé, Ángel !

— Il faut espérer…

— Tu veux que je te dise une chose ? continua Delrio. La *Policía* est corrompue, les hommes politiques sont corrompus, Buenos Aires est pourrie… »

Il ménagea une pause et leva un doigt en l'air, en ouvrant grand les yeux. « Mais cette fille les a tous mis dos au mur ! dit-il en riant. Même les plus hypocrites d'entre eux demanderont la tête de ce…

— Amos Fein.

— C'est ça. Excellente mémoire ! » Le libraire sourit. « Là, elle les a bien coincés, ils ne pourront pas faire comme si de rien n'était. » Et avec un soupir : « Dommage que ce soit une juive.

— Pourquoi ?

— Il aurait mieux valu que le mérite de cette affaire revienne à un chrétien comme nous, tu ne trouves pas ? » Il haussa les épaules et eut un petit rire. « En même temps, elle donne une piètre image des juifs. De ceux qui gèrent la prostitution comme de l'ensemble de la communauté. »

Raquel acquiesça. Elle avait attaqué Amos de front, mais elle ne s'était pas privée non plus d'accuser sa communauté. En écrivant, elle s'était rendu compte qu'elle n'éprouvait pas seulement une haine sourde envers le souteneur et ses atrocités, mais aussi un profond mépris pour ceux qui, concrètement, ne réagissaient pas. Elle en voulait surtout aux femmes.

« Où il est, ce passage ?… » Delrio fit descendre son index sur la feuille. « Ah, voilà : *La communauté prétend qu'elle ne s'en lave pas les mains : c'est ce que j'ai lu dans une interview publiée dans* La Nación, *lorsque j'ai raconté l'assassinat de Tamar Anielewicz, commis par le même Amos Fein*. Quelle canaille ! C'est un assassin, en plus ! Écoute la suite : *Ils collent de petites affiches dans les rues du* barrio. *Ils invitent les filles à aller les voir et à demander de l'aide. Mais ce n'est qu'hypocrisie. Ces filles sont prisonnières des maisons closes, elles ne sortent jamais. Et neuf sur dix, pour ne pas dire dix sur dix, sont analphabètes. Cela aussi est dû à notre culture, puisqu'une femme ne doit pas lire, ne doit pas penser, ne doit pas chanter, et doit se contenter d'être une bonne épouse, dans un mariage arrangé par les familles.* Elle y va, hein ? Et ça continue : *Je suis née juive, j'ai grandi en tant que juive, et mon sang est juif. Et pourtant, dans mon cœur, je ne suis plus juive. Je ne veux plus être juive ni chrétienne ni musulmane. Je veux devenir un être humain et rien d'autre. Un être humain qui, comme la* Alcadesa de las Mujeres, *lutte pour la liberté, le respect et la dignité des femmes. J'ai perdu le livre de prières qui avait appartenu à mon père bien-aimé. Depuis, je n'ai plus jamais prié.* » Delrio s'interrompit avant de déclamer la conclusion de l'article, d'un ton emphatique : *« Je suis la fille sans nom. Je suis les yeux de ceux qui n'en ont pas. Je regarde ce dont les autres détournent les yeux. »*

La sonnette au-dessus de la porte de la librairie retentit. Un client entra, brandissant le supplément spécial :

« Vous avez vu ? Il faut trouver ce criminel et sauver cette femme !

— On le trouvera ! s'exclama Delrio. Aussi vrai que Dieu existe ! »

Ce soir-là, assise dans la rue avec Tano et Assunta, Raquel lut le supplément à tous les voisins. Et comme il en arrivait toujours de nouveaux, elle le lut plusieurs fois. Au fur et à mesure qu'elle le relisait, ceux qui l'avaient déjà écouté répétaient en même temps qu'elle les extraits qui les avaient le plus frappés. À sa dernière relecture, les gens l'accompagnaient comme un chœur. On aurait dit une chanson et un cri de protestation qui, de Barracas, se diffusait dans tout Buenos Aires.

Le lendemain vers l'heure du déjeuner, alors que Delrio s'apprêtait à fermer, un couple entra dans la librairie déserte.

« Des juifs, glissa le libraire à Raquel, il vaut mieux qu'ils ne voient pas le texte, et il glissa le supplément sous un livre.

— Ce n'est pas la peine de le cacher, *señor* Delrio, dit l'homme en arquant un sourcil. On ne parle que de ça.

— Je ne voulais pas heurter votre sensibilité, *señor* Pontecorvo, se justifia le libraire.

— Dans la communauté, nous sommes les premiers à désirer que cet être méprisable qui souille le nom des juifs soit arrêté. Le problème, c'est que cette jeune fille salit aussi gratuitement le nom des juifs.

— Mais ce n'est pas une vraie juive, précisa son épouse d'un ton suffisant.

— Je suis bien d'accord, ma chère ! Elle n'a aucune idée de ce que cela veut vraiment dire, être juif, confirma monsieur Pontecorvo en lissant son bouc.

— À moins qu'elle n'ait changé d'avis sur ce que signifie être juif à cause du comportement de la communauté », intervint alors Raquel, ne pouvant plus se retenir.

Soudain, elle sentit qu'elle ne pourrait plus contenir toute sa colère : la colère envers les injustices du monde, les morts injustes, et cette pauvreté injuste qui tenaillait les *barrios* misérables. L'injustice, c'était le sort des filles comme Tamar, la petite Kailah, Libertad ou elle-même, arrachées à leurs familles par la tromperie, c'étaient les violences qu'elles subissaient tous les jours, et c'était aussi ce couple qui évoquait toute cette souffrance avec suffisance, distance, arrogance et hypocrisie.

« Peut-être qu'elle a rencontré des gens comme vous, qui ne font rien pour ces filles, et que ça lui a fait passer l'envie de s'asseoir près de vous à la synagogue !

— Ángel ! s'écria Delrio. Madame, monsieur, je vous présente mes excuses…

— Comment est-ce que tu te permets, le mioche ? s'indigna monsieur Pontecorvo. Qu'est-ce que tu sais de ce que nous faisons ?

— Moi, je sais que vous refusez une sépulture digne à ces filles-là !

— Ángel, maintenant ça suffit !

— Ce sont des prostituées, rappela madame Pontecorvo à voix basse, comme si prononcer ce mot suffisait à la salir.

— Ce sont des esclaves ! »

Raquel, enfiévrée, n'arrivait plus à se taire. Elle ne pouvait plus retenir toute la colère qu'elle avait accumulée depuis ce jour où, à Hambourg, elle avait embarqué pour l'enfer. C'était comme si trop de pression avait fait sauter le bouchon. Elle-même n'arrivait pas à se reconnaître. Mais elle ne pouvait plus s'arrêter de parler : « Pourquoi vous ne les prenez pas chez vous, comme domestiques ? C'est ça qu'elles croyaient faire, en venant ici. Pourquoi vous ne les arrachez pas à ces bordels ignobles ? Elles ont juste besoin d'un endroit où dormir, de quoi manger et de quoi s'acheter un ruban coloré à nouer dans leurs cheveux, comme n'importe quelles filles. Pourquoi vous ne les débarrassez pas des cinquante types qui passent tous les jours entre leurs jambes ? »

Delrio, bouche bée, n'arrivait pas à articuler un mot. Il ne pouvait croire à ce qui était en train de se produire. « Tu ne sais pas de quoi tu parles, petit mal élevé ! » lâcha fielleusement madame Pontecorvo. Raquel serra les poings. Elle n'allait pas s'arrêter en si bon chemin. Ce n'était pas uniquement sa voix, mais celle de toutes les filles qu'elle avait rencontrées. Elle était la voix de toutes leurs souffrances.

« Madame, comment pourriez-vous vivre si votre mari voulait vous posséder cinquante fois par jour ? Tous les jours, sept jours sur sept ! Vous imaginez un peu ? » Elle se mordit les lèvres avant d'ajouter d'un ton rageur : « Et j'ai dit votre mari, hein, pas cinquante inconnus ivres, dégueulasses et violents…

— Ne parle pas comme ça… coupa madame Pontecorvo.

— Cinquante fois par jour ! lui cria Raquel en plein visage.

— Je ne te permets pas de parler à ma femme comme ça !

— Cinquante fois par jour ! » hurla-t-elle plus fort encore.

Et elle allait le crier à nouveau, quand soudain elle s'arrêta. Madame Pontecorvo avait posé une main tremblante sur le bras de son époux. Elle était pâle, et une larme roulait sur sa joue.

« *Señor* Delrio, ce voyou ne peut s'adresser ainsi à ma femme, protesta monsieur Pontecorvo. J'exige son licenciement immédiat !

— Tais-toi, intervint madame Pontecorvo d'une toute petite voix. Tu as entendu ce qu'il a dit ?

— Des obscénités ! » s'offusqua son mari.

À présent, les joues de madame Pontecorvo étaient baignées de larmes.

« Oui, des obscénités, répéta-t-elle d'une voix grave et pleine de douleur, en regardant Raquel. Des obscénités… que nous tolérons. »

Il y eut alors un silence irréel. Delrio et monsieur Pontecorvo ne savaient que faire. Et Raquel, dévisageant la femme, dit :

« Merci, *señora*. »

Madame Pontecorvo hocha la tête avant de glisser son bras sous celui de son mari.

« Allons à la synagogue. Il faut en parler au rabbin. »

Lorsqu'ils furent sortis, Raquel resta quelques instants tête baissée, avant de lâcher : « Je sais. Je suis licenciée. » Delrio alla s'asseoir dans son fauteuil en bois, derrière le bureau. « J'ai beaucoup aimé travailler pour vous », reprit Raquel, et elle se dirigea vers la sortie. Elle ouvrit la porte.

« Ferme, lui ordonna Delrio, et approche-toi. »

Raquel referma la porte et revint près du bureau.

« Comment tu t'appelles ?

— Ángel…

— Ni toi ni moi ne nous appelons comme nous l'avons fait croire à tout le monde… » Delrio eut un sourire étrange et reprit : « Moi, par exemple, je viens de découvrir mon vrai nom. Tu veux savoir ce que c'est ? demanda-t-il à Raquel qui le regardait sans mot dire. Eh bien, je m'appelle "grand couillon" ! »

Et il éclata de rire. Sur ce, il se pencha vers elle, sans agressivité, mais avec une tendresse qu'il n'avait jamais manifestée auparavant. Sa voix s'était faite ronde et douce, peut-être même était-il ému. « Et toi, comment tu t'appelles… *fille sans nom*… toi qui es *les yeux de ceux qui n'en ont pas*, et toi qui regardes *ce dont, nous autres, nous détournons les yeux* ? »

65

« Rocco… » murmura Rosetta. La voiture s'éloignait. C'était la deuxième fois qu'elle le voyait à terre. La première, c'était quand il l'avait aidée à s'échapper, à leur arrivée à Buenos Aires, et qu'elle était montée dans l'automobile d'El Francés. La deuxième, c'était la veille : elle l'avait vu s'écrouler, épuisé, pendant qu'Amos l'emmenait au loin. Mais le plus effrayant, c'est qu'elle avait vu un homme le rattraper et pointer un pistolet sur sa tête. « Rocco… » chuchota-t-elle encore.

On avait cessé de la droguer. Maintenant, on la gardait attachée à des tuyaux. Elle n'était plus nue. Elle était assise sur le sol, mains derrière le dos. Sa robe était mouillée et nauséabonde. Elle avait été obligée d'uriner dans un pot de chambre devant Amos et ses hommes, qui l'avaient regardée. Quelqu'un avait baissé sa culotte et soulevé le bas de sa robe. Après, on avait remonté sa culotte et remis sa robe en place. Mais une partie du contenu du pot de chambre s'était renversée par terre, là où, ensuite, Rosetta avait été forcée de se rasseoir, et elle avait senti sa robe s'en imprégner. Elle sentait très mauvais, on aurait dit qu'elle s'était urinée dessus.

« Rocco… » répéta-t-elle tout doucement pour que les hommes ne l'entendent pas, mais assez fort pour s'entendre, elle. Elle ne faisait que ça depuis des heures, rien d'autre : répéter le nom de Rocco. Elle l'avait vu défier les balles pour elle. Il avait tenu la promesse qu'il lui avait faite. Pendant tout ce temps, il l'avait cherchée, il avait fini par la trouver. Et il l'avait à nouveau perdue. Mais Rosetta savait qu'il ne se rendrait pas. « Rocco… » continua-t-elle à murmurer, parce que prononcer son nom et s'écouter le prononcer lui donnait de la force et de l'espoir – et même plus, cela lui donnait la certitude qu'il allait la sauver, une fois encore. « Rocco… »

Amos et ses hommes se trouvaient à quelques mètres d'elle. Ils jouaient aux cartes et fumaient. Ils se tenaient sur leurs gardes, ils semblaient à cran. De temps à autre, un rire jaillissait, mais c'était un rire lugubre, sans joie et juste destiné à faire baisser la tension. Pour un rien, les gars quittaient leurs chaises branlantes, s'approchaient des fenêtres crasseuses et scrutaient les environs avec inquiétude. Les nerfs à fleur de peau, ils se disputaient pour n'importe quoi. Leurs voix résonnaient dans ce vaste local poussiéreux à l'abandon, sans doute une usine désaffectée ou un entrepôt. On voyait un peu partout des caisses de bouteilles amoncelées. Des bouts de verre brillaient lorsque la lumière les frappait.

On entendit une voiture approcher, puis s'arrêter. Tous les hommes portèrent la main à leur arme. On frappa à la porte métallique coulissante. Deux coups. Une pause. Deux coups. Une pause. Trois coups. Puis la porte commença à s'ouvrir. Les hommes rangèrent leur pistolet. Un autre type entra, un sac à la main. Il le posa sur la table, devant Amos. « Le gros baveux a apporté ça », dit-il. Amos regarda dans le sac, d'où il sortit les billets de banque. « 150 000 », précisa l'homme devant lui. Amos prit les bijoux : diamants, rubis, topazes, émeraudes, perles et or.

« Putain, et ça, je suis censé en faire quoi, Esteban ?

— Ça doit valoir une fortune », assura l'autre.

Amos avait posé deux journaux sur la table. L'un était un grand feuillet plié en quatre. Quand il l'avait lu, Rosetta l'avait vu devenir cramoisi et se mettre à jurer. L'autre était un quotidien. Amos s'en saisit et indiqua un article avec une photo :

« Tu sais ce qu'il y a écrit, là ? »

Esteban regarda la photo :

« C'est le palais de la princesse.

— Il l'a liquidée, dit Amos. Et il a aussi liquidé une fille et un serviteur. Tu sais ce que ça veut dire ? Que maintenant, le baron est recherché pour ce putain de massacre ! Le nom de la princesse n'est pas écrit sur son pognon, mais sur ses bijoux, si. Tu aurais envie qu'on te trouve avec ça, toi ?

— Non.

— Non, exactement.

— Merde, lâcha Esteban, l'air soucieux.

— Quoi ?

— Le baron est au *Chorizo.*

— Hein ? Qu'est-ce que tu dis ? »

Amos se leva d'un bond. Esteban expliqua :

« Il est venu m'apporter tous ces trucs et il a dit… il a dit qu'il t'attendrait là-bas… il est complètement cinglé. »

Amos resta debout, immobile. Il réfléchissait.

« Je le vire à grands coups de pied au cul ? proposa Esteban.

— Mais non, imbécile ! répliqua Amos. Si la *Policía* le fout en taule, adieu le fric ! Et même si la *Policía* ne le trouve pas, comment on fera pour le récupérer, nous, après ? Vous avez tous de la merde à la place du cerveau ! Retourne au *Chorizo*, et mets l'aristocrate en lieu sûr.

— Mais… où ça ? »

Amos le fixa.

« Chez toi. »

Esteban sourit.

« Et je ne plaisante pas. » La voix d'Amos était tranchante comme un bistouri.

Le sourire sur le visage d'Esteban s'évanouit.

« J'ai une femme…

— J'en ai rien à foutre, de ta femme ! coupa Amos. Envoie-la ailleurs. Tu emmènes le baron chez toi et tu restes avec lui. Emporte de la cocaïne, au moins ça l'occupera. »

Esteban baissa la tête et acquiesça.

« Coupe-lui sa viande et ne lui laisse pas le couteau ! » ajouta Amos en riant.

Une fois Esteban sorti, Rosetta se mit à trembler et à pleurer, sans pouvoir se retenir. Amos la regarda : « C'est vrai que tu es belle, même très belle. Mais je ne dépenserai certainement pas tout ce fric pour te tuer. » Il se tourna vers l'un de ses hommes et lui fit signe de sortir en vitesse : « Dis à Esteban d'attendre. Il faut qu'il apporte un petit cadeau au baron. » Là il sortit son cran d'arrêt de sa ceinture, l'ouvrit en un claquement sec et s'approcha de Rosetta. Elle se recroquevilla autant que possible, terrifiée. Amos passa la lame de son couteau sur son visage : « Un œil ? dit-il avec un rictus cruel. Une oreille ? » Il rit en glissant la lame dans ses cheveux. Puis il saisit une mèche, qu'il trancha. Rosetta hurla. « Menteuse, ça fait pas mal ! » s'amusa Amos. Il lui prit la main et la piqua très légèrement : « Ça oui, un peu », ajouta-t-il. Il attendit que le sang coule et y trempa l'extrémité de la mèche de cheveux.

Entre-temps, Esteban était revenu. Amos lui tendit les cheveux : « Donne-les au baron, et dis-lui bien que ce n'est qu'un début. S'il ne trouve pas le reste de l'argent rapidement, je lui enverrai la fille chez toi morceau par morceau. Et arrange-toi pour qu'il y croie. » Dans son coin, Rosetta sanglotait, terrorisée. Elle n'arrivait plus à prononcer le nom de Rocco.

« Allez chercher Jaime », ordonna Amos. Un de ses hommes s'éclipsa rapidement.

Amos revint s'asseoir à la table. Il prit en main la grande feuille pliée en quatre, la regarda pour la énième fois et jura. Moins d'une demi-heure après, Jaime apparut, escorté de quatre types armés jusqu'aux dents. Pas besoin d'être un expert pour comprendre que ces hommes étaient beaucoup plus dangereux que les gorilles d'Amos. Ils ne passaient pas leur temps à garder des prostituées, ni à menacer d'autres souteneurs. Ceux-là, c'étaient des soldats de la pire espèce, des assassins aguerris.

« Qu'est-ce que tu veux, maquereau ? lança Jaime. T'as trouvé le pognon ?

— J'ai mieux », annonça Amos.

Jaime jeta un œil à Rosetta :

« J'espère pour toi que tu ne vas pas me proposer de tirer un coup. »

Amos secoua la tête. Il ouvrit le sac contenant les bijoux et les déversa sur la table. Il avait caché les billets de banque.

« Qu'est-ce que tu en dis ? Tu as déjà vu un trésor pareil ? »

Jaime s'approcha et regarda les joyaux.

« Et ils viennent d'où ?

— Ça a de l'importance ?

— S'ils viennent d'où je pense… dit-il en tapotant l'exemplaire de *La Nación* avec la photo de la demeure où s'était produit le carnage. S'ils venaient de là, par exemple, ils seraient plus brûlants que des charbons ardents, tu ne crois pas ? »

Amos haussa les épaules.

« Tu vis à Montevideo, pas à Buenos Aires. Tu crois qu'on lit *La Nación*, là-bas ?

— Même si c'était vrai, il faudrait encore y arriver, à Montevideo.

— Tu as du mal à y arriver, toi ? rigola Amos. J'ai vu tes vedettes, la *Policía* n'en a pas d'aussi rapides. »

Jaime resta un instant silencieux, dévisageant Amos. Celui-ci était cruel, sadique ; Jaime, lui, était exempt de toute émotion. Amos avait un cœur plus noir qu'un four. Jaime, lui, n'avait simplement pas de cœur, ni d'âme, ni rien d'humain. Et Amos avait peur de lui, comme tous ses hommes.

« Ils valent combien ? lâcha enfin Jaime, tout en tripotant les bijoux.

— Un million, s'exclama Amos.

— Un million, tu dis ?

— Au moins ! »

Jaime prit un collier de diamants et d'émeraudes avec, en pendentif, un énorme rubis en forme de goutte. Il se plaça derrière Amos, le lui passa autour du cou et actionna le fermoir avec délicatesse. Il retourna devant le souteneur pour le contempler. « Il te va très bien. » Ensuite, il choisit un diadème de brillants et d'or blanc qu'il lui posa sur le front. Il fouilla encore parmi les joyaux, sortit deux longues et lourdes boucles d'oreilles à clips et les lui attacha, une à chaque lobe. Amos ne bronchait pas. Les hommes de Jaime avaient levé leur mitraillette, sans aucun ordre de leur chef : ils étaient entraînés. Rosetta sentait la peur saturer le local tout entier. Jaime dévisagea Amos : « Avec un peu de rouge à lèvres, tu serais parfait. » L'autre restait immobile. Il n'osait pas ôter ces bijoux, malgré le ridicule. « De l'argent, dit alors Jaime. Je prends seulement de l'argent. » Il se pencha vers Amos. « Et je n'aime pas pousser le moteur de mes vedettes. Quand elles vont au maximum, elles finissent par trop consommer. » Il fit demi-tour et se dirigea vers la sortie de l'usine. Ses mercenaires le suivirent, sans jamais tourner le dos aux gorilles d'Amos.

Au moment de franchir la porte, Jaime croisa deux hommes trapus et laids. Ils portaient des vêtements qui devaient coûter une fortune mais qui, sur eux, ressemblaient à des serpillières. Ils respiraient la vulgarité, intérieure comme extérieure. Ils n'accordèrent pas un regard à Jaime et, d'un pas lourd, foncèrent droit sur Amos.

« Bonsoir, Noah », dit Amos à l'un d'eux. Rosetta comprit qu'il craignait celui-là aussi – mais c'était une crainte différente, comme celle qu'on peut éprouver à l'égard d'un supérieur. Le dénommé Noah, qui avait un visage rond abîmé par l'acné et de longues moustaches tombantes, fixa Amos qui essayait d'enlever ses bijoux.

« Non, laisse, ça te va bien ! Ils te donnent bien l'air du couillon que tu es. Mais si j'étais toi, après notre départ, je les mettrais dans un sac avec une pierre et je les jetterais dans le Riachuelo.

— Oui, Noah. »

Amos s'adressa à l'autre :

« Bonsoir, Simón. »

Ce dernier resta impassible.

Noah prit le feuillet plié en quatre avant de regarder Rosetta.

« Alors c'est elle, la célèbre *Alcadesa de las Mujeres* ? »

Rosetta s'efforça de se faire la plus petite possible. Quel rapport pouvait-il y avoir entre ce papier et elle ? Amos hocha la tête.

« Et cette gamine qui écrit sur elle et sur toi, poursuivit Noah, comment se fait-il qu'elle se balade encore dans la nature ? Tu ne t'es pas dit qu'elle savait trop de choses ?

— Si, mais je n'ai pas réussi à…

— Ça, que tu n'aies pas réussi, on avait remarqué, l'interrompit Noah, plein de mépris, mais sans hausser le ton. On a remarqué aussi que nous t'avions surestimé. Tu es un bon recruteur, tu choisis des filles de qualité, tu as l'habitude avec les papiers, mais…

— Mais, comme on te l'a déjà dit, tu es un couillon », acheva Simón qui prenait la parole pour la première fois.

Il s'exprimait d'une voix tellement basse qu'elle semblait n'être qu'une pure vibration. Rosetta assistait à la scène avec une impression d'irréalité. Amos semblait être la caricature de lui-même, paré de tous ces bijoux.

« Il appartient à qui, le *Chorizo* ? interrogea Noah. J'ai les idées un peu confuses…

— Il est à vous…

— Ah, d'accord, c'est bien ce que je pensais », acquiesça Noah.

Il reprit la feuille pliée en quatre et se mit à lire :

« *Amos Fein possède le* Chorizo*, une maison close sur la Calle Junín, et c'était là qu'il cachait la femme enlevée. Mais à présent…* et blablabla, ça continue comme ça…

— Tu sais ce qui se passe en ce moment, au *Chorizo* ? Il est en train d'être vidé. »

La voix de Simón venait à nouveau de faire vibrer l'air. Amos tenta d'ouvrir la bouche, mais Noah l'en empêcha :

« On n'est pas venus t'écouter, on est venus te parler. »

Amos hocha la tête : le diadème qu'il avait sur le front glissa légèrement et se retrouva de travers. Mais il ne le remit pas en place.

« On transfère les filles, poursuivit Noah. On les met dans les autres maisons en attendant d'en ouvrir une nouvelle. Les biens, j'entends par là tout ce qui est récupérable et réutilisable, on les emporte. Du *Chorizo*, il ne restera plus qu'un squelette. Et tout ça en une seule nuit, parce que demain, la *Policía* devra faire semblant d'intervenir.

— Tout ça a un coût, intervint Simón, et il est très élevé. Or, tu sais combien les affaires nous tiennent à cœur, et combien perdre de l'argent nous déplaît. Ce coût, c'est à toi qu'il va incomber, intérêts compris. Alors dépêche-toi de gagner ta guerre, parce que autrement, je te mettrai à poil dans une pièce remplie de pédés, et tu comprendras dans ta chair ce que ça veut dire, être une putain.

— On a fini ? demanda Noah à Simón.

— Non, répondit l'autre. C'est un couillon, il faut tout lui dire.

— Ah oui, c'est vrai », dit Noah, qui avait feint d'oublier ce qui lui restait à annoncer à Amos.

Il regarda Rosetta.

« Évidemment, cette jolie fille, là, ne peut pas rester en vie. »

Un instant, Rosetta crut qu'elle ne parviendrait pas à retenir un cri. Amos parla pour la première fois :

« Cet homme, le baron, est disposé à payer 2 millions pour elle. Et moi… j'en ai besoin…

— Ah ça oui, tu en as besoin ! ricana Noah.

— Alors, couillon, tu te fais payer, et après tu te débarrasses des deux », précisa Simón.

Il tourna les talons et gagna la sortie, suivi de celui qui était le grand chef en personne de la Sociedad Israelita de Socorros Mutuos Varsovia.

Ils n'avaient pas encore franchi le pas de la porte qu'Amos, écumant de rage, avait déjà arraché les bijoux qu'il portait toujours. Il se tourna vers Rosetta. Elle tenta de se débattre, mais les cordes qui l'attachaient aux tuyaux étaient nouées très serré. Il la rejoignit. Il y avait tellement de haine dans ses yeux qu'on aurait dit qu'ils allaient se mettre à saigner. Il serrait les dents à les faire grincer. Soudain, il se mit à la bourrer de coups de pied. « Ça fait même pas mal… même pas mal… » murmurait Rosetta tandis qu'elle sentait sa peau et ses os se fendre et craquer, comme lorsque son père la battait avec sa ceinture, à Alcamo. « Ça fait même pas mal… »

66

« Tes hommes sont des lâches. »

Rocco se trouvait dans la forteresse de Tony. Il ne s'était pas assis. Face à lui se tenaient le boss et El Francés.

« Tu ne pourras jamais gagner une guerre avec des lâches, insista Rocco.

— Viens-en au fait, dit Tony. Qu'est-ce que tu veux ?

— Je veux mener cette guerre, à ma façon. »

Tony secoua la tête en riant.

« Oublie ! »

Rocco s'assit.

« Tu as vu ce qui s'est passé, ce matin ?

— Il ne s'est rien passé. »

Les femmes de Barracas, enflammées par l'article de Raquel, avaient spontanément formé un cortège qui avait lentement et inexorablement parcouru les rues du *barrio* avec un grondement inquiétant, comme un fleuve majestueux et dangereux. Il n'y avait eu aucun cri. Elles se rendaient au *Chorizo*, Calle Junín. Averties de cette manifestation improvisée, les autorités avaient immédiatement compris qu'elles devaient agir. Des policiers avaient été envoyés et, au lieu de contenir le cortège comme les femmes l'avaient craint en les voyant arriver, ils s'étaient placés à leur tête, comme si c'était leur initiative et comme s'ils leur ouvraient la route. Cependant, quand la *Policía* avait défoncé la porte du petit immeuble vert moutarde de la Calle Junín, la déception avait été cuisante. Le *Chorizo* était désert. On aurait dit qu'il n'avait jamais existé. Tout avait été emporté pendant la nuit : non seulement les filles mais aussi les meubles, les lits, les draps, les matelas et la vaisselle. La raison d'être de ce cortège s'était évanouie. Un silence irréel s'était abattu. Alors, une à une, toutes les femmes s'en étaient allées, se dispersant dans les rues avoisinantes.

« Il ne s'est rien passé, répéta Tony avec un sourire cynique.

— Si tu avais une armée comme ça, tu gagnerais la guerre !

— Merde, qu'est-ce que tu racontes ? Une armée de femmes ?

— Une armée de cœurs ! répondit Rocco avec sérieux. Tes ennemis et tes hommes ne sont que des chiens enragés, pas des loups.

— Ça mord, les chiens.

— Mais ceux qui ont du cœur peuvent gagner contre des chiens aux dents pourries. »

Cette discussion avait l'air d'amuser Tony, remarqua El Francés. À l'évidence, il avait un faible pour ce jeune homme – ce que le souteneur pouvait comprendre.

« Cœur ou pas cœur, le peuple n'est rien, Bonfiglio, déclara le boss.

— Le peuple, c'est le sang de cette ville ! » s'exclama l'autre, exalté.

Plus Tony ironisait, plus Rocco semblait perdre tout sens de l'ironie.

« Autrement, comment vivraient les sangsues comme toi et comme tous les autres riches ? Vous vivez en suçant le sang du peuple !

— Tu aurais dû être homme politique ou révolutionnaire, dit Tony en riant.

— Et vous, vous devriez apprendre ce que veut dire le mot justice !

— Allez, tu deviens mièvre, ça ne m'amuse plus. D'après toi, les mercenaires d'Amos aussi, ce sont des chiens ?

— Non, des piranhas. Mais ils attaquent seulement quand il y a de la viande à bouffer. Et Amos doit faire gaffe, car s'il n'y a pas d'autre viande alentour, lui aussi pourrait devenir de la nourriture à dévorer. Tu as plein de pognon : si j'étais toi, j'achèterais un bon morceau de barbaque pour ces mercenaires et je la leur jetterai dans la gueule.

— Il a raison », intervint El Francés, qui prenait pour la première fois la parole.

Tony le regarda.

« Amos est seul, reprit El Francés. Ça fait des jours que personne n'attaque tes hommes. Les siens attendent leur paye… c'est-à-dire la viande. »

Il prit *La Nación* du matin et indiqua un article qui évoquait le massacre dans le *palacio* de la princesse de Altamura y Madreselva. Une photo représentait le baron à une réception, quelque temps auparavant.

« Apparemment, il a violé une gosse. Je parie qu'ils essayaient d'étouffer l'affaire, mais maintenant, ce n'est plus possible. Du coup, Amos aura du mal à obtenir l'argent du baron. »

Tony regarda Rocco.

« Ce qui veut dire que, jour après jour, ta copine perd de la valeur », dit-il, sérieux.

Rocco serra la mâchoire, puis soudain s'écria :

« Aide-moi à la trouver ! »

Tony se tourna vers El Francés.

« On est en train d'y réfléchir.

— Nous autres souteneurs, on ne fait front commun que contre la police, expliqua El Francés. Pour le reste, nous sommes toujours en compétition les uns contre les autres. Et puis, nous sommes lâches. Les hommes de Tony ont fait le tour des maquereaux pour les menacer dans les règles de l'art. Ces macs finiront bien par dénicher Amos pour lui, et ils seront ravis de s'en débarrasser. Ils enverront un gosse apporter la nouvelle à Tony – ils ne viendront pas en personne, c'est sûr. Alors, on saura où il se cache.

— Mais quand ? » s'exclama Rocco.

Ni Tony ni El Francés ne répondirent. Rocco avait l'impression de devenir fou. Et s'ils le trouvaient trop tard ?

À ce moment-là apparut Catalina, la fille de Tony, belle comme un soleil. Un soleil noir, mais un soleil quand même. Elle passa les bras autour du cou de son père et l'embrassa sur la joue. « La voiture est enfin réparée ! dit-elle, radieuse. Je n'en pouvais plus, de rester à la maison. » Le boss la regarda et son visage s'illumina. Il lui prit la main, où il déposa un baiser. Puis il l'attira à nouveau contre lui et l'obligea à s'asseoir sur ses genoux, comme une petite fille.

« Papa, laisse-moi sortir avec mes amis ! dit Catalina d'un ton plaintif. Ils m'attendent…

— Reste encore un peu, sourit Tony.

— Mais ils m'attendent… »

Tony la serra dans ses bras, puis il prit son visage entre ses mains et lui posa un baiser sur le front. « Tu es la plus jolie fille de Buenos Aires. Ou plutôt non, tu es la plus jolie fille du monde ! » Elle se leva. Tony la retint encore un instant par la main, continuant à lui sourire, comme ensorcelé. « Et tu es aussi la fillette la plus gâtée du monde ! » Elle se mit à rire.

Tony se tourna vers l'un de ses hommes.

« Pedro, va avec elle.

— Oh non… » se lamenta Catalina.

Son père l'attira à lui, la prenant à nouveau dans ses bras et l'embrassant.

« Arrête un peu, avec tes caprices… »

Elle rit à nouveau. C'est alors qu'elle reconnut Rocco.

« Oh, c'est le vilain bonhomme ! »

Rocco la salua d'un hochement de tête.

« Gueule-de-clébard a réparé la voiture, mais il a dit qu'il devait fermer le garage, intervint Pedro. Sa femme est malade. »

Tony acquiesça distraitement. Pedro regarda Rocco.

« Beau surnom, Gueule-de-clébard ! » dit-il en riant.

Pedro était un des gars qui se trouvaient avec lui au *Chorizo* et avaient refusé de passer à l'action. À cause d'eux, il n'avait pas réussi à sauver Rosetta.

« J'en ai un pour toi aussi, dit-il, Cœur-de-lapin ! »

L'homme fit un geste, comme pour l'agresser.

« Tu veux te battre ? » s'exclama Rocco, et il se leva, faisant tomber sa chaise. Il était tellement plein de colère et de frustration qu'il espérait de tout son cœur que ce connard chercherait la bagarre. Il aurait ainsi un prétexte pour lui faire rendre son âme à Dieu.

« Arrête, imbécile ! intervint Tony, en foudroyant Pedro du regard.

— Quand cette guerre sera finie, grogna Pedro à l'adresse de Rocco, je te jure que tu me le payeras !

— C'est ça, répliqua Rocco, surtout si je te tourne le dos, tu n'auras pas de mal. »

Catalina poussa un soupir exaspéré et courut vers la sortie de la forteresse. Pedro lui emboîta le pas. Tony la regarda s'en aller en continuant à sourire, comme s'il n'y avait personne d'autre au monde.

Puis, une fois sa fille dehors, il se tourna vers Rocco.

« Je n'arrive pas à savoir si tu es surtout courageux ou surtout couillon.

— Ni l'un ni l'autre, dit Rocco en relevant la chaise tombée à terre. Mais moi j'ai une raison, une vraie raison d'être comme je suis. Je veux sauver la femme que j'aime. Pas comme Amos et toi, qui n'avez que l'argent en tête. »

Tony le dévisagea un instant avant de se tourner vers El Francés.

« Alors ? Que va faire Amos, maintenant ? »

El Francés montra Rocco.

« Ce qu'il vient de dire à Pedro : il va te frapper par-derrière.

— C'est-à-dire ?

— Il va te frapper là où ça fait le plus mal, là où tu ne t'y attends pas et où seul un lâche frapperait… »

Brusquement, Tony pâlit : « Gueule-de-clébard n'est pas marié… » murmura-t-il. Il se leva d'un bond : « Catalina ! cria-t-il en se précipitant vers la porte d'entrée, qui venait de se refermer. Arrêtez-la ! » Il arriva à la porte au moment où ses hommes la rouvraient. La déflagration ouvrit les deux battants en grand comme s'ils avaient été en contreplaqué, et la chaleur fut tellement infernale que toute la peinture recouvrant le bois cloqua instantanément. Le souffle de l'explosion projeta Tony et ses hommes à terre, dans l'entrée. Le boss se releva aussitôt. « Catalina ! » hurla-t-il en bondissant dans la rue. Rocco et El Francés étaient accourus à leur tour. Dehors, il y avait deux cadavres. Un gorille était écrasé contre le mur de chez Tony. Pedro avait été envoyé sur le trottoir d'en face, où il gisait dans une mare de sang. « Catalina ! » cria Tony, la voix cassée. Rocco le retint. La voiture faisait penser à une grosse boîte de conserve écrasée. Des flammes s'élevaient vers le ciel en formant une épaisse colonne de fumée noire. Mais le plus terrifiant, c'était la silhouette de Catalina agrippée au volant. Noire, carbonisée et pourtant reconnaissable, presque paisible. « Catalina ! » La voix de Tony résonna, plus forte que tout autre bruit, plus sombre que les flammes qui dévoraient tout ce qui restait, plus déchirante que les gémissements des plaques de tôle qui se convulsaient comme si elles étaient la dernière chose encore vivante au monde. « Catalina ! » L'asphalte autour de l'auto se mit à bouillonner.

Brusquement, Tony cessa de crier. Il se tourna vers ses hommes qui contemplaient, atterrés, les conséquences de l'attentat. « Trouvez Gueule-de-clébard et liquidez-le. Pas de balles, pas de couteaux, je veux que vous le lapidiez. Il doit mourir sous les jets de pierres. » Il lança un dernier regard à ce qui restait du bûcher où Catalina avait disparu. Puis il sortit son couteau, celui avec un manche en corne. Il ouvrit la lame avec un claquement sec et partit à pied dans la rue. Au bout de quelques pas, il s'arrêta et se retourna, pointant le cran d'arrêt vers ses hommes : « Que personne n'essaie de me suivre ! » rugit-il. Ils avaient toujours eu peur de lui, tous. Mais personne ne lui avait jamais entendu une voix aussi féroce.

« Où va-t-il ? demanda Rocco à El Francés, près de lui.

— Il va faire payer sa douleur à Amos.

— Mais il ne sait pas où il est !

— Il connaît le seul endroit où le cœur d'Amos se réchauffe.

— Et comment il le connaît ?

— Parce que je lui ai dit.

— Et toi, comment tu sais ça ?

— Parce que je hais Amos plus que personne. Et parce que, comme Amos, je suis un lâche. »

Tony, maintenant au bout de la rue, n'était plus qu'un petit point qui avançait d'un pas décidé. Personne n'aurait pu l'arrêter. Au fond de la Calle Junín, il tourna dans une rue tranquille, avant de pénétrer dans un immeuble discret et élégant. À pas feutrés, il monta au deuxième étage. Comme il l'avait supposé, un garde était en faction devant la porte. Tony franchit les dernières marches d'un bond et, avant même que l'homme puisse le reconnaître, il lança son couteau. La lame pénétra profondément dans la poitrine du garde, au niveau du cœur. Arrivé près de lui, Tony arracha le couteau et le lui planta dans le cou, de côté. Il y eut un jet de sang, l'homme avait ouvert la bouche, sans émettre le moindre son. Tony lui fouilla les poches. Il y trouva les clefs. Il ouvrit la porte et traîna le cadavre à l'intérieur.

« Qui êtes-vous ? » demanda un vieillard à la longue barbe blanche, fine comme un ruban. Tony repoussa la porte du pied.

« Le bourreau », répliqua-t-il.

Le vieil homme recula jusqu'au salon – l'intrus avait beau avoir la taille d'un nain, il émanait de lui une force qui inspirait le respect. Tony remarqua un fauteuil avec une couverture.

« Qu'est-ce que je vous ai fait ? demanda le vieillard.

— Rien. Vous payez pour les péchés de votre fils. Ensuite, ce sera son tour. »

Le vieux s'assit sur le bras du fauteuil.

« Et vous ne pouvez pas vous contenter de moi ? »

Tony le dévisagea. Rester là à discuter était absurde. Et pourtant, il avait l'impression d'en avoir besoin. Pendant tout le trajet qui l'avait conduit ici, il n'avait pas réfléchi une seconde.

« Non, répondit-il. Je ne peux pas me contenter de vous. »

L'autre hocha la tête. Sa longue barbe immaculée frémit dans l'air comme un ruban de soie. Il était extraordinairement calme, pour quelqu'un qui s'apprêtait à mourir.

« Je sais que mon fils est un criminel, soupira-t-il. Mais c'est quand même mon fils, et il est naturel que j'essaie de le défendre. Vous le comprenez, n'est-ce pas ?

— Oui. »

Le vieux esquissa un sourire.

« Ça veut dire que vous aussi, vous avez un enfant.

— Non, je n'en ai plus. »

À ce moment-là, Tony sentit toute sa souffrance remonter à la surface.

« Amos l'a tuée. »

Le vieil homme baissa la tête et acquiesça à plusieurs reprises.

« Dans ce cas, personne ne pourra vous arrêter.

— Non.

— Non. »

Il releva la tête et regarda Tony.

« Mais ensuite, vous serez comme mort. Vous savez cela, aussi ?

— Sans ma fille, je suis déjà comme mort. »

C'était exactement ainsi qu'il se sentait, sans Catalina. Elle seule le faisait se sentir vivant. Elle seule était la vie. Le reste, ce n'étaient que des conneries.

« Oui, vous avez raison, reprit le vieillard. J'ai dit une ânerie. »

Il observa Tony.

« Vous voulez votre vengeance et vous l'aurez. Si ça peut vous réconforter, sachez que mon fils m'aime. Si votre objectif est de le faire souffrir, alors vous avez choisi l'unique solution possible. »

Tony pensa que, dans une autre occasion, il aurait bien aimé rencontrer ce vieil homme.

« Je vous admire, lui dit-il avec sincérité. Vous ne méritiez pas d'avoir un fils pareil. »

L'autre sourit, avec les yeux plus qu'avec les lèvres. C'était le sourire des vieilles personnes qui ont atteint la sagesse.

« Et votre fille… elle vous méritait ?

— Non. Si j'avais été un autre homme, elle serait encore vivante.

— Si vous aviez été un autre homme, il est probable qu'elle ne serait jamais née, sourit à nouveau le vieillard. Nous sommes qui nous sommes, un point c'est tout. Et cela vaut pour moi aussi, croyez-moi. »

Il quitta le bras du fauteuil.

« Je n'ai pas souvent l'occasion d'avoir des conversations aussi profondes. Vous avez donné de la dignité aux derniers instants de ma vie, et je vous en remercie. Voulez-vous m'accorder une dernière faveur ? Pouvez-vous me laisser le temps d'une prière ?

— Bien sûr. »

Le vieil homme s'approcha d'un meuble, à une dizaine de pas de Tony. Il ouvrit un tiroir, d'où il sortit une calotte de prière.

« La plupart des juifs l'appellent la *kippa*, expliqua-t-il en la posant sur sa tête. Mais nous, en yiddish, nous l'appelons le *yarmoulke*. »

Il glissa à nouveau la main dans le tiroir et se retourna soudainement, un pistolet au poing. Tony réalisa qu'ils étaient trop loin l'un de l'autre pour qu'un couteau puisse l'emporter sur un pistolet. Avec tous ses bavardages, le vieil homme l'avait roulé.

Un coup de feu retentit. Le vieux écarquilla les yeux et ouvrit la bouche. Il tomba à genoux. Rocco entra et donna un coup de pied dans le pistolet que le vieillard tenait encore du bout des doigts. Le père d'Amos regarda Tony.

« Je devais essayer… bredouilla-t-il faiblement. Pas pour moi, mais… comme père… pour mon fils… Vous le comprenez… n'est-ce pas ?

— Oui, je comprends, répondit Tony tandis que l'autre s'affaissait à terre, sur un tapis persan.

— Pouvez-vous… me remettre sur la tête… le *yarmoulke* ?

— Le quoi ?

— Le… le petit chapeau.

— Bien sûr. »

Tony s'agenouilla, mais les pupilles du vieillard étaient déjà opaques. Il lui remit sa calotte en place, et il resta un long moment à le regarder. Et ensuite seulement, il parla :

« Ça devient une habitude, chez les Bonfiglio, de sauver la vie de ma famille. »

Rocco se taisait.

« Tu veux toujours faire la guerre à ma place ? demanda Tony, sans détacher son regard du vieil homme.

— Oui. »

Tony se tourna vers lui. Il pleurait comme un enfant. Ses yeux de glace, qu'aucun sentiment n'avait jamais réchauffés, brûlaient de douleur. C'était un incendie que toutes ses larmes ne pourraient jamais éteindre. « Cette guerre est la tienne, Bonfiglio, dit-il lentement. Moi, je n'en ai plus la force. »

67

« Comment va Louis ?

— Son état s'améliore de jour en jour. Ils n'arrivent plus à le faire rester dans son lit ! répondit la mère de Louis. Il est robuste.

— C'est un brave gamin, dit Rocco. Écoutez, mes hommes et moi avons besoin de vous, *señora.* »

Elle le regarda. C'était une prostituée, elle ne servait aux hommes que pour une seule chose.

« Dites-moi.

— Vous savez faire la cuisine ?

— Si j'ai de la nourriture, oui », dit-elle sans préciser qu'elle en avait rarement.

Mais ça, Rocco le savait.

« On a besoin de gens à la cuisine, de beaucoup de gens, jour et nuit. Vous serez payée, bien sûr. »

Elle en aurait pleuré : c'était tellement fabuleux, quelqu'un qui ne lui demandait pas d'écarter les jambes et de se taire !

« D'accord, dit-elle.

— On est en guerre, poursuivit Rocco, il risque d'y avoir des blessés. Vous savez faire des pansements ?

— *Señor*, ici la guerre c'est tous les jours, répondit-elle avec un regard fier. Si nous survivons, c'est que nous savons tout faire. »

Rocco sourit.

« C'est ce qu'il nous faut. » Il prit une poignée de pesos que Tony lui avait donnés et les tendit à la femme : « Allez faire les courses. Prenez aussi des pansements et du désinfectant. »

Elle regarda l'argent : elle n'en avait jamais vu autant à la fois.

« Vous me faites confiance, *señor* ? demanda-t-elle spontanément.

— Oui, je vous fais confiance. »

À nouveau, elle eut envie de pleurer. Au cours de ces journées à l'hôpital, Louis n'avait pas arrêté de lui parler de Rocco, au fur et à mesure qu'il se rétablissait. Il lui avait expliqué qu'il l'avait sorti de la rue et lui avait appris un vrai métier, pas voleur, pas magouilleur, mécanicien.

« *Gracias* », se contenta-t-elle de dire, simplement parce qu'elle était incapable de dire plus. Elle se mit en route vers le marché pour y faire les courses.

« Qu'est-ce qu'il faut faire ? » demanda un gorille. Il attendait les ordres. C'est ce que Tony lui avait dit de faire, et on ne disait jamais non à Tony – mais c'était bien là sa seule motivation. Rocco le regarda. C'était un autre des gars qui avaient refusé d'attaquer les hommes d'Amos au *Chorizo*, la nuit où Rosetta avait été transférée. Il ne savait que faire de gens comme ça. Des mafieux. Il les connaissait depuis qu'il était enfant. Ils étaient capables d'être forts avec les faibles, c'était leur seul talent.

« Emmène-moi chez Tony », dit-il. Ils montèrent en voiture et partirent pour la forteresse du boss. Devant la porte, le goudron fondu formait une sorte de coulée de lave noire. L'épave de la voiture de Catalina avait été enlevée. Mais elle avait laissé des traces dans le bitume. Les hommes qui montaient la garde s'écartèrent pour laisser passer Rocco.

Tony était assis dehors, sous le soleil qui se faisait moins vif chaque jour, au fur et à mesure que l'automne s'installait. Il regardait dans le vide. Dans ses yeux, il n'y avait plus trace des larmes de la veille. À première vue, ils étaient redevenus de glace. Mais quand Rocco s'assit devant lui, il s'aperçut qu'ils n'étaient pas froids, mais simplement vides.

« Je n'ai pas confiance en tes hommes, commença Rocco.

— Je te comprends. Pour eux, tu n'es rien. »

Sa voix aussi semblait de glace, comme avant. Mais elle était juste lointaine. Rocco reprit :

« Si tu leur donnes un ordre, ils te suivront ? »

Tony se concentra.

« Ils sont convaincus qu'autrement, je les tuerais. Maintenant plus que jamais. Ils ne savent pas ce que tu sais, toi.

— Pourquoi ? Qu'est-ce que je sais, moi ?

— Tu as vu que je n'ai plus rien, à l'intérieur. »

Rocco ne put soutenir son regard et riva ses yeux au sol. Il était gêné par ses propres sentiments. Il avait détesté Tony, comme tous les mafieux : il incarnait la pourriture dont, toute sa vie, il avait voulu s'éloigner. Et pourtant, maintenant, il ne pouvait supporter de le voir ainsi. Même si c'était un mafieux de merde. Aujourd'hui, pour la première fois depuis qu'il l'avait rencontré, il semblait vraiment aussi petit qu'un nain.

« Ne sois pas sentimental, Bonfiglio ! dit Tony avec un rire qui semblait venir d'un autre monde, du monde où il avait été un autre homme.

— Tes hommes se chargeront du premier massacre, expliqua Rocco.

— C'est leur boulot.

— Je ne veux pas les avoir dans les pattes. Ils resteront ici et tu les commanderas.

— Et qui me commandera, moi ? demanda Tony avec un sourire lointain.

— Moi.

— Bien, c'est ce que je voulais entendre. J'accepte.

— Si El Francés a vu juste, le baron ne pourra jamais payer Amos, et les mercenaires vont le laisser couler.

— El Francés a raison. »

Rocco frémit. C'était un jeu d'engrenages. Mais dans tous les cas de figure, il restait à Rosetta peu de temps à vivre.

« Où est El Francés ? »

Tony secoua la tête.

« Les curés sont convaincus que l'amour fait marcher le monde. Les gens comme moi pensent que c'est la haine. En fait, la vérité, c'est que pour faire bouger le monde, il faut une combinaison d'amour et de haine. El Francés passe son temps à dire qu'il est lâche. Pourtant, il déteste tellement Amos, et il est tellement reconnaissant envers ta Rosetta, qu'il est devenu courageux.

— Où il est ? répéta Rocco, impatient.

— Il est allé voir un gars qui s'appelle Jaime, c'est le chef des mercenaires. Il est parti avec un sac rempli de pesos. Il va lui demander de lâcher Amos et de lui révéler sa planque. Il est très probable que ce Jaime lui tranche la gorge et garde le fric. » Tony secoua la tête et ajouta : « El Francés le sait très bien. Et pourtant, quand il a compris que ses copains maquereaux mettraient trop de temps à découvrir où se cache Amos, il est parti. »

Rocco n'aimait pas l'idée d'être entre les mains d'un proxénète. Mais c'était comme ça, on n'y pouvait rien.

« Quand est-ce qu'il va revenir ? »

Tony haussa les épaules.

« Fais-moi porter des armes et des munitions à l'atelier, dit Rocco, s'efforçant de se concentrer sur la guerre et de ne pas penser que, à chaque minute qui s'écoulait, Rosetta risquait de mourir. Il faut que tes hommes attaquent Ciccone en force. Un bon coup à l'estomac. Je te dirai quand. Après ça, ils pourront débarrasser le plancher.

— Un truc genre Far West ? » Tony éclata de rire. « Les Cowboys contre les Indiens ? Et les gentils, c'est qui ? »

Il dévisagea Rocco.

« Personne.

— Et toi, tu feras quoi ? Tu te battras tout seul ? En chevalier solitaire ?

— J'aurai bientôt une armée. »

Tony se remit à rire.

« Tu m'as toujours plu, Bonfiglio ! Un peu bouffon, un peu rêveur… »

Rocco se pencha en avant.

« Parlons affaires. Si on fait à ma façon, tu auras un prix très élevé à payer.

— Je suis plein aux as. Et je n'ai plus personne à qui laisser tout cet argent. »

Ses yeux se voilèrent de tristesse.

« Alors tu l'emporteras dans ta tombe, car ce n'est pas en pesos que tu vas payer, mais en justice.

— Merde, tu te gargarises tout le temps de grands mots qui ne veulent rien dire !

— Pour toi, c'est sûr. »

Rocco se pencha encore davantage.

« Pour que mon armée gagne, il faut que je leur donne une raison qui vaille la peine de se battre. Regarde-moi ! dit-il à Tony qui planta son regard dans le sien. Quand cette guerre sera finie, poursuivit le jeune homme, les dockers seront libres. Plus de *pizzo*, plus d'*assicurazione*, plus de *caporalato*. Ce sera eux qui fixeront les règles. S'ils sont assez forts, ils créeront un syndicat. Et toi, tu te tiendras loin de tout ça. Le port ne t'appartiendra plus.

— C'est ça, ton prix ?

— Oui. Le prix, c'est le port.

— Si j'accepte, tu auras vraiment l'impression d'avoir fait une bonne affaire ?

— Oui.

— Je n'en ai plus rien à foutre de rien, même pas de buter Amos, alors tu penses ! Tu aurais pu demander mon cul, je te l'aurais donné.

— Je ne veux pas ton cul, je veux le port.

— Lève ton armée, lâcha Tony en recommençant à fixer le vide.

— Quand El Francés revient, envoie-le-moi, dit Rocco en se levant.

— À tes ordres. »

La voix de Tony était tellement lointaine que, même s'il avait hurlé, on l'aurait à peine entendu.

Rocco se fit conduire à la taverne des dockers. C'est là qu'il avait donné rendez-vous à Javier, Billar et Ratón. Javier était accompagné des deux gosses de la bande de Louis : ils étaient sans cesse collés à ses basques comme deux petits chiens, ce qui avait l'air de lui plaire. Quand ils virent entrer Rocco, tout le monde se tut. Rocco croisa le regard de Javier et lui adressa un signe.

« Oui ? murmura Javier.

— Oui », confirma Rocco.

Javier se tourna vers les autres dockers.

« Oui !

— Oui, répétèrent les dockers.

— Plus d'*assicurazione* ?

— Plus d'*assicurazione*.

— Et qui va décider ?…

— Vous monterez un syndicat. Donnez-vous des règles, faites entendre votre voix auprès des hommes politiques, créez des coopératives, des sociétés ! »

Rocco les regarda. Ils étaient tous bouche bée. On aurait dit des enfants – d'énormes, de gigantesques enfants. Mais bientôt, sans les gens comme Tony, ils deviendraient ce qu'ils avaient toujours été, des hommes. « Vous serez libres de décider de votre destin. Mais nous ne pourrons pas avoir tout ça sans combattre. Il faut d'abord gagner la guerre. » Un docker plus âgé que les autres, tordu comme un point d'interrogation, ôta de sa ceinture le crochet avec lequel il harponnait les caisses pour les déplacer. Il ne dit rien, il leva simplement son crochet en l'air. Les autres l'imitèrent. Un silence irréel régnait. Pas de hurlements, pas de tapage. Rien que de la force. Une force nouvelle, qu'ils n'avaient jamais imaginé avoir. Rocco les regarda : il avait son armée. Il hocha la tête et quitta la taverne. Les dockers le suivirent jusqu'au hangar d'El Gordo.

« Il faut aider ceux qui en ont besoin. Ça, c'est le principe de base », dit-il à haute voix, pour que tout le monde l'entende. Il indiqua la mère de Louis, qui s'était déjà mise à cuisiner après avoir fait toutes les courses.

« La *señora* nous préparera les repas, quelle que soit l'heure.

— Et moi, je l'aiderai », dit une voix.

Se retournant, Rocco découvrit Assunta. Tano et Raquel étaient avec elle. Et derrière eux, il y avait au moins une vingtaine de femmes. Raquel se précipita auprès de Rocco.

« Je ne veux pas te voir ici, lui souffla-t-il.

— Va te faire foutre ! répondit-elle. Je ne te quitte plus. »

Rocco comprit qu'il n'arriverait jamais à la convaincre. Et ce ne fut pas pour lui déplaire.

« Ce sont des femmes de Barracas, expliqua Assunta. Elles sont toutes ici pour Rosetta. »

Rocco les regarda. Il y en avait des jeunes et d'autres plus mûres. Une femme couverte de farine était venue avec une charrette pleine de miches de pain. D'autres avaient apporté des couteaux.

« On les met toutes à la cuisine ? plaisanta un des dockers.

— Si tu avais la colère et la détermination qu'elles ont dans les yeux, répliqua Rocco, tu serais sûr de gagner la guerre ! »

Le docker se rebiffa.

« Oh, c'était qu'une blague !

— C'est pas le moment de faire des blagues », trancha Rocco.

Un homme aussi était entré, tout chétif. Il regarda Rocco et dit :

« Je suis le père de Guadalupe… la petite fille… que vous avez sauvée des mains de ce monstre… » Il se mordit les lèvres : « Si vous l'aviez pas sauvée… vous et le *señor* Tano… je sais pas ce qui se serait passé. Je ne suis qu'un tailleur… mais je suis là. »

Rocco l'observa. Il aurait dû lui poser une main sur l'épaule, mais il voyait bien que s'il l'avait fait, l'homme aurait éclaté en sanglots. Et ce n'était pas le moment pour les larmes ni pour les blagues.

« Merci, mais retournez auprès de votre fille. »

L'autre secoua doucement la tête.

« Non… » Il était d'une faiblesse dangereuse pour les autres, pensa Rocco. « Rentrez chez vous », dit-il durement.

L'homme hocha la tête et se retira.

À ce moment-là, une camionnette s'arrêta devant l'entrepôt. Quatre hommes de Tony en descendirent. « C'est ce que tu as demandé. »

En voyant les mafieux, les dockers se raidirent.

« On croyait qu'on serait seuls, dit l'un d'eux.

— Eux, ils s'occupent d'autre chose. Nous c'est nous et eux c'est eux, coupa Rocco. Ils ont apporté des armes et des munitions. Si tu n'as pas encore compris, il s'agit d'une guerre. Tu ne pensais pas vraiment te battre avec un crochet, quand même ? »

Le docker le regarda.

« Et qui nous dit qu'à la fin, ils s'en iront pour de vrai ?

— Moi, je te le dis, affirma Rocco en plantant le regard dans le sien.

— Et moi, ce mec, je le crois, bordel de merde ! s'écria Javier. Putain, regardez un peu qui il a embauché : moi, Ratón, Billar ! On nous appelait des condamnés à mort, avant qu'il arrive. Et regardez ça ! ajouta-t-il en montrant le monte-charge, désormais en état de marche. Il a inventé le futur pour nous tous, putain de merde ! Quand toute cette merde sera finie, grâce à lui et à cette putain de machine, je pourrai bosser au port, même si je boite. Je pourrai nourrir ma famille ! » Sa grosse main frappa contre le monte-charge, là où son nom aussi était inscrit, faisant vibrer le métal. « Ça, c'est pas un rêve ! Ça, c'est une putain d'invention bien réelle, c'est même moi qui l'ai soudée. Tous ceux qui ont leur nom là-dessus ont fait quelque chose. Mais le nom écrit en gros, celui qui est en haut, c'est le seul qui compte vraiment. Et putain, que je sois damné si je ne crois pas à la parole d'un homme comme ça ! »

Les dockers acquiescèrent. En revanche, les gorilles ricanèrent, tout en clignant de l'œil en direction des femmes.

« Bande de merdeux ! grogna Rocco. Retournez à vos égouts et faites ce que Tony vous dit, si vous tenez à vos couilles.

— D'abord, on doit décharger. Faut qu'on ramène la camionnette, dit l'un des gars.

— Et tu te crois capable de décharger les caisses plus vite que n'importe lequel des mecs d'ici ? »

Les dockers se mirent à rire.

« Casse-toi, conclut Rocco, j'ai besoin de la camionnette. »

Les quatre gorilles s'en allèrent en silence. Pour la première fois, les dockers les regardèrent faire ce qu'ils avaient toujours été obligés de faire, eux.

Alors Tano s'approcha de Rocco.

« Moi, je suis là. Si t'as besoin d'aiguiser des couteaux, de graisser des pistolets... ou d'arranger des culs...

— Arranger des culs ? sourit Rocco en fronçant les sourcils.

— Si tu as des prisonniers à interroger et que tu n'as pas le temps, expliqua Tano sans perdre contenance, je peux me charger de leur arranger le cul. »

Il y eut un éclat de rire général. Peu après, alors que les dockers déchargeaient de la camionnette les caisses contenant les armes, El Francés entra au pas de course dans le hangar. Rocco le regarda, tendu. Sans savoir pourquoi, tous les autres comprirent que le nouveau venu allait annoncer quelque chose d'important. Ils s'immobilisèrent. Même la mère de Louis cessa de remuer sa casserole.

« Je sais où elle est, dit El Francés. Je sais où est Rosetta.

— Rosetta… » murmura Rocco.

Le sang courut dans ses veines comme un torrent en crue. Il se sentit fort, invincible, prêt à tout. « J'arrive, Rosetta », dit-il. Et ses yeux se remplirent de larmes.

68

L'homme à qui Amos avait ordonné d'héberger le baron s'appelait Esteban. C'était un type brutal depuis son enfance. Il adorait cogner, peu importe sur qui, hommes ou femmes. C'est ainsi qu'il s'était retrouvé à faire le gorille pour Amos. Dans une maison close, il était parfait et battait sans distinction prostituées et clients. La veille, Esteban avait aussi tabassé son épouse parce qu'elle ne voulait pas partir de chez eux. Au lieu de lui expliquer qu'habiter avec ce gros vicelard complètement fêlé était dangereux, et au lieu de lui dire que c'était pour elle qu'il le faisait, il l'avait rouée de coups. Quand Esteban avait le moindre doute, il frappait. Alors, tous ses doutes se dissipaient, et il se disait que la vie était simple.

« Tu es un animal ! » s'exclama le baron. Malgré le peu de cervelle qu'il avait, Esteban comprit que, dans la bouche de ce tas de graisse, il s'agissait d'un compliment. L'aristocrate se mit à rire. Parfois, la cocaïne le rendait furieux. D'autres fois, elle le mettait de bonne humeur, comme en ce moment.

« Tu sais que je suis très riche ? interrogea le baron.

— Amos en est persuadé, répliqua l'autre. Mais moi, j'ai l'impression que vous n'avez pas le pognon que vous lui devez. Alors vous n'êtes peut-être pas aussi riche que vous le racontez.

— Tu me plais, Esteban, tu es intelligent. »

C'était la première fois que quelqu'un disait à Esteban qu'il était intelligent, et il en fut visiblement à la fois surpris et flatté. Et ça, le baron le savait – en fait, en ce moment, il savait tout. Les pensées que formulait son esprit étaient plus rapides que des rafales de mitraillette. Et à chaque coup, c'est-à-dire à chaque idée, il mettait dans le mille. Tout ça grâce à la cocaïne.

« Puisque tu es si intelligent, il est inutile que je t'explique pourquoi j'ai du mal à me procurer l'argent, n'est-ce pas ? »

Esteban fit signe que oui. Mais le baron savait qu'au contraire il fallait qu'il lui explique les choses.

« Mon argent arrive d'Italie, de l'autre côté de l'océan. Comme tous les riches, je mets mon argent à la banque, et ma banque doit transmettre un ordre de paiement à une autre banque, ici à Buenos Aires. Mais comme il s'agit d'énormes montants, il y a d'énormes précautions à prendre.

— Et en plus de ça, maintenant, vous vous êtes fourré dans un sacré pétrin ! plaisanta Esteban. À mon avis, ça va être dur de remettre les pieds dans une banque !

— Tu vois, si je négociais avec toi, tout serait plus simple ! s'exclama le baron. Amos, lui, il ne comprend rien… et il se frappa la tempe du doigt. Je suis un homme puissant. Si j'étais en Italie, je pourrais faire jouer mes relations, et ces… ces broutilles seraient réglées en un clin d'œil. Malheureusement, nous ne sommes pas en Italie.

— Eh non.

— Et toi, tu sais que tu pourrais être riche, si tu allais en Italie ? »

Esteban fronça les sourcils.

« Qu'est-ce que vous essayez de faire, là ?

— Je parle, c'est tout, je ne fais rien de spécial.

— Vous croyez que je vais vous aider à vous enfuir, juste contre la promesse de m'enrichir ? » Il secoua la tête. « Vous ne pensez pas vraiment que je suis intelligent, hein ? En fait, vous me prenez pour un crétin. Si vous vous échappez, moi il ne me restera pas plus de cinq minutes à vivre : Amos me tranchera la gorge personnellement. Sauf votre respect, *señor*, vous pouvez aller vous faire foutre.

— Ce n'est pas ce que je voulais dire, pas du tout ! Allez, on n'en parle plus. »

Avec le petit couteau à beurre à pointe arrondie qu'Esteban lui permettait d'utiliser, il se prépara une longue et fine ligne de cocaïne. Puis il roula une demi-feuille de papier et inhala la drogue.

« Et qu'est-ce que vous vouliez dire, alors ?

— L'Italie est un pays merveilleux !

— Et alors ? »

Le baron sourit.

« Toi et moi. En Italie.

— Vous et moi ? Comment ça ?

— On s'enfuit ensemble en Italie, chuchota le baron. On va dans un de mes palais, je te l'offre, et je te couvre d'or. Tu crois qu'Amos pourra nous trouver ? Moi, en Italie, je suis Dieu. Et tu le serais toi aussi. »

Esteban le fixa, troublé. Puis il secoua catégoriquement la tête.

« Non non, n'y pensez même pas !

— Oui, tu as raison, il faut que tu te décides librement. »

Le baron balaya les lieux du regard. Le petit appartement puait l'humidité. Par terre, une natte crasseuse faisait office de tapis. L'unique canapé était troué, et on en sentait les ressorts sous les fesses. Il n'y avait qu'une seule autre pièce, la chambre, exiguë et sombre.

« Le dernier de mes serviteurs a un logement mieux que celui-là. Tu sais à quoi ça me fait penser ? Un trou à rats.

— *Señor*, je peux vous arranger le portrait en moins de deux, moi !

— Tu sais ce que j'ai, comme voiture ? Une Rolls-Royce Silver Ghost. »

Esteban connaissait ce modèle : certains richards du centre-ville en avaient. Et c'étaient des gens vraiment riches, très riches. Ils possédaient tellement de terres qu'une semaine ne suffisait pas pour les traverser de bout en bout.

« Tu aimerais l'avoir ? »

Esteban se boucha les oreilles, comme un enfant.

« Taisez-vous ou je vous casse la figure !

— Il suffirait que tu me dises où Amos a mis la putain. Tu me le dis et je t'offre ma Rolls-Royce Silver Ghost.

— Faites gaffe ou je vous casse la figure ! Je vous aurai prévenu ! »

Le baron se fit une autre ligne de cocaïne.

« Ce n'est pas vrai, que tu es intelligent, je me suis trompé. Tu n'es qu'un couillon. »

Esteban se leva et s'approcha de lui, en brandissant le poing. L'aristocrate l'examina. Puis il se pencha sur la drogue et l'aspira. Esteban baissa le bras et s'apprêta à regagner sa place.

« Attends ! » dit l'autre. Il porta la main à la poche de son gilet, ouvrit le fermoir de sa chaîne en or et prit sa montre, qu'il tendit au gorille.

« Tu vois ça, sur le boîtier ? C'est un diamant. À lui seul, il vaut plus que la chaîne et la montre. Tiens, je t'offre le tout.

— Pourquoi ? questionna Esteban, méfiant.

— Parce que pour moi, ce n'est rien. Une miette. » Le baron continua à lui tendre la montre : « Pour moi, cela n'a aucune valeur. Je peux me permettre de te l'offrir sans aucune raison. Par simple caprice. »

L'homme de main ne se décidait pas à prendre la montre. Le baron la jeta par terre et fit mine de l'écraser sous son talon. « Si tu ne la prends pas, je vais la casser. Parce que je m'en suis lassé, voilà tout. C'est ça, lassé. » Esteban ramassa la montre. Il était confus, totalement confus. Il aurait voulu tomber à bras raccourcis sur ce gros tas de merde. Il était persuadé qu'après il se serait senti mieux. Il appuya les mains sur ses tempes.

« Qui est le plus fort, toi ou moi ? » demanda l'aristocrate.

Le gorille se mit à rire. Cette question-là, au moins, il savait y répondre.

« Le temps de vous sortir de ce canapé, et vous êtes déjà mort ! »

Le baron sourit.

« Je suis de ton avis. »

L'autre acquiesça, content de lui.

« Ai-je la moindre chance de m'échapper d'ici ? »

Esteban rit de plus belle.

« Ne dites pas de conneries ! »

Rivalta di Neroli rit de concert.

« C'est impossible, n'est-ce pas ?

— Ah oui, totalement impossible ! continua de s'esclaffer Esteban.

— Et alors, qu'est-ce que ça te coûte, de me dire où il la garde ? »

Esteban s'en étrangla.

« Je t'ai offert une montre très précieuse sans rien te demander en échange, poursuivit le baron. Et je n'aurais pas la force de te donner le moindre petit soufflet. En fait, je n'arriverais même pas à te chatouiller, tellement tu es fort ! Si j'essayais de m'échapper, tu te débarrasserais de moi en un clin d'œil, d'autant plus que tu as un pistolet, et… » Il examina le pantalon du gorille, comme s'il cherchait quelque chose… « Et je parierais que tu as aussi un couteau, et un gros. »

L'autre porta la main à sa poche en riant, et il en sortit un couteau à cran d'arrêt. Il l'ouvrit et la lame affûtée et étincelante se mit à miroiter.

« Alors, qu'est-ce que ça te coûte, de me dire où il la garde ? reprit le baron. Qu'est-ce que tu risques ?

— Pourquoi vous voulez le savoir ?

— C'est comme la montre que je t'ai offerte : c'est simplement pour le geste, par caprice. J'aimerais juste… savoir. »

Esteban le fixait. Il tenait le couteau dans une main, la montre dans l'autre. Il essayait de réfléchir. Cette question était insensée. Cet homme était insensé. Il n'arrivait pas à le comprendre.

« Ce serait un geste… amical, reprit le baron.

— Mais je suis pas votre ami.

— Dommage… dit-il en baissant la tête, mimant la tristesse. Pour quelqu'un comme moi, ce serait beau, d'avoir un ami comme toi… »

L'aristocrate resta un instant tête basse.

« Dans une brasserie désaffectée, murmura alors le gorille. Avenida Neuquén, près du Cricket Club, à Caballito. »

L'autre leva la tête.

« Merci, mon ami. » Puis il fit un signe vers la montre : « Il est quelle heure ? »

Esteban ouvrit le couvercle.

« Il est… »

À ce moment précis, le baron saisit le couteau du côté de la lame. Insensible à la douleur, il l'arracha des mains de son gardien, puis le retourna et le lui planta dans l'abdomen. Le type était costaud, et il réagit en lui assénant un coup de poing. Mais la cocaïne avait un effet anesthésiant sur le baron. Il se contenta de reculer sous l'impact, avant d'enfoncer à nouveau la lame dans le corps de son adversaire une fois, deux fois, trois fois, jusqu'à ce qu'Esteban s'effondre à terre. Alors, il se plaça au-dessus de lui et continua à le lacérer de coups de couteau, sans raison. Seulement pour le geste, parce qu'il aimait ça. Ensuite, il lui creva les yeux, lui fendit les joues des lèvres jusqu'aux oreilles, et lui coupa le nez. Puis il déchira son costume imbibé de sang et lui taillada profondément l'abdomen : il plongea les mains dans l'entaille et sortit les intestins, qu'il éparpilla dans la petite pièce misérable. « Alors qui est le plus fort de nous deux ? » hurla-t-il comme une bête féroce.

Pour finir, il alla dans la salle de bains et se lava. Il trouva des vêtements appartenant à Esteban, qu'il enfila. Ils le serraient au niveau du ventre, étaient trop larges aux épaules ; quant aux manches et aux jambes, elles étaient trop longues. Mais quand il se contempla dans le miroir, il fut satisfait : il ressemblait à un gangster. Il retourna dans le salon et récupéra la montre qu'Esteban serrait toujours dans son poing. Il lui fit les poches, et y trouva de l'argent. Puis il s'empara du pistolet et du cran d'arrêt avec lequel il avait éventré son gardien comme un porc. Il prit une autre ligne de cocaïne et remit le reste dans le sachet. Enfin, il sortit et se fit conduire Avenida Neuquén, à Caballito, à la brasserie désaffectée près du Cricket Club.

Arrivé sur place, il fit le tour du bâtiment en briques rouges, espionnant à travers les fenêtres obscurcies par la crasse. Il devait évaluer la situation avant de passer à l'action. Mais en son for intérieur, il n'arrêtait plus de rire : il se sentait invincible. Tout à coup, il perçut des mouvements furtifs. Il n'était pas le seul à rôder près de l'établissement. Il se tapit derrière une benne. Peu après, il repéra d'autres hommes – nombreux, tous des malabars. Enfin, parmi eux, il reconnut l'homme qui lui avait écrasé le petit doigt : lui aussi cherchait Rosetta. Mais il ne lui permettrait pas de partir avec elle. Du moins, pas vivante.

69

Rosetta avait mal partout. Elle avait l'impression d'être retombée dans le cauchemar de sa vie passée, lorsque son père la rouait de coups et la frappait avec sa ceinture. À part qu'Amos était plus costaud que son père, et qu'elle n'avait rien pu faire pour se protéger, bras attachés derrière le dos et retenus à un tuyau de métal. Amos, fou de frustration, s'était défoulé sur elle. Voilà à quoi elle en était réduite, se disait-elle, et elle n'en sortirait pas vivante. C'était la fin. Elle avait du mal à respirer, Amos devait lui avoir cassé une ou deux côtes. Elle avait aussi craché du sang, mais elle ne savait pas si c'était juste celui de ses lèvres fendues, ou si c'était plus grave. C'était la fin, se répétait-elle.

« Tony a attaqué Ciccone ! s'exclama un des gorilles d'Amos en entrant dans l'usine, hors d'haleine.

— Et Jaime ? demanda Amos en se levant d'un bond.

— Aucune trace de lui et de ses hommes ! »

Amos serra les poings.

« Une vraie putain… murmura-t-il. Il a fini par tailler une pipe à Tony…

— Quoi ? demanda l'un de ses hommes.

— La guerre est finie », annonça Amos dans un souffle.

Ce traître de Gueule-de-clébard avait fait sauter la voiture de Catalina, comme il le lui avait demandé. Et maintenant, l'heure de la riposte avait sonné pour Tony. C'est exactement ce qu'Amos attendait et voulait : que le boss se mette à découvert afin de pouvoir lui donner le coup de grâce. Mais ça, ce n'était possible qu'avec l'armée de Jaime. Maintenant, tout avait changé, et il n'y avait plus qu'un seul épilogue possible. Ciccone ne pouvait tenir le choc contre Tony. Quant à lui, il n'avait pas la moindre intention de mourir dans une guerre désormais perdue. Il indiqua Rosetta.

« On se débarrasse d'elle et on change d'air fissa !

— Oh, laisse-moi la baiser avant ! » réclama l'un de ses hommes en riant.

Amos répondit par un coup de poing.

« Imbécile ! Tony va en faire des rondelles, de ta bite ! »

Il sortit son cran d'arrêt, ouvrit la lame et se dirigea vers Rosetta.

« Préparez-vous à partir d'ici, et en vitesse ! »

À cet instant précis, la porte principale fut défoncée. L'onde de choc fut impressionnante. Une vingtaine de malabars armés se déversèrent dans la brasserie, Rocco à leur tête. Amos le reconnut immédiatement. Il sortit son pistolet et tira. Les dockers ripostèrent par d'autres coups de feu. Les gorilles d'Amos se protégèrent derrière les piliers de briques rouges. Les balles effleuraient les piliers sans les toucher. Mais deux dockers s'affaissèrent sur le sol. « Mettez-vous à l'abri ! » hurla Rocco. Ses hommes n'avaient aucune idée de ce que combattre voulait dire, et ils allaient tomber comme des mouches. Il y eut un moment de flottement, sans que les tirs cessent, avant que les dockers finissent par s'organiser. Puis, suivant le plan de Rocco, les fenêtres à l'arrière du bâtiment explosèrent. De nouveaux dockers surgirent et se mirent à tirer dans le dos des gorilles. Puis les fenêtres latérales cédèrent également, et d'autres types encore firent feu sur les compagnons d'Amos. Ils se retrouvaient encerclés. « Rocco ! » cria Rosetta. Elle ne sentait plus la douleur, elle ne sentait plus rien, elle n'entendait même pas les coups de feu. Elle regardait Rocco. « Rosetta ! » s'écria Rocco à son tour. Mais les gorilles l'avaient dans leur ligne de mire, et il ne pouvait pas bouger d'où il était.

À cet instant, Amos comprit que tout était perdu. Avec la lâcheté propre à son âme de proxénète, il prit une ultime initiative. Il rejoignit Rosetta et pointa le canon de son pistolet sur sa tête. « Je la descends ! lança-t-il. Dis-leur d'arrêter de tirer, ou je la descends ! » Amos avait perdu beaucoup d'hommes. Ils gisaient sur le sol, morts ou blessés. L'attaque serait bientôt terminée. « Arrêtez ! hurla Rocco à pleins poumons. Arrêtez, ne tirez plus ! » Les uns après les autres, dockers et gorilles firent taire leurs armes. Le silence qui s'ensuivit fut impressionnant. Puis Amos brailla : « Laissez-nous sortir d'ici, bande d'enculés ! » Rocco frémit en voyant le visage tuméfié de Rosetta, et plus encore en regardant le pistolet d'Amos braqué contre sa tempe. « Aussi vrai que Dieu existe, je vais lui brûler la cervelle ! » beugla encore Amos. Rocco sortit de son abri, derrière une colonne. Il avança jusqu'au milieu de la pièce. Il respirait lentement, avec une sorte de râle ou de grognement retenu. Il tenait son pistolet pointé contre Amos, sans détacher ses yeux de ceux de Rosetta. Elle le regardait, et elle pleurait. En silence. Pas par peur, pas par douleur, mais parce qu'il était là. Pour elle.

« Et après l'avoir tuée, tu feras quoi, connard ? » La voix de Rocco résonna, très basse.

« Après, je regarderai ta gueule pleine de larmes ! » répliqua Amos.

Rocco baissa son pistolet.

« Jette ton arme à terre ! ordonna Amos. Et dis aux autres de faire pareil.

— Laisse-la et casse-toi ! Personne ne vous fera rien, assura Rocco, tu as ma parole. »

Amos pressa plus fort le canon de son pistolet contre la tempe de Rosetta, jusqu'à la faire gémir.

« Tu me prends pour un con ? Tu sais ce que tu peux en faire, de ta parole ? Tu peux te la mettre au cul ! La fille, elle vient avec moi, c'est ma garantie. »

Rocco jeta son pistolet à terre. Amos pointa le sien vers lui.

« Les autres aussi ! »

Rocco regarda les dockers. Il n'y en avait que deux à terre. Ils ne bougeaient pas, ils étaient morts. Les autres étaient tous sains et saufs. En revanche, plus de dix gorilles gisaient sur le sol, morts ou blessés. Il y en avait encore cinq debout. Ils étaient donc cinq contre quarante.

« Baissez vos armes », commanda Rocco. Ses hommes ne savaient pas quoi faire.

« Ils vont nous tuer, dit l'un d'eux.

— Hé, vous autres, aux fenêtres ! appela alors Rocco. Reculez et restez là. Si vous entendez des tirs, descendez tous ces mecs comme des chiens. Mais s'ils ne tirent pas, laissez-les partir. »

Les hommes aux fenêtres disparurent dans l'obscurité.

« Maintenant décide-toi ! reprit Rocco. Elle, tu la lâches.

— Tu peux toujours courir !

— Tu la lâches et tu me prends en échange. »

Rosetta retint un sanglot.

« Si tu la prends avec toi, ensuite tu vas la liquider, c'est évident, je connais bien les merdeux dans ton genre, reprit Rocco. Alors autant que tu l'abattes ici, devant moi, comme ça après, moi je peux te descendre comme j'ai descendu ton père. »

Amos tressaillit.

« Qu'est-ce que tu dis ?

— Deuxième étage, une perpendiculaire de la Calle Junín, un de tes hommes devant la porte. Lui vieux, avec une barbe longue et fine. Il cachait un pistolet dans un meuble noir. En mourant, il s'est fait mettre sur la tête votre putain de chapeau. Un homme courageux, contrairement à son fils », dit Rocco d'une voix froide, métallique.

Amos dévisagea Rocco. Il vit qu'il était sûr de lui et qu'il ne mentait pas. Sa douleur fut tellement aiguë qu'il en hurla :

« Nooon ! »

Il leva son pistolet.

« Ne fais pas ça ! Prends-moi plutôt à sa place, répéta Rocco sans l'ombre d'une hésitation. Si tu me tires dessus, tu mourras aussitôt après, et tes hommes avec. Si tu fais comme je te dis, si tu laisses la fille et que tu m'emmène avec toi… tu pourras me tuer tranquillement. Comme ça, tu te venges et tu restes vivant. C'est une affaire, non ? »

Rien n'avait préparé Amos à la douleur lancinante qui lui enserrait la poitrine. Il n'arrivait plus à respirer ni à réfléchir. « *Tatínka* », murmura-t-il. Mais cela ne voulait plus rien dire. Autour de lui, tout était noir. Il regardait Rocco sans le voir. « Avance, haleta-t-il, viens ici ! » Rocco fit quelques pas jusqu'à se planter devant lui. Amos vrilla ses yeux dans les siens. Il y cherchait quelque chose : ces yeux étaient les derniers à avoir vu son père vivant. *Tatínka.* Rosetta pleurait – cela ne pouvait pas finir comme ça.

« Tu souffriras comme un chien ! » jeta Amos à Rocco. Mais il savait qu'il n'arriverait pas à le faire souffrir autant qu'il souffrait, en ce moment.

Rocco hocha la tête avec sérieux, sans aucun air de défi. Ils avaient un accord, il était prêt à l'honorer.

« On y va, dit-il.

— Tourne-toi ! » ordonna Amos. Il lui flanqua le pistolet dans les côtes et le poussa vers la sortie.

« Personne ne bouge ! Police ! » entendit-on crier dans un mégaphone. L'instant d'après, une équipe de policiers investissait la brasserie, armes au poing.

« Amos Fein, lâche ton arme ! ordonna le capitaine Ramirez.

— Non, capitaine, vous n'arrivez pas au bon moment, ricana Amos. Maintenant, je décampe et je refroidis ce salaud !

— Amos, reprit Ramirez en s'approchant, tu es en état d'arrestation. Et je vais m'occuper personnellement de ton cas, ce sont les ordres. Il n'y a pas à discuter. »

Amos comprit : le capitaine était en train de lui dire qu'il obéissait à un ordre qui ne venait pas de ses supérieurs mais de Noah, le patron de la Sociedad Israelita de Socorros Mutuos. Et il comprit que le policier était en train de lui sauver la mise. La Sociedad allait trouver un moyen de le tirer de là. Mais il saisit quelque chose d'autre encore, maintenant que son cerveau s'était remis à fonctionner normalement. S'ils étaient capables de le sauver dans une situation pareille – et ils en étaient parfaitement capables –, sachant qu'il était accusé du meurtre d'une prostituée, ils le sauveraient également s'il laissait un autre cadavre derrière lui. Ainsi, il aurait sa vengeance. Son père serait vengé.

« Adieu, trou-du-cul », murmura-t-il à l'oreille de Rocco. Il déplaça son arme à la hauteur du cœur de son ennemi, dans le dos, et appuya sur la gâchette. *Clic.* Voilà exactement ce que l'on entendit, dans le silence de la brasserie. *Clic.* Le bruit d'un pistolet vide. « Non ! » beugla Amos.

Rocco se retourna d'un bond et se mit à le frapper, avec une colère aveugle. Les policiers eurent du mal à l'arrêter. Le capitaine Ramirez le saisit à la gorge : « Ça suffit », siffla-t-il. Puis il indiqua Rosetta : « Cette femme est recherchée. » À ce moment-là, Rocco comprit à qui il avait affaire : un policier corrompu.

« Comment vous savez ça ? demanda-t-il.

— Elle est recherchée, répéta Ramirez.

— Si vous essayez de l'arrêter, je n'arriverai pas à retenir mes hommes », menaça Rocco.

Le policier n'eut pas l'air impressionné. « Je reviendrai la chercher, ne vous en faites pas, dit-il avec un ricanement. Je devrais tous vous coffrer. » Il le dévisagea avant de poser une main sur l'épaule d'Amos : « Mais je ne prends que celui-là. » Rocco aurait voulu lui demander combien on le payait, mais il se retint. Il se dit que la recherche du bien n'était pas toujours la meilleure solution, et que le moment était venu d'accepter des compromis avec l'existence. Il fallait maintenant remercier le sort, au lieu de le maudire sans arrêt. Il était vivant, et c'était un miracle.

Un instant, il eut envie de chercher des nœuds – les nœuds des anges de Carmen, la vagabonde de l'hôpital –, comme ceux qu'il avait trouvés dans les cheveux de Louis, quand celui-ci s'était réveillé. Mais non, tout ça, c'étaient des conneries. C'était juste le fruit du hasard. Un pistolet contenait six balles, et Amos les avait toutes tirées. Il n'y avait ni anges ni nœuds.

« Rocco ! » appela Rosetta, derrière son dos. Tano dénouait les cordes qui la tenaient attachée au tuyau. Il défaisait les nœuds. « Je ne suis pas seulement chanceux, pensa Rocco. Je suis aussi un crétin. » Les nœuds étaient bien là. « Rosetta ! » s'exclama-t-il en se précipitant vers elle.

70

Rocco et Rosetta se regardaient. Tous les autres avaient l'impression qu'ils étaient silencieux, mais leurs yeux étaient remplis de tous les mots qu'ils ne pourraient jamais se dire. Et ils se les disaient sans aucune pudeur, sans rien garder pour soi, sans rien cacher à l'autre. Sans détacher le regard de celui de sa bien-aimée, Rocco tendit la main pour chercher la sienne. Elle la lui donna sans hésiter. Et c'est elle qui lui serra la main de toutes ses forces. Ils étaient à deux doigts de fondre en larmes mais éclatèrent de rire. Et en riant, ils se mirent à pleurer. Ils secouaient la tête, incrédules, heureux, n'arrivant pas à réaliser leur chance. Ils se trouvaient enfin l'un devant l'autre après s'être cherchés en vain, après s'être perdus et avoir cru que tout allait finir de la manière la plus tragique qui soit. Ils étaient là, face à face, sains et saufs. Tano, qui se tenait près d'eux, se détourna, gêné. Rocco se pencha vers Rosetta :

« J'ai envie de t'embrasser, murmura-t-il.

— J'ai envie de t'embrasser », répondit-elle en écho.

Rocco s'approcha encore davantage.

« Mais doucement… » sourit Rosetta.

Il posa avec délicatesse ses lèvres sur celles de la jeune femme. Chaudes mais fendues, elles avaient le goût métallique du sang. Un instant plus tard, il s'écarta. Rosetta baissa les yeux et rougit.

« Je t'ai trouvée, dit Rocco.

— Je t'avais trouvé avant, crâneur ! lança-t-elle.

— Tu n'as pas changé ! » s'exclama-t-il en riant.

Rosetta le regarda. Malgré son sourire, elle avait l'air sérieux.

« Si, j'ai changé, et même beaucoup. »

Rocco acquiesça.

« Les femmes de Barracas sont descendues dans les rues de Buenos Aires pour toi, et elles sont allées jusqu'au *Chorizo* pour te libérer. Si elles ne sont pas venues ici et sont restées dans mon atelier, c'est seulement parce que je leur ai interdit de se faire tuer par ces merdeux.

— C'est vrai ?

— Mais tu n'as toujours pas compris qui tu es, bordel de merde ? intervint Tano. T'as pas pigé ce que tu as réussi à faire ? »

Rocco et Rosetta se tournèrent vers lui, presque surpris de ne pas être seuls, tant ils avaient oublié le reste du monde. Mais cela leur suffit pour revenir à la réalité.

Un des hommes d'Amos gémissait à terre. Un docker lui flanqua un coup de pied dans la figure.

« Non ! intervint Rocco. Il ne faut pas devenir comme eux. »

L'homme se retint, pas tout à fait convaincu que c'était la bonne chose à faire.

« Ce sont des mecs comme ça qui ont tué mon père. »

Rocco insista.

« Et toi, aujourd'hui, tu as agi sur ce qui a provoqué la mort de ton père : le port. Si tu deviens comme eux, ça n'aura servi à rien. »

En le regardant, Rosetta se revoyait lorsqu'elle avait parlé aux gens de Barracas. Et elle comprenait de mieux en mieux pourquoi il était son homme. Rocco eut l'impression de l'entendre et se tourna vers elle :

« Maintenant, il faut qu'on y aille et… il s'interrompit. Je sais qu'on vient de se retrouver, mais… mais j'ai quelque chose à finir. Pour eux et… pour nous deux.

— Oui, dit Rosetta avec fierté.

— On rentre à l'atelier ! ordonna Rocco aux dockers. Emmenez les deux dockers qui sont tombés, il faut remettre les corps à leurs familles.

— Et celui-là ? demanda le docker qui avait donné un coup de pied au gars d'Amos, en le montrant du doigt.

— J'ai dit que je ne voulais pas être comme eux, pas que je voulais devenir curé », répondit Rocco.

Ils le laissèrent là et s'en allèrent par les rues noires. Nul ne remarqua le baron qui sortait de l'ombre et les suivait à distance. Il serrait le couteau et le pistolet d'Esteban, et reniflait comme s'il avait un rhume. Quand les femmes entendirent les hommes arriver près de l'entrepôt, elles coururent à leur rencontre. En voyant Rosetta, elles poussèrent des cris de joie et l'entourèrent. Il y avait là la *señora* Chichizola, Dolores, Encarnación, la jeune fille qui travaillait chez le couturier à Tres Esquinas, et les femmes du Mercado Central. Raquel, un peu en retrait, reconnut aussitôt Rosetta : c'était la jolie fille qu'elle avait vue encadrée par deux gardes à leur arrivée à l'*Hotel de Inmigrantes*. Elle se mit à rire toute seule. Puis elle rejoignit Rocco.

« Et Amos ? Tu l'as tué ? »

Rocco secoua la tête.

« J'ai peur que ce merdeux s'en tire… »

Raquel s'assombrit.

« La vie n'est pas toujours juste, ajouta Rocco.

— Non.

— Mais il ne s'en prendra plus à toi, ça j'en suis sûr.

— Il fallait qu'il paye ! »

Rocco la regarda en silence. Qu'aurait-il pu dire ? Elle avait raison. Il lui posa une main sur l'épaule.

« À un moment donné, j'aurais pu l'abattre… Mais j'ai dû choisir entre Rosetta et lui. »

Elle hocha la tête.

« Alors, tu as bien fait. »

Ils se regardèrent un instant sans rien dire.

« Écoutez ! s'écria ensuite Rocco. On est tous fatigués. Mais le moment est venu de conclure la partie. C'est bientôt l'aube. Les hommes de Tony ont durement frappé les hommes de Ciccone pendant que nous étions en train de récupérer Rosetta. Merci, les amis ! mais maintenant, il faut aller dire à Ciccone de faire ses valises et de nous laisser le port. La guerre n'est pas encore finie, même si la paix est proche. Il va encore falloir y mettre tout votre cœur : c'est de ça que j'ai besoin ! »

Un chœur d'acclamations s'éleva. La bataille gagnée avait donné confiance à tout le monde. Certains gaillards, blessés superficiellement, ne voulurent même pas être soignés, tant leur impatience était grande d'aller jusqu'au bout. Tano s'approcha de Rocco.

« Moi je ne viens pas, dit-il, il faut que je ramène Rosetta à la maison. » Puis il montra Raquel : « Le gosse peut dormir par terre, dans mon échoppe.

— Non, dit Rocco, je vais venir avec vous et revenir ici après. Mais il vaut mieux que Rosetta ne dorme pas chez vous. Ce capitaine de police sait peut-être où elle habite, et puis il y a le baron, qui a disparu…

— Tu veux qu'elle dorme où ?

— Vous savez où habite le père de la fillette qui…

— Guadalupe ?

— Oui, le tailleur.

— Bien sûr, que je sais.

— Je l'ai chassé plutôt salement, pourtant il voulait se rendre utile. Il pourrait l'héberger. »

Tano fit un signe d'approbation.

« Alors on y va.

— Mangez ! lança Rocco à ses hommes. Et rechargez les armes. »

La mère de Louis commença à remplir les gamelles.

Les femmes de Barracas s'en retournèrent avec Rosetta : elles étaient là pour elle et rentraient avec elle. Rocco et Rosetta se placèrent en queue de cortège, à une certaine distance. Rocco passa un bras autour de la taille de Rosetta, qui laissa échapper un gémissement.

« Désolé… Je ne sais pas comment te toucher sans te faire mal… dit-il avec un sourire.

— Bas les pattes, jeune homme ! grogna Tano, qui avait entendu.

— Je suis désolé, monsieur, mais là, je ne peux vraiment pas vous suivre… »

Tano brandit son poing et prit un air féroce, avant d'éclater de rire.

« C'est comme ça qu'il faut répondre, pour l'amour du ciel ! »

Et tandis qu'il se remettait en route, il caressa furtivement les fesses d'Assunta. Rosetta montra Tano et sa femme.

« C'est ma famille.

— Viens là ! » lança alors Rocco à Raquel.

Raquel, qui sautillait toute seule sur le côté, un peu gênée, n'en crut pas ses oreilles. Elle les rejoignit en courant.

« Et ce… débuta Rocco mal à l'aise, ce microbe, là, cet emmerdeur… eh ben… eh ben bref… c'est lui, ma famille. Ángel, dis bonjour ! »

En entendant Rocco dire qu'ils formaient une famille, Raquel piqua un fard. Elle rentra la tête dans les épaules.

« Bonsoir… *señora*… balbutia-t-elle.

— *¡Señora!* tu rigoles, tu peux me tutoyer ! s'exclama Rosetta en riant. De toute façon, ce serait plutôt *señorita*, hein, ajouta-t-elle en regardant Rocco.

— Tu me demandes déjà de t'épouser ?

— Ne t'en fais pas, je sais que tu n'es pas du genre à vouloir te mettre un boulet au pied… »

Rocco se souvenait très bien du moment où il lui avait dit ça, sur le paquebot, après avoir pris sa défense. À y repenser, cela lui semblait être une autre vie.

« Moi aussi, j'ai changé, dit-il, et même beaucoup. »

Rosetta rougit.

« Il y a une heure, je croyais encore être au comble du malheur, médita-t-elle à haute voix. Maintenant, j'ai l'impression d'être la femme la plus heureuse du monde. »

Plus personne ne parla. D'une main, Raquel s'accrocha à un pan de la chemise de Rocco.

Cinq minutes plus tard, ils étaient à Barracas. Tano les guida vers une baraque peinte en orange, avec des volets et une porte vert pomme. Il frappa à la porte en tôle. Les femmes de Barracas attendaient de voir Rosetta installée avant de rentrer se coucher. Peu après, la porte s'ouvrit, et une femme émaciée apparut. En la découvrant sur le seuil, Rosetta se dit d'abord que c'était peut-être la lueur de la bougie qui lui donnait cette pâleur de morte. Ses yeux avaient l'expression vide de quelqu'un qu'on vient de réveiller. « On a besoin d'aide », lui annonça Tano, sans préambule. Elle se retourna vers l'intérieur de la maison et appela : « Fermin ! » On entendit des ressorts qui grinçaient et puis des pas. L'homme chétif apparut sur le pas de la porte et aussitôt, en voyant Rocco et Tano, il s'inclina en souriant. « Ils ont besoin d'aide », répéta son épouse. Même maintenant qu'elle était plus éveillée, ses yeux n'avaient pas perdu ce voile vide. Elle essaie de garder sa douleur à distance, songea Rosetta en la regardant.

« Dites-moi, messieurs, dit le tailleur, dont le visage s'était éclairé.

— Il faudrait que vous logiez Rosetta quelques jours, expliqua Tano.

— C'est un honneur !

— C'est par prudence…

— C'est un honneur ! » répéta l'homme.

À ce moment-là, une fillette d'une dizaine d'années apparut sur le pas de la porte. Elle se frottait les yeux de son petit poing. Dans son autre main, elle serrait une poupée de chiffon tellement rapiécée que nul n'aurait pu deviner de quelle couleur était la robe d'origine. « Dis bonjour, Guadalupe », dit sa mère. La petite regarda tous ces gens devant elle. Quand elle reconnut Tano, elle s'accrocha à la robe de chambre de sa mère et ses yeux s'emplirent de larmes. Tano l'avait sauvée, mais il lui rappelait aussi ce qu'elle avait subi. Sa mère lui caressa les cheveux. Elle dit à Rosetta d'entrer et bougea légèrement la tête, comme si elle voulait dire qu'elle connaissait les souffrances et les épreuves de Rosetta. Mais elle ne dit rien et ses yeux se remplirent de larmes en regardant le visage tuméfié de la jeune femme. « Ici, elle sera en sécurité », dit le tailleur. Tano lui fit un signe de remerciement.

Rocco entrelaça ses doigts à ceux de Rosetta et ils se sourirent. Ils avaient envie de s'embrasser mais ne pouvaient le faire ici, devant tout le monde.

« Attends-moi, dit Rocco.

— Ne traîne pas trop ! » rétorqua Rosetta.

Elle allait entrer quand Rocco l'arrêta avec un sourire. Il glissa la main dans sa poche et en sortit le bouton qui l'avait relié à sa bien-aimée pendant tout ce temps, et qui lui avait permis de garder espoir. Il le déposa dans la paume de Rosetta.

« Tu as perdu ça », lui dit-il.

Elle contempla le bouton, sa vue se brouilla de larmes.

« C'est vraiment idiot, de pleurer pour un bouton ! » dit-elle.

Elle entra dans la cahute et la porte vert pomme se referma. Tano, Assunta et Raquel rentrèrent chez eux. Les femmes se dispersèrent dans les rues désertes du *barrio*. La vie reprenait, la *Alcadesa de las Mujeres* était revenue. Rocco contempla un moment la baraque du tailleur, immobile. Puis il fit volte-face et s'en alla d'un pas vif.

Non loin de là, derrière une baraque, une silhouette menaçante sortit de l'ombre. Le baron plongea la pointe du couteau avec lequel il avait tué Esteban dans le sachet où il gardait sa cocaïne, et porta une pincée de drogue à sa narine. Il la prisa avec avidité, enfonça une deuxième fois le couteau et aspira davantage de cocaïne. Puis il porta une main à sa ceinture et serra la crosse du pistolet d'Esteban. Le baron ricana. Il avait même retrouvé cette gamine répugnante et inutile qui avait été la cause de tous ses ennuis, ici à Buenos

Aires ! Et il y avait Rosetta qui, elle, avait été la cause de tout depuis le départ à Alcamo ! Elles étaient là toutes les deux, dans cette misérable bicoque, à son entière disposition. Se faire justice était ce qu'il y avait de plus simple au monde. « Qu'aurais-je pu te demander de plus, mon Dieu ? » blasphéma-t-il.

71

Raquel se faufila hors de la maison sans que Tano et Assunta s'en rendent compte. Elle n'avait pas pu aller sauver Rosetta avec Rocco. En revanche, elle ne raterait pas la fin de cette guerre extraordinaire et héroïque. Ses maigres jambes traversèrent les rues de Barracas au pas de course. Elle franchit la limite de La Boca et ralentit un peu avant d'arriver à l'atelier. Il ne fallait absolument pas qu'on la voie. Autrement, Rocco la renverrait à coups de pied dans le derrière. Elle s'approcha, fit le tour du bâtiment et jeta un œil par une petite fenêtre.

« Qu'est-ce tu fais là, avorton ? » lança une voix derrière son dos.

Elle sursauta et se retourna d'un bond. Louis se tenait devant elle.

« Et toi, qu'est-ce que tu fais là ? s'exclama-t-elle, les yeux écarquillés, en s'efforçant de parler à voix basse.

— J'avais l'impression d'être au *colegio*, dans cet hosto…

— Le *colegio* ?

— Ah, j'oublie toujours que tu ne piges rien au langage de la rue, ricana Louis. Le *colegio*, c'est la prison pour mineurs.

— Ah bon… »

Raquel l'examina. Il avait un peu forci, on voyait qu'il avait été nourri régulièrement. Mais il avait un teint blafard et des cernes noirs sous les yeux. Et à la fin de chaque phrase, il devait rependre son souffle.

« Tu n'as rien à faire ici, tu le sais, hein ? Tu fais une sacrée connerie !

— Toi non plus, tu n'as rien à faire ici, rétorqua Louis en souriant. Et pourtant, tu es là.

— Mais ça n'a rien à voir, imbécile ! »

Elle revoyait le trou au milieu de la poitrine de son ami, le sang qui en jaillissait.

« Moi… on ne m'a pas tiré dessus !

— Parle doucement, avorton ! » dit Louis en lui donnant une bourrade.

Raquel s'aperçut qu'il retenait une grimace de douleur, alors qu'il ne l'avait pas poussée fort. Il était encore très faible. « Celle qui donne à manger à tout le monde, là, c'est ma mère », dit Louis en indiquant la fenêtre. Raquel acquiesça. Elle imaginait bien la fierté de Louis. Il ajouta : « Qu'est-ce qu'elle doit être fière ! » Raquel réalisa alors une chose à laquelle elle n'avait jamais pensé auparavant : quoi qu'il advienne, Louis était fier de sa mère. Car il savait qui elle était en réalité – pas une prostituée.

« Ils sortent ! » chuchota Louis. Il prit Raquel par le bras et la conduisit derrière un tas de poutres. Tandis qu'ils se recroquevillaient pour ne pas être découverts, Raquel entendit combien Louis respirait bruyamment.

« Allez, moi aussi, je rentre, dit-elle soudain, on est en train de faire une connerie.

— Oui, et ne me dis pas que c'est pas marrant ! »

À cet instant, ils virent Rocco sortir de l'entrepôt à la tête de quarante dockers. Ils étaient armés. « À l'hosto, murmura Louis, il y avait un type, un genre de mafieux, je crois… il était là parce que lui aussi, il s'était fait tirer dessus… » Il sourit. « Il m'a raconté que son père lui répétait toujours : "Quand ça commence à canarder, rappelle-toi d'être toujours du bon côté du pistolet !" » Il rigola. « Moi j'ai appris ma leçon, hein ! Garde-la bien en tête toi aussi, avorton. » Sur ce, il la prit par la main et l'entraîna à la suite de l'armée de Rocco. Raquel réalisa qu'elle aimait ce contact – alors, elle retira aussitôt sa main, comme si celle-ci brûlait.

Le camp de base de Ciccone n'était pas loin. En arrivant, ils découvrirent les signes de l'incursion des hommes de Tony. Murs criblés de balles, fenêtres brisées et vitres explosées. Une partie du bâtiment éventrée par une bombe et des foyers d'incendie dans tous les coins. Des blessés et des cadavres à terre. La *Policía* n'était pas encore intervenue : visiblement, ils attendaient que tout soit fini pour venir nettoyer, sans rien faire d'autre – incroyable !

Raquel et Louis se cachèrent derrière la clôture en tôle d'une baraque, à quelques pas de là, d'où ils avaient une bonne vue. « Ciccone ! » cria Rocco en mettant les mains en porte-voix. Un coup de feu partit du bâtiment, soulevant la poussière au sol, à quelques mètres de Rocco. Il ne bougea pas d'un pouce. « Si tu veux qu'on entre, on ne va pas se faire prier ! poursuivit-il. Mais si on entre, on brûle la cervelle à tout le monde ! » Louis eut un petit rire : « T'entends comment ça parle, un mec de la rue ? » Rocco continua : « Par contre, si vous sortez les mains en l'air, on peut s'entendre. » Silence dans le bâtiment. « Vous n'êtes rien d'autre que des cafards dans une boîte ! s'écria encore Rocco. Est-ce qu'il faut demander à Tony de finir la désinsectisation ? » « Il parle comme un Dieu ! » s'exclama Louis.

Raquel regarda son compagnon : il était pâle mais avait l'air heureux. « Je compte jusqu'à trois ! » hurla Rocco.

Il n'avait même pas commencé à compter que les premiers hommes sortirent, mains en l'air. Leurs vêtements de gangsters étaient couverts de poussière. Certains étaient blessés. Ils avaient des airs de faux durs et, derrière ce masque, on lisait la défaite qu'en leur for intérieur ils avaient admise depuis longtemps. Ils étaient moins de vingt. Les dockers leur ordonnèrent de s'aligner et les tinrent en joue.

Don Lionello Ciccone fut le dernier à sortir. Raquel se souvenait parfaitement du jour où elle l'avait rencontré, à l'atelier. Il était alors sapé comme un proxénète, avec des cheveux tout gominés. Maintenant, il était décoiffé et semblait avoir dix ans de plus que ses trente ans. Il avançait d'un pas incertain. C'était un jeune boss qui avait tenté un coup, mais pour qui ça avait mal tourné. Il pouvait juste espérer sauver sa peau. Ciccone arriva devant Rocco. Il le dévisagea et le reconnut. Il se souvint du jour où il était allé le menacer. Rocco montra ses hommes, derrière lui : « Tu m'avais dit qu'avec ma bande merdique, je ferais mieux d'ouvrir un cirque, tu te rappelles ? » Ciccone ne dit rien. Comme ses hommes, il essayait de se donner une contenance. « Eh bien, je l'ai ouvert, mon cirque, poursuivit Rocco, il me manque juste un clown. » Ciccone serra les poings mais resta coi.

Rocco fit signe à deux de ses hommes d'approcher. « Soulevez-le ! Toi, tu le prends par les bras, et toi, par les jambes. » Puis il se tourna vers les autres dockers : « Si un de ces singes se gratte le nez, vous l'abattez. » Pendant ce temps, les deux dockers avaient saisi Ciccone par les mains et les pieds et l'avaient soulevé de terre. « Venez ! » Rocco s'approcha de la berge. Tout le monde regardait dans un silence absolu. On entendait seulement les eaux malodorantes du Riachuelo qui clapotaient paresseusement contre le quai. « Allez, un bon lancer ! recommanda Rocco. Histoire de voir si tu es un bon clown. » Ses deux hommes se mirent à balancer Ciccone d'avant en arrière. « Un… deux… trois ! » Ils le lancèrent de toutes leurs forces. Ciccone se retrouva projeté dans les airs, ses bras et ses jambes moulinant inutilement. Il atteignit une hauteur de presque deux mètres et se mit à dégringoler. Quand il atterrit dans l'eau, on entendit comme le bruit d'une claque, d'une gigantesque claque, et il souleva des gerbes d'eau qui s'élevèrent jusqu'au quai. « Je ne sais pas nager ! Au secours ! » s'écria Ciccone en se débattant et en éclaboussant. Sa tête plongeait et replongeait sous l'eau. « Je me noie ! » hurla-t-il en crachant de l'eau immonde.

« Hep ! tu sais que tu as pied, là ? » intervint un docker. Il y eut un instant de silence, suivi d'un grand éclat de rire. Même certains hommes de Ciccone, malgré la tension, ne purent s'empêcher de s'esclaffer.

Ciccone arrêta de s'agiter et posa les pieds sur le fond vaseux. Il se redressa. Ses cheveux gominés, maintenant trempés, étaient collés bas sur son front. L'eau lui arrivait à peine au-dessus de la ceinture. « Oui, tu fais un excellent clown ! » s'exclama Rocco en applaudissant. Nouvel éclat de rire général. Ciccone sortit péniblement de l'eau. Personne ne l'aida à se hisser sur la berge et le boss, mortifié, fut pratiquement obligé de ramper.

« À partir d'aujourd'hui, le port est à nous ! proclama Rocco. Ici, il n'y aura plus que des mecs bien ! » Une violente émotion s'empara des dockers. Certains d'entre eux, pourtant de solides gaillards, en eurent les yeux humides. Chacun pensait aux humiliations subies, y compris par leurs parents. Ils pensaient aux morts, à la violence, à la peur. « Roc-co… Roc-co… » Quelqu'un s'était mis à scander son nom en rythme. « Roc-co… Roc-co… Roc… co… » En un éclair, la voix du soliste était devenue un chœur. « Roc-co… Roc-co… Roc-co… » – un chœur qui faisait vibrer l'air, alors que l'aube commençait d'éclairer la nuit, comme un présage. « Roc-co… Roc-co… » scandaient aussi Raquel et Louis à voix basse depuis leur cachette. « Roc-co… Roc-co… »

Alors Rocco cria plus fort que les autres : « Va-t'en, Ciccone ! Et ne remets plus jamais les pieds ici ! » Il se tourna vers les autres gangsters : « Et vous aussi, déguerpissez ! » Pendant que cette armée d'hommes lâches et arrogants s'en allait, tête basse, Raquel regarda Louis. Elle remarqua ses joues baignées de larmes. L'adolescent croisa son regard et, avec la morve qui lui coulait du nez et se mêlait à ses larmes, il lui dit en riant : « Et tu voulais rater ça, toi ! Bordel, t'es vraiment un avorton ! »

72

Le baron avait passé la nuit à ruminer. Parfois il se mettait à rire, d'autres fois, il grinçait des dents. Il lui arrivait aussi de grogner. Par moments, il était saisi de frissons, ou au contraire restait pétrifié par la tension. Il finissait par en oublier qui il était, il n'était plus qu'un animal tapi dans l'attente de sa proie. D'heure en heure, ses pensées étaient devenues moins limpides, malgré toute la cocaïne qu'il avait ingérée – ou peut-être, justement, à cause d'elle. Des émotions diverses se mêlaient à ses pensées décousues. Par exemple, il se disait qu'enfant, il aurait dû tuer sa mère, et détruire ainsi sa beauté en un clin d'œil. Ensuite il pensait au clitoris de la princesse, aussi long qu'un petit pénis, et se voyait le tenir dans sa main tandis qu'elle agonisait. Mais c'était avec Bernardo qu'il l'avait fait. Bernardo qui, dans son esprit, était devenu son père. Oui, c'était son père en livrée noire bordée de ganses dorées.

Quand le soleil se leva sur les misérables ruelles de Barracas, la lumière lui blessa les yeux. Il chercha l'ombre, mais il n'y en avait nulle part. Ses mains tremblaient. Il fouilla dans le sachet de cocaïne, presque vide. « Il est temps de passer à l'action », dit-il à voix haute. Il inhala la drogue en la pinçant entre ses doigts, comme il avait vu faire son père quand il prisait son tabac aromatisé à la menthe dans son petit boîtier en os. On aurait dit de la poussière. Oui, c'était peut-être de la poussière. Ses narines le démangeaient. Il se gratta le nez, enfonça son doigt à l'intérieur. Il ne sentait rien. Juste cette poussière qui le démangeait. Quand il retira son doigt, il s'aperçut qu'il était couvert de sang. « Il est temps de passer à l'action », répéta-t-il.

Il tourna les yeux vers la maison orange aux volets et à la porte vert pomme. Il devait s'efforcer de contrôler ses pensées. Celles sur sa mère, surtout, parce qu'elles le hantaient et l'affaiblissaient. Mais il ne parvenait pas à s'en débarrasser, c'était une véritable maladie.

À ce moment, il vit sortir de chez lui l'homme chétif, le père de cette maudite gamine. Il partait travailler. Très bien, sourit le baron, il aura une bonne surprise à son retour. Ensuite, il vit la femme pâle, la mère de cette putain de gosse, s'éloigner à son tour. Peut-être allait-elle faire les courses. Elle serait vite de retour, pensa-t-il, et aurait la surprise avant son mari. Il eut l'impression d'avoir fait une bonne blague et pouffa. Maintenant, dans cette maison, il y avait les deux filles qu'il allait tuer. Elles étaient seules, sans défense, prêtes à recevoir leur juste punition. « Il est temps de passer à l'action », répéta-t-il une nouvelle fois.

Il glissa la main dans son sachet de cocaïne. Il était vide. Dans un mouvement de colère, il le retourna. Il restait des traces blanches sur l'étoffe : il pressa dessus son nez encore sanguinolent et aspira avec force. Puis il passa la langue sur les derniers résidus, léchant le fond du sachet. Ils avaient un goût de sang. Il rit à nouveau. Couteau ou pistolet ? Il n'avait pas réfléchi à la question.

La gamine sortait de chez elle. Le baron se raidit. Ça non plus, il ne l'avait pas prévu. Elle portait sa petite robe blanche. Elle s'engagea, sautillante, dans une ruelle étroite. Elle fredonnait, joyeuse. C'était donc ça, cette douleur dont parlaient les journaux ? La fillette poursuivit son chemin et finit par disparaître. L'aristocrate en eut le souffle coupé. Non, il ne pouvait pas la laisser s'échapper ! Il bondit, traversa la rue et s'engouffra dans la ruelle, sur les traces de la petite voix. Elle chantait une comptine. « *Rouge est la couleur du feu… rouges sont les joues du vieux…* » Maintenant elle était tout près, il suffisait de tourner au coin de la rue. « *Rouge est la pomme sur la branche… je la cueille et je la mange…* » Le baron tourna au coin de la rue. La voilà ! Il chantonna à son tour : « *Rouge est la couleur du sang… Rouge est la gamine crevant !* »

Guadalupe s'immobilisa, les jambes paralysées. Elle ouvrit grand la bouche, sans que le moindre souffle en sorte. Le baron se jeta sur elle. Il laissa tomber son couteau à terre. Il avait pris la décision : ni couteau ni pistolet, juste les mains. « Maman… » réussit enfin à gémir Guadalupe. Mais les mains de l'homme étaient déjà serrées autour de son cou. La petite hurla, une fois, une fois seulement, d'une voix suraiguë. Il continua à serrer son cou fin et fragile comme celui d'un moineau, jusqu'à ce qu'il l'entende se briser. Mais un autre cri retentit. Le baron se retourna. Une vieille femme l'avait vu. « Assassin ! » hurla-t-elle encore. Pris de panique, il fit demi-tour et partit en courant. Au bout de la ruelle, d'autres personnes arrivaient. « Assassin ! » La voix de la vieille résonna encore. « Assassin, il a tué Guadalupe ! » Il se précipita dans la rue. « Assassin ! » rugit une autre voix. Une voix familière, cette fois. Le baron se retourna : c'était Rosetta. Et elle ne fuyait pas. Non, au contraire, elle se précipitait vers lui. Il sortit son pistolet. Visa. Tira.

La course de Rosetta s'arrêta net. Elle tournoya sur elle-même en faisant une espèce de pirouette, ses jambes se dérobaient sous elle. Elle fut projetée en arrière par son propre mouvement de rotation et s'affaissa, face contre terre. « *¡Bottana!* » beugla le baron. Il brandit à nouveau son arme. Mais un homme s'interposa entre Rosetta et lui. Et puis il y en eut un autre. Et dix autres encore, vingt, trente. Ils se mirent à avancer. En silence. Le baron braqua son pistolet vers eux. « On est dix fois plus nombreux que toi et que tes balles », gronda un homme. Le baron hésita. À cet instant, quelqu'un derrière son dos lui asséna un violent coup de bâton sur le poignet. Une balle partit et l'arme tomba à terre. Tous les hommes étaient maintenant à quelques pas de lui, il était totalement encerclé. « Ne me touchez pas, bande de pouilleux ! Je suis le baron Rivalta di Neroli ! » leur cria-t-il, crachant son mépris. Ils le regardèrent sans mot dire. Puis, lentement, ils s'écartèrent pour former une sorte de haie.

Alors apparut la mère de Guadalupe. Elle fixait sur le baron des yeux de feu. Elle tenait sa fille dans ses bras, abandonnée comme une poupée de chiffon. La petite avait le visage violacé, sa langue gonflée sortait d'entre ses lèvres. Sa robe blanche était couverte de terre, avec une tache au niveau de l'entrejambe – malgré de nombreux lavages, celle-ci n'était jamais partie, c'était un halo rose pâle qu'on remarquait seulement si on savait qu'il y avait eu auparavant une tache beaucoup plus visible, rouge sang.

« Qu'allez-vous me faire ? » cria le baron. Il avait perdu son ton méprisant, sa voix tremblait. Les hommes se placèrent tous sur le côté, sans que nul ait besoin d'en donner l'ordre. Ils obéissaient à quelque chose qu'ils entendaient autour d'eux, derrière eux, à un bruit qui emplissait cette ruelle poussiéreuse de Barracas. Le baron recula. C'était un spectacle effrayant. Les femmes étaient descendues dans la rue. Elles brandissaient des couteaux de cuisine, des broches, des ciseaux, des faucilles.

« Qu'allez-vous me faire ? » répéta-t-il. Après l'avoir encerclé, les femmes restèrent un moment immobiles. On aurait dit qu'elles harmonisaient leur respiration, pour qu'il n'y en ait plus qu'une. La mère de Guadalupe ne bronchait pas. Elle se tenait derrière les autres, sa fille dans les bras, et elle faisait peur. Soudain les femmes, toutes ensemble, se jetèrent sur leur proie. Il hurla, leva les bras en l'air et puis disparut, englouti dans cette masse compacte et féroce.

Lorsqu'elles s'écartèrent, elles étaient couvertes de sang. Elles en avaient sur les vêtements et les mains, sous les ongles, et des caillots collaient à leurs cheveux. Et pourtant, aucune d'entre elles ne semblait sale. Le corps du baron, ou ce qui en restait, était éparpillé sur le sol, comme un pantin bon pour la décharge, en petits morceaux. Des morceaux qu'aucun croque-mort ne parviendrait jamais à rassembler. Ses yeux grands ouverts semblaient encore crier l'horreur qu'il avait subie. Et pour la première fois, dans ce regard qui tardait à devenir vitreux, on pouvait lire la même douleur que celle qu'avaient éprouvée ses victimes.

Comme des prêtresses, des bacchantes qui viendraient d'achever un rite cruel, les femmes se retirèrent alors, aussi silencieuses que des ombres, laissant au sang du baron, à ce sang mêlé de la poussière de Barracas en une fange rougeâtre, le soin d'écrire la fin de cette tragédie.

La mère de Guadalupe se retourna, sa fillette toujours dans les bras. À quelques rues de là, comme si elle avait entendu cette mère, comme si elle l'appelait, la cloche de la petite église de Nuestra *Señora* de Guadalupe se mit à sonner. La femme avait voulu honorer cette Vierge en donnant son nom à son enfant. Sans que personne ait besoin d'explication, elle prit le chemin de l'église. Elle allait rendre son enfant à la Madonna di Guadalupe, la lui confier. Les femmes formèrent un cortège funéraire, se couvrant la tête avec des voiles et des châles.

Rosetta se leva en gémissant, aidée par Dolores et madame Chichizola. Elle était blessée à l'épaule. La robe bleue aux fleurs de jacaranda était tachée de sang. Tano et Assunta la rejoignirent.

« Il faut aller à l'hôpital, dit Tano.

— Après », dit Rosetta d'un ton sans réplique.

Elle s'unit au cortège. Les hommes suivaient derrière, tête basse et chapeau à la main, en signe de deuil. Tano et Assunta aussi se mêlèrent à la procession, s'intercalant entre les femmes et les hommes. Tano méditait sur ce que les femmes de Barracas étaient parvenues à accomplir en quelques mois et dit :

« Je suis fier de ces gonzesses, même si je suis un homme.

— Même si tu n'es qu'un homme, tu veux dire, corrigea Assunta.

— Oui, c'est ça, même si je ne suis qu'un homme », répéta-t-il.

Quand ils arrivèrent devant Nuestra *Señora* de Guadalupe, Tano soupira : « Tout est fini. » Assunta se taisait. Le prix à payer était trop élevé, il ne permettait aucun sentiment de soulagement. En haut des marches de l'église, le cordonnier se retourna.

Personne ne s'occupait des restes du baron. Et personne ne le ferait, pas même les chiens errants, comme s'il s'agissait de viande empoisonnée.

73

L'entrepôt grouillait de dockers qui discutaient à bâtons rompus de ce qui venait de se produire. La mère de Louis sortait des plats du four sans discontinuer. Elle était radieuse. Elle n'en revenait pas de se trouver au milieu de tous ces hommes en tant que femme et non comme prostituée. Elle ne se rappelait pas avoir jamais éprouvé une telle sensation. Elle coulait sans cesse des regards vers son fils, sourire aux lèvres. Louis était assis à quelques pas de là. Il était fatigué, ça se voyait. Mais lui aussi était heureux.

Quand tous eurent fini de lui reprocher de s'être enfui de l'hôpital – et quand il eut bien fait comprendre qu'il n'y retournerait jamais plus, même mort –, la première chose qu'il fit fut de montrer à sa mère le monte-charge, désormais en état de marche. Raquel était assise à côté de Louis et regardait Rocco, les yeux brillants d'admiration. Ces derniers jours, elle l'avait vu se transformer, et elle avait compris quelque chose : l'amour était capable de changer les gens en profondeur. Il les rendait plus forts, plus beaux, plus nobles. Et pour la première fois de sa vie, elle se dit qu'un jour aussi, peut-être, elle serait amoureuse. Mais à peine eut-elle formulé cette pensée qu'elle prit peur et s'écarta un peu de Louis.

« Mais où ils sont, ces deux cons ? » demanda-t-il. Il parlait de ses compagnons de virée. « Tu les as vus ?

— Non, répondit Raquel, en évitant de le regarder.

— Ils ont dû se planquer quelque part, ces trouillards ! »

Mais sa voix trahissait son regret qu'ils ne soient pas là.

« Les voilà ! » s'exclama Raquel en les voyant entrer dans l'atelier. Les deux garçons se précipitèrent vers eux :

« Salut, chef ! dit le rouquin, le plus chétif.

— Putain, qu'est-ce que tu caches là-dessous ? » demanda Louis en remarquant le chandail gonflé de son camarade.

Ce dernier jeta un coup d'œil circonspect autour de lui.

« Allez, l'encouragea l'autre, donne-lui ! »

Il dévoila alors ce qu'il cachait : un maillot tout neuf de l'équipe des Boca Juniors.

« On a failli se faire pincer, quand on s'est tiré avec ! Mais tu ne pouvais pas rester sans. »

Louis restait bouche bée.

« Qu'est-ce que je vous avais dit, petits crétins ? » gronda Javier, surgissant derrière eux. Il donna une chiquenaude au rouquin.

« Oh, allez, ils ont fait ça… pour la bonne cause, les défendit Louis.

— Bien sûr, qu'ils l'ont fait pour la bonne cause, renchérit Javier. Et en plus ils l'ont acheté avec l'argent qu'ils ont gagné, ils ne l'ont pas volé ! »

Louis regarda ses deux compagnons, qui étaient devenus tout rouges.

« Ce n'est pas une honte, de ne pas voler, poursuivit Javier en donnant une autre chiquenaude au rouquin.

Je vous ai prévenus, il va falloir changer de régime, si vous voulez vivre avec ma femme et moi. Pas question de donner le mauvais exemple à ma fille, compris ? »

Louis éclata de rire.

« Ils habitent chez toi ?

— Et pourquoi pas, chef? dit Javier. Ça ne te plaît pas ? »

Louis regarda ses copains. Ils n'arrivaient pas à laisser éclater leur joie, mais Louis n'avait aucun mal à l'imaginer. Désormais, ils n'étaient plus des chiens errants.

« Faites gaffe à ne pas trop devenir des fiottes, hein ! lâcha-t-il pour faire le dur.

— Ici, il me semble que la seule fiotte, avec son maillot flambant neuf, c'est toi ! dit Javier. Allez, mets-le, bordel ! »

Louis ôta sa chemise d'hôpital. Quand il se retrouva torse nu, tous les regards se dirigèrent vers le gros trou qu'il avait au centre de la poitrine, et qui commençait à cicatriser. Louis se retourna, gêné. Mais dans son dos aussi il avait ce même trou rouge et noir, raccommodé un peu comme une chaussette. Il enfila rapidement son maillot. Puis il fit à nouveau face aux autres, débordant de fierté. Il admira le blason, au niveau du cœur.

« Tu as une sacrée veine d'être vivant, lui dit Javier. Une veine de cocu, même ! Tu le sais, hein ?

— Faut forcément de la veine, pour finir une course », dit Rocco.

Raquel se dit que Louis était vraiment mignon, avec ce maillot. Mais aussitôt, réalisant ce que cette pensée impliquait, elle s'écarta d'un pas.

Entre-temps, Rocco était grimpé sur une caisse : « Écoutez tous ! » cria-t-il pour couvrir le brouhaha de la fête. Il frappa dans ses mains. « Écoutez ! » Peu à peu, les dockers se turent. « La guerre qui compte vraiment commence maintenant. Vous le savez, n'est-ce pas ? » Il regarda ces hommes qui tenaient leur destin en main. « C'est maintenant qu'on va voir de quoi on est capables. C'est maintenant qu'il va falloir défendre pied à pied le bout de vie qu'on a conquis. » Il fit une longue pause. « Le moment est venu de prouver que nous sommes meilleurs que les gars qui occupaient le terrain avant nous. » Il hocha la tête en souriant. « Mais j'ai confiance en vous… en nous. Moi, je sais pour quoi me battre. » Rocco indiqua le prototype du monte-charge.

« J'en construirai un autre, un mieux. Et puis un autre encore. J'en construirai tellement que vous n'imaginez même pas le putain de trafic qu'il y aura au port, et comme ça va puer l'essence…

— Ça sentira toujours meilleur que les bouses de vache ! » s'écria Javier.

Il y eut un éclat de rire général. Rocco montra à nouveau le monte-charge.

« Cet engin ne va pas vous prendre votre travail. Vous êtes indispensables. Mais vous travaillerez mieux et plus vite. Vous déchargerez plus de navires, vous aurez des prix plus compétitifs, et vous gagnerez plus d'argent.

— Et toi, tu as l'intention de rester pauvre ? plaisanta quelqu'un.

— Non, mon cher ! Je veux devenir riche. Mais riche et honnête. Parce qu'avant d'arriver ici, j'ai promis de ne jamais devenir mafieux. Je l'ai juré sur la tombe de mon père, un mafieux. Je ne sais pas s'il m'a entendu, mais en tout cas cette promesse je l'ai faite et, aussi vrai que Dieu existe, aujourd'hui je peux la tenir. »

Les dockers restèrent silencieux. Ils auraient voulu crier leur joie, applaudir et peut-être chanter. Mais ce n'était pas un jeu, et ça ne serait pas facile. Bientôt, un autre Ciccone arriverait et essayerait de leur enlever ce qu'ils avaient conquis. Ce ne serait peut-être pas un mafieux mais un homme politique, ou bien un type de leur futur syndicat qui se laisserait corrompre. Non, le moment n'était pas aux applaudissements ni à la fête. Rocco avait raison : la guerre qui comptait vraiment commençait aujourd'hui. « Je vais voir Tony, reprit Rocco. Il nous a fait une promesse, je vais récupérer notre dû. » Il désigna Javier, Billar, Ratón, Mattia et Louis. « Et vous, dès demain, au boulot ! Vous m'avez entendu, hein ! Ça sert à quoi, un seul monte-charge ? C'est des navires qu'on doit décharger, pas des canots. »

Les dockers applaudirent. Rocco descendit de la caisse et il fit signe à Raquel :

« Allez, viens ! Je vais passer chez Tony et on ira à Barracas voir comment va Rosetta.

— Moi aussi, je peux venir ? demanda Louis.

— Mais tu es un pot de colle, toi ! Tu arrives à marcher, ou il faudra que je te porte dans mes bras, morveux ?

— Je marche très bien, trancha Louis.

— Arrête de frimer… » lui glissa Raquel.

Rocco fit le chemin lentement. Il faisant semblant de devoir s'arrêter à de nombreuses reprises pour voir une chose ou une autre, mais c'était surtout pour éviter que Louis ne se fatigue trop. Ils arrivèrent enfin à la forteresse de Tony. Deux hommes armés montaient la garde, bien que la guerre soit désormais terminée. « Attendez-moi là », ordonna Rocco à Raquel et Louis. Il entra.

Tony était assis dans le kiosque du cloître, une couverture sur les épaules. « Je n'arrive pas à rester à l'intérieur, dit-il en souriant, j'ai besoin d'air. Du coup, j'ai toujours froid. » Rocco le regarda. La première chose qui sautait aux yeux n'était plus sa taille de nain, mais la couleur grise de son visage. Il avait l'air éteint. Comme quelques jours plus tôt, Rocco éprouva pour lui une compassion qui ressemblait à de l'affection. Et, comme quelques jours plus tôt, il eut honte d'éprouver un tel sentiment envers un mafieux. Mais Tony avait quelque chose de spécial.

« Je viens récupérer mon dû, annonça-t-il d'un ton dur. Maintenant, le port nous appartient. Il est aux mains de gens bien. »

Tony le regarda sans mot dire. Il se contenta de hocher la tête.

« Les monte-charges vont révolutionner le travail au port, reprit Rocco.

— Oui, c'est ce que je me suis dit dès que j'ai vu tes dessins accrochés dans le bureau de Gueule-de-clébard, ce matin-là.

— Je t'ai demandé si tu voulais t'associer, poursuivit Rocco, bourru. Pour être franc, je n'aurais jamais pu le construire sans toi. Si ça te va, on fait du cinquante-cinquante. Mais on bosse honnêtement. »

Tony sourit. Un sourire simple, sincère, où se lisait tout le plaisir qu'il avait éprouvé à ce qu'il venait d'entendre.

« Tu n'as vraiment pas une once d'esprit criminel. Tu es un couillon-né. Mais tu m'es sympathique. » Il secoua la tête. « Le business des monte-charges est à toi. Je te le laisse. » Il remonta sa couverture et son sourire s'éteignit. « Moi, je suis mort. Suis ton chemin, Bonfiglio. »

Rocco ne savait pas quoi dire ni quoi faire.

« Mais fais gaffe, ajouta le boss. Tu as aussi cassé les couilles à ces juifs, là… N'oublie jamais qu'ils sont au-dessus des lois. Ils ont des tentacules qu'aucune épée ne peut trancher. Tu paries qu'Amos va disparaître et qu'on ne saura jamais ce qu'il est devenu ?

— Oui, j'en suis certain, dit-il sombrement.

— Alors, méfie-toi. Les gars qui se mettent contre eux et qui font de vieux os, c'est encore plus rare que les trous du cul qui sentent la rose.

— Et toi ? ne put s'empêcher de demander Rocco. Qu'est-ce que tu vas faire ?

— T'inquiète pas pour moi, et arrête de faire le sentimental, soupira Tony. Moi, je suis mort avec Catalina. »

Son regard s'éteignit comme si, en effet, il était déjà mort. Il eut l'air de se perdre dans un labyrinthe de pensées et de douleur d'où il ne reviendrait jamais. Mais il se secoua et regarda Rocco, avec des yeux à nouveau pleins de vivacité. Il avait un faible pour ce garçon. Tenant la couverture sur ses épaules, il se pencha vers lui : « Dans la jungle, chaque animal vit uniquement parce qu'il veut survivre. » Un bref nuage de tristesse traversa son regard autrefois de glace. « Le jour où il n'a plus la volonté… il est condamné. Ça peut prendre une minute, une heure ou un jour, le temps n'est qu'une illusion… Et cet animal, qu'il soit un roi ou un moins-que-rien, ne tardera pas à mourir. Il mourrait même sans avoir d'ennemis, parce que c'est là que se niche son prédateur… » Et il frappa son cœur du doigt. « Il est sa propre mort. »

Rocco songea au destin, aux routes qu'on choisit ou qu'on est obligés de prendre. Il se dit que personne n'avait sans doute vu Tony comme il le voyait, que personne n'avait jamais touché cette humanité profonde et insoupçonnée. Alors, Rocco posa la question qui le tourmentait depuis le début de cette guerre :

« Est-ce que je suis vraiment un assassin, comme mon père ? »

Tony le regarda avant de secouer lentement la tête.

« Non. Moi, je suis un assassin. Toi, tu es un guerrier. Moi, j'aurais tué Ciccone comme un chien. Toi, tu l'as défait. »

Une émotion violente s'empara de Rocco. Quelque chose se dénouait enfin au fond de lui-même. C'était absurde que ça vienne d'un mafieux, à première vue, ça n'avait aucun sens. Ou peut-être que, au contraire, ça en avait un, car seul un assassin peut dire qui n'en est pas un, seul un mafieux peut dire qui est ou n'est pas mafieux. « Suis ton chemin sans te retourner, reprit le boss. Un jour, on trouvera un nain, gorge tranchée, dans le Riachuelo, et tu sauras que c'est moi. Mais garde tes prières. » Rocco ouvrit la bouche pour parler. Tony lui fit signe de se taire : « Pourquoi veux-tu gâcher ce moment en disant une connerie, mon garçon ? » Rocco baissa les yeux. « Allez, maintenant va-t'en, Bonfiglio. » La voix de Tony était lente et basse, comme s'il avait épuisé toutes ses forces. Il respirait avec difficulté, le souffle court. Il se pencha vers Rocco, ce qui fit glisser sa couverture à terre. « Allez, tu m'as assez cassé les couilles comme ça ! » Là-dessus, il lui flanqua une petite claque, assez forte pour que la joue du jeune homme rougisse et pour lui communiquer aussi toute son affection. Rocco resta un instant immobile. Puis il ramassa la couverture et la remit sur les épaules de Tony. Alors, pour la première fois de sa vie, il prononça avec sincérité une phrase qu'il avait toujours détestée : « Je vous baise les mains. » Mais Tony ne l'écoutait plus. Il s'était déjà retiré dans sa douleur.

Rocco quitta la forteresse. Il fit signe aux deux jeunes gens d'avancer et ils prirent ensemble le chemin de Barracas. En route, Rocco aperçut soudain à un coin de rue une jeune fille diaphane qui ne devait pas avoir plus de quinze ans, avec de longs cheveux blonds, fins et soyeux. Un homme la tenait par la main et l'entraînait derrière une palissade. La petite ne lui opposait pas de résistance. À quelques pas de là, une femme balafrée et à qui manquait un morceau d'oreille tenait en main un billet de 5 pesos.

« Libertad, murmura Rocco.

— Libertad ! s'exclama Raquel avant d'ajouter, d'une voix sombre : Adelina ! »

Rocco rejoignit Libertad et l'arracha des mains de l'homme.

« Oh là ! protesta celui-ci. J'ai payé pour la baiser, hein ! »

Rocco saisit le billet qu'Adelina était en train de glisser dans son décolleté, le chiffonna et le lança vers l'homme.

« Casse-toi ! » hurla-t-il.

Le type ramassa l'argent et s'éloigna en toute hâte.

Adelina ne comprenait rien à ce qui se passait, elle n'avait pas reconnu Rocco : « Merde, t'es qui, toi ? » Rocco ne répondit rien. « Libertad, viens avec nous ! » La jeune fille avait le regard dans le vague.

« Elle t'a droguée, hein ? demanda Raquel d'un ton rageur.

— Elle est à moi ! s'écria Adelina. Elle est à moi… »

Elle avait l'air désespéré, se dit Raquel.

« Libertad, écoute-moi… » commença Rocco.

Raquel s'approcha :

« Laisse, dit-elle à Rocco. Libertad… c'est pas vrai, qu'on a qu'une seule chance… » La jolie blonde sembla remuée par ces mots. « Maintenant, tu as une autre chance… » La pauvre luttait contre l'effet de la drogue. « Tu m'as dit que je devais nager pour toi… »

Libertad eut alors un sourire merveilleux, angélique.

« C'est toi… murmura-t-elle.

— Oui, j'ai nagé… poursuivit Raquel, et maintenant, toi aussi, tu peux le faire.

— Je sais qui tu es ! rugit alors Adelina. Oui, moi aussi, je sais qui tu es !

— Ta gueule, connasse », grogna Raquel. Toute la haine qu'elle avait couvée pendant ces longs mois explosait en elle.

« C'est ta faute ! Je sais qui tu es ! glapit Adelina. Tout ça, c'est ta faute ! »

Elle allait se jeter sur Raquel, mais Rocco l'en empêcha. Louis ne comprenait rien à ce qui se passait. Raquel aperçut le pistolet que Rocco portait glissé dans sa ceinture. Un instant, elle eut envie de s'en saisir et de faire exploser le visage d'Adelina, au nom de Tamar et de toutes les autres filles que ce démon avait torturées. La maquerelle eut l'air de le pressentir. Maintenant, c'était elle, la plus faible, et elle se fit toute petite pour pleurnicher :

« C'est Amos qui m'obligeait ! Et maintenant, à cause de toi, ils m'ont chassée, ils ne veulent plus de moi… J'ai besoin d'elle, dit-elle en montrant Libertad. C'est mon gagne-pain…

— Tu me dégoûtes », lâcha Raquel d'une voix tremblante.

Et elle comprit à ce moment précis qu'elle ne prendrait pas le pistolet de Rocco. Elle était incapable de tuer Adelina, elle n'était pas comme elle. « Va te faire foutre », lui lança-t-elle. Puis elle se tourna vers Libertad et la prit par la main. « Viens avec nous. » « Et moi ? » gémit alors la maquerelle. Elle était désespérée et épouvantée. « Je vais mourir ! » Raquel la regarda avec mépris : « Mourir, c'est pas le pire ! Tu te rappelles la première chose que tu m'as dite, quand je suis arrivée ? *Esto es el infierno.* Eh bien, tu avais raison. Pour toi, ça va être l'enfer. C'est Buenos Aires qui va te punir, pas moi. » Elle cracha sur sa robe : « Va te faire foutre. »

Ils s'éloignèrent, Raquel tenant la main de Libertad serrée dans la sienne. Elle regarda Rocco.

« Maintenant, tout le monde sait qui je suis.

— Mais ça n'a plus d'importance, dit Rocco avec un sourire.

— Hein ? Quoi ? balbutia Louis, perdu et abasourdi. Mais tu es qui ?

— Je suis une fille, idiot ! »

74

Le capitaine Ramirez fit arrêter la camionnette de la *Policía* qui devait transférer Amos du commissariat de l'Avenida de la Plata à la prison militaire au nord de la ville, dans une zone peu fréquentée du *barrio* résidentiel de Nuñez. Ramirez descendit du véhicule, ouvrit la portière arrière et commanda au gardien d'ôter les menottes du prisonnier. Puis il fit signe à Amos de descendre. Ils s'éloignèrent de quelques pas pour ne pas être entendus. « Marche jusqu'au Rio de la Plata, expliqua le capitaine, et ensuite dirige-toi vers le nord. Tu verras une cabane sur pilotis, comme celle qu'utilisent les pêcheurs. Elle est peinte en jaune, et il y a un grand filet accroché à côté. C'est là que la barque t'attend. »

Amos avait l'air anéanti. Certes, il en avait réchappé, mais il allait devoir tout recommencer de zéro. Et seul.

« Et mon père ? demanda-t-il, une note d'angoisse dans la voix.

— Il a été enterré selon votre rite, répondit Ramirez. La Sociedad s'est occupée de tout. »

Amos songea que son père répétait sans cesse qu'il ne voulait pas finir sous terre dans ce cimetière-là. Il ne le considérait pas comme un véritable cimetière juif. Amos ne lui avait jamais dit qu'il avait tout planifié : à sa mort, il avait prévu d'emporter son corps à Prague et de l'ensevelir dans ce cimetière historique que le vieil homme aimait tant. Une fois la cérémonie terminée, après avoir posé la pierre sur sa tombe, Amos se serait lavé les mains dans ce petit évier dont son père lui parlait toujours : ainsi aurait-il enfin su si on pouvait véritablement se sentir propre. Mais désormais, plus rien de tout cela n'était possible. « Allez, va-t'en ! » ordonna le capitaine Ramirez. Amos remarqua qu'il n'avait pas le même ton que d'habitude. Autrefois, quand c'était lui qui le payait, quand il lui laissait baiser tous les soirs une putain au *Chorizo*, et qu'il fermait les yeux quand le policier avait la main lourde avec les filles, Ramirez s'adressait à lui de façon amicale et respectueuse. Maintenant, il lui parlait au nom de quelqu'un d'autre, et il lui parlait comme s'il comptait pour du beurre. Ce qui était vrai.

« Je n'ai plus d'argent, fit-il remarquer.

— Et alors ? T'as un taxi à prendre ? » fut la seule réponse du capitaine.

« Un policier corrompu est un policier corrompu, point final », lui avait dit Jaime. Et il avait raison. Ramirez était pourri jusqu'à l'os. Mais qui ne l'était pas ? Pouvait-il dire qu'il n'était pas pourri, lui ? Certainement pas. Il avait lancé les dés et tiré le mauvais numéro, il ne fallait pas chercher plus loin. La vie était moins compliquée qu'on ne l'imaginait souvent. « Je dois juste te dire d'aller jusqu'à cette baraque sur pilotis, reprit Ramirez, alors maintenant vas-y, bordel ! » Sur ce, le capitaine tourna les talons, ferma la portière arrière de la camionnette et remonta à bord, près du chauffeur. En une seconde, le véhicule avait disparu. Amos était seul.

Il se tourna vers l'est. Derrière lui, le soleil se couchait. Il sentit dans l'air l'odeur saumâtre des eaux du Rio de la Plata. Il traversa un jardin public bien entretenu, continua tout droit et se retrouva sur la rive argentine du grand fleuve boueux. Il s'arrêta. Où cette barque allait-elle l'emmener ? Sans doute à Montevideo, comme première étape en tout cas. De là, il irait soit à Rio de Janeiro, au Brésil, soit à New York, aux États-Unis d'Amérique. La Sociedad avait des intérêts dans les deux villes. Toujours le même business, la prostitution. Que lui donnerait-on à faire ? Il ne serait certainement plus tenancier de bordel, ça, il pouvait oublier. Il repartirait de la base, homme de main. Quand même, se répétait-il, il avait eu de la chance. Son principal atout avait été sa connaissance approfondie de toutes les affaires de la Sociedad : il n'était pas le genre de type qu'on pouvait laisser moisir en prison. Soit on l'éliminait, soit on lui permettait de s'évanouir dans la nature. Il éclata de rire : « Allez vous faire foutre ! s'exclama-t-il. Je vous salue, je m'en vais ! » Ça allait marcher. À son âge, recommencer n'allait pas être facile. Mais il était juif, et plus dur qu'un nerf de bœuf, comme disait le rabbin de Prague. Il n'avait aucun regret. Il avait joué sa main et il avait perdu.

Non, se reprit-il, il avait bien un regret, et de taille ! Cette putain de fille. Elle portait la poisse, celle-là. Il aurait dû la laisser crever de froid lorsqu'ils étaient encore en Russie. Tout avait commencé avec elle. Maudite soit-elle ! Elle s'était enfuie. Et elle avait écrit ses putains d'articles qui avaient braqué sur lui les yeux de la ville tout entière. C'est ce qui avait obligé Noah et la Sociedad à ne pas intervenir directement, afin de ne pas se compromettre. Cette gosse avait fait de lui un pestiféré. La malchance avait commencé avec elle. S'il avait pu savoir où elle était, il lui aurait volontiers rendu une petite visite avant de partir et de disparaître. Il l'aurait éventrée comme un poisson. Mais le moment était venu de tourner la page, se dit-il en accélérant le pas, tandis qu'il longeait le Rio de la Plata. Il aperçut au loin une baraque jaune sur pilotis, avec un grand filet carré accroché au-dessus de l'eau. Quand il l'eut atteinte, il constata qu'aucune barque n'y était amarrée. De l'autre côté de la cabane s'élevait un filet de fumée. Il perçut une odeur de cigare. Il monta sur le ponton, s'approcha du treuil du filet de pêche. Les planches sèches crissaient sous ses pas.

« Tu es à l'heure », dit une voix. Il ne reconnut pas immédiatement cet homme au visage défiguré par les brûlures. « Salut, Amos », poursuivit l'inconnu en jetant son cigare dans l'eau. Amos jeta un œil par-dessus son épaule. « Tu penses que tu peux être plus rapide que ça ? » sourit El Francés en agitant son pistolet. « Comment peux-tu être encore en vie ? » lâcha Amos. C'était une question ridicule, mais la seule qui lui vint à l'esprit. « Assieds-toi », proposa le revenant en lui montrant un banc. Amos s'exécuta.

« J'aime bien discuter avec toi, poursuivit El Francés, tu as toujours été un bon causeur.

— Ça va, qu'on en finisse ! trancha Amos. Qu'est-ce que tu veux ? Une barque va bientôt arriver. Les mecs à bord auront du pognon.

— Ah bon, tu crois vraiment qu'il va y avoir une barque ? »

Le visage d'Amos se figea. « Eh oui, soupira El Francés. Le capitaine Ramirez est un homme tellement avide… et tellement lâche. Il a suffi que Tony lui envoie quelques types, il n'a même pas eu besoin d'y aller personnellement. Tu te rends compte de ce que tu vaux ? » Amos serra les poings. Il n'avait plus qu'un espoir, il devait sauter sur ce gars dès qu'il baisserait la garde.

« Mais pour moi, tu as une grande valeur, reprit El Francés. Quand j'ai réussi à m'en tirer, je ne suis pas parti, je suis resté à Baires exprès pour toi. C'est moi qui ai dit à Tony que tu étais derrière Ciccone. »

Amos frémit.

« Et comment tu l'as su ?

— Un coup de chance, admit-il en haussant les épaules. Et après Catalina, c'est moi qui lui ai dit où trouver ton père. »

Amos sentit le sang lui monter à la tête. « Je lui ai dit que s'il le tuait, tu souffrirais comme un chien. » Amos jeta un cri et bondit en avant. Mais El Francés s'y attendait. Il lui tira une balle dans le ventre et se déplaça de côté d'un mouvement gracieux, comme un torero. Amos poursuivit sur sa lancée, mais en la maîtrisant de moins en moins. Il finit par s'arrêter. Il pressait une main contre son gros ventre, sans parvenir à retenir le sang qui souillait déjà son veston. Il s'élança à nouveau. Son adversaire lui tira une balle dans le genou. Il gémit et tomba à terre. El Francés s'approcha et lui braqua le pistolet sur le front : « Et ça, c'est de la part de Lepke. » Il appuya sur la gâchette. Le front d'Amos explosa et noircit. Sa tête fut secouée de violentes saccades, comme un diable à ressort devenu fou, il avait les yeux exorbités et les dents serrées. Il finit par s'immobiliser. Sans fermer les yeux.

« On dirait que tu as eu ce que tu voulais », intervint une voix caverneuse. El Francés se retourna d'un bond. Devant lui se tenaient deux hommes trapus et costauds, dont l'élégante mise ne dissimulait pas la vulgarité. El Francés les connaissait. Tout le monde les connaissait à Buenos Aires, du gouverneur au dernier des voyous lié aux affaires de prostitution. L'un s'appelait Noah, c'était le chef de la Sociedad Israelita de Socorros Mutuos Varsovia. L'autre, celui qui avait parlé avec cette voix d'outre-tombe était son bras droit, Simón. El Francés pointa son arme vers eux : « Vous arrivez trop tard. » Noah eut un petit rire : « Non, nous sommes arrivés exactement au bon moment. » Il écarta les bras : « Le capitaine Ramirez a eu l'obligeance de nous tenir informés, étape après étape. » El Francés ne comprenait pas :

« Pourquoi m'avez-vous laissé le tuer ?

— La question devrait être différente, jeune homme, corrigea Noah : pourquoi diable n'aurions-nous pas dû te laisser le tuer ? »

El Francés finit par comprendre. Dans tous les cas, Amos était cuit. Et il comprit aussi quelle serait la suite de l'histoire. Il n'y avait qu'un épilogue possible, et il était inutile de résister. Il s'étonna de ne pas avoir peur. Il baissa son arme. Un tir résonna dans l'air calme. El Francés sentit une grande chaleur dans sa poitrine. Sa vue s'obscurcit. Il réalisa que ses jambes ne le portaient plus. Mais il éprouvait aussi une sensation étrange, comme si tout cela ne lui importait plus, ou comme s'il se disait qu'enfin, avant de mourir, il s'était comporté en homme. Il s'écroula près d'Amos et, en quelques secondes, la vie l'abandonna.

« Voilà, ça aussi c'est fait, conclut Simón.

— Oui, approuva Noah, on peut y aller. Les gosses s'occuperont de nettoyer tout ça, et personne ne saura ce qui s'est passé.

— Mais tout le monde se dira que nous sommes tellement puissants que nous avons réussi à faire évader un des nôtres, s'amusa Simon, gloussant de sa voix caverneuse. Et ceux qui nettoieront la scène se diront, au contraire, qu'on s'occupe des nôtres jusqu'au bout, et qu'Amos a été vengé.

— Et tout le monde pensera qu'il vaut toujours mieux être de notre côté, mon ami ! rit encore Noah. Parce que la Sociedad c'est nous, pas ces macs à deux balles.

— Quelle bonne intrigue ! s'exclama Simón d'un air satisfait. On aurait dû écrire pour le théâtre.

— Tu penses que les auteurs gagnent aussi bien leur vie que nous, les marchands de chair humaine ? demanda Noah.

— Non, ça m'étonnerait, tu as raison… » conclut Simón.

Après un nouveau rire, ils quittèrent les lieux, faisant crisser les planches du ponton sous leurs chaussures américaines rigides et élégantes, faites à la main dans une manufacture de la Nouvelle-Angleterre.

75

« Moi, j'avais compris tout de suite ! » dit Tano en montrant Raquel. Tous les convives réunis derrière la petite maison bleue s'esclaffèrent. « Bordel, poursuivit l'imperturbable Tano, ce gosse parlait beaucoup trop pour être un garçon ! Je l'appelais Ángel Bla-bla. Et cette connerie du grattage de roubignoles, on laisse tomber, hein ! Vous savez comment on reconnaît que ce n'est pas un mec ? Primo : il ne se met jamais les doigts dans le nez. Deuzio : il ne joue jamais avec ses crottes de nez. Ah oui : et puis, il ne se gratte jamais le cul… » Nouvel éclat de rire général. « Mais c'est dégoûtant ! Et c'est ce qui m'attend, avec toi ? » demanda Rosetta à Rocco à haute voix, provoquant à nouveau l'hilarité de tous.

C'était un jour de fête. Les femmes de Barracas étaient venues avec maris et enfants, les dockers de La Boca avec leurs enfants et leurs femmes. Javier avait amené la sienne et la petite fille qu'ils avaient eue quelque temps auparavant, ainsi que les deux gamins de la bande de Louis. Mattia, Billar et Ratón étaient là. Il y avait aussi Louis avec sa mère, Dolores avec madame Chichizola, Encarnación et sa mère, la petite couturière, et puis les femmes du Mercado Central.

Libertad portait une robe sans décolleté qui la faisait ressembler à ce qu'elle était vraiment, une petite fille. La mère de Louis, désormais cuisinière officielle de l'équipe de Rocco, l'avait prise pour travailler avec elle : « Parce que je sais ce que ça veut dire, être une putain », lui avait-elle déclaré. Se trouvaient également là les deux vieilles édentées, qui s'efforçaient d'éloigner les mioches des dix poules dont elles s'occupaient. Il ne manquait personne à l'appel. Deux jours plus tôt, lorsque le vice-consul Maraini avait officiellement fait savoir, au nom de l'ambassade et du Royaume d'Italie, que le « cas Tricarico Rosetta » était clos, que toutes les accusations étaient abandonnées et qu'il n'y aurait jamais de procès, Tano avait attaqué Rocco de front : « Alors, c'est quoi tes intentions, avec ma Rosetta ? Tu es sérieux ? Si tu déconnes, je te botte le cul ! » Et c'est pourquoi tout le monde était là : pour les fiançailles de Rocco et Rosetta.

Même le *señor* Delrio était venu. Du jour où il avait compris qui était Raquel, il ne parlait plus de lui-même qu'en s'appelant le Grand Couillon. « Moi, je suis le Grand Couillon. C'est la seule certitude qui me reste, après avoir fait travailler une fille dans ma boutique ! » Le vieux libraire s'approcha de Raquel et s'assit à côté d'elle. Il tenait à la main un paquet, qu'il lui donna. Elle défit l'emballage. C'était le premier roman qu'elle avait lu : *Pinocchio*. « J'ai autre chose à te dire, expliqua-t-il alors. Tu me connais, maintenant. Je suis un homme solitaire et austère, qui se nourrit de papier et aime respirer la poussière de ses bouquins. » Son regard prit une expression solennelle. « Un jour, je vais mourir… » Raquel voulut l'interrompre, mais Delrio la fit taire d'un regard noir. « Le plus tard possible, mais cela va arriver. Et ce jour-là, la librairie… sera à toi. » Elle sentit les forces lui manquer, trop heureuse d'être assise. Redoutant de se mettre à pleurer, elle se mit à haleter. « Mais il faut que tu me fasses une promesse solennelle », ajouta-t-il. Elle hocha la tête, toujours incapable de parler.

« Tu n'embaucheras que des femmes ! et il rit d'un air satisfait.

— Non, *señor* Delrio, riposta aussitôt Raquel. Là, je ne suis pas d'accord.

— Comment ça ?

— Si la librairie m'appartient un jour, j'embaucherai quelqu'un d'intelligent et qui aime les livres. Peu importe si c'est un homme ou une femme. »

Delrio poussa un soupir.

« Comme tu es énervante ! Tu ne serais pas vieille à l'intérieur, par hasard ? Et pourtant tu as raison, encore une fois. »

Une seule personne manquait pour que la fête soit parfaite. Rosetta avait demandé partout si on l'avait vue, mais nul n'en savait rien. Alors Rocco était retourné voir Tony pour lui poser la question. « Il avait rendez-vous avec Amos, avait révélé Tony. Il n'est pas revenu ? » Rocco avait rapporté ces propos à Rosetta. « Il se serait bien amusé, se dit Rosetta en regardant tous ces gens qui chahutaient, c'est un vrai bordel, ici ! » Et puis elle se mit à rire toute seule, mais avec un fond de tristesse. Car, comme disait Tano, pour un mac, El Francés était quand même un brave mec.

« La ferme, tout le monde ! » cria Tano. Personne ne l'écoutait. « Mais vous allez la fermer, bordel de merde ! » Il brailla à s'en faire éclater les veines du cou. Tout le monde finit par se tourner vers lui. Alors il fit signe à Rocco et Rosetta d'approcher. Rosetta portait la robe de Ninnina. Assunta lui avait confectionné une pèlerine de la couleur des fleurs de jacaranda imprimées sur l'étoffe de la robe pour couvrir la déchirure à l'épaule laissée par la balle du baron et les légères traces de sang. Assunta avait aussi voulu la coiffer et rassembler ses cheveux en un chignon, dans lequel elle aurait entrelacé des fleurs. Mais là, Rosetta avait catégoriquement refusé. Elle voulait garder ses cheveux détachés. Et ainsi, elle était magnifique. Rocco n'ayant pas d'habit du dimanche, il s'en était fait prêter un par un docker de sa taille. Le costume n'avait rien d'exceptionnel, mais la chemise immaculée, repassée et amidonnée lui donnait un éclat qui se reflétait sur ses dents, très blanches elles aussi, que Rocco découvrait en permanence, puisqu'il n'arrêtait plus de sourire. Sa mèche blonde rebelle tombait sur son front, lui donnant cet air effronté qui plaisait tant à Rosetta.

« Qu'est-ce qu'ils sont beaux ! s'exclama une des deux édentées.

— Oh, elle va la boucler un peu, la madame, là ! » gronda Tano.

Il se plaça entre Rosetta et Rocco. Il sortit une pièce de 1 peso, qu'il montra à tout le monde avant de la placer dans la main de Rosetta. Puis il prit une autre pièce de 1 peso, qu'il exhiba également à la ronde avant de la mettre dans la main de Rocco. Ensuite il serra les mains des deux jeunes entre ses propres mains, et les joignit. Enfin, il les leva vers le ciel en proclamant : « À partir de maintenant, vous êtes deux mais indivisibles ! » Là, Rocco et Rosetta rouvrirent leurs mains et les montrèrent au public : les deux pièces de 1 peso avaient disparu, remplacées par une seule pièce de 2 pesos. Tout le monde applaudit avec enthousiasme. « Allez, tu peux l'embrasser », lança Tano à Rocco. Rosetta avait encore les lèvres fendues par les coups de pied d'Amos. Mais elle approcha tout de même son visage de celui de Rocco et se laissa embrasser sous les applaudissements de la petite foule. « Et maintenant mangez ! buvez ! dansez ! » s'exclama Tano.

Assunta se tenait assise à l'ombre, sur un long banc, et elle lui fit signe de la rejoindre. « Viens te reposer un peu, tu dois être fatigué », dit-elle. Tano s'allongea sur le banc et posa la tête sur le ventre de son épouse. Il poussa un soupir de contentement.

« Je ne suis pas sûr que je referais tout ce que j'ai fait dans ma vie, murmura-t-il. Mais en tout cas, il y a une chose que je referais sans une seconde d'hésitation.

— Et c'est quoi ? demanda-t-elle.

— Te faire la cour et t'épouser », répondit-il.

Elle rougit de plaisir.

« Parce qu'il n'y a aucun ventre plus confortable pour poser sa tête dessus ! »

Elle lui flanqua un petit coup sur la tête.

« Tu n'arrives jamais à dire un truc gentil, hein ? Tu te sens toujours obligé de faire le malin ! Eh ben, moi aussi j'accepterais ta cour et je t'épouserais à nouveau. Même si je devais le refaire cent fois. »

Tano eut une expression de jubilation.

« Parce que je ne pourrais jamais trouver une tête aussi vide et légère à poser sur mon ventre. » Son mari éclata de rire.

« Tu n'es qu'un sale bouc, méchant et moche, dit-elle alors en lui passant une main dans les cheveux.

— Et toi, tu es… mon amour », chuchota-t-il.

Assunta se figea et sentit ses yeux se remplir de larmes.

« Tu me l'avais jamais dit avant.

— Eh ben, ne t'attends pas à ce que je le répète !

— Non non, t'en fais pas », sourit-elle, heureuse, en caressant le visage de son mari, dur et rugueux comme du cuir tanné.

« Mangez et buvez ! » répéta Rocco à la cantonade.

« Un instant, si vous me permettez ! » intervint une voix de femme. Tout le monde se retourna, et on vit apparaître une inconnue qui ne devait guère avoir plus de vingt ans. De taille moyenne, elle portait une robe en coton blanc perle et des bottines à boutons. Ses cheveux châtains, légèrement frisés, étaient coiffés avec une mèche sur le front. Elle avait un visage carré, pas vraiment joli mais expressif et plein de caractère. Personne ne savait qui c'était. « Alfonsina Storni ! », s'écria Raquel, le visage en feu. « Le *señor* Delrio m'a invitée », expliqua la femme. Elle sourit à Raquel, découvrant ses dents du bonheur. « Je voulais t'apporter un cadeau pour ce jour de fête si particulier. » Raquel sentait son cœur battre la chamade et elle frissonnait. Elle ne savait comment se comporter. Elle aurait voulu courir vers son idole, la serrer dans ses bras. Alfonsina la rejoignit et la regarda, avec toujours cette espèce de mélancolie au fond des yeux. Puis elle s'adressa à la compagnie : « On a toujours besoin de quelqu'un qui sache raconter une histoire différente. C'est seulement ainsi qu'on découvre que les choses peuvent vraiment changer. Le futur a besoin d'histoires. » Elle haussa les épaules avec un sourire : « Autrement, nous les êtres humains, nous n'aurions pas d'imagination. » Elle se tourna à nouveau vers Raquel et sortit de son sac à main une revue roulée. « Ça, c'est le numéro de *Caras y Caretas* qui sera en vente demain, il sort tout juste des presses. Mais il y a un texte qui ne peut pas attendre demain. » Elle rit, à sa façon un peu triste. « Car la fête, c'est aujourd'hui, non ? » Elle tendit la revue à Raquel. « Allez, fais-nous la lecture, toi, la jeune fille qui a des yeux pour nous tous. »

Raquel rentra la tête dans les épaules, se tassant le plus possible sur elle-même. Elle avait l'impression de ne plus pouvoir respirer. Tous les yeux étaient braqués sur elle. Mais rien n'était plus comme avant : maintenant, ils savaient que c'était elle qui avait écrit ces mots, et ils savaient qui elle était. « Vas-y, magne-toi, ne casse pas les couilles ! » grogna Tano à haute voix. Assunta lui flanqua un coup de coudes dans les côtes. « Lecture ! Lecture ! » scandèrent en chœur tous les autres. Rocco saisit Raquel sous les aisselles et la souleva, en lui murmurant à l'oreille :

« La chenille ne peut pas toujours rester chenille. Un jour, elle doit devenir papillon.

— Mais moi… commença Raquel.

— Pourquoi tu ne te tais jamais quand il faut ? coupa Rocco. Je n'ai pas ton talent pour parler, mais écoute quand même : eh ben, moi… tu n'as pas encore compris ou quoi ? Bref, moi… eh bien, moi, je suis fier de toi, tu ne peux même pas imaginer à quel point. Bordel de merde, je ne sais pas comment expliquer, mais… Ben c'est comme ça, quoi, et puis merde ! »

Sur ce, il déposa Raquel debout sur la table, de façon que tout le monde la voie bien. Elle sentait les larmes prêtes à jaillir. Elle regarda Rocco. Il lui avait dit ce qu'elle aurait voulu entendre dans la bouche de son père, qui n'était plus là pour la voir – ou qui l'était, qui sait ? Rocco la regardait en souriant. Il lui serra la cheville. « Vas-y, lis ! » l'encouragea-t-il de sa voix chaleureuse. Raquel renifla un peu et ouvrit *Caras y Caretas*.

« *Pourquoi le Nouveau Monde s'appelle-t-il ainsi ?* commença-t-elle d'une voix hésitante. *Parce que c'est un monde qui nous donne une deuxième chance. Un monde où j'arrive à m'en sortir, où Rosetta devient la mairesse des femmes, où une femme peut prendre la défense des autres femmes, où Rocco révolutionne le port et fait en sorte que les "condamnés à mort" puissent décharger les navires même s'il leur manque un bras ou une jambe.* » Sa voix prenait de l'assurance au fur et à mesure qu'elle lisait. « *Dans le Nouveau Monde, des choses que nous n'imaginions même pas auparavant sont possibles. Les prostituées redeviennent des femmes au lieu d'être des objets, et leurs enfants ne sont plus des fils de putes – ce qui est loin d'être une simple boutade.* » Il y eut quelques rires, mais en sourdine et teintés de respect, car nombre d'entre eux étaient des enfants de prostituées. « *Un monde est nouveau quand certaines vieilles règles ne comptent plus*, reprit Raquel, *et quand on peut envisager d'en créer de nouvelles. Car voilà ce qui compte vraiment : avoir la liberté d'imaginer et de rêver la liberté. C'est ça, le Nouveau Monde. Un monde qui dénoue les liens avec le passé. Nous ne pouvons pas savoir si d'autres liens se créeront ensuite. Mais au moins, cela aussi sera... nouveau !* »

Tout le monde écoutait en silence. Le propos était élaboré mais pas difficile à suivre pour autant, parce qu'il parlait d'eux, de ce qu'ils étaient ou auraient voulu être, et de leurs rêves.

« *Pour arriver dans ce Nouveau Monde, nous avons traversé un océan, un océan de sang. Et ça, nous ne l'oublierons jamais. Nous sommes tous écrasés par ce poids énorme. J'ai vu des choses terribles, comme chacun d'entre vous. C'est quelque chose qui restera en nous toute notre vie. Dans nos sourires, il y aura toujours un peu de tristesse, à cause de tout ce que nous avons vécu et de tous ceux que nous avons perdus en route. Rien qu'en nous regardant, nos enfants se souviendront de tout cela. Mais peut-être nos petits-enfants, eux, se débarrasseront-ils de ce poids. Ils sauront juste que le sang qui circule dans leurs veines est arrivé par bateau, et ils diront simplement :*

“Descendemos de los barcos”, *un peu comme s'il s'agissait d'une légende. Et heureusement, ils n'auront plus dans les narines l'odeur de ces paquebots, où on entasse les gens comme des bestiaux.* » Tout le monde savait de quoi Raquel parlait. Cette odeur les poursuivait toujours, et elle les réveillait la nuit. « *Nos petits-enfants seront... une seule nation, un seul peuple. Alors, nos longs voyages pour arriver jusqu'ici, et notre rébellion contre le destin qui nous attendait dans nos pays respectifs, auront enfin un sens.* » La voix de Raquel se fit sévère. « *Ceux qui ne devront jamais oublier, ce sont les gens qui ont détourné les yeux.* » Elle eut l'impression que ses spectateurs étaient autant de miroirs qui reflétaient la même image. Ils ne faisaient plus qu'un, ils étaient tous des frères, ses frères, et ils étaient tous égaux. Elle crut les entendre. « *Je ne sais pas si Dieu connaît toute notre souffrance,* dit-elle doucement. *Mais si c'est le cas, je me demande comment il fait pour la supporter sans devenir fou.* » Une vieille femme se signa. « *Je suis encore très jeune et heureuse de l'être* , conclut Raquel, *parce qu'il me reste beaucoup de temps pour voir comment nous allons nous en sortir, ensemble.* » De nombreux visages étaient striés de larmes. Des larmes chaudes et passionnées, de douleur et de soulagement. Car tous ces spectateurs avaient enfin une voix.

« Je m'étais toujours demandé si les mots pouvaient avoir des ailes, intervint Alfonsina Storni, émue comme les autres. C'est toi, Raquel, qui m'as fait comprendre que c'était possible. » Rocco s'approcha de Raquel et la prit dans ses bras pour la faire descendre de la table. Il ne prononça pas un mot, mais la façon dont il la serra contre lui en disait long. Raquel alla s'asseoir sur une chaise à l'écart, espérant échapper aux regards. Louis s'approcha en sautillant, l'air emprunté et mal à l'aise, et vint s'asseoir à côté d'elle. « C'était rudement bien, bougonna-t-il simplement. Ouais, c'était rudement bien, ce que tu as dit. »

« Maintenant mangez, buvez, dansez et chantez ! », s'exclama Tano en empoignant sa guitare. Rosetta le rejoignit et lui chuchota quelque chose à l'oreille. Le cordonnier fit une drôle de tête, comme toujours lorsqu'il était ému, avant de se tourner vers le rosier que sa Ninnina avait planté avant de mourir, et qui s'épanouissait maintenant, luxuriant. Puis la première note résonna. « *Ma douleur se mêle à mes rires* », entonna-t-il accompagné de Rosetta. « *Je suis une fleur de fange... Je vends de la tristesse et je vends de l'amour...* », reprit l'auditoire en chœur.

Ensuite Rosetta alla retrouver Rocco et ils s'éloignèrent un peu, main dans la main. Ils regardèrent la pièce de 2 pesos du jeu de prestidigitation de Tano : « Deux et indivisibles », répétèrent-ils d'une seule voix. Louis et Raquel, à quelques pas de là, les avaient entendus.

« Ils ont l'air un peu crétins, hein ? ricana Louis.

— Tous les amoureux sont comme ça », répliqua Raquel.

Louis tripota l'emblème des Boca Juniors sur son maillot.

« Peut-être qu'un jour, toi et moi on dira les mêmes conneries », lâcha-t-il.

Raquel piqua un fard, comme si elle avait pris feu.

« Si tu essaies de me toucher, je te mets un pain ! » aboya-t-elle.

Louis sourit, content de l'avoir fait rougir.

« En attendant, pense donc un peu à te faire pousser les cheveux comme une vraie fille, avorton ! »

Rocco et Rosetta éclatèrent de rire. Puis, se tenant toujours par la main, ils cherchèrent un endroit où personne ne pourrait les voir ou les entendre. Là, Rocco attira Rosetta à lui et l'embrassa. Elle lui rendit son baiser avec ardeur.

« Personne ne nous séparera jamais plus, lui murmura Rocco à l'oreille, tout en lui mordillant le lobe. Je te le promets.

— Moi aussi, je te le promets, répondit-elle en inclinant la tête, en proie aux frissons de plaisir que lui procuraient les baisers de Rocco.

— Je t'aime, dit-il.

— Je t'aime, répéta-t-elle en rougissant.

— Tu es à moi ? » demanda-t-il, tout en lui caressant le dos.

Mais Rosetta s'écarta, planta son regard sérieux dans celui de son amoureux, et pointa son index vers lui :

« Non, je ne suis pas et ne serai jamais… à toi, riposta-t-elle. Je ne suis pas une vache. »

Il sourit.

« Ça va être un enfer, ce mariage, je le sens… »

Il soupira et tenta à nouveau à l'embrasser. Elle se mit à rire.

« Mais sois délicat avec moi, hein, murmura-t-elle. Je suis moins forte que j'en ai l'air, et j'ai un peu peur… »

Tout à coup, sans que rien l'annonce, un grondement sinistre retentit, bientôt suivi d'un éclair. Peu après, un autre coup de tonnerre fit vibrer l'air, semant la panique chez les animaux et les enfants. En un instant, le ciel devint noir, et il se mit à déverser des trombes d'eau. Tous les convives coururent sous le porche et à l'intérieur de la maison, déjà trempés. Une pluie violente détacha les derniers pétales encore accrochés aux branches de jacaranda. Le vent était tellement puissant que ces pétales ne tombaient pas à terre mais voltigeaient dans les airs, colorant de violet le fond du ciel gris anthracite. Et puis soudain, aussi rapidement qu'elle avait commencé, l'averse cessa. Loin à l'horizon, les nuages se déchirèrent, laissant filtrer les rayons chaleureux du soleil couchant.

Alors les habitants de Barracas et de La Boca réunis chez Tony sortirent dans la rue et se mirent à regarder autour d'eux avec une certaine stupeur, qui était peut-être aussi une première prise de conscience. L'eau avait chassé la poussière de leurs baraques en tôle, et toutes les couleurs brillaient maintenant comme de la peinture fraîche. En contemplant ces jaune vif et ces bleus, ces orange, ces violets, ces verts, ces bleu foncé, ces lilas ou ces turquoise, chacun repensa à l'article de Raquel et se dit qu'un nouveau monde était vraiment possible. Dans cette atmosphère de stupéfaction muette, une femme alluma une petite bougie et la posa sur un morceau de bois plat, qu'elle mit à flotter sur le Riachuelo. Elle fut imitée par une autre femme, puis une autre encore, et ainsi de suite, chacune alluma une bougie et improvisa une petite embarcation lumineuse, tandis que le ciel bleu cédait la place aux couleurs du soir. En quelques minutes, le Riachuelo se couvrit de ces frêles lueurs flottantes prises dans un lent mouvement, comme un vaste miroir reflétant le ciel étoilé : grâce à ces femmes, on aurait dit que le ciel lui-même avait décidé de descendre parmi la population. Ce spectacle représentait à la fois un espoir et une promesse.

« Qu'est-ce que c'est beau ! murmura Rosetta en se serrant contre Rocco.

— Oui », répondit-il doucement. À ce moment-là, il comprit la force immense de ce peuple en haillons et plein de fierté qui, avec son propre sang, avait contribué à créer une nation. Il serra plus fort la main de Rosetta.

« Ne t'en fais pas. On y arrivera. »

Rosetta leva les yeux vers lui, en se disant qu'il était irrésistible.

« Tu crois que si on montait dans ma chambre, quelqu'un le remarquerait ?

— Je crois… je crois… qu'on s'en fout.

— Tu me trouves trop effrontée ? demanda-t-elle en rougissant. C'est plutôt un homme qui devrait dire ça, non ?

— Oui, répondit-il, et c'est aussi pour ça que je t'ai aimée tout de suite. »

Ils se regardèrent en silence, perdus dans les yeux l'un de l'autre, tellement longtemps qu'ils en oublièrent l'heure. Puis leurs mains se cherchèrent et leurs doigts se mêlèrent. Enfin, le désir les emporta là-haut, dans la petite chambre en tôle ondulée. Rocco défit un à un les boutons de la robe aux fleurs de jacaranda, Rosetta un à un les boutons de la chemise blanche. Ils se retrouvèrent nus l'un devant l'autre. Leurs respirations se firent plus rapides, leurs bouches s'entrouvrirent et leurs regards se perdirent. Et alors, lorsqu'ils ne furent plus capables de résister à la magie de ce moment, ils s'étreignirent et tombèrent sur le petit lit, serrés bien fort l'un contre l'autre. Et leurs deux corps ne firent plus qu'un.

Note de l'auteur

La Sociedad Israelita de Socorros Mutuos Varsovia a réellement existé de 1860 à 1939. En 1929, l'Ambassade de Pologne a entamé une action officielle pour faire retirer le nom de *Varsovie* de sa raison sociale, ce qui atteste que le monde entier connaissait l'existence de cette organisation criminelle. Rebaptisée alors Zwi Migdal, en hommage à son fondateur, l'association a continué dix ans encore à exploiter ses deux mille bordels et à renouveler en permanence le cheptel de ces trente mille jeunes filles que décimaient la mort, la maladie, les fausses couches et les suicides. Zwi Migdal garantissait des revenus de 50 millions de dollars par an et personne n'a décidé d'y mettre un terme jusqu'à ce que Raquel Liberman, une ancienne prostituée, révèle publiquement les exactions de l'organisation. Il n'était plus possible de détourner les yeux. Les dirigeants de Zwi Migdal ont été arrêtés, jugés et ont disparu. Personne ne sait s'ils ont réussi à s'échapper ou s'ils ont été graciés mais leur commerce s'est poursuivi ensuite au Brésil et aux États-Unis.

Aujourd'hui, il reste cette tache indélébile pour tous ceux qui savaient, mais rien n'a changé. Nous ne pouvons pas à notre tour détourner les yeux de ces esclaves venues d'Europe de l'Est ou d'Afrique, exposées comme des marchandises sur les trottoirs.

En tant qu'homme, j'ai honte. J'essaie d'imaginer l'agonie de ces jeunes filles de Buenos Aires qui devaient se donner à 350 étrangers par semaine. Mais je crois que seule une femme peut l'imaginer.

L'histoire largement fictive de ce livre porte l'espoir que, d'une même voix, hommes et femmes dénoncent ensemble l'injustice.

Imprimé en Espagne par:
BLACK PRINT
en mars 2021

POCKET, 92, Avenue de France, 75013 Paris

S29120/01